Du même auteur, chez le même éditeur :

Les Chroniques de Nightshade :
1. *Le Grimoire des ombres* (2003)
2. *L'Ombre du sorcier* (2004)
3. *L'Invasion des ombres* (2004)

Vif-Argent :
1. *L'Éveil du Vif-Argent* (2004)
2. *Le Zénith du Vif-Argent* (2005)
3. *Le Crépuscule du Vif-Argent* (2007)

Orcs – L'Intégrale de la trilogie (2007)

www.bragelonne.fr

Stan Nicholls

Le Crépuscule du Vif-Argent

Vif-Argent – livre trois

Traduit de l'anglais (Grande-Bretagne) par Isabelle Troin

Bragelonne

Collection dirigée par Stéphane Marsan et Alain Névant

Originellement publié en anglais par HarperCollinsPublishers Ltd sous le titre:
Quicksilver Twilight

ISBN: 978-2-35294-079-1

Bragelonne
35, rue de la Bienfaisance – 75008 Paris

E-mail: info@bragelonne.fr
Site Internet: http://www.bragelonne.fr

Toute ma gratitude à Stella Gemmell pour m'avoir offert la bonne parole au bon moment.
Au nom de l'amitié et de la nostalgie, un coucou affectueux à Michael Anft, Dave Baldock-Ling, Ken Brooks, Jean Dempsey, John Eggeling, Gamma, David & Shirley Griffiths, Ernest Harris, Ron McGuinness, Alan Moore, Steve Moore, Cathy Nugent, Michel Parry, Cliff Perriam, Derek Stokes, Martin Walsh, Di Wathen, Jenny et Daphne.
Le Crépuscule du Vif-Argent est dédié avec amour à la mémoire d'Eileen Costelloe, John Griffiths, Nick Reynolds, Barbara Shrestha, Annie Gleason et Daniel O'Grady. Et ce serait génial si vous pouviez arrêter de faire ça, maintenant : je commence à être à court d'amis.

Précédemment…

Le système de magie du monde connu a été instauré voici bien longtemps par la race disparue des Fondateurs – même si leur sorcellerie était, de par sa qualité et sa puissance, infiniment supérieure à celle d'aujourd'hui.

La magie tient lieu de technologie, de monnaie et d'instrument de répression. Elle définit le statut social. Ses nombreuses manifestations, communément appelées « glamours », incluent des formes de vie factices.

Les empires ennemis de Gath Tampoor et de Rintarah sont les deux civilisations dominantes. Chacun veille jalousement sur ses lointains protectorats. Bhealfa, un État insulaire, a été tour à tour colonie des deux empires ; il se trouve actuellement sous le joug de Gath Tampoor. Son souverain fantoche, le prince Melyobar, considère la mort comme un être animé qui a juré sa perte. Afin de lui échapper, il a créé une cour itinérante magiquement propulsée – un palais flottant qui ne tient littéralement pas en place. C'est à l'ambassadeur gath tampoorien Andar Talgorian qu'il échoit de contrer les divagations de Melyobar et de veiller à ce que la volonté impérialiste soit exécutée malgré tout.

La brutalité et l'injustice des empires ont donné naissance à un mouvement de résistance civile. Celui-ci est essentiellement combattu par les clans de paladins, un réseau militaire d'une puissance inouïe dont les membres sont tous liés par le sang. Réputés pour leur cynisme, les clans ne voient nulle contradiction dans le fait de vendre leurs services à Gath

Tampoor comme à Rintarah. Leur Haut Chef, Ivak Bastorran, est un être vicieux. Mais sa cruauté pâlit à côté de celle de son neveu Devlor, qui ne rêve que de prendre sa place.

Reeth Caldason est une épine dans le pied des paladins. Il fait partie des Qalochiens, un peuple au bord de l'extinction après avoir enduré massacres et racisme. Caldason est l'un des rares survivants à l'extermination de sa tribu, qu'il entend bien venger. Depuis plusieurs décennies, il cherche également un remède au mal mystérieux qui le plonge dans des crises de rage meurtrière et le soumet à des visions aussi étranges que vivaces.

Caldason se lie d'amitié avec Kutch Pirathon, un jeune apprenti sorcier orphelin. Celui-ci est choqué par l'antagonisme que le Qalochien manifeste vis-à-vis de la magie considérée comme banale par son propre peuple. Ensemble, ils rencontrent le politicien radical Dulian Karr, qui s'avère être l'un des chefs de la Résistance. Karr suggère que le Chapitre, un ordre de magiciens hors-la-loi, possède peut-être les connaissances nécessaires pour lever la malédiction qui afflige Caldason. Son offre de mettre le Qalochien en contact avec le Chapitre conduit Caldason et Kutch à se joindre aux insurgés.

Employée par le célèbre Conseil de sécurité intérieure, Serrah Ardacris dirige une unité de forces spéciales : un escadron de la mort gouvernemental qui s'attaque aux gangs de Merakasa, la capitale de Gath Tampoor. Quand l'imprudent rejeton d'un haut fonctionnaire se fait tuer sous son commandement, Serrah est injustement accusée de sa mort. Pour lui soutirer une confession publique, ses supérieurs n'hésitent pas à faire pression sur elle en utilisant le souvenir de sa fille Eithne, décédée à l'âge de quinze ans à la suite d'une surdose de raje – un psychotrope dévastateur et illégal. Alors qu'elle est sur le point de craquer, Serrah est délivrée par une cellule de la Résistance et parvient à rejoindre Bhealfa.

Malgré leur puissance, les empires ne règnent pas sur la totalité du monde connu. Ils n'ont, notamment, aucune emprise sur les contrées barbares du nord. Partagées entre de multiples chefs de tribus, celles-ci ont récemment vu l'émergence d'un seigneur de guerre particulièrement puissant. Zerreiss, surnommé par ses fidèles « l'Homme qui est tombé du Soleil », possède un étrange pouvoir qui l'aide à conquérir des terres de plus en plus vastes.

La Qalochienne Tanalvah Lahn, prostituée agréée par l'État, a travaillé toute sa vie dans les bordels de Rintarah. Mais, en se défendant contre un client qui vient d'assassiner sa meilleure amie, Tanalvah le tue accidentellement. Terrorisée par les conséquences possibles de son geste, elle emmène les deux jeunes enfants de son amie et gagne Bhealfa. À leur arrivée, les trois fugitifs sont secourus par le pacifiste Kinsel Rukanis, un célèbre chanteur lyrique qui soutient secrètement la Résistance. Puis ils rencontrent Serrah, qui tue plusieurs agents du gouvernement pour les défendre. Kinsel conduit les deux femmes et les enfants à l'un des refuges de la Résistance.

Reeth Caldason, Kutch Pirathon et Dulian Karr prennent contact avec Phénix, le chef du Chapitre, qui utilise un fragment du savoir laissé par les Fondateurs pour changer d'apparence à volonté. Ils rencontrent également Quinn Disgleirio, un représentant de la Fraternité de la Juste Lame. Ordre martial en sommeil depuis longtemps, cette dernière s'est récemment réveillée afin de combattre pour l'indépendance de Bhealfa.

La Résistance, le Chapitre et la Fraternité ont formé une alliance pour lutter contre la tyrannie des empires : le Conseil révolutionnaire uni. Karr révèle qu'ils visent la fondation d'un État libre, dans un endroit restant encore à déterminer.

Il s'avère que Caldason est quasi immortel et que son vieillissement a été ralenti à l'extrême. Le Qalochien en ignore la raison. Le Chapitre est convaincu que les Fondateurs ont laissé derrière eux un capital de savoir appelé : « la Source ». Nul ne sait quelle forme revêt cette Source, mais elle est traditionnellement associée aux légendes sur la Clepsydre, un instrument censé compter le temps jusqu'au Jour de la Destruction. Si les légendes disent vrai, la Source pourrait fournir une arme puissante à la Résistance et un remède à Caldason. Le Qalochien décide de se mettre à sa recherche, mais les événements mettent tous ses efforts en échec.

Kutch aussi possède un talent étrange, resté insoupçonné jusque-là : celui de détecteur. Autrement dit, il est capable de voir au-delà des simulacres de la magie et de distinguer les illusions de la réalité. Phénix offre de l'entraîner et de lui apprendre à se servir de son don. Mais bientôt, le jeune homme commence à partager les visions terrifiantes de Caldason.

Kinsel et Tanalvah deviennent amants et emménagent avec les enfants. Mais Tanalvah craint que son compagnon prenne trop de risques en travaillant pour la Résistance. Une inquiétude qui s'avère fondée lorsque Devlor Bastorran les identifie tous deux comme des sympathisants de la Résistance.

Le prince Melyobar envisage de massacrer toute la population de Bhealfa afin de priver la Mort de masses humaines parmi lesquelles se dissimuler.

Toujours tourmentée par la mort de sa fille et extrêmement perturbée par la prophétie qui lui a été faite dans un temple, Serrah tente de se suicider.

Les activités de la Résistance engendrent une répression plus féroce que jamais. Les paladins reçoivent carte blanche et en profitent pour recourir à des méthodes d'une brutalité excessive.

Un endroit propice à l'établissement de l'État rebelle est enfin découvert – et suscite tout d'abord une grande perplexité au sein de la Résistance. Batarriss, universellement surnommée « l'île de Diamant », était autrefois une station touristique dédiée aux plaisirs de la vie. Elle appartient à l'ancien pirate Zahgadiah Darrok qui, ayant perdu ses jambes au cours d'une bataille contre un rival, se déplace désormais sur un disque volant. Darrok est d'accord pour céder l'île aux insurgés en échange d'une grande quantité d'or gouvernemental, que la Résistance doit dérober.

Tanalvah persuade Kinsel d'organiser un concert gratuit pour les pauvres. Mais au cours de la soirée, Devlor Bastorran, accompagné par son nouvel aide de camp, Lahon Meakin, arrête le chanteur. Accusé de trahison, celui-ci doit passer en jugement.

Dans le cadre de sa campagne personnelle contre Caldason, Devlor emploie l'assassin Aphri Kordenza pour éliminer le Qalochien. La symbiote (ou « fusionnée ») porte en elle son propre jumeau mâle, un glamour du nom d'Aphrim, capable de sortir du corps de sa sœur pour mener une existence indépendante.

Les eaux qui entourent l'île de Diamant sont infestées de pirates, parmi lesquels le célèbre Kingdom Vance, l'homme qui priva jadis Darrok de ses jambes. Il échoit à la Résistance de combattre cette nouvelle menace.

Pendant le procès de Kinsel, Tanalvah découvre qu'elle est enceinte. Et Serrah est horrifiée d'apprendre que le commissaire Laffon, le chef du Conseil de sécurité intérieure et l'homme qui l'a fait torturer autrefois, est venu à Bhealfa pour assister aux auditions. Le procès est une mascarade propagandiste, qui s'achève inévitablement par la condamnation de Kinsel. Le chanteur est envoyé aux galères – une sentence de mort à peine déguisée.

Voyant que Zerreiss ne cesse d'accroître sa sphère d'influence, les empires commencent à s'intéresser sérieusement à lui. Ils craignent tous les deux que le seigneur de guerre s'allie à la Résistance pour les combattre, prêtant aux insurgés le soutien de son mystérieux pouvoir.

Son plan pour faire tuer Caldason par Aphri Kordenza ayant échoué, Devlor Bastorran en conçoit un autre. Il fait assassiner son oncle Ivak par la fusionnée. Devlor hérite donc du commandement des clans, et Caldason est accusé du meurtre de l'ancien Haut Chef – ce qui fait de lui un homme plus recherché que jamais. Sous la direction de Devlor, l'ordre des paladins adopte des méthodes encore plus radicales.

Caldason se met en route pour l'île de Diamant afin de livrer à Darrok l'or réclamé. Durant le voyage, un nouveau personnage lui apparaît dans ses visions : Zerreiss. De son côté, le seigneur de guerre commence à rêver du Qalochien.

Serrah, dont les sentiments pour Caldason grandissent chaque jour, décide de se rendre sur l'île de Diamant pour le rejoindre. Kutch l'accompagne : de toute façon, l'exode secret de la Résistance doit avoir lieu quelques semaines plus tard.

À l'apogée de ses souffrances, Kinsel voit sa galère attaquée par des pirates. Il tombe entre les mains de Kingdom Vance, et ne doit son salut qu'au fait que le pirate le reconnaît. Vance lui demande de le divertir en chantant pour lui.

Devlor Bastorran bénéficie des services d'un espion haut placé qui lui fournit des informations sur la Résistance. En se basant sur celles-ci, les autorités organisent une descente généralisée sur les refuges et le domicile des insurgés. Sang et chaos envahissent les rues. Serrah et Kutch parviennent de justesse à s'échapper à bord d'un navire, et la Résistance encaisse un coup qui pourrait s'avérer fatal.

Tout le monde l'ignore encore, mais le traître est une traîtresse : Tanalvah Lahn.

Dulian Karr, Quinn Disgleirio, Phénix, Tanalvah et les enfants se retrouvent abandonnés à Bhealfa. Dispersés, choqués et démoralisés, ils tentent chacun à sa façon d'échapper aux rafles des autorités. Durant sa fuite, Karr finit par s'écrouler – sérieusement malade, peut-être mourant.

Caldason, Serrah et Kutch se retrouvent coincés sur l'île de Diamant en compagnie de Zahgadiah Darrok. Seul un millier d'insurgés atteint les rivages de Batarriss. Le nouvel État qui s'annonçait autosuffisant et capable de se défendre tombe en ruine à peine créé.

Serrah jure de se venger du traître, qui qu'il soit. Malgré la récente débâcle, Caldason est toujours décidé à trouver la Source.

Tandis que l'automne s'efface devant l'hiver, le rêve des insurgés semble à l'agonie…

1

Le soleil se levait. Un vent glacial soufflait, et l'épais brouillard qui s'accrochait à la surface de l'océan commençait à se dissiper. Des mouettes spectrales décrivaient des cercles au-dessus d'une côte insulaire dont le contour émergeait de la brume.

La proue d'un galion fendait le brouillard. Doté de trois mâts et d'une coque blindée, le navire n'arborait aucun pavillon. Deux bâtiments plus modestes mais tout aussi bien armés voguaient dans son sillage. Sur le pont des trois bateaux, les hommes se massaient contre le bastingage.

Une maigre flottille vint à leur rencontre depuis le rivage de l'île : deux vaisseaux à deux mâts et quelques embarcations plus petites, dont le pavillon vert s'ornait d'un scorpion. Ils semblaient bien mal équipés pour affronter le trio de galions pirates qui se dirigeait vers eux.

Toute velléité de discrétion s'évapora en même temps que le brouillard. Les trois navires de guerre et le pathétique convoi accélérèrent, soulevant des gerbes d'écume blanche et fonçant les uns vers les autres.

Arrivées à portée de voix, les deux flottilles ralentirent pour engager le combat. Des flèches volèrent, allant se planter dans le bois, la toile, les boucliers et la chair des plus lents ou des plus malchanceux. L'échange se poursuivit jusqu'à ce que chaque embarcation soit hérissée de traits et que ceux-ci viennent à manquer. Des centaines de flèches jonchaient la surface agitée de l'océan.

Vint ensuite le tour des munitions magiques.

Des rangées d'écoutilles furent ouvertes à la volée le long des flancs des galions pirates, révélant d'épais cylindres métalliques : des canons magiques qui se mirent aussitôt à cracher des projectiles enchantés. Salves d'aiguilles hurleuses et de rayons assommants. Volées de bombes éblouissantes et d'allume-ruses. Créatures fantasmatiques dotées de griffes et de crocs, éphémères mais meurtrières, qui apparurent au milieu des défenseurs et firent un véritable carnage dans leurs rangs. Grouillements de serpents venimeux. Éclairs qui abattirent les mâts ; jets de vitriol qui noircirent les haubans.

Les insulaires ripostèrent à coups de lames magiques et de baguettes d'annulation. À l'aide des catapultes montées sur le pont de leurs navires, ils décochèrent leurs propres projectiles. Des boulets ensorcelés explosèrent en plein ciel, libérant des nuées d'oiseaux carnivores qui piquèrent vers les navires ennemis. Des cubes étourdisseurs détonnèrent dans un hurlement strident. Des gargouilles aux ailes de cuir firent pleuvoir des rideaux de flammes sur la tête des pirates.

Les sorciers des deux camps conjurèrent hâtivement des champs d'énergie protecteurs : des bulles irisées, quasi transparentes et parcourues d'ondulation multicolores. Les enchantements rebondissaient dessus, et les sorts d'attaque s'affaiblissaient en les traversant.

Cette débauche de magie fut aussi brève que spectaculaire. Aucun des belligérants n'en fut surpris. Tous savaient que la bataille se réglerait au corps à corps.

Des tambours grondèrent. Les navires manœuvrèrent pour se rapprocher tandis que les membres d'équipage au visage fermé se raidissaient dans l'anticipation du combat imminent.

Puis les coques se heurtèrent par le flanc, avec un grincement de planches et de poutres malmenées. Les marins rugirent. Des forêts d'échelles d'abordage jaillirent vers le ciel. Des dizaines de grappins tournoyèrent dans les airs tels des lassos et furent projetées vers le bord adverse. Des vagues de guerriers brandissant piques, coutelas, épées et haches vinrent s'écraser contre les bastingages, et le massacre commença.

Nulle part l'affrontement n'était plus enragé que sur le plus gros des galions pirates. Un groupe d'insulaires plus courageux ou simplement plus désespérés que les autres s'étaient frayé un chemin à bord. Et ils le payaient très cher. Une mêlée sanglante éclaircit très vite leurs rangs. En infériorité numérique, ils furent forcés de reculer les uns vers les autres. Telle une bête acculée, un porc-épic géant hérissé d'acier, ils se préparèrent à encaisser l'ultime assaut ennemi. Des pirates au regard dur refermèrent le cercle autour d'eux.

Des hommes hurlèrent. Non pas des cris de guerre ni des glapissements de douleur, mais des exclamations incrédules. Quelques-uns tendirent un doigt vers le ciel.

Une silhouette s'abattit sur le pont du galion.

L'homme était vêtu de noir ; son ample cape lui donnait l'air d'une chauve-souris géante. Ses cheveux, longs et détachés, formaient un nuage noir bleuté autour de sa tête. Ses yeux auraient pu être deux charbons ardents.

En le voyant atterrir aussi souplement qu'un chat, maints pirates le prirent pour un glamour ou un démon. Ils se trompaient. Seul un humain pouvait se battre avec une telle fureur homicide.

L'homme tenait une épée dans chaque main. Il les mit aussitôt à l'œuvre. Les deux pirates les plus proches de lui s'écroulèrent, la gorge tranchée et la poitrine tailladée. Il eut le temps d'engager le combat avec un troisième avant que le gros de ses adversaires se ressaisisse et se jette sur lui. Il riposta en rugissant, sans manifester la moindre peur. Mais il semblait avoir du mal à distinguer ses amis de ses ennemis. Seule l'agilité de ses alliés les empêcha de succomber sous ses lames meurtrières.

Sa férocité aiguillonna le courage des insulaires cernés – même si beaucoup d'entre eux, qui ne le reconnaissaient pas, avaient du mal à croire qu'il était de leur côté. Ou du côté de n'importe qui, à part le sien. Il semblait littéralement possédé.

Les pirates lancèrent sur lui des hachettes, qu'il esquiva avec une facilité presque méprisante. Il en dévia deux avec le plat de ses lames. La première se planta dans le pont ; la seconde ricocha et atteignit un pirate à la cuisse, mordant sa chair jusqu'à l'os.

Avec une fureur ravivée, le guerrier en noir poussa un nouveau rugissement et chargea en faisant tournoyer ses épées. La plupart des pirates s'éparpillèrent, mais un trio d'audacieux l'attendit de pied ferme. Il leur fonça dessus tête baissée. Le premier à mourir portait un bandana blanc qui se retrouva éclaboussé de taches écarlates. Une lame empala le second en plein cœur. Le dernier succomba la trachée-artère béante.

Comme le guerrier cherchait de nouvelles victimes du regard, les insulaires encerclés saisirent leur chance de s'échapper. Le fracas métallique des armes redoubla d'intensité tandis que le combat devenait plus acharné encore.

Un peu plus loin sur l'océan, dont les flots viraient au rouge, un autre galion pirate fut visité par une étrange apparition. Comme la première, elle venait du ciel. Mais bien que tout aussi surprenante, elle s'avéra d'une nature très différente.

L'équipage était engagé dans une bataille chaotique à double objectif. Une moitié des hommes tentait d'aborder un vaisseau insulaire adjacent ; l'autre moitié empêchait les insulaires de lui rendre la politesse. Partout où il y avait contact entre les deux camps se produisait un véritable carnage.

Puis une explosion assourdissante se fit entendre, et une langue de flammes indigo jaillit du côté opposé du galion. Des échardes volèrent. Des cordes brutalement sectionnées fouettèrent l'air, renversant des pirates. Une petite bruine salée s'abattit sur le pont. Plus haut, une voile fumait encore à l'endroit où le feu l'avait léchée.

Un objet s'éleva dans les airs, décrivant une courbe serrée sous les nuages blafards. En forme de disque, il scintillait dans la maigre lumière du levant. Les lames se turent tandis qu'en contrebas, les belligérants regardaient la soucoupe revenir vers eux. Et alors qu'ils fonçaient à couvert, ils virent que quelqu'un était assis dessus.

Arrivé à la hauteur du sommet des mâts, le disque redressa brusquement et, aussi rapide qu'un javelot, survola le galion, de la proue à la poupe. Comme il passait au-dessus du pont arrière surélevé, sur lequel se dressaient le gouvernail et la cabine du capitaine, son passager laissa tomber quelque chose. Il y eut une autre détonation assourdissante, suivie par un éclair aveuglant. Des débris fusèrent dans toutes les directions. Quand la poussière retomba, le pont était en ruine.

La soucoupe décrivit un virage serré et s'apprêta à faire un second passage. À bord du galion, quelques pirates s'étaient ressaisis. Ils tirèrent des flèches et lancèrent des javelots. Un ou deux projectiles atteignirent le disque mais rebondirent sur sa surface métallique sans lui causer de dommages. Un sorcier parvint à projeter une lance d'énergie incandescente dont les particules blessaient les yeux. Le rayon toucha le bord de la soucoupe, faisant jaillir une nuée d'étincelles bleues et tanguer le disque tel un navire ballotté par les flots un jour de tempête. Mais le chevaucheur redressa très vite et acheva sa manœuvre.

Le galion possédait une figure de proue enchantée. Deux fois plus haute qu'un homme, celle-ci représentait un corps de femme voluptueux fusionné avec une hydre. Une demi-douzaine de têtes de serpent se tortillaient et crachaient leur venin au bout de son cou ondoyant.

Lors de son second passage, le chevaucheur du disque la prit pour cible. De nouveau, on vit tomber un objet qui aurait pu être un petit sac en toile de jute. La détonation qui suivit réduisit la figure de proue à l'état de moignon carbonisé et fumant. Seule une tête pendante subsista, sa langue se tortillant faiblement tandis que sa magie s'évaporait.

La destruction de leur icône bien-aimée excita la fureur des pirates. Mais ils n'eurent pas le temps de se lamenter : les insulaires avaient profité de cette diversion pour envahir leur bord.

Les explosions étaient audibles depuis le plus gros des vaisseaux pirates ; toutefois, peu à bord y prêtèrent attention. Ils étaient trop occupés par le chaos qui régnait autour d'eux. De petits groupes se battaient un peu partout sur le navire. Le sol était jonché de cadavres et de blessés.

Personne n'avait réussi à vaincre le guerrier en noir. Sa férocité et son endurance demeuraient intactes. Il s'était frayé un chemin vers le cœur de la horde pirate et avait atteint les officiers : des hommes dont la mise élégante était gâchée par leurs ornements faciaux. Ils portaient des masques enchantés grotesques, hideux ou démoniaques dont l'aspect changeait constamment et devenait chaque fois un peu plus intimidant. Mais le guerrier en noir ne se laissa pas impressionner et ne fit pas non plus d'exception. Pour lui, de la chair restait de la chair, de quelque glamour qu'elle se pare.

Avec une belle impartialité, il fendit le crâne et enfonça les côtes des officiers comme il avait fendu le crâne et enfoncé les côtes des simples hommes d'équipage. Quand une épée était brandie contre lui, il ripostait sauvagement. Quand elle ne le menaçait pas, il réagissait de même. Qu'ils le défient ou qu'ils se rendent, aucun de ceux qui se dressaient sur son chemin ne fut épargné. Il les faucha tous tel un esprit assoiffé de sang, combinant démence sans bornes et talent de bretteur consommé.

Puis il ne resta plus personne devant lui : plus de lames à frapper, plus de voix hurlant leur douleur ou implorant sa miséricorde. Un silence de mort – et pour cause – prit possession du navire. Les yeux écarquillés, le guerrier regarda autour de lui, le front en sueur malgré le froid ambiant.

Des vivats clairsemés s'élevèrent sur le pont. Leur élite vaincue, les pirates survivants rendaient les armes. Les insulaires entreprirent de rassembler les prisonniers et de soigner les blessés. Mais bien qu'il ait infléchi le cours de la bataille en leur faveur, le guerrier en noir ne reçut aucun remerciement. Tous évitaient de le regarder, ne lui jetant que des coups d'œil furtifs. Il semblait perdu, comme hébété par la disparition de sa raison d'être.

Des deux petits galions, l'un battait en retraite tandis que l'autre brûlait. Les flammes s'étaient emparées de ses voiles ; elles convertissaient la toile en cendres fumantes que le vent emportait. Les insulaires abandonnaient le bord, se laissant glisser le long de cordes jusqu'à leurs propres embarcations tandis que les pirates survivants sautaient par-dessus bord.

Un nuage de fumée huileuse enveloppa le navire. La soucoupe en jaillit telle une lame et se dirigea vers le plus gros des galions. Le chevaucheur volait bas afin que les insulaires victorieux le voient bien depuis le pont de leurs bateaux. Les vivats redoublèrent.

Puis il piqua vers son objectif, et son disque volant s'immobilisa devant le guerrier en noir. Le chevaucheur lissa ses cheveux blonds en arrière. Malgré ses joues maculées de suie, il était plutôt agréable à regarder avec ses yeux d'un bleu perçant et son bouc soigneusement taillé. Il avait une stature athlétique : épaules larges, bras musclés. Mais ses jambes pendaient inertes par-dessus le bord du disque.

Il fixa le guerrier en noir qui, l'air toujours aussi ahuri, ne semblait pas conscient de sa présence.

— Reeth. (La voix du chevaucheur était plus rauque qu'on n'aurait pu s'y attendre.) Reeth.

Pas de réponse.

— Reeth ! répéta-t-il plus fort. Ressaisis-toi, mon vieux ! Reeth !

Le guerrier en noir ne réagit pas. De la soif de sang qui avait enflammé ses yeux quelques minutes plus tôt subsistaient encore quelques braises au fond de ses prunelles.

Un seau en bois était pendu au bastingage près d'eux. Le disque s'inclina légèrement comme le chevaucheur tendait la main pour saisir la louche plongée à l'intérieur. En pivotant, il en projeta le contenu à la figure du guerrier.

La morsure de l'eau glacée arracha l'homme en noir à sa torpeur. Il secoua la tête, projetant une nuée de gouttelettes, et leva ses deux épées. Ses yeux flamboyèrent. Sa passion rallumée, le visage tordu par un rictus, il s'avança d'un air menaçant.

— Reeth ! aboya le chevaucheur, son disque oscillant dans les airs. C'est fini ! Nous avons gagné !

Le guerrier en noir hésita.

— Du calme, ajouta le chevaucheur sur un ton apaisant. C'est moi, Zahgadiah.

Reeth Caldason se figea. Il cligna des yeux, et son regard commença à se focaliser.

— Darrok ? chuchota-t-il.

— C'est fini, Reeth. Tu peux t'arrêter, maintenant.

Lentement, Caldason retrouva ses esprits et baissa ses épées. Il prit plusieurs inspirations tremblantes.

— Ça va ? demanda Darrok.

Le Qalochien acquiesça, impassible.

— Ça n'en a pas l'air. Mais je te crois sur parole. (Darrok le dévisagea.) En tout cas, je te concède une chose : tu sais mettre tes crises à profit.

Caldason ignora ce commentaire.

— Ça s'est bien passé ?

— Regarde autour de toi.

Comme s'il les voyait pour la première fois, le Qalochien balaya des yeux les nombreux cadavres qui l'entouraient. Beaucoup marquaient sa piste. Il ne manifesta aucune émotion particulière.

— Vance ?

— Il semblerait qu'il ne soit pas là, répondit Darrok.

Caldason repéra le navire en flammes et son jumeau qui s'enfuyait. Il désigna ce dernier du menton.

— Là-dessus, alors ?

Darrok secoua la tête.

— J'en doute. Ce salaud est trop prudent pour s'exposer de la sorte. Mais il ne doit pas être bien loin.

— Dommage.

— Réjouissons-nous de ce que nous avons. C'était un bon plan de nous porter à leur rencontre au lieu de les affronter après leur accostage, Reeth.

Le Qalochien ne releva pas le compliment. Son attention semblait s'être remise à vagabonder.

— Nous avons capturé ce navire et nous en avons détruit un autre, poursuivit Darrok sur un ton bourru. Sans compter tous les pirates que nous avons tués. Le bilan est très positif. (Il promena un regard à la ronde et s'assombrit.) Mais nous ne pouvons pas continuer à dépenser la vie de nos gens avec autant de libéralité. Nous devons trouver un moyen de…

— Tu entends ? coupa Caldason.

— Quoi ?

— Écoute.

Darrok rugit pour réclamer le silence. Les insulaires jubilants se turent.

Ils mirent un moment à réaliser que ce qu'ils entendaient, c'était une chanson.

Le son leur parvenait depuis une certaine distance, porté par les ailes du vent. Mais il était assez net pour que sa beauté mélancolique soit perceptible. Même si les mots se fondaient les uns dans les autres, leur accent était, à ne pas s'y méprendre, celui d'une poignante lamentation.

— Que diable… ?

Darrok regarda autour de lui, tentant de localiser la source de la chanson.

Une exquise pureté de ton ajoutait à la qualité douce-amère de la mélodie. Insulaires et prisonniers étaient pareillement captivés par son refrain lancinant.

— Qu'est-ce que c'est ? demanda Darrok.

Caldason secoua lentement la tête.

Darrok désigna un banc de brouillard qui s'attardait au large.

— Ça doit venir de là-bas.

— Donc, c'est que Vance y est aussi.

— On va le chercher ?

Caldason réfléchit.

— Non. Comme tu viens de le dire, nous n'avons déjà dépensé que trop de vies aujourd'hui. Pourquoi prendre le risque de tomber dans une embuscade ?

Darrok acquiesça.

Ils continuèrent à écouter un petit moment. Puis le chant s'estompa, et les insulaires recommencèrent à s'agiter sur le pont.

— Notre travail ici est terminé, décida Darrok. Allez, ramène-nous à la maison.

Il tendit une main. Le disque volant s'éleva dans les airs, les ramenant vers l'île de Diamant.

Une série de fortifications protégeait Batarriss. Des navires lourdement armés étaient ancrés à l'entrée de ses baies. Ses plages étaient jonchées de pieux, de filets et de pièges en tous genres, ainsi que d'obstacles magiques plus subtils. Au-delà des rivages, des patrouilles arpentaient le maquis, et des tours de garde se dressaient sur les falaises.

Une poignée de forteresses étaient éparpillées à travers l'île – certaines construites dans ce dessein, d'autres improvisées à partir de structures existantes. La plus grande était aussi la plus récente : une citadelle que les insurgés avaient bâtie durant les mois écoulés depuis leur arrivée. Bien qu'encore inachevée, elle présentait visiblement une structure traditionnelle. Elle se composait d'une succession de buttes de terre concentriques, érigées l'une au-dessus de l'autre et mesurant chacune trois fois la taille d'un homme. Sur chaque terrasse s'ouvrait une douve profonde, remplie de matériau combustible. Venaient ensuite de hauts murs constitués de troncs d'arbres matures et garnis de barbelés.

La citadelle proprement dite surplombait les buttes et s'étendait sur plusieurs hectares de terrain plat. Elle abritait une série de bâtiments destinés au stockage des vivres et des armes. Des baraquements et des dortoirs étaient encore en cours de construction, même si la distinction entre militaires et civils était très mince, chacun étant censé participer à la défense de l'île. Des blocs de pierre amenés en carriole avaient servi à dresser un rempart qui encerclait le périmètre, constituant la dernière ligne de défense. Au bout d'une douzaine de hampes, l'étendard au scorpion flottait dans l'air venteux.

Un millier d'insulaires, ou peut-être davantage, s'étaient massés sur les remparts pour observer le déroulement de la bataille navale. Après avoir crié leur joie, consécutive à la victoire de leur camp, ils s'étaient tus et avaient recommencé à attendre.

Deux d'entre eux se tenaient un peu à l'écart des autres. La première était une femme séduisante dans la force de l'âge. Elle avait une silhouette agile et athlétique, mais néanmoins très féminine. Ses longs cheveux dorés étaient attachés dans sa nuque. Elle portait la tenue pratique et confortable d'une guerrière, ainsi qu'une épée et une dague assortie. Pour pallier l'éventualité d'une autre attaque depuis la mer, elle s'était munie d'un arc long, qu'elle avait passé en bandoulière, et d'un carquois qui lui battait la hanche.

Son compagnon ne devait pas avoir beaucoup plus de la moitié de son âge. Son teint blafard d'adolescent n'avait pas encore cédé la place à la carnation hâlée d'un adulte, et ne le ferait sans doute pas avant un moment. Son début de barbe blond cendré était trop clair pour réussir à impressionner qui que ce soit. Mais des mois de rude labeur physique avaient endurci sa silhouette, même si ses muscles demeuraient de taille modeste. Il tenait un glamour d'observation contre son œil.

—Allez, s'impatienta sa compagne. Tu dois bien voir quelque chose.

— De toute évidence, notre camp a gagné.

— Ça, on le savait déjà. Et ce son étrange ?

En haussant les épaules, Kutch Pirathon lui tendit le tube enchanté.

— Ça bouge trop pour que je distingue quelque chose. Ç'aurait pu être n'importe quoi.

— Non. (Portant le glamour à son œil, la jeune femme scruta la scène en contrebas.) Il était trop… distinct. Et… Je ne sais pas, il m'a paru familier.

— C'était peut-être juste le vent.

— Tu n'y crois pas toi-même, Kutch. (Du menton, elle désigna la foule redevenue silencieuse qui se pressait sur les remparts.) Et eux non plus.

— Un tour de magie des pirates, alors ?

— Je ne vois pas bien dans quel but.

— Nous avons eu le dessus cette fois. Il se peut que sous le coup du désespoir…

— … ils aient décidé de chanter pour se venger ? railla la jeune femme.

Kutch baissa le nez d'un air penaud.

— Ce n'est pas vraiment ça qui te préoccupe, pas vrai ? demanda-t-il sur un ton hésitant.

— Que veux-tu dire ?

Les mots jaillirent de la bouche de Kutch en cascade :

— Il va s'en sortir, tu sais. Reeth est capable de se tirer de n'importe quel guêpier.

Incertain de la réaction de sa compagne, il lui jeta un coup d'œil en biais.

Serrah Ardacris s'autorisa un sourire.

— Tu commences à grandir, pas vrai ? Bien sûr que je me fais du souci pour Reeth. Mais ce n'est pas seulement à cause de ça. C'est à cause de notre isolement, de tout ce qui a mal tourné, des attaques de pirates et de l'avenir incertain qui nous attend.

Le jeune homme hocha sagement la tête.

— Je pense néanmoins que ce que nous avons entendu était important, s'obstina Serrah.

— En tout cas, on ne l'entend plus maintenant. (Quelque chose attira l'attention de Kutch. Il pivota vers la mer et tendit un doigt.) Regarde.

Le disque volant de Darrok se dirigeait vers eux. De loin, il ressemblait à un énorme oiseau noir planant sur les courants aériens.

Serrah colla à nouveau le glamour d'observation contre son œil pour mieux voir. Elle aperçut du feu, des débris de bois flottant et des vagues émeraude. Balayant la surface de l'océan, elle s'arrêta sur le disque qui renvoyait des reflets métalliques dans la lumière pâle du soleil. À son bord, elle put distinguer deux hommes, dont l'un avait une cape et des cheveux longs. Elle n'essaya même pas de dissimuler son soulagement.

Les gens massés sur les remparts avaient repéré la soucoupe, eux aussi. Ils se remirent à pousser des vivats.

— Fais voir, réclama Kutch.

Serrah déposa le tube dans la main tendue.

Le jeune homme se focalisa sur la scène de bataille.

— On dirait qu'on leur a infligé de sacrés dégâts. Utiliser ce sang de dragon était une fameuse idée, Serrah. Maintenant, ils y réfléchiront à deux fois avant de nous réattaquer. Serrah ?

La jeune femme avait porté un doigt à ses lèvres.

— Chut !

— Qu'y a-t-il ?

— Écoute.

Tout le monde tendit l'oreille. Un murmure impérieux parcourut la foule, qui se tut à nouveau.

Le vent avait tourné. Il leur apportait le même son que quelques minutes auparavant – mais plus distinct encore cette fois. Aucun doute ne subsistait : c'était bien une voix humaine, très pure et absolument poignante. Sur les remparts, personne ne bougeait ni ne pipait mot, si grande était l'emprise qu'exerçait sa beauté.

Enfin, Serrah chuchota :

— Quelle idiote ! Pourquoi n'ai-je pas réalisé tout de suite ?

Kutch la regarda sans comprendre.

— Réalisé quoi ?

— Ne reconnais-tu pas cette voix ?

— Non.

— Concentre-toi. À qui te fait-elle penser ?

— À quelqu'un qui chante.

— Évidemment, s'impatienta Serrah. Réfléchis un peu, Kutch. Souviens-toi du concert auquel on a assisté à Bhealfa…

Enfin, la lumière se fit jour dans l'esprit du jeune homme.

— Tu ne veux pas dire… ?

— Si. C'est lui. C'est Kinsel.

— Tu délires !

— Tu l'as entendu chanter. Comment peux-tu en douter ?

— Parce que c'est impossible !

— Et si c'était lui quand même ?

— Tu dois avoir de meilleures oreilles que moi, Serrah. À une distance pareille, je ne peux rien affirmer.

— Fais-moi confiance : j'ai raison.

— Mais qu'est-ce que Kinsel ficherait dans les parages ? Si c'est bien lui…

— Je n'en sais rien. Quelle importance ? Il est vivant, c'est tout ce qui compte, jubila Serrah.

Ils écoutèrent en silence, perdus dans leurs pensées. Le disque se rapprocha, volant si bas qu'il frôlait presque les vagues.

— Il faut faire quelque chose, décréta Serrah.

— Quoi, par exemple ?

— Le retrouver, bien sûr ! Et, ce qui est presque aussi important…

— Oui ?

— Il faut en informer Tanalvah.

— Tanalvah ?

— Elle a le droit de savoir. Ça ne sera pas facile, mais nous trouverons un moyen.

— Tu oublies quelque chose, fit remarquer Kutch.

La jeune femme pivota vers lui.

— Tanalvah est sûrement morte.

2

Les rues de Valdarr étaient de plus en plus dangereuses. Avant la Grande Trahison, les autorités impériales avaient traité les dissidents avec brutalité mais peu ou prou épargné les citoyens qui filaient droit. À présent, plus personne n'échappait à leur vindicte. Ou du moins, presque plus personne.

Dans les quartiers riches, ceux où vivaient les gens puissants qui bénéficiaient de relations haut placées, les forces de l'ordre jouaient essentiellement un rôle protecteur. En revanche, elles tendaient à harceler la population des quartiers modestes. Loi martiale, couvre-feu, descentes et arrestations sommaires ne concernaient que les plus démunis.

L'élimination de la Résistance et la recherche obstinée de rebelles survivants avaient mis la ville sur les nerfs. Mais par un curieux aspect de l'atmosphère de Valdarr – ou peut-être de la nature humaine –, la rudesse des temps n'influait guère sur les jeux de pouvoir auxquels se livraient les gens.

La plupart des riches persistaient à afficher leur statut de la manière la plus ostentatoire qui soit. Leurs vêtements, leurs voitures, leurs somptueuses résidences et autres signes extérieurs de prospérité y contribuaient, mais pour l'essentiel, ils exhibaient leur rang en faisant étalage de magie coûteuse. Des bêtes mythiques faisaient le service lors de leurs banquets ; des comédiens spectraux interprétaient des drames épiques sur leurs pelouses immaculées ; des cascades sèches dévalaient et remontaient la façade de leurs maisons.

Les pauvres s'obstinaient à se vautrer dans l'indigence. Le peu de magie qu'ils possédaient était pathétique. Un glamour farceur rudimentaire, volé ou contrefait, pour divertir un enfant affamé.

Une image enchantée perpétuant le souvenir d'un époux emmené par la garde et jamais revenu. Ou, par cette soirée glaciale, un sort de feu illusoire.

Celui-ci illuminait une ruelle crasseuse qui serpentait entre des bâtiments décrépits et dépourvus de fenêtres. Ses flammes semblaient assez réelles. Il produisait même des étincelles artificielles et un crépitement de bûches en train de brûler, de la fumée factice et un arôme âcre de bois qui se consume. Mais il n'émettait qu'une maigre chaleur, car il avait été conçu dans un but purement ornemental. Il ne durerait pas non plus très longtemps – ce qui ne l'empêchait pas d'attirer une petite foule d'indigents avides de profiter du peu de joie qu'il pouvait dispenser. Pelotonnés autour de l'illusion, les malheureux tendaient leurs mains tremblantes en dévorant les flammes du regard.

Une personne dans le lot ne semblait pas à sa place en ce lieu. Récemment arrivée, elle se tenait à moitié dans l'ombre et était mieux habillée que tous les autres. Elle avait des cheveux d'un noir d'encre et un teint légèrement olivâtre. Ses vêtements amples ne parvenaient pas à dissimuler une grossesse très avancée.

La femme respirait fort et regardait nerveusement autour d'elle, tel un animal terrifié qui hume l'air en quête de l'odeur d'un prédateur.

Un mouvement attira son attention. Au-delà du feu, des silhouettes approchaient dans la ruelle lugubre. Elles ne traînaient pas les pieds et elles ne se tenaient pas voûtées comme la plupart des gens dans ce quartier. Leur démarche était assurée, leur progression bien ordonnée. La femme se rencogna plus profondément dans l'ombre.

Quand les nouveaux venus pénétrèrent dans la lueur du feu, toutes ses craintes furent confirmées. Leur tunique écarlate, d'une teinte si reconnaissable, ne laissait place à aucun doute. Elle se maudit d'avoir eu la naïveté de croire qu'elle avait réussi à semer les paladins.

Un incident éclata. La foule loqueteuse fut écartée à coups de coude. Plusieurs hommes en rouge traversèrent le feu sans ciller. Les flammes clignotèrent, passèrent par un kaléidoscope de couleurs et moururent. À présent, la femme distinguait une patrouille de quatre ou cinq paladins devant lesquels tout le monde fuyait.

Elle toucha le collier de perles consacrées qu'elle portait autour du cou et marmonna une rapide prière à sa déesse. Puis elle tourna les talons et recommença à fuir. Derrière elle, le raffut monta d'un cran. Elle entendit des cris et un sifflement d'épée que l'on dégaine.

La ruelle débouchait sur un carrefour. À gauche et à droite, la femme aperçut d'autres allées pareillement étroites et tortueuses. Devant elle, en revanche, l'artère s'élargissait. Il y avait plus de monde dans cette direction, mais pas encore assez pour qu'elle puisse se perdre dans la masse. Elle choisit de tourner à droite.

Vingt pas plus loin, elle découvrit l'entrée d'un passage pas plus large que ses bras écartés. Elle s'y engagea. Les bâtiments qui l'encadraient étaient si hauts et le ciel si plombé qu'elle avait du mal à voir où elle allait. Pour couronner le tout, elle pataugeait dans un ruisseau d'eau glacée – et d'ordures, à en juger par l'odeur.

Malgré le froid, la fuyarde était en sueur. Ses os lui faisaient mal, et chaque pas lui coûtait un effort considérable. Mais les bruits dans son dos, qui pouvaient très bien être ceux d'une poursuite, la poussaient toujours plus loin en avant.

Une autre allée coupa la sienne et la conduisit à une minuscule place déserte. La femme traversa celle-ci en rasant les murs et émergea dans une nouvelle rue, bordée d'un côté par des maisons miteuses et de l'autre par une écurie abandonnée et condamnée. Il n'y avait personne dans les environs. Elle s'arrêta et tendit l'oreille. Tout était silencieux à l'exception du brouhaha diffus de la ville.

Perdue, à bout de forces, elle chercha un endroit où se reposer, osant espérer que personne n'était à ses trousses. Toutes les portes qu'elle pouvait voir étaient fermées, et les volets de la plupart des fenêtres étaient tirés. Le seul refuge qui s'offrait à elle était l'entrée d'une autre rue, presque en face de la sienne. La maison qui formait l'un des angles du carrefour était entourée par un muret de pierre, relativement large et à la bonne hauteur pour qu'on puisse s'y asseoir. La femme s'en approcha en se tenant les reins.

En soupirant, elle se percha sur ce banc improvisé. Elle sentit le froid de la pierre traverser ses vêtements et frissonna. Jamais elle ne s'était sentie aussi fatiguée. Elle s'installa le plus confortablement possible. Mais chaque fois qu'elle se mettait à réfléchir, fut-ce brièvement, ses démons revenaient à la charge.

Comme toujours, son esprit se tourna vers les enfants, puis vers l'homme qu'elle aimait et qui était perdu pour elle. Elle se demanda ce qu'il adviendrait d'eux. Elle pensa à la vie qu'elle portait en elle. Les choses qu'elle avait faites pour protéger ceux qui lui étaient chers pesaient lourdement sur sa conscience. Où qu'elle aille, elle n'était jamais seule : la culpabilité et le remords l'accompagnaient en permanence.

Épuisée, elle ferma les yeux.

Une main calleuse se posa sur sa bouche. Un bras puissant l'encercla. Elle tenta de crier mais n'y parvint pas.

— Tout va bien, chuchota une voix d'homme. Ne te débats pas. Je ne vais pas te faire de mal.

Cette voix lui paraissait familière, mais elle était trop basse pour que la femme réussisse à l'identifier.

— Tout va bien, répéta son agresseur sur un ton apaisant. Je vais enlever ma main. Ne hurle pas. D'accord, Tan ?

Quand elle entendit son nom, le sang de la femme se glaça dans ses veines. Elle acquiesça avec raideur.

La main s'écarta de sa bouche. Le bras retomba. Leur propriétaire lui fit face.

Elle faillit hoqueter de stupeur.

— Pense à mon bébé, souffla-t-elle. Ne me tue pas.

L'homme eut l'air aussi choqué qu'elle.

— Tan, c'est moi. C'est Quinn. Jamais je ne te ferai de mal.

Donc, il ne savait pas. Elle le détailla. Âgé d'une trentaine d'étés, comme elle, il était solidement bâti, avec des yeux noirs très vifs et un visage rasé de près à l'exception de sa moustache.

— Tan ?

Elle cligna des yeux et le fixa sans réagir.

— Quinn.

— Tu vas bien ?

— Oui. Je suis juste... surprise de te voir.

— Ça fait des mois que nous te cherchons partout ! Nous t'avons crue morte !

— Non. Je... ne le suis pas.

— De toute évidence. (Quinn Disgleirio sourit.) Et je m'en réjouis. Où étais-tu passée ?

Tanalvah Lahn se demanda si c'était un piège élaboré – si Quinn savait et jouait avec elle comme un chat avec une hirondelle avant de la dévorer.

— Ici et là, répondit-elle évasivement. Partout où je trouvais à me loger.

— Je comprends. Ç'a été une sale période pour nous tous. Et Teg et Lirrin ? Où... ?

— Les enfants sont en sécurité. Je les ai laissés à une personne de confiance.

Elle parlait à l'homme qui avait jadis voulu faire assassiner son amant. Comment aurait-elle pu s'en remettre à lui ?

— Bien. (Disgleirio scruta les rues alentour. Elles étaient toujours désertes.) Que fais-tu dans les parages ?

— J'ai eu des ennuis. (Tanalvah avait du mal à maîtriser le tremblement de sa voix.) Avec une patrouille.

— Je vois.

— Des paladins, précisa-t-elle.

L'expression de Disgleirio se figea.

— Toi alors, tu sais choisir tes ennemis ! (De nouveau, il promena un regard autour de lui, tous ses sens en alerte.) Tu as réussi à les semer ?

— Je crois. (Tanalvah aurait bien aimé qu'il cesse de l'interroger, aussi lui posa-t-elle une question à son tour :) Tu es seul ?

— Au départ, j'étais avec deux autres membres de la Fraternité. Mais, nous aussi, nous avons eu des ennuis et nous avons été séparés, expliqua Disgleirio. Écoute, c'est bientôt l'heure du couvre-feu. Je vais te conduire dans un endroit sûr. J'imagine que tu n'as nulle part où aller ?

— Non.

Tanalvah n'ajouta rien.

— Alors, allons-y. (Disgleirio fit mine de se mettre en marche, puis se ravisa.) Juste une chose.

— Oui ?

— Qu'est-ce qui t'a fait penser que je pourrais te tuer ?

Tanalvah n'aurait pas su quoi répondre si elle en avait eu l'occasion.

Les circonstances lui épargnèrent la peine de se creuser la tête. Soudain, Disgleirio la saisit par le bras et la tira brutalement sur le côté.

À l'autre bout de la rue, des hommes en tunique écarlate émergeaient de la ruelle que Tanalvah avait empruntée quelques minutes plus tôt. Disgleirio attira la jeune femme dans l'ombre, mais trop tard. Les paladins les repérèrent, se déployèrent et se dirigèrent vers eux.

— Va-t'en, dit Tanalvah. Laisse-moi.

— Tu plaisantes ? Je vais te sortir d'ici. (Tout en dégainant son épée, Disgleirio s'interposa entre la jeune femme et ses poursuivants.) Vas-y, dépêche-toi de filer.

Tanalvah recula comme si elle lui obéissait, mais s'arrêta derrière lui au bout de quelques pas. Elle n'aurait pas su dire pourquoi elle allait à l'encontre de son instinct de fuite.

L'officier de la patrouille avançait à la tête de ses hommes, l'épée au clair.

— Identifiez-vous ! aboya-t-il. Et jetez votre arme !

— Vous ne l'aurez pas, répliqua Disgleirio sur un ton égal. Et moi non plus.

— Vous protégez une suspecte. Écartez-vous !

— Impossible.

— Nous voulons la putain qalochienne, cracha l'officier, et nous l'aurons !

— D'abord, il faudra me passer sur le corps, annonça Disgleirio.

Un rictus de fureur tordit le visage barbu de l'officier.

— Ceux qui font obstruction à la loi encourent des peines très sévères. Êtes-vous prêt à les payer ?

Disgleirio haussa les épaules.

— Nous verrons.

L'officier renonça à palabrer. Le temps que Disgleirio lève son épée, il se jetait déjà sur lui. Leurs lames s'entrechoquèrent, puis se mirent à scander le rythme métallique des attaques et des ripostes. L'échange fut d'une rapidité étourdissante ; durant les trente premières secondes, chacun des deux hommes effectua une douzaine de passes potentiellement meurtrières.

Comme tous ses semblables, le paladin était un combattant aguerri, à la technique sans faille. Mais, contrairement à son adversaire, il n'était pas mû par l'énergie du désespoir. Disgleirio bloqua un coup de taille et contre-attaqua. Sa lame mordit profondément dans le bras du paladin. Tandis que du sang dégoulinait de sa plaie, l'officier tituba et lâcha son épée. La douleur et l'indignation se peignirent sur son visage. Il recula.

Confiants en les capacités de leur chef, les autres paladins n'avaient pas bougé jusque-là. Ils s'avancèrent comme un seul homme.

Disgleirio battit en retraite et faillit renverser Tanalvah. Il la poussa sans douceur dans la ruelle. Presque aussitôt, un autre paladin se jeta sur eux, fou de rage et brandissant férocement son épée. Un nouvel échange acharné débuta, d'autant plus frénétique que le reste de la patrouille approchait. Renonçant à toute subtilité, Disgleirio se mit à taper comme un forcené.

L'espace d'un moment, il sembla que les deux combattants étaient de force égale. Puis une des attaques de Disgleirio franchit la garde de son adversaire et lui entailla le cou sur le côté. Ce fut un coup fatal.

Le paladin s'écroula, bloquant le chemin de ses camarades. Dans la confusion qui s'en suivit, l'officier blessé rugit des injures.

Disgleirio saisit sa chance et attrapa le poignet de Tanalvah.

— Viens !

Ils tournèrent les talons et s'engouffrèrent dans la ruelle. Vingt ou trente pas plus loin, ils atteignirent un carrefour. Ils regardèrent en arrière. Les quatre paladins restants s'étaient lancés à leurs trousses – officier mal en point compris. Et à présent, ils avaient soif de vengeance.

Disgleirio jeta un coup d'œil à Tanalvah. De toute évidence, elle n'était pas en état de semer leurs poursuivants. Ils tournèrent à gauche et continuèrent à courir.

— Qu'allons-nous faire ? demanda la jeune femme, déjà essoufflée.

Disgleirio ne répondit pas.

— Sauve-toi. Je suis sérieuse, Quinn.

— Non.

Ils arrivèrent au bout du passage. Un grand portail de fer forgé barrait l'accès à la rue au-delà. Disgleirio en empoigna les barreaux et le secoua. Il était fermé à clé.

— Jamais je ne pourrai escalader ça, chuchota Tanalvah.

— Je sais.

Disgleirio lui reprit la main et lui fit rebrousser chemin vers une porte cochère qu'il avait remarquée au passage. Il tenta de la pousser ; elle aussi était verrouillée.

La patrouille franchit l'angle de la rue et se précipita vers les fuyards.

Disgleirio donna un grand coup de pied dans la porte. Le battant grogna et cracha des bouffées de poussière, mais ne céda pas. Par-dessus son épaule, Disgleirio jeta un coup d'œil aux tuniques écarlates qui se ruaient vers eux. Il agrippa le chambranle des deux côtés et lança son talon ferré dans la serrure. Le bois se brisa, et le battant s'ouvrit à la volée. Disgleirio poussa Tanalvah à l'intérieur.

Il y avait juste assez de lumière pour leur permettre de voir que l'endroit était à l'abandon. Leurs pieds s'enfonçaient dans la boue et les détritus décomposés qui jonchaient un petit couloir. Une odeur de pourriture planait dans l'air. Sur leur gauche s'ouvrait une pièce dont le plancher s'était effondré. La seule autre option était un escalier branlant.

Disgleirio tenta de refermer la porte. Mais il l'avait trop bien défoncée : le battant ne tenait plus que par un gond, complètement de travers.

Un paladin fonça tête baissée. Il fit mine de s'engouffrer dans l'ouverture, son arme tendue devant lui. Disgleirio lui claqua la porte au nez. Le bras droit de l'homme se retrouva coincé entre battant et chambranle. Le soldat hurla de douleur. Disgleirio s'acharna sur son bras à coups de porte jusqu'à ce qu'il s'écroule.

— L'escalier !

Tanalvah entreprit de gravir les marches, tenant son ventre distendu à deux mains. Elle montait lentement, maladroitement.

Dehors, il y eut des éclats de voix et un bruit de course. La porte défoncée tressauta. Disgleirio se jeta dessus et s'arc-bouta pour empêcher leurs poursuivants d'entrer. La lutte fut de courte durée. Un craquement annonça que les paladins avaient tout bonnement arraché le battant de son unique gond.

Disgleirio bondit vers la première marche de l'escalier et fit volte-face pour affronter ses poursuivants. Deux paladins firent irruption dans le bâtiment, épaule contre épaule. Derrière eux, dans l'allée, Disgleirio aperçut leur camarade à genoux qui tenait son bras cassé contre lui, et l'officier au bras ensanglanté qui continuait à rugir des ordres.

Tanalvah avait presque atteint le premier étage, s'accrochant à la rambarde d'une main crispée par l'effort. Quelques pas de plus l'amèneraient à un palier qui tournait avant la seconde volée de marches. Si elle tenait jusque-là.

Disgleirio se campa solidement sur ses deux pieds pour assurer les arrières de la jeune femme. Le couloir était trop étroit pour que les deux paladins puissent attaquer simultanément. Ils se bousculèrent un peu avant que l'un des deux se positionne face à Disgleirio tandis que l'autre tentait de bondir par-dessus la rambarde. Disgleirio brandit son épée pour leur barrer la route tout en reculant dans l'escalier. Le premier paladin l'imita, montant les marches au même rythme que lui pour maintenir une distance de deux longueurs de lame entre eux. Le second paladin emboîta le pas à son camarade.

Il était inévitable que violence s'en suive à nouveau. Et de fait, elle ne tarda pas. Le premier paladin chargea, son épée tendue devant lui comme pour embrocher Disgleirio. Celui-ci dévia la lame qui le menaçait. Les deux hommes échangèrent une dizaine de coups féroces, la position supérieure de Disgleirio lui conférant l'avantage. La pointe de son épée entailla le visage du paladin. Il enchaîna par une brutale attaque verticale qui défonça le crâne de son adversaire.

Le paladin mort s'écroula dans les jambes de son camarade. Tous deux roulèrent au bas de l'escalier et atterrirent en tas dans le couloir, tandis que leur officier s'époumonait d'une voix de plus en plus aiguë.

Disgleirio monta les marches deux à deux et rejoignit très vite Tanalvah.

— Continue à avancer !

La jeune femme lui adressa un regard douloureux. Il la prit par le bras et la poussa en avant.

À cet étage, il y avait deux pièces à la porte entrouverte. Elles étaient en aussi mauvais état que celle du rez-de-chaussée, avec des fenêtres barricadées à grand renfort de planches. Disgleirio entraîna hâtivement Tanalvah vers l'étage suivant. L'officier et le dernier paladin valide étaient sur leurs talons.

Un éclair bleu aveuglant déchira l'air. Disgleirio poussa Tanalvah sur le côté et plongea. Au-dessus de leurs têtes, un trou fumant, gros comme un poing, venait de s'ouvrir dans le plâtre du mur. Une odeur de brûlé leur chatouilla les narines.

Tandis que l'officier brandissait à nouveau sa baguette enchantée, Disgleirio et Tanalvah s'élancèrent dans l'escalier. Une nouvelle décharge d'énergie cobalt fusa vers eux, ouvrant un sillon dans le mur et faisant sauter un morceau de rambarde. Tanalvah hurla.

Arrivé au deuxième étage, Disgleirio poussa la jeune femme vers la volée de marches suivante. Elle commença à monter. Quelques instants plus tard, elle jeta un coup d'œil derrière elle et vit que son compagnon était toujours sur le palier, plaqué contre le mur. Portant un index à ses lèvres, il lui fit signe, de l'autre main, de continuer. Elle n'hésita qu'une seconde avant d'obtempérer tandis qu'il restait en embuscade.

Pendant un moment, il ne se passa rien. Puis la pointe d'une épée sonda prudemment l'air à hauteur de taille. Disgleirio se raidit.

Mais ce ne fut pas l'officier qui apparut sur le palier : juste son sous-fifre qu'il avait envoyé en éclaireur.

L'espace était trop exigu pour un combat à l'épée. Les deux hommes se jetèrent l'un sur l'autre, se saisirent par les poignets et commencèrent à lutter. L'officier ne devait pas être loin et risquait de se joindre à la mêlée à tout moment ; Quinn savait donc qu'il devait en finir rapidement. Il assena un coup de tête vicieux à son adversaire, brisant la prise de celui-ci, et le projeta contre le mur d'en face. Puis il saisit la dague passée à sa ceinture et la plongea dans le cœur du paladin étourdi.

Il n'attendit pas que l'homme s'écroule. Soulagé de voir que Tanalvah avait déjà atteint le dernier étage et disparu, il s'élança dans l'escalier à sa suite.

Et parvint presque à la rattraper.

Une décharge aussi violente qu'une ruade de mule faillit le renverser. L'officier avait décoché un nouvel éclair. Disgleirio eut la chance que celui-ci frappe la lame de son épée, qui absorba le plus gros de l'impact. Mais la poignée de l'arme devint instantanément brûlante, et il dut la lâcher. Sa paume rougie se couvrit d'ampoules. Il eut l'impression qu'on lui enfonçait un millier d'aiguilles chauffées à blanc dans le bras. Agrippant sa dague, il se hâta de monter les dernières marches.

Il trouva Tanalvah recroquevillée sur elle-même au dernier étage. Le regard de la jeune femme se posa sur sa main brûlée.

— Par les dieux, tu es blessé ! Que...

— Ce n'est rien, mentit Disgleirio. Je vais bien. Mais il ne nous reste plus que ça pour nous défendre.

Il lui montra sa dague.

— Qu'est-ce qu'on fait ? interrogea Tanalvah.

Sans répondre, Disgleirio examina rapidement le décor qui les entourait. Deux autres pièces, dont une dépourvue de porte. Des fenêtres barricadées. Quelques meubles bon marché, cassés.

— Quinn. (Tanalvah tendit un doigt vers le haut. Une trappe fermée par un simple loquet s'ouvrait dans le plafond.) Mais je ne crois pas que je pourrai...

— Attends.

Disgleirio jeta un coup d'œil vers l'escalier. Pour l'instant, aucun signe du dernier paladin. Il entra dans l'une des deux pièces et en ressortit avec une vieille chaise branlante.

— Et avec ça, tu crois que tu y arriveras ?

— Peut-être.

— C'est le moment ou jamais d'essayer.

Disgleirio monta sur la chaise. En se hissant sur la pointe des pieds, il fit jouer le loquet et ouvrit la trappe. Un carré de ciel nocturne s'encadra dans l'ouverture. Les étoiles commençaient tout juste à apparaître.

— Tu peux... ?

— On va le savoir tout de suite.

Tanalvah accepta la main que lui tendait Disgleirio et se hissa laborieusement sur la chaise instable. Une fois de plus, Disgleirio jeta un coup d'œil en arrière. Rien ne bougeait dans la cage d'escalier.

— Mets ton pied ici, sur le dossier de la chaise. N'aie pas peur, je te tiens. C'est bien. Maintenant, l'autre.

Une éternité d'efforts fut nécessaire pour propulser la femme enceinte à travers l'ouverture carrée et sur le toit plat de la bâtisse. Haletant, Disgleirio se hissa près d'elle et claqua la trappe derrière lui. De ce côté-là, il n'y avait rien pour la verrouiller ou la bloquer.

La nuit fraîchissait ; le souffle haletant des deux fuyards formait un nuage blanc devant leur bouche. De la glace commençait à recouvrir le bitume.

L'immeuble culminant plus haut que ses voisins, un saut assez périlleux était nécessaire pour atteindre ceux-ci. En outre, l'espace qui le séparait des maisons situées de l'autre côté de la rue était trop large pour qu'on puisse le franchir d'un bond. La monotonie de son toit plat, entouré par un petit muret, n'était rompue que par une cheminée de brique qui se dressait non loin de la trappe. Tanalvah s'y adossa tandis que Disgleirio cherchait un moyen de s'échapper.

Soudain, la jeune femme poussa un cri. La trappe venait de se soulever, livrant passage à la tête et au buste de l'officier. Déjà, l'homme pointait sa baguette.

Disgleirio plongea sur le côté et s'étala douloureusement sur l'asphalte granuleux. Avec une détonation assourdissante, un rayon d'énergie frappa le muret à l'endroit où il se tenait une seconde plus tôt. Une explosion éblouissante fit voler des éclats de maçonnerie.

Disgleirio se releva instantanément et s'élança. Il devait se mettre à couvert. L'officier avait pris pied sur le toit et s'avançait en brandissant sa baguette. Zigzaguant pour l'empêcher de viser avec précision, Disgleirio tenta de revenir vers la cheminée. Il vit que Tanalvah s'était glissée derrière celle-ci et se plaquait contre sa paroi de brique comme si elle voulait se fondre dedans.

Un éclair couleur de saphir s'écrasa sur le toit à quelques centimètres des talons de Disgleirio. Il y eut une pluie d'étincelles et la surface du bitume bouillonna, laissant échapper une désagréable odeur de goudron.

Une trentaine de pas séparait les deux hommes. Disgleirio ne voyait qu'une seule solution. Sans cesser de courir, il arma son bras, visa de son mieux et lança sa dague. L'officier se déroba et réussit à éviter que l'arme se plante dans son corps. Mais il ne fut pas assez rapide pour l'esquiver totalement. La lame toucha le dos de sa main, entaillant sa peau et faisant voler sa baguette. Celle-ci tournoya dans les airs, rebondit sur le sol et roula plus loin. Sans s'en préoccuper, l'officier dégaina son épée et chargea en rugissant.

Disgleirio n'avait pas d'autre arme que ses pieds et ses poings. Il ne pouvait rien faire d'autre que rester hors de portée des coups adverses. Une stratégie clairement limitée, puisqu'il suffisait que le paladin l'amène au bord du toit pour l'embrocher tranquillement.

Disgleirio recula devant l'officier, qui avait également tiré un couteau de sa ceinture. Mais il n'avait guère de marge de manœuvre, et bientôt, il se retrouva dos au muret. Son adversaire le rabattit dans un coin du toit et s'avança d'un pas confiant, un rictus triomphant sur les lèvres malgré les blessures qu'il avait encaissées.

— Et maintenant, tu es prêt à payer ? le provoqua-t-il. (Il se rapprocha, ses deux lames brandies devant lui.) Dès que je t'aurai achevé, je m'occuperai de la putain, promit-il en levant son épée pour porter le coup fatal.

Mais celui-ci ne vint jamais. Au lieu de ça, la foudre frappa – ou du moins, c'est ce qu'il sembla à Disgleirio.

L'officier se figea, le bras droit replié en arrière et l'épée au-dessus de l'épaule. Il baissa les yeux. Sa tunique écarlate fumait. Le contour d'un trou gros comme une chope se dessina sur le tissu. Des flammes orange s'échappèrent de la poitrine du paladin.

Il hurla. Puis il lâcha ses armes et tituba en avant. Disgleirio fit un bond sur le côté, évitant de peu ses bras tendus. Ce faisant, il aperçut le dos de l'officier et la plaie béante qui s'y découpait. Une odeur de chair rôtie parvint à ses narines.

Le buste enveloppé de flammes, l'officier heurta le muret. Il bascula et dégringola dans l'allée en contrebas. Le corps brisé, les membres formant des angles impossibles, il continua à brûler sur les pavés.

Tanalvah se tenait au milieu du toit, un bras tendu devant elle, la baguette à la main. Elle semblait en transe. Disgleirio l'appela. Elle s'arracha à sa rêverie et, comme si elle venait juste de réaliser qu'elle tenait la baguette, laissa échapper celle-ci.

— Comment… Comment as-tu fait pour utiliser cette chose ? demanda Disgleirio, encore sous le choc.

— Tu sais bien comment fonctionne la magie, répondit la jeune femme d'une voix lointaine. Le désir la déclenche. Il n'y a besoin de rien d'autre.

Disgleirio respirait profondément, tentant de se ressaisir. Il regarda en contrebas. Le paladin dont il avait cassé le bras n'était en vue nulle part.

— L'alarme va être donnée. Il faut qu'on fiche le camp d'ici.

— Oui, acquiesça Tanalvah d'une toute petite voix.

— Et, Tan… Merci, dit chaleureusement Disgleirio.

La jeune femme se contenta de hocher la tête.

De son point de vue, elle venait à peine d'ajouter une plume dans la balance de sa rédemption.

3

— C'est encore loin ? demanda Tanalvah.

— Plus très.

— On sort de la ville ?

— Pas tout à fait. On va dans les faubourgs.

Disgleirio semblait répugner à lui donner plus de précisions. Sans doute songeait-il que si les choses tournaient mal, personne ne pourrait, en torturant la jeune femme, lui faire dire ce qu'elle ignorait.

Les deux fuyards étaient assis côte à côte dans une petite carriole. Tanalvah n'étant pas en état de marcher longtemps, ni de monter à cheval, Disgleirio avait volé le véhicule peu après qu'ils eurent échappé aux paladins. Les ombres s'allongeaient ; l'heure du couvre-feu approchait, et le guerrier conduisait aussi vite qu'il l'osait.

Laissant le centre de Valdarr derrière eux, ils pénétrèrent dans les quartiers périphériques de la ville. Ici aussi, les preuves de l'occupation successive de Bhealfa par les deux empires abondaient. Rintarah et Gath Tampoor avaient tour à tour régné sur l'île au fil des générations. Leur héritage le plus visible était un étonnant bric-à-brac architectural. Chaque conquérant avait érigé des monuments destinés à commémorer sa victoire et à rappeler à la population qui commandait désormais. La plupart d'entre eux étaient d'extravagantes déclarations de puissance impériale à côté desquelles les habitations des autochtones paraissaient minuscules. Chaque fois qu'un des empires expulsait l'autre, les bâtiments du vaincu étaient démolis pour céder la place à ceux du vainqueur, ou adaptés pour servir le nouvel occupant selon un cycle qui se répétait aussi loin que remontât la mémoire humaine.

Les récents troubles civils avaient, eux aussi, laissé leur empreinte sur la ville. Les incendies criminels étaient devenus un passe-temps populaire, et les effets des armes enchantées ajoutaient une couche de discorde visuelle. Aux endroits soupçonnés d'abriter des nids de rebelles – c'est-à-dire, dans tous les quartiers pauvres –, des pâtés de maisons entiers avaient été rasés par les autorités. Tout cela contribuait à dessiner un paysage urbain extrêmement chaotique.

Riches ou non, tous les secteurs de Valdarr avaient un point commun : on y utilisait la magie à profusion – un fait que la tombée de la nuit rendait encore plus évident et plus spectaculaire. Une myriade de points lumineux bien plus vivaces que des lampes ou des bougies ordinaires clignotaient dans toutes les directions : éclats éblouissants, flambées multicolores, scintillements chatoyants et, parfois, des éclairs qui ressemblaient à la foudre terrestre.

Mais si la quantité des décharges magiques était à peu près constante, sa qualité variait de manière très perceptible. La nature d'un quartier pouvait être jugée à la puissance de ses émissions. Un exemple particulièrement criant s'offrit à Disgleirio et à Tanalvah comme ils arrivaient au sommet d'une butte. En contrebas s'étendaient deux secteurs adjacents : l'un prospère, l'autre miséreux. Un voile de lumière très pure nimbait le premier ; du second émanait la lueur faiblarde de la sorcellerie bon marché ou contrefaite. Disgleirio choisit de traverser le plus pauvre et le plus mal éclairé.

Jusque-là, les deux fuyards n'avaient pas dit grand-chose. Ce qui convenait parfaitement à Tanalvah. Nombreux étaient les sujets que la jeune femme rechignait à aborder, les pièges qu'elle préférait éviter. Mais Disgleirio décida soudain qu'il avait envie de parler.

La conversation débuta assez innocemment.

— Comment te sens-tu ?

— Ça va.

— Tu n'es pas trop secouée ?

— Non.

— Parce que dans le cas contraire…

— Quinn, je suis enceinte, pas malade ! coupa Tanalvah.

Disgleirio grimaça.

— Je sais.

Le silence retomba pendant quelques instants. Puis le guerrier demanda :

— Qu'as-tu fait pendant ces derniers mois, Tan ?

C'était l'une des questions que la jeune femme appréhendait.

— Je n'ai pas arrêté de bouger pour protéger les enfants.

— Comment as-tu fait pour vivre ?

— J'ai pris tous les boulots que je trouvais. J'ai vendu des glamours illicites pendant un moment. J'ai été serveuse dans une taverne, préparatrice d'onguents pour un guérisseur et même femme de ménage. Évidemment, c'est devenu un peu difficile ces derniers temps. (Elle posa une main sur son ventre distendu.) Mais des gens m'ont aidée.

Elle ne mentait que partiellement.

— Tu n'as pas essayé de nous retrouver ?

— Comment ? Je n'osais pas me rendre dans les anciens refuges de la Résistance de peur d'être repérée par des espions. De toute façon, vous aviez dû les évacuer.

— Oui, je comprends ça. Mais, comme je te l'ai déjà dit, nous t'avons cherchée partout.

— Valdarr est une grande ville.

— Certes, convint Disgleirio. Je voulais juste que tu saches que nous ne t'avions pas abandonnée.

Après ça, Tanalvah eut beaucoup de mal à articuler :

— Je… J'ai essayé de faire profil bas.

— Et tu as réussi. Jusqu'à ce soir.

— J'ai manqué de chance.

Je n'en aurai peut-être plus jamais, songea-t-elle.

— Pourquoi les paladins te poursuivaient-ils ?

— Je me demande parfois s'ils ont besoin d'une raison.

— Exact. (L'expression de Disgleirio se troubla.) Tan… À propos de Kinsel…

Les entrailles de la jeune femme se tordirent. Elle agrippa le bord du siège si fort que ses articulations blanchirent.

— C'est juste que…, bredouilla Disgleirio. Juste que… Je ne sais pas si tu es au courant, mais…

— Je suis au courant.

Il ne pensa pas à lui demander comment elle l'avait appris.

— Je suis désolé, Tan.

— Tu n'as pas à l'être. Nous ne sommes pas certains qu'il soit… mort. Officiellement, il n'est que porté disparu. (Une pensée atroce traversa l'esprit de la jeune femme.) À moins que… tu aies reçu des nouvelles ?

— Non. Aucune. Et tu as raison : tant qu'il reste une infime possibilité qu'il ait survécu, nous devons garder espoir.

Tanalvah faillit dire à Disgleirio qu'elle savait qu'il avait suggéré d'assassiner Kinsel, mais elle n'était guère en position de le lui reprocher.

Les maisons qu'ils longeaient s'espaçaient peu à peu ; les routes vérolées d'ornières devenaient de moins en moins carrossables. Entre les bâtiments, ils commençaient à apercevoir de la végétation. L'emprise de la densité urbaine faiblissait à vue d'œil

Ils se dirigeaient vers l'est, se rapprochant de la cordillère contre laquelle Valdarr se pelotonnait. Dans l'obscurité glaciale de cette nuit sans lune, les montagnes basses paraissaient aussi noires que l'âme d'un paladin.

Le temps était à la neige. Tanalvah resserra sa cape autour d'elle.

Disgleirio lui jeta un coup d'œil.

— Nous ne nous en sommes jamais vraiment remis, tu sais, dit-il sur le ton de la confidence. La Grande Trahison… Elle nous a arraché les entrailles.

Depuis le début, la jeune femme redoutait qu'il aborde le sujet de la catastrophe – ce qui était pourtant inévitable. Elle ne put que hocher la tête.

— Nous avons perdu… les dieux seuls savent combien de partisans, poursuivit Disgleirio. Dont pas mal que tu devais connaître.

Tanalvah craignit qu'il se demande pourquoi elle ne s'était pas enquise de leur sort.

— Je… J'essaie de ne pas y penser, balbutia-t-elle.

Ce qui était la stricte vérité.

— Je ne peux pas t'en blâmer, acquiesça Disgleirio.

— Et Serrah, Caldason et Kutch ? Quelqu'un sait ce qu'ils deviennent ?

— Aux dernières nouvelles, ils se trouvaient sur l'île de Diamant. J'ignore comment ils s'en sortent là-bas, mais au moins, ils ont réussi à s'échapper.

— C'est bien. Oh, et Phénix ?

— Lui aussi a pu rejoindre Batarriss. Ou du moins, nous le pensons. Le reste du Chapitre nous a recontactés quelques semaines après la Trahison.

Tanalvah n'aurait pas dû poser la question suivante, mais elle ne put s'en empêcher.

— Savez-vous qui...

— ... nous a trahis ? Nous avons beaucoup de théories mais aucune preuve. Bien sûr, il se peut que ça n'ait pas été une seule personne, mais toute une faction de mécontents. Nous ne le découvrirons probablement jamais. (Disgleirio secoua la tête.) Mon unique certitude, c'est que je suis incapable de comprendre la mentalité d'un traître.

— La ou les personnes en question n'ont peut-être pas eu le choix.

— Tu veux dire qu'on a pu les torturer ?

— Oui.

Après tout, c'était une forme de torture qu'on lui avait infligée, songea Tanalvah.

— Tan, je ne veux pas raviver de mauvais souvenirs, mais Kinsel a enduré le pire sans céder. (Disgleirio lui jeta un coup d'œil compatissant.) Ce qui est tout à son honneur. Bref. Comme je viens de te le dire, je doute que nous apprenions un jour ce qui s'est passé.

— Et c'est l'opinion générale – qu'on ne saura jamais ? Les gens sont prêts à tourner la page ?

Les mots n'avaient pas plus tôt quitté sa bouche que Tanalvah réalisa combien sa question était idiote, née de son désespoir.

— Ce n'est pas le genre de chose qu'on peut oublier, Tan.

— Je sais. Pardon.

— Ne t'excuse pas. Nous aimerions tous effacer ça de nos mémoires. Mais la probabilité de ne jamais découvrir l'identité du traître ne tempère pas l'ardeur avec laquelle nous le recherchons, affirma Disgleirio. Il n'est pas un membre de la Résistance qui ne lui trancherait la gorge avec joie s'il en avait l'occasion.

Mal à l'aise, Tanalvah tenta de changer de sujet :

— Je ne t'ai pas demandé de nouvelles de Karr. Comment va-t-il ?

— Quand il a découvert qu'on nous avait trahis, son cœur a failli lâcher, révéla Disgleirio. Il a fini par se rétablir, mais sa santé en a beaucoup pâti. Ce qui ne l'empêche pas de continuer à se dépenser sans compter – tu le connais. Il ne fait aucune concession à son état et, pour une fois, je suis forcé de l'approuver. Nous nous démenons tous comme des damnés juste pour rester en vie.

Tanalvah détourna ses yeux remplis de larmes. Sans le savoir, Disgleirio venait de retourner le couteau brûlant de la culpabilité dans sa plaie.

— Nous y sommes presque, annonça son compagnon. Tu vas bientôt pouvoir te reposer.

Si seulement c'était aussi simple...

Tanalvah fit un effort pour se ressaisir. Elle se tamponna les yeux avec un mouchoir et, voyant que Disgleirio l'observait, expliqua sur un ton gêné :

— Le froid me fait larmoyer.

Disgleirio hocha la tête et ne fit pas de commentaire.

Tanalvah commença enfin à s'intéresser à ce qui l'entourait. Le paysage était devenu semi-rural, avec des bâtiments de plus en plus isolés. Çà et là, la jeune femme apercevait des granges et autres dépendances. S'ils continuaient comme ça, ils ne tarderaient pas à pénétrer en zone agricole.

— Quinn, où allons-nous exactement ? s'enquit-elle. Le seul endroit que je connais dans le coin, c'est...

— ... les Pâturages du Sommeil. Tu as deviné.

Tanalvah ne put réprimer un frisson. De nouveau, elle se demanda si ce n'était pas un piège élaboré par ses victimes, une ruse conçue pour la mener à sa perte et lui faire subir un terrible châtiment.

Disgleirio perçut son inquiétude.

— Inutile de faire cette tête. Je sais que ce n'est pas un lieu de villégiature idéal, mais, crois-moi, tu y seras en sécurité.

Quelques minutes plus tard, ils arrivèrent en vue de leur destination.

Les Pâturages du Sommeil étaient le plus ancien et le plus vaste des cimetières de Valdarr. Ils existaient déjà sous une forme plus modeste quand la cité avait été fondée ; au fil des siècles, ils n'avaient cessé de s'étendre tandis que leurs monuments devenaient de plus en plus sophistiqués.

Pendant plusieurs générations, cette nécropole avait été la dernière demeure des riches comme des pauvres. Les familles dirigeantes de Bhealfa entretenaient de splendides mausolées dans son enceinte, mais celle-ci abritait également plusieurs hectares de fosses communes – juste un peu à l'écart, un peu moins visibles.

À présent, les Pâturages du Sommeil étaient bondés et passés de mode. Il n'y venait presque plus personne.

Un haut mur de pierre entourait le cimetière. Cependant, certains tombeaux ostentatoires culminaient encore plus haut, de sorte que la pointe de leur flèche décorée était visible de l'extérieur – tout comme la cime d'arbres vertigineux dont le vent agitait les branches squelettiques.

— Entrer avec la carriole serait imprudent, déclara Disgleirio. Il va falloir l'abandonner et finir à pied. Tu t'en sens capable ?

— Ça ira.

Il pénétra dans un petit champ dont aucune barrière n'interdisait l'accès et au fond duquel se dressait une maisonnette plongée dans le noir. Après avoir aidé Tanalvah à descendre, il s'approcha du cheval attelé au véhicule et lui donna une tape rassurante.

— Ne t'inquiète pas, dit-il à Tanalvah, supposant qu'elle se préoccupait du bien-être de l'animal. Je veillerai à ce qu'on s'occupe de lui.

L'heure du couvre-feu avait sonné, si bien que les rues étaient désertes. Disgleirio ne relâcha pas son attention pour autant. Tanalvah et lui se dirigèrent vers le cimetière en profitant des ombres pour se dissimuler. Mais nul incident ne vint troubler leur courte marche.

Bientôt, ils arrivèrent devant un imposant portail de fer forgé, fermé par une non moins imposante serrure à la mortaise plus large que la main d'un homme.

— Elle est munie d'un sort d'alarme, expliqua Disgleirio en plongeant une main dans sa poche.

Il en sortit une clé longue comme une petite dague. Le portail émit un grincement aigu quand il le poussa juste assez pour permettre à Tanalvah de se faufiler entre les deux battants. Puis il activa un orbe enchanté pour éclairer leur chemin.

Un calme de mort – au sens littéral du terme – régnait à l'intérieur de la nécropole. Ils empruntèrent l'allée centrale, qui tenait plutôt du large boulevard bordé de sépultures fantomatiques. Tout au bout se dressait un temple jadis majestueux, désormais décrépit et lugubre.

Bien avant qu'ils l'atteignent, Disgleirio fit tourner Tanalvah dans un chemin beaucoup plus étroit et moins bien entretenu, où les pierres tombales penchaient sur le côté et disparaissaient à demi sous les mauvaises herbes. Ils avaient tout juste la place de marcher de front.

— Ne m'oubliez pas ! grogna soudain une voix.

Tanalvah glapit et agrippa le bras de Disgleirio.

— Du calme, Tan, dit son compagnon en lui prenant la main. Ce ne sont que des mémoriaux animés. Pas de quoi s'affoler. Regarde.

Plusieurs des tombes voisines s'étaient activées, projetant une image spectrale de leur occupant. Celui qui venait de parler était un vieil homme chauve, à la peau jaunie comme du parchemin.

— Ils se déclenchent quand on passe près d'eux, expliqua Disgleirio. Désolé, j'aurais dû te prévenir.

Tanalvah s'écarta de lui. Elle se sentait idiote.

— C'est moi qui suis trop impressionnable.

Ils poursuivirent leur chemin.

Tous les quelques pas, ils activaient un nouveau mémorial enchanté, conjurant des images des morts : hommes, femmes, vieux, jeunes, l'air souffrant ou éclatant de santé, souriants ou maussades. Tanalvah remarqua pourtant que certaines pierres tombales ne réagissaient pas.

— Bien entendu, le glamour ne continue à fonctionner que si la famille le recharge régulièrement, lança Disgleirio sur le ton de la conversation. Ils finiront par tous s'éteindre.

La plupart des glamours étaient de nature vocale. Ils dispensaient des salutations, des perles de sagesse ou des mises en garde sinistres. Certains racontaient la vie du défunt ou récitaient de la poésie. D'autres marmonnaient des prières ou énonçaient des prophéties. Leur ton était tantôt suppliant, tantôt joyeux, pompeux ou mélancolique. Quelques-uns chantaient ou jouaient d'un instrument de musique.

Tanalvah détestait cet endroit. Elle ne pouvait s'empêcher de penser au genre de messages qu'auraient laissé les gens qu'elle avait envoyés dans l'au-delà. Quand ils tournèrent à nouveau et s'engagèrent dans une allée plus tranquille, la jeune femme éprouva un soulagement intense.

Ils continuèrent à marcher, ne croisant que de rares tombes lépreuses. Un bosquet au feuillage dense se dressait devant eux ; ils se dirigèrent vers lui.

— Mieux vaut que je te prévienne : nous avons des sentinelles, annonça Disgleirio.

— Sont-elles dangereuses ?

— Elles en ont l'air. Mais ce ne sont pas des glamours de premier choix. Elles sont essentiellement faites pour dissuader les intrus. Si nos ennemis savaient à quel point nos défenses sont ridicules…

Un long hurlement déchira le silence nocturne. Les petits cheveux de Tanalvah se hérissèrent sur sa nuque.

— Ah, les voilà ! s'exclama Disgleirio.

Un quadrupède émergea de la lisière des arbres. À cette distance, il paraissait gris. Trois autres créatures identiques – profilées et rapides – émergèrent à sa suite. Comme elles approchaient des nouveaux venus, leurs traits se précisèrent. Elles avaient des mâchoires puissantes et des griffes tranchantes comme des rasoirs. Leur fourrure soyeuse était d'un blanc de neige, et leurs yeux étaient roses.

Tanalvah se demanda pourquoi la Résistance avait choisi des loups albinos, avant de décider que c'était probablement tout ce qu'elle avait eu les moyens de s'offrir.

Les glamours se rapprochèrent et se déployèrent en demi-cercle, se positionnant comme pour attaquer. Leurs reniflements et leurs grondements étaient des plus crédibles.

Disgleirio claqua des doigts sous le nez de chacun d'eux tour à tour. Les loups se changèrent en nuages de brume verte légèrement phosphorescente, qui se dissipèrent presque aussitôt. Tanalvah capta l'odeur caractéristique du soufre.

— Notre seconde ligne de défense est humaine, assura Disgleirio, et c'est aussi la dernière. Viens. Nous ne sommes plus très loin.

Il allongea le pas, et Tanalvah dut accélérer pour ne pas se laisser distancer.

Ils pénétrèrent dans ce qui s'avéra être un petit bois. Ici, les arbres étaient rapprochés, la végétation dense et le chemin inexistant. À certains endroits, les feuilles mortes formaient de petites montagnes, mais Disgleirio savait exactement où il allait.

— Ce bosquet continue jusqu'au pied des collines.

— Nous aussi ?

— Oui. Nous y sommes presque. Ça va, la marche n'est pas trop dure ?

— Si j'ai besoin d'aide, je réclamerai.

Deux hommes armés, vêtus de noir et arborant une expression sévère, jaillirent du feuillage pour leur barrer la route. En reconnaissant Disgleirio, ils baissèrent leurs épées mais continuèrent à détailler Tanalvah. C'était la première fois que la jeune femme les voyait. Disgleirio leur parla de la carriole abandonnée et leur demanda de s'en occuper. Sans un mot, ils hochèrent la tête et s'écartèrent pour laisser passer les visiteurs.

Tout s'était déroulé aussi vite que dans un rêve. Mais Tanalvah avait d'autres préoccupations, et son angoisse ne cessait de grandir.

Peu de temps après, Disgleirio et elle arrivèrent devant un mur de pierre recouvert de lierre. Deux autres gardes apparurent, identifièrent Disgleirio et le saluèrent. Puis ils se tournèrent vers le mur et écartèrent un filet astucieusement entrelacé de plantes grimpantes, révélant l'entrée d'une caverne.

Disgleirio sortit un autre orbe lumineux de sa poche et le tendit à Tanalvah.

— C'est la partie la plus ancienne du cimetière – les catacombes, expliqua-t-il en s'y engageant. Plus personne n'y vient de nos jours. La nature a creusé la plupart des galeries, et la main de l'homme a façonné les autres dans un passé lointain. C'est ici que nos ancêtres commencèrent jadis à ensevelir leurs morts. (Il s'arrêta et dévisagea Tanalvah.) J'ai oublié de te demander : ça ne te pose pas de problèmes de descendre dans des souterrains, pas vrai ?

— Je m'en accommoderai.

La jeune femme craignait bien davantage d'affronter les gens auxquels elle avait causé tant de tort. Mais il était trop tard pour reculer.

— Tant mieux. Heureusement que tu n'es pas comme Serrah.

— Quoi ?

Elle tenta de focaliser son attention sur Disgleirio.

— Serrah. Tu sais bien : elle est claustrophobe.

— Ah, oui ! Évidemment. Ça ne lui aurait sans doute pas trop plu.

Ils se remirent en marche.

— Il existe plusieurs autres entrées, révéla Disgleirio avec un geste du pouce par-dessus son épaule. En cas d'urgence, on peut évacuer rapidement. Et les tunnels eux-mêmes constituent une bonne défense : il est facile de s'y perdre quand on ne les connaît pas, et certains sont sujets aux inondations.

Ils enchaînèrent plus de tours et de détours que Tanalvah n'aurait pu en compter. Le passage qu'ils suivaient descendait en pente douce ; il était un peu plus haut qu'eux et dépourvu de tout éclairage, avec des parois polies par une éternité de ruissellement souterrain. Une odeur musquée, que Tanalvah trouva déplaisante, flottait dans l'air.

Leur progression finit par devenir plus facile. Des orbes enchantés et des torches allumées firent leur apparition le long des murs, et comme les deux compagnons s'enfonçaient dans le dédale, le gris-brun terne des murs céda la place à des couleurs inattendues. Des veines jaunes, rouges, pourpres et vertes apparurent à la surface de la roche.

Ils longèrent des tunnels larges ou étroits. Ils traversèrent des cavernes dont certaines, immenses, abritaient d'étranges formations minérales. Ils négocièrent des forêts de stalactites et de stalagmites. Tanalvah n'aperçut pas le moindre signe des corps qui avaient été déposés là dans l'ancien temps, même si Disgleirio lui assura qu'ils étaient légion.

Bientôt, des bruits d'occupation humaine et des échos de voix parvinrent à leurs oreilles. Ils commencèrent à apercevoir des gens dans les passages latéraux : des hommes et des femmes occupés à exécuter des corvées, à porter des tonneaux et des caisses. Une animation fébrile bourdonnait dans l'air.

Enfin, ils atteignirent l'entrée d'une vaste salle souterraine dont le plafond culminait si haut qu'il se perdait dans la pénombre. Plusieurs tunnels débouchaient sur cette grotte. Des dizaines de gens entraient et sortaient d'un pas pressé ; ils érigeaient des montagnes de provisions ou affûtaient les lames qui garnissaient des râteliers bien remplis. Devant de multiples établis, ils façonnaient d'autres armes ou cousaient des vêtements tandis que des enfants circulaient avec des seaux d'eau et que des chiens et des cochons se promenaient en liberté. Des torches flambaient partout. Au centre de la caverne brûlait un grand feu qui répandait une fumée piquante et une odeur de bois douceâtre, à laquelle se mêlait un arôme de viande en train de rôtir.

— Tu as l'air contrariée, Tan, remarqua Disgleirio. Qu'est-ce qui ne va pas ?

— Moi ? Je suppose que c'est le choc. Nos retrouvailles ont été si soudaines, et je ne m'attendais vraiment pas que tu m'emmènes dans un endroit pareil.

— Tu es en sécurité à présent. Nous allons nous occuper de toi. Et si tu t'inquiètes pour Teg et Lirrin, cesse immédiatement. Nous nous occuperons d'eux aussi. Tu es de nouveau entre amis, Tan.

— Entre amis, répéta-t-elle tout bas.

— Oui. Des amis qui vont être ravis de te revoir, ajouta Disgleirio.

La jeune femme ne répondit pas.

— Je reviens dans une minute, lui dit-il en souriant.

Tanalvah avait conscience que tout le monde l'observait : certaines personnes à la dérobée, d'autres avec une curiosité non dissimulée. Un ou deux visages lui disaient quelque chose, mais la plupart lui étaient inconnus. Elle se demanda combien de ces gens avaient perdu un proche à cause d'elle. Elle avait du mal à se défaire de l'impression qu'ils connaissaient son crime. Qu'ils voyaient l'inique secret enfoui dans les profondeurs de son âme.

Sa respiration s'étrangla dans sa gorge. La tête lui tourna. Elle ne savait pas comment se soustraire à leurs regards inquisiteurs.

— Tanalvah !

Disgleirio revenait vers elle, mais ce n'était pas lui qui avait crié son nom. Un vieillard le flanquait, et Tanalvah mit un moment à réaliser de qui il s'agissait. En revanche, elle identifia instantanément la femme d'âge mûr qui fermait la marche.

— Tanalvah, répéta le vieillard en ouvrant grands les bras.

— Patricien, chuchota la jeune femme.

— C'est juste Karr maintenant, corrigea-t-il en l'étreignant. Je ne peux pas vous dire combien je me réjouis que Quinn vous ait retrouvée, ma chère. Nous commencions à croire que nous ne vous reverrions jamais.

— Moi aussi, répondit Tanalvah en essayant de ne pas trop se raidir.

Elle était choquée par l'aspect du vieil homme. Dulian Karr avait le dos voûté, les traits tirés, le teint couleur de cendre, et les cheveux encore plus rares et plus blancs qu'avant – si une telle chose était possible. Le politicien énergique et distingué de son souvenir n'était plus que l'ombre évanescente de lui-même. Sa maladie l'avait ravagé.

Non ; je l'ai ravagé, réalisa Tanalvah.

— Faites-moi un peu de place.

La femme d'âge mûr qui accompagnait Karr s'avança en souriant et étreignit elle aussi la Qalochienne. En un témoignage d'affection fort étonnant de sa part, elle lui planta même un baiser sur la joue.

— Goyter, la salua Tanalvah. C'est bon de vous revoir.

— Et réciproquement, ma petite.

L'administratrice de Karr n'avait guère changé. Elle restait étonnamment robuste pour son âge, et, malgré son sourire, elle gardait l'apparence de quelqu'un qui ne s'en laisse pas facilement conter. Ses cheveux relevés en chignon étaient peut-être un peu plus gris qu'auparavant, son front un peu plus ridé, mais rien de plus dramatique.

— Nous avons tant de choses à te raconter, reprit Goyter. Et je ne serais pas étonnée que ton histoire soit encore plus surprenante que la nôtre.

— À qui le dites-vous…, murmura Tanalvah.

— Regarde-toi ! (Goyter recula d'un pas pour mieux détailler la jeune femme.) Tu ne dois plus être très loin d'accoucher, non ?

— En effet.

— J'espère que vous allez bien, s'inquiéta Karr. Pas de problèmes avec le bébé ? Ni avec les enfants ? Sont-ils en sécurité et en bonne santé ?

— Oui, tout va bien, lui assura Tanalvah.

D'un large geste du bras, le vieil homme désigna la caverne.

— Alors, qu'en pensez-vous ? Le Conseil révolutionnaire uni – ou du moins, ce qu'il en reste – terré dans un cimetière. Une métaphore appropriée pour l'état de la Résistance, diraient certains.

— C'est... original.

— Ça manque un peu de confort, mais nous sommes ici chez nous. Et un cimetière me paraît un bon endroit pour préparer une résurrection.

— Une résurrection ?

— La petite n'a pas envie d'entendre ça, intervint Goyter. Ne voyez-vous pas qu'elle a besoin de repos ?

Karr parut contrit.

— Pardonnez-moi, Tan. Nous avons beaucoup de temps à rattraper, mais ça peut attendre. (Souriant, il prit le bras de la jeune femme.) Venez, nous avons fait préparer un lit pour vous.

Disgleirio s'était tenu à l'écart pendant la conversation. Goyter se tourna vers lui.

— Quinn, qu'est-il arrivé à ta main ?

— Oh, ce n'est rien ! (Le bandage improvisé du guerrier avait glissé, révélant de vilaines cloques.) Sans Tanalvah, je ne serais plus là.

— Vraiment ? s'étonna Karr.

— Elle a été très courageuse, Dulian. Je lui dois la vie.

— Je la reconnais bien là, commenta fièrement Goyter.

Tous tournèrent un visage souriant vers la jeune femme.

Des larmes ruisselèrent sur les joues de Tanalvah. Des secousses agitèrent ses épaules. Elle se couvrit le visage de ses mains et s'abandonna à ses sanglots.

— C'est normal de craquer, murmura Goyter en s'approchant pour la réconforter. Avec toutes les épreuves que tu viens de traverser... Mais c'est fini maintenant. Tu es de nouveau en famille.

Tanalvah continua à sangloter de plus belle.

En surface, les premiers flocons de neige saupoudraient le sol gelé.

4

Il commençait à neiger.

—Nous aurions dû prendre des chevaux, grommela Caldason.

—Nous y sommes presque. Et puis, tu tiens à rester en forme, oui ou non ?

—Je connais des tas de manières beaucoup plus agréables de faire de l'exercice.

Serrah Ardacris sourit.

—Concentre-toi sur le boulot en cours, Reeth. Et cesse de changer de sujet. Nous parlions de Kinsel. Qu'allons-nous faire à son propos ?

— *Tu* parlais de Kinsel. Moi, je ne suis toujours pas convaincu.

—Il est quelque part au large, Reeth.

—Comment peux-tu en être aussi sûre ?

—Je l'ai entendu chanter. Toi non. Ce n'est pas le genre de chose qu'on peut oublier. Crois-moi, c'était bien lui.

—Reconnais que ça semble peu probable.

—Et pourquoi ça? La galère de Kinsel a disparu en mer. Des pirates pourraient très bien être responsables de sa perte !

—C'était très loin d'ici.

—Et alors ? C'est à ça que servent les bateaux, pas vrai ? À transporter des gens d'un endroit à l'autre.

—Mais pourquoi chanterait-il ?

—Décidément, tu es encore plus bouché que d'habitude ! s'emporta la jeune femme. Je n'en sais rien. Peut-être quelqu'un l'y force-t-il. Peut-être est-ce sa façon de se signaler. Ça n'a pas d'importance. Tout ce qui compte, c'est comment on va le délivrer.

Caldason grimaça.

— Tu es vraiment persuadée que c'était lui, hein ?

— *Oui !* C'est ce que je me tue à te dire, pour l'amour des dieux ! Écoute, Reeth, s'il y a ne fût-ce qu'une chance infime que j'aie raison, nous devons faire quelque chose, non ? Nous lui devons bien ça.

— En effet. J'en parlerai à Darrok et au Conseil.

— Il nous faut un plan.

— Nous en aurons un.

Serrah prit la main du Qalochien.

— Merci, mon amour.

C'était le crépuscule, et un vent glacial leur mordait la figure. Le ciel de plomb commençait juste à déverser son fardeau de neige.

Ils se trouvaient dans l'intérieur de l'île de Diamant. Le chemin sur lequel ils marchaient était mal entretenu, comme la plupart des routes du complexe touristique abandonné. Certains des bâtiments qu'ils dépassaient étaient tombés en ruine à force de négligence. D'autres demeuraient intacts et habitables, mais beaucoup avaient été conçus dans un but purement récréatif et ne pouvaient guère être utilisés pour la défense de Batarriss. Caldason et Serrah les avaient vus tant de fois qu'ils ne les remarquaient même plus.

— On devrait essayer de prévenir Tan au sujet de Kinsel, suggéra Serrah en négociant une plaque de boue gelée.

— Ça risque d'être difficile. L'île est pratiquement sous blocus. Les pirates, les empires ou les trois à la fois semblent intercepter tous les glamours messagers que nous envoyons. Sans compter que nos réserves de magie sont au plus bas. Nous aurons du mal à persuader le Conseil d'en dépenser une partie dans un but autre que notre défense.

— Je connais le problème, Reeth. Mais nous devons quand même essayer.

— Ne vaudrait-il pas mieux attendre jusqu'à ce que nous soyons sûrs ? Jusqu'à ce que nous ayons un autre élément que ta certitude sur lequel nous appuyer ?

— Ne recommence pas avec ça.

— Je suis sérieux, Serrah. Nous ne pouvons pas donner de faux espoirs à Tanalvah.

— Si j'étais à sa place et si j'attendais de tes nouvelles, je crois que je voudrais savoir. Serait-ce si grave de lui donner une branche à laquelle se raccrocher ?

— Ça pourrait l'être, si la branche est pourrie. Il faut y réfléchir. Et puis, nous ne savons même pas si elle est encore en vie.

— Bien sûr que si. Tan est une survivante, Reeth.

— J'en parlerai à quelques personnes. Bref ! Nous sommes presque arrivés.

Caldason indiqua les tours qui marquaient leur destination. Leur sommet commençait à apparaître par-delà la colline que Serrah et lui escaladaient.

Quelques minutes plus tard, la structure que les rebelles avaient, non sans ironie, baptisée « leur citadelle » s'offrit à la vue des deux amants.

Cet ancien hôtel destiné aux riches touristes était le plus haut bâtiment de l'île. Large et solide, il était en outre muni d'une demi-douzaine de tours, de remparts, d'un toit plat entouré par un mur crénelé, et même d'une herse et d'une douve asséchée, envahie par les feuilles mortes. Mais de citadelle, il n'avait que l'apparence. Sa façade de pierre purement décorative ne résisterait pas à un assaut concerté. Ses portes et ses fenêtres avaient, elles aussi, l'air plus solides qu'elles ne l'étaient réellement.

Jamais Caldason n'aurait choisi un tel endroit comme ultime position défensive, ni même approuvé son emplacement. Mais c'était tout ce dont les rebelles disposaient. Le fort de la côte avait été bâti à partir de rien ; sa construction avait pris tant de temps et mobilisé tant de ressources qu'il n'était plus resté grand-chose à consacrer à la citadelle centrale. Les rebelles n'avaient pas eu d'autre choix que de bricoler ce bastion de fortune.

Des groupes de gens se massaient autour des échafaudages, abattant des arbres, sciant des planches ou les clouant à coups de marteau dans un vacarme assourdissant. Des chariots qui ramenaient des pierres destinées à renforcer les remparts faisaient la queue devant la herse, tandis que des maçons préparaient du ciment dans des vasques géantes.

Caldason et Serrah descendirent le versant de la colline en échangeant des salutations avec les ouvriers.

— Voici Zahgadiah et Pallidea, dit Serrah en tendant un doigt.

Il était difficile de ne pas remarquer l'ancien propriétaire de l'île qui, installé sur son disque volant, inspectait le travail d'une vingtaine de forgerons en train de s'acharner sur leurs enclumes. La femme vêtue de cuir noir qui l'accompagnait offrait un spectacle presque aussi frappant avec ses cheveux d'un roux flamboyant qui lui tombaient jusque sur les reins.

Darrok héla les nouveaux venus de sa voix rocailleuse. Pallidea se contenta de leur adresser un signe de tête.

— Éloignons-nous de ce raffut, suggéra Darrok.

Caldason et Serrah suivirent son disque volant. Ils longèrent un des murs de la forteresse jusqu'à ce que le bruit soit retombé à un niveau tolérable. Le ciel s'était assombri, et les flocons tombaient de plus en plus dru.

— Comment ça se passe ? interrogea Caldason.

— Pas trop mal, répondit Darrok en balayant la scène du regard. Mais il reste beaucoup à faire.

— Comme partout ailleurs sur l'île. À ton avis, il y en a encore pour combien de temps ?

— Deux semaines. Peut-être plus. (Darrok reporta son attention sur Serrah.) Nous n'avons pas eu l'occasion de discuter depuis que nous avons repoussé les pirates, pas vrai ?

— Nous n'avons jamais le temps de discuter, répliqua la jeune femme.

— Exact. Je voulais juste te dire que c'était une idée géniale d'utiliser du sang de dragon contre les hommes de Vance. Ç'a vraiment fait pencher la balance en notre faveur.

— Merci, mais l'idée ne vient pas de moi. Je l'ai empruntée à la Résistance, qui l'employait à Bhealfa.

— Tu es trop modeste, Serrah.

— Du sang de dragon ? s'étonna Pallidea.

Fort taciturne, la garde du corps et maîtresse de Darrok n'intervenait que rarement dans les conversations.

— La substance responsable des explosions, expliqua Darrok. C'est une poudre qui détonne au contact de l'eau. Serrah en avait apporté avec elle, et elle a trouvé un moyen de l'utiliser : une ingénieuse petite bourse contenant de l'eau et une fiole en verre remplie de poudre, qui se brise en cas de choc violent. Et avant que tu me poses la question – non, ce n'est pas vraiment du sang de dragon ; ça en porte juste le nom.

— Très drôle, répliqua sèchement Pallidea.

— Il en reste ? s'enquit Caldason.

Darrok secoua la tête.

— Plus beaucoup. Nos magiciens essaient d'en fabriquer d'autre.

— Zahgadiah, tu as entendu quelqu'un chanter après la bataille, n'est-ce pas ? interrogea Serrah.

Caldason soupira. Elle le foudroya du regard.

— Oui, acquiesça Darrok, j'ai entendu. Reeth m'a dit que selon toi, c'était Kinsel Rukanis.

— Absolument.

— Je suis allé à un de ses concerts, une fois. À Gath Tampoor, je crois.

Serrah sauta sur cette occasion de confirmation.

— Et tu as reconnu sa voix ?

— Pas vraiment. Mes oreilles sont comme mes jambes : en fer-blanc. (Darrok tapa sur sa cuisse avec son poing fermé, provoquant un bruit métallique étouffé.) Je n'ai jamais été un grand amateur de musique.

— Alors, pourquoi as-tu été à son concert ? demanda Serrah, une pointe d'exaspération dans la voix.

— C'était une bonne occasion de me montrer – ce qui est important pour un homme dans ma position. Ou du moins, qui l'était avant que je me retrouve coincé ici avec votre petite bande d'insurgés loqueteux.

— Tu aurais pu partir si tu l'avais vraiment voulu, fit sèchement remarquer Caldason. Aujourd'hui encore, il n'est pas trop tard.

— C'est ce que tu ne cesses de répéter. Tu veux te débarrasser de moi, peut-être ?

— Non, mais cette bataille n'est pas la tienne. Tu ne devrais pas te sentir obligé de rester.

— Il est très difficile de me contraindre à quoi que ce soit, Reeth. Et corrige-moi si je me trompe, mais à la base, cette bataille n'était pas non plus la tienne, lui rappela Darrok. Non, je crois que je vais rester. Au moins un petit moment. Je suis curieux de voir comment les choses vont tourner. Et puis, j'ai toujours eu un faible pour les minorités et les causes désespérées.

Caldason sourit. Sa première impression sur l'ancien pirate avait radicalement changé au fil des mois.

— Mais nous nous écartons du sujet, reprit Darrok. J'ai quelque chose à vous dire. Comme vous le savez, nous avons procédé à notre premier recensement. En fait, nous nous sommes bornés à compter les habitants de l'île, mais je viens juste de recevoir les chiffres, et je pensais que ça pourrait vous intéresser.

— Effectivement, confirma Serrah.

— Au départ, les survivants de la Grande Trahison parvenus jusqu'à Batarriss – y compris vous deux, Kutch, mes gens et les éclaireurs de la Résistance déjà en place – se montaient à un peu moins de deux mille cinq cents. Nous en avons perdu environ une centaine, morts de causes naturelles ou durant les raids de pirates. Mais nous en avons également gagné. Dans les semaines qui ont suivi votre débarquement, nous avons assisté à un afflux de réfugiés de tout poil, de sorte que la population totale de Batarriss atteint désormais les trois mille sept cents têtes.

— C'est plus que je ne le pensais, admit Caldason.

— Moi aussi. Et quelques bateaux continuent à arriver – mais de moins en moins nombreux, parce que les abords de l'île sont devenus vraiment dangereux ces derniers temps.

— Comment se décompose ce chiffre ? interrogea Serrah.

— De manière assez inégale, reconnut Darrok, ce qui pourrait poser problème dans l'avenir. À supposer que cet endroit en ait un. Nous avons environ deux mille six cents hommes pour seulement un millier de femmes – et une centaine d'enfants, dont certains encore bébés. La bonne nouvelle, c'est qu'une soixantaine d'entre eux mis à part, tous les hommes sont dans la force de l'âge et en état de se battre.

— Sais-tu combien de gens il faudrait pour défendre correctement cet endroit ?

— D'une invasion en force menée par l'un des deux empires ? Je dirais dans les vingt ou trente mille. Au minimum.

— Maudit soit-il ! cracha Serrah.

— Qui ça ?

— Le traître qui a vendu la Résistance et nous a mis dans cette position.

— Je pense que nous sommes tous d'accord sur ce point.

— Si nous survivons à tout ça et si je découvre un jour l'identité du coupable, je me ferai un plaisir de lui trancher la gorge. Très lentement.

— Tu seras sans doute obligée de faire la queue, grimaça Darrok.

Caldason revint sur la défense de l'île :

— Mais nous sommes capables de repousser les pirates, n'est-ce pas ? Tant qu'ils n'attaquent pas plus nombreux qu'ils l'ont fait jusqu'ici.

— Probablement.

— Et ni Rintarah ni Gath Tampoor ne sont en train de réunir une flotte pour nous envahir ?

— Pour ce que nous en savons, non. Mais nous n'avons pas d'autres nouvelles que celles apportées par les derniers arrivants sur l'île. Nous ne pouvons pas en être certains. (Darrok dévisagea le Qalochien avec curiosité.) Où veux-tu en venir ?

— Si je n'agis pas très bientôt, je ne finirai jamais ce que j'ai commencé.

— La Clepsydre ! lâcha Serrah.

Caldason acquiesça.

— Est-ce le bon moment, Reeth ?

— Ce sera peut-être le seul moment. (Le Qalochien lut l'anxiété dans les yeux de sa compagne.) Serrah, c'est très important pour moi.

— Je sais. Je me demande juste si c'est réaliste. Beaucoup de choses ont changé depuis que tu as appris l'existence de la Source.

— Pas pour moi.

— Comment peux-tu être certain que cette Clepsydre n'est pas un mythe ? intervint Darrok.

— Je ne peux pas. Mais c'est ma seule chance de trouver un remède.

— Sais-tu comment la trouver ? Ou de quelle façon elle te conduira au grimoire – si c'est bien ça que tu cherches ? D'après ce que j'ai compris, elle est cachée sur une île, un petit point perdu parmi des centaines d'autres au milieu de l'océan.

— Phénix m'a montré des cartes. Je crois que je peux y arriver. Quant à la Source, quelque forme qu'elle revête... Là encore, je devrai m'en remettre à la chance. Je n'ai pas d'autre solution.

— Personne ne peut t'empêcher de partir, bien entendu, et pour ma part, je n'essaierai même pas. Mais tu vas devoir persuader le Conseil de t'allouer un bateau et un équipage. Dans les circonstances présentes, je doute qu'il accepte.

— Je peux être très persuasif.

— J'ai tellement peur que tu sois déçu, dit Serrah.

— Plus que je l'ai déjà été ? répliqua Caldason. (Puis il se radoucit et sourit.) Jusqu'à ces derniers temps, du moins.

Le visage de sa compagne s'éclaira, et elle lui rendit son sourire.

— Vous comptez partir ensemble ? interrogea Pallidea.

Serrah jeta un coup d'œil à son homme.

— Reeth n'est pas assez fou pour tenter de me laisser en arrière.

Darrok eut un rire rocailleux.

— Je n'aurais jamais cru te voir cet air énamouré un jour, Serrah.

La jeune femme lui suggéra un endroit où ranger son disque volant, ce qui arracha un sourire à Pallidea – une véritable rareté.

La neige tombait toujours plus dru. Quelqu'un avait planté un drapeau orné d'un scorpion au sommet d'une butte voisine ; le tissu vert claquait bruyamment au vent.

— Quoi que tu décides, Reeth, dit Serrah en s'enveloppant plus étroitement avec sa cape, tu sais que je te soutiendrai. Mais j'espère que nous pourrons d'abord faire quelque chose pour Kinsel.

— Je ne partirai pas avant que nous ayons tiré cette affaire au clair.

— Bien. Tu sais, Tanalvah m'a raconté une chose dont je ne t'ai jamais parlé. Quand Kinsel était enfant, son père a été arrêté par les autorités – sous un prétexte fallacieux, apparemment. Il a été condamné à travailler comme esclave, puis à servir dans l'armée. Ça l'a tué. La similitude entre son histoire et celle de Kinsel m'a beaucoup frappée, comme elle a dû frapper Tan. Tel père, tel fils… Sauf qu'on ne peut pas le laisser finir de la même façon, pas vrai ?

— Il mérite notre aide, décida Darrok. Il faut qu'on en discute tous les deux, Reeth.

— C'est aussi ce que je pensais. Dis-moi, à supposer que ce soit bien Kinsel et qu'il soit prisonnier de Vance, à ton avis, pourquoi chante-t-il ?

— Pour un homme qui se comporte comme un sauvage, Vance a des goûts étonnamment raffinés. Tu serais surpris.

— Tu crois qu'il s'offrirait un concert privé pendant une bataille ?

— Tu ne le connais pas, Reeth. Il en est parfaitement capable. Par exemple, pour ajouter une touche dramatique à la scène – bien qu'elle m'ait paru suffisamment dramatique telle quelle. Ou pour se consoler de notre victoire. Vance est imprévisible. Peut-être a-t-il seulement voulu nous provoquer.

— Tu veux dire qu'il pourrait être au courant du lien qui existe entre Kinsel et nous ?

— Qui sait ? Après avoir passé quelque temps sur une galère et avoir été confié aux tendres soins de Vance, ton ami a pu révéler n'importe quoi.

— Les bourreaux du Conseil de sécurité intérieure n'ont pas réussi à le briser. Les paladins non plus.

Darrok haussa un sourcil.

— Je suis impressionné. Il doit être très courageux.

— Je me suis souvent demandé pourquoi ils avaient condamné Kinsel aux galères au lieu de l'exécuter purement et simplement, lâcha Serrah.

— Tu dois comprendre le mode de pensée de nos dirigeants, répondit Darrok. Ils voulaient peut-être montrer au peuple qu'aucune insurrection ne serait tolérée, mais sans se mettre l'opinion publique à dos en supprimant un homme aussi populaire que Rukanis. La politique joue toujours un rôle prépondérant dans ces décisions. Connaissant le caractère de nos chers dirigeants, il se peut aussi qu'ils aient agi par pur sadisme, sachant que la fin de votre ami serait d'autant plus longue et douloureuse.

— Ça leur ressemblerait bien, cracha Serrah.

Darrok épousseta distraitement les flocons de neige qui constellaient sa tunique et levez le nez vers le ciel en clignant des yeux.

— Le temps se gâte vraiment. Malédiction ! Il va falloir interrompre les travaux extérieurs. Rentrons.

Serrah passa un bras autour de la taille de Caldason, qui l'imita. Flanqué de Pallidea, Darrok entraîna ses compagnons vers l'entrée de la pseudo-forteresse. Au passage, il exécuta quelques signes avec ses mains : l'ordre silencieux de poser les outils et d'aller s'abriter. Les ouvriers reconnaissants ne se firent pas prier. Ils éteignirent leurs feux et jetèrent une couverture sur le dos des chevaux. Une petite fille qui ramassait des clous épars posa son seau et courut à l'intérieur.

La neige s'abattait sur le paysage telle une nuée de sauterelles.

— En ce qui concerne Rukanis, nous ne devons pas trop tarder à agir, déclara Darrok. Ce qu'il a subi aux galères n'est rien à côté des traitements que peut lui infliger Vance. Si votre ami est vraiment tombé entre les mains de ce démon, je le plains de tout mon cœur.

5

— Prenez donc du raisin.

— Non, merci, répéta Kinsel Rukanis avec raideur, mais en gardant les yeux baissés pour plus de sûreté.

Kingdom Vance reposa la coupe à fruits en cristal sur la table de chêne poli. Il détacha un gros grain violacé, le fourra dans sa bouche et adopta une expression de ravissement exagérée.

— Mmmh ! Vous ne savez pas ce que vous manquez.

— Ce qui me manque vraiment, répliqua Kinsel en osant lever les yeux, c'est ma liberté.

Le pirate feignit l'inquiétude.

— Ma générosité laisserait-elle à désirer d'une quelconque façon ? La qualité de mon vin ne vous conviendrait-elle pas ? Les draps de soie de votre lit seraient-ils… ?

— Je répugne à vous priver du plaisir de vous moquer de moi, Vance, mais par pitié, n'insultez pas mon intelligence.

— Vous trouvez ça intelligent de faire affront à ma générosité ? D'habitude, quand quelqu'un me parle sur ce ton, il ne lui reste pas longtemps à vivre.

— Si vous voulez me tuer, ne vous gênez pas. Même la mort serait préférable à votre genre d'hospitalité.

— Vous pouvez reprendre votre liberté quand vous le désirez. Pour cela, il vous suffit de me vaincre en combat singulier. Si vous le désirez, nous pouvons nous affronter tout de suite, sur le pont.

— Je vous ai déjà dit que je m'y refusais.

— Je vous donne ma parole que mon équipage vous relâcherait au cas où vous gagneriez, si c'est ce qui vous tracasse. Ou, si vous craignez d'être moins bon que moi à l'épée, nous pourrions trouver un moyen d'équilibrer nos chances. Par exemple, je pourrais me battre avec une main attachée.

—Je ne prendrai pas les armes, s'obstina Kinsel. Ni contre vous, ni contre personne.

Vance éclata de rire.

—Vous me fascinez, Rukanis. Vous n'êtes pas un lâche, et pourtant, vous ne croyez pas à la violence. Alors que je l'ai toujours considérée comme un instrument précieux dans mon métier – et une perpétuelle source de divertissement, par-dessus le marché.

Ce n'était pas une vaine fanfaronnade. Kinsel avait été témoin de la brutalité capricieuse que le pirate exerçait envers ses ennemis comme envers son équipage.

Les deux hommes étaient costauds chacun à sa façon. Plus grand que la moyenne, Vance était en outre doté d'une carrure robuste. Une masse de cheveux noirs bouclés encadrait son visage anguleux et buriné, dont le menton disparaissait sous une épaisse barbe. Il affectionnait les vêtements voyants. Ce jour-là, il portait une redingote bleue bordée d'or et un pantalon rentré dans des bottes de cuir qui lui montaient jusqu'aux genoux. Et il croulait littéralement sous les bijoux: bracelets, boucles d'oreilles, chaînes, pendentifs, anneau à chaque doigt.

Autant la personnalité de Vance était flamboyante, autant celle de Rukanis était modeste et effacée. Même avant sa condamnation aux galères, personne n'aurait pu l'accuser d'ostentation. Un peu plus petit que la moyenne, il avait une silhouette épaisse, avec une poitrine en forme de tonneau qui dénotait son exceptionnelle capacité pulmonaire de chanteur. Mais son uniforme de prisonnier était devenu un peu grand pour lui durant ses mois de captivité. Quant à sa barbe et ses cheveux courts, jadis si soigneusement taillés, ils avaient poussé au point de devenir impossibles à discipliner.

Vance croqua dans une pomme rouge.

—Si vous n'êtes pas prêt à vous battre pour votre liberté, je ne suis pas prêt à vous l'accorder. (Une deuxième bouchée et il jeta le reste de la pomme par-dessus son épaule d'un geste désinvolte. Elle alla rejoindre les autres fruits à moitié mangés qui jonchaient le sol de sa cabine luxueusement meublée et décorée.) Et puis, vous m'êtes plus utile vivant que mort.

—Pourquoi? interrogea Kinsel.

—D'abord à cause de vos dons de chanteur. Quoi que vous en pensiez, je ne suis pas un sauvage.

Vance rota et, d'un revers de manche, essuya le jus qui avait coulé dans sa barbe.

—Et ensuite ?

—Vous avez été condamné pour votre activité de résistant. Qui mieux que vous pourrait convaincre les insulaires de se rendre ?

—Je ne connais pas ces gens. Pourquoi m'écouteraient-ils ?

—Vous sous-estimez votre influence. L'île de Diamant est désormais sous la coupe des rebelles. Vous comptez certainement des amis parmi eux.

—Vous vous avancez beaucoup. Et quand bien même ce serait le cas, pourquoi se rendraient-ils à cause de moi ? Leur vision vaut davantage que la vie d'un seul homme, argumenta Kinsel.

—Leur vision, répéta le pirate sur un ton méprisant. Elle est à peu près aussi réaliste que celle d'un eunuque qui irait chercher le plaisir dans un bordel. (Il fixa Kinsel d'un regard dur.) Connaissez-vous Zahgadiah Darrok ?

—Son nom me dit quelque chose, répondit prudemment Kinsel.

—Darrok est à l'origine de cette machination. Il s'est allié avec ces maudits révolutionnaires pour me priver de ce qui m'appartient de droit !

—Vous voulez parler de Batarriss ? Je croyais que Darrok en était le propriétaire.

Dans une brusque flambée de colère, Vance abattit son poing sur la table, faisant tressauter les plats.

—Propriétaire, mon cul ! Il me l'a pratiquement volée !

Kinsel jugeait cela fort improbable, mais il préféra garder le silence.

—Darrok et moi avons une histoire commune, poursuivit Vance en se calmant quelque peu. Dans le temps, nous avions uni nos efforts pour prendre le contrôle de ces eaux et étendre notre domination bien au-delà. (Il adopta une expression théâtralement blessée.) Je croyais que nous étions amis. Puis il m'a poignardé dans le dos. Une trahison impardonnable.

—Je ne vois pas le rapport avec moi, objecta Kinsel.

—Alors, vous manquez d'imagination. Cette île devrait m'appartenir – à moi, et à l'alliance que j'ai forgée avec d'autres marchands aventuriers. Nous en avons besoin pour l'utiliser comme base. Et je ferai le nécessaire pour que nous l'ayons. Si ça implique de vous utiliser d'une quelconque manière... Tant pis pour vous.

— Les rebelles refuseront d'effectuer un échange, si c'est à ça que vous pensez. Et d'ailleurs, je ne voudrais pas qu'ils acceptent.

— Comme c'est noble de votre part, ricana Vance.

— Essayez de vous mettre à leur place. Mon salut ou leur avenir à tous. Le choix est vite fait.

— Nous verrons.

— Toute cette histoire est pure folie, Vance. Vous gaspillez des vies pour... Quoi ? Un bout de rocher au milieu de l'océan. Il existe d'autres îles. Pourquoi ne pas vous installer sur l'une d'elles ?

— Les vies ne sont qu'une denrée comme une autre dans mon métier. Les hommes qui sont venus chercher fortune au sein de l'alliance l'ont fait volontairement et en toute connaissance de cause. La seule chose qui compte, c'est mon honneur.

— Donc, c'est votre honneur qui réclame un tel carnage ? Ne vaudrait-il pas mieux trouver un arrangement avec les rebelles ? Peut-être pourraient-ils même... ?

— Assez ! Votre... sagesse m'offense.

Kinsel se raidit dans l'attente d'une gifle – ou pire. Mais le coup ne vint pas. Au lieu de ça, Vance se cala confortablement dans son fauteuil, posa ses pieds sur la table et croisa les mains derrière sa tête.

— Chantez pour moi, ordonna-t-il. Comme vous l'avez fait l'autre jour, après la bataille.

— Et si je refuse ?

— Puisque vous vous souciez tant de la vie d'autrui... Disons que le sort des dix prochains prisonniers qui tomberont entre mes mains dépendra de ce que vous allez décider. Se balanceront-ils au bout d'une corde ou pas ? À vous de voir.

— Très bien, répondit Kinsel à voix basse.

Il se leva, tentant de se préparer pour ce qui s'annonçait comme une épreuve.

— Choisissez quelque chose d'apaisant, réclama Vance. Cette conversation m'a énervé.

Parce que son geôlier manifestait des émotions aussi volatiles que celles d'un enfant, Kinsel opta pour une berceuse.

Il se mit à chanter. Le morceau qu'il avait choisi n'était pas particulièrement triste, mais son interprétation lui conférait une certaine mélancolie. Inévitablement, cela lui rappela Tanalvah et les enfants. Depuis des mois, penser à eux était la seule chose qui lui permettait de tenir – et à présent, se lamenter sur leur perte lui procurait un certain réconfort.

Ses pensées se tournèrent vers le monde normal qu'il avait été contraint de laisser derrière lui. Comme sa familiarité lui paraissait lointaine ! Presque irréelle...

Kinsel Rukanis soupirait après son ancienne vie. Il n'aspirait qu'à retrouver la raison qui régnait en maîtresse à Bhealfa.

Quelque part dans un coin reculé de l'ouest de Bhealfa, le prince Melyobar tentait de manger un poulet cru.

Assis à une petite table dans la spacieuse salle de pilotage de son palais volant, il mâchait d'un air dégoûté la chair caoutchouteuse qui refusait de céder sous ses dents.

— Pouah ! (Il cracha sa bouchée en grimaçant.) C'est immonde ! Qui a eu l'idée de me servir cette horreur ?

Un serviteur alarmé se précipita vers lui et s'inclina très bas.

— Je vous demande pardon, Votre Altesse, mais c'est vous qui l'avez réclamé.

— Quoi ?

Perplexe, Melyobar cligna des yeux.

— Vous avez dit... C'est-à-dire, Votre Altesse a exigé qu'à l'avenir, toute sa nourriture lui soit servie crue pour déjouer d'éventuelles tentatives d'empoisonnement.

— Quand ?

— Vous avez eu la bonté d'en donner l'ordre à votre chef hier, Altesse.

— Sornettes !

— Mais, Votre Éminence...

— J'ai dit : « foutaises » ! Cet idiot m'aura mal entendu. Ou quelqu'un aura fait exprès de déformer mes instructions. (L'assiette et les couverts du prince volèrent à travers la pièce.) Emportez ça !

Le serviteur se baissa pour ramasser les débris et se retira, tentant de fuir et de s'incliner simultanément.

— Fouettez le cuisinier ! hurla Melyobar tandis qu'il disparaissait. Et faites-vous fouetter aussi pour insolence !

Comme il contemplait la table vide, un soupçon lui traversa l'esprit.

— Par les dieux, marmonna-t-il. (Il haussa la voix.) Gardes ! Gardes !

Deux sentinelles accoururent en tirant leur épée.

— Sire ? interrogea le sergent.

— J'ai des raisons de croire qu'Elle se trouve à bord, annonça Melyobar. (Les gardes n'eurent pas besoin de lui demander de qui il parlait.) Je crois qu'Elle utilise son pouvoir de métamorphose. Donnez l'alerte. Passez tout le palais au peigne fin ; cherchez quelqu'un qui se fait passer pour moi.

Perplexes, les gardes le dévisagèrent d'un air interrogateur.

— De toute évidence, ça ne peut pas être moi ! aboya Melyobar. Imbéciles ! Allez, au travail !

Les gardes se retirèrent. De plus amples instructions étaient inutiles : leur monarque leur demandait de chercher la Mort au moins une fois par jour.

Melyobar était toujours tendu dans le meilleur des cas ; cet incident ne fit rien pour apaiser ses nerfs. Bien qu'à peine âgé d'une quarantaine d'années, il semblait beaucoup plus vieux, et ses cheveux clairsemés avaient viré au gris prématurément. Son visage rasé était bouffi, avec des traits grossiers et un teint cireux ; son corps à la chair flasque frôlait l'obésité.

— Votre Altesse ! cria le timonier depuis la barre. Nous approchons de la vallée !

Melyobar se leva et le rejoignit, oubliant instantanément son agitation et ce qui l'avait provoquée. Son manque de suite dans les idées était légendaire.

La moitié supérieure de la salle de pilotage était en verre transparent – une substance précieuse à travers laquelle Melyobar put contempler le paysage. Devant lui s'étendait l'entrée d'une vallée partiellement dissimulée sous un manteau blanc. À peine distinguait-on une piste qui serpentait dans le fond, entre des arbres aux branches chargées de neige.

Si un observateur avait été posté au sommet d'une des deux falaises assaillies par le blizzard, il aurait été témoin d'un spectacle étonnant.

Le palais volant de Melyobar était énorme, décoré de façon plus qu'ostentatoire, et à présent recouvert d'une couche de flocons scintillants. Propulsé par une magie dont le coût représentait une bonne partie du produit national brut de Bhealfa, il glissait dans les airs sous la direction d'une équipe de magiciens du plus haut niveau.

Tout aussi impressionnante était la cour qui suivait cette extravagance architecturale. Plusieurs dizaines de châteaux et de manoirs appartenant à de riches courtisans flottaient majestueusement dans le sillage du palais princier. Bien que modestes comparés à celui-ci, ils eussent frappé l'esprit de quiconque les aurait contemplés hors de ce contexte.

Toute la procession était enveloppée d'énergie crépitante. Des éclairs éblouissants, semblables à de la foudre bleue, fusaient d'une structure à l'autre, les reliant telle une toile d'araignée magique sans cesse changeante.

En contrebas, se déplaçant à même le sol, une armée tentait de suivre l'allure. Il s'agissait en fait de deux armées : une force militaire méritant cette appellation, et une foule de plusieurs dizaines de milliers de civils. Ces derniers voyageaient à bord d'une multitude de véhicules roulants de tous types ou montaient des troupeaux de chevaux. Les plus humbles marchaient. Tous étaient cinglés par la neige et giflés par le vent glacial.

— Pourquoi avançons-nous si lentement ? s'enquit Melyobar en s'affalant sur son trône.

— À cause du temps, sire, répondit nerveusement le timonier. Nous ne pouvons pas aller plus vite dans ces conditions. (Il désigna la paroi de verre.) Et cette vallée est très étroite, Altesse. Y faire passer votre palais sera aussi délicat qu'enfiler une aiguille.

Melyobar ricana.

Comme ses supérieurs et l'ensemble de leurs subordonnés, le timonier aurait de loin préféré emprunter un autre chemin, mais le prince avait insisté pour qu'ils prennent celui-ci, et survoler la gorge aurait consommé une quantité ruineuse de magie.

Ils s'engagèrent prudemment dans le défilé, bien au-dessus des arbres. Les falaises abruptes qui les encadraient semblèrent se refermer sur eux. Des perles de sueur apparurent sur le front du robuste timonier. La navigation mobilisait chaque parcelle de sa compétence, essentiellement parce qu'il devait anticiper les réactions du titanesque vaisseau qu'il dirigeait. C'était comme barrer un navire monstrueux en mer : à cause de son poids phénoménal, quelques secondes s'écoulaient toujours avant qu'il réagisse aux manœuvres.

Le palais perdit un peu d'altitude, et sa base effleura la cime de quelques arbres particulièrement hauts. La neige ainsi délogée s'abattit sur les suivants qui voyageaient en dessous, ajoutant à leur inconfort. Ils poussèrent un rugissement de protestation. Le timonier se hâta de reprendre un peu d'altitude.

— Allez, bougez-vous, grommela Melyobar. Nous n'avons pas de temps à perdre.

La fragile concentration du timonier vola en éclats. Sa main tressaillit sur la barre, juste assez pour faire dévier ce Léviathan d'un degré par rapport à sa trajectoire initiale. Il lutta pour redresser.

Inexorablement, le palais volant glissa vers la falaise de droite. Il y eut une série de craquements bruyants, suivis par un grincement intense comme le bâtiment raclait la paroi rocheuse. Toutes les personnes présentes dans la salle de pilotage – soit une vingtaine de fonctionnaires et de gardes – serrèrent les dents. La pièce trembla. Verre et porcelaine s'écrasèrent sur le sol. Seul le prince semblait suprêmement indifférent, ou inconscient de ce qui se passait.

Graduellement, le timonier ramena le palais sur sa trajectoire initiale. Mais le calme revenu ne dura pas plus de trente secondes. Un virage serré se profilait droit devant. Afin de le négocier correctement, le timonier devait réduire la vitesse de vol. C'était une opération délicate. S'il décélérait trop, le flux d'énergie magique s'interromprait, et plus rien ne maintiendrait le palais dans les airs.

Avec l'impatience palpable de Melyobar pour toile de fond, le timonier mit ce qui sembla une éternité à franchir la courbe sinueuse. Deux assistants étaient venus le seconder ; ils s'affairaient devant une rangée de leviers qui commandaient un système de gouvernail complexe.

Au sortir du virage, chacun réprima un soupir de soulagement – à l'exception de Melyobar qui pressa le timonier d'accélérer. La vallée venait de s'ouvrir devant eux ; le palais pouvait donc se déplacer en ligne droite et prendre à nouveau de la vitesse.

Les autres bâtiments de la procession suivirent le mouvement. Telle une file de drones derrière leur éléphantesque reine, ils se massèrent à l'entrée de la courbe en ralentissant autant que leur pilote l'osait. Mais l'un des derniers, une construction dotée de multiples tourelles et d'une façade d'albâtre, s'approcha beaucoup trop vite du château grandiose qui le précédait. Il tenta de freiner et de virer simultanément. Un de ses angles heurta le château, qui oscilla sur le côté, et le choc l'envoya ricocher contre la falaise de bâbord.

Les vitesses impliquées étant toutes relatives, les spectateurs avaient l'impression d'assister à un étrange ballet sous-marin.

Le palais d'albâtre percuta la falaise et se comprima littéralement, perdant en un clin d'œil un bon tiers de sa masse. Des morceaux de maçonnerie se détachèrent et tombèrent. L'espace d'un instant interminable, le bâtiment demeura suspendu dans les airs, des éclairs céruléens jouant à sa surface. Puis sa magie se volatilisa, annulant le contrat qu'elle avait passé avec la gravité.

Le palais dégringola comme une pierre.

Les suivants qui furent assez malchanceux pour se trouver directement sous lui n'eurent pas la moindre chance d'en réchapper. Se désagrégeant dans sa chute et vomissant ses occupants hurlants, le palais s'abattit sur eux comme une avalanche.

L'impact fut pareil à un coup de tonnerre; il libéra d'énormes nuages de poussière que même l'abondante chute de neige eut du mal à étouffer.

Melyobar se leva afin de mieux voir le chaos qui prenait possession du défilé.

— Je crois que c'était la résidence du comte Barazell, lança-t-il à la cantonade. Dommage ! (En soupirant, il se renfonça dans son trône.) Néanmoins, cela devrait divertir la Mort pendant un moment. (Il agita une main languide.) En avant toute !

Le palais volant prit de la vitesse. Bientôt, ses occupants purent apercevoir le bout de la vallée. La procession ne tarderait pas à émerger dans les champs recouverts de neige qui s'étendaient au-delà.

Melyobar fit signe à un aide de camp. Comme toutes les autres personnes présentes dans la pièce, l'homme était livide. Mais contrairement au prince, ce n'était pas son teint naturel.

— Dès que nous aurons franchi l'obstacle, envoyez un détachement sur le lieu de l'accident.

L'aide de camp s'inclina.

— Bien entendu, seigneur. Je demande aux sauveteurs de se tenir prêts.

— Les sauveteurs ? Oh ! D'accord. S'ils trouvent des survivants, ils peuvent les ramener, concéda Melyobar. Mais dites-leur de donner la priorité aux cadavres.

— Aux cadavres, Altesse ? répéta l'aide de camp, sa raideur et ses lèvres pincées le faisant ressembler à l'un d'eux.

— Juste une petite sélection. Une vingtaine, ça me conviendrait parfaitement.

— Votre Altesse a-t-elle besoin d'un genre de... corps particulier ?

— Je ne suis pas difficile. Mais, à bien y réfléchir, ceux des classes inférieures nous serviraient probablement mieux.

— Très bien. Ce sera tout, Votre Grandeur ?

— Oui, oui. Dépêchez-vous.

Quand l'aide de camp se fut retiré, Melyobar se leva, dépassa tout un aréopage de courtisans qui le saluèrent bien bas et sortit de la salle de pilotage.

Dehors, il fut rejoint par une partie de sa garde personnelle : quatre hommes en armes qui lui emboîtèrent le pas. Il les entraîna dans un corridor terminé par une porte de chêne, devant laquelle un sorcier se prélassait sur sa chaise. Le sorcier se leva d'un bond. Avec force courbettes obséquieuses, il ouvrit la porte et fit signe au prince et à son escorte d'entrer, puis il se faufila à l'intérieur derrière eux.

La pièce était lambrissée, parfaitement carrée et guère plus grande qu'un placard. Elle ne contenait qu'un orbe enchanté fixé au plafond et une plaque de porcelaine brune, grande comme un livre et sculptée de runes, sertie dans le mur près de la porte. Sur un ordre sec de Melyobar, le sorcier posa sa paume sur cette plaque.

La pièce se mit à descendre. Lentement d'abord ; puis elle prit de la vitesse, et l'estomac du prince fit un petit saut carpé. C'était une sensation qu'il adorait.

Sa chambre d'élévation privée n'était guère qu'une simple boîte. Elle circulait à l'intérieur d'un puits qui reliait le plus haut niveau du palais à l'un de ses niveaux les plus bas, avec des accès à divers étages entre les deux. Une pression générée magiquement et alimentée par la même énergie que celle qui propulsait le palais, la faisait monter ou descendre au commandement du sorcier opérateur. Melyobar s'était toujours enorgueilli d'adopter les dernières innovations.

La contenance maximale de la chambre était de six personnes. Ses occupants étaient donc pressés les uns contre les autres. Melyobar se trouvait au centre, ce qui offrait à ses gardes une occasion unique d'apprécier sa conception toute personnelle de l'hygiène. La descente se déroula dans un silence gêné.

Quand la chambre atteignit enfin sa destination, son arrivée fut ponctuée par un chœur d'expirations longtemps retenues. Laissant le sorcier derrière eux, Melyobar et son escorte s'engagèrent dans un labyrinthe de passages aveugles, semblables à un dédale souterrain. Au terme d'une longue marche qui leur fit franchir plusieurs postes de contrôle et portails verrouillés, ils atteignirent une double porte blindée gardée par des hommes en armes. Melyobar ordonna à son escorte de l'attendre là et entra seul.

La pièce dans laquelle il venait de pénétrer était vaste et dépourvue de fenêtres, avec des parois de pierre irrégulières qui lui donnaient l'aspect d'une caverne malgré la lumière dispensée par des dizaines d'orbes enchantés. Une vingtaine de personnes travaillaient là – des sorciers, pour la plupart.

L'un d'eux salua Melyobar.

— Vous aurez besoin de ceci, Votre Altesse, ajouta-t-il en lui tendant un encombrant masque blanc, identique à celui que portaient tous les occupants de la pièce.

Melyobar eut besoin de l'aide du sorcier pour le placer correctement sur son nez et sa bouche. Le tissu était imprégné de désinfectant mélangé à un léger parfum, qui lui arracha une quinte de toux.

— Comment avancent vos recherches ? demanda-t-il après avoir dégluti.

— Plutôt bien, sire. Vous voulez voir ?

— Pour quelle autre raison serais-je ici ?

Le sorcier guida Melyobar vers le fond de la pièce. Là se dressaient quatre énormes cuves métalliques, percées chacune d'une fenêtre. Le prince se dirigea vers la plus proche et regarda à l'intérieur, mais il ne vit qu'un liquide laiteux. Il allait s'en plaindre quand un objet sphérique, d'une pâleur mortelle, cogna contre la vitre. Choqué, il glapit et recula d'un bond.

— Inutile de vous inquiéter, Altesse, le rassura le sorcier. À condition d'observer les règles de sécurité, rien de ce qui se trouve là-dedans ne peut nous faire de mal.

Sous l'emprise d'une fascination morbide, Melyobar fixa la tête du cadavre immergé. Celui-ci semblait avoir appartenu à un homme, mais dans la mesure où il avait commencé à se décomposer, il était impossible de se prononcer avec certitude. Un de ses yeux manquait à l'appel ; l'autre était exorbité. La chair boursouflée avait viré au vert.

— Pardonnez mon outrecuidance, Altesse, reprit le sorcier, mais nous avons vraiment besoin d'autres cobayes.

— Je m'en occupe. Vous avez déjà utilisé tous les autres ?

— Oui, sire. Mais comme vous le savez, le procédé est encore au stade expérimental, ce qui signifie que nous avons beaucoup de déchets.

La cour ambulante produisait des cadavres à un rythme régulier. Melyobar faisait enfermer ses ennemis supposés dans des cages qu'il suspendait dans le vide au-dessus des remparts jusqu'à ce que leurs occupants meurent de faim. De temps en temps, il jetait son dévolu sur une personne au hasard et la faisait torturer au cas où elle se serait avérée être sa Némésis déguisée. Ou bien il poignardait sans crier gare les gens qui dînaient avec lui. Mais de toute évidence, cela ne suffisait pas à satisfaire les besoins des sorciers.

— Qu'avez-vous d'autre à me montrer ? interrogea-t-il.

— Notre première distillation, sire, répondit le sorcier avec une pointe de fierté guillerette.

— Vous avez réussi à produire l'essence ?

— Pas tout à fait, Altesse. Mais nous y sommes presque. Venez, sire. Venez voir.

Le sorcier entraîna Melyobar vers un placard verrouillé et introduisit une clé enchantée dans la serrure. Puis il plongea la main à l'intérieur et en sortit une minuscule fiole de verre. Priant pour que son souverain ne demande pas à l'examiner de plus près, il la leva à hauteur de son visage.

Melyobar, qui était myope comme une taupe, cligna des yeux.

— C'est complètement transparent, protesta-t-il. On dirait de l'eau.

— Ne vous y trompez pas, seigneur. Beaucoup de choses sont invisibles à l'œil nu.

— Cela produira-t-il les effets escomptés ?

— En quantité et avec une concentration suffisantes, oui. D'ailleurs, nous avons déjà commencé les tests.

— Montrez-moi.

L'une des nombreuses pièces adjacentes abritait une porcherie. Il n'était pas possible d'y accéder, car sa porte avait été remplacée par une vitre, mais Melyobar y voyait suffisamment au travers. Deux porcs adultes gisaient sur de la paille souillée, en proie à de fortes convulsions. Leur peau avait un aspect marbré et luisant ; leurs yeux étaient voilés.

— Comment entre-t-on là-dedans ? voulut savoir le prince.

— On n'y entre pas, sire. Une fois les cobayes exposés à la solution, nous scellons la chambre. Nous leur laissons assez d'eau et de nourriture pour être certains que ce n'est ni la soif ni la faim qui les rendent malades. Puis nous les observons. Jamais nous n'oserions rouvrir cette pièce, Altesse.

— Mmmh. Et les formes de vie plus évoluées ?

— Là encore, nous avons obtenu quelques succès, sire.

Le sorcier lui montra une autre salle scellée par une paroi de verre. Celle-ci était, en outre, munie de barreaux.

À l'intérieur, Melyobar découvrit trois paillasses grossières occupées par deux hommes et une femme. Tous trois étaient en sueur et semblaient plongés dans un coma tremblant. Les yeux de la femme étaient ouverts, et son regard voilé comme celui des porcs.

— Excellent, se réjouit Melyobar.

6

Nul n'en aurait voulu au seigneur de guerre de voyager dans un splendide traîneau de bataille ou sur le dos d'un fier destrier. Mais ce n'était pas le genre de Zerreiss. Il avait choisi de se déplacer à pied, et ses suivants ne l'en aimaient que davantage.

Il marchait à la tête d'une armée comme les prétendues contrées barbares n'en avaient encore jamais contemplé. Impossible de compter ceux qui la composaient : on ne pouvait qu'estimer leur nombre. La horde recouvrait entièrement la vaste plaine qu'elle traversait, dissimulant jusqu'à la neige qu'elle foulait aux pieds. Elle ressemblait à une nuée d'insectes affamés formant un tapis vivant sur le sol.

Tout aussi remarquable que sa taille était la composition de la horde. La plupart de ses membres venaient des terres que Zerreiss avait conquises ; pourtant, il n'avait été fait usage d'aucune coercition à leur égard. Contrairement à une pratique répandue parmi les armées conquérantes, elle ne comportait pas non plus de mercenaires. Loin d'être poussés en avant par le fouet ou l'appât du gain, les guerriers affichaient un enthousiasme de croisés.

Celui qu'ils suivaient portait de nombreux surnoms : la Faux, la Griffe de Soie, l'Homme qui est tombé du Soleil. Des surnoms qu'il n'avait pas choisis, mais qui lui avaient été attribués spontanément par ses adorateurs. Pourtant, peu d'hommes semblaient moins mériter leurs titres que Zerreiss.

Physiquement, il ne présentait aucun trait remarquable ni même particulièrement mémorable. Son visage et sa silhouette étaient si ordinaires que mêlé à une douzaine d'autres hommes, il eût été le dernier dont un observateur extérieur se serait souvenu.

Mais son apparence était sans rapport aucun avec son extraordinaire charisme. Les mots ne suffisaient pas à décrire son allure. Son empathie avec ses troupes, sa passion contagieuse pour sa cause inspiraient une loyauté aussi sincère que profonde.

Bien qu'elle se trouvât encore dans la région globalement désignée sous le nom de « contrées du Nord », la horde avait considérablement progressé vers le sud. Jusque-là, aucune force armée n'avait réussi à lui tenir tête, ni même à ralentir son avancée de manière significative. Mais malgré la distance que Zerreiss lui avait fait parcourir depuis son lieu de naissance, au cœur des territoires barbares inhospitaliers, le climat ne s'était guère amélioré. La température montait rarement au-dessus de zéro. La neige tombait sans discontinuer depuis des semaines. Ce jour-là, elle s'était enfin interrompue, et le soleil avait fait son apparition dans le ciel pour réchauffer les esprits engourdis par le froid.

Le seigneur de guerre était flanqué par ses deux aides de camp principaux. Sephor était le plus jeune – trop jeune pour occuper un poste à si grandes responsabilités, aurait-on pu penser s'il n'avait déjà amplement prouvé ses compétences. Wellem, en revanche, était un vétéran de nombreux conflits, dont l'expérience et le bon sens formaient un contrepoids idéal à la fougue juvénile de son collègue. Tous deux avaient l'autorisation de parler librement en présence de leur chef; mieux : Zerreiss insistait beaucoup pour qu'ils le fassent.

Comme les trois hommes atteignaient le sommet d'une colline recouverte d'une épaisse couche de neige, ils firent halte pour reprendre leur souffle et contempler la horde qui piétinait dans leur sillage. La toundra était noire d'innombrables guerriers. Des centaines de tours de siège et de catapultes massives saillaient au milieu du grouillement humain, tandis que des milliers de tambours scandaient un rythme de marche lancinant.

— Vous devez être infiniment satisfait de voir tant de gens rassemblés autour de votre bannière, monsieur, commenta Wellem.

— Quand on leur montre la vérité, les gens se rallient à elle, répliqua modestement Zerreiss.

— Ne se pourrait-il pas plutôt qu'ils soient attirés par le pouvoir ? suggéra Sephor.

— Pour quelqu'un d'aussi jeune, tu as une vision bien cynique de la nature humaine.

— J'espère que non, monsieur.

Zerreiss sourit.

— Non, en effet. Mais parfois, tu es si sérieux que je ne résiste pas au plaisir de tirer sur les chaînes de gravité avec lesquelles tu t'entraves.

— Notre objectif est sérieux, fit remarquer Sephor.

— Certes. Mais tu dois apprendre à me faire confiance. Te convaincre que grâce à moi, nous prévaudrons.

— J'ai foi en vous, monsieur. C'est de nos futurs adversaires que je me méfie.

— Ce qui revient à dire que tu doutes de mon pouvoir sur eux. N'as-tu pas assisté à suffisamment de mes victoires pour qu'elles aient raison de toutes tes craintes ?

— Plus que suffisamment, monsieur. Mais cette fois, c'est différent. Jamais encore nous n'avons tenté quelque chose d'aussi audacieux.

— Qu'ils soient considérés comme des sauvages ou citoyens d'un empire, les gens restent des gens, Sephor. Ils accorderont tout autant de valeur au cadeau que j'ai à leur offrir.

— Cela a effectivement été le cas jusqu'ici, intervint Wellem. Mais si je puis me permettre, monsieur, Sephor vient de soulever une objection solide. Cette fois, nous ne nous apprêtons pas à affronter un simple clan ni même une cité-État. Nous allons défier les forces impériales – celles de Rintarah *et* celles de Gath Tampoor.

— En attaquant simultanément des protectorats des deux empires, nous avons une chance de briser la trêve fragile qui règne dans ces contrées, lui rappela Zerreiss. Si les dirigeants terrés dans leurs capitales respectives se blâment les uns les autres, ils feront le travail à notre place. Une animosité accrue entre Rintarah et Gath Tampoor ne peut que servir nos objectifs à long terme.

— Je vois le bénéfice possible de cette tactique, monsieur, mais je suis tout de même inquiet à l'idée de scinder nos forces pour la mettre en œuvre, insista Wellem.

D'un large geste, Zerreiss indiqua son armée.

— Penses-tu que nous manquions d'hommes ?

— Ce n'est pas notre puissance militaire qui me préoccupe, monsieur. Ce qui me préoccupe, c'est que vous ne pouvez pas vous trouver en deux endroits en même temps.

Le seigneur de guerre éclata de rire.

— Même mes pouvoirs ne vont pas jusque-là, Wellem.

— Riez si vous voulez, seigneur, mais ça ne change rien au problème.

— Quel problème ?

— Pendant que vous serez ici pour superviser l'attaque de l'avant-poste gath tampoorien, le reste de votre armée se dirigera vers celui de Rintarah sans vous. Comment se débrouillera-t-elle ?

— Tu négliges une petite chose, Wellem. Ma réputation nous précède. Les défenseurs des deux camps sauront combien d'autres forces ont déjà succombé face à nous. Ne sous-estime pas cet avantage.

— Et que faites-vous du moral des troupes qui marcheront contre l'avant-poste de Rintarah ? interrogea Sephor. Si vous ne les accompagnez pas…

— Elles sont parfaitement capables de mener leur mission à bien sans moi. En fait, cela fait partie de mon plan.

— Monsieur ?

— Notre cher Wellem énonçait une évidence en disant que je ne peux pas me trouver dans plus d'un endroit à la fois. Mais au fur et à mesure que notre campagne progressera, nous devrons nous battre sur des fronts de plus en plus nombreux. Les hommes ont besoin de savoir qu'ils peuvent vaincre sans ma présence. Il faut, jusqu'à un certain point, les sevrer de leur dépendance envers moi. Sans ça, jamais nous ne réaliserons notre dessein.

— Votre raisonnement n'est pas dépourvu de sagesse, monsieur.

— Je souhaite également prendre des dispositions pour faire face à toutes les éventualités possibles.

— Que voulez-vous dire, seigneur ?

— Je suis tout aussi vulnérable que n'importe qui. Si je reçois une flèche pendant cette bataille, ou si je me fais piétiner durant une charge de cavalerie, je ne serai pas moins mort que n'importe lequel de nos hommes. Je veux être certain que mon œuvre ne disparaîtra pas avec moi.

À en juger par leur expression, aucun des deux aides de camp n'avait pris en compte la mortalité de leur chef.

— Comment pourrions-nous continuer sans vous ? protesta Wellem. Si vous n'étiez plus là – les dieux nous en préservent –, qu'est-ce qui nous motiverait encore ?

— Ton affection et ta fidélité me touchent, répondit Zerreiss avec chaleur. Mais c'est justement cette attitude que je désire changer. Je voudrais que l'élan que je vous ai donné continue à vous pousser en avant. La pire façon de me remercier serait d'abandonner notre cause pour la seule raison que je ne serais plus là pour la voir triompher. Mon but a toujours été de créer un mouvement, et non de glorifier ma petite personne.

Wellem et Sephor savaient qu'il disait vrai.

— Soyez assurés, poursuivit Zerreiss sur un ton plus léger, que si les forces chargées d'attaquer l'avant-poste de Rintarah rencontrent une opposition trop féroce, j'irai les rejoindre dans l'Est. Cela vous rassure-t-il ?

Les deux aides de camp répondirent en chœur par l'affirmative – même s'ils avaient quelque difficulté à réprimer le malaise que la déclaration de leur chef venait de susciter en eux.

Sephor voulut clarifier quelque chose.

— Vous dites que nos actions d'aujourd'hui pourraient conduire les empires à se battre entre eux – plus encore qu'ils ne le font déjà. Mais quand la nouvelle atteindra leurs capitales, ils découvriront forcément la vérité.

— Si nous intensifions la discorde entre Rintarah et Gath Tampoor, tant mieux. Mais ça ne sera qu'un bonus. Notre objectif principal se trouve ailleurs. Pour ce qui est des nouvelles qui leur parviendront... Ils n'auront que celles que nous laisserons filtrer. Plus nous faisons de conquêtes, plus nous contrôlons de moyens de communication.

— Bientôt, ce sera comme essayer de chasser l'océan, seigneur, fit remarquer Wellem.

— Jadis, les empires dédaignaient ces contrées. À présent, ils empiètent dessus un peu plus chaque jour – essentiellement à cause de nos victoires. Les expéditions qu'ils ont envoyées dans nos eaux en sont un parfait exemple.

» Pour l'instant, nous devons procéder avec prudence. Mais bientôt, nous atteindrons un niveau de domination où tout ce qu'ils pourront faire n'aura plus d'importance. Et inutile de vous tracasser au sujet de ces deux petites armadas : j'ai pris mes dispositions pour me débarrasser d'elles.

Zerreiss n'ajouta rien, et ses aides de camp ne le questionnèrent pas. Reposés, ils se remirent en route. Le ciel recommençait à s'assombrir, promettant le retour de la neige. Les guerriers de la horde resserrèrent leurs pelisses.

Autour d'eux, le paysage changeait sensiblement. Des arbres abattus gisaient çà et là ; à travers la couverture blanche qui dissimulait le sol, on devinait des murets de pierre qui découpaient le terrain en champs cultivables : autant de signes que la horde approchait de son objectif.

— J'espère que vous me pardonnerez d'aborder un sujet sensible, seigneur, hasarda Sephor.

— Tu travailles pour moi depuis assez longtemps pour savoir qu'il est peu de choses dont je refuse de parler. De quoi s'agit-il ?

— Ces rêves que vous faites, monsieur…

— Ah ! En effet, c'est un sujet sensible, parce qu'ils remettent en cause ma vision du monde. Je continue néanmoins à penser que, malgré leur incroyable vivacité, ils ne sont pas extérieurs à la nature mais font partie d'elle – contrairement aux songes ordinaires.

— Les comprenez-vous ?

— Pas vraiment. Mais je perçois… une force directrice en eux. Une impulsion indéfinissable. Je suis persuadé qu'ils ne sont ni aléatoires, ni innocents. Et oui, je réalise combien c'est ironique que je doive prêter attention à quelque chose d'aussi éthéré que des rêves. Mais l'homme que j'ai vu dans ces rêves – je devrais plutôt dire, que j'ai rencontré… Il m'a semblé qu'il faisait partie intégrante de la suite des événements. Je ne peux pas vous l'expliquer mieux que ça.

— C'est très étrange de vous entendre parler ainsi, monsieur, fit remarquer Wellem.

— Je n'ai jamais nié l'existence possible d'un domaine spirituel : je condamne seulement le rôle néfaste qu'il peut jouer dans la vie des gens. Peut-être sommes-nous réellement les jouets de dieux capricieux. Qui peut le savoir ?

— Et vous avez l'intention de vous mettre en quête de cet homme – à supposer qu'il soit réel ? s'enquit Sephor.

— Je suis sûr qu'il est réel, et j'ai l'inexplicable conviction qu'en descendant vers le sud, je me rapproche de lui. (Zerreiss sourit.) Ne me demandez pas pourquoi.

Les trois hommes gravissaient une nouvelle colline, beaucoup plus escarpée que la précédente. L'avant-garde de l'armée était quasiment sur leurs talons.

— Êtes-vous parvenus à identifier les lignes de pouvoir dans cette zone ? interrogea Zerreiss.

— Plus ou moins, répondit Sephor, mais nous avons décelé une anomalie non loin d'ici. En fait, elle devrait être visible d'une minute à l'autre.

Arrivés au sommet, ils embrassèrent le panorama du regard. Droit devant eux, à environ un kilomètre et demi, s'étendait une ville fortifiée de bonne taille. Une forteresse impressionnante, palpitant de défenses magiques, se dressait en son cœur. À l'extérieur du mur d'enceinte se massait une armée prête à se battre. C'était une vision impressionnante, mais moins que ce qui se trouvait à l'ouest – un phénomène vers lequel convergèrent instantanément tous les regards.

À l'horizon, un geyser d'énergie magique jaillissait très haut dans le ciel. On aurait pu le décrire comme une tornade fixe s'il n'avait pas possédé des caractéristiques incompatibles avec une tempête ordinaire. Toutes les couleurs du spectre luttaient pour prendre le dessus à l'intérieur de son maelström tourbillonnant. L'ensemble de la colonne irradiait une lueur argentée ; sa base générait d'épais nuages de poussière scintillante qui, elle aussi, changeait constamment de teinte. Dans les profondeurs de ces nuages s'agitaient des choses – des formes qui se fondaient les unes aux autres, mutaient et défiaient toute définition.

Le sommet du geyser culminait à une hauteur vertigineuse. Au-dessus, les nuages au ventre lourd de neige servaient de vaste toile de fond à une débauche d'images peintes par la magie en fuite. Perpétuellement changeantes, elles ne montraient jamais rien de reconnaissable mais suggéraient une myriade de possibilités : créatures réelles ou fantasmatiques, insectes géants, fleurs épanouies, armées fantômes, comètes flamboyantes, visages magnifiques ou grotesques, océans venant se briser contre des rivages imaginaires. L'effet avait quelque chose d'hypnotique.

— Une rupture, constata Zerreiss. Depuis quand ce geyser est-il là ?

— Plusieurs mois, apparemment, répondit Sephor. Nous ignorons ce qui a déclenché sa formation. Sans doute un glissement de terrain.

— Regardez-le, ordonna le seigneur de guerre à ses deux aides de camp, et contemplez l'essence même de ce à quoi nous nous opposons. Vous ne verrez jamais meilleur portrait de ce qui réduit en esclavage les peuples que nous espérons libérer.

— Il possède pourtant une splendeur indéniable, seigneur.

— Oh, il est fascinant, je te l'accorde ! Comme une araignée bleue des fossés, un serpent-anneau doré ou une panthépique. Et encore plus dangereux que toutes ces créatures réunies.

— Il présente cependant un avantage pour nous, monsieur, en cela qu'il va réduire la magie disponible dans cette région – celle à laquelle les défenseurs auraient pu puiser, dit Sephor en désignant la ville d'une main gantée.

— Tu oublies que ça ne nous a jamais posé de problèmes, répliqua Zerreiss.

Son jeune aide de camp grimaça.

— C'est vrai, monsieur. C'était une remarque stupide.

— Au risque de me répéter, aie la foi, Sephor.

— Quels sont vos ordres, monsieur ? s'enquit Wellem.

— Je ne vois aucune raison de modifier notre stratégie habituelle. Nous devons donner aux défenseurs une chance de se rendre, déclara Zerreiss.

— Les négociateurs sont partis en avant avec l'offre standard, seigneur. (Le vieil homme scruta la plaine qui s'étendait entre la colline et la ville fortifiée. Un petit groupe de cavaliers trottait vers la horde.) Ce doit être eux qui reviennent. Sephor, tu as de meilleurs yeux que moi.

Le jeune homme mit une main en visière.

— Oui, ce sont eux. Leur chef brandit un drapeau rouge.

Zerreiss soupira.

— C'est bien ce que je craignais. Quand réaliseront-ils qu'il est inutile de verser le sang ?

— Vous les terrifiez, seigneur, dit Wellem. Ils doivent avoir entendu parler de votre miséricorde, mais pour une raison quelconque, ils pensent qu'elle ne s'appliquera pas à eux. Tout ce qu'ils retiennent, c'est que vous êtes un conquérant. Ce n'est pas la première fois.

— Ou bien, ils ont plus peur de leurs maîtres que de moi. On préfère toujours le mal qu'on connaît…

— Les soldats de métier n'abandonnent pas facilement leur poste, seigneur. Et rarement sur la parole d'un seigneur de guerre dont ils ne savent presque rien. Il n'est pas étonnant qu'ils aient décidé de nous affronter quand même.

— Le plus absurde, commenta Sephor, c'est que d'ici une semaine, je vous parie que la moitié d'entre eux nous auront rejoints – soldats impériaux ou non.

— Une autre ironie qui ne m'échappe pas, acquiesça Zerreiss. S'il était en mon pouvoir de changer une seule chose, ce serait le coût humain de notre campagne.

— Comment procédons-nous, monsieur ? interrogea Wellem.

— Déployez les troupes dans la plaine et mettez les engins de siège bien en évidence. Montrons à nos adversaires ce qu'ils vont devoir affronter. Puis donnons-leur une dernière chance de se rendre avec les honneurs. S'ils refusent…

— Nous nous battrons.

— Pas avant d'avoir fait pencher les probabilités en notre faveur. Il nous reste encore une chance d'éviter le massacre.

— Vous voulez le faire maintenant, monsieur ?

— Je ne vois pas l'utilité d'attendre.

L'expérience avait appris à Wellem et à Sephor qu'il était inutile de s'écarter de leur maître quand celui-ci officiait. Pourtant, ils battirent en retraite. Tous deux jugeaient plus prudents de se tenir à distance d'un pouvoir aussi stupéfiant.

Comme le message circulait dans les rangs de l'armée, les troupes de Zerreiss firent silence. Les tambours se turent. Même les bœufs et les chevaux les plus rétifs se calmèrent.

Planté au sommet de la colline, le regard rivé sur la cité assiégée, le seigneur de guerre leva les bras.

Et la transformation commença.

7

Les hivers étaient légèrement plus tempérés dans l'Ouest, mais ça ne signifiait pas que Merakasa, l'immense capitale de l'empire de Gath Tampoor, soit épargnée par le mauvais temps. De fait, la cité subissait un hiver particulièrement rude en termes gath tampooriens, avec des vents mordants et des chutes de neige incessantes.

Mais il aurait fallu plus que des températures négatives et des rideaux de grêle pour ternir l'enthousiasme que mettait la population à étaler son statut. À Merakasa comme dans la plupart des endroits du monde dit civilisé, le statut équivalait à la richesse. Et pour ceux qui la possédaient, l'étaler consistait avant tout à déployer des quantités extravagantes de magie.

À l'instar de beaucoup d'autres domaines, la sorcellerie obéissait à un élément de mode dictant ce qui pouvait être considéré comme chic ou non. Les glamours saisonniers étaient l'une des manifestations les plus flagrantes de ce phénomène. Ceux que l'on conjurait l'hiver reflétaient cette période de l'année – ou du moins, les rituels et le folklore qui y étaient associés. Ainsi des dizaines d'images de Jex Rime circulaient-elles en permanence dans le ciel au-dessus de la ville.

Jex Rime était un esprit mythique censé apporter des cadeaux pendant les festivités du solstice. Il se déplaçait dans un traîneau volant tiré par douze lézards blancs comme neige, dont chaque enfant connaissait le nom par cœur. De temps en temps, un attelage reptilien et son débonnaire occupant se volatilisaient parce que leur magie avait expiré ou parce que leur propriétaire s'était lassé d'eux.

Dans les rues, de gros bonshommes animés, soi-disant faits de neige, se traînaient sur les pavés en dispensant d'aimables sourires avec leurs lèvres de charbon. Selon les paramètres du sort, ils pouvaient être programmés pour fondre à un rythme déterminé. Il n'était pas rare de les voir se déplacer sur des jambes réduites de moitié en agitant joyeusement des moignons de bras. Ceux qui critiquaient la décadence grandissante de l'empire soulignaient le fait que la plupart des gens trouvaient ça très amusant.

Sur des pelouses soigneusement entretenues, de petites armées de lutins des neiges pas plus grands que des poupées se battaient avec des épées de glace devant des invités emmitouflés dans des fourrures. Quand l'un d'eux recevait un coup mortel, il éclatait en un millier de fragments cristallins, tandis que les blessés se contentaient de verser des larmes pareilles à de minuscules perles gelées.

De beaux traîneaux tirés par des rennes violets glissaient sur la chaussée. Des glacépiques à la fourrure blanche rayée ou mouchetée – robustes cousines montagnardes des panthépiques plus familières aux citadins – arpentaient souplement les avenues. Des fleurs qui n'auraient jamais dû s'ouvrir en cette saison déployaient leurs pétales sur les murs des demeures les plus somptueuses. Des archers enchantés tiraient des flèches spectrales qui passaient au travers de cibles réelles sans leur faire le moindre mal. Des oies cacardaient, des géants déambulaient dans les ruelles pavées, de la poussière d'étoile tombait sur les trottoirs.

Mais la gaieté et l'hédonisme ne régnaient pas en maîtres sur toute la ville. Dans les quartiers les plus pauvres, la magie sophistiquée était généralement utilisée comme instrument de contrôle au service de l'État. Les récents troubles civils ajoutaient à l'atmosphère de répression. Désormais conscientes de la menace constituée par un mouvement de résistance qu'elles avaient cru négligeable jusque-là, et suivant l'exemple établi par la colonie bhealfane, les autorités étaient bien décidées à débusquer les rebelles. Ce qui faisait de certains secteurs de Merakasa des endroits où mieux valait ne pas traîner.

Au centre de la ville s'étendait une vaste enclave, sanctuaire des dirigeants impériaux. Des drapeaux portant l'emblème de Gath Tampoor – un dragon crachant le feu – flottaient au-dessus de ses plus hautes tours. Ses portes et ses remparts étaient lourdement gardés par des troupes conventionnelles et par des défenses enchantées. Les étrangers étaient rarement conviés à y pénétrer, et, quand c'était le cas, très peu d'entre eux s'en réjouissaient.

Une femme se tenait sur un balcon haut perché. Deviner son âge eût été impossible – hormis le fait qu'elle était, de toute évidence, très vieille. Elle tentait de le cacher à grand renfort de maquillage, de teinture capillaire et autres artifices, mais ne réussissait qu'à se donner une apparence frôlant le grotesque.

L'impératrice Bethmilno, vingt-cinquième du nom au sein de sa très ancienne lignée, détenait plus de pouvoir que quiconque dans tout Gath Tampoor.

Comme elle frissonnait, elle rentra dans la salle de réunions.

— J'ai froid, se plaignit-elle en se dirigeant vers une cheminée ornementale massive. Je me souviens d'une époque où les variations de température, si grandes soient-elles, ne nous affectaient pas.

— Les choses changent, grand-mère, répondit son compagnon.

Comme tous les membres de son cercle intérieur, il était lié à elle par le sang – même si un observateur impartial l'aurait sans doute jugé trop vieux pour être l'un de ses petits-enfants.

— Pas toujours en mieux, répliqua sèchement Bethmilno en présentant ses mains à la chaleur des flammes. Regarde le désordre qui se répand dans nos rues.

— N'est-ce pas juste l'expression temporaire de griefs qui ont toujours existé ? suggéra l'homme.

— C'est un changement, insista Bethmilno, et un mauvais. Il n'y a pas si longtemps, aucun de nos sujets n'aurait osé prendre les armes contre nous.

— Nous les materons, promit son petit-fils. Regardez de quelle efficacité les paladins et le CSI de Laffon ont fait preuve à Bhealfa.

— Oui, ils ont été si efficaces qu'une grande partie des insurgés a réussi à fuir vers cette maudite île des plaisirs, grinça l'impératrice. Où ils jouissent désormais d'une place forte depuis laquelle propager leur contagion.

— On peut aussi considérer qu'ils se sont gentiment regroupés au même endroit, ce qui nous facilitera la tâche quand nous déciderons de les éradiquer.

— Plus tôt ce sera fait, mieux ça vaudra. Nous n'avons déjà laissé que trop de latitude à cette vermine. Ça instaure un précédent regrettable. (Réchauffée, Bethmilno s'éloigna du feu et alla s'asseoir.) Mais ce n'est pas le seul changement auquel je faisais allusion. Les perturbations de la grille d'énergie se font plus fréquentes et plus fortes chaque jour. Ça, ça m'inquiète sérieusement. Nous pourrons toujours embrocher les rebelles. Nous aurons bien plus de mal à corriger ce qui se passe dans la matrice – à supposer que nous découvrions l'origine et la nature de l'incident.

— Je reconnais que c'est un problème d'une tout autre ampleur, grand-mère. Mais grâce à l'expertise acquise au fil des ans, nous parviendrons sûrement…

— On pourrait le croire, en effet. Il existe pourtant quelques précédents. Ce n'est pas la première fois que des perturbations se produisent dans la matrice, même si la dernière remonte à très longtemps et si nous avions une petite idée de sa cause. Cette fois, nous sommes dans le flou total. Et je ne puis me défaire de l'impression que les troubles actuels augurent un événement funeste.

Quelqu'un frappa à la porte. Un serviteur entra, annonçant l'arrivée d'un invité. Bethmilno le congédia d'un geste.

— Ce doit être Talgorian. Tu peux lancer le minuteur et nous laisser.

Un énorme sablier était posé sur le linteau de la cheminée. Le petit-fils de l'impératrice le retourna. Le sable fin et doré commença à couler par la minuscule ouverture.

Comme il sortait, un homme fut introduit dans la pièce.

Andar Talgorian avait une quarantaine d'années. Mince et vigoureux, il portait une barbe coquettement taillée en pointe et des vêtements à la dernière mode de la cour. Il arborait comme une seconde peau l'aura de calme diplomatie appropriée à son rôle d'ambassadeur de Gath Tampoor à Bhealfa. Mais sa mine était loin de refléter son humeur réelle. En vérité, il trouvait très irritant qu'on le rappelle aussi souvent à la capitale depuis quelques mois, et son irritation était encore accrue par la perspective d'un entretien avec Bethmilno. Se trouver en présence de l'impératrice le rendait toujours nerveux.

— Vous avez fait bon voyage ? lança son interlocutrice.

Talgorian s'inclina profondément.

— Acceptable. Merci de vous en soucier, Majesté.

Bethmilno lui indiqua un siège plus bas que le sien.

— J'espère vous trouver en bonne santé, madame, hasarda Talgorian en s'enfonçant dans les coussins.

— Acceptable. Merci de vous en soucier, répliqua l'impératrice sur un ton légèrement moqueur qui ne fit qu'accroître le malaise de son émissaire.

Il se força à conserver un sourire neutre.

—J'irai droit au but, ambassadeur, poursuivit Bethmilno. Nous nous réjouissons de certains des développements survenus à Bhealfa ces dernières semaines. Les révolutionnaires ont subi un sérieux revers, et beaucoup de chemin a été fait pour rétablir le respect dû à notre autorité.

—Merci, Altesse.

Talgorian craignait d'entendre la suite. L'expérience lui avait appris qu'un compliment précède souvent une chute.

—Toutefois, certains autres aspects de la situation bhealfane laissent encore à désirer.

—Majesté ?

—Bon nombre de traîtres ont pu s'enfuir vers d'autres rivages. Et il semble qu'un noyau dur de rebelles soit toujours retranché dans la principauté. Ce n'est pas acceptable.

—Avec tout le respect que je vous dois, Altesse, ceci relève de la responsabilité des forces de sécurité locales et impériales.

—N'ayez crainte, ambassadeur : je leur ferai également passer le message. Mais ce que je souhaitais évoquer avec vous, c'est le rôle du corps diplomatique dans cette affaire. Votre travail consiste à transmettre nos instructions aux agences gouvernementales appropriées. Il semble qu'en ce domaine, la communication pèche déplorablement.

Talgorian trouvait ça injuste, mais il se garda bien de le mentionner à voix haute.

—Nul effort ne doit être épargné pour éradiquer ces rebelles, déclara Bethmilno. À l'avenir, vous travaillerez donc en collaboration plus étroite avec le CSI et les paladins. Telle est ma volonté, et vous devrez la signifier clairement à quiconque y trouvera à redire. Est-ce bien compris ?

—Oui, Majesté.

Si l'impératrice sous-entendait par là que les forces de sécurité se montraient trop indulgentes, Talgorian n'était pas d'accord avec elle. Mais une fois de plus, il ne pipa mot. Il tenait trop à sa tête.

—Bien. Quant à la soi-disant île de Diamant… C'est une regrettable erreur qu'il va falloir rectifier.

—En effet, madame.

—Mais il se peut que Gath Tampoor ne s'en charge pas seul.

—Je vous demande pardon, Majesté ?

—Nous savons que Rintarah connaît des problèmes identiques

aux nôtres, et que certains de ses émeutiers se sont également réfugiés sur Batarriss. Étant donné qu'il a, actuellement, plus de protectorats que nous dans cette région, peut-être se sentira-t-il contraint de sévir. Ce ne serait pas pour nous déplaire.

— Je suis… surpris, Majesté. Nous avons toujours considéré Rintarah comme le suspect numéro dans le déclenchement de nos troubles civils.

— J'ai de nouvelles raisons de penser qu'il n'est à l'origine que d'une toute petite partie d'entre eux – comme nous ne sommes à l'origine que d'une toute petite partie des siens. Les dernières informations que j'ai reçues me portent à croire que la Résistance est un mouvement autogéré pour l'essentiel.

Talgorian était hébété.

— Il n'y a pas si longtemps, vous évoquiez la perspective d'une guerre contre Rintarah…

— Rien n'a changé, coupa sévèrement l'impératrice. Nos différends demeurent. Je dis juste que nos objectifs ne sont pas nécessairement incompatibles. Les deux empires ont intérêt à étouffer cette insurrection.

— Suggérez-vous qu'une collaboration serait envisageable, Altesse ?

— Je n'ai pas dit ça. J'ai seulement décidé que, dans l'éventualité où Rintarah attaquerait l'île de Diamant, nous ne nous y opposerions pas. L'important, c'est que les insurgés soient éliminés. D'autant que nous avons des raisons de croire qu'ils se sont alliés avec une force susceptible de nous… incommoder.

Talgorian voulut lui demander des explications, mais elle enchaîna :

— Nous devons garder le tableau d'ensemble en tête. Les empires ont des intérêts communs au-delà de l'éradication des rebelles. Les événements doivent être examinés à travers le filtre de ce contexte.

— Pensez-vous à quelque chose en particulier, Majesté ?

— Il semblerait que nos avant-postes du Grand Nord soient menacés.

— Je n'ai rien entendu à ce sujet, madame.

— Nous avons nos sources. (Bethmilno parlait de la matrice. Un sujet dont Talgorian ignorait tout, comme tout le monde à l'exception des membres de son cercle intérieur.) Les rapports sont encore vagues, mais naturellement, nous avons d'abord pensé que ça venait de Rintarah. Toutefois, nous avons appris que ses avant-postes avaient été attaqués eux aussi. Cela, et la tactique employée par les assiégeants, nous a conduits à soupçonner quelqu'un d'autre.

— Zerreiss, chuchota Talgorian.

— Sur ce point, je vous félicite, ambassadeur. Vous avez été l'un des premiers à mesurer la menace que ce seigneur de guerre pouvait constituer. Nous pensons qu'il désire étendre encore sa domination et qu'en attaquant les deux empires à la fois, il espère exacerber la tension constante entre nous. Si jamais il venait à s'allier avec les rebelles, nous nous retrouverions confrontés à un sérieux problème. Comprenez-vous pourquoi il serait dans notre intérêt de ne pas contrer Rintarah s'il décidait de s'opposer à lui ?

— Je comprends, Altesse. Bien que cette stratégie ne soit pas dénuée de risques. Si Rintarah et Zerreiss trouvent un arrangement, qu'est-ce qui les empêchera de se retourner contre nous ?

— Ça m'étonnerait beaucoup que cet homme s'allie avec Rintarah ou avec nous. C'est un conquérant, pas un diplomate. Il considère sûrement les empires comme ses ennemis naturels.

— Alors... L'expédition que nous avons envoyée sur son territoire et dont nous sommes sans nouvelles...

— Nous pouvons supposer qu'elle est perdue, oui. Et celle de Rintarah aussi, du même coup.

— Cela seul justifierait une déclaration de guerre, Majesté.

— Je connais les règles de l'engagement, ambassadeur. Non que je m'embarrasse souvent de ces finesses. (Bethmilno jeta un coup d'œil vers la cheminée. Le sable s'était presque entièrement écoulé.) Mais nous avons assez discuté de ça, et d'autres sujets vont bientôt requérir mon attention.

— Bien entendu, madame.

Talgorian se leva pour prendre congé.

— Restez où vous êtes, ordonna l'impératrice. Cette audience n'est pas tout à fait terminée.

Il se rassit, l'air penaud.

— J'ai quelque chose d'autre à vous dire. Cela concerne la situation intérieure bhealfane et une tâche que je souhaite vous confier personnellement.

— De quelle façon puis-je vous servir, Majesté ? s'enquit-il avec une certaine appréhension.

— Nous avons souvent discuté du comportement de Melyobar. Ce n'est un secret pour personne qu'il ponctionne lourdement les ressources du protectorat et ridiculise la notion même d'autorité.

— Il est vrai que ses excentricités sont légendaires, Majesté. Mais il n'est pas dangereux.

— Qu'en savez-vous ? répliqua Bethmilno. (Sans attendre de réponse, elle poursuivit :) Nos espions nous rapportent qu'il se trame quelque chose de malsain à sa cour.

— Si je puis me permettre, ce n'est pas nouveau, madame.

— Justement. Melyobar échappe à tout contrôle, et c'est une situation que nous ne pouvons tolérer plus longtemps. L'heure est venue de mettre un terme à ses caprices. Il doit être écarté du pouvoir et céder la place à un règne direct. Notre autorité sur Bhealfa était déjà totale officieusement ; désormais, elle le sera officiellement.

Talgorian était stupéfait.

— C'est un bouleversement considérable, madame, fit-il remarquer. Un ajustement constitutionnel de cette nature et de cette importance nécessiterait...

— Il ne nécessite rien de plus qu'un ordre de ma part, coupa Bethmilno d'un air hautain. Je ne vous ai pas fait venir ici pour débattre des points de détail de la loi civile. La loi, c'est moi. Rassemblez les forces dont vous estimez avoir besoin et relevez Melyobar de ses fonctions. Je veillerai à ce que les militaires vous prêtent leur entière collaboration, tout comme les paladins.

— Mais... Que ferons-nous de lui après l'avoir destitué, madame ?

— Nous ne sommes pas insensibles à son sort. Après tout, il est de sang royal – même si je me réjouis que ce sang ne soit pas celui de ma dynastie. Il sera donc amené ici où il vivra jusqu'à la fin de ses jours dans le confort, à défaut du luxe extravagant auquel il a été habitué.

— Je me sens obligé de vous faire remarquer qu'une telle initiative risque de monter encore davantage la population contre nous, Majesté.

— Melyobar a-t-il encore des partisans ?

— Nul ne peut nier que leur nombre a beaucoup diminué.

— Eh bien, voilà.

— Mais ce qu'il représente...

— Il ne représente que son propre esprit imprévisible. En tant que chef d'État, il donne un exemple lamentable. Quelle que puisse être votre opinion sur le sujet, j'attends que vous exécutiez mes instructions.

— Majesté. (Talgorian s'inclina en signe d'acquiescement.) Je souhaitais juste vous rappeler que le prince a toujours été indispensable à notre stratégie diplomatique à Bhealfa.

Bethmilno le fixa d'un regard dur.

— Les cimetières sont pleins de gens indispensables, ambassadeur.

8

Le cimetière était saupoudré de neige. Des vents glaciaux griffaient les lugubres pierres tombales et faisaient frissonner les arbres squelettiques. Une petite foule de dignitaires se tenait devant un monument fraîchement érigé : un grandiose obélisque de pierre polie, trois fois plus haut qu'un homme, coiffé d'une flèche de marbre noir et orné d'une inscription à la feuille d'or. Au-dessus de cette inscription était gravé un blason représentant un cheval blanc dressé – l'un des emblèmes des clans de paladins. Des bouquets de fleurs s'entassaient au pied du monolithe.

Deux silhouettes en uniforme, leur cape drapée autour d'elles, se détachèrent de la foule et se retirèrent discrètement par le chemin qui menait à la sortie.

— Un discours très émouvant, si je puis me permettre, monsieur, déclara le plus jeune des deux hommes.

— Tu peux, Meakin.

— Je suis certain que votre oncle aurait apprécié votre éloge funèbre et le mémorial que vous lui avez dédié.

— Possible. Mais, comme je connaissais Ivak, il aurait préféré être enterré dans l'ancien cimetière, à la périphérie de la ville.

— Celui où l'on ensevelit traditionnellement les Hauts Chefs.

— Oui. Mais j'aurais eu l'impression de me damner en l'envoyant dans cette nécropole pourrie. Personne n'y va plus de nos jours. Et je n'ai aucune intention de finir là-bas moi-même.

— Nouveau chef, nouvelles traditions, hein ?

— Il est plus que temps de passer un coup de balai dans les clans, affirma Devlor Bastorran. Et c'est moi qui tiendrai le balai.

Récemment nommé Haut Chef de l'ordre des paladins, Bastorran présentait une apparence irréprochable, comme le dictaient la coutume des clans et ses préférences personnelles. Ses cheveux noirs étaient coupés court à la mode militaire, et son uniforme de gala semblait toujours repassé de frais. Il portait une tunique à la coupe impeccable, de la couleur écarlate qui distinguait les paladins des autres ordres combattants, et arborait les divers insignes de son rang prestigieux.

Bastorran n'était pas homme à nourrir de vains regrets. Il n'en éprouvait certainement aucun quant à la façon dont il avait accédé à sa position présente. De son point de vue, accélérer la succession en commanditant le meurtre de son oncle n'était qu'un bien faible prix à payer.

Âgé d'une vingtaine d'années, l'aide de Bastorran était son cadet de dix ans. Lahon Meakin avait des cheveux blonds, un visage rasé de près et, même si ses devoirs étaient essentiellement de nature administrative, il aurait pu passer pour un guerrier sans aucun mal. Contrairement à Bastorran, il portait une tunique noire. Trois bandes rouges aux poignets et un rond rouge à l'emplacement du cœur indiquaient au reste du monde qu'il servait les clans sans y être né. Faute d'appartenir à une lignée idoine, il ne pourrait s'élever dans la hiérarchie de l'ordre au-delà d'une certaine limite. Mais Meakin ne se souciait guère d'avancement. Ses ambitions le portaient ailleurs.

Comme ils suivaient le chemin de gravier, le jeune homme remarqua la claudication visible de Bastorran – un rappel constant de sa plus grande humiliation.

— J'ai l'impression qu'avec ce dernier hommage à mon oncle, c'est un chapitre de notre histoire qui s'achève, déclara le nouveau chef des clans en jetant, par-dessus son épaule, un coup d'œil au monument qu'ils laissaient derrière eux. La fin d'une ère et le commencement d'une autre. (Un instant, il parut s'abîmer dans ses pensées.) Mais à trop se complaire dans le souvenir des morts, on néglige ses devoirs envers les vivants. (Son efficacité brusque reprit le dessus.) Des nouvelles de la femme ?

— Je crains que non, monsieur.

Meakin s'attendait à des remontrances, mais celles-ci ne vinrent pas.

— Il semble donc qu'elle ait bénéficié de l'aide de la Résistance ?

— C'est pratiquement certain, monsieur. Elle aurait eu beaucoup de mal à s'échapper sans cela – surtout dans son état.

— Je lui souhaite bien du plaisir en compagnie de ces maudits rebelles.

— Devons-nous intensifier les recherches ?

— Non. Laissez-la sur la liste des criminels les plus recherchés, mais ne mobilisez pas d'unités pour elle.

— L'homme qui l'a secourue a pratiquement éradiqué une patrouille entière, monsieur.

— Je le sais, Meakin. Et je le note sur l'ardoise de la Résistance – celle que nous ferons payer aux rebelles quand nous leur mettrons la main dessus. Pour l'instant, inutile de gaspiller des ressources pour retrouver un seul homme. Quant à la femme, elle a servi notre dessein. Elle n'avait plus rien d'important à me dire. J'avais déjà donné un peu de mou à sa laisse… C'est comme ça qu'elle a réussi à nous filer entre les doigts en premier lieu.

Meakin fut très impressionné que pour une fois, Bastorran admette sa culpabilité.

— Naturellement, je n'oserais pas vous interroger sur l'identité de cette femme, monsieur… (Il vit Bastorran lui jeter un coup d'œil soupçonneux.) Mais je suis curieux des raisons qui ont pu la pousser à trahir les siens.

— L'amour.

— Monsieur ?

— L'amour, et l'exercice d'une pression adéquate sur l'objet de son affection. Elle a cru pouvoir récupérer une chose qu'il n'a jamais été en mon pouvoir de lui donner – et que je ne lui aurais pas donnée quand bien même je l'aurais pu. Les gens sont esclaves de leurs émotions. Elles les rendent faibles. Il suffit de les exploiter correctement pour leur soutirer n'importe quoi.

Ils arrivaient en vue de la route, avec son armada de voitures en stationnement et de gardes désœuvrés.

— Autre chose qui requière mon attention ? s'enquit Bastorran.

— Seulement des affaires de routine, monsieur. Rien de très pressant. Oh, Aphri Kordenza nous a recontactés ! Elle veut vous voir.

— Cette maudite femme ne cesse de me harceler.

— J'inventerai une excuse pour la tenir à l'écart, monsieur.

— Non. Je m'occuperai de la fusionnée. Elle pourrait encore m'être utile. Faites-la venir au quartier général demain dans la journée.

— Entendu, monsieur.

Ils franchirent les portes du cimetière. Comme ils approchaient de leur voiture, Meakin remarqua quelqu'un qui se dirigeait vers eux d'un pas vif, sa cape volant derrière lui.

— On dirait le commissaire Laffon, monsieur.

— En effet.

Ils attendirent que le chef du Conseil de sécurité intérieure les rejoigne. Âgé d'une soixantaine d'années, Laffon était grand et d'une maigreur squelettique, avec des épaules légèrement voûtées. Complètement chauve, il avait un visage d'oiseau de proie, dominé par un nez crochu. Ses lèvres étaient d'une minceur confinant à l'absence, et ses yeux d'un bleu profond trahissaient sa vive intelligence.

— Je suis ravi de vous avoir rattrapés, lança-t-il d'une voix légèrement essoufflée en s'arrêtant près des deux hommes.

— Commissaire, le salua Bastorran.

— Excellent éloge funèbre, Haut Chef. Très émouvant.

— Merci. Hum, si c'est tout ce que vous aviez à me dire, vous me pardonnerez de ne pas m'attarder. Je dois...

— J'apprécierais que vous me consacriez quelques minutes de votre temps. Il y a une ou deux choses dont je souhaite discuter avec vous, et j'ai une nouvelle à vous apprendre.

— Dans ce cas, peut-être consentirez-vous à faire le trajet avec nous ?

Les trois hommes montèrent dans la voiture de Bastorran. Celle-ci se mit en branle, et deux autres véhicules contenant une escorte armée vinrent l'encadrer – un devant, un derrière. Des paladins à cheval précédèrent le convoi pour s'assurer que les rues étaient dégagées.

— J'ai le plaisir de vous annoncer que les préparatifs pour la nouvelle série de raids contre les insurgés sont terminés, commença Laffon. Mes agents n'attendent plus que votre signal.

— Vous m'en voyez ravi, répondit Bastorran. Mais ce n'est pas vraiment une nouvelle.

Laffon sourit.

— Comme vous devez le savoir, les nouvelles au sens de « faits indéniables » sont un concept flexible. Ce que j'ai à vous offrir, c'est une déduction éclairée et une rumeur.

— Commençons par la déduction, voulez-vous ?

— Je pense que Reeth Caldason se trouve sur l'île de Diamant.

Meakin jugea que son maître dissimulait fort bien la fureur qui s'empara de lui à la mention du Qalochien.

— Je m'en doutais un peu, répliqua Bastorran.

— Vraiment ? J'avais plutôt l'impression que vous mobilisiez beaucoup de ressources pour le chercher ici, à Bhealfa.

— Il ne faut négliger aucune possibilité, commissaire. Quoi qu'il en soit, qu'est-ce qui vous fait croire que Caldason se trouve là-bas ?

— Nous avons reçu des rapports signalant d'abord son départ de ces rivages, puis sa présence sur l'île. Ou du moins, la présence de quelqu'un qui correspond parfaitement à sa description.

— Ça ne m'étonne pas qu'il se soit enfui. Un homme assez lâche pour en poignarder un autre dans le dos, comme il l'a fait avec mon oncle bien-aimé, n'est rien de moins qu'un lâche. Je n'ai jamais compris pourquoi un criminel aussi méprisable jouissait d'une dispense spéciale accordée par nos dirigeants.

— Vous savez qu'il ne s'agit pas d'un passe-droit mais plutôt d'un... mode d'emploi. Cet individu doit être traité avec un soin particulier. (Laffon haussa les épaules.) J'ignore pourquoi, mais je suis certain que nos dirigeants avaient de bonnes raisons d'édicter ces règles.

Meakin brûlait de demander en quoi consistait le fameux « mode d'emploi »

— Peut-être est-il temps d'oublier les instructions qui concernent Caldason, suggéra Bastorran.

— Étant donné leur source, j'ai toujours pensé qu'il valait mieux les respecter soigneusement. Mais le meurtre de quelqu'un d'aussi important que votre oncle change la donne. Je suis disposé à présenter une requête à nos supérieurs afin qu'ils réexaminent leur position sur le sujet.

— Je vous en serais très reconnaissant, commissaire. La levée des restrictions qui pèsent sur nous me procurerait une immense satisfaction. Je déplore toutefois que, si vos informations sont exactes, Caldason se trouve actuellement hors de notre atteinte.

— Il ne l'est peut-être pas, insinua Laffon en guettant la réaction de son interlocuteur.

— De quoi voulez-vous parler ?

— De la rumeur qui m'est parvenue. Il semblerait qu'une flotte serait sur le point de partir pour l'île de Diamant.

Bastorran haussa les sourcils.

— Vous en êtes sûr ? J'ai entendu dire que Gath Tampoor temporisait en espérant que Rintarah se déciderait à régler le problème.

— Mes sources sont fiables. Gath Tampoor doit redouter que Rintarah prenne l'avantage dans cette partie du monde ; il aura donc décidé que sa présence là-bas était indispensable – du moins, c'est ce que j'imagine. Dans un cas comme dans l'autre, nous ne devrions pas tarder à en être informés par les canaux officiels. Je dois cependant dire que ce n'est pas la bonne période de l'année pour entreprendre une telle expédition.

— Si elle a bien lieu, nul doute que les paladins en feront partie.

— Tout comme le CSI. Nous soupçonnons qu'un certain nombre de félons susceptibles de nous intéresser se sont réfugiés sur Batarriss. Notamment la femme dont je vous ai parlé, qui est une associée notoire de Caldason. Autrement dit, nous avons tous deux des comptes à régler avec les habitants de cette île.

— S'il doit y avoir un affrontement, je veux en être, déclara Bastorran, les yeux lançant des éclairs.

— Vous iriez là-bas en personne ? s'étonna Laffon.

— Absolument. Je tiens à châtier moi-même le meurtrier de mon oncle. Ce n'est pas quelque chose que j'accepterai de déléguer. Je dois bien ça à ce cher Ivak.

— Ah ! C'est donc une question d'honneur familial...

— Familial et clanique, précisa froidement Bastorran. Une dette de sang.

— Sans compter que ça vous donnerait l'occasion de faire payer à Caldason la... l'indisposition dont vous souffrez, insinua Laffon.

Bastorran le foudroya du regard.

— L'honneur des clans est plus important que mes griefs personnels.

— Bien entendu, Haut Chef. Mais pour le moment, nous ne pouvons pas faire grand-chose concernant ce problème. Nous pouvons, en revanche, poursuivre notre purge des terroristes à Bhealfa.

— Nous avons déjà brisé l'échine de leur mouvement. Ce n'est qu'une question de temps avant que nous les éradiquions tout à fait.

— À voir, tempéra Laffon. Certes, la Résistance est affaiblie, mais elle reste capable de faire beaucoup de dégâts. En ce moment même, nos forces tentent de maîtriser une émeute à moins de dix pâtés de maisons d'ici.

Quelqu'un dans la foule lança une bombe.

Munition magique ou explosif conventionnel, cela ne fit guère de différence. Elle s'écrasa à terre devant une ligne de miliciens qui brandissaient leur bouclier, et explosa en produisant une lumière intense, une forte détonation et un nuage de fumée toxique. Celui-ci se dispersa, révélant plusieurs silhouettes en feu. Leur uniforme avait été éclaboussé par de l'huile brûlante. Quelques-uns de leurs camarades se précipitèrent pour éteindre les flammes.

Civils et militaires se mirent à échanger des projectiles – pierres, flèches, grenaille et même quelques lances. Des hommes et des femmes s'écroulèrent des deux côtés.

Puis une trompette résonna. Aussitôt, les miliciens s'écartèrent pour laisser passer un détachement de cavalerie qui chargea la foule. La simple agitation du début se muait en véritable émeute.

Dans une chambre au dernier étage d'une maison voisine, décrépite et à demi brûlée, deux personnes observaient l'affrontement en contrebas. L'une d'elles était Quinn Disgleirio.

— Ça risque de prendre du temps, commenta-t-il en jetant un coup d'œil par la fenêtre.

Dulian Karr soupira et alla s'asseoir sur une caisse en bois défoncée.

— Nous avons déjà eu de la chance de trouver cet endroit où nous abriter. Je n'avais jamais vu une émeute se déclencher aussi rapidement.

— Nous vivons des temps troublés. Et ça ne va pas s'arranger.

Dehors, les bruits de combat s'intensifiaient. Des cris, des hurlements et des explosions se détachaient du rugissement constant de la foule.

— N'y a-t-il rien que nous puissions faire ? interrogea Karr.

— Juste attendre que ça se passe. Je commence à regretter d'avoir accepté cette mission de reconnaissance avec vous. Ce n'est pas comme si nous avions recueilli des informations vraiment importantes.

— Je ne suis pas encore mort, Quinn. Le jour où je ne serai plus en état d'effectuer une mission sur le terrain sera celui où vous m'enterrerez pour de bon dans les Pâturages du Sommeil.

— Vous pensez toujours qu'il faut envoyer le plus possible d'entre nous dans l'île au lieu de rester ici et de tirer le meilleur parti de la situation ?

— C'est notre plan depuis le début, tu le sais. Si les choses n'avaient pas aussi mal tourné, nous serions tous là-bas à l'heure actuelle.

— Mais les circonstances ont changé, n'est-ce pas ? Que les dieux me pardonnent de dire ça : aujourd'hui, l'île de Diamant m'apparaît moins comme un paradis que comme un piège à rat. En dépit de toutes les restrictions que nous subissons ici, à Bhealfa, nous avons de la place pour nous cacher et une bonne marge de manœuvre pour harceler l'occupant.

— Exact. Mais ne nous leurrons pas : si nous restons ici, le mieux que nous puissions espérer, c'est poursuivre cette guérilla urbaine à l'infini. Personnellement, je préférerais affronter nos ennemis en défendant un endroit bien à nous.

— Vous n'êtes qu'un vieux romantique, Karr. Moi, je préférerais rester. Mais je suis un patriote. Après tout, c'est la profession de foi de la Fraternité de la Juste Lame.

— Donc, tu es un romantique toi aussi, Quinn.

Disgleirio sourit.

— Possible. C'est juste que… Je déteste l'idée d'abandonner ma terre natale à une puissance étrangère pour filer me réfugier dans un ancien haut lieu de la décadence.

— Ne me dis pas que tu envisages de ne pas nous accompagner !

— Non. Je suis peut-être un romantique mais je n'ai pas encore perdu la raison. Là-bas, nous aurons une chance de résister. Et peut-être que quelqu'un viendra à notre secours. Ne me demandez pas qui.

— Sans espoir, il ne nous reste rien.

— Ce qui m'inquiète, c'est que nous ne pourrons pas emmener tous nos gens sur l'île. Nous allons devoir faire des choix, qui seront forcément cruels et injustes.

— Je sais. Ce genre de décision n'est jamais facile à prendre. Mais ça ne doit pas arrêter ceux d'entre nous qui auront la chance de partir.

— Nous parlons comme s'il était évident que nous allons réussir à atteindre Batarriss – alors qu'elle est peut-être déjà inaccessible.

— L'océan est vaste, Quinn. À moins d'instaurer un blocus total autour de l'île, il est impossible d'en barrer tous les accès.

— Mais c'est probablement ce qu'ils vont faire, non ? Gath Tampoor ou Rintarah, voire les deux. Ils vont la sceller aussi hermétiquement qu'un tambour, et…

— Rien n'est encore sûr. Nous espérons trouver un moyen de les en empêcher.

Dans la rue en contrebas, le brouhaha monta encore d'un cran. Karr se leva pour jeter un coup d'œil dehors. Les forces de sécurité ripostaient à grands renforts de magie ; des rayons d'énergie concentrée tranchaient dans la foule. Les miliciens utilisaient des bâtons étourdisseurs pour neutraliser les émeutiers sur fond de décharges éblouissantes et de projectiles assommants.

Karr se rassit en secouant tristement la tête.

— Ce n'est pas ainsi que l'Art devrait être utilisé, se lamenta-t-il. Ils le pervertissent.

— On croirait entendre Phénix. Mais nous en faisons le même usage à l'occasion, rappela Disgleirio.

— Dans notre cas, c'est de la légitime défense. Ça fait une grosse différence morale.

— Au risque de vous choquer, ils pensent sans doute la même chose.

— Alors, ce sont des barbares. Les occupants comme les collaborateurs. Ils se drapent dans un manteau de civilisation, mais ça n'y change rien. Il existe une autre différence cruciale, Quinn : entre ce qu'ils disent et ce qu'ils font.

— Depuis le temps, vous devriez vous être habitué à la façon dont ils utilisent le langage comme une arme. S'emparer des terres d'autrui est un acte de libération. Supprimer le droit à la parole du peuple ou exécuter un patriote, c'est faire respecter l'ordre public. Et toute personne qui s'oppose à eux est un terroriste.

— Ce qui me déprime le plus, c'est le nombre de gens qui avalent ce baratin. Répète un mensonge assez souvent et il finit par devenir une forme de vérité. Si, en plus de ça, tu maintiens la population dans l'ignorance, tu aboutis à la situation actuelle : la plupart des citoyens de Gath Tampoor sont ravis d'envoyer des troupes ici alors qu'ils seraient incapables de situer Bhealfa sur une carte.

— Ils n'en ont pas besoin. Ils ont gobé le plus vieux truc de propagande du monde. Il suffit de leur faire croire qu'ils sont menacés pour que la plupart des gens laissent leurs dirigeants faire n'importe quoi – prendre les mesures les plus iniques en toute impunité, dit amèrement Disgleirio.

— Et on dit que la magie est un art subtil et mystérieux ! (Karr secoua la tête.) Mais en matière de complexité, elle n'arrive pas à la cheville de la politique…

— En tant qu'ex-patricien, vous êtes bien placé pour le savoir, pas vrai ? grimaça Disgleirio. Mais ne tombons pas dans le piège qui consiste à blâmer les citoyens des empires. Ce sont des victimes tout autant que nous.

— Bien entendu, concéda Karr. Cependant, nous ne pouvons pas œuvrer à leur salut. La seule chose que nous pouvons faire, c'est veiller sur les nôtres, si diminué que soit leur nombre. De petites victoires, Quinn. Voilà ce dont nous devons nous contenter pour le moment.

Disgleirio acquiesça.

— Tanalvah en est un bon exemple. C'est un pur coup de chance que nous l'ayons retrouvée.

— Oui. S'il existe une personne au monde qui a subi davantage d'avanies qu'elle n'en a infligées, c'est bien cette jeune femme. J'aimerais vraiment que nous puissions ramener un peu de lumière dans son existence tragique.

— Moi aussi. Tan n'a jamais fait de mal à personne. Elle mérite un peu de bonheur.

9

Toute la nuit, Tanalvah pensa à la mort. Elle pensa aux innombrables morts dont elle était indirectement responsable. Elle pensa à la mort probable de Kinsel. Elle pensa à sa propre mort et à la façon dont elle pourrait la provoquer.

Mais ce qui lui avait paru si séduisant durant les longues heures d'obscurité et d'insomnie perdit de son attrait dans la lumière de l'aube. Elle était enceinte, et deux autres enfants dépendaient déjà d'elle. Kinsel était peut-être encore vivant. Et elle avait la conviction profonde qu'Iparrater, sa déesse, serait encore plus en colère contre elle si elle ajoutait le suicide à la liste de ses péchés.

La balance penchait du côté de l'obstination et du courage : continuer à respirer, affronter un jour nouveau.

D'autant que celui-ci devait lui apporter une joie qui valait bien la peine de sortir de son lit. Karr avait promis que quelqu'un irait chercher Teg et Lirrin au temple auquel Tanalvah les avait confiés. Le garçonnet et la fillette viendraient rejoindre leur mère adoptive dans le repaire de la Résistance. Ce n'était peut-être pas l'endroit le plus approprié pour des enfants, mais au moins, ils seraient en famille.

Tanalvah s'extirpa de sa couchette et poussa un grognement quand la gravité lui rappela son état. Comme souvent le matin, la nausée et le vertige l'assaillirent ; elle respira profondément jusqu'à ce qu'ils s'évanouissent. Puis elle s'étira pour ramener quelque sensation dans ses membres endoloris, enfila une tunique informe et glissa ses pieds dans les sabots en cuir que quelqu'un lui avait donnés.

La chambre qu'on lui avait attribuée n'en était pas vraiment une. C'était une alcôve de douze pieds de large sur vingt pieds de long, taillée à même la roche des catacombes. Un grand rectangle de toile tendu sur un cadre en bois lui tenait lieu de quatrième mur. Une ouverture semblable à un rabat de tente avait été ménagée en son centre. Tanalvah soupçonnait que l'alcôve était une ancienne chambre mortuaire dont les résistants avaient déblayé les ossements, mais elle préférait ne pas trop y penser.

Quelqu'un avait fait des efforts pour rendre la pièce confortable. Le lit se composait d'un épais matelas de paille et de plusieurs peaux de bête qui lui avaient tenu bien chaud pendant la nuit. Il y avait également une chaise et quelques étagères rudimentaires sur lesquelles la jeune femme avait pu disposer ses maigres possessions. Un tapis de laine recouvrait partiellement le sol. On s'était même donné la peine d'accrocher une vieille tapisserie près du lit. L'image était tellement passée qu'on ne voyait plus ce qu'elle représentait, mais par rapport aux autres chambres que Tanalvah avait aperçues dans les catacombes, la sienne était carrément luxueuse.

Sa cellule, ainsi qu'elle l'appelait en son for intérieur, était éclairée par un unique orbe enchanté. Malgré le gaspillage d'énergie que cela représentait, la jeune femme le laissait allumé en permanence, et elle avait des bougies et des lanternes pour lui suppléer en cas de défaillance. Sans l'orbe, l'alcôve serait plongée dans le noir total, et Tanalvah ne pouvait supporter cette idée.

Près de la porte, une cuvette et un broc étaient posés sur une saillie rocheuse pareille à un socle. Il faisait étonnamment tiède dans les catacombes, pourtant, l'eau était si froide que Tanalvah eut l'impression de recevoir une gifle lorsqu'elle s'aspergea la figure. En se redressant, elle saisit une brosse et entreprit de démêler ses cheveux noirs.

Ces tâches anodines ne suffisaient pas à lui faire oublier l'angoisse logée dans ses entrailles comme un morceau de glace. Elle ne voyait aucun moyen de concilier ce qu'elle avait fait avec le pacifisme de Kinsel. Si son amant était toujours en vie, comment pourrait-il lui pardonner ?

Devlor Bastorran lui avait promis qu'il ne serait pas fait grand mal aux gens qu'elle trahirait. Tanalvah n'en revenait pas d'avoir été assez stupide pour croire les mensonges du paladin. Elle était presque suffoquée par la crainte de ce qui arriverait à ses enfants – les deux qu'elle avait adoptés et le bébé encore à naître – si elle était démasquée. Et il était inévitable qu'elle finisse par l'être. Déjà, elle avait toutes les peines du monde à ne pas tomber à genoux, avouer son crime et réclamer en pleurant qu'on lui pardonne.

La Résistance lui avait offert de l'envoyer sur l'île de Diamant. Tanalvah ne voulait pas y aller. C'était déjà assez difficile pour elle d'affronter les gens d'ici. Là-bas, elle aurait affaire à ceux dont elle avait été très proche, ceux qui l'avaient prise en amitié et protégée. En particulier Serrah. Mais la terreur que lui inspirait Bastorran et la perspective de tomber à nouveau entre ses mains faisaient que rester à Bhealfa lui semblait presque aussi insoutenable.

À présent, elle comprenait pourquoi Serrah avait trouvé la perspective de la mort si attirante.

Tanalvah conjura tout son courage pour quitter son minuscule cocon de pierre et rejoindre les autres. Elle savait qu'elle ne pourrait regarder aucun d'eux en face. Leur gentillesse, leur expression compatissante la torturaient. Elle n'en revenait pas qu'ils ne puissent pas lire la culpabilité sur son visage.

Redressant les épaules, elle écarta le rabat de toile et pénétra dans leur monde souterrain.

Comme d'habitude, les cavernes grouillaient d'agitation, et comme d'habitude, les gens la fixèrent dès qu'ils remarquèrent sa présence. Tanalvah se sentait nue. La tentation de se confesser, de hurler que c'était elle le traître et d'en finir une bonne fois pour toutes, était presque irrésistible.

Puis la foule s'écarta pour laisser passer un petit groupe de gens : deux adultes et deux enfants. Dulian Karr et Goyter adressèrent un sourire rayonnant à Tanalvah. À la vue de leur mère adoptive, Teg et Lirrin leur lâchèrent la main et se précipitèrent vers les bras tendus de la jeune femme.

L'espace d'un instant, des larmes de joie emportèrent tous les tourments de Tanalvah.

À moins d'une heure de cheval de la nécropole, au cœur de Valdarr, avaient lieu d'autres retrouvailles considérablement moins chaleureuses.

Derrière les murs sinistres du quartier général bhealfan des clans de paladins, au-delà d'un dédale de passages et de portes sécurisées, se nichait un sanctuaire très privé – l'endroit que Devlor Bastorran avait choisi pour accorder une audience.

Un observateur indulgent aurait pu décrire l'interlocutrice du Haut Chef comme stupéfiante. Bien qu'apparemment asexuée, elle s'avérait, vue de près, de sexe féminin. Elle avait un corps athlétique, à la limite de la maigreur, des cheveux blond clair coupés très court, un teint marmoréen, et de fines lèvres exsangues qui contrastaient avec ses très grands yeux noirs. Difficile de dire si elle était renversante ou hideuse : son apparence piétinait toute conception habituelle de la beauté. Et pour l'heure, ses traits si particuliers étaient déformés par la rage.

— J'en ai plus qu'assez d'attendre, siffla-t-elle en enfonçant un index dans le plexus de Bastorran. Nous avions un accord, et jamais vous ne m'avez dit que vous mettriez tant de temps à l'honorer.

— Certes. Laissez-moi...

— Jamais je n'aurais dû faire confiance à un paladin. Vous avez beau parler d'honneur et de loyauté – vous êtes des salauds et des menteurs, tous autant que vous êtes.

— Ce n'est pas...

— Mais dites-vous bien ceci, Haut Chef de mes fesses : vous et moi, nous sommes liés, enchaînés l'un à l'autre par ce que j'ai fait pour vous. (Les yeux de la femme brillaient d'une intensité glaciale.) Mon silence à ce propos a un prix, Bastorran. Quand allez-vous enfin vous en acquitter ?

— Je pensais qu'aujourd'hui serait un bon moment.

— Quoi ?

— Si vous me laissiez en placer une..., répliqua le paladin, les dents serrées. J'allais tout vous expliquer. Comme vous venez de me le rappeler, nous avions conclu un marché. Je suis prêt à en remplir ma part.

Aphri Kordenza le fixa d'un œil soupçonneux.

— Vous allez faire ce que vous aviez promis ?

— Votre symbiose magique avec votre... compagnon sera rendue permanente, acquiesça Bastorran. N'ayez pas l'air si surpris. Pensiez-vous vraiment que je trahirais ma parole ?

— Comment comptez-vous vous y prendre ? interrogea la fusionnée, ignorant la question.

— De la meilleure façon possible, à en croire mes sorciers. Avec ça.

Bastorran glissa une main dans la poche de sa tunique et en sortit un petit rectangle plat à la surface gravée de centaines de minuscules symboles runiques. La plaquette, qui semblait faite de terre cuite, reposait confortablement dans sa paume. Il la tendit à Aphri Kordenza.

— Comment ? répéta la fusionnée en soupesant l'objet.

— Pour le moment, vous maintenez votre statut symbiotique en renouvelant périodiquement la magie du lien, n'est-ce pas ? J'imagine que vous devez aller voir un sorcier compétent toutes les deux semaines, afin qu'il régénère le sort.

Elle acquiesça.

— Oui, et ça me coûte une fortune chaque fois.

— Sans compter qu'il ne doit pas toujours être facile de trouver quelqu'un qui accepte de faire le travail, étant donné votre condition légalement douteuse.

— C'est un point discutable. Nous, les fusionnés, sommes si peu nombreux que la loi tend à nous ignorer. Mais nous dévions du sujet.

— Cette chose, dit Bastorran en désignant l'artefact qu'elle tenait, vous permet de supprimer l'intermédiaire. Il vous connecte de façon permanente à la grille magique, à laquelle il puise toute l'énergie nécessaire pour vous maintenir telle que vous êtes. Vous n'aurez plus jamais besoin de renouveler le sort, et encore moins de payer pour ça.

— Qu'est-ce que je dois en faire : l'avaler ?

— Seulement si vous voulez vous étrangler. Mais sa place est effectivement à l'intérieur de votre corps. Sous la peau de votre talon gauche, pour être plus précis. C'est une procédure chirurgicale très simple qui ne prend pas plus de quelques minutes. Il y a des médecins qui vous attendent – les meilleurs de tous. Les miens, pour tout vous dire. Ne prenez pas cet air méfiant. Vous n'avez pas de raison de vous inquiéter. On va vous administrer un soporifique. Vous ne sentirez rien.

— Je n'ai pas besoin de soporifique.

— Je me suis laissé dire que, pour quelqu'un de conscient, l'opération risque d'être assez douloureuse.

— Peu importe.

Bastorran haussa les sourcils.

— Comme vous voudrez. Mais je pense vraiment...

— J'espère que vous n'essayez pas de m'embrouiller sur ce coup-là, Bastorran. Parce que dans le cas contraire, tout le monde saura que vous êtes un assassin. J'ai confié les détails de la mort de votre oncle à un confédéré, et s'il m'arrive quoi que ce soit...

— Nous savons tous les deux que vous n'en avez rien fait, Kordenza. Et dans le cas hautement improbable où vous connaîtriez quelqu'un en qui vous auriez suffisamment confiance pour lui divulguer ce genre d'information, qui le peuple et les autorités choisiraient-ils de croire ? Le Haut Chef des clans de paladins ou une vulgaire criminelle ? Et puis, il est dans mon intérêt que vos pouvoirs soient à leur apogée.

— Pourquoi ?

— J'ai une autre mission à vous confier. Une mission pour laquelle je vous récompenserai généreusement. N'ayez crainte. Vos soupçons sont infondés.

La fusionnée réfléchit.

— Soit. Traitez-moi d'idiote si ça vous chante, mais je vais vous croire.

— Tant mieux. En principe, je serre la main de mes partenaires pour sceller un accord, mais franchement, je préfère ne pas vous toucher.

— C'est réciproque.

D'un bras tendu, Bastorran indiqua la porte.

— Pouvons-nous y aller ?

— Un instant, l'arrêta Aphri Kordenza. J'ai dit que j'allais vous croire. Mais ça ne dépend pas que de moi.

Bastorran la fixa sans comprendre. Puis il réalisa de qui elle parlait.

— Oh ! Aphrim.

— Évidemment. Nous sommes partenaires, vous savez. En tout.

— Très bien, soupira-t-il en s'asseyant sur l'accoudoir d'un fauteuil et en croisant les bras.

Même s'il le trouvait peu édifiant, il ne pouvait nier que ce spectacle exerçait sur lui une fascination perverse.

Aphri Kordenza défusionna. Elle fit un pas sur le côté, laissant une découpe de sa silhouette suspendue en l'air. Le contour de l'image ressemblait à une corde satinée, un dessin tracé à l'aide d'un lasso qui se serait figé en plein mouvement. Sous les yeux de Bastorran, il se remplit d'os, de muscles, de sang et de chair. L'espace d'une seconde, le reflet ne fut que scintillement indistinct. Puis il se solidifia.

À première vue, l'apparition qui venait de se manifester dans le bureau de Bastorran était identique à Aphri Kordenza, mais un examen plus attentif permettait de déceler de subtiles différences entre les deux. Le nouvel arrivant était de sexe masculin. Il aurait pu être le jumeau de la fusionnée. Comme elle, il portait un pourpoint de cuir sur un pantalon rentré dans des bottes hautes. Mais il donnait l'impression de n'être qu'approximativement humain.

Une membrane transparente, luisante et finement veinée, connectait Aphri et Aphrim. Une secousse parcourut la fusionnée. Le film humide se détacha de son corps et fut instantanément absorbé par son jumeau, avec un bruit de succion assez déplaisant.

Aphri et Aphrim se regardèrent avec adoration.

— Tu as entendu notre conversation, mon cher ? interrogea la fusionnée.

— Oui.

La voix de son compagnon n'était pas tout à fait naturelle ; elle avait une résonance creuse, désagréable, qui confirmait son statut de glamour.

— Qu'en penses-tu ?

— C'est ce que nous avons toujours voulu. Mais pouvons-nous lui faire confiance ?

Bastorran sentit la moutarde lui monter au nez. Il détestait qu'on parle de lui comme s'il n'était pas là. Pourtant, il tint sa langue.

— Nous en avons déjà discuté, Aphrim. Je pense que ça vaut la peine de prendre le risque. Réfléchis : tu auras tout le pouvoir que tu veux pour alimenter ces armes fabuleuses que tu as imaginées. Alors, on accepte ?

— Si tu penses que c'est la meilleure chose à faire, oui.

Aphri se jeta dans les bras de son jumeau.

— N'est-ce pas merveilleux, Aphrim ? Nous ne serons plus jamais séparés.

Ils se plaquèrent l'un contre l'autre et s'embrassèrent longuement, passionnément – à la façon de deux amants. Bastorran trouva leur attitude perverse et répugnante.

Quand ils s'écartèrent enfin, un fil translucide et gluant courait de la bouche d'Aphri à celle d'Aphrim, comme un foulard de soie grise entre la gueule de deux chiens qui se le disputent. Il était sans doute fait de la même substance que la membrane qui avait relié la fusionnée et son double un peu plus tôt. Lorsqu'il se rompit en son milieu, chacun des jumeaux inhala bruyamment sa moitié. Bastorran détourna les yeux.

Il garda le silence jusqu'à ce qu'Aphri et Aphrim se séparent enfin. Alors, il se racla la gorge, et les jumeaux se tournèrent vers lui d'un même mouvement.

— On peut y aller maintenant ? s'impatienta-t-il.

— Oui, répondirent Aphri et Aphrim en chœur.

— Aphrim assistera à l'intervention, ajouta la fusionnée. Il veillera sur moi.

— Cela signifie-t-il que vous acceptez de prendre un sédatif ?

— Non. Ce qui affecte l'un de nous nous affecte tous les deux. Je préfère rester consciente.

— Comme vous voudrez.

Ils se dirigèrent vers la porte.

Aphri jeta un regard curieux au paladin.

— Vous avez parlé d'une nouvelle mission.

— Ah, oui ! Une mission qui devrait relever davantage du plaisir que du travail pour vous.

— Nous prenons toujours beaucoup de plaisir à effectuer notre travail, assura Aphrim.

— De quoi s'agit-il ? insista Aphri.

— Vous avez soif de vengeance, répondit Bastorran. Moi aussi. Et je n'ai pas envie de passer par les canaux officiels pour l'obtenir. C'est pourquoi j'aurai besoin de vos services. Mais cela implique que nous entreprenions un petit voyage tous ensemble.

— De quoi parlez-vous ?

— Je sais où se trouve Caldason.

Il ne savait pas où il se trouvait. Il avait une vague impression de qui il était, un sens de son identité fondamentale et une certaine conscience de ses fonctions cérébrales, mais il était incapable d'identifier l'endroit qui s'offrait à sa vue.

Il y avait beaucoup de neige. À cause de ça, il était difficile de distinguer les contours du paysage. Il voyait juste que le terrain semblait accidenté. Des arbres émaciés crevaient le tapis blanc, leurs branches torturées se découpant contre un ciel menaçant. Des montagnes noires au sommet saupoudré de neige barraient l'horizon sur trois côtés. Un vent féroce soufflait constamment, faisant tourbillonner les flocons. L'observateur savait que le froid devait être mordant, mais il ne sentait rien, ce qui ne le surprenait pas.

Son instinct lui disait que quelque chose d'important était en train de se passer dans cette désolation.

Une image oubliée jusque-là lui revint tout à coup en mémoire. Très longtemps auparavant, quand il n'était encore qu'un petit garçon, on l'avait emmené voir une sage. Il ne se rappelait plus qui elle était, ni à quoi elle ressemblait, qui l'avait emmené chez elle et pourquoi. Mais il se souvenait d'une chose qu'elle lui avait apprise, une chose qu'il avait tenue pour acquise dans sa vie éveillée de guerrier – une vie qui lui semblait si éloignée et irréelle à présent.

Ce qu'il avait appris en ce jour lointain, c'était le principe du non-esprit. Plus facile à accomplir qu'à expliquer, le non-esprit consiste à atteindre un objectif sans essayer consciemment. La clé était dans le « consciemment ». Ça n'avait rien à voir avec le désir de réaliser quelque chose, et tout à voir avec la façon de procéder. La sage avait utilisé l'exemple d'un homme qui projette une lance ou décoche une flèche et rate sa cible – mais parvient à la toucher quand il cesse d'essayer consciemment. Pour triompher, la volonté devait être sublimée.

Était-ce un souvenir réel, ou le souvenir d'un rêve ? L'observateur l'ignorait. Néanmoins, il s'inclina devant sa signification. Faisant le vide dans sa tête, il lâcha prise sur sa résolution.

Aussitôt, il commença à s'élever. Il eut bientôt dépassé la cime des arbres, qui lui apparurent comme des flaques d'huile noire sur un tapis immaculé. Il réalisa qu'il ne montait pas à la verticale, mais en diagonale ; tout en gagnant de l'altitude, il se rapprochait de la chaîne de montagnes qui lui faisait face. Il prit conscience de vents encore plus âpres qui l'auraient glacé jusqu'à la moelle s'il avait eu la moindre sensibilité à ce qui l'entourait.

Il passa au-dessus de nuées de robustes oiseaux qui filaient vers le sud en battant l'air glacial de leurs ailes puissantes. Puis il arriva à l'aplomb des grands pics couronnés de neige et découvrit ce qui s'étendait au-delà.

Il survolait une large vallée, dont une seconde chaîne de montagnes fermait l'autre extrémité. La cuvette était tapissée de neige ; des congères s'entassaient très haut contre ses parois rocheuses. Une rivière gelée la traversait, pareille à un miroir scintillant parcouru de fines craquelures. Mais ce qui accrocha le regard de l'observateur et l'attira irrésistiblement, ce fut un groupe d'habitations. Une petite ville avait poussé tel un champignon dans le fond de la vallée, de part et d'autre de la rivière. Une chaussée coupait à travers les bâtiments, reliant le port à une forteresse massive située au centre de l'agglomération.

À un bout de la vallée, près de la passe qui constituait son seul accès, s'étendait une plaine. En descendant vers elle, l'observateur aperçut les vestiges d'un carnage. D'innombrables cadavres d'hommes et de chevaux jonchaient la neige piétinée, changée en bouillasse. Des brasiers funéraires brûlaient. Des prisonniers serrés les uns contre les autres étaient assis à l'intérieur de cercles formés par des lanciers, tandis que des groupes de conquérants arpentaient le champ de bataille d'un pas vif, exécutant les nombreuses tâches qui échoient toujours aux vainqueurs.

À présent, il filait au-dessus de la vallée, en direction de la ville et du château niché au cœur de celle-ci. Se déplaçant sans volonté délibérée, il survola le port, dans lequel plusieurs bateaux flambaient. Puis un camaïeu de toits de chaume, de planches ou de tuiles. Des avenues, des rues, des allées tortueuses. Il y avait des tas de gens dehors, qui traînaient les pieds d'un air abattu ou regroupaient les vaincus. Certains portaient des fardeaux, guidaient du bétail ou poussaient des charrettes à bras. Beaucoup erraient simplement, l'air hébétés. Mais personne ne vit l'observateur.

La forteresse se dressait devant lui. Il se déplaçait si vite qu'il crut qu'il allait s'écraser contre ses murs vertigineux. Cette pensée ne lui avait pas plus tôt traversé l'esprit qu'il se sentit ralentir.

La citadelle était vaste et d'une architecture hétéroclite, comme si plusieurs générations avaient passé leur temps à y rajouter des bâtiments ou à améliorer ceux qui existaient déjà. Une longue terrasse faisant office de chemin de ronde courait très haut sur sa façade. Et sur cette terrasse se tenait une silhouette solitaire.

Au début, ce ne fut qu'un minuscule point noir, mais comme la distance entre eux diminuait, l'observateur distingua un homme. Les mains posées sur le parapet, celui-ci scrutait le paysage avec une expression indéchiffrable. Physiquement, il n'avait rien de remarquable, et il était habillé sans la moindre ostentation. Pourtant, il dégageait quelque chose de stupéfiant.

L'observateur était assez près pour lui cracher dessus s'il l'avait voulu. Il s'immobilisa face à lui, en suspension dans les airs.

Au début, l'homme parut inconscient de sa présence, comme tous ceux qu'il avait croisés. Puis un frémissement passa sur son visage, et il tourna la tête vers lui.

Ses yeux étaient deux puits sans fond.

L'observateur ne se souvenait pas d'avoir fermé ses propres yeux. Quand il les rouvrit, il était ailleurs. Les hauteurs jusqu'auxquelles il s'était hissé précédemment pâlissaient à côté de son altitude présente.

Il flottait dans le firmament étoilé. Très loin en contrebas, le monde s'étalait telle une carte déroulée, si large que la distance incurvait ses bords. Il pouvait voir tous les royaumes existants et les océans bleu-vert qui les séparaient.

Au nord, une vaste étendue de terre attira son regard. Quelque chose brillait dans ses profondeurs. Une tête d'épingle. Une étincelle jaillie de deux silex. Elle grandit rapidement, flaque écarlate se détachant sur un fond brun-gris, et commença à se répandre en ruisselets pareils à des tentacules. Plus elle gagnait du terrain, plus elle accélérait. Elle eut bientôt coloré des secteurs entiers de la carte : des régions, des pays, des continents.

C'était une marée rouge comme du sang, ou peut-être de la lumière. Elle possédait les qualités des deux. Ses filaments sondaient le terrain, en rejoignaient d'autres, comblaient les trous pour engloutir une nouvelle zone de brun ou de vert. Sa progression même semblait ajouter à son élan, comme si un pilier soutenant le toit d'un temple venait de s'écrouler, entraînant tout un plan dans sa chute. À ceci près qu'il ne s'agissait pas d'un temple, mais d'un monde. Un monde que le sang et la lumière était en train de submerger.

Cela aurait dû attrister l'observateur.

Mais ce ne fut pas le cas.

10

— Tu as vu une mer de sang recouvrir le monde, et ça t'a paru une bonne chose ?

— Ce n'est pas tout à fait ce que j'ai dit.

— C'en est assez proche, Reeth. De la façon dont tu le décris, ça n'avait pourtant pas l'air si réjouissant.

— Je ne prétends pas comprendre ce que j'ai vu. Tu m'as demandé ce que j'avais ressenti, et je t'ai répondu.

Serrah se renfonça dans la chaleur de leur lit. La fenêtre était entrouverte, et la faible lueur hivernale de l'aube colorait le ciel.

— Ça devait être Zerreiss, pas vrai ? lança-t-elle enfin. L'homme de ton rêve.

— Il ne portait pas une pancarte autour du cou.

— Mais ce serait logique, non ? Tout ce que tu m'as décrit laisse à penser que c'était lui.

— Si tu l'avais vu, cette idée ne t'aurait même pas effleurée. Je n'avais encore jamais posé les yeux sur quelqu'un d'aussi... ordinaire. Ni séduisant ni laid. Ni grand ni petit. Ni gros ni maigre. Ni jeune ni vieux. Il semblait juste sorti du moule d'un potier. Totalement... anodin.

— Tu veux dire qu'il n'avait pas l'apparence d'un seigneur de guerre.

— Non. Et pourtant, il y avait quelque chose en lui... Pas une seule seconde je n'ai douté qu'il soit un meneur d'hommes. Je ne peux pas t'expliquer pourquoi.

— Et il t'a vu ?

— J'en ai eu l'impression.

— Ça t'arrive souvent que les gens te reconnaissent dans tes rêves, Reeth ?

— Je ne dirais pas qu'il m'a reconnu. Il avait conscience de ma présence, je crois. C'est tout. Et non, ça ne m'était jamais arrivé jusqu'à ces derniers temps. Jusqu'à ce que je commence à faire ces nouveaux rêves. Mes visions d'avant – celles qui me montraient enfant – ont presque disparu.

— Pauvre chéri ! Encore une nouvelle source de tourment. (Serrah posa sa tête sur la poitrine de Caldason. Le bras du Qalochien l'enveloppa.) Se peut-il que ça vienne de lui – de Zerreiss ? Crois-tu que c'est lui qui t'envoie ces rêves ?

Caldason haussa les épaules.

— Qui peut dire de quoi il est capable ? Mais pourquoi ferait-il une chose pareille ?

— Va savoir.

Serrah se redressa et tendit une main vers le fouillis qui recouvrait la table de chevet.

— Tu ne tiens pas en place, commenta Caldason.

— C'est toi qui es d'un calme surprenant. À ta place, je serais dans tous mes états. (Serrah attrapa une bouteille d'eau et but au goulot.) Tu en veux ?

Caldason prit la bouteille et étancha lui aussi sa soif.

— Je me suis habitué à ces rêves. Même si les nouveaux sont une énigme qui vient se superposer à un mystère.

— C'est vrai. (Serrah s'assit en tailleur sur le lit, le dos très droit.) Reprenons depuis le début.

Caldason soupira.

— Crois-tu que je ne l'ai pas déjà fait un millier de fois ?

— Deux têtes réfléchissent mieux qu'une, tu le sais bien. Fais-moi plaisir. Tu as des… faute d'un autre mot, appelons ça des visions, d'accord ? Tu en as depuis combien de temps ?

— J'en ai toujours eu, aussi loin que remontent mes souvenirs.

— Et nous sommes d'accord sur le fait que ce qu'elles te montrent, c'est ton histoire – des scènes de ton passé lointain ?

Le Qalochien acquiesça.

— J'ai mis un moment à le comprendre. Ce qui me donne l'impression d'être vraiment stupide.

— Tu n'es pas stupide, Reeth. (Serrah se pencha et lui planta un baiser sur la joue.) Ces visions auraient de quoi désarçonner n'importe qui.

— C'est vraiment la dernière chose qui m'est venue à l'esprit – que c'était moi qu'elles concernaient. Je suppose qu'on ne voit jamais bien les choses quand on est trop près d'elles.

— D'accord. Je ne pense pas qu'on puisse découvrir la provenance de ces visions. Mais on pourrait peut-être réfléchir à certains des éléments qu'elles contiennent.

— Que veux-tu dire ?

— Qui était ce vieil homme qui revenait sans cesse ? Qui a failli te tuer quand ton peuple a été massacré, et comment cela a-t-il débouché sur ta quasi-immortalité actuelle ?

— Encore une fois, j'ai déjà retourné ces questions dans tous les sens.

— Et ta naissance, Reeth... La vision que tu as eue sur ta venue au monde et sur la mort de ta mère. Même si je pense que c'est une culpabilité sans fondement qui te pousse à la ressasser. Ce n'est pas la faute d'un enfant si sa mère meurt en accouchant de lui, tu sais.

— Peut-être.

— Il n'y a pas de « peut-être » qui tienne, mon amour. Tu ne peux pas te blâmer pour une chose qui ne dépendait pas de toi. Crois-moi, je suis bien placée pour t'en parler. Il m'a fallu du temps pour le comprendre, mais j'ai fini par admettre que je n'étais pas responsable de la mort d'Eithne. (Comme Caldason ne disait rien, Serrah poursuivit :) De toute évidence, le vieil homme était une sorte de gardien. Il t'a protégé au risque de sa vie. Mais pourquoi ?

— C'est une question plus importante que « comment », pas vrai ? Pourquoi est-ce que je vois tout ça ? Pour quelle raison me le montre-t-on ?

— Faut-il nécessairement qu'il y ait une raison ? Y a-t-il une raison pour laquelle le soleil se lève chaque matin ? Il se lève, un point c'est tout.

— Beaucoup de gens pensent que les choses se produisent parce que telle est la volonté des dieux. C'est ce que dirait Tanalvah, n'est-ce pas ?

— Et toi, c'est ce que tu dis ? Tu crois que les dieux sont responsables de ce qui t'arrive ?

— Honnêtement ? Je n'en sais rien. Je ne suis même pas certain de croire à leur existence.

— Mmmh... Donc, pendant des années, tu as été tourmenté par des visions d'un premier type, qui te montraient des scènes de ton passé et qui étaient d'une façon ou d'une autre liées à tes accès de rage incontrôlable. Exact ?

— Elles étaient généralement liées à eux. Mais pas toujours, précisa Caldason. La crise que j'ai eue pendant la dernière attaque des pirates, par exemple. Cette fois-là, je n'ai pas eu de vision.

— Et depuis peu, reprit Serrah, imperturbable, tu as des visions d'un deuxième type, qui ont quelque chose à voir avec Zerreiss.

— Nous n'en savons rien, objecta Caldason.

— C'est quand même très probable, insista Serrah. Et tes accès de rage n'ont pas disparu.

— Où cela nous mène-t-il ?

— Je n'en sais encore rien. Nulle part, peut-être. Mais j'aime que les choses soient claires dans ma tête. Comme je viens de le dire, tes visions ont changé, mais tu es toujours sujet aux mêmes crises. Et maintenant, il se peut que quelqu'un à l'intérieur de ces visions ait conscience de ta présence.

— Tu arrives à tirer une conclusion de tout ça ?

— Non. Pas au-delà de l'évidence.

— Qui est… ?

— La magie. La magie doit être le lien.

— J'ai toujours supposé que j'étais sous le coup d'une malédiction quelconque, donc, ça ne me surprendrait pas.

— Mais il faudrait que ce soit un sort drôlement balèze, tu ne trouves pas ? Un sort qui ne ressemblerait à rien de ce que j'ai déjà rencontré. Sans compter que son auteur, quel qu'il soit, ne l'a pas levé depuis plus de soixante-dix ans. C'est drôlement long pour poursuivre une vendetta sans résultat significatif.

— La malédiction, si c'en est bien une, est un résultat en soi. Quand il l'a lancée, le sorcier devait savoir que je souffrirais pendant très longtemps. C'était sans doute une satisfaction suffisante pour lui.

— Ça n'a pas de sens, Reeth. Aucun humain ordinaire n'aurait vécu assez longtemps pour savourer ta douleur. À moins que tu aies été maudit par des générations successives de sorciers. Ou…

— Continue.

— Ou qu'il existe d'autres gens comme toi. Des gens avec une longévité incroyable, pour qui les siècles ne signifient rien.

— Nous en connaissons au moins un : Phénix. Souviens-toi, il est dans sa centième année.

— C'est différent. Un cas exceptionnel, rendu possible par son accès à une petite partie de la magie des Fondateurs.

— Il n'est peut-être pas le seul. Qui te dit que d'autres personnes ne détiennent pas d'autres fragments de ce savoir ? Par l'enfer, je compte moi-même partir à la recherche de l'un d'eux.

— Ce qui, évidemment, soulève le problème de savoir si quelqu'un d'autre ne l'a pas déjà trouvé.

— Toi alors, tu sais éclairer ma journée, railla Caldason. Un vrai petit rayon de soleil.

Serrah grimaça.

— Cela dit, je ne pense pas que ce soit le cas.

— Comment peux-tu en être certaine ?

— Je ne peux pas. Mais souviens-toi de ce que Phénix a dit – et Karr, aussi. Si la Source avait été découverte, nous en verrions les répercussions partout autour de nous. Celui qui l'aurait en sa possession ne se contenterait pas d'allonger sa vie : il ne tarderait pas à devenir maître du monde. Ou à tous nous tuer.

— Peut-être n'a-t-il tout simplement pas encore réussi à la maîtriser.

— Au bout de soixante-dix ans ? Ça m'étonnerait. En fait, je ne crois pas à ta théorie de la malédiction – pas vraiment. Qui aurait l'idée de punir quelqu'un en le rendant immortel ? Je sais que ta longévité s'est avérée une arme à double tranchant, mais tu vois ce que je veux dire. Je ne pense pas qu'il s'agisse d'un sort lancé dans un but de vengeance. Même si j'avoue que je ne vois pas de meilleure explication.

Caldason sourit.

— Tu commences à comprendre que le mystère n'est pas si simple à résoudre ?

Serrah fut forcée de lui rendre son sourire.

— Je ne m'attendais pas à trouver une solution en l'espace de cinq minutes. Andouille !

Caldason éclata de rire.

— Vraiment ? Et moi qui pensais qu'aucun problème digne de ce nom n'oserait te défier plus longtemps…

— Espèce de sale…

Serrah saisit un oreiller et frappa son compagnon avec jusqu'à ce que le tissu se déchire, libérant un nuage de duvet.

— Reeth, dit-elle en ôtant une plume minuscule collée à ses lèvres et en adoptant un ton plus sérieux. Kutch partage-t-il ce nouveau type de visions avec toi ?

— Il a capté les deux ou trois premières. Mais ça semble s'être arrêté depuis qu'il a abandonné sa formation de détecteur.

— On en revient toujours à la même chose : la magie. Il y a une connexion cachée quelque part là-dedans. Je jurerais que tout est lié.

— Je n'ai pas réussi à comprendre comment.

— On devrait parler à Kutch. On ne sait jamais ; il aura peut-être une idée.

Caldason prit la jeune femme dans ses bras et lui mordilla doucement l'oreille.

— D'accord. Mais remettons ça à plus tard, tu veux ?

Leurs bouches se rencontrèrent.

Dans l'un des endroits les plus reculés de l'île de Diamant, à sa pointe orientale, des falaises abruptes servaient de rempart naturel contre les assauts venus de la mer. À leur sommet se dressait un village de chalets, vestige de l'époque où Batarriss était un complexe touristique dédié au plaisir. C'était là que la poignée de sorciers du Chapitre échappés de Bhealfa avait choisi de s'installer, en compagnie des quelques magiciens déjà résidents de l'île. Centre de retraite et de méditation, ce lieu était universellement respecté comme le seul endroit privé de Batarriss.

Les chalets étaient en fort mauvais état. Autour d'eux, la neige piétinée s'était changée en gadoue. Un petit bosquet servait de coupe-vent, mais en hiver, les arbres aux branches dénudées n'offraient qu'une protection minimale. L'impression d'ensemble était assez lugubre.

Un laboratoire rudimentaire avait été construit à l'écart des autres. Tous ses volets étaient fermés, et la neige qui l'entourait était immaculée, à l'exception de quelques empreintes.

À l'intérieur, Kutch Pirathon finissait une séance d'étude avec son nouveau maître qui, pour une fois, n'arborait aucun déguisement magique. Il apparaissait tel qu'il était réellement : un vieillard aux cheveux blancs et au visage sillonné de rides.

— Et tu es sûr de n'avoir partagé aucune des visions de Reeth Caldason dernièrement ? interrogea Phénix.

— Non, répéta Kutch, irrité par son insistance. (Il referma sans douceur le livre qu'il venait de feuilleter.) Et je ne mens pas à propos de ces choses-là. C'est un point sur lequel mon ancien maître insistait beaucoup.

— Et il avait raison, approuva Phénix. Ne sois pas vexé, mon garçon. Je ne te harcèlerais pas si ce n'était pas si important.

— Comme je vous l'ai déjà dit, j'ai cessé de partager les visions de Reeth il y a deux mois.

— Quand tu as abandonné la détection.

— Oui.

— Et tes rêves ? Quelque chose à signaler de ce côté ?

Kutch parut réticent.

— Eh bien...

— Rappelle-moi sur quel point ton ancien maître insistait beaucoup ? grimaça Phénix.

Le jeune homme soupira.

— Parfois, dans mes rêves... Oui, une connexion se produit. Mais pas souvent. Et elle n'est jamais aussi puissante que mes visions d'avant. Ça ne me pose pas de problèmes, mais... Je pensais qu'après avoir interrompu ma formation de détecteur, je serais complètement libéré de tout ça.

— Comme tu viens de le dire toi-même, tu en es libéré pour l'essentiel. Mais je soupçonne que le lien entre Caldason et toi perdurera aussi longtemps que tu pratiqueras une quelconque forme de magie, déclara Phénix.

— Oh ! (Les épaules de Kutch s'affaissèrent.) Ce n'est pas une perspective encourageante.

— Parce que tu crois qu'elle te force à faire un choix ? Entre ton amitié pour Caldason et ta vocation de magicien ? suggéra Phénix.

Le jeune homme leva un regard plein d'espoir vers lui.

— Ce n'est pas le cas ?

— Je crois que tu ne m'as pas bien compris. Le lien perdurera tant que tu continueras la magie, même s'il nous sera peut-être possible d'atténuer ses effets sur toi. Mais rien de ce que tu pourras faire – abandonner l'exercice de la magie compris – ne changera quoi que ce soit pour Caldason, si c'est ce que tu espères.

— C'est tellement injuste ! Reeth déteste la magie.

— Et moi, je déteste la pluie, mais ça ne l'empêche pas de me mouiller. (Plus sérieusement, Phénix ajouta :) Utilise ton cerveau, mon garçon. Les sentiments de Caldason en la matière ne comptent pas davantage que l'opinion d'un condamné à mort sur la corde au bout de laquelle il va se balancer.

— Ne pouvez-vous rien faire pour lui ?

— Tous nos efforts se sont avérés vains. Son unique espoir réside désormais dans la Source, à supposer qu'il puisse la trouver et que ce qui reste du Chapitre parvienne à la déchiffrer. Or, aucune de ces deux choses ne s'annonce aisée.

— Dans ce cas, nous devons faire tout notre possible pour l'aider dans ses recherches.

— Effectivement. Parce que s'il échoue, il ne restera qu'un seul autre moyen de briser ses chaînes.

— Lequel ?

— Sa mort, répondit Phénix en fixant Kutch dans les yeux.

— Reeth ne peut pas être tué, objecta le jeune homme.

— Tu sais que c'est faux. Il est quasi immortel, mais pas tout à fait. Mettre un terme à sa vie serait difficile – pas impossible.

— Ce que vous dites ne me rend pas très heureux, maître.

— Mon travail ne consiste pas à te rendre heureux, mais à te donner les outils nécessaires pour survivre. C'est pourquoi j'ai besoin de connaître l'étendue exacte de ta connexion avec Caldason.

— Quel rapport avec ma survie ? s'étonna Kutch.

— Malgré toutes tes études, ignores-tu encore le pouvoir potentiellement destructeur de la magie ? répondit sévèrement Phénix. Caldason est enchaîné à un aspect de notre art qui échappe même au Chapitre. Te souviens-tu de l'histoire que je t'ai racontée au sujet de mes frères, ceux qui se sont fait tuer en examinant une ligne d'énergie exposée ? Cette histoire avec Caldason pourrait s'avérer tout aussi fatale pour toi.

— Nous allons tous mourir ici de toute façon, marmonna Kutch.

— C'est possible.

— Alors, ne vaudrait-il pas mieux faire quelque chose à ce propos, au lieu de… ?

— Nous ne pouvons rien faire d'autre que ce que nous faisons déjà, à savoir participer à la défense de Batarriss. Je suppose que je pourrais tenter de te faire quitter l'île en douce…

Non. Je… Je préfère tenter ma chance ici, avec les gens que je connais.

Un léger sourire retroussa les lèvres parcheminées de Phénix.

— Si tel est ton désir. Ce que je veux dire, c'est que négliger tes études n'aidera pas Caldason et que ça t'aidera encore moins, toi. Il est regrettable que tu aies dû abandonner la détection ; le don que tu possèdes est si rare ! Mais tu as de grandes dispositions pour la magie en général, et tu es assez intelligent pour accéder au statut de sorcier confirmé – à condition de t'en donner la peine. Tâche de ne pas gaspiller ton talent.

Le visage de Kutch s'éclaira.

— Vous le pensez vraiment ?

— Je ne suis guère porté sur la flatterie, tu le sais.

— Ça me fait vraiment plaisir que vous me disiez ça. Ces derniers temps, je me suis souvent demandé si je n'aurais pas dû suivre l'exemple de Varee.

— Varee ?

— Mon frère. Il s'est engagé dans l'armée quand j'étais petit.

— Ah, oui ! Eh bien, je me réjouis que tu te sois abstenu de marcher dans ses traces. Ç'aurait été une grande perte pour l'Art.

— Merci.

— Et ç'aurait grandement déçu ton maître, je n'en doute pas.

— Oui, je crois que Domex l'aurait mal pris. Mais je suis ravi que vous ayez confiance en moi, Phénix. Ça me touche beaucoup que...

Le vieillard se raidit.

— Chut !

— Quoi ? chuchota Kutch, surpris.

— Quelqu'un approche.

— Je ne...

D'un geste, Phénix intima le silence au jeune homme. Celui-ci écouta. Tout d'abord, il n'entendit rien, et il douta des perceptions du sorcier. Puis il s'émerveilla de leur acuité. Dans le lointain résonnait un bruit de galop ténu. Comme il grandissait, Phénix s'approcha d'une fenêtre et regarda par l'interstice des volets.

— Inutile de t'inquiéter. Ce sont des amis.

Flanqué de Kutch, il se dirigea vers la porte et l'ouvrit. Une bourrasque glacée leur gifla le visage.

Deux cavaliers approchaient à bride abattue. Le premier était Caldason, penché très bas sur l'encolure de son cheval pour se protéger contre la morsure du vent. Serrah l'accompagnait, ses cheveux couleur de blé volant derrière elle.

Quelques secondes plus tard, ils arrivèrent au laboratoire et tirèrent sur les rênes de leurs montures aux naseaux écumants, qui s'immobilisèrent en faisant jaillir des mottes de tourbe gelée sous leurs sabots.

— Reeth, Serrah, les salua Kutch comme tous deux mettaient pied à terre. Que faites-vous ici ?

— Au départ, nous voulions discuter de quelque chose avec toi, répondit Serrah. Mais les événements en ont décidé autrement.

— De quoi parlez-vous ? interrogea Phénix, mécontent de cette interruption.

— Venez voir par vous-mêmes, suggéra Caldason.

Ils enfilèrent leur cape et le suivirent. Le Qalochien les entraîna à l'écart du village de chalets et jusqu'au bord de la falaise.

— Là.

Il tendit un doigt vers la mer. Deux navires se dirigeaient vers Batarriss, toutes voiles pourpres dehors.

— Encore une attaque ! s'exclama Kutch.

Les galions pirates hissèrent le pavillon noir et mirent le cap vers un rivage plus accessible.

Serrah laissa échapper un soupir las.

— Et c'est reparti...

11

Une petite bataille faisait rage au travers d'une myriade de gouttelettes de vif-argent. Chaque perle scintillante reflétait son propre fragment d'événement. Une foule en colère déferlait dans des rues ravagées, lançant des pierres ou mettant le feu aux bâtiments. Sur des barricades, des hordes de civils affrontaient des hommes en uniforme armés de matraques. Des décharges magiques fusaient telles des lances brûlantes, mettant le feu aux insurgés.

Les gouttes argentées se regroupèrent, fusionnèrent, se changèrent en liquide brillant. Puis la fragmentation se reproduisit, révélant d'autres images similaires. Bâtiments éventrés. Émeutiers incontrôlables. Pillages. Charges de cavalerie. Arrestations.

Le cycle se répétait inlassablement, et les scènes de désordre se succédaient à la surface du précieux fluide. Jardins publics jonchés de corps. Prisonniers emmenés dans des carrioles à la pointe de l'épée. Exécutions sommaires sur le bord de la route.

L'étrange substance bouillonnante qui montrait le drame recouvrait le fond d'une cavité aux murs lisses. Debout derrière la rambarde polie qui entourait cette fosse, deux hommes contemplaient le spectacle perpétuellement changeant. Ils portaient de fines robes de tissu enchanté, aux couleurs et aux motifs subtils. Tous deux étaient très âgés. Le travail de cosméticiens et des charmes faciaux atténuaient quelque peu leur décrépitude, mais de manière insuffisamment convaincante. Vues de près, la fraîcheur de leur peau et l'abondance de leur chevelure s'avéraient factices.

Le Grand Ancien Felderth Jacinth, l'homme le plus redouté de l'empire, était marginalement plus vieux que son compagnon. Mais un spectateur objectif aurait eu bien du mal à dire qui des deux avait l'air le plus dur et le plus austère.

—Assez, décida Felderth, en tranchant l'air d'un geste impérieux.

Dans la fosse, les images se délitèrent; le liquide qui n'en était pas tout à fait un s'agita brièvement, puis s'apaisa.

—Penses-tu toujours qu'il s'agit de troubles mineurs, Rhylan? interrogea Felderth.

Son frère semblait moins alarmé.

—Ne leur accordons pas une importance disproportionnée. Ce n'est pas aussi terrible que les visualisations le suggèrent. Les émeutes sont confinées à des zones isolées.

—Mais elles ne devraient pas se produire du tout.

—Notre système est trop bien ordonné pour les autoriser à durer longtemps. Et puis…

—Quoi?

—Et puis, le gros des masses sera probablement paralysé par son dévouement envers nous.

—Pitié, Rhylan. Ne poussons pas la crédulité trop loin.

Le Grand Ancien se détourna de la fosse et de ses vapeurs à la légère odeur de soufre. Son cadet l'imita.

Ils revinrent vers le centre d'une immense salle dépourvue de fenêtres. Les murs de celle-ci avaient été taillés dans un marbre exquis; une vingtaine de piliers se dressaient gracieusement vers un haut plafond voûté. Une multitude d'orbes enchantés baignait la pièce d'une douce lumière. Conformément à la tradition, le tracé des canaux d'énergie souterrains était matérialisé à l'aide de pigments colorés. Des lignes rouges, bleues, vertes et dorées dessinaient un réseau sur le sol.

Une table en forme de bouclier, assez grande pour supporter un chariot et son attelage, occupait le milieu de la pièce. Des faisceaux de lignes de pouvoir convergeaient vers ses pieds robustes, imprégnant le chêne d'essence magique afin de fortifier ceux qui délibéraient là et d'animer le motif imprimé sur le plateau. Ainsi l'emblème de l'empire prenait-il vie: l'aigle en vol battait de ses ailes puissantes tandis que les éclairs contre lesquels il se détachait crépitaient derrière lui.

Plus d'une vingtaine de membres du Conseil central de Rintarah étaient assis autour de cette table. Si un citoyen ordinaire avait été admis dans la pièce – ce qui n'arrivait jamais –, il aurait remarqué que tous, hommes et femmes, présentaient une ressemblance familiale évidente. La composition du Conseil avait toujours été déterminée par le sang plutôt que par l'égalitarisme. Un observateur extérieur aurait également été frappé par le fait que la majorité de ces gens étaient extrêmement âgés.

Felderth Jacinth prit sa place au haut bout de la table. Rhylan se dirigea vers le dernier siège vacant.

— Certains d'entre vous, dont mon frère ici présent, estiment que le désordre civil actuel n'est qu'une nuisance passagère, commença le Grand Ancien sans préambule. Je ne suis pas d'accord. Si les troubles qui se propagent dans les rues de Jecellam et à travers le reste de Rintarah ne sont pas encore très étendus, ils sont néanmoins significatifs.

— Plus que ceux auxquels nous avons déjà assisté par le passé ? interrogea un parent sceptique.

— Oui, et pour deux raisons. D'abord, un nouvel élément est venu s'ajouter à l'équation : l'île de Diamant. Depuis l'instant où des dissidents des deux empires ont été autorisés à atteindre ses rivages, elle attise la flamme de l'espoir dans le cœur des radicaux. Ce maudit caillou est devenu la Terre promise de tous les mécontents, des dissidents et des révolutionnaires.

— Mais nous parlons d'un nombre de gens extrêmement réduit, argumenta Rhylan.

— Et qui ne nous préoccuperait guère en temps normal, acquiesça le Grand Ancien. Ce qui m'amène au second facteur que j'ai évoqué tout à l'heure et que je ne devrais pas avoir besoin de nommer. Le Qalochien.

— Ah, oui ! Un problème qui aurait dû être résolu il y a des lustres.

— Il l'aurait été si nous avions réussi à nous mettre d'accord à son sujet. Au lieu de ça, nous l'avons jeté dans les bras de la Résistance, ce qui équivaut à verser de l'huile sur des braises.

— N'exagérerions-nous pas l'importance de Caldason ? se demanda un autre sceptique à voix haute.

— Cet argument ne nous a déjà paralysés que trop longtemps, répliqua Felderth. Si nous oublions sa genèse et son potentiel de destruction, c'est à nos risques et périls.

— Je suis d'accord, intervint une conseillère. Caldason et les asociaux constituent un mélange instable, dangereux. Il ne fait aucun doute qu'une action décisive s'impose.

— Mais nous ne savons même pas s'il est conscient de ses capacités latentes, objecta Rhylan. Encore moins s'il est en mesure de les utiliser.

— C'est justement ce que je dis : nous ne savons pas, s'impatienta Felderth. Dans le doute, sommes-nous prêts à courir le risque ?

— Vous n'avez pas besoin de nous persuader que cet homme constitue une menace éventuelle, lui assura quelqu'un d'autre. Ce sont les méthodes que vous comptez employer pour le neutraliser qui nous posent problème.

Il y eut un murmure d'approbation. Près de la moitié des personnes assises autour de la table hochèrent la tête en signe d'assentiment.

— Dans la mesure où nous avons laissé la situation atteindre un point critique, il ne nous reste pas trente-six solutions, fit valoir Felderth.

Rhylan s'exprima au nom de tous les sceptiques :

— De là à nous allier avec nos pires rivaux… Reconnais, mon frère, qu'il y a de quoi nous faire hésiter.

— Il ne s'agit pas précisément d'une alliance. Plutôt d'une collaboration visant à atteindre un objectif partagé.

— Quelque nom que tu lui donnes, c'est une mesure sans précédent.

— Les temps désespérés appellent des mesures désespérées.

— Possible. Mais honnêtement, penses-tu que la situation sur l'île de Diamant soit ingérable par les seules forces armées de Rintarah ? Pourquoi avons-nous besoin de Gath Tampoor ?

— Nous n'en avons pas besoin. D'un point de vue militaire, nous sommes largement à la hauteur.

— Alors, qu'est-ce qui justifie cette… alliance ?

— Gath Tampoor se prépare à intervenir quoi que nous décidions de notre côté, et politiquement, c'est logique. Il doit démontrer à ses sujets qu'il ne tolérera pas la dissidence. Si nous ne réagissons pas de notre côté, nous risquons d'être accusés de laxisme, ce qui apporterait de l'eau au moulin de nos propres perturbateurs.

— L'argument se tient, murmura un partisan de la solution de Felderth.

— Encore une fois, il ne s'agit pas d'une alliance, répéta le Grand Ancien, mais d'une question d'intérêts communs. La nécessité provoque d'étranges associations, et si profonds que puissent être nos différends, la seule chose qui importe vraiment, c'est notre survie.

Cette déclaration fut accueillie par un grand silence.

Felderth marqua une pause avant de s'expliquer :

— Inutile de vous inquiéter : nos tractations avec Gath Tampoor ne nous ont compromis en aucune manière. Elles ont eu lieu au plus haut niveau, et nous avons clairement énoncé notre position. L'empire ne peut s'y méprendre. Jamais il n'a été question que Rintarah fasse la moindre concession.

—C'est déjà ça, lâcha un opposant sans conviction. (Puis il ajouta :) Qu'en est-il exactement de la sécurité dans la sphère gath tampoorienne ?

—Apparemment, le désordre civil est pire que chez nous. D'un autre côté, l'empire détient quelques colonies notoirement agitées, dont Bhealfa – qui est, je vous le rappelle, le lieu de naissance de Caldason.

—Mmmh... Et les rebelles ? Connaissons-nous leurs positions ?

—Moins bien qu'avant. Ils ont été décimés, et la plupart des survivants sont éparpillés, ce qui ne facilite pas la tâche de nos agents de renseignement. Non qu'il ait jamais été facile d'infiltrer des espions dans leurs rangs.

—Pourtant, l'une de nos taupes avait encore, il y a peu, accès aux plus hauts échelons de leur organisation.

—Oui, et elle s'est avérée une source précieuse. Mais nous avons perdu le contact au moment où des informations très intéressantes commençaient à filtrer. Nous ignorons ce qu'est devenue cette personne. Nous soupçonnons qu'elle a péri aux mains des forces de sécurité de Gath Tampoor durant leur opération de nettoyage.

—Quelle ironie ! commenta Rhylan.

Felderth hocha la tête.

—En effet.

—Bien entendu, il se peut qu'elle ait simplement changé d'allégeance.

—Que veux-tu dire ?

—Nous pouvons raisonnablement supposer que Gath Tampoor avait, lui aussi, un informateur haut placé dans la soi-disant Résistance. Sans ça, jamais il n'aurait réussi à lui porter un coup aussi sévère. Peut-être s'agissait-il de la même personne...

—C'est possible. Et ça n'a plus d'importance maintenant. Notre unique préoccupation est la sécurité intérieure de Rintarah, et nous savons que même affaiblis, les rebelles constituent toujours une menace. Ce qui nous ramène à l'action que je compte entreprendre.

Une clameur s'éleva. Felderth leva la main pour la faire taire.

—Pour ceux d'entre vous qui hésiteraient encore, laissez-moi ajouter une chose. (En pivotant, il désigna la fosse d'un geste délibérément théâtral.) Comme vous le savez tous, des choses étranges se produisent dans la grille d'énergie depuis quelque temps. Je crains que les perturbations s'amplifient à moins que nous ne prenions des mesures immédiates pour en identifier l'origine.

—Tu n'insinues quand même pas qu'il existe un rapport? s'exclama Rhylan. Quel lien pourrait-il bien y avoir entre la matrice et les rebelles?

—Je l'ignore. Mais point n'est besoin de faire un gros effort pour imaginer un lien entre la matrice et Caldason. Et nous ne devons pas non plus négliger Zerreiss.

—Le seigneur de guerre? La prudence est une qualité louable, mon frère, mais tu ne crois pas que tu pousses le bouchon un peu loin? De quelle façon ce barbare s'inscrit-il dans le tableau que tu es en train de nous peindre?

—Peut-être n'y a-t-il aucune place. Ou peut-être est-il le chaînon manquant de toute cette affaire.

—Allons, Felderth…

—Écoutez-moi. Nous savons qu'il est en train de se tailler un domaine dans les contrées du Nord, et cela seul fait de lui une menace. Pensez également à l'expédition que nous avons envoyée investiguer sur ses agissements. Elle semble avoir disparu corps et biens – tout comme celle de Gath Tampoor. Et il y a de grandes chances pour que ce soit l'œuvre de Zerreiss. Si le seigneur de guerre s'alliait avec Caldason et les rebelles, nous nous retrouverions face à un danger bien plus redoutable qu'une simple poignée de traîtres.

—«Si». Nous monter la tête jusqu'à la panique à partir de vulgaires hypothèses n'a jamais été notre genre. Zerreiss, Caldason et les rebelles n'ont rien en commun.

—Sinon leur haine des empires, ce qui me paraît déjà une puissante motivation. Zerreiss n'éprouve aucun respect ni pour nous, ni pour Gath Tampoor; il a attaqué nos colonies respectives avec un zèle égal. Peut-être verra-t-il un intérêt à s'allier avec nos ennemis. Et je soupçonne que Gath Tampoor pense la même chose.

—Ce n'est que pure supposition. Où sont tes preuves?

—Je n'en ai pas. Mais j'ai quelque chose qui devrait étayer solidement mes présomptions. (Felderth sortit un parchemin de sa robe et le posa sur la table.) Récemment, j'ai pris conscience d'un fait assez curieux. Les trois ou quatre dernières perturbations de la matrice me semblaient coïncider avec les conquêtes de Zerreiss. J'ai demandé à nos administrateurs de faire une liste des victoires et des batailles majeures du seigneur de guerre. Vérification faite, les dates correspondent bien. Tout est là-dedans.

Du menton, il indiqua le rouleau de parchemin.

Rhylan s'en saisit.

— Et ça signifie quoi, exactement ?

— Là encore, je l'ignore, admit Felderth. Mais il existe une corrélation indéniable. Et à chaque conquête que réalise Zerreiss, à chaque pas supplémentaire qui le rapproche de notre sphère d'influence, les perturbations de la matrice augmentent.

— Aucun doute n'est permis ? insista son frère en étudiant le parchemin.

— Aucun. (Le Grand Ancien s'adressa au reste de l'assemblée.) Ne voyez-vous pas ? Nous sommes confrontés à un phénomène sans précédent. S'il existe la plus infime possibilité qu'il affecte notre position, nous sommes forcés d'agir. Nous avons réussi à survivre tout ce temps en anticipant les menaces et en étouffant dans l'œuf toute opposition naissante à notre pouvoir. Demandez-vous ceci : qu'avons-nous à perdre en agissant, si ce n'est la vie de quelques membres des classes inférieures ? Alors que l'inaction pourrait s'avérer désastreuse.

Des murmures d'approbation s'élevèrent autour de la table.

— Je suggère que nous votions, lança un partisan de Felderth.

— Ceux qui approuvent une intervention militaire telle que je viens de la décrire, levez la main, réclama le Grand Ancien. (Il balaya l'assemblée du regard.) Ceux qui désapprouvent ? (Il effectua un rapide calcul.) Les « pour » l'emportent.

Mais de justesse.

Rhylan se leva.

— Puis-je dire un mot de la part des « contre », mon frère ?

Felderth acquiesça.

— Comme toujours, les arguments que tu as fait valoir étaient pleins de sagesse. Mais je sais que tu respecteras les réserves de certaines d'entre nous. C'est pourquoi j'aimerais proposer un avenant à la décision du Conseil.

— Je t'écoute.

— Nous devrons être tenus pleinement informés à chaque stade de l'opération.

— Naturellement. Cela va sans dire.

— Et en cas de problème, au premier signe de dérapage, l'option de rappeler immédiatement nos forces sera soumise au vote. Le résultat du scrutin devra être respecté quoi qu'il arrive.

— Tu ne réclames rien de plus que ce que j'aurais accordé librement de toute façon, Rhylan. Qu'il en soit ainsi. (Felderth se leva.) Les jours à venir s'annoncent chargés et chacun de nous a des fonctions à remplir. À moins que quelqu'un d'autre désire prendre la parole… ? Personne ? Bien. Je suggère donc que nous levions la séance et retournions vaquer à nos occupations respectives.

Les membres du Conseil se dispersèrent par deux ou trois, chuchotant entre eux avec animation.

Mais les deux frères s'attardèrent dans la salle et, comme un seul homme, revinrent vers la fosse.

Felderth fit un geste pour réactiver la masse argentée. Des images se formèrent : vues des parcs, des jardins et des rues de Jecellam, jadis la plus ordonnée de toutes les capitales, à présent grignotée par le chaos.

La neige avait commencé à tomber. Elle saupoudrait les épaules des dissidents comme celles des militaires et atténuait l'ardeur des flammes dévastatrices – mais elle ne pouvait étancher la soif de justice des émeutiers.

Sur un ordre silencieux de Felderth, le plus grand port de l'empire apparut devant eux. Une vaste flotte d'invasion y était ancrée. Des dockers faisaient la chaîne pour transférer à bord le chargement de centaines de chariots qui faisaient la queue sur le quai, tandis que des bataillons de gardes portuaires préparaient l'embarquement de toute une armée. Les bateaux étaient si nombreux qu'ils faisaient la queue dans la baie, file de mâts oscillants et de voiles gonflées s'étirant à perte de vue.

Et au-delà, l'immensité d'un océan qui se soulevait.

12

Une douzaine de navires arborant les couleurs de l'alliance pirate étaient ancrés en vue de l'île de Diamant. Le nombre de bâtiments de la petite flotte avait récemment été réduit : non par les aléas de la guerre, mais par une cause beaucoup plus imprévisible encore, et qui semait la fureur dans son sillage.

Sur le pont du plus gros galion, Kingdom Vance laissait libre cours à sa colère.

— Trois bateaux ! Trois foutus bateaux et quarante hommes !

— Vous vous répétez, fit remarquer Kinsel Rukanis.

Vance se détourna du bastingage et fit face au chanteur.

— Vous trouvez ça amusant ?

— Disons plutôt, instructif.

Kinsel frissonnait ; ses vêtements usés ne lui offraient qu'une bien maigre protection contre le froid.

— Instructif ? La seule leçon que je retire de tout ça, c'est qu'une bande de traîtres vient de retourner sa veste et de passer dans le camp adverse !

— Vous êtes-vous demandé pourquoi ?

— Pourquoi ? rugit Vance sur un ton menaçant. Parce que ce sont des lâches !

— N'est-il pas possible qu'ils aient déserté parce qu'ils réalisaient la vanité de ce que vous essayez de faire ? suggéra Kinsel.

— Ce n'est jamais qu'une autre façon de dire qu'ils manquent de tripes ! Je n'ai pas besoin de rats dans leur genre. Bon débarras !

— À moins qu'ils aient pris conscience que la cause des rebelles est juste.

Vance éclata d'un rire cynique.

—Si c'est ce qu'ils pensent, leur traîtrise n'a d'égale que leur imbécillité! Ils feront bon ménage avec ces idiots d'insulaires.

—Vous me surprenez, capitaine. Je pensais que vous vous sentiriez des affinités avec les rebelles, étant donné qu'ils défient les autorités.

—Vous pensez mal. Certes, je n'éprouve nulle affection pour les empires – mais avec eux, au moins, on sait où on en est. Ils ont du pouvoir, et ils n'ont pas de scrupules à l'utiliser. C'est une attitude que je peux respecter. Tout ce qui compte en ce bas monde, tout ce qui vous appartient, c'est ce que vous pouvez saisir et retenir des deux mains.

—Si vous en êtes vraiment convaincu, j'ai pitié de vous.

—Gardez votre pitié pour vous, Rukanis. Et réfléchissez à ceci. Les insulaires ont volontairement quitté leur foyer pour venir s'installer sur Batarriss. Ce faisant, ils nous ont privés d'une terre bien à nous. Ce qui fait d'eux mes ennemis.

—Qui cède à l'autoapitoiement, à présent? Vous avez choisi votre mode de vie. Vous a-t-on forcé à devenir pirate? Vous a-t-on placé une lame sous la gorge pour vous y contraindre? Non. Prenez exemple sur vos déserteurs, Vance, et trouvez un arrangement avec les insulaires. Mettez un terme à cette folie.

—Vous me chantez ce refrain aussi souvent que n'importe lequel de vos airs, et je commence à m'en lasser. Il n'y aura ni trêve ni retrait. Et ceux qui m'ont trahi le paieront très cher quand je me serai emparé de l'île.

—Si vous réussissez à vous en emparer.

Rapide comme l'éclair, Vance lança son poing dans la figure de Kinsel. Ce fut un coup extrêmement brutal. Sans le mât auquel il était adossé, le chanteur serait tombé. La joue que le pirate avait frappée rougit instantanément, et un peu de sang perla de la lèvre gonflée.

—Vous oubliez la nature de notre relation, siffla Vance, son nez à quelques centimètres de celui de Kinsel. Nous sommes prisonnier et geôlier, pas égaux. Vous n'avez pas de conseils à me donner.

Kinsel cracha un peu de sang sur le pont et soutint le regard du pirate.

—Est-ce une expérience si nouvelle pour vous que d'entendre la vérité?

Vance fit mine de le frapper à nouveau, puis hésita et se ravisa.

— Allez au diable ! (Il se détourna, laissant Kinsel tamponner sa bouche avec la manche de sa chemise.) Ce n'est qu'une question de temps avant que j'obtienne ce que je désire, promit-il. Et que ça vous plaise ou non, vous m'y aiderez.

— Il se passe quelque chose ? interrogea Serrah en scrutant, les yeux plissés, le groupe de navires ancrés au large.

— Non. (Caldason lui tendit le glamour d'observation tubulaire.) Vois par toi-même.

— Regarder une absence d'activité, ça n'a pas grand intérêt, tu ne crois pas ? Viens, nous ne pouvons rien faire ici. Des tas d'yeux les surveillent déjà.

Les deux amants reprirent leur marche le long de la dune de sable compact. Le vent était glacial ; ils sentaient sa morsure malgré leurs manteaux de fourrure à capuche et leurs gants molletonnés.

— Tu sais, j'ai encore du mal à y croire, avoua Serrah.

— Pour les pirates ?

— Oui. Quand ils ont hissé le pavillon blanc, j'ai cru que c'était un autre de leurs pièges.

— Darrok en était convaincu.

— Il avait peut-être raison.

— Tu crains que Vance essaie d'infiltrer des vipères en notre sein ? J'en doute. Ce serait une tactique trop transparente. Néanmoins, nous garderons un œil sur eux jusqu'à nouvel ordre.

— Si autant de ses hommes ont réellement changé de bord, ça en dit long sur le moral des troupes de Vance, pas vrai ?

— Tout ce que ça nous dit, c'est que quarante-trois de ses marins se sont sentis assez découragés pour déserter, contra Caldason. Ça ne l'affaiblit pas nécessairement. Au contraire : il se peut que ça le rende plus dangereux.

— Comment ça ?

— Ça va exciter sa colère, lui donner une raison supplémentaire de nous haïr et de vouloir cette île. Sans compter que, ses rangs étant désormais purgés de tous les indécis, il lui reste une force plus homogène, plus déterminée que jamais à lancer contre nous.

— Du moins cela nous a-t-il permis de récupérer trois navires. Et en parlant de ça…

Serrah fit un signe du menton.

Ils surplombaient une crique que les insulaires utilisaient comme port d'appoint. Un bateau à deux mâts et à voiles carrées avait jeté l'ancre dans un bas-fond ; une demi-douzaine d'embarcations plus petites étaient amarrées à une jetée rudimentaire.

— C'est un brick, annonça Caldason.

— Depuis quand es-tu expert en bateaux ? le taquina Serrah.

Le Qalochien sourit.

— En fait, je le sais parce que c'est celui qui m'a amené ici.

— Il me semblait bien qu'il me disait quelque chose, acquiesça Serrah. Est-il assez gros pour entreprendre le voyage que tu as en tête ?

— Darrok dit que oui. De toute façon, il le faudra bien. Nous n'avons pas tant de navires que ça à notre disposition, tu sais.

— Pourquoi pas un des galions à bord desquels les pirates sont arrivés ?

— Ce sont des bâtiments de guerre ; nous aurons besoin d'eux ici. Le brick est conçu pour la vitesse, pas pour les batailles navales.

— Mais tu ignores quelles défenses peuvent entourer la Clepsydre. Un navire de guerre...

— Nous sommes obligés de faire avec ce que nous avons, Serrah. Et puis, plus rapide sera notre bateau, plus courte sera notre absence. Nous avons intérêt à faire vite si nous voulons revenir avant la mise en place du blocus.

— Tu penses toujours qu'il y en aura un ?

— À la place des empires, c'est ce que je ferais. J'isolerais la source de l'infection pour éviter qu'elle se propage.

— On devrait peut-être embarquer tout le monde et ficher le camp d'ici.

— Pour aller où ? Le choix est limité, c'est le moins qu'on puisse dire. Non, c'est Batarriss ou rien.

— Évidemment. (La jeune femme prit la main de son compagnon.) Quoi qu'il arrive, au moins, nous serons ensemble. Misère ! Voilà que je deviens sentimentale. Pourquoi me laisses-tu me mettre dans des états pareils ?

— Moi ? protesta Caldason. Je n'ai même pas...

— Regarde ! coupa Serrah. Ça ne serait pas Zahgadiah et Pallidea ? Là, sur la jetée ? Allons les rejoindre.

Ils descendirent vers le port.

Après de brèves salutations, Darrok annonça qu'il apportait des nouvelles.

— Les déserteurs nous ont appris quelque chose d'intéressant, qui devrait vous redonner espoir.

— Vas-y, crache le morceau, le pressa Caldason.

— Vance détient votre ami Rukanis.

— Je le savais ! jubila Serrah. Comment va-t-il ?

— Être prisonnier de Vance n'est jamais une expérience plaisante ; naturellement, il a souffert de sa captivité. Mais il est vivant.

— Tu ne peux pas savoir à quel point ça me soulage.

Une main posée sur le bord du disque volant, Pallidea fit entendre la voix de la raison :

— Ne vous emballez pas trop vite. Il y a autre chose.

— Raconte.

— J'ai dit que ça vous redonnerait espoir. Mais la mauvaise nouvelle, c'est que Vance et son alliance pensent pouvoir utiliser Rukanis comme monnaie d'échange, révéla Darrok. Pour que nous leur cédions l'île.

— Nous ne pouvons pas accepter, protesta Caldason. Ils doivent bien s'en douter. (Il vit l'expression de Serrah.) C'est la vérité ! Nous ne pouvons pas ! Kinsel serait le premier à te dire que la cause de la Résistance vaut davantage que la vie d'un seul homme.

— Mais Vance ne le comprend pas nécessairement, fit remarquer Darrok. Et quand bien même – que lui importe le sort de votre ami ? Il doit penser que ça vaut le coup d'essayer.

— Qu'a-t-il l'intention de faire ? s'enquit Serrah.

— Nous ne connaissons pas les détails, mais tu peux parier que ce sera direct et brutal. Un ultimatum du style : « Laissez-nous l'île de Diamant ou regardez votre ami brûler vif dans une cage suspendue à une vergue ». C'est sa façon habituelle d'opérer.

— Il faut faire quelque chose pour sortir Kinsel de là, Reeth.

— Oui.

— Et bientôt. Tout de suite. Avant que nous partions à la recherche de la Clepsydre.

— Évidemment, acquiesça Caldason. Même si je ne suis toujours pas certain que tu devrais partir avec moi.

— Nous en avons déjà discuté. Je t'accompagne. Tu as promis.

— Ça pourrait être dangereux.

— Alors, pourquoi y vas-tu avec ce bateau ? répliqua Serrah en désignant le brick du pouce. Si tu penses que ça peut être dangereux, prends un navire de guerre et un équipage plus nombreux.

— Je t'ai déjà expliqué que…, commença Caldason.

— Bien. Donc, c'est réglé, coupa la jeune femme.

— Serrah ! Si tu réfléchissais une petite minute, tu verrais que…

Darrok se racla bruyamment la gorge.

— Ne vous gênez surtout pas pour nous, railla-t-il. Mais vous ne croyez pas que le moment est mal choisi pour vous disputer ? Et puis, nous avons de la compagnie.

Une carriole s'arrêta au bout de la jetée. Phénix conduisait ; Kutch était assis à côté de lui. Le jeune homme sauta à terre et se précipita vers ses amis, laissant au sorcier le soin d'attache leur cheval.

— Devine quoi, Kutch ? lança Serrah en guise de bonjour. Kinsel est vivant !

— Nous avons appris ça, oui. C'est génial !

— Ça l'est si nous parvenons à le tirer des griffes de Kingdom Vance, tempéra Caldason.

— On peut le faire ?

Phénix rejoignit les autres.

— Bonne question, répondit-il, le souffle court. Vous avez un plan ?

— Darrok vient juste de nous mettre au courant, se défendit Caldason.

— Je vais organiser une réunion exceptionnelle du Conseil cet après-midi. On trouvera bien une solution, dit Darrok sur un ton encourageant.

Le Qalochien acquiesça.

— D'accord. Mais ne perdons pas trop de temps en palabres. Il faut agir vite.

— Une décision sera prise avant la fin de la journée, je te le garantis. D'ici là, pas d'initiative hasardeuse. Pigé ?

— Comme si c'était mon genre…

— Il ne plaisante pas, Reeth, intervint Serrah d'un air sévère. Moi aussi, j'ai hâte de délivrer Kinsel, mais foncer tête baissée n'est pas le bon moyen d'y parvenir.

— Je ne ferai rien de mon propre chef. À condition que vous ne me demandiez pas d'attendre trop longtemps – dans l'intérêt de Kinsel et dans le mien. Ma patience ne sera pas éternelle si vous m'obligez à reporter mon départ à perpète.

— Dans la mesure où nous ne pouvons pas prendre de décision immédiate au sujet de Rukanis, autant nous employer à faire un point sur les préparatifs de votre expédition, déclara Phénix.

— C'est pour ça que nous sommes ici, rappela Darrok. En ce qui me concerne, j'ai rassemblé suffisamment de provisions pour vous permettre de tenir deux semaines environ. Mais j'ai eu un mal de chien à convaincre le Conseil de s'en séparer. Et ne vous attendez pas à un festin : ce sont des rations de voyage, et il faudra les faire durer. Le problème des vêtements chauds s'est posé également, puisque vous ferez route vers le nord.

—Le capitaine ? interrogea Caldason.

—Le même que celui qui t'a amené depuis Bhealfa : Rad Cheross.

—Bien. Et l'équipage ?

—Essentiellement le sien, répondit Darrok. Et uniquement des volontaires. Une grosse douzaine, ce qui est paraît-il un peu juste mais suffisant pour manœuvrer ce type de bâtiment.

—Autre chose que je doive savoir ?

—Juste qu'il y aura une petite cargaison d'or à bord. Pas précisément une fortune, mais ça pourrait t'être utile si jamais tu dois négocier pour obtenir… ce que tu trouveras.

—De l'or ? s'étonna Caldason. Je croyais que les coffres de la Résistance étaient vides.

—Ils le sont, confirma Darrok.

Le Qalochien haussa les sourcils.

—C'est ton argent à toi ?

—Je ne t'avais encore jamais vu l'air aussi embarrassé, Zahgadiah, dit Serrah en souriant.

—La ferme, répliqua Darrok, le rouge lui montant aux joues.

—Il semble que tu t'attaches à notre cause un peu plus chaque jour, fit remarquer Caldason.

—C'est un prêt. Si tu ne t'en sers pas, il s'appelle « Reviens ».

—C'est très généreux de ta part. Merci.

—Pas d'attendrissement, Reeth. Je ne le supporterai pas. Contente-toi de veiller sur mon putain d'or.

Phénix prit la parole à son tour :

—En ce qui concerne la fraternité des sorciers, nous vous fournirons des protections magiques et un petit stock de munitions. Pas énorme, mais vous aurez tout ce dont nous pourrons nous passer ici.

—J'apprécie, affirma Caldason. Même si je préfère de loin me défendre avec deux pieds d'acier trempé et affûté.

—Vous ignorez à quoi vous aurez affaire sur place. Souvenez-vous : vous cherchez des artefacts des Fondateurs, et vous n'avez aucune idée des protections sous lesquelles ils peuvent être placés. Vous aurez besoin de toutes les sécurités possibles.

— Qui nous accompagnera pour gérer vos sorts et vos munitions ?

— J'aimerais que ce soit moi. Malheureusement, ce serait un peu dur à faire avaler aux autres membres du Conseil. Ils prétendent qu'on a besoin de moi ici pour diriger la défense magique de l'île. C'est la même chose pour nos autres sorciers confirmés : nous sommes si peu nombreux...

— Alors, qui ?

— Kutch.

— Ouah ! C'est une sacrée responsabilité pour un apprenti ! Sans vouloir t'offenser, mon garçon.

— Je peux le faire, Reeth, s'enflamma le jeune homme. Phénix m'a formé. Tu as dit que je pouvais venir de toute façon, alors, autant que je me rende utile. Je te jure que je peux nous éviter beaucoup de problèmes.

— Et qui t'évitera les problèmes, à toi ? répliqua Caldason d'un air dubitatif.

— Moi, intervint Serrah. Je garderai un œil sur lui pendant que tu te concentreras sur tes recherches.

— Vous avez déjà tout calculé, pas vrai ?

— Oui. Tu sais combien nos ressources sont maigres. C'est un miracle que le Conseil ait accepté d'organiser cette expédition. En contrepartie, tu dois te contenter de ce qu'il t'offre – comme tu l'as dit très justement à propos de ce bateau.

Caldason grimaça.

— Apparemment, je n'ai guère le choix.

— Exact.

— Je m'en veux de vous ramener à une réalité brutale, les interrompit Phénix, mais vous réalisez que tout ceci est sans doute purement rhétorique, n'est-ce pas ?

Caldason redevint sérieux.

— Je sais que ça ne sera pas facile.

— Examinons ce que ça signifie au juste dans les détails, voulez-vous ? Le Chapitre, ainsi que d'autres érudits du noble art, pense que les anciens ont laissé un capital de savoir que nous avons baptisé : « la Source ». Mais cela pourrait n'être que pure conjecture. À supposer que la Source existe réellement, nous ignorons quelle forme elle revêt et si elle a survécu au passage du temps.

— Vous m'avez déjà raconté tout ça.

— Ça mérite d'être répété. D'après nous, la Source est reliée à la Clepsydre, dont nous ignorons également la nature. Nous disposons de fragments du savoir des Fondateurs, incomplets par définition et sujets à de multiples interprétations ; en nous basant sur eux, nous avons émis une hypothèse (pompeusement baptisée « théorie ») quant à l'endroit où ces artefacts pourraient être dissimulés. Nous n'avons pas la moindre idée des défenses qui peuvent les entourer. Et si la Source venait à être découverte, nous ne sommes pas du tout certains que nous pourrions la comprendre – à plus forte raison l'utiliser.

— Bref, les probabilités sont contre moi. Quoi de nouveau sous le soleil ?

Phénix se rembrunit.

— Vous ne devriez pas prendre ça à la légère, Caldason.

— Je n'ai jamais été plus sérieux, le détrompa le Qalochien. Si minces que soient mes chances de réussite, je vais tenter le coup – pour moi et pour ce qui reste de la Résistance.

— Très bien. Dans ce cas, peut-être puis-je vous offrir un peu d'aide pour rétrécir le champ de vos investigations.

De l'index, le sorcier traça un rectangle scintillant dans les airs. Puis il fit un geste. Le rectangle commença à se remplir de couleurs et de formes, qui se précisèrent pour montrer une vaste étendue bleu-vert parsemée d'une myriade de points.

— C'est la zone maritime dans laquelle nous supposons que se trouve l'île de la Clepsydre, expliqua Phénix. Ces derniers mois, mes collègues et moi-même avons passé au crible tous les documents en notre possession pour tenter de déterminer sa position exacte. Nous n'avons pas réussi – loin de là. Et encore une fois, laissez-moi vous rappeler que tout ce que nous faisons est hautement théorique, voire complètement à côté de la plaque. Mais par déductions, nous avons délimité une zone de recherches plus réduite. Regardez.

Il toucha la carte enchantée dans le coin supérieur droit, là où les points étaient les plus nombreux. Aussitôt, l'image s'effaça et fut remplacée par un gros plan de la zone qu'il venait de désigner. Les points s'étaient changés en formes aux contours irréguliers mais bien définis.

— Nous sommes à peu près sûrs que la Clepsydre se trouve dans cette partie de l'archipel. Nous ne pouvons pas être plus précis.

— Ça représente quoi ? Quarante, cinquante îles ? voulut savoir Caldason.

— Environ, oui. Ça fait beaucoup, mais c'est toujours moins que les quelques centaines qui composent la totalité de l'archipel.

— Quelle taille ont-elles ? interrogea Pallidea en scrutant la carte qui flottait dans les airs.

— Les plus grandes n'excèdent pas un dixième de la surface de Batarriss. La plupart sont beaucoup plus petites, et certaines se réduisent à un vulgaire bout de rocher, répondit Phénix. Vous pouvez vous baser là-dessus pour orienter vos recherches, Caldason. Partez du principe que les îlots les plus minuscules sont les emplacements les moins probables. Mais n'en faites pas une certitude non plus : après tout, nous ignorons quelle forme revêtent la Source et la Clepsydre.

— Bon. C'est déjà ça, je suppose, dit Caldason.

— Je veillerai à ce que votre capitaine reçoive une copie de cette carte, promit Phénix.

Il agita la main. L'image se délita en une nuée de points dorés qui s'éteignirent comme des étincelles, laissant une légère odeur de soufre dans l'air glacial.

— Ça progresse bien, estima Darrok. À cette allure, tu pourras bientôt te mettre en route, Reeth. Du moins, dès que nous aurons résolu le problème Rukanis.

— J'aurais probablement dû m'en inquiéter plus tôt, mais j'espère que mon absence ne te mettra pas en difficulté en cas de nouvelle attaque pirate, avança Caldason.

— Je pense pouvoir me débrouiller sans toi, répliqua sèchement Darrok. Après tout, ça fait déjà un certain nombre d'années que je défends cette île sans aucune aide extérieure.

— Aïe ! articula Serrah.

— Et puis, poursuivit Darrok, comme tu le sais, j'ai des comptes à régler avec Vance. Et je préférerais les régler personnellement.

— Ça, je peux le comprendre, acquiesça Caldason.

— Donc, la meilleure chose à faire pour le moment, c'est...

— Qu'est-ce que c'est que ça ? coupa Serrah en tendant un doigt vers l'intérieur des terres.

Tous tournèrent leur regard vers la prairie qui s'étendait au-delà de la plage. Un étrange véhicule approchait lentement à travers l'herbe haute. C'était un chariot découvert, très ordinaire en lui-même, à ceci près qu'il n'avait ni brancards ni attelage pour le tirer. Un homme en robe bleue était assis sur le banc du conducteur, mais au lieu de tenir des rênes, ses mains étaient croisées dans son giron.

— Ah ! sourit Phénix. C'est Frakk, un sorcier qui nous a rejoints après avoir fui Bhealfa. Un indépendant – il n'appartient ni au Chapitre ni à aucune autre organisation.

— Que fait-il ? voulut savoir Serrah.

— Il teste un concept révolutionnaire : une voiture propulsée par de l'essence magique. En fait, il est peut-être le seul d'entre nous qui ne se soit pas réfugié ici par conviction, mais par réaction à un affront.

— Hein ?

— À Bhealfa, il a tenté d'intéresser diverses personnes à son projet – y compris les clans de paladins. Il a fait une démonstration devant les deux Bastorran en personne. Mais ils se sont moqués de lui, l'ont humilié publiquement et ont failli le faire fouetter. Frakk était tellement outré qu'il a décidé de se joindre à nous.

— Son invention est bizarre.

— Mais très ingénieuse, fit remarquer Darrok. Une de ces idées qui paraissent si simples qu'on se demande pourquoi personne n'y avait pensé avant. Phénix l'a aidé à y apporter quelques modifications.

— Oui, acquiesça le sorcier. Avant, Frakk transportait à bord de sa voiture l'énergie magique nécessaire à son fonctionnement. Désormais, elle roule en puisant directement sa force motrice à la grille de pouvoir.

— Je trouvais que c'était un concept assez original pour mériter qu'on attribue quelques ressources à son développement, ajouta Darrok.

— Ça, pour être original, c'est original, approuva Caldason en regardant le véhicule cahoter dans la prairie. Mais à quoi cela va-t-il nous servir ?

Darrok haussa les épaules.

— Que je sois damné si j'en ai la moindre idée.

13

L'Est de Bhealfa se composait essentiellement de landes broussailleuses sillonnées par une multitude de rivières. La nature du terrain n'avait aucune espèce d'importance pour la cour du prince Melyobar, qui se déplaçait dans les airs, mais elle causait force problèmes à ses innombrables suivants à pied, à cheval ou en voiture. Aussi la procession avait-elle été forcée de ralentir.

Si tout fléchissement de l'allure garantissait à coup sûr une nervosité accrue du prince, celui-ci n'alla pas sans procurer un certain soulagement à Devlor Bastorran et à Lahon Meakin.

Les deux hommes étaient assis à l'arrière d'un carrosse qui fonçait à travers le paysage inhospitalier. Le véhicule constellé de boue cahotait et brinquebalait, les secouant si fort qu'ils croyaient presque sentir leurs os s'entrechoquer.

— Maudit soit-il ! cracha Bastorran.

— Qui ça ?

— Melyobar. Chaque fois que je suis obligé de le rencontrer, c'est la même comédie. Ça m'indispose à un point...

— Son Altesse vous a déjà accordé une audience, monsieur ?

— Plusieurs fois, du temps où j'accompagnais mon oncle. J'ai toujours trouvé ces entretiens grotesques.

— Mais cette fois, ce sera différent, n'est-ce pas ? Votre première entrevue avec lui en tant que Haut Chef des clans.

— Et la seule raison pour laquelle elle va avoir lieu, c'est que je ne pouvais pas la repousser plus longtemps. Si le protocole ne l'exigeait pas, jamais je ne serais venu. Tu sembles choqué, Meakin. Tu trouves mon attitude déloyale, peut-être ?

— Euh, non, monsieur. Juste… un peu surprenante, c'est tout.

— Je suis tout aussi dévoué à l'institution de la monarchie que n'importe qui. J'ose même dire : plus que le prince. Mais sois franc. Tu ne vas pas prétendre que tu n'as pas entendu les histoires qui courent à son sujet.

— Certes, ce ne sont pas les rumeurs qui manquent, et la plupart d'entre elles sont très étranges.

— Tout ce qu'on raconte sur Melyobar est vrai – et encore, je suis persuadé qu'on ne sait pas tout. Il n'a rien à envier au vieux roi Narbetton. Prends garde : ne t'adresse pas à lui sans y avoir été invité. Si jamais il te parle, fais-lui une réponse brève et circonspecte. Tu souris, mais je suis très sérieux.

Meakin reprit aussitôt une expression solennelle.

— Monsieur.

— Melyobar a… disons, des idées et des manières quelque peu excentriques. Leur manquer de respect ou, les dieux t'en préservent, douter de leur bien-fondé ne serait pas une simple entorse à l'étiquette : ce serait un dangereux faux pas. Par conséquent… Ne dis rien et calque ton attitude sur la mienne.

— Oui, monsieur.

Le chariot roula dans un nid-de-poule particulièrement profond. Bastorran jura entre ses dents. Meakin se pencha vers sa fenêtre pour observer le palais volant. Sa masse seule était ahurissante. Derrière lui, en désordre, flottait un cortège de structures de moindre taille, mais néanmoins assez massives pour dissimuler le ciel.

— Tu l'avais déjà vu ? interrogea Bastorran.

— Une fois, quand j'étais petit, répondit Meakin. Avec ma mère et mon frère. D'assez loin. Mais je ne l'ai jamais oublié.

Le paladin poussa un grognement et marmonna :

— Tu le verras de beaucoup plus près bien assez tôt.

Si le convoi aérien inspirait l'émerveillement, la procession qui le suivait à terre suscitait un tout autre genre de stupeur. Le carrosse des deux hommes roulait au milieu d'un véritable torrent d'humanité. Aussi loin que portât leur regard, ce n'était que chaos grouillant : un nombre incalculable de chariots, de voitures, de traîneaux et de carrioles fonçaient à travers le paysage dans un grondement de tonnerre. Telle une flotte de bateaux hétéroclites, ils fendaient des flots de cavaliers en uniforme ou en civil. Très loin derrière les véhicules roulants et les chevaux lancés au galop, une multitude de piétons luttait pour suivre l'allure. C'était un spectacle qui rappelait une distribution de terres gratuites ou une ruée vers l'or. Mais ici, le but était de ne pas se laisser semer par le convoi aérien.

— Ah ! lâcha Bastorran. Voici notre escorte. Accroche-toi. On va être encore plus secoués.

Meakin jeta un coup d'œil par la fenêtre du côté de son maître, mais il ne put rien identifier parmi la profusion des véhicules et des corps. Puis un mouvement contraire au sens de la marche attira son attention. Un carrosse pas très différent du leur se dirigeait vers eux à travers la marée humaine. Comme le véhicule se rapprochait, Meakin distingua un blason royal sur son flanc, et l'uniforme de garde du palais que portait le conducteur.

— Ils sont experts dans l'art de négocier cette foule, expliqua Bastorran. J'espère que tu te sens en forme, Meakin.

— Oui, monsieur.

— Tu en auras besoin. Tiens-toi prêt.

Le carrosse royal arriva à leur niveau. Le conducteur et Bastorran échangèrent quelques cris inintelligibles par-dessus le vacarme ambiant. Puis la porte de l'autre voiture s'ouvrit. À l'intérieur se trouvait un second homme en uniforme, qui fit signe au paladin et à son aide de camp de le rejoindre. Bastorran ouvrit sa propre porte, laissant entrer une bouffée d'air froid.

— Viens, ordonna-t-il. Et ne traîne pas si tu tiens à tes vertèbres.

Sans rien ajouter, il saisit la main que lui tendait l'homme en uniforme et sauta.

Meakin se rapprocha de la porte ouverte. Il regardait droit devant lui, s'efforçant d'ignorer la vitesse des deux véhicules et le grouillement qui les entourait. Depuis le carrosse royal, Bastorran hurla quelque chose et lui fit signe de sauter. L'homme en uniforme tendit à nouveau la main. Meakin la prit et bondit. Une étourdissante seconde plus tard, un capitaine de la garde à l'expression sévère le déposait sur une banquette.

— Bien joué, le félicita froidement Bastorran. Mais ne te relâche pas trop vite. Il nous reste encore le plaisir de la montée à bord du palais.

Ils s'écartèrent du carrosse du paladin, qu'ils perdirent rapidement de vue dans la confusion ambiante. Leur nouveau véhicule fendait la foule sous la direction d'un conducteur habile et nullement soucieux de la sécurité d'autrui. Les cavaliers qui lui faisaient obstacle étaient renversés et piétinés. Les chariots qui braquaient pour l'éviter se tamponnaient les uns les autres, brisant leurs essieux ou éjectant leurs passagers. Les collisions se succédaient.

—Je dois dire que c'est assez excitant, pas vrai, Meakin? s'enthousiasma Bastorran.

—Hum, oui, monsieur, bredouilla le jeune homme qui s'accrochait à son siège pour ne pas être projeté sur la banquette d'en face.

Au bout de ce qui lui parut une éternité, ils se retrouvèrent dans l'ombre du palais royal, dont la base massive filait au-dessus de leurs têtes à une vitesse trois ou quatre fois supérieure à la leur.

—Et maintenant, monsieur? interrogea Meakin.

—Il ne nous reste plus que deux ou trois indignités à subir, répondit Bastorran sur un ton caustique.

L'officier qui, jusque-là, leur avait fait face en silence alla ouvrir la porte du palais la plus proche. Le conducteur entreprit une série de manœuvres complexes. Quelques minutes plus tard, ils roulaient parallèlement à une plate-forme de bois, suspendue sous le palais par de robustes cordes.

—Allons-y, ordonna Bastorran.

Ils enjambèrent l'espace qui les séparait de la plate-forme, agrippant la rambarde de celle-ci pour ne pas tomber. Aussitôt, le carrosse royal s'éloigna.

La plate-forme continua à se balancer à ras de terre l'espace de quelques instants. Puis elle commença à s'élever. Le vent lui giflant la figure, les mains crispées sur la rambarde, Meakin balaya du regard la procession en contrebas. Mais même depuis cette altitude, il n'en voyait pas la fin.

Une trentaine de mètres plus haut, ils arrivèrent au niveau d'une terrasse. Là, ils furent accueillis par un contingent armé et escortés à l'intérieur du palais proprement dit. Les gardes procédèrent à une fouille superficielle: une humiliation que Bastorran endura dans un silence orageux. Puis Meakin et lui furent entraînés au travers d'un dédale de passages à la décoration extravagante, et forcés de gravir une interminable succession d'escaliers.

Tandis qu'ils enfilaient un long couloir bordé de statues grotesques, Bastorran profita de ce que leur escorte avait quelques pas d'avance sur eux pour chuchoter:

—Alors, qu'en penses-tu? Tu peux parler librement. Mais pas trop fort.

— C'est… C'est…

— Complètement dingue ?

— J'allais dire immense, monsieur.

Ils franchirent une double porte blindée et émergèrent sur un large chemin de ronde.

— Et nous n'avons encore fait qu'un quart de l'ascension, dit Bastorran en levant un index vers la masse énorme qui les surplombait. Tu comprends maintenant pourquoi je t'ai demandé si tu te sentais en forme ?

— Je comprends, monsieur.

Comme ils traversaient les remparts et se dirigeaient vers une autre section du palais, ils dépassèrent une douzaine de catapultes standard alignées contre le parapet.

— Ça, c'est nouveau, commenta Bastorran.

— Leurs défenses ont l'air très développées, approuva Meakin.

— Certes, répondit pensivement le paladin. Mais pourquoi des catapultes ? Ce sont des engins de siège, pas des armes défensives.

— Peut-être s'agit-il encore d'une des… excentricités de Son Altesse, suggéra Meakin à voix basse.

— Probablement. Rien de ce qu'il peut faire ne devrait me surprendre, depuis le temps.

Leur escorte les ramena à l'intérieur du bâtiment. Ils traversèrent d'autres couloirs et montèrent d'autres escaliers. Enfin, ils furent introduits dans une antichambre où on les laissa seuls pour attendre le bon vouloir du prince.

Bastorran s'assit et fit signe à son aide de camp de l'imiter.

Meakin se racla la gorge.

— Je me demande…

Bastorran lui donna un coup de coude dans les côtes et désigna le plafond, sous lequel flottait un glamour espion couleur de bronze.

— … combien de temps s'écoulera avant que Sa Gracieuse Altesse consente à nous recevoir, acheva pathétiquement Meakin.

— Nous n'avons aucun moyen de le savoir.

Un silence gêné s'installa entre les deux hommes jusqu'à ce qu'un laquais vienne les chercher et les précède jusqu'à la salle de réception du prince.

C'était une pièce très longue, élégamment meublée. Dans le fond, Melyobar était assis sur un trône juché sur une estrade. Il portait une cape rouge bordée d'hermine, dont la majesté était quelque peu amoindrie par sa chemise sale, son pantalon poussiéreux et ses bottes éculées, couvertes de boue.

Bastorran s'inclina. Meakin suivit son exemple. Levant une main languide, le prince leur fit signe d'approcher.

— Votre Altesse Royale, le salua Bastorran. Merci infiniment de me recevoir.

Melyobar lui adressa un vague signe de tête. Son regard se posa sur le jeune compagnon de son visiteur.

— Qui est-ce ?

— Mon aide de camp, Altesse. Lahon Meakin.

— Lahon ? répéta le prince en fronçant les sourcils. Plutôt Devlor, non ? Et votre aide de camp, vraiment ?

— Euh... Altesse ? lança Bastorran, perplexe.

— Je croyais que votre neveu était votre héritier, expliqua Melyobar avec une pointe d'exaspération. Pourquoi en avez-vous fait un simple aide de camp ?

Alors, le paladin comprit.

— Je crains que nous nous soyons mal compris, Altesse. Bien sûr, c'est entièrement ma faute. Je suis Devlor Bastorran, Haut Chef des clans de paladins. Vous pensiez à feu mon oncle, Ivak.

Melyobar cligna des yeux tel un myope qui s'efforce de mieux y voir.

— Feu ?

— Hélas, sire ! Mon oncle s'en est allé voici quelques mois, victime d'un radical notoire. Nous vous en avons informé à l'époque, Majesté.

Melyobar soupira.

— Un nouveau triomphe à mettre à Son compte.

— Avec tout le respect que je vous dois, Votre Altesse, je ne crois pas qu'on puisse qualifier le forfait d'un assassin de « triomphe ».

— Un assassin ? Je suppose qu'on peut Lui donner ce nom. Après tout, Elle est l'assassin ultime. Oui, ça me plaît.

Bastorran et Meakin échangèrent un regard : piqué au vif pour le premier, légèrement ahuri pour le second.

— Toutes mes excuses, Altesse, lâcha enfin le paladin. Je me suis mépris. Vous parliez de la Mort, j'imagine.

— Bien évidemment. De qui d'autre ? répliqua Melyobar sur un ton hautain. Le chagrin consécutif à la mort de votre oncle a dû vous faire perdre toute lucidité.

— Oui, se força à articuler Bastorran, les dents serrées. C'est sûrement ça.

— Quel dommage que votre oncle n'ait pas pris exemple sur mon cher père – la seule personne qui ait jamais dupé la Mort jusqu'ici, se vanta Melyobar. Une source d'inspiration pour nous tous.

— En effet, sire.

— Alors, que faites-vous ici ?

Le brusque changement d'humeur et de sujet désarçonna Bastorran.

— Je suis venu pour que vous me reconnaissiez officiellement comme le nouveau Haut Chef des clans, Majesté.

— Pour recevoir ma bénédiction, donc.

— Euh, oui. En quelque sorte. Bien sûr, ce n'est qu'une formalité, mais...

— Et quel genre de chef serez-vous ?

— Comment ça, Votre Majesté ?

— Je veux dire, par rapport à votre oncle défunt.

— J'espère perpétuer ses plus grandes qualités, Altesse. Néanmoins, je compte me démarquer de lui sur certains points.

— Lesquels ?

— Une des nombreuses vertus d'Ivak était d'avoir trop de cœur, Votre Majesté.

Meakin fut assez surpris de l'apprendre, mais naturellement, il garda le silence.

— Si louable que ce soit, poursuivit Bastorran en choisissant ses mots avec soin, cela a eu pour regrettable effet d'encourager les ennemis de Votre Altesse.

— Il se montrait laxiste envers les terroristes ?

— Je ne crois pas que telle était son intention, sire, mais c'est ainsi que ses actions étaient perçues.

— Tandis que vous, vous ferez preuve de plus de fermeté.

— Considérablement. J'irai jusqu'à dire que si j'avais été Haut Chef des clans à ce moment-là, les récents événements auraient pris une tout autre tournure.

— Vous auriez empêché cet exode de rebelles dont on m'a parlé ?

— J'imagine que Votre Altesse Souveraine parle de la fuite de certains éléments antisociaux vers l'île de Diamant. Il ne s'agissait pas d'un exode à proprement parler – juste d'une poignée de criminels s'efforçant d'échapper à la justice.

— Mais comment auriez-vous pu les arrêter ?

— Tout simplement en faisant en sorte qu'il n'y ait pas de rebelles, Majesté. Contrairement à mon oncle – et, si je puis me permettre, à certains autres décisionnaires des services de sécurité –, jamais je n'aurais toléré l'existence de ces traîtres en premier lieu.

— Il semble que nous soyons du même avis sur la question, Haut Chef.

— Je suis ravi que vous m'approuviez, sire.

— Oh, oui ! Quand un incendie fait rage, il faut abattre les arbres dont il se nourrit.

— Précisément, Votre Majesté.

— Mon père dit souvent que le meilleur moyen d'attraper un poisson, c'est de vider l'océan.

Bastorran et Meakin trouvèrent l'analogie étrange – sans même parler de l'emploi du présent –, mais tous deux acquiescèrent sans piper mot.

— Je me demande comment ils Lui auraient réglé son compte pendant le Temps des Rêves, lança Melyobar.

— Je vous demande pardon, Majesté ?

— La Mort. Aurait-Elle arpenté le royaume en ce temps-là ?

Bastorran réalisa que le prince recommençait à divaguer.

— Je n'en ai pas la moindre idée, Majesté, répondit-il. N'a-t-elle pas toujours existé ?

— C'est ce qu'il semblerait, n'est-ce pas ? Sans quoi, les Fondateurs seraient toujours parmi nous, pas vrai ?

— Oui, je suppose que…

— Ça fait froid dans le dos, vous ne trouvez pas ? Que même les puissants Fondateurs aient été soumis à Ses caprices. Ça prouve bien quelle adversaire valeureuse Elle fait.

— Vous avez sûrement raison, Altesse.

Une lueur de lucidité revint dans les yeux du prince.

— Mais ça n'a plus d'importance, déclara-t-il. Ou ça n'en aura bientôt plus.

— Sire ? interrogea Bastorran, interloqué.

Melyobar lui adressa un sourire presque malicieux.

— Vous verrez.

14

Il avait neigé très fort dans les contrées barbares. L'armée de Zerreiss avait dû faire halte, et même le seigneur de guerre habituellement si stoïque avait fini par s'impatienter. Mais le troisième jour à la tombée de la nuit, le ciel se dégagea enfin.

Dans sa tente de commandement baignée par la douce lueur des bougies et des lampes à huile, Zerreiss se tenait près d'une carte tracée sur une peau tannée et tendue sur un chevalet.

— … Ce qui nous amènera ici, conclut-il en désignant un endroit sur la carte.

— Mais ce que vous suggérez ne nous permettra pas de rattraper le temps perdu, monsieur, objecta Sephor, le plus jeune de ses deux conseillers. Au contraire, ça retardera significativement l'exécution du plan initial.

— J'en suis conscient. Mais d'un point de vue logistique, est-ce réalisable ? Wellem ?

— Ce n'est pas impossible, répondit le vétéran. Toutefois, ça réclamera un effort considérable et beaucoup de préparation. Vous parlez d'emmener le gros de notre armée en mer pour la première fois, ce qui nécessite une organisation complexe.

— Telle a toujours été notre intention, lui rappela Zerreiss.

— Oui, mais pas aussi tôt dans la campagne, contra Wellem. Le nombre de bateaux dont nous aurons besoin…

— C'est pourquoi je propose de nous emparer de cités portuaires là, là et… là, dit Zerreiss en indiquant les sites sur la carte.

— Quand bien même nous récupérerions tous les bâtiments à l'ancre dans ces trois endroits – ce qui implique que les défenseurs ne les brûlent pas avant –, nous n'aurions toujours pas le compte, fit remarquer Sephor.

—Alors, nous en construirons d'autres. Nous avons la main-d'œuvre et les compétences.

—Et les matériaux ? interrogea Wellem.

—Il y a des forêts ici et ici. À une distance raisonnable pour amener le bois, pour peu que le temps s'avère clément.

—Au risque de me répéter, monsieur, je crains que nous nous dispersions trop. Vous envisagez trois sièges plus ou moins simultanés, suivis par un programme de construction navale massive. En plus des forces nécessaires pour garder les sites que nous avons déjà conquis.

—Mais le recrutement va bon train, argumenta Zerreiss. Même en soustrayant les hommes restés en garnison, notre nombre ne cesse d'augmenter. Partout où nous allons, les gens se précipitent pour rejoindre nos rangs.

—Plus vite que nous ne pouvons les équiper ou les former.

—La meilleure formation que nous puissions leur donner, c'est celle du terrain. C'est celle que j'ai reçue personnellement. Et souvenez-vous que la plupart des hommes attirés par notre cause sont déjà des militaires. Ils connaissent les bases.

—Monsieur, lança Sephor sur un ton hésitant, vous nous avez expliqué ce que vous voulez faire, mais vous ne nous avez pas dit pourquoi.

Quelques secondes s'écoulèrent avant que Zerreiss réponde :

—J'ai fait un autre rêve. Je me tenais sur la terrasse d'une forteresse – celle-là même que nous avons conquise il y a moins d'une semaine. Comme je l'ai fait dans la réalité, j'observais le champ de bataille. C'est alors qu'il m'est apparu.

—L'homme dont vous aviez déjà rêvé ?

—Oui. Si ces visions méritent bien le nom de rêves.

—Que s'est-il passé ?

—Passé ? Rien. Enfin, rien et tout. Ne me regardez pas comme ça, mes amis : je ne peux pas mieux vous l'expliquer.

—Avez-vous la moindre idée de l'identité de cet homme ? s'enquit Wellem.

—Pas davantage que la première fois où il a envahi mon sommeil.

—Et vous êtes toujours sûr qu'il s'agit d'une personne réelle ? Pas… Pardonnez-moi, monsieur, mais pas d'un produit de votre imagination ?

—Je ne doute pas qu'il soit réel, affirma Zerreiss.

—Dans ce cas, peut-être êtes-vous la cible d'une attaque magique, suggéra calmement le vétéran.

—Tu n'as pas lieu de t'inquiéter sur ce point. Qui qu'il puisse être, je ne pense pas que cet homme soit un sorcier – bien que je perçoive en lui une forme de connexion avec la magie.

—N'est-ce pas contradictoire, monsieur ?

—Ne suis-je pas moi-même une contradiction vivante, Wellem ? Pourquoi cet homme n'en serait-il pas une lui aussi ?

—Mais quel rapport entre lui et vos nouvelles instructions, monsieur ? voulut savoir le plus jeune des deux conseillers.

Zerreiss grimaça.

—Je peux toujours compter sur toi pour me ramener à la réalité, Sephor. Non, ne sois pas gêné : parfois, j'ai tendance à m'écarter du sujet, et il faut que quelqu'un me rappelle à l'ordre. Pour faire simple, il est la cause de mon changement de plan.

—Vous changeriez toute la direction de la campagne à cause de quelqu'un dont vous avez rêvé, monsieur ?

—Il ne s'agit pas tant de changer que d'accélérer, rectifia Zerreiss.

—Mais pourquoi, monsieur ?

—Physiquement, je le sens plus proche qu'avant. Ne me demande pas comment. Ni pourquoi, entre tous les hommes, *je* me mets soudain à croire au pouvoir de l'intuition. Je sais juste que s'il existe une chance de rencontrer cet homme dans la réalité, je dois la saisir.

—Que pensez-vous en retirer ?

—Vous ai-je jamais entraînés sur une mauvaise route ?

—Non, monsieur, répondirent les deux conseillers à l'unisson.

—Alors, continuez à me faire confiance, sourit Zerreiss.

—Ce n'est pas que nous ne vous fassions pas confiance, lui assura Sephor. Simplement, nous aimerions comprendre.

—Moi aussi. C'est ce que j'essaie de vous expliquer. (Le seigneur de guerre soupira.) Le mieux que je puisse vous dire, c'est que cet homme a… une signification. Et je ne peux m'empêcher de le rapprocher d'une idée qui m'est venue récemment.

—Monsieur ?

—Se peut-il qu'il existe d'autres gens comme moi ?

De toute évidence, c'était une éventualité qui n'avait jamais traversé l'esprit des deux aides de camp. Sephor fut le premier à se ressaisir.

— Nous vous avons toujours considéré comme unique, monsieur.

— Moi aussi. Et cela me désolait. Toute ma vie, je me suis demandé si j'étais le seul à posséder ce talent. Et si tel était le cas, pourquoi moi ? J'espérais que d'autres l'avaient aussi et que je finirais par les rencontrer, mais au fil des ans, cet espoir s'est fané. Supposez néanmoins que je ne sois pas unique. Voyez-vous ce que ça signifierait ?

— Des alliés ? suggéra Wellem.

— Plus que ça. Je n'ai pas choisi le don que je possède, et parfois, c'est un fardeau qui me semble insupportable. Ce serait beaucoup plus facile si d'autres le partageaient avec moi.

— Je n'ai jamais douté de vos capacités, monsieur.

— Je sais. Mais vues de mon côté, les choses sont un peu différentes.

— Nous sommes là pour vous, monsieur, assura Sephor. Et nous ne sommes pas les seuls : des milliers de gens croient en vous et veulent vous soutenir.

Zerreiss posa une main sur l'épaule du jeune homme.

— Et je vous en suis plus reconnaissant que des mots ne pourraient l'exprimer. Mais il est une chose que même vous ne pouvez pas me donner. Malgré toute votre loyauté et votre confiance, vous ne pouvez pas vous mettre à ma place. Pas vraiment. Vous ne savez pas ce que c'est de se sentir aussi seul que moi. Sinon, vous comprendriez pourquoi j'ai besoin de trouver cet homme.

À Bhealfa aussi, la neige avait momentanément cessé de tomber.

Non que les conditions climatiques aient la moindre incidence sur le nombre de gens qui se pressaient dans les rues de Valdarr ou sur les flambées de magie concomitantes. En revanche, elles pouvaient rendre le quotidien des citoyens encore plus misérable en les faisant patauger dans la neige ou glisser sur des trottoirs verglacés – et en provoquant des embouteillages monstrueux.

Le carrosse d'Andar Talgorian, en route pour le quartier général des paladins, mit près d'une heure à faire un trajet qui aurait dû prendre quelques minutes. Rien d'étonnant, donc, à ce que l'ambassadeur ait été d'une humeur de chien en arrivant à destination.

Bastorran lui désigna une chaise du menton et demanda :

— Alors, comment ça s'est passé à Merakasa ?

Parce que le commissaire Laffon était présent et parce qu'il jouissait actuellement des faveurs de l'impératrice, Talgorian répondit avec prudence :

— Comme toujours, ce fut un plaisir de m'entretenir avec Son Altesse Impériale. Mais j'avoue que la perspective de l'action militaire imminente me déprime quelque peu.

— Sornettes, ricana Bastorran. C'est la réponse la plus appropriée à ce qui se passe sur l'île de Diamant. Je regrette seulement qu'elle n'ait pas été décidée plus tôt.

— La guerre devrait toujours constituer le dernier recours.

— Justement, nous avons déjà épuisé tous les autres. (Le paladin tendit un gobelet de vin à Talgorian.) Qu'auriez-vous voulu faire : tuer les insurgés à coups de belles paroles ?

— Si votre question signifie : suis-je d'avis qu'il est encore possible de négocier une issue satisfaisante pour les deux parties, la réponse est oui.

— Feu mon oncle disait toujours que vous étiez un incorrigible amoureux de la paix. Je suis sûr que ça n'était pas méchant de sa part.

— Je préfère me considérer comme un pragmatique, répliqua Talgorian. Et il me semble que la diplomatie est toujours préférable au carnage.

Les deux hommes échangèrent un sourire glacial.

— Je suis d'accord avec le Haut Chef, intervint Laffon. En négociant avec ces gens, vous ne feriez que leur accorder une importance indue.

— Nos supérieurs doivent déjà la leur accorder ; sans ça, pourquoi auraient-ils décidé de leur envoyer une expédition aussi coûteuse ?

— Parce que la force est le seul argument que comprenne cette racaille.

— Le commissaire a raison, approuva Bastorran. Et nous devrions nous montrer aussi impitoyables avec celle d'ici que nous allons – je l'espère – l'être avec celle de Batarriss.

— Est-il possible d'exercer une brutalité encore plus grande que celle dont nous faisons déjà preuve ? se demanda Talgorian à voix haute.

Ce fut au tour de Laffon de feindre un sourire.

— Si ce n'était pas impossible, ambassadeur, je croirais que vous sympathisez avec ces dissidents.

— Personne n'est plus opposé au désordre public que moi, commissaire. Je m'interroge seulement sur les méthodes que nous employons pour le réprimer.

— Quelle que soit notre opinion sur le conflit à venir, lança Bastorran en levant son verre, je suis sûr que nous pouvons tous trinquer à la réussite de notre expédition.

Se fixant les uns les autres, les trois hommes burent.

Talgorian fut le premier à reprendre la parole :

— Il va sans dire que le corps diplomatique se tient prêt à offrir à vos deux organisations toute l'aide qu'il pourra leur apporter dans cette mission.

Bastorran éclata d'un rire moqueur.

— Pardonnez-moi, ambassadeur, mais une fois les hostilités déclenchées, je ne vois pas bien ce que nous ferions de vos diplomates.

— Dans ce cas, peut-être pourrez-vous m'aider.

— En quoi ? interrogea Laffon.

Talgorian finit son verre et fit un geste de dénégation quand Bastorran lui offrit la carafe.

— Dites-moi, l'un de vous a-t-il vu le prince Melyobar récemment ?

— Il se trouve que oui, acquiesça Bastorran.

— Comment l'avez-vous trouvé ?

— Ça ne vous surprendra ni l'un ni l'autre si je réponds... d'humeur volatile.

— En d'autres termes, toujours aussi imprévisible.

— Oui. Mais l'état mental de Melyobar n'est pas quelque chose de nouveau. Pourquoi cette question ?

— Son Altesse Impériale a décidé que le moment était venu de prendre des mesures à l'encontre du prince.

— Des mesures ? répéta Laffon.

Talgorian sortit deux rouleaux de parchemin portant le sceau personnel de l'impératrice.

— Vous trouverez toutes les explications nécessaires là-dedans, dit-il en les tendant à ses interlocuteurs. (Comme ceux-ci les ouvraient fébrilement, il ajouta :) Vous verrez aussi que sa Majesté requiert l'entière coopération des clans et du Conseil de sécurité intérieure.

Bastorran lut très vite, puis leva les yeux.

— Vous êtes chargé de cette opération ?

Talgorian acquiesça.

— Pourquoi vous ? voulut savoir Laffon.

— Il ne m'appartient pas de discuter les décisions de l'impératrice. Mais peut-être a-t-elle estimé que les clans et le CSI avaient déjà assez de pain sur la planche. Et puis, il s'agit bien d'une question diplomatique : après tout, d'un point de vue constitutionnel, Melyobar est le souverain de Bhealfa.

—Naturellement, je m'incline devant la sagesse de Sa Majesté. En fait, je m'attends qu'elle me convoque d'un jour à l'autre pour un entretien. Je ne doute pas qu'elle me fournisse de plus amples informations à ce moment-là.

—En attendant, vous trouverez tout ce qui est nécessaire dans cette lettre.

—Je suis ravi à l'idée que le problème du prince soit bientôt réglé, déclara Bastorran. Il y a longtemps que quelqu'un aurait dû faire quelque chose à son sujet. Quand comptez-vous vous en occuper, ambassadeur ?

—Je n'ai pas encore décidé. C'est une situation très délicate, qui doit être gérée en toute discrétion.

—À votre place, je ne tarderais pas trop. La dernière fois que j'étais au palais, j'ai vu quelque chose d'étrange.

—Vous voulez dire, plus étrange que d'habitude ?

—Bonne remarque. Étant donné qu'il s'agit de Melyobar, j'ignore si ça entre dans la catégorie des anomalies ou non. Mais il a fait installer une batterie de catapultes sur ses remparts, et j'ai eu l'impression qu'il avait encore renforcé ses fortifications. Je ne peux m'empêcher de me demander pourquoi.

—En effet, c'est curieux, convint Talgorian. Mais je n'ai pas l'intention d'assiéger le palais. Je pense à une approche plus subtile que ça.

—Vous comptez vous y prendre comment – essayer de faire entendre raison à Melyobar ? railla Bastorran.

—En gros, oui. Mais je ne suis pas naïf au point de croire qu'il appréciera la proposition de Sa Majesté. C'est pourquoi j'aurai besoin d'une escorte pour m'accompagner, révéla Talgorian. Étant donné la nature particulièrement sensible de cette opération, je pense qu'elle devrait être constituée d'agents de différents services.

—Et être de taille importante, au cas où Melyobar refuserait de coopérer.

—Je ne pense pas que nous en arriverons là. Ce n'est pas comme si l'empire avait l'intention de le faire prisonnier ; il sera traité en invité de marque.

—Vous aurez beaucoup de mal à l'en persuader. Ne sous-estimez pas son amour du pouvoir. Après tout, personne n'a encore jamais tenté de restreindre sa liberté de mouvement.

Des coups frappés à la porte empêchèrent Talgorian de répondre.

— Entrez ! aboya Bastorran.

Lahon Meakin passa la tête à l'intérieur.

Le paladin le foudroya du regard.

— Je t'avais dit que je ne voulais pas être dérangé !

— Je suis désolé, monsieur, mais il se passe quelque chose.

Bastorran se leva en marmonnant des excuses et rejoignit son aide de camp dans le couloir.

— Il vaudrait mieux pour toi que ce soit important, Meakin, siffla-t-il.

— On vient de nous rapporter des troubles à l'ordre public dans les rues.

— C'est tout ? Depuis le temps, tu devrais savoir qu'on ne m'interrompt pas pour si…

— Cette fois, c'est différent, monsieur. Je crois que vous voudrez vous en occuper personnellement.

15

Quelqu'un courait dans la rue, brisant des fenêtres avec une chaîne sur son passage. Une barricade de chariots, tenue par des miliciens à l'expression dure, bloquait une extrémité de l'artère. À bonne distance, une foule en colère lui faisait face. De temps en temps, des gens s'élançaient pour jeter des pierres aux représentants de l'ordre. Des maisons et une boutique brûlaient; personne ne tentait d'éteindre l'incendie. À l'autre bout de la rue, des cavaliers approchaient.

Tapis dans l'entrée d'une ruelle voisine, Quinn Disgleirio et deux autres membres de la Fraternité de la Juste Lame observaient la confrontation.

— C'est parti de quoi ? interrogea Disgleirio.

— Une descente sur une maison du quartier, répondit un de ses compagnons. Comme d'habitude, les miliciens ont eu la main lourde, et la population s'est rebellée.

— Il ne faut pas grand-chose pour déclencher une émeute ces temps-ci, ajouta l'autre.

— Nous n'avons vraiment pas besoin de ça, soupira Disgleirio. Il y a déjà assez de violence dans les rues sans qu'on en rajoute.

— Je ne vois pas bien comment on pourrait calmer le jeu maintenant, fit remarquer son premier camarade.

— Certes. Mais on peut tenter de limiter les dégâts.

Un rugissement s'éleva du côté des barricades comme les cavaliers en uniforme fendaient la foule en distribuant coups de sabre et de massue.

— On dirait qu'on arrive trop tard, commenta le second camarade de Disgleirio.

Pour les civils, la mêlée vira rapidement à la débâcle. Ils s'éparpillèrent, poursuivis par des miliciens à pied qui brandissaient leur matraque. Les premiers d'entre eux foncèrent vers la ruelle dans laquelle se cachaient les frères de la Juste Lame.

— Chef? demanda un des compagnons de Disgleirio.

— Protégez-en le plus possible.

Les trois hommes s'avancèrent dans la rue enneigée en tirant leur épée.

Le torrent d'insurgés se muait en marée humaine. Quelques fuyards furent abattus par les cavaliers ; d'autres tombèrent tout seuls et furent piétinés par les chevaux des miliciens.

Disgleirio et ses hommes se déployèrent tels trois rochers perdus au milieu d'un torrent impétueux.

— Tenez votre position, ordonna Disgleirio, et surveillez vos arrières.

Une femme les dépassa en hurlant. Deux miliciens armés étaient sur ses talons, mais ils se désintéressèrent d'elle quand ils virent le trio de guerriers. Disgleirio laissa ses camarades s'occuper d'eux. Son attention était mobilisée par un cavalier qui fonçait dans la rue en fauchant les civils sur son passage.

Les deux frères de la Juste Lame engagèrent avec les miliciens un duel frénétique qui les entraîna sur la chaussée et força les insurgés à faire un large détour pour les éviter.

Disgleirio se concentra sur le cheval lancé au galop. Comme celui-ci arrivait à son niveau, il donna un coup d'épée dans la jambe exposée du cavalier. L'homme poussa un cri et vida les étriers. Il tomba lourdement et rebondit plusieurs fois sur les pavés avant de s'immobiliser, tandis que son cheval détalait prestement.

Disgleirio n'eut pas le temps de savourer sa bonne fortune. Une autre patrouille approchait en courant. Il pivota vers ses camarades à l'instant où le premier se débarrassait de son adversaire ; l'autre avait déjà vaincu et toisait le cadavre de sa victime.

— Il en vient d'autres ! cria Disgleirio en désignant les miliciens du pouce. Regroupement !

Ses frères de la Juste Lame se précipitèrent vers lui. Avec une vivacité issue d'une longue expérience, tous trois se placèrent en cercle, épaule contre épaule, l'épée dans une main et la dague dans l'autre – une formation que certains appelaient le « porc-épic ».

Ainsi les miliciens fraîchement arrivés se retrouvèrent-ils face à un anneau défensif hérissé de lames d'acier. Mais comme ils étaient plus d'une demi-douzaine et prêts à en découdre, ils crurent pouvoir submerger facilement ce trio d'adversaires.

Le premier d'entre eux tomba dans les secondes qui suivirent, un poumon perforé. Un autre tituba en arrière, la gorge ouverte par un coup de dague. Un troisième s'écroula, la poitrine lacérée.

Le rapport de force ainsi rééquilibré, les frères de la Juste Lame se séparèrent afin d'avoir plus de place pour manœuvrer.

Une mêlée aussi sanglante qu'acharnée s'ensuivit. De petits nuages de vapeur se formaient devant la bouche des belligérants dans l'air glacial. Très vite, deux autres miliciens encaissèrent des coups mortels. Légèrement blessés, les deux survivants tournèrent les talons et s'enfuirent.

Les trois compagnons reprirent leur souffle tandis qu'une fine pellicule de sueur gelait sur leur front.

— Ils reviendront avec des renforts, haleta Disgleirio. Nous ne pouvons plus faire grand-chose ici. Je crois qu'il est temps de...

Il s'interrompit.

— Qu'y a-t-il, chef?

— Qui est-ce?

Les hommes de Disgleirio suivirent la direction de son regard.

Un individu mince et athlétique, avec des cheveux blonds coupés très court, venait d'apparaître dans la rue. Il ou elle – impossible de deviner – était armé et attaquait des gens au hasard, y compris parmi ceux qui avaient les mains vides.

— C'est un glamour? interrogea un des subordonnés de Disgleirio.

— Je n'en ai aucune idée. Mais je ne vais pas tarder à le découvrir. Vous deux, fichez le camp.

— Mais, chef...

— Nous prenons un risque rien qu'en restant ici. Exécution!

Sans attendre de voir si ses hommes lui obéissaient, Disgleirio s'élança vers l'apparition.

En se rapprochant d'elle, il commença à mieux la distinguer et décida qu'elle était de sexe féminin. Il vit aussi qu'elle avait une apparence quelque peu inquiétante, avec des yeux noirs immenses sertis dans un visage si pâle qu'elle semblait souffrante. Mais il n'y avait rien de maladif dans la façon dont elle attaquait tous ceux qui passaient à sa portée.

Arrivé à une longueur d'épée de la femme, Disgleirio s'arrêta. Il balaya du regard les cadavres et les blessés gémissants qui jonchaient le sol autour d'elle.

— Oui ? lança Aphri Kordenza sur un ton à la fois méprisant et irrité, comme si elle s'adressait à un vagabond importun.

— Qui êtes-vous ?

— Une citoyenne concernée. Qu'est-ce que ça peut vous faire ?

— Vous appartenez à la milice ?

— Est-ce que j'en ai l'air ?

— Alors, pourquoi faites-vous son sale boulot ?

— Parce que j'aime ça.

— Vous aimez assassiner des innocents ?

— Vous parlez comme un prêtre. Si ça ne vous plaît pas, vous pouvez toujours essayer de m'arrêter.

— Telle était mon intention.

— Pourquoi ne l'avez-vous pas dit plus tôt ? Je déteste les bavardages oiseux.

Elle bougea si vite que Disgleirio eut du mal à repousser sa première attaque. La seconde et la troisième s'enchaînèrent avec une égale promptitude.

La femme était aussi forte que rapide ; chacun de ses coups ébranlait Disgleirio jusqu'à la moelle. Forcé de reculer, il dut adopter une tactique défensive, se contentant de parer sans jamais pouvoir riposter. L'agilité et le talent de son adversaire le prenaient au dépourvu. Il était un maître à l'épée, mais cette femme n'avait rien à lui envier.

Se ressaisissant, il parvint à placer quelques attaques de son cru. Mais plus il frappait, plus l'agressivité de la femme augmentait. Ses bottes devenaient incroyablement vicieuses et précises. Disgleirio parvenait à dévier chacune d'elles et à placer les siennes en retour, mais cela mobilisait tout son savoir-faire. Même s'il tenait tête à son adversaire, il n'arrivait pas à prendre l'avantage sur elle.

Tout en se battant, il remarqua une chose étrange. Chaque fois que la femme levait son pied gauche, quelque chose brillait sous son talon. Il crut d'abord que ses yeux lui jouaient des tours, mais lorsque son adversaire dut bondir pour esquiver une de ses attaques, il vit un arc de minuscules étincelles bleues se dessiner entre le sol et son pied. Cela lui fit penser qu'elle disposait de quelque source d'énergie magique, mais il était trop débordé pour réfléchir aux implications.

Les deux guerriers continuèrent à s'affronter férocement, évitant de justesse des civils paniqués et des chevaux privés de cavalier. Les mouvements de la femme étaient si fluides que Disgleirio avait du mal à toucher sa lame, et plus encore à lui porter des coups efficaces. Comparé à elle, il lui semblait avoir des jambes en plomb. Ce n'était sûrement qu'une question de secondes avant qu'elle l'embroche.

Soudain, les deux frères de la Juste Lame jaillirent à ses côtés et se jetèrent dans la mêlée. La femme ne se troubla pas. À en juger l'expression de son inquiétant visage, elle dut même apprécier cette complication. Elle élargit ses manœuvres pour englober les nouveaux arrivants, son épée cinglant les leurs avec force et rapidité. Le fracas des lames d'acier se fit assourdissant comme ses adversaires feintaient et bondissaient en quête d'une ouverture.

Puis l'épée de la femme trancha de la chair. Un des frères de la Juste Lame vacilla en portant une main à sa poitrine. Du sang jaillit entre ses doigts. Il s'écroula, agonisant.

Disgleirio poussa un cri. Son camarade restant se jeta sur la femme. Sans ciller, celle-ci écarta sa lame et lui entailla le bras du poignet jusqu'au coude. Hurlant, il battit en retraite.

—Je vous avais dit de ficher le camp! rugit Disgleirio en le poussant sur le côté.

L'homme blessé s'écarta en titubant et en serrant son bras contre lui. Disgleirio reporta son attention sur la femme, prêt à reprendre le combat.

Mais son adversaire avait disparu. Il balaya la rue du regard, s'efforçant de distinguer sa silhouette élancée parmi le chaos environnant. Puis il l'aperçut. Elle se tenait sur le seuil d'un bâtiment abandonné, de l'autre côté de la chaussée. Disgleirio joua des coudes pour la rejoindre. Mais arrivé à une douzaine de pas d'elle, il se figea.

Une scène étrange se déroulait sous la large porte cochère. La femme fit un pas sur le côté, laissant une image de sa silhouette en suspension dans l'air. Très vite, le contour se remplit. Des os, des viscères, des organes, des artères et des veines apparurent brièvement avant d'être recouverts par de la chair. Le visage d'abord lisse du double se modela, adoptant des traits qui ressemblaient beaucoup à ceux de la femme mais qui, tout bien considéré, avaient une apparence plus masculine. Enfin, des vêtements identiques à ceux de la guerrière se matérialisèrent sur son corps.

La porte cochère sous laquelle se tenaient les jumeaux était plongée dans l'ombre, aussi Disgleirio mit-il un instant à remarquer un autre détail. Une fine membrane reliait la femme à son double masculin. Humide et gluante, elle lui fit penser à de monstrueuses secondines. Sous ses yeux, elle se déchira et fut instantanément réabsorbée par le corps de la femme.

Disgleirio n'avait encore jamais rencontré de symbiote, mais ce qu'il avait entendu dire à leur sujet lui permit d'en identifier une.

Les jumeaux échangèrent un sourire affectueux et s'avancèrent dans la rue d'un même pas. Curieusement, tous deux traînaient la jambe gauche.

La foule s'était éclaircie après la fuite de la plupart des insurgés, qui avaient entraîné les miliciens dans leur sillage. Mais il restait encore assez de gens pour que Disgleirio s'inquiète pour leur sécurité.

Ses craintes s'avérèrent rapidement justifiées.

Les jumeaux le fixaient. La femme dit quelque chose que Disgleirio ne put entendre, et son double éclata de rire. Puis elle se dirigea vers le guerrier.

Au même moment, quelque chose de remarquable se produisit.

Le mâle n'avait pas bougé. Lentement, avec toute la légèreté d'un cerf-volant, il commença à s'élever dans les airs. Quand il atteignit le premier étage du bâtiment, il bascula à l'horizontale, bras et jambes tendus. La seconde suivante, il jaillit comme une flèche.

Disgleirio se baissa vivement. Le glamour le survola en trombe, frôlant le sommet de son crâne. Mais l'attaque qu'il attendait ne vint pas.

Au lieu de ça, l'homme vira et fonça vers un groupe d'émeutiers qui pansaient leurs blessures. Quand ils le virent venir, ceux qui étaient encore valides tentèrent de s'écarter. Gonflant les joues, il cracha un jet de flammes qui enveloppa les traînards. Ces derniers s'embrasèrent instantanément ; ils se changèrent en boules de feu titubantes et hurlantes. Alors, leur bourreau se désintéressa d'eux pour attaquer un autre groupe de civils un peu plus loin dans la rue. Les malheureux avaient vu ce qui était arrivé à leurs camarades. Ils prirent leurs jambes à leur cou.

Disgleirio observait la scène, si horrifié qu'il en oublia momentanément la femme. Puis un mouvement attira son attention. Son adversaire était presque sur lui. Elle chargeait en brandissant son épée. Disgleirio dut faire un bond sur le côté pour qu'elle ne le coupe pas en deux. Leurs lames s'entrechoquèrent, et le duel reprit de plus belle.

Pendant ce temps, le glamour faisait pleuvoir du feu sur des groupes de citoyens terrorisés. Une carriole se frayait désespérément un chemin parmi les décombres. Il déversa une cascade de flammes sur elle. Le véhicule et son conducteur s'embrasèrent comme du petit bois. Affolé de se retrouver attelé à un brasier funéraire, le cheval détala au galop. La carriole se renversa avec un grincement sinistre, éjectant son occupant carbonisé. Le cheval continua à foncer tête baissée, traînant les débris fumants du véhicule et éparpillant les passants devant lui.

Par une fenêtre ouverte, quelqu'un décocha une flèche au glamour dont le souffle brûlant incinéra le projectile en plein vol. Puis le jumeau vira et rebroussa chemin. Une autre flèche fila vers lui ; voyant qu'elle ne l'atteindrait pas, il l'ignora et concentra toute sa colère sur l'archer. Un grand jet de flammes s'engouffra par la fenêtre ouverte, tuant le malheureux sur le coup et mettant le feu à la pièce dans laquelle il se trouvait. Un épais nuage de fumée noire et grasse s'en échappa.

Disgleirio n'avait que vaguement conscience du massacre perpétré par le glamour. Il était trop occupé à livrer un duel dont il commençait à croire qu'il n'avait aucune chance de le remporter. La vigueur de son adversaire semblait inépuisable. Cela confirmait son intuition initiale : il devait y avoir de la magie là-dessous.

La femme et lui continuèrent à se battre, chacun cherchant une brèche dans la garde de l'autre. Si l'un des deux avait été un tant soit peu moins doué, leur affrontement aurait tourné court depuis bien longtemps. En l'état des choses, Disgleirio craignait que l'endurance de son adversaire finisse par les départager.

Mais tandis qu'ils luttaient pied à pied, le guerrier acquit la certitude – peut-être erronée – qu'elle ne s'était pas attendue à le trouver aussi coriace. Illusoire ou pas, cette idée lui redonna courage. Il augmenta la cadence de ses attaques. Il osa de nouveau espérer.

Sa détermination ne fut pas soumise au test ultime. Alors que la femme et lui croisaient le fer avec acharnement, Disgleirio prit conscience d'une vibration sous ses pieds. Très vite, celle-ci se mua en un fracas de sabots. Un important groupe de cavaliers approchait. La femme l'entendit elle aussi. Comme s'ils obéissaient à un signal muet, tous deux désengagèrent le combat et battirent en retraite.

D'autres sons vinrent se superposer à la cavalcade. Des cris, des hurlements, des bruits de bottes martelant les pavés. Disgleirio et la femme pivotèrent vers leur source. Plusieurs centaines de personnes couraient dans leur direction, pourchassées par un contingent de cavaliers portant la tunique écarlate des clans de paladins.

Une poignée de fuyards dépassèrent Disgleirio et la femme. D'autres suivirent, de plus en plus nombreux, jusqu'à ce que les deux adversaires soient submergés par un torrent de citoyens terrifiés. Disgleirio perdit la femme de vue et, après avoir résisté un moment, il se laissa entraîner par la foule.

Autour de lui, tout n'était que chaos. Il était emporté par une marée de visages affolés et de voix rugissantes. Des coudes s'enfonçaient dans ses côtes ; des coups de pied lui meurtrissaient les mollets. Il était ballotté dans tous les sens.

Quelqu'un lui saisit le bras et s'y accrocha. Il se débattit violemment, puis vit que c'était son camarade blessé – celui qu'il avait renvoyé. Se laissant à demi traîner, il lutta pour s'extraire du flot d'humanité pugnace.

Les deux guerriers finirent par émerger sur un bout de trottoir moins densément occupé que le reste. Le subordonné de Disgleirio le traîna à l'abri entre deux bicoques.

— Merci, haleta Disgleirio.

— Je sais que vous m'aviez ordonné de partir, chef, mais…

— Oublie ça. C'est une bonne chose que tu m'aies désobéi. (Il baissa les yeux vers le bandage improvisé, déjà imbibé de sang, qui enveloppait le bras de son camarade.) Comment va ta blessure ?

— Je survivrai. C'était quoi, cette créature volante, chef ? Et la femme ?

— Je pense que nous sommes tombées sur une fusionnée.

— Je croyais que c'était un mythe.

— Apparemment pas. (Disgleirio jeta un coup d'œil à la foule et aux paladins qui la harcelaient.) Nous ne pouvons plus rien faire ici. Mieux vaut nous éclipser.

Son camarade acquiesça.

— Euh… Et ça, c'est quoi, chef ?

— Quoi donc ?

— Là, dans votre tunique, dit-il en tendant un doigt.

Un morceau de papier dépassait de la poche de Disgleirio. Le guerrier s'en saisit et le déplia. Deux phrases étaient tracées en majuscules à l'encre noire : « INVASION DE L'ÎLE DE DIAMANT IMMINENTE. INTENSIFICATION DES DESCENTES SUR LES REPAIRES DE LA RÉSISTANCE À VALDARR », lut-il.

— Qu'est-ce que c'est ? s'enquit le frère blessé.

— Vois par toi-même, dit Disgleirio en lui tendant le message.

— D'où vient-il ?

— Je n'en ai pas la moindre idée. Probablement de quelqu'un dans la foule.

Mystifié, il balaya la rue du regard.

Deux blocs plus loin, tapis dans l'entrée d'une écurie, Aphri et Aphrim échangeaient un baiser fougueux.

— Nous ne pouvons pas nous attarder ici, mon amour, chuchota la fusionnée en fixant son double droit dans les yeux.

Le glamour acquiesça. Dans ce simple geste transparut quelque chose qui aurait pu être interprété comme de la tristesse.

— Bientôt, promit Aphri d'une voix rauque.

Son jumeau se recroquevilla dans son étreinte – pas en termes de taille, mais de masse. Son corps se fondit au sien. Elle l'absorba.

Aphri s'étira et rota.

Quelqu'un lui tapa sur l'épaule. Elle fit volte-face en tirant son épée.

— Qu'est-ce que vous foutez ici ? demanda Devlor Bastorran, furieux.

La fusionnée se détendit et rengaina.

— Je m'entraîne pour garder la main.

— Idiote ! Avez-vous la moindre idée du risque que vous prenez en vous bagarrant en public de la sorte ? Sans compter que vous me forcez à être vu avec vous !

— Inutile d'angoisser. Nous n'avons fait qu'éliminer une poignée de mécontents. Vous devriez nous en être reconnaissants.

— Reconnaissants, mon cul, jura Bastorran. Nous sommes parfaitement capables de maîtriser cette vermine sans votre aide. Je veux que vous dégagiez, et tout de suite.

— D'accord, d'accord. Je m'en vais.

— Oh, non ! Votre parole ne me suffit pas. Je vais vous faire escorter par mon aide de camp. (Il regarda autour de lui.) Où diable est-il passé ? Meakin ! Où est Meakin ? hurla-t-il à deux lieutenants qui se tenaient une vingtaine de pas plus loin.

Ceux-ci haussèrent les épaules et secouèrent la tête.

— Eh bien, trouvez-le ! rugit Bastorran.

Les lieutenants s'éloignèrent d'un pas vif.

— C'est merveilleux, déclara Aphri.

— Quoi donc ?

— Mon nouvel état. Ma connexion avec la grille. Jamais je ne me suis sentie aussi puissante.

— Je sais. Mais faites-moi une faveur, Kordenza. Économisez vos forces pour Caldason.

16

Une marée hivernale paresseuse léchait le rivage de l'île de Diamant. Le ciel était plombé et l'air glacial. Tout Batarriss grouillait d'activité. Des sentinelles arpentaient le sommet des falaises, des gardes patrouillaient le long de la grève, des civils apprenaient à se battre à la lance et à l'épée, des maçons érigeaient des fortifications supplémentaires partout sur l'île.

Plusieurs dizaines de personnes s'affairaient sur une plage, à l'ombre de la forteresse en terrasses. Certaines maniaient la pelle pendant que d'autres, à genoux, creusaient avec une truelle. Des charpentiers transportaient des piles d'étroites planches. Des braseros, des chaudrons et des enclumes étaient éparpillés dans le sable.

Deux silhouettes emmitouflées observaient la scène depuis un promontoire voisin.

— Que font-ils ? interrogea Kutch.

— Preuve d'inventivité, répondit Caldason. Une chose pour laquelle les humains sont assez doués quand ils se retrouvent dos au mur. (Il désigna les gens qui creusaient.) Ils utilisent le sable pour fabriquer des moules de pointe de flèche ou de lance – et même de lames d'épée. Le métal est chauffé dans les fours (de potier), de ce côté, et ils transportent les chaudrons à l'aide de perches. Un système rudimentaire mais efficace.

— N'avons-nous pas déjà suffisamment d'armes ?

— Nous ne pouvons pas en avoir trop dans ce genre de situation. Et certaines d'entre elles, comme les flèches, sont très difficiles à récupérer une fois qu'elles ont été utilisées. Il faut donc les considérer comme étant à usage unique. C'est pourquoi nous nous sommes fixé l'objectif de fabriquer vingt mille pointes.

Kutch siffla.

— C'est beaucoup.

— Ça ne sera jamais assez. Réfléchis. Supposons que deux cents archers tirent cinquante flèches chacun – ça en fait déjà la moitié d'envolée. On pourrait toutes les passer dans la même bataille.

— Vu sous cet angle, ça ne fait pas tant que ça.

— C'est la même chose avec le nombre de défenseurs dont nous disposons. Mais mieux vaut ne pas en parler. (Caldason se détourna de la scène.) Si on part tout de suite, on pourra souper à la citadelle. Qu'est-ce que tu en penses ?

— Que je meurs de faim.

— Bien. Alors, allons-y.

Ils disposaient d'une petite charrette de ferme à deux roues et d'une jument pour la tirer. Comme les routes de l'île étaient fort mal entretenues – la plupart d'entre elles se réduisaient d'ailleurs à de simples pistes –, le trajet s'annonçait plutôt cahotant.

Cinq minutes après leur départ de la plage, ils aperçurent une équipe de bûcherons en train d'abattre un petit bosquet, sur le bas-côté.

— On coupe une sacrée quantité d'arbres, commenta Kutch.

— Il faut des hampes pour toutes ces pointes de flèche, fit valoir Caldason. Nous avons également besoin d'arcs, de manches de lance... et de combustible.

— Que se passera-t-il si nous tombons à court de bois ?

— Tout dépendra du temps que durera le blocus. Le bois n'est pas le problème principal. Je m'inquiète davantage pour les victuailles. L'eau, ça va : nous avons des puits. Mais la nourriture pourrait rapidement venir à manquer. Darrok a constitué des réserves de vivres sèches, mais il n'y a pas grand-chose comme produits frais sur cette île, particulièrement en hiver. Bien sûr, nous pourrions pêcher, mais les eaux deviennent trop dangereuses pour ça.

— Tu crois toujours qu'on va être envahis ?

Rien ne me donne à croire le contraire.

— Est-ce qu'on peut tenir le coup ?

— Franchement ?

— Je m'attends toujours que tu me dises la vérité, Reeth.

— Certes. Dans ce cas... Probablement pas.

— Oh !

— Mais c'est en théorie – sur le papier, si tu préfères. Dans la pratique, comme je viens de te le dire, les gens peuvent se montrer extrêmement inventifs quand ils sont acculés. Et incroyablement courageux, aussi. Sans compter que toutes sortes de choses pourraient faire pencher la balance en notre faveur.

—La Source, par exemple?

—Tu sais que j'ai placé beaucoup d'espoir en elle à titre personnel, mais nous ne devons pas compter dessus pour nous sauver. Nous ne savons pas vraiment de quoi il s'agit, et il n'est pas certain que je la trouve.

—Tu as toujours défié les probabilités, Reeth.

Caldason sourit.

—Peut-être. Mais j'essaie toujours d'être bien préparé avant de me lancer. Et en parlant de ça, j'aimerais que tu me laisses t'enseigner les rudiments du combat à l'épée.

—Je ne suis pas certain d'être taillé pour ça.

—N'importe qui peut assimiler les bases. Tu es jeune et raisonnablement robuste. Étant donné ce qui se prépare, je me sentirais mieux si tu possédais quelques notions d'autodéfense.

—D'accord, tu peux peut-être m'apprendre deux ou trois trucs. Mais je continue à penser que la magie me sera plus utile.

—Il y a de grandes chances pour que le sort de l'île se joue à la force des armes. La magie n'entrera sans doute guère en ligne de compte.

—Nos ennemis vont l'utiliser contre nous, pas vrai? Nous devons avoir un moyen de la contrer. Tu as vraiment une étrange attitude vis-à-vis de l'Art, Reeth. D'un côté, tu hais la magie; de l'autre, tu t'en remets à elle pour ton salut.

—Seulement parce que je n'ai pas le choix. Mais ce n'est pas de moi qu'il s'agit pour le moment: c'est de ce qui se passe ici. J'ai pris part à de nombreuses batailles, et c'est l'acier, pas la magie, qui a réglé la plupart d'entre elles.

—La magie modèle notre monde, Reeth. Elle peut faire des choses extraordinaires. Quand j'étais un tout petit garçon, j'en ai vu l'un des exemples les plus stupéfiants qui soient.

—Mais encore?

—Le palais volant de Melyobar. J'étais avec ma mère, je crois. Je ne m'en souviens plus. Mais le palais… Je ne l'ai jamais oublié. Il était assez loin. Un soleil écarlate se couchait derrière lui. C'était un spectacle fabuleux.

—Je peux comprendre que cela ait marqué un enfant.

—À tel point que quand maître Domex est venu me chercher, je ne me suis pas senti si malheureux que ça. Bien sûr, je n'avais aucune envie de quitter ma mère et tout le reste, mais je pensais qu'on allait faire voler des châteaux. (Kutch grimaça.) Évidemment, je me fourrais le doigt dans l'œil.

— Je me rappelle une époque avant que le palais ait été bâti. En fait, je me rappelle l'avoir vu pendant sa construction.

— J'oublie toujours ton âge réel, Reeth. Ça doit être bizarre d'avoir des souvenirs qui remontent si loin.

— Toi aussi, tu auras peut-être des souvenirs très anciens un jour, répliqua sèchement le Qalochien. Si tu as la chance de vivre assez vieux. Mais si ton plus bel exemple de ce que la magie peut accomplir, c'est la folie d'un…

— Non, non. Je dis juste qu'elle est capable de choses extraordinaires.

— Comme subjuguer la population ? L'abrutir avec des illusions ? Corrompre ses valeurs ?

— Ça, ce n'est pas la faute de la magie, mais celle des gens qui l'utilisent. De la même façon que tu utiliseras la Source pour faire le bien si jamais tu la trouves.

— Et comment comptes-tu changer la nature humaine ?

— Je crois que les gens peuvent être bons si on leur en laisse l'occasion.

— Il en restera toujours de mauvais, Kutch, quoi que tu fasses.

Ils arrivaient à la citadelle. Même si les travaux de rénovation et de fortification étaient presque achevés, des tas de gens s'affairaient encore autour de l'ancien hôtel.

Caldason arrêta la carriole. Tandis que Kutch et lui mettaient pied à terre, il ajouta :

— La vérité, c'est que je préfère le côté simple et direct des armes. Tout le reste mis à part, la magie est beaucoup trop complexe.

— Elle cesse de paraître telle dès lors que tu t'harmonises avec, répliqua Kutch. (Jetant un coup d'œil à la ronde, il avisa un tas de bûches.) Regarde.

Il fixa les bûches en effectuant un geste ésotérique. Un des tronçons de bois frissonna ; une de ses extrémités se souleva. Puis il s'arracha au reste de la pile et s'immobilisa en suspension dans les airs. Kutch remua son index tendu. La bûche l'imita, oscillant comme si elle flottait dans de l'eau agitée. Une seconde plus tard, elle retomba avec un bruit mat.

À en juger par l'expression de Kutch, ce petit tour lui avait demandé un gros effort physique. Le jeune homme tourna un visage rayonnant vers Caldason.

— Impressionnant, admit le Qalochien. Mais je doute que ça suffise à stopper une flotte d'envahisseurs.

Sur ces mots, il se dirigea vers l'entrée caverneuse de la citadelle. Kutch le suivit, fulminant en silence.

Un large corridor central coupait le rez-de-chaussée en deux. Les deux compagnons se dirigèrent vers la porte du fond, qui donnait sur une salle à manger. Avant de l'atteindre, ils entendirent des éclats de voix non loin d'eux – des voix familières, provenant d'une pièce qu'ils étaient sur le point de dépasser. Ils échangèrent un regard. Caldason ouvrit la porte.

— … Et moi, je dis que rien ne justifie ça ! tempêtait Serrah.

À la vue de Caldason et de Kutch, elle se tut.

Darrok était là, son disque posé sur un banc. Pallidea se tenait à côté de lui.

— Reeth, se réjouit Serrah. Tu tombes bien. Tu vas pouvoir m'appuyer.

— T'appuyer sur quoi ? voulut savoir le Qalochien.

— Sur ça.

Du menton, la jeune femme désigna un gros coffre ouvert sur une table.

Caldason s'en approcha, Kutch sur ses talons. Le coffre était plein à ras bord de bourses en tissu grosses comme le poing. L'une d'elles avait été fendue et déversait de minuscules cristaux d'un blanc bleuté, presque transparent.

— Qu'est-ce que c'est ? s'enquit Kutch, perplexe.

— De la raje, répondit Caldason.

— Oui, de la putain de raje, confirma Serrah, suffoquant presque de colère. Et elle appartient à Zahgadiah.

Elle foudroya le pirate du regard.

— Que se passe-t-il, Darrok ? s'enquit Caldason.

— Rien qui mérite qu'on se mette dans des états pareils.

— Vraiment ? siffla Serrah d'un air menaçant. Tu peux m'expliquer ça ?

— Je ne nie pas que cette drogue m'appartienne. Ou plus exactement, qu'elle soit la propriété de l'île.

— Je savais que tu avais été un criminel dans le temps, mais je pensais que même ton amoralité avait des limites.

Darrok leva une main.

— Écoute-moi. Ça ne me plaît pas plus qu'à toi. Mais le fait est que j'en ai hérité. Elle faisait partie des commodités vendues avec l'île.

— Des commodités ? Cette saloperie a tué ma fille !

— Je sais, Serrah, et j'en suis désolé. Mais tu dois comprendre la nature de l'île de Diamant. Les gens payaient une fortune pour venir ici. En contrepartie, ils voulaient pouvoir s'adonner à tous les plaisirs qui les tentaient. Et la raje en faisait partie. Mais je n'en proposais jamais spontanément : il fallait qu'ils la demandent.

— C'est illégal !

— Pas ici. Les lois ordinaires ne se sont jamais appliquées à Batarriss parce que nous sommes toujours restés hors de la juridiction des empires. Les seules règles étaient celles que nous imposions nous-mêmes. Je suppose d'ailleurs que c'est la raison pour laquelle certains de nos clients réclamaient de la raje : l'attirance exercée par une chose interdite chez eux... La plupart en consommaient par simple curiosité.

— C'est comme ça que ça a commencé avec Eithne.

— C'était une enfant, Serrah, répliqua gentiment Darrok. Je te parle d'adultes, de gens assez matures pour prendre leurs propres décisions.

— La distinction est mince. Voire inexistante aux yeux de mes anciens employeurs de Gath Tampoor. Malgré leurs nombreuses fautes, ils n'avaient aucune tolérance pour les trafiquants de raje. Souviens-toi : combattre ces gens faisait partie de mon boulot.

— Sais-tu d'où vient la raje ?

— D'où elle vient ? Que veux-tu dire ?

— Ce n'est pas une substance naturelle, tu ne l'ignores sûrement pas. Les ingrédients qui la composent le sont, mais ils doivent être combinés et traités par la main de l'homme. Selon toi, qui a commencé à fabriquer de la raje, à l'origine ? L'un de vous le sait-il ? Reeth ?

— Je n'en ai pas la moindre idée.

— Moi non plus, ajouta gravement Kutch.

— Les gangs de hors-la-loi, répondit Serrah. Qui la vendent ensuite à de pauvres malheureux.

— J'ai jadis fait partie d'un gang de hors-la-loi, lui rappela Darrok. D'accord, en tant que pirates, nous n'avions guère de liens avec le trafic de drogues. Mais je sais que la raje n'est pas issue du milieu criminel.

— D'où, alors ? interrogea Caldason.

— D'un des empires.

— Quoi ? s'exclama Serrah.

— Certains disent que c'est Gath Tampoor, d'autres blâment Rintarah. Peut-être s'agit-il des deux – agissant indépendamment, bien sûr. J'imagine que nous ne le saurons jamais.

— Je ne comprends pas, avoua Kutch. Pourquoi quelqu'un inventerait-il une chose aussi horrible ?

— Pour s'en servir comme arme. Une munition secrète dans la guerre qui oppose les deux empires. La raje a été conçue pour affaiblir la population ennemie en encourageant la criminalité et la corruption des institutions, et en détournant vers ce fléau des ressources qui auraient pu être employées à des fins militaires.

— Mais c'est abominable ! protesta Serrah.

— Depuis quand la moralité est-elle le point fort des empires ? À sa façon perverse, c'était une idée brillante. Nul ne peut nier les dégâts qu'elle a causés. D'un autre côté, c'était stupide. Malgré toute leur ruse, les dirigeants impériaux n'avaient pas prévu que la raje échapperait à leur contrôle. Ils n'avaient pas anticipé qu'elle affecterait la vie de ceux qui les servaient. Ou celle de leurs propres enfants. Serrah, ce jeune homme dont tu as été accusée d'avoir causé la mort – comment s'appelait-il ?

— Chand Phosian, chuchota-t-elle. C'était le fils du Principal-Élu.

— Phosian, oui. Il a été tué par la raje, indirectement.

— Et c'est ça qui m'a fait ouvrir les yeux et qui m'a conduite jusqu'à la Résistance.

— Ironique, n'est-ce pas ?

— Si tu dis vrai, les empires sont également responsables de la mort d'Eithne. Ils l'ont tuée aussi sûrement que s'ils lui avaient plongé un couteau dans le cœur.

Darrok acquiesça.

— Si tu avais besoin d'une preuve supplémentaire que les empires sont maléfiques, la voilà. Peu importe que ce soit venu de Rintarah ou de Gath Tampoor.

— Comment sais-tu tout ceci ? demanda Caldason.

— Être hors-la-loi, c'est un peu comme vivre dans un autre monde. Tu vois et tu entends des choses auxquelles les gens ordinaires n'ont pas accès. Cette histoire sur les origines de la raje m'a été racontée plusieurs fois, par des personnes en qui j'avais confiance. J'ai même parlé à de vieux pirates qui affirmaient qu'au tout début, juste après l'apparition de la raje, des agents gouvernementaux leur en avaient offert comme marchandise de contrebande. Je n'avais aucune raison de mettre leur parole en doute.

— Elle n'a pas eu la moindre chance, murmura Serrah. (Ses yeux s'embuèrent.) C'est tellement addictif...

Caldason passa un bras autour de ses épaules.

— Il y a peut-être une explication à ça – au-delà de ses propriétés psychotropes intrinsèques, avança Darrok. Ça pourrait très bien n'être qu'un mythe, mais une rumeur prétend qu'un sort a été incorporé à la formule de la raje pour faire en sorte que ses consommateurs en veuillent toujours plus.

Caldason jeta un coup d'œil à Kutch. Le jeune homme détourna les yeux en rougissant.

— Quand j'ai découvert ce coffre, dit Serrah en le désignant, ça m'est revenu d'un coup. Eithne. Tout le reste. Et ce que tu viens de me dire ne me réconforte pas. Zahgadiah, il faut que tu te débarrasses de cette saloperie.

— Je ne peux pas, Serrah.

— Pourquoi ?

— Parce que nous aurons peut-être besoin de l'utiliser comme arme.

— De quoi parles-tu ?

— Tu connais les effets de la raje. Elle augmente la force, l'endurance et l'agressivité de ceux qui en prennent. Elle les change en… en bêtes féroces et sans peur. Du moins, pour un petit moment. J'ai entendu dire que certains membres de la Résistance bhealfane en avaient pris pendant les rafles. S'il ne nous reste pas d'autre recours, je pense qu'elle devrait être mise à la disposition de ceux qui en voudront.

— Si je dois mourir au combat, je préfère le faire avec les idées claires.

— Moi aussi. Mais je ne peux pas décider pour les autres. Et dans certaines circonstances, la raje pourrait faire basculer la situation en notre faveur.

— Alors, tu comptes faire quoi ? Une distribution générale ?

— Non. Comme je viens de te le dire, je la garde pour une situation vraiment désespérée. En cas de besoin, elle sera là. Avec le poison de ma réserve, pour ceux qui préféreraient ça.

— Tu peins un tableau très riant de nos perspectives d'avenir.

— J'essaie juste d'être réaliste.

— Ça craint, Zahgadiah. Je n'aime pas ça du tout.

— Le moment est mal choisi pour nous disputer entre nous, intervint Pallidea.

— Tu ne dis pas grand-chose, lâcha Caldason en grimaçant mais le peu que tu dis est généralement plein de bon sens.

— Oyez, oyez ! ajouta Darrok. Je suis navré que ça te bouleverse à ce point, Serrah, et je comprends tout à fait ta position. Mais le Conseil est d'accord. Alors, laissons tomber cette discussion pour le moment, tu veux bien ?

— Toi aussi tu es d'accord, Reeth ?

— Ce que nous pouvons penser, toi et moi, n'a pas beaucoup d'importance, Serrah. La décision a été prise.

— C'est tout ce que tu as à dire sur le sujet ?

— Les circonstances sont exceptionnelles. Tous les occupants de cette île sont peut-être condamnés à mourir dans les jours qui viennent. Qui sommes-nous pour leur imposer la façon dont ils affronteront leur fin ?

La jeune femme soupira.

— Tâchez au moins de garder cette saloperie hors de ma vue.

— Je la ferai déplacer, promit Darrok. Elle sera cachée. Et avec un peu de chance, nous n'en aurons jamais besoin.

— Je crois que nous avons des choses plus positives à dire à nos amis, n'est-ce pas, Zahgadiah ? lança Pallidea.

— En effet. Reeth et moi avons mis au point un plan pour délivrer Kinsel Rukanis.

— Comment allez-vous faire ? interrogea Kutch.

— Bonne question. Si vous le voulez bien, j'y répondrai en mangeant.

17

— Donc, tu penses que c'était la fusionnée à laquelle Reeth et Serrah avaient déjà eu affaire ? demanda Karr.

— Il ne doit pas y en avoir trente-six à Valdarr, fit remarquer Disgleirio. Mais ça m'a drôlement secoué, je peux vous le dire. Jamais je n'avais affronté un adversaire aussi fort, ni aussi doué. Et elle a tué un de nos meilleurs hommes, ce que je ne risque pas d'oublier de sitôt.

— Elle aidait la milice ?

— Dans le sens où elle attaquait les civils, oui. Mais je ne pense pas qu'elle travaille pour les autorités. Je dirais plutôt que c'est une indépendante.

— Ou une mercenaire. Du moins, c'est ce que pensait Reeth. Il la soupçonnait d'être à la solde des clans de paladins.

— Quelle que soit son allégeance, elle a fait de très gros dégâts aujourd'hui.

Goyter passa la tête à l'intérieur de la pièce. Elle arborait une expression déterminée familière aux deux hommes.

— Venez manger, vous deux. Je ne le répéterai pas.

Karr grimaça.

— On ferait mieux d'obéir. Le courroux d'une fusionnée n'est rien comparé à celui de ma chère administratrice.

Disgleirio ne put que sourire. Il savait que c'était au moins à moitié vrai.

Ils sortirent du minuscule bureau de Karr. L'ex-patricien marchait d'un pas raide, mais pour autant qu'il s'efforçât de dissimuler son handicap, il ne pouvait masquer la souffrance dans son regard. Disgleirio repoussa dans un coin de son esprit l'idée que la mort était inscrite sur les traits de leur chef à tous – et un de ses amis les plus chers.

Une alcôve spacieuse avait été convertie en salle à manger. Elle était encombrée par une demi-douzaine de bancs entre lesquels il était difficile de circuler. Mais à cette heure-ci, la plupart des gens avaient déjà fini de manger ; seule une poignée s'attardait encore devant leur écuelle. Karr et Disgleirio prirent place à une table inoccupée.

— Mais le plus étrange, reprit le guerrier lorsqu'ils se furent installés, c'était son pied. Je soupçonne qu'elle puisait du pouvoir directement à la grille. Avez-vous déjà entendu parler d'une chose pareille ?

— Oui. Bien que ce soit très rare. Je me souviens d'une histoire qui avait provoqué pas mal de remous, quand j'étais encore un tout jeune homme. Un membre mineur de la famille royale – un cousin du roi ou de la reine, je ne me souviens plus très bien – était tombé malade. Il dépérissait à vue d'œil, et les guérisseurs ne pouvaient rien faire pour lui. Quelqu'un a eu l'idée de lui rendre des forces en le reliant à la grille.

— Et ça a marché ?

— Pour un temps. Mais ça n'a fait que retarder l'inéluctable. C'est une histoire assez tragique, en fait.

— Le procédé doit être coûteux, non ?

— Oh, oui ! La fusionnée contre laquelle tu t'es battu doit être très riche, ou avoir des commanditaires qui le sont. Et accès aux compétences magiques nécessaires, de surcroît.

— J'aimerais bien que Phénix soit là pour lui poser la question.

Goyter arriva avec un plateau. Elle déposa de la nourriture, un broc et des gobelets devant eux. Karr la remercia d'un signe de tête.

— Où est Tanalvah ? lui demanda-t-il.

— Avec Teg et Lirrin. Je vais lui demander de vous rejoindre. Elle est encore sous le choc, la pauvre petite. Pourquoi faites-vous cette tête ?

Le patricien contemplait son écuelle avec dédain.

— Pour rien, soupira-t-il.

— Vous ne pouvez pas vous attendre à un festin de roi, Dulian, pas alors que vous devez faire attention à votre santé.

Goyter s'éloigna, son plateau sous le bras.

— Festin de roi, tu parles, grommela Karr. Je me contenterais d'un repas normal ! Mais non : que tu viennes d'arriver en ce monde ou que tu t'apprêtes à le quitter, la seule chose à laquelle tu as droit, c'est de la bouillie. On ne peut pas dire que ça donne envie de s'attarder. (Il jeta un coup d'œil à l'écuelle de son compagnon.) Cela dit, tu n'es pas tellement plus gâté.

Disgleirio faillit protester qu'il ne devait pas dire des choses pareilles, qu'il avait encore beaucoup de temps devant lui. Il se ravisa. Karr n'avait que faire de ces platitudes. Aussi se contenta-t-il de répliquer :

— Je suis déjà épaté qu'ils réussissent à nous servir quelque chose de comestible.

— Oui, les économes et les cuisiniers font des miracles. Je deviens vraiment un vieux grincheux, Quinn.

— Vous êtes encore supportable.

Karr goûta une cuillerée de bouillie et grimaça.

— Parle-moi du message qu'on t'a remis.

Disgleirio posa son gobelet.

— Je l'ai là.

Il sortit le morceau de papier et le tendit au vieil homme. Celui-ci plissa les yeux.

— Mmmh... Rien de vraiment nouveau. Ce n'est pas un secret que l'île de Diamant va sans doute être attaquée, ni que nos positions ici sont plus vulnérables que jamais.

— Oui, mais pourquoi quelqu'un se donnerait-il la peine de nous le confirmer à moins d'avoir des informations de première main ? La personne qui m'a glissé ça dans la poche a pris beaucoup de risques pour le faire. Je suppose donc qu'on peut avoir confiance en elle. Quant à savoir qui elle est et pourquoi elle a agi ainsi... Mystère.

— Nous avons encore des partisans, parmi lesquels des gens qui souhaitent nous aider sans trop s'exposer.

— Combien d'entre eux savent que j'appartiens à la Résistance ?

— Bonne remarque. Mais c'était facile de le déduire dans la mesure où tu défendais des insurgés contre la milice. Néanmoins, je suis d'avis que nous pouvons croire ce message. (Karr rendit le papier à Disgleirio.) Je vais faire avertir chacune de nos cellules.

— Et si l'auteur du message parlait d'une descente ici, dans les catacombes ?

— Je pars du principe que si fiables que soient ses informations, il ne connaît pas l'emplacement de notre quartier général. Le secret a été trop bien gardé.

— N'est-ce pas ce que nous disions déjà avant la Grande Trahison ?

— Je ne suis pas en train de pécher par excès d'optimisme, Quinn. Bien entendu, je vais ordonner un renforcement de la sécurité. Mais la vérité, c'est que déménager encore une fois perturberait trop notre organisation – surtout alors que nous sommes si proches de mettre notre nouveau plan à exécution.

— On devrait presser le mouvement.

— Je ne suis pas sûr que ce soit possible. Les nôtres se dépensent déjà sans compter ; ils sont à bout de forces. Ce serait peut-être différent si nous étions plus nombreux.

— Dans ce cas, pourquoi ne pas faire passer le message à ceux de l'île de Diamant ?

— Nous essaierons, mais tu sais combien il est difficile de leur transmettre quoi que ce soit. Si les autorités n'annulent pas déjà les glamours messagers, elles ne tarderont plus à le faire. Et puis, les insulaires ne sont pas stupides. Ils n'ont pas besoin de nous pour leur dire qu'ils sont incroyablement vulnérables.

Tanalvah apparut. Elle marchait en traînant les pieds et en se dandinant à la manière de toutes les femmes sur le point d'accoucher. Elle semblait vidée. Disgleirio se leva et lui tira une chaise.

— Où sont les enfants ? s'enquit Karr.

— Ils dorment, répondit Tanalvah en poussant un soupir las. Qui est incroyablement vulnérable ?

— Nous parlions de l'île de Diamant et de ses occupants, expliqua Disgleirio.

— Mais nous nous bornions à énoncer une évidence, je le crains, ajouta Karr. N'importe qui peut voir qu'ils sont dans une position très périlleuse.

— Au moins, ils n'ont pas de traître parmi eux, marmonna Disgleirio avant d'ajouter sur un ton lugubre : Pour ce que nous en savons.

Tanalvah s'empourpra. Elle était certaine que les deux hommes la dévisageaient.

Puis Goyter arriva avec son repas et la bombarda de petites attentions. La jeune femme pria pour que cette diversion suffise à faire dévier la conversation.

— Nous sommes tous extrêmement amers au sujet de la Trahison, Quinn, déclara Karr. Mais nous devons tourner la page. C'est de l'histoire ancienne.

— Pas si le traître est toujours parmi nous.

Le cœur de Tanalvah se serra à nouveau.

— S'il l'était, il aurait sûrement fait d'autres révélations qui auraient conduit à notre anéantissement, fit valoir Karr.

— Peut-être n'attend-il qu'un moment opportun, répliqua Disgleirio.

— Le plus logique eût été de nous achever pendant que nous étions faibles et désorganisés. Ce qui ne s'est pas produit. Pour moi, ça signifie que le responsable a fui ou péri.

— Vous ne démordez pas de votre théorie, pas vrai, Dulian ?

— Oui. Beaucoup de choses portent à croire que c'était Kayne.

Tanalvah leva les yeux.

— Qui ?

— Mijar Kayne, répondit Disgleirio. Dulian parle d'un incident dont la Fraternité de la Juste Lame n'est pas particulièrement fière. Kayne était un frère renégat. Il s'est enrichi en faisant payer notre protection à des gens que nous étions tenus de défendre de toute manière. En outre, nous pensons qu'il a vendu des renseignements de faible importance aux autorités.

— Que lui est-il arrivé ?

— Quelque chose qui ne s'est produit que très rarement dans l'histoire de la Fraternité : il a été renvoyé. Puis, durant le massacre qui a suivi la Grande Trahison, il s'est fait tuer au cours d'une rixe avec des paladins. Alors qu'il était en train de piller des maisons. Nous étions nous-mêmes en train de le chercher. Ça s'est joué à un cheveu pour savoir qui l'embrocherait le premier.

— Et c'est pourquoi il n'y a pas eu d'autres fuites depuis, affirma Karr. Un homme mort peut difficilement s'adonner à la perfidie.

— Kayne était cupide et malhonnête, concéda Disgleirio, mais la criminalité en col blanc n'a pas grand-chose à voir avec une trahison de cette ampleur. Je ne pense pas que c'était lui.

Karr dévisagea Tanalvah.

— Vous n'avez pas touché à votre assiette, ma chère.

— Je n'ai pas faim.

— Il faut pourtant que vous mangiez pour reprendre des forces.

— Je sais.

Mais elle ne fit pas mine de saisir sa cuillère.

— Il est vrai que cette conversation aurait de quoi couper l'appétit à n'importe qui – surtout une femme dans votre état. Pardonnez-nous.

— Non, je vous en prie. Je... Ça m'intéresse.

— Dans ce cas... Nous avons reçu des nouvelles qui vous rasséréneront quelque peu. Nos préparatifs de départ sont presque achevés. Je ne dis pas qu'il sera facile d'atteindre l'île de Diamant, mais nous avons un plan qui...

— Tout le monde s'en va ?

— Non. Malheureusement, nous avons dû procéder à une sélection. Mais ceux qui resteront n'avaient pas l'intention de se rendre sur Batarriss en premier lieu. Ou ils se sont portés volontaires dans l'espoir qu'une fois le calme revenu, ils auront l'occasion de nous rejoindre.

— Combien de personnes partent avec vous ?

— Autant que notre navire pourra en contenir. Peut-être deux cents, selon le type de bâtiment. Mais nous ferons de notre mieux pour vous rendre le voyage confortable, et…

— Vous voulez que je vous accompagne ?

— Bien entendu.

— Je ne peux pas.

— Nous comprenons que tu sois inquiète pour ta sécurité et pour celle des enfants, intervint Disgleirio. Mais nous ferons tout notre possible pour vous protéger.

— Je ne peux pas, répéta Tanalvah.

— Je sais que ça doit vous paraître insensé de vouloir vous emmener dans un endroit si dangereux, ajouta Karr. Mais nous avons des raisons de croire que la situation va bientôt empirer ici. Sur l'île, au moins, vous serez avec des amis.

— Ce n'est pas ça. Je ne souhaite pas y aller.

Les deux hommes étaient confondus, et ça se voyait.

— Je ne voudrais pas avoir l'air ingrate, dit Tanalvah en se tordant les mains, mais je ne peux pas partir.

Disgleirio fut le premier à se ressaisir.

— Pourquoi ?

— Si… Quand Kinsel reviendra, il me cherchera ici, à Bhealfa.

— Tan…

— Je sais ce que tu vas dire et je m'en fiche. J'ai placé ma confiance en Iparrater. La déesse le protégera et me le ramènera.

— Votre foi est admirable, dit gentiment Karr, et elle vous donne une grande force. Mais soyez réaliste. Il se peut que Kinsel ne…

Tanalvah se leva maladroitement, renversant un verre. Elle repoussa la main que Disgleirio tendait pour l'aider.

— Kinsel viendra me chercher ici, à Bhealfa, répéta-t-elle obstinément. Si je n'y suis pas, comment me retrouvera-t-il ?

Sur ce, elle s'éloigna.

Disgleirio voulut la rattraper, mais Karr lui saisit le bras.

— Laisse-la, conseilla-t-il. Elle a besoin de temps.
— Pour quoi ?
— Pour accepter le fait qu'elle ne reverra jamais Kinsel.

Kinsel Rukanis ne parvenait pas à trouver le sommeil.

Cela n'avait rien de très inhabituel. Depuis sa condamnation, il n'avait pas dormi plus de quelques heures d'affilée, mais il espérait que cette nuit-là serait différente. Par quelque obscur caprice, Vance l'avait fait remonter du coin crasseux qu'il occupait à fond de cale et lui avait attribué une cabine. Certes, la porte était verrouillée et gardée, et il ne pouvait guère s'éloigner de la couchette à laquelle il était enchaîné par la cheville. Mais ses nouveaux quartiers étaient rien de moins que luxueux comparés à ce qu'il avait connu ces derniers mois. Pourtant, malgré sa fatigue, le sommeil s'obstinait à le fuir.

Ses émotions ne cessaient de le surprendre. Pourquoi s'attendre à dormir, dans sa situation ? Pourquoi supposer qu'il retrouverait le sommeil un jour ? Ou qu'il vivrait assez longtemps pour ça, d'ailleurs. Il commençait à se sentir égoïste de vouloir quelque chose d'aussi naturel que dormir.

Tout semblait dix fois pire au milieu de la nuit. Non que les choses fussent vraiment riantes en plein jour, mais l'obscurité annihilait toutes les défenses de Kinsel. Elle rendait son cœur plus fragile, ses peurs plus oppressantes. C'était toujours elle qui permettait au désespoir de triompher, qui parait de séduction ses envies suicidaires.

La cabine dans laquelle il se trouvait ne risquait pas de le réconforter. D'une austérité presque lugubre, elle ne contenait pas grand-chose d'autre qu'une couchette fixée au sol. La seule lumière provenait de la lune aux trois quarts pleine, dont le maigre rayonnement entrait par un hublot minuscule.

Tout était silencieux. Kinsel n'entendait que le craquement du galion à l'ancre et les allées et venues du garde posté dehors. De deux choses l'une : ou bien l'homme prenait son devoir très au sérieux, ou bien il faisait les cent pas pour se réchauffer. Dans un cas comme dans l'autre, le martèlement régulier de ses lourdes bottes avait quelque chose d'hypnotique.

Allongé sur le dos, Kinsel fixait les poutres du plafond bas en s'efforçant de ne pas réfléchir. Il compta les chocs sourds à l'extérieur de sa porte. En huit pas, le garde atteignait la limite de son territoire. Il marquait une pause, faisait demi-tour et repartait en sens inverse. Le rythme de sa marche n'avait rien de réconfortant ni d'apaisant ;

néanmoins, il rassérénait quelque peu Kinsel. Peut-être parce qu'il constituait un lien ténu avec un autre être humain, fût-il dénué de bonnes intentions à son égard. Aussi le chanteur écoutait-il en comptant et en essayant de faire le vide dans sa tête.

Un... Deux... Trois... Quatre... Cinq... Six... Sept... Huit. Pause. Raclement de semelles. Un... Deux... Trois... Quatre... Cinq... Six... Sept... Huit.

Durant un laps de temps indéfini, Kinsel demeura ainsi éveillé, incapable de s'endormir mais bercé par les pas de l'inconnu qui marchait dehors.

Un... Deux... Trois... Quatre... Cinq... Six... Sept... Huit. Pause. Raclement de semelles. Un... Deux... Trois... Quatre... Cinq...

Il reçut la brusque interruption comme une gifle en pleine figure. Un affront envers sa réalité. Il fut si surpris qu'il se redressa instinctivement.

Il y eut d'autres bruits. Un choc étouffé. Un gargouillis. Puis l'impact de quelque chose de lourd sur le pont, suivi par un vacarme plus lointain – des hommes qui couraient et criaient, le tintement métallique de l'acier. Kinsel remonta ses genoux et les serra contre sa poitrine en un geste protecteur qui tendit sa chaîne au maximum.

Une secousse ébranla la porte de la cabine. Quelqu'un remua la poignée, puis se mit à marteler le battant. Ignorant s'il était sage de se manifester, Kinsel garda le silence et tira vainement sur sa chaîne.

Le martèlement céda la place à un autre type d'assaut. Ce n'était plus à coups de poing, mais à l'aide d'un objet métallique qu'on attaquait le bois. La porte tressauta dans son chambranle, et avec un grand craquement, la lame d'une hache traversa le battant. D'autres coups suivirent, projetant de gros éclats à travers la pièce minuscule. Kinsel rentra la tête dans les épaules.

La porte céda. Elle s'ouvrit à la volée, alla heurter violemment le mur et se referma à demi. Quelqu'un fit irruption dans la cabine. La pénombre masquait ses traits, mais un rayon de lune frappait la hache de bataille qu'il tenait à la main, faisant étinceler les deux lames.

— Kinsel ?

Kinsel crut reconnaître cette voix. Mais n'osant se fier à ses sens, il ne pipa mot.

— Kinsel ?

L'homme à la hache s'avança dans la maigre lumière dispensée par le hublot, révélant son visage.

Kinsel n'en crut pas ses yeux. Il voulut parler, mais seul un croassement sortit de sa bouche. Prenant une inspiration saccadée, il réessaya.

— Reeth ? souffla-t-il.

Caldason le surplombait de toute sa hauteur.

— Tu n'as pas été facile à trouver, lui reprocha-t-il gentiment.

— Reeth ? répéta Kinsel, bouche bée. C'est vraiment toi, ou je suis en train de rêver ?

— Non, tu ne rêves pas. Mais la situation va tourner au cauchemar si on ne t'évacue pas rapidement de ce bateau.

— Comment avez-vous… ?

— Plus tard, les questions, d'accord ? (Caldason avisa la silhouette décharnée et les joues creuses du chanteur autrefois grassouillet.) Dis donc, tu as morflé.

— Ça se voit tant que ça ?

Les yeux de Kinsel s'emplirent de larmes. Il se mit à trembler.

Caldason lui posa une main sur l'épaule et serra.

— Du calme. Tout va bien se passer. Je vais te sortir d'ici. Tu peux marcher ?

— Oui. Enfin…

Kinsel désigna sa chaîne.

Le Qalochien s'écarta de la couchette. Il leva sa hache et l'abattit sur le pied en bois. La lame sectionna celui-ci du premier coup, et Caldason saisit la boucle du bracelet de cheville de Kinsel et tira la chaîne.

— On t'enlèvera ça plus tard. Debout.

Il aida le chanteur à se lever.

Dehors, le vacarme se fit plus frénétique encore.

Kinsel se frotta les yeux du dos de la main. Il semblait hébété.

— Tu n'es pas seul ?

— Non. Mais nous sommes loin d'être aussi nombreux que les hommes de Vance. (À la mention du pirate, Kinsel se raidit.) Nous n'avons pas trop de chemin à faire. Tu y arriveras ?

— Je me débrouillerai.

— Bien. Allons-y.

Caldason voulut prendre le bras du chanteur.

— Inutile. Je peux y arriver seul. Je t'assure.

— Vraiment ?

— Contente-toi de me guider. (Kinsel prit une profonde inspiration.) Reeth…

— Oui ?

— Tanalvah. Et les enfants. Comment... ?

— Ils vont bien. (Caldason n'avait aucun moyen de le savoir, mais un mensonge bien intentionné lui semblait de rigueur.) Ne t'inquiète pas pour eux. Concentre-toi juste sur ce que je te demande de faire, d'accord ?

Il vérifia que la voie était libre et entraîna Kinsel dehors. La cabine donnait directement sur le pont balayé par un vent glacial. Kinsel frissonna. Caldason défit sa cape et la drapa autour des épaules du chanteur. Celui-ci ne protesta pas.

Le corps du garde était affalé contre le mur dans une mare de sang qui s'élargissait. Kinsel le fixa un instant, mais ne dit rien.

— Continue à avancer, le pressa Caldason.

Kinsel vacillait comme quelqu'un qui est resté trop longtemps prisonnier d'un espace exigu – ce qui n'était pas si éloigné de la vérité.

Alors qu'ils se dirigeaient vers le pont principal, les deux amis aperçurent quelques hommes et, derrière eux, un groupe plus important qui se battait contre les pirates.

— Ils sont des nôtres, dit Caldason en faisant signe aux hommes les plus proches.

Deux d'entre eux le rejoignirent en trottinant.

— Où est Darrok ? leur demanda-t-il.

— Au milieu du navire.

— Kinsel, je veux que tu ailles avec ces hommes.

— Mais, Reeth...

— Tu peux leur faire confiance. Ils te conduiront à un bateau que nous avons amarré contre la coque du galion. Fais ce qu'ils te disent. Ils te protégeront.

— Et toi ?

— Je vous rejoindrai très vite.

— Pourquoi pas maintenant ?

— J'ai quelque chose à faire d'abord. Écoute, nous n'avons pas le temps de discuter, d'accord ? Tout ira bien. (Caldason reporta son attention sur les deux hommes.) Prenez bien soin de lui.

Les hommes acquiescèrent et, d'un signe de tête, invitèrent Kinsel à les suivre vers la poupe. Le chanteur obtempéra.

Caldason les regarda s'éloigner, puis tourna les talons et s'élança. Arrivé au bout de la rangée de cabines, il s'arrêta net.

Deux pirates musclés venaient de franchir le coin devant lui. Ils étaient armés jusqu'aux dents et prêts à en découdre. À l'instant où ils aperçurent le Qalochien, ils chargèrent.

Caldason aurait préféré les affronter avec ses épées. Mais celles-ci étaient dans leur fourreau. Il n'avait pas le choix : il devait utiliser sa hache. Il eut juste le temps de la lever avant que le premier pirate arrive au contact. Ses deux adversaires firent une embardée et s'arrêtèrent hors de portée de l'arme. Ils attendirent que la hache atteigne son point culminant et s'avancèrent à l'intérieur de la garde de Caldason, forçant ce dernier à reculer. Il se ressaisit instantanément et baissa sa hache pour les maintenir à distance.

Les pirates s'écartèrent pour tenter de prendre Caldason en tenailles. Le Qalochien enchaîna les parades à droite et à gauche, ses muscles regimbant sous le poids d'une arme bien plus lourde que ce à quoi il était habitué.

Comme la colère submergeait ses adversaires, le combat se fit plus acharné.

La frustration est mère de négligence. Un des pirates s'approcha plus qu'il n'était raisonnable. Caldason dévia son arme d'un coup brutal et enchaîna avec un balayage qui déséquilibra son assaillant. Puis il lui abattit sa hache sur la tête, lui fendant le crâne. Une marionnette aux fils brusquement sectionnés ne se serait pas effondrée plus vite.

Choqué par le sort de son camarade, le second pirate s'écarta d'un bond. Mais la rage eut raison de sa prudence, et il fit mine de charger à nouveau. Caldason ramena sa hache par-dessus son épaule et la projeta de toutes ses forces. L'arme tournoya dans les airs, dessinant un anneau de bois et d'acier, et alla se planter dans la poitrine de l'homme. L'impact fut si violent que son cadavre culbuta en arrière.

Caldason regarda derrière lui. Quelqu'un aidait Kinsel à enjamber le bastingage. Abandonnant sa hache dans le corps de sa dernière victime, le Qalochien dégaina une épée et poursuivit son chemin.

Le groupe d'insulaires qu'il rejoignit au milieu du navire avait déjà vaincu ses adversaires. Les corps d'une dizaine de pirates gisaient autour d'eux. Caldason était sur le point de s'enquérir de Darrok lorsque le disque volant de celui-ci piqua vers le pont.

— Tu l'as trouvé ? s'enquit l'infirme.

— Oui.

— Et… ?

— Il est vivant mais en sale état. (Caldason indiqua les cadavres.) J'imagine qu'il n'y avait pas que ceux-ci ?

—Nous avons eu un coup de chance. Regarde par là. (Darrok désigna une large grille sertie dans le pont, un peu plus loin.) Mais, à ta place, je ne m'approcherais pas trop.

Caldason trottina jusqu'à la grille et vit que celle-ci avait été bloquée à l'aide d'une chaîne et d'un énorme cadenas. Un vacarme diffus filtrait par les interstices. Lorsque le Qalochien se pencha pour regarder, un rugissement monta à sa rencontre, et des pointes de coutelas jaillirent entre les barreaux. Il battit en retraite, mais non sans avoir eu le temps d'apercevoir plusieurs dizaines de pirates en contrebas.

Le disque de Darrok glissa jusqu'à lui.

—La plupart d'entre eux dormaient dans la cale quand nous sommes montés à bord, et nous avons réussi à les y maintenir. Mais je crains que ça ne dure plus très longtemps.

Comme pour ponctuer cette déclaration, des coups déterminés ébranlèrent la grille.

—Et le reste du bateau ?

—Nettoyé. À l'exception de la timonerie.

—C'est là que se trouve la cabine de Vance ?

—Sur le pont inférieur, oui. Du moins, c'est là qu'elle se trouvait dans le temps, et les déserteurs m'ont confirmé que ça n'avait pas changé. J'ai placé des sentinelles autour, mais nous n'avons pas encore essayé d'entrer.

—Alors, il est temps de nous y mettre. Occupons-nous de Vance et fichons le camp d'ici.

—J'attends ce moment depuis une éternité, Reeth.

Darrok hurla aux insulaires qui attendaient sur le pont de se tenir prêts à évacuer le navire. Beaucoup eurent l'air contrariés par cet ordre.

Ils se dirigèrent vers la timonerie, Caldason marchant à côté du disque volant.

—Pourquoi tes hommes font-ils cette tête ?

—Certains voulaient achever les prisonniers, révéla Darrok. Ils pensent que nous perdons une occasion de nous débarrasser d'eux une bonne fois pour toutes.

—Ils n'ont peut-être pas tort.

—Je ne peux me résoudre à faire massacrer des hommes dans ce genre de situation.

—Après ce qu'ils t'ont fait ? s'étonna Caldason.

Darrok lui jeta un regard noir.

—Oh, ne t'y méprends pas : je les hais ! Mais il y a une différence entre vaincre un adversaire en combat à la loyale et embrocher des poissons dans un seau.

— En effet. Je ne trouve pas ça particulièrement honorable non plus. Mais je le ferais si j'y étais obligé.

— Il faudrait vraiment que je n'aie pas d'autre solution. En revanche, je n'ai aucun scrupule concernant Vance. Et puis, ça équivaudra à couper la tête du serpent. Sans lui, l'alliance pirate se désagrégera.

Ils atteignirent la timonerie située à la poupe. Des insulaires occupaient déjà le pont supérieur.

— Nous y sommes, annonça Darrok en indiquant une porte solitaire sur la passerelle.

— Ton disque ne passera jamais, fit remarquer Caldason.

— Si, à condition de l'incliner. Ne me regarde pas comme ça. Même si je dois tomber sur le cul, j'entrerai. J'attends cette occasion depuis trop longtemps.

— D'accord. Mais commençons par enfoncer la porte. Ne t'inquiète pas, tu as la priorité pour Vance. Au fait, qu'as-tu l'intention de lui faire ?

— Je suis assez tenté de l'égorger sans autre forme de procès, dit Darrok en grimaçant. Mais non. Je vais lui lancer un défi. Il pourra m'affronter en combat singulier.

— Et s'il refuse ?

— S'il se rend compte qu'il n'a pas le choix, il acceptera. Je lui dirai que tu le laisseras partir s'il gagne.

— Tu crois vraiment que je le ferai ?

— La décision t'appartiendra. Je ne serai plus en état de m'en soucier.

— Merci beaucoup, dit sèchement Caldason. Attends. (Il fit signe à deux des hommes qui gardaient les abords de la timonerie.) Nous devons entrer, leur expliqua-t-il en désignant la porte. Vous pourriez improviser un bélier ? Parfait. Et appelez d'autres gars pour vous aider à le manier. Exécution !

Les deux hommes partirent en courant.

— Ça va être un drôle de combat, non ? lança Caldason. Le truc sur lequel tu te trimballes te donne un sacré avantage.

— Tu trouves vraiment que ne pas avoir de jambes, c'est un avantage dans un duel ? répliqua Darrok. Je m'en fous. Je veux juste régler son compte à cette enflure. Et puis, vu la dette qu'il a envers moi, je peux bien m'octroyer un petit avantage.

— C'est toi qui vois.

Des bruits de hache parvinrent à leurs oreilles.

— Évidemment, Vance n'est peut-être pas tout seul là-dedans, ajouta Caldason.

— Nous sommes capables de gérer, répondit Darrok sur un ton désinvolte. Qu'est-ce qu'ils fabriquent avec leur foutu bélier ?

— Ils arrivent.

Six ou sept hommes titubants apparurent, portant entre eux un solide espar.

— Qu'est-ce que c'est ? interrogea Caldason.

— Nous avons trouvé un mât endommagé dans la réserve de bois, près de la proue, expliqua un grand gaillard. Ça devrait faire l'affaire.

Ses camarades et lui se positionnèrent face à la porte.

— Tu es certain qu'il n'y a pas d'autre issue ? demanda Caldason.

Darrok secoua la tête.

— Juste un hublot pas plus large que la tête de Vance. Je paierais cher pour le voir essayer de s'enfuir par là.

— Alors, tiens-toi prêt.

Caldason donna le signal. Les insulaires chargèrent. L'impact fut assourdissant, mais la porte demeura fermée.

— Encore ! rugit Darrok.

Le bélier s'écrasa une seconde fois sur le battant – sans plus de succès. Les insulaires n'attendirent pas qu'on leur donne l'ordre de réitérer l'assaut, et le troisième impact fit voler la porte en éclats. Caldason s'élança par l'ouverture, l'épée brandie devant lui et les insulaires sur les talons.

La cabine était grande et chichement éclairée – mais assez pour que Caldason voie qu'elle semblait déserte.

Un splendide lit en bois sculpté se dressait contre un mur. Ses draps de soie brochée dessinaient les contours d'une silhouette. Caldason s'en approcha prudemment et les arracha d'un geste vif.

— Dégagez !

Darrok manœuvra son disque volant pour franchir la porte. En l'inclinant selon un angle périlleux, il parvint à passer de justesse.

— Alors ? demanda-t-il en rejoignant Caldason.

— Il n'y a que ça.

Les draps rabattus révélaient deux sacs à farine bourrés de paille.

— Et merde, murmura Darrok, effondré.

— Apparemment, nos informations n'étaient pas de la dernière fraîcheur.

— J'aurais dû me douter qu'il ne se laisserait pas prendre aussi facilement.

— Nous aurons d'autres occasions, promit Caldason.

— Mais je m'étais si bien conditionné ! se lamenta Darrok. J'étais prêt à lui rendre enfin la monnaie de sa pièce, tu comprends ?

— Tu auras ta revanche. Pour le moment, il faut partir.

Ils remontèrent sur le pont principal.

Darrok saisit une sacoche en tissu remplie de la poudre couleur de rouille qu'on appelait « sang de dragon ». Il la déposa, ouverte, à la base du plus gros des trois mâts. Puis il attacha une bouteille d'eau en argile au dessus, goulot bouché orienté vers le bas.

— Ça va suffire à couler ce galion ? demanda Caldason, sceptique.

— Non. Il n'y en a pas assez pour ça. Mais ça créera une diversion utile. (Darrok sortit une petite fiole en caoutchouc de sa poche.) Du vitriol, expliqua-t-il. Quelques gouttes sur le bouchon de la bouteille suffiront à le grignoter en une minute, peut-être moins. Alors, l'eau se déversera sur la poudre et… boum !

— Et eux ?

Caldason désigna la grille, sous laquelle les pirates prisonniers continuaient à s'agiter bruyamment.

— Je suppose qu'il faut leur laisser une chance, pas vrai ?

— En d'autres circonstances, je tuerais sans remords n'importe lequel d'entre eux.

— Je considère ça comme un oui, grimaça Darrok. Pendant que je m'occupe de ça, peux-tu… ?

— D'accord. Mais assure-toi d'abord que nos gars sont en sécurité, recommanda Caldason.

Darrok rugit l'ordre d'évacuer, et ses hommes s'élancèrent vers le bastingage.

— J'attendrai que tu sois à la grille. Mais ensuite, il ne faudra pas traîner, Reeth. La vitesse d'action du vitriol est imprévisible.

— Pigé, acquiesça Caldason.

— Tu auras besoin de ça. (Darrok lui tendit une grosse clé métallique.) Et barre-toi dès que tu auras ouvert le cadenas. Les pirates risquent de ne pas être d'humeur excessivement joviale quand tu les libéreras.

— Tâche juste de ne rien faire avant que je sois prêt.

Caldason rengaina son épée et s'éloigna en trottinant.

Darrok suivit son ami des yeux jusqu'à ce qu'il ait atteint la grille. Puis il vérifia qu'il ne restait plus aucun de leurs camarades à bord et déboucha prudemment la fiole.

À quatre pattes sur le pont, Caldason s'efforçait de saisir la chaîne tout en évitant les coutelas qui jaillissaient entre les barreaux de la grille. Il parvint à attraper le cadenas et y introduisit la clé. Du coin de l'œil, il aperçut un mouvement brusque comme le disque de Darrok décollait en direction du large. Il fit tourner la clé dans la serrure et dégagea la chaîne de l'anse du cadenas. Puis il se releva et s'élança.

Derrière lui, la grille s'ouvrit à la volée, et un torrent de pirates hurlants se déversa sur le pont. Tandis que Caldason courait vers le bastingage, une flèche siffla au-dessus de sa tête. Une autre le manqua de quelques millimètres à peine. Un tonnerre de bruits de bottes lui signala que les pirates s'étaient lancés à sa poursuite. Le bastingage était juste devant lui. Il bondit, l'effleura avec ses talons et passa par-dessus bord.

Il y eut une chute qui lui parut interminable, suivie par l'impact de l'eau glaciale et par quelques secondes de confusion vertigineuse.

Puis des mains l'empoignèrent et le hissèrent à bord d'une grosse barque – un ancien baleinier avec de la place pour vingt rameurs. Quelqu'un lui drapa une couverture sur les épaules et le guida vers un banc vide. Kinsel était déjà assis là, pareillement emmitouflé et l'air hébété.

Des flèches s'abattirent en pluie sur le bateau. La plupart s'abîmèrent dans les flots ; quelques-unes se fichèrent dans le bois. L'une d'elles se planta dans la cuisse d'un rameur, ce que voyant, plusieurs insulaires empoignèrent des arcs et se mirent à riposter.

Le disque de Darrok piqua vers le galion, éparpillant les pirates et offrant au baleinier un moment de répit pour s'échapper. Le capitaine Rad Cheross se tenait à la proue. Sur la poupe et les flancs du bateau se détachaient plusieurs rangées d'épais tubes métalliques à l'extrémité avant scellée. Cheross s'assit près d'une de ces valves de fortune.

— J'espère que votre ami Phénix avait raison, cria-t-il à Caldason. Rames en l'air ! Accrochez-vous !

Il tourna la valve.

De l'eau de mer envahit le tube, rencontrant le sang de dragon tassé à l'intérieur. Une violente secousse parcourut le baleinier. L'espace d'une seconde infinie, tous ses occupants s'attendirent à exploser en mille morceaux sanguinolents. Au lieu de ça, le bateau bondit en avant, les tubes crachant des langues de flammes.

Le baleinier filait à toute allure, le nez dressé au-dessus de l'eau, si bien que la gravité plaquait ses passagers en arrière. À la proue, Cheross luttait pour maintenir le cap.

Une explosion résonna derrière eux. Une boule de feu s'éleva du navire pirate. Le mât central flambait. Des hommes paniqués couraient dans tous les sens sur le pont.

Les occupants du baleinier poussèrent des vivats étranglés par la vitesse. Puis le disque de Darrok apparut au-dessus d'eux et régla son allure sur la leur. Au loin, l'île de Diamant se découpait contre le velours bleu marine de la nuit.

Le baleinier continuait à filer comme une flèche. Malgré le vent qui le giflait et l'écume glaciale qui l'éclaboussait – ou peut-être à cause de cela –, Caldason éprouvait une étrange exultation. Et il n'était pas le seul. Grimaçant, il se tourna vers son compagnon.

Kinsel sanglotait.

18

L'une des ailes de la citadelle faisait office d'infirmerie. Mais par égard pour son état, Kinsel se vit attribuer une chambre individuelle non loin de là.

— Je n'ai vu ton ami qu'une seule fois auparavant, dit Darrok à Caldason tandis que tous deux attendaient dans le couloir. À ce concert que j'ai mentionné. C'était il y a des années ; donc, je suis mal placé pour comparer. Mais il me semble n'être plus que l'ombre de lui-même.

— Tu as raison. J'espère juste que les événements des derniers mois n'auront laissé de marques que sur son corps.

— Il devrait remercier le ciel d'être sorti vivant des griffes de Vance. Cela seul constitue un exploit.

— Et tu es bien placé pour le savoir, fit remarquer Caldason.

— Une autre chose que je sais, c'est que Vance va vouloir se venger pour ce que nous venons de lui faire. Il doit écumer de rage.

— Rien de très nouveau, donc.

— Et j'ai laissé passer ma chance de lui rendre la monnaie de sa pièce. Je ne m'en remets pas.

Le disque volant de Darrok oscillait comme pour refléter l'agitation de son chevaucheur.

— Vu la tournure que prend la situation, tu auras sûrement une autre occasion dans un avenir proche.

— À supposer qu'une flotte impériale ne débarque pas avant.

— Ça résoudrait le problème pour de bon, pas vrai ? grimaça Caldason.

— Mais pas de la façon que j'espère. (Darrok jeta un coup d'œil par la fenêtre qui leur faisait face. Une aube rose se levait.) Pourrons-nous tenir si l'un des empires décide de nous attaquer ? se demanda-t-il à voix haute.

— Oh, ils nous attaqueront, tu peux en être sûr ! ironisa Caldason. Quant à savoir si nous pourrons résister… Ça dépendra probablement de la Source, et nous avons déjà eu cette conversation des dizaines de fois.

— Oublie la Source. Sans vouloir faire mon pessimiste, on ne peut pas compter sur le fait que tu la trouveras. Et on n'a aucune chance de repousser une invasion par la seule force des armes, pas vrai ?

— Je crois que tu connais la réponse à cette question. Au mieux, on pourrait retarder l'échéance.

Darrok soupira.

— J'aurais aimé que tu répondes autre chose.

Une porte claqua, et un bruit de course se fit entendre. Kutch et Pallidea déboulèrent dans le couloir.

— C'est vrai ? s'écria Kutch, haletant, en s'arrêtant près des deux hommes. Vous avez sauvé Kinsel ?

— On l'a ramené avec nous, oui, confirma Caldason.

— Génial ! Comment va-t-il ?

— Les derniers mois ont été très difficiles pour lui. Il en gardera probablement des séquelles.

— Il n'est pas mutilé ou en train d'agoniser, n'est-ce pas ?

— Non. Mais il est très affaibli, mentalement aussi bien que physiquement.

— Il va s'en remettre ? interrogea Pallidea.

Avant que quiconque puisse répondre, la porte de la chambre de Kinsel s'ouvrit, livrant passage à deux personnes.

— Comment va-t-il ? s'enquit Darrok.

— Il est sous-alimenté, anémié et dépressif, répondit Serrah. Comme on pouvait s'y attendre.

— Et très agité, ajouta Phénix. Je viens de lui administrer un puissant soporifique. Il va dormir pendant un moment.

— Nous n'avons pas réussi à lui soutirer grand-chose pendant le trajet du retour. S'est-il montré plus bavard avec vous ? demanda Caldason.

Serrah fit la moue.

— Ses propos sont confus. Il a l'air totalement déboussolé. Mais c'est assez compréhensible. N'oublions pas qu'il s'est passé beaucoup de choses depuis que nous avons été séparés – de son côté, mais aussi du nôtre. Nous lui avons résumé la migration, et c'est à peu près tout. Quoi qu'il en soit, il n'avait qu'une seule préoccupation.

— Tanalvah.

— Oui. Tan et les enfants. Je n'ai pas pu me résoudre à lui dire que nous n'avons pas la moindre idée de ce qui leur est arrivé.

— Moi non plus.

— Mais nous devons supposer qu'ils vont bien, Reeth, et essayer de prévenir Tan au sujet de Kinsel. Nous lui devons bien ça.

— Comment ? Au cas où tu ne l'aurais pas remarqué, c'est assez difficile de communiquer avec l'extérieur en ce moment.

— Sur ce point, je peux peut-être vous aider, intervint Darrok.

— Vraiment ? Qu'est-ce que tu as en tête ? voulut savoir Serrah.

— Juste un petit quelque chose que je gardais sous le coude au cas où, grimaça Darrok. Je vais voir si c'est faisable.

— Ça ne peut pas être encore un bateau à propulsion magique, pas vrai ? lança Caldason avant d'ajouter : Ce qui, pendant que j'y pense, était une idée brillante, Phénix.

Le sorcier hocha modestement la tête.

— Il est peu probable que nous répétions cette expérience, répondit Darrok. Nous ne pouvons pas nous permettre de gaspiller ainsi notre sang de dragon.

— Dommage. Ç'aurait pu m'être bien utile pendant mon voyage.

— Tu devras te contenter de moyens de propulsion traditionnels. Nous aurons besoin de la poudre ici.

— Depuis quand la magie t'enthousiasme-t-elle autant, Reeth ? s'étonna Serrah.

La même question semblait brûler les lèvres de Kutch.

— Je ne suis pas assez stupide pour dédaigner un outil susceptible d'accélérer notre retour, répliqua Caldason. Mais ça s'arrête là.

— Donc, tu penses te mettre en route bientôt ? demanda Serrah.

— J'avais dit que je ne partirais pas avant que nous ayons essayé de délivrer Kinsel. C'est fait. Je n'ai plus aucune raison de traîner davantage.

— Alors, quand levons-nous l'ancre ?

— Demain ou après-demain.

— Si tôt ?

— Tu n'es pas obligée de venir, Serrah. Toi non plus, Kutch. En fait, je préférerais que vous...

— Je sais, coupa la jeune femme. Et ça m'est égal. Je t'accompagne.

— Moi aussi, renchérit Kutch.

— Tout cela est bien beau, déclara Phénix. Mais qu'allons-nous faire de Kinsel ?

Tel l'iceberg proverbial, la cour du prince Melyobar ne révélait qu'un dixième d'elle-même au reste du monde. Non du point de vue de sa masse physique, mais du point de vue de la hiérarchie de fonctionnaires, de militaires et de domestiques nécessaires pour la servir. Les échelons les plus bas étaient occupés par des malheureux qui trimaient dur pour effectuer des tâches auxquelles les gens situés bien au-dessus d'eux ne voulaient même pas penser.

Deux de ces serviteurs, détenteurs du titre de simple « homme de troupe » dans la garde auxiliaire du palais, avaient hérité d'une des corvées les plus pénibles. Leur devoir les emmenait dans les entrailles de la forteresse volante, vers les profondeurs ignorées et redoutées où se déroulaient les plus basses œuvres de la cour. Par cette aube glaciale, ils enfilaient des couloirs humides, mal éclairés et mal chauffés, envahis par le froid hivernal qui suintait à travers les murs couverts de lichen.

— Il n'y en a qu'un. De cette nuit, déclara le plus vieux des deux, un homme costaud et grisonnant.

— Les dieux en soient remerciés, Welst, répondit son compagnon, à peine moins âgé et moins ventripotent. Je déteste quand on doit s'en taper toute une pile dès le matin.

— Il y en aura d'autres avant la fin de la journée, tu peux compter là-dessus. (Welst se racla la gorge et cracha.) Misère. L'air d'ici me détraque complètement la tuyauterie.

— Pourtant, leur nombre ne diminue jamais, pas vrai ? Je veux dire... C'est quand, la dernière fois qu'on a eu une journée sans ?

— C'est dans la nature de cet endroit, Nechen. Vu la façon de faire du prince, c'est obligé que ça dépote.

— Ouais, mais...

— On n'est pas là pour comprendre, mais pour faire ce qu'on nous dit, coupa Welst. À moins de vouloir finir en bas, nous aussi. Et pas sur nos deux jambes, si tu vois ce que je veux dire.

— Ça ne me dérangerait pas qu'on me file un autre boulot, je peux te le dire, soupira Nechen. Celui-ci a de quoi démoraliser n'importe qui.

— La meilleure façon d'obtenir de l'avancement, c'est de le faire correctement, répliqua Welst en jetant un regard appuyé à son compagnon. Et sans rechigner.

Ils poursuivirent leur chemin en silence, leurs pas résonnant dans les couloirs de pierre lugubres. Enfin, ils tournèrent à droite et s'arrêtèrent devant une double porte massive, près de laquelle quelques gardes étaient affalés sur des bancs.

Les sentinelles connaissaient bien les deux hommes ; elles leur firent signe de passer sans autre formalité. L'une d'elles se leva et prit un énorme trousseau de clés pendu à un crochet. Elle déverrouilla les battants, qui émirent un craquement de protestation quand elle les poussa.

Au-delà de cette porte s'étendait un nouveau dédale de couloirs qui abritaient, entre autre, les oubliettes du palais. L'homme aux clés s'y engagea, Welst et Nechen sur ses talons. Quelques minutes plus tard, ils arrivèrent devant une porte à côté de laquelle une civière était appuyée contre le mur.

— Il est là-dedans, annonça le geôlier. (Il se pencha en avant, déverrouilla la porte et recula.) Faites gaffe, celui-ci est, euh, bien mûr. Je… Je vous laisse vous en occuper.

Et il rebroussa chemin sans demander son reste.

— Comme d'hab, grommela Nechen. C'est toujours les pauvres troufions qui écopent du sale boulot. Finissons-en.

Welst posa une main sur son épaule.

— Pas si vite. (Il sortit deux masques de sa poche.) Souviens-toi, on est censés mettre ça.

— S'il le faut vraiment…

Ils attachèrent les carrés de tissu crasseux sur le bas de leur visage. Puis Welst saisit une torche dans son support mural et poussa la porte. Malgré leurs masques, une odeur suffocante assaillit les deux hommes. Il faisait noir comme dans un four à l'intérieur de la cellule ; aussi Welst leva-t-il sa torche pour s'éclairer. Des choses détalèrent prestement dans l'ombre.

— Il est là, dit-il en désignant l'unique meuble que contenait la petite pièce.

Un corps était allongé sur le ventre en travers de la couchette, les doigts effleurant le sol d'un côté et les pieds pendant de l'autre. Les deux hommes approchèrent en faisant crisser de la paille souillée sous leurs bottes.

— Belles nippes, commenta Nechen. Ça devait être un aristo. Je me demande ce qu'il a fait pour mériter que le prince l'envoie ici.

— Il a dû se tromper de fourchette à table, grogna Welst. Comme je te le disais, on n'est pas là pour…

— Oui, oui, je sais.

— Viens. On n'a pas toute la journée. Retourne-le.

— Pourquoi moi ? C'est ton tour !

— Je l'ai fait la dernière fois.

— Non, monsieur. Hier, c'était déjà moi. Pourquoi faut-il que… ?

— Dépêche-toi, un point c'est tout. Plus vite c'est fait, plus vite on sort d'ici.

Nechen soupira et fit rouler le cadavre sur le dos.

— Putain, il est dans un drôle d'état.

— J'imagine qu'il moisit ici depuis plusieurs jours. Va chercher la civière.

— Ah, pour ça aussi, c'est mon tour ?

Welst jeta à son camarade un regard éloquent.

Fulminant, Nechen sortit de la cellule. Dès qu'il eut disparu dans le couloir, Welst se pencha vers le corps et fouilla rapidement ses vêtements. Il ne trouva que quelques pièces et un médaillon contenant l'image animée d'une jolie femme souriante. Le prendre eût été trop risqué ; aussi le remit-il à sa place avant d'empocher les pièces en grommelant que vraiment, les aristos n'étaient plus ce qu'ils étaient.

— Qu'est-ce que tu racontes ? demanda Nechen en revenant avec la civière, qu'il traînait derrière lui.

— Rien du tout. Je… Je disais juste une prière pour ce pauvre bougre.

— Vraiment ? Ça, c'est gentil. Je ne te croyais pas si sentimental, Welst.

— Oui, ben, j'ai des profondeurs cachées. Allez, on se bouge.

Ils soulevèrent le corps, le déposèrent sans cérémonie sur le brancard et le recouvrirent d'un plaid crasseux. Puis ils manœuvrèrent leur fardeau pour ressortir de la cellule.

Les sentinelles postées à l'entrée du donjon leur ouvrirent la porte en se bouchant le nez.

Un long chemin de retour s'étendait devant les deux hommes, fait de couloirs tortueux et d'escaliers interminables. Pourtant, bien que le palais abritât plusieurs milliers d'occupants, ils ne croisèrent presque personne.

Dans un long corridor totalement désert, et chichement éclairé par des orbes enchantés, ils posèrent la civière le temps de reprendre leur souffle. Adossé aux boiseries, Welst sortit sa pipe d'argile et, du pouce, se mit à bourrer le fourneau de tabac noir.

— À ton avis, qu'est-ce qu'ils en font là-haut ? interrogea Nechen.

— Des macchabées ? Je n'en ai aucune idée. Et je ne suis pas certain de vouloir le savoir. (Welst actionna son briquet à silex et alluma sa pipe en soufflant des nuages de fumée nauséabonde.) Si tu as deux sous de jugeote, tu éviteras de t'y intéresser de trop près, toi aussi.

— C'est quand même bizarre, tu ne trouves pas ? Entre ça et le foutu zoo qu'on nous a fait embarquer…

— Ça, à la limite, je peux le comprendre. Les grands de ce monde ont des passe-temps exotiques.

— Des bêtes qui puent et qu'il faut nourrir, alors qu'ils pourraient avoir des glamours ? Ça n'a pas de sens.

— Qui peut savoir ce qui se passe dans la tête des riches ?

— Et dire que pendant ce temps, ça s'agite partout ailleurs dans le pays…

— De ce point de vue, nous sommes au meilleur endroit possible. Il n'existe sans doute pas de place forte plus sûre en ce monde.

— Depuis quand Melyobar vit-il en ce monde ?

— Chut ! Les murs ont des oreilles, articula Welst. (Il éteignit sa pipe.) Viens.

En ahanant, les deux hommes soulevèrent la civière et poursuivirent leur chemin.

Le pire, c'était les escaliers. Ils devaient monter sept étages rien que pour rejoindre ce qui tenait lieu de rez-de-chaussée, et deux fois plus pour parvenir à destination.

Après avoir beaucoup peiné, transpiré et juré, ils atteignirent leur but : une aile réservée aux sanctuaires et aux laboratoires de la petite armée de magiciens qui servaient le prince. Comptant parmi les zones les plus sensibles du palais, celle-ci était bien gardée. Du coup, Welst et Nechen mirent encore un bon quart d'heure à franchir les barrages de sécurité.

Enfin, ils se retrouvèrent face à la porte de la salle qu'ils cherchaient. Welst toqua au battant de chêne. Presque aussitôt, un judas glissa sur le côté et un œil les scruta. Puis la porte s'ouvrit. Un serviteur leur fit signe d'entrer, de déposer leur fardeau et d'attendre pendant qu'il allait chercher un de ses supérieurs.

Welst et Nechen étaient déjà venus là des dizaines de fois ; pourtant, ils ne cessaient jamais d'être intrigués par l'activité qui régnait en ce lieu. La salle était caverneuse, occupée pour l'essentiel par des paillasses autour desquelles s'affairaient une multitude de sorciers. Flacons, cornues, herbes, poudres et curieux appareils à la fonction mystérieuse jonchaient toutes les surfaces de travail. Des apprentis se déplaçaient entre les tables, pourvoyant aux besoins de leurs maîtres.

Des piles de cages s'entassaient le long des murs, mais elles étaient trop loin pour que Welst et Nechen puissent voir leur contenu. Sur des fosses à feu, le contenu de grandes cuves métalliques bouillait bruyamment. Toute la pièce était envahie par une chaleur humide et brumeuse, chargée d'une myriade d'arômes plaisants ou nauséabonds.

Un maître en robe bleue se dirigea vers les deux hommes. Il était jeune pour un sorcier, et rasé de près. L'expression préoccupée qu'il arborait aurait pu passer pour de la sévérité.

Welst le salua d'une respectueuse inclinaison de tête.

— Mage Okrael, monsieur.

Nechen, toujours empoté en présence de ses supérieurs, se contenta d'un salut approximatif.

Sans quitter la civière du regard, le sorcier leur adressa un signe de tête distrait.

— Savez-vous à quoi celui-ci a succombé ? demanda-t-il en s'accroupissant pour rabattre la couverture.

— Personne ne nous l'a dit, monsieur, répondit Welst.

— Très bien. Amenez-le par ici.

Ils soulevèrent le brancard et suivirent le sorcier à travers l'agitation qui régnait dans le laboratoire. Personne ne leur prêta beaucoup d'attention. Leur guide les conduisit à une paillasse sur laquelle ils déposèrent le corps. Puis il procéda à un examen superficiel.

— Pas de symptômes de maladie au premier abord, murmura-t-il. Je dirais qu'il est mort des brutalités et de la négligence qu'il a subies. Pauvre diable.

Okrael semblait troublé.

— Vous conviendra-t-il pour… ce que vous voulez en faire ? interrogea Nechen.

— Probablement pas. Mais ça ne vous regarde plus vraiment, non ?

— Non, monsieur.

— Merci. Ce sera tout.

— Monsieur.

Les deux hommes se détournèrent et sortirent, emportant la civière tandis qu'Okrael faisait signe à deux novices de déshabiller le corps.

Dehors, Welst lâcha :

— Lui, il ferait bien de s'endurcir un peu.

— Tu trouves ?

— S'apitoyer sur les défunts, ce n'est pas une bonne idée. En tout cas, pas ici.

— On va où maintenant ?

— On redescend. Il y a de grandes chances pour qu'un autre colis nous attende déjà.

Comme ils se dirigeaient vers l'inévitable escalier, ils croisèrent quatre auxiliaires qui poussaient une grande charrette à bras contenant un chameau mort. L'un d'eux connaissait Welst.

— Le prince ne va pas être content du tout, lui grommela-t-il au passage.

Son équipe poussait la carcasse vers le laboratoire dont Welst et Nechen venaient juste de sortir.

— Tu vois ? triompha Nechen. Les glamours ne clamsent pas, eux.

— Mais ils disparaissent si tu n'as plus de fric pour les alimenter, lui rappela Welst.

Le trajet du retour les fit passer tout près des quartiers de Melyobar, la zone la plus férocement protégée du palais. Regards soupçonneux et mains promptes à dégainer décourageaient les traînards ; aussi Welst et Nechen se hâtèrent-ils de poursuivre leur descente.

Au-delà des sentinelles au visage dur et des sorciers vigilants, des portes blindées et des pièges magiques, s'étendaient les appartements privés de Melyobar. Derrière une porte encore plus solide que les autres, munie de verrous enchantés, reposait le corps ni tout à fait mort ni tout à fait vivant du roi Narbetton. Son fils était assis à son chevet.

— Et maintenant, ils me disent que ce Talgorian vient ici, geignit le prince. L'ambassadeur, père. Oui, c'est ça. Ai-je été consulté ? Quelqu'un m'a-t-il demandé la permission ? Non. Personne ne m'écoute. On pourrait croire que... Quoi ? Non, je n'ai aucune idée de la raison qui l'amène ici. Personne n'a eu la politesse de m'en informer. Oui, c'est absolument scandaleux. Qu'est-ce que vous dites ?

Il écouta, la tête inclinée et les doigts sur les tempes.

— Je ne suis pas d'accord, père. Personnellement, je lui refuserais l'accès. Ce n'est pas comme si les affaires officielles... Pourquoi devrais-je laisser faire ? Je comprends la nécessité d'être prudent, mais... Mmmh ? Ah, oui ! Je vois.

Il médita le conseil du roi.

— Vous avez raison, décida-t-il. Il peut venir. Pourra-t-il repartir, c'est un autre problème. Et comme vous le dites, ça n'aura bientôt plus d'importance. Rien n'en aura plus. (Il se pencha pour écouter.) Oui, tout près. Mais je suis d'accord avec vous. Plus vite nous pourrons lancer l'opération, mieux ce sera.

Il se leva.

— Merci, père. Comme toujours, vous conseils se sont avérés précieux. Pardon ? Oui, bien sûr que je vous tiendrai informé.

Il recula respectueusement, puis tourna les talons et sortit de la chambre.

Dans le couloir, son entourage lui emboîta le pas : huit gardes du corps triés sur le volet, un secrétaire, un valet, un scribe, un maître mage et son apprenti, un guérisseur, deux messagers et deux porte-bâtons pour lui ouvrir la voie – la suite habituelle. Melyobar annonça sa destination et le groupe s'éloigna, enveloppant le prince tel un cocon humain.

Il ne lui fallut pas longtemps pour atteindre les quartiers des magiciens. Comme il approchait de la porte que Welst et Nechen avaient empruntée un peu plus tôt, celle-ci s'ouvrit, et le sorcier Okrael sortit du laboratoire. À la vue de la procession qui fonçait vers lui, il se figea, mais eut la présence d'esprit de s'incliner.

— Vous tombez bien, haleta Melyobar, essoufflé par cette courte marche.

Il laissa ses gardes examiner le sorcier pour s'assurer qu'il ne s'agissait pas d'un imposteur, puis leur fit signe de s'écarter.

— Sire, le salua Okrael, mal à l'aise.

— Comment avancent les travaux ? Sommes-nous dans les délais ?

— Ils avancent bien, Majesté. Mais…

— Oui ? Vous n'avez pas rencontré de problèmes, j'espère ?

— Non, sire. C'est juste que…

— Crachez le morceau, voulez-vous ?

— C'est dangereux.

— J'espère bien !

— Je veux dire que ça présente un danger pour tout le monde, pas seulement pour les ennemis contre lesquels Votre Altesse envisage de l'utiliser.

— Ce n'est pas la première fois que vous osez mettre en doute la pertinence de mon projet, n'est-ce pas… ?

Le prince eut l'air de chercher quelque chose.

— Okrael, monsieur.

— … N'est-ce pas, Okrael ?

— Jamais je ne ferais preuve d'une telle outrecuidance, Altesse. Je suis seulement inquiet pour la sécurité de notre peuple.

— Insinueriez-vous que moi, je ne m'en soucie pas ?

— Non, sire, bien sûr que non.

— Ne m'obligez pas à douter de votre loyauté, sorcier. Vous n'êtes qu'un minuscule rouage dans la très grosse machinerie que je fais tourner ici. Elle fonctionnerait tout aussi bien sans vous.

— Oui, Majesté.

Toute couleur avait déserté le visage d'Okrael.

— Y a-t-il la moindre raison pour laquelle ce que vous créez pourrait ne pas être efficace ?

— Non, sire.

— Et les travaux avancent comme prévu, dites-vous ?

— Nous n'avons rencontré aucun contretemps, sire.

— Bien. Donc, vous ne devriez pas avoir de mal à accélérer un peu la procédure.

— Sire ?

— Vous et vos collègues n'avez déjà passé que trop de temps là-dessus. Je désire fixer une date pour le déploiement du fruit de vos recherches.

— Puis-je demander quand, Votre Majesté ?

— Il me semble que la nouvelle lune serait parfaitement appropriée.

— C'est… C'est dans quelques semaines, sire.

— Oui. (Un sourire réjoui fendit le visage de Melyobar.) C'est merveilleux, n'est-ce pas ?

19

Le soleil n'était pas encore assez haut dans le ciel pour dissiper la brume qui s'accrochait à la surface de l'océan. Malgré l'heure matinale, le petit port bourdonnait d'activité. Trois bateaux étaient à l'ancre : le brick qui avait amené Caldason sur l'île de Diamant, et deux vaisseaux de taille similaire. Des hommes faisaient la chaîne pour charger des provisions et de l'équipement à bord.

Plus loin le long du quai se tenait un groupe de cinq personnes : Caldason, Serrah, Kutch, Darrok et Pallidea.

— Tu crois vraiment que ça va marcher ? demanda Serrah.

— J'espère bien, répondit Darrok. Ce truc m'a coûté une petite fortune !

— Dans ce cas, c'est très gentil à toi de nous le donner.

— Je le gardais en réserve pour un cas désespéré. Je suppose que notre situation peut être qualifiée comme telle.

— Comment saura-t-il où aller ? interrogea Caldason. Il y a peu de chances pour que la Résistance utilise toujours les mêmes refuges, pas vrai ?

— Il sera réglé sur une personne et non sur une destination. Comme je vous l'ai dit, c'est un glamour de qualité supérieure.

— Qui va-t-il chercher ? Karr ?

— Sans vouloir être pessimiste, le patricien ne pétait pas vraiment la forme la dernière fois que nous l'avons vu. Donc, j'ai pensé qu'il valait mieux quelqu'un de plus jeune et de plus robuste, qui soit en position de faire passer le message. Quinn Disgleirio m'a paru être un bon choix.

Caldason acquiesça.

— En effet.

— Tout de même, c'est ironique, sourit Darrok.

— Pourquoi ? demanda Serrah.

— Je ne crois pas que Disgleirio m'apprécie des masses.

— C'est un traditionaliste, expliqua Caldason. Pas du genre à sympathiser avec un ex-pirate qui traîne une réputation comme la tienne.

— Il ne serait pas le premier à penser du mal de moi. (Darrok eut un haussement d'épaules fataliste.) Ça fait partie des risques du métier.

— Alors, qu'est-ce qu'on attend ? s'impatienta Serrah.

— Phénix. Ce n'est pas le genre de glamour que n'importe qui peut activer. Celui-ci nécessite l'intervention d'un sorcier chevronné.

— Il va arriver, promit Kutch. Il finissait d'étudier quand je l'ai vu tout à l'heure.

— Je voudrais bien qu'il se dépêche. (Darrok frissonna.) Il fait un froid de canard ici.

— Tu n'auras pas le temps de geler sur place, dit Caldason. Le voici.

Un chariot arriva. Phénix en descendit et se dirigea vers ses amis avec la vigueur d'un homme bien plus jeune, le vent agitant ses robes.

— Vous l'avez ? lança-t-il sans préambule.

— Là.

Darrok tendit la main. Un cube rougeâtre, d'une matière impossible à identifier au premier coup d'œil, mais qui ressemblait beaucoup à du bois tendre, trônait dans sa paume ouverte. Sa surface était couverte de symboles complexes.

Phénix le prit et referma ses deux mains dessus, comme il l'aurait fait pour ramollir de la cire. Quand il rouvrit ses mains, le cube était effectivement devenu malléable. Le sorcier sortit de sa poche une poignée de fils noirs qu'il entreprit d'incruster dans l'étrange matériau.

— Qu'est-ce que c'est ? s'enquit Caldason.

— Une mèche de cheveux de Disgleirio, répondit Phénix.

— Et comme par hasard, vous aviez ça sous la main ?

— J'ai toute une collection de rognures corporelles appartenant à des membres de la Résistance – cheveux, ongles, croûtes – pour parer à ce genre d'éventualité. C'est grâce à ça que le glamour localisera sa cible. Je sais à quoi vous pensez, Reeth. Ne vous inquiétez pas ; je n'ai rien ramassé qui vous appartienne.

— Je suis ravi de l'apprendre.

— À présent, si vous le voulez bien…

Tout le monde se tut pour laisser Phénix achever ses préparatifs. Après avoir incorporé la mèche de Disgleirio au cube, le sorcier conjura un sort en gesticulant et en récitant une brève incantation.

— Voilà, c'est prêt, dit-il en présentant le cube entre pouce et index.

— Le message est dedans ? interrogea Darrok.

— Bien entendu, répliqua Phénix, l'air légèrement offensé. Tel que vous me l'avez dicté.

— Alors, finissons-en, voulez-vous ?

Le sorcier s'approcha du bord du quai. Les autres le suivirent, Darrok glissant assis sur son disque argenté.

— Prêts ? demanda Phénix.

Caldason acquiesça.

— Allez-y.

Le sorcier lança le cube dans l'eau grise qui léchait le ponton. Il y eut une éruption de bulles, et une explosion de couleurs sous les vagues. Puis une masse d'un noir bleuté émergea lentement devant eux.

C'était le dos d'une créature marine dotée d'une peau luisante, d'un museau allongé et moustachu, de membres antérieurs en forme de pagaie et de grands yeux aussi noirs que du charbon, qui évoquait un croisement entre un phoque, un dauphin et une otarie. Elle fixa le groupe.

— Va ! ordonna Phénix.

Le pseudo-animal pivota gracieusement. Il décrivit un cercle, puis fusa vers le large telle une lame fendant les flots. Les témoins le regardèrent plonger et disparaître.

— Bon voyage, marmonna Phénix.

Darrok s'écarta du bord de l'eau.

— Et voilà ! Il arrivera à destination ou pas. Ça ne dépend plus de nous et, dans un cas comme dans l'autre, nous ne le saurons probablement jamais.

— Ça, c'est une pensée réconfortante, railla Serrah.

— C'est la simple vérité, riposta Darrok. Je vous suggère de l'oublier. Vous avez beaucoup d'autres sujets de préoccupation ce matin.

Caldason jeta un coup d'œil aux bateaux.

— Comment se passe le chargement ?

— Allons le demander à Chéross.

Darrok dirigea son disque vers la chaîne de dockers. Les autres le suivirent.

Phénix s'était placé à côté de Caldason.

— Je voulais vous demander, commença-t-il à voix basse. Où en êtes-vous avec vos visions ?

— J'en ai toujours.

— Du même style ?

— Elles tournent moins autour du pot – quoi que le pot puisse être –, et elles tendent à raccourcir. Pourquoi ?

— Je peux vous fournir une potion susceptible d'atténuer leurs effets. Quelque chose qui pourrait vous plonger dans un sommeil profond, au-delà des rêves.

— « Susceptible de », « qui pourrait me »... Me prenez-vous pour un rat de laboratoire sur lequel tester vos décoctions, Phénix ?

— Si j'émets des réserves, c'est uniquement parce que nous parlons de vous. Sur un homme ordinaire, je pourrais garantir les effets de cette potion. Avec vous... Rien n'est jamais certain, mais ça vaut le coup d'essayer. Qu'elle bloque les visions ou non, elle ne vous fera pas de mal.

— Les visions qui m'assaillent ne sont pas des rêves ; je ne vois pas en quoi la profondeur de mon sommeil pourrait influer dessus. Et puis, je ne veux pas qu'elles soient bloquées.

— Vraiment ? Après tout ce que vous avez fait pour vous débarrasser d'elles ?

— Depuis qu'elles ont changé de nature, elles sont devenues plus intéressantes que gênantes pour moi.

— Oyez, oyez l'homme qui déteste la magie plus que tout au monde !

— Évidemment, je préférerais qu'elles cessent. Mais il semble y avoir une signification cachée dans ce qu'elles me montrent.

— Je croyais que vous ne les compreniez pas.

— Je ne dis pas que je les comprends : juste qu'elles tentent de me communiquer quelque chose. Et elles sont incroyablement vivaces – autant que la réalité.

— Vous savez, il existe un vieil adage de sorciers qui dit : « Qui peut savoir ce qui est réel, de notre vie éveillée ou de nos prétendus songes ? ». Les pratiquants de l'Art ont toujours pensé que notre inconscient nous envoyait des messages. Donc, il est bien possible que vous ayez raison.

— À vous entendre, il semblerait que je provoque ces visions moi-même.

— Et alors ? Pensez-vous que vos propres émotions ne méritent pas que vous les écoutiez ? Qu'il vaut mieux rester sourd à vos craintes et à vos espoirs les plus profondément enfouis ?

— Rien de tout ça n'émane de moi, Phénix. Ça vient de l'extérieur.

— Dans ce cas, je n'insiste pas au sujet de la potion. Si vous êtes sûr de vous…

— Oui, j'en suis sûr.

Kutch et Serrah marchaient assez loin devant eux, juste derrière le disque de Darrok et Pallidea.

— Pour l'instant, ajouta Caldason sans hausser la voix, c'est surtout pour le gamin que je m'inquiète. Vous croyez vraiment qu'il est de taille à entreprendre ce voyage ?

— Kutch est jeune et inexpérimenté. Parfois, il se montre trop impulsif. Mais vous êtes mieux placé que quiconque pour savoir que ni l'intelligence ni le courage ne lui font défaut. Par-dessus tout, il a une profonde affinité avec la magie. Je pense qu'il s'en sortira.

— C'est mettre beaucoup de pression sur ses épaules.

— N'étiez-vous pas encore plus jeune lorsque vous avez dû affronter seul un monde hostile ? Néanmoins, je comprends votre inquiétude. Pour plus de sûreté, j'ai fait installer des glamours de détection à bord. Kutch est au courant, et il sait comment les interpréter.

— À quoi servent ces glamours, exactement ?

— *Grosso modo*, à la même chose que le don de Kutch : ils détectent toute forme d'activité magique. Ce qui pourrait s'avérer utile dans votre quête.

Leur arrivée au bout du quai grouillant de monde obligea Caldason à ravaler ses éventuelles autres questions. Quand il vit le groupe, Rad Chereoss, le capitaine du brick, se porta aussitôt à sa rencontre.

— Où en êtes-vous ? interrogea Darrok.

— Nous serons bientôt prêts, ce qui m'arrange car j'aimerais profiter de cette brume pour couvrir notre sortie, et elle ne durera pas éternellement.

— Quand partirons-nous ? demanda Caldason.

— Dans une heure, deux tout au plus.

— Vous croyez que nous aurons des problèmes pour passer les bateaux de Vance ?

— L'océan est vaste. Ils ne peuvent pas être partout. Et puis, le brick est assez rapide pour leur échapper et, en cas de problème, nous avons quelques leurres à bord.

— Question provisions, nous pouvons tenir combien de temps ? s'enquit Serrah.

— Un mois environ. Un peu plus si nous nous rationnons. Après… Mieux vaut que vous aimiez le poisson, car il n'y a rien d'autre à manger dans le coin où nous allons.

— J'espère bien que nous serons revenus avant, déclara Caldason.

— Ça ne me déplairait pas non plus. (Chéross jeta un coup d'œil aux dockers.) Si vous voulez bien m'excuser, j'aimerais continuer à superviser les préparatifs.

Il se détourna.

— Bon. Tout semble se dérouler comme prévu, se félicita Darrok. Quelqu'un voit quelque chose que nous aurions oublié ? Si oui, qu'il parle maintenant. Après, il sera trop tard.

— Mon seul souci, c'est d'abandonner Kinsel si tôt après son sauvetage, admit Serrah. Surtout dans l'état où il est.

— Nous nous occuperons bien de lui, promit Phénix. Que vous soyez là ou pas, votre ami recevra les meilleurs soins possibles.

— Nous garderons tous un œil sur lui, ajouta Pallidea.

— Ne t'inquiète pas pour Rukanis, Serrah, conclut Darrok. Concentre-toi plutôt sur la réussite de votre mission et sur votre retour sains et saufs.

— Merci, Zahgadiah. Je n'y manquerai pas, dit la jeune femme avec un sourire.

— Bien. Je vais voir si je peux accélérer le mouvement.

— Et nous, on peut faire quelque chose ?

— Contentez-vous de rester dans les parages.

Darrok inclina son disque et tendit une main gantée.

— Ma chère…

Pallidea sauta à bord. La soucoupe tangua doucement, puis s'éloigna.

Sentant que Caldason et Serrah avaient besoin d'être un peu seuls, Phénix entraîna Kutch à l'écart pour lui faire ses ultimes recommandations.

— Quelle limite t'es-tu fixée pour ce voyage, Reeth ? s'enquit Serrah.

— Que veux-tu dire ?

— On n'a jamais défini la durée maximale pendant laquelle on chercherait la Source avant de jeter l'éponge.

— Tu as entendu Cheross. Nous n'avons pas plus d'un mois d'eau et de vivres.

— Un mois, c'est trop long pour être absents de l'île, et tu le sais. Sans compter que je te soupçonne d'être capable de nous faire bouffer du poisson et boire de l'eau de pluie en cas de besoin.

—Phénix a rétréci le champ de nos recherches, ce qui devrait nous faire gagner du temps.

—Oui, enfin, il reste encore une cinquantaine d'emplacements possibles.

—Un petit peu plus que ça, en fait, rectifia Caldason.

—Ce qui m'inquiète, c'est que si tu ne trouves pas ce que tu cherches, tu es capable de continuer à chercher indéfiniment.

—Non, Serrah. Il y a une limite, et nous le savons tous les deux.

—Je n'essaie pas de doucher ton enthousiasme. Tu me crois, n'est-ce pas ? Je veux juste que tu ne sois pas trop déçu en cas d'échec.

Caldason haussa les épaules.

—J'ai l'habitude d'être déçu.

—Pas en tout, j'espère, dit sa compagne en souriant.

Darrok revint, seul, et immobilisa son disque face à ses amis.

—Apparemment, ils auront fini dans moins d'une heure, annonça-t-il. Tenez-vous prêts à embarquer. Et pas d'adieux larmoyants, si vous le voulez bien. J'ai horreur de ça.

Deux heures plus tard, ils étaient déjà assez loin pour ne plus distinguer de l'île qu'un ruban noir à l'horizon. Seules des mouettes d'un blanc crasseux venaient rompre le gris acier monotone de l'océan et du ciel. La brume se dissipait.

Accoudés au bastingage de la poupe, Caldason, Serrah et Kutch regardèrent les deux bateaux leurres disparaître de l'autre côté des pointes est et ouest de Batarriss.

—Je n'arrive pas à croire que nous soyons enfin partis, lança le jeune homme.

—À mon avis, Reeth est encore plus heureux que toi. N'est-ce pas, mon amour ?

—C'est bon de passer à l'action, oui, acquiesça Caldason.

—Tu pourrais faire preuve d'un peu plus d'enthousiasme, lui reprocha gentiment sa compagne.

—Je suis fatigué, c'est tout.

—C'est vrai que tu as l'air crevé. Va te reposer. Tu ne peux rien faire ici.

—Une petite sieste ne serait pas de refus, concéda Caldason. Appelle-moi si jamais…

—Que veux-tu qu'il arrive pendant les deux ou trois prochaines heures ?

— Vance, par exemple. Nous ne sommes pas encore tirés d'affaire.

— Si on commence à se faire couper la gorge, je te réveillerai, grimaça Serrah. Maintenant, va dormir.

Elle se pencha et l'embrassa sur la joue.

Caldason acquiesça. Les paupières lourdes, il se détourna et se dirigea vers leur cabine.

Celle-ci était située parmi les modestes quartiers de l'équipage, sous le pont. Une fois à l'intérieur, le Qalochien ne se donna même pas la peine de se déchausser ; il se contenta d'ôter son fourreau, de le mettre de côté et de s'allonger sur la couchette.

À la seconde où sa tête toucha l'oreiller, il s'envola.

Très loin en contrebas s'étendaient les flots sinistres et agités de l'océan. Le brick les fendait toutes voiles dehors, l'air aussi fragile qu'un jouet perdu dans cette immensité menaçante. L'observateur filait plus vite que n'importe quel bateau ; en quelques secondes, il dépassa le brick et le laissa derrière lui.

Il continua pourtant à suivre sa trajectoire. Sans qu'il s'explique pourquoi, le nord l'attirait. Il accéléra. Des vents polaires l'enveloppaient sans l'affecter, comme s'il était protégé par un cocon invisible. Et quand il traversa des nuages bas, il ne sentit pas la morsure des cristaux de glace.

Il couvrit une énorme distance sans croiser d'autres embarcations. Du moins, c'est ce qui lui sembla. Il filait à une telle allure qu'il aurait très bien pu ne pas remarquer quelque chose d'aussi minuscule qu'un navire à la surface grise de l'océan. De la même façon, il ne vit aucune masse de terre – même s'il crut apercevoir brièvement un semis de formes noires au-dessous de lui. Certaines avaient la taille d'un îlot ; d'autres n'étaient pas plus grosses que des rochers, et il y en avait à profusion. Peut-être était-ce l'archipel vers lequel se dirigeait le brick, mais il disparut si vite que l'observateur n'eut pas le temps de se faire une opinion.

Il commença à ralentir, sans aucune raison apparente. Nul rivage n'était en vue. En contrebas, les vagues poussées par le vent continuaient à caresser la surface de l'eau avec leurs doigts d'écume. Bientôt, l'observateur eut l'impression de ne pas avancer plus vite que s'il avait nagé propulsé par sa seule force musculaire.

Au bout d'un moment, il remarqua quelque chose. Dans le ciel, à une bonne distance devant lui, se découpait ce qu'il prit d'abord pour un nuage noir qui semblait grossir de seconde en seconde. Puis il réalisa qu'en fait, cette masse bouillonnante fonçait vers lui. Et qu'elle se composait de centaines de points se mouvant chacun par ses propres moyens. Plus elle approchait, plus les parties qui la constituaient devenaient distinctes, mais l'observateur dut attendre qu'elle soit presque sur lui pour l'identifier.

Le nuage noir l'engloutit. Autour de lui, ce ne fut tout à coup plus que battements d'ailes frénétiques, plumes ébouriffées, yeux ronds comme des billes et becs à la pointe cruelle. Une cacophonie, aiguë, assourdissante, assaillit ses tympans. Il était dans l'œil d'un cyclone, au centre d'un blizzard de créatures terrifiées.

Et soudain, ce fut fini. Les oiseaux étaient derrière lui, masse tourbillonnante de points qui rétrécissaient. Mais d'autres hardes arrivaient vers lui et, comme celle qu'il venait de traverser, elles avaient un aspect fort peu naturel – en cela qu'elles se composaient d'une multitude de races différentes.

L'océan aussi était le théâtre d'une agitation fort étrange. D'énormes bancs de poissons nageaient vigoureusement à fleur de surface – des poissons de tous types, depuis les alevins les plus insignifiants jusqu'aux prédateurs les plus redoutables. Des animaux qui, comme les oiseaux de différentes races, ne se seraient jamais regroupés sans une nécessité absolue.

Ce n'était pas une migration. Les oiseaux comme les poissons fuyaient devant quelque chose.

Tout au nord, un éclat de lumière apparut à l'horizon. Il grandit en taille et en intensité jusqu'à atteindre celles du soleil levant. Puis ses flammes se propagèrent à l'océan, comme si de l'huile brûlante venait de se répandre à la surface de l'eau. Une lame de fond incendiaire fonça vers l'observateur. Des formes s'agitaient à l'intérieur. Depuis l'altitude à laquelle il planait, il tenta de les identifier.

Il crut d'abord à une armée d'anges radieux, ou peut-être à une horde démoniaque. Puis il réalisa que c'était une flotte – un millier de navires, au moins, enveloppés de feu étincelant.

Un homme se tenait à la proue du vaisseau amiral. Un homme que l'observateur connaissait, même s'ils ne s'étaient jamais rencontrés. Un homme qui détenait un pouvoir extraordinaire.

Leurs regards se croisèrent, et l'observateur comprit.

Le seigneur de guerre arrivait.

20

Le glamour aquatique de Darrok mit plusieurs jours à atteindre les rivages de Bhealfa. En longeant la côte, il se faufila dans un estuaire et pénétra le réseau fluvial de l'île. Les poissons l'ignoraient, ou peut-être ne le voyaient-ils pas. Et comme il n'avait besoin ni de repos ni de nourriture, rien ne vint faire obstacle à sa remontée des courants glacés.

Mû par son instinct magique, il se dirigea droit vers l'affluent qui desservait la capitale bhealfane. Mais lorsqu'il arriva dans le port principal de Valdarr, sa forme devint inappropriée à la poursuite de sa mission. Alors, il se métamorphosa.

Il y eut des remous – un bouillonnement, des explosions de lumière. Puis une créature bien différente de la précédente creva la surface de l'eau et monta vers le ciel en déployant ses ailes dégoulinantes.

L'oiseau ressemblait vaguement à un corbeau. Pas assez pour convaincre quiconque le verrait de près, mais dans une ville où les glamours pullulaient, il y avait peu de chances qu'on le remarque. Il prit de l'altitude et décrivit un cercle dans les airs, à l'affût d'une empreinte psychique bien précise. Quand il l'eut repérée, il fonça vers sa source à tire-d'aile.

Le secteur voisin du port était insalubre, tout en ruelles tortueuses et en auberges mal famées. Ici, le pouls de la magie était faible, et les miliciens patrouillaient en nombre. Des hectares d'entrepôts lugubres régnaient sur le quartier des manufactures. Le district des éleveurs de bétail se reconnaissait à ses corrals signalés par des orbes enchantés multicolores. Bientôt, les commerces cédèrent la place à des zones résidentielles : des faubourgs d'abord modestes, éclairés par une magie respectable mais conventionnelle, puis de plus en plus riches, comme en témoignait leur éclairage extravagant.

Le pseudo-corbeau poursuivit son vol.

Riches ou pauvres, tous les habitants de la cité étaient obsédés par la magie. Des empires de l'illusion fournissaient les nantis, tandis que les petites gens faisaient leurs emplettes dans d'humbles boutiques de charmes ou auprès de vendeurs à la sauvette. Les maisons de jeu faisaient fortune grâce à leurs roulettes enchantées ou à leurs cartes qui se retournaient toutes seules. Dans les salons des grands couturiers, des mannequins vivants défilaient, parés des dernières collections. Dans les rues, les miséreux faisaient les poubelles.

Le corbeau piqua vers un refuge, prêt à raconter son histoire et à mourir.

De l'autre côté de la ville, une heure environ après la disparition du glamour, un pâle soleil hivernal brillait sur les Pâturages du Sommeil. Mais il ne descendait pas jusque dans les catacombes : là, seule la lumière produite par l'homme ou par la magie parvenait à repousser les ténèbres.

Un orbe enchanté éclairait une petite alcôve, baignant de sa douce lueur deux enfants endormis dans le même lit et leur mère adoptive assise sur l'unique chaise de la pièce, la tête entre les mains. Si Tanalvah avait pleuré, elle l'aurait fait en silence pour ne pas réveiller les petits, mais elle avait atteint un stade bien au-delà des larmes.

Teg et Lirrin étaient la seule chose qui l'avait empêchée de se confesser jusque-là. Elle avait trop peur de ce qui pourrait leur arriver – à eux, et au bébé qu'elle portait – si elle avouait son crime. Mais le poids de sa culpabilité commençait à fléchir son raisonnement. Comment pouvait-elle leur infliger de vivre avec une meurtrière ? Quel genre d'existence pouvait-elle leur offrir quand elle risquait d'être démasquée à tout moment ? Et, par-dessus tout, comment pouvait-elle vivre avec elle-même après ce qu'elle avait fait ? D'autant que, même si elle répugnait encore à l'accepter, elle commençait à croire que Kinsel était bel et bien perdu.

Tanalvah se leva lentement, étouffant le grognement suscité par la douleur familière qui lui poignardait le bas du dos. Elle se pencha avec difficulté pour déposer un doux baiser sur le front de chaque enfant. Puis elle se détourna et sortit de sa cellule en traînant les pieds.

Des tas de gens s'affairaient dans les catacombes, de nuit comme de jour. Certains saluèrent Tanalvah de la tête ou de la main. La jeune femme n'y fit pas attention.

Une courte marche la conduisit à la grande caverne située au cœur du dédale souterrain. Assis dans un coin, Karr et Goyter s'occupaient de la paperasse. Elle se dirigea vers eux.

Karr l'aperçut et la héla.

— Tout va bien, Tan ? interrogea Goyter.

— Je peux me joindre à vous ?

— Bien sûr, répondit Karr. Tout va bien, j'espère ?

— J'ai quelque chose d'important à vous dire.

— Qu'y a-t-il, ma chère petite ? s'inquiéta Goyter. Tu n'as pas l'air bien du tout. Écoute Dulian et assieds-toi.

Tanalvah se laissa tomber sur une chaise.

— Vous êtes souffrante ? s'enquit Karr avec sollicitude.

— Je vais bien, lui assura-t-elle. Enfin, non.

— Donc, vous êtes malade ? insista le vieil homme.

— Ce n'est pas ça. Je...

— Vous savez que vous pouvez nous parler de tous vos problèmes, Tanalvah.

— J'ai juste besoin que vous m'écoutiez. Et que vous essayiez de me pardonner.

— Vous pardonner ? s'étonna Karr. Pour quoi ?

Tanalvah scruta le visage perplexe, la mine interrogatrice de ses interlocuteurs.

— La façon dont vous me voyez..., commença-t-elle. Vous vous trompez à mon sujet.

— Je ne comprends pas.

— S'il vous plaît, Dulian. C'est déjà assez difficile. Je dois vous dire... Je dois vous avouer... C'est moi qui...

Des cris interrompirent la jeune femme. Une silhouette jaillit de l'un des tunnels et se précipita vers eux.

— C'est Quinn, lâcha Goyter, les sourcils froncés. Je me demande ce qui se passe encore.

Disgleirio arriva, à bout de souffle.

— Vous êtes tous là. Parfait.

— Nous avions une conversation privée avec Tanalvah, répliqua Karr, irrité par cette interruption. Donc, à moins que vous apportiez des nouvelles urgentes...

— Justement, haleta Disgleirio. Avec tout le respect que j'ai pour Tan, je pense que ce que j'ai à dire prime largement sur le reste.

— Vraiment ? Et de quoi s'agit-il ?

— Kinsel est vivant.

— Quoi ? chuchota Tanalvah.

Toute couleur déserta son visage.

— C'est vrai, confirma Disgleirio. Il est vivant, et sur l'île de Diamant.

D'une pâleur mortelle, Tanalvah vacilla comme si elle allait s'évanouir. Les autres s'empressèrent autour d'elle. Disgleirio lui prit les épaules pour la soutenir. Goyter l'éventa avec une liasse de papiers.

— Tenez, buvez ça, dit Karr en portant un gobelet d'eau à ses lèvres.

La jeune femme but à petites gorgées.

— Ça va, articula-t-elle. J'ai juste… Je suis désolée.

— D'où tenez-vous cette information, Quinn ? demanda Karr.

— D'un glamour. Du genre très sophistiqué. Il m'a apporté un message de Darrok.

— Que disait-il ?

— Pas grand-chose. Apparemment, nos amis ont libéré Kinsel des griffes d'un pirate.

— Un pirate ? Grands dieux… Comment va-t-il ?

— Le message disait juste qu'il était vivant, répondit Disgleirio sur un ton d'excuse.

— Je vous avais dit qu'Iparrater le protégerait, souffla Tanalvah. Je savais que la déesse ne nous abandonnerait pas.

Karr serra la main tremblante de la jeune femme.

— Il semble que votre foi ait été récompensée, ma chère.

— Alors ? Tu refuses toujours de nous accompagner sur l'île de Diamant, Tan ? demanda Disgleirio en grimaçant.

L'espace d'une seconde, Tanalvah eut l'air hébété.

— Non. Bien sûr que non. Je viens avec vous.

Ses amis la fixaient, rayonnants.

— Et je suis sûr qu'à notre arrivée, nous trouverons Kinsel en pleine forme, déclara Karr.

— Quand partons-nous ? demanda Tanalvah, avide.

Le vieil homme éclata de rire.

— Dès que possible.

— Tu essayais de nous dire quelque chose, Tan, lui rappela Goyter. Avant l'arrivée de Quinn.

— Ce… Ce n'était rien. Rien du tout.

Le souvenir de sa traîtrise gâcha la joie de Tanalvah. Tout lui revint d'un coup. Sa seule miette de consolation, c'est qu'elle avait désormais une chance de faire la paix avec Kinsel avant la fin – une fin qu'elle savait inéluctable.

—Bon. Si tu en es sûre, dit Goyter avec une certaine réticence.

—J'en suis sûre.

—Tu as l'air triste.

—Ah bon ?

—Tu viens de recevoir un sacré choc. C'est normal que tu ne saches plus trop où tu en es. Souviens-toi juste que nous sommes là pour toi.

—Je n'oublierai pas. Merci, Goyter. Et maintenant, il faut que j'aille prévenir les enfants.

Tanalvah fit mine de se lever.

Goyter tendit une main pour la retenir.

—Ça peut attendre un moment. Reprends ton souffle.

À contrecœur, Tanalvah se rassit en soupirant, même si elle n'aspirait à rien d'autre qu'à être seule.

—Le message mentionnait-il les autres, Quinn ? interrogea Karr. Reeth, Serrah, Kutch ?

—Non, personne.

—Pas de nouvelles, bonnes nouvelles, récita Goyter. Du moins, espérons-le.

—Fais attention à ta garde !

—C'est facile pour toi de dire ça, protesta Kutch en reculant et en baissant son épée. Toi, tu as l'habitude. Moi pas.

—D'accord, concéda Caldason. On fait une pause.

Ils allèrent s'asseoir sur deux tonneaux, au milieu du pont. Plus ils remontaient vers le nord, plus la température chutait et plus le vent marin devenait mordant.

—Je suis en nage, se plaignit Kutch en s'essuyant le front de sa manche.

—Le contraire serait étonnant, répliqua Caldason. Le combat à l'épée est une activité fatigante, surtout quand on n'a pas l'habitude. Tu devrais également avoir mal aux bras et aux jambes.

—Et comment ! Je ne crois pas que je serai jamais un bon guerrier, Reeth.

—En effet.

—Oh !

— Mais je ne cherche pas à faire de toi un foudre de guerre. Je veux juste t'enseigner quelques techniques de base.

— Je persiste à penser que ma plus grande contribution à cette expédition sera d'ordre magique.

— Tu auras du mal à apporter quelque contribution que ce soit avec deux pieds d'acier dans le ventre.

— Euh, ce n'est pas faux.

— C'est toi qui décides. Mais je me sentirais mieux si je savais que tu es capable de te défendre un minimum.

— Je veux apprendre, Reeth. C'est juste que… Pour être honnête, l'idée d'affronter quelqu'un avec une épée – je veux dire, de l'affronter pour de bon – me fout les jetons. (Kutch rougit et fixa le bout de ses bottes.) Je me sens lâche.

— Tant mieux.

— Hein ?

— La plupart des gens pensent qu'être courageux, c'est n'avoir peur de rien. C'est faux. Être courageux, c'est agir malgré la peur, affirma Caldason. Tu n'es pas un lâche, Kutch. Je te connais depuis assez longtemps pour le savoir.

Le jeune homme sourit, mi-fier mi-embarrassé.

— Merci, Reeth. Je peux te dire que je ne me sens pas courageux du tout.

— Le jour où ça arrivera, tu pourras commencer à t'inquiéter. Bref ! Je pense que ça suffit pour aujourd'hui. Si tu veux qu'on recommence demain, tu n'auras qu'à me le dire.

— Oui, je veux. S'il te plaît. Et je te promets de faire de mon mieux.

— C'est tout ce qu'on peut demander à quiconque. Comment t'en sors-tu avec ta mission de sorcier du bord ?

— En réalité, il n'y a pas grand-chose à faire. Je renouvelle régulièrement les sorts de détection que Phénix m'a enseignés, et c'est à peu près tout.

— Tu as trouvé quelque chose ?

— Non. Rien à part les émissions magiques de fond qui sont présentes partout. Bien qu'il y en ait beaucoup moins par ici.

— Des émissions de fond ?

— Toute la magie conjurée dans le monde laisse des résidus qui nous entourent en permanence.

— Et tu peux les… percevoir ? Comment ? Grâce aux sorts dont tu parlais, ou à travers ton propre talent inné de détecteur ?

— Un peu des deux, je suppose. La formation que m'a donnée Phénix a augmenté ma sensibilité naturelle, et même si j'ai arrêté les exercices, c'est resté.

— Comment... Sous quelle forme ça se manifeste ? interrogea le Qalochien, curieux.

— C'est difficile à expliquer. C'est un peu comme... Comme si quelqu'un jouait de la musique en sourdine dans la pièce d'à côté. Ou comme si la brise m'apportait un léger parfum de chèvrefeuille. (Kutch grimaça.) Sauf que ça n'est pas ça du tout. Pour comprendre vraiment, il faudrait que tu pratiques l'Art toi-même.

— Alors, je resterai ignorant.

— J'aimerais que tu ne sois pas aussi braqué contre la magie, Reeth. Savoir que tu désapprouves ce que je fais me met mal à l'aise.

— C'est vrai, je préférerais que tu fasses autre chose. Je préférerais que tous les sorciers fassent autre chose. Mais ce n'est pas parce que je rejette la magie que je te rejette, toi. J'espère que tu le sais.

— Oui. Néanmoins, la magie a ses avantages, Reeth. Elle fait beaucoup de bien aux gens.

— Je ne suis pas d'accord.

— Tu es un cas particulier.

— Vraiment ? Et ceux qui ne peuvent pas se l'offrir ? Ou qui souffrent à cause d'elle ? Sont-ils des cas particuliers, eux aussi ? grinça Caldason. Si oui, ça en fait un paquet !

— Je ne prétends pas que les choses sont parfaites. Mais c'est la faute de la société dans laquelle nous vivons, pas celle de l'Art. (Kutch leva la rapière qu'il tenait toujours à la main.) C'est comme cette épée. Elle peut être maniée par un tyran ou par un combattant de la liberté – et dans un cas comme dans l'autre, elle n'y est pour rien.

— Dommage qu'il y en ait davantage entre les mains des tyrans, n'est-ce pas ?

— Tu vois très bien ce que je veux dire, Reeth.

— Oui. Même si je trouve ta logique discutable. Mais tu oublies que j'ai accepté de me laisser aider par des moyens magiques dans cette quête. Ça prouve bien que mon esprit n'est pas totalement fermé, pas vrai ?

— Je suppose que c'est un début. J'aimerais quand même te faire admettre que la magie peut accomplir beaucoup de choses positives.

— Tu n'y arriveras jamais, lança Serrah, qui venait d'arriver sans que les deux amis la remarquent.

— Peut-être. Mais ça vaut le coup d'essayer. (Kutch se leva.) J'ai promis à Phénix de ne pas prendre de retard dans mes études. Il vaudrait mieux que je retourne à mes exercices.

— Ne te couche pas trop tard, recommanda Serrah en prenant sa place sur le tonneau.

— Promis. Oh, l'épée !

Kutch la tendit à Caldason, qui secoua la tête.

— Elle est à toi. Habitue-toi à la porter.

— Vraiment ? Merci, Reeth.

Le jeune homme rengaina son arme et s'éloigna en souriant.

Quand il fut hors de vue, Serrah demanda :

— Tu crois que c'est bien sage ?

— Te promènerais-tu sans ton épée ?

— Moi ? Jamais de la vie. Je me sentirais toute nue. Mais Kutch n'est qu'un gamin.

— Je ne me rappelle même plus combien d'armes différentes j'avais déjà possédées à son âge.

— Tu descends d'une race de guerriers ; tu n'avais pas le choix. Kutch a toujours été plus intellectuel que manuel.

— Alors, il est temps qu'il apprenne à se battre. Surtout avec ce qui nous attend. Et il est plus près de l'âge adulte que de l'enfance, désormais. Tu as remarqué qu'il commence à répondre ?

— Oui, il commence à se défendre dans plus d'un domaine. Et tu as raison : il vaut mieux qu'il soit armé. Pour tout le bien que ça lui fera…

— Percevrais-je une pointe de défaitisme ?

— Tu connais les probabilités. Nous aurons de la chance si un seul d'entre nous – les réfugiés de l'île de Diamant – s'en sort vivant. À supposer que Vance ou les empires n'aient pas déjà fait le ménage quand nous reviendrons.

— Ce qui est une façon détournée de me demander combien de temps je compte prolonger notre absence, n'est-ce pas ?

— Tu sais que je préférerais être sur Batarriss, en train de faire mon possible pour la défendre.

— Si nous trouvons la Source…

— Oui, « si ». Si nous la trouvons, si nous réussissons à l'utiliser, si nous revenons à temps, alors, peut-être pourra-t-elle repousser une invasion. Nous ne pouvons pas placer tous nos espoirs en un mythe, Reeth.

— C'est vraiment ce que tu penses ?

— Bien entendu, j'espère que je me trompe. Mais tu ne crois pas que c'est un peu comme le coup du chaudron plein d'or au pied de l'arc-en-ciel ? Ce genre de quête, ça n'arrive que dans les histoires des troubadours ou les contes de fées.

— Que veux-tu dire… Que nous devrions rebrousser chemin ?

— Tu sais bien que non. Et malgré ce que tu penses, je place tout autant d'espoir que toi en la Source. Mais nous n'avons jamais défini de limite précise dans le temps, et j'aimerais que nous nous en fixions une.

— Je t'ai promis que nous ne resterions pas absents plus longtemps que nécessaire. Pourquoi cette soudaine inquiétude ?

— Ta dernière vision. Tu as vu Zerreiss arriver. Ne devrions-nous pas considérer ça comme un signal d'alarme ?

— Tu pars du principe qu'il s'agit d'un rêve prémonitoire.

— En doutes-tu ?

Caldason secoua la tête.

— Non.

— Dans ce cas, peut-être n'est-il pas très sage de voguer droit vers son armée.

— Il est encore loin d'ici. Je… Je l'ai senti dans ma vision. On aura peut-être terminé avant qu'il entre dans ces eaux.

— C'est le « peut-être » qui m'inquiète.

— Écoute, on ne devrait pas tarder à atteindre l'archipel. En fait, les premiers îlots peuvent apparaître d'un instant à l'autre.

À cet instant, la vigie poussa un cri.

— C'est un peu fort comme coïncidence, non ? lança Serrah, dubitative.

— Je n'ai pas entendu « terre », contra Caldason. C'est autre chose.

Ils se levèrent. Très loin à l'avant, un navire se découpait contre l'horizon. Doté de trois mâts, il semblait de bonne taille malgré la distance.

Caldason et Serrah se précipitèrent vers la proue du brick. Rad Chéross était déjà là, étudiant l'autre bâtiment à l'aide d'un glamour d'observation tubulaire.

— Qu'est-ce que c'est ? interrogea la jeune femme.

— Un vaisseau de l'empire, répondit Cheross.

— Lequel ?

— Rintarah, à en juger par les couleurs qu'il arbore.

— Il va nous attaquer ? s'enquit Caldason.

— Je ne crois pas. Le gréement est tout de travers, et je ne vois personne sur le pont.

Un des hommes d'équipage apparut sur la passerelle avec des drapeaux de signalisation qu'il se mit à agiter.

Maintenant leur cap et leur vitesse, ils laissèrent passer quelques minutes.

— Pas de réponse, rapporta Caldason en baissant le tube enchanté. J'imagine qu'il est à la dérive.

Kutch rejoignit ses amis.

— Que se passe-t-il ?

— Nous n'en sommes pas certains, répondit Serrah. Nous avons peut-être repéré un bateau en difficulté.

— Peux-tu le sonder pour voir s'il y a de l'activité magique à bord ? réclama Caldason.

Ils s'étaient rapprochés de l'autre navire, qui paraissait avoir été abandonné. L'aigle de Rintarah se détachait nettement sur sa grand-voile.

Kutch ferma les yeux et se concentra, agrippant le bastingage si fort que ses articulations blanchirent.

— Alors ? s'impatienta Caldason.

— Rien du tout, rapporta le jeune homme. Mais je ne suis pas certain de pouvoir détecter quoi que ce soit à cette distance.

Cheross leva à nouveau son glamour d'observation.

— Alors, qu'est-ce qu'on fait ?

— Amenez-nous là-bas, répondit Caldason.

Ils firent la traversée dans le plus gros des canots de sauvetage du brick. Caldason dirigea la manœuvre, suivi par Serrah, Kutch et huit des hommes de l'équipage de Cheross. Il demanda à l'un de ceux-ci de héler le navire, mais là non plus, il ne reçut aucune réponse.

— Tu captes quelque chose, Kutch ?

— Non. Rien du tout, Reeth.

— Très bien. (Caldason s'adressa à l'ensemble du groupe.) Nous allons tous monter à bord, vous excepté, dit-il en désignant le timonier. Il se peut que ce soit un piège ; donc, ne traînez pas en route et dégainez dès que vous aurez pris pied sur le pont. Au premier signe d'embrouille, on passe à l'offensive. Tout le monde a pigé ? Bien. On y va.

Le canot de sauvetage heurta doucement la coque du vaisseau rintarahien. Des grappins furent lancés, des cordes sécurisées. Caldason et Serrah furent les premiers à grimper. Peu habitué à ce genre d'exercice physique, Kutch passa le dernier et dut se faire aider par un marin.

À bord, tout était silencieux hormis les poutres qui craquaient. Caldason scinda le groupe en trois. Quatre marins reçurent l'ordre de fouiller le navire de la proue à la poupe pendant que les quatre autres inspecteraient le pont inférieur et la cale. Pour sa part, le Qalochien entraîna Serrah et Kutch vers la timonerie, où se situaient traditionnellement les quartiers du capitaine.

Il s'arrêta devant la première porte qui se présenta à eux.

— Kutch, tu restes ici pendant qu'on jette un coup d'œil à l'intérieur. Si tu sens quoi que ce soit d'hostile, crie pour nous prévenir.

— Entendu.

— Et si ça tourne au vinaigre, reste à l'écart.

Le jeune homme acquiesça.

Caldason saisit la poignée. La porte n'était pas verrouillée. Il l'ouvrit d'un coup de pied et fit irruption dans la pièce, Serrah sur ses talons.

Ils se trouvaient dans une cabine des plus banales. Un lit défait. Le désordre résultant d'une occupation quotidienne. Une fouille rapide ne révéla rien qui sorte de l'ordinaire.

Même chose dans la cabine voisine. Seule une épée dégainée, gisant près d'un coffre ouvert, témoignait que quelque chose clochait.

Kutch entra avec ses amis dans la troisième pièce. Beaucoup plus grande que les précédentes, elle était meublée d'une longue table en chêne et de vaisseliers pleins de chopes et de vaisselle en terre cuite. De toute évidence, il s'agissait du mess des officiers. Plusieurs chaises avaient été renversées, et le sol était jonché de verre brisé. Des assiettes et des couverts sales jonchaient encore la table, comme si les convives avaient été interrompus en plein repas – ce que confirmaient des morceaux de pain dur et des tranches de viande avariée.

Caldason trempa un doigt dans un gobelet de vin et le toucha avec le bout de sa langue.

— Il a viré, annonça-t-il.

— Que s'est-il passé ici ? interrogea Serrah, mystifiée.

— Je n'en sais rien. Mais ç'a été rapide et inattendu.

Le chef d'un des deux autres groupes les rejoignit. C'était un grand gaillard doté d'une barbe broussailleuse et d'un teint buriné attestant de nombreuses années passées en mer. Sous son bras, il tenait un gros volume relié de cuir.

— Le navire est complètement désert, annonça-t-il.

— Des corps ? interrogea Caldason.

— Nous n'en avons trouvé aucun.

— Des signes de violence ?

— Pas exactement. (L'homme regarda autour de lui.) C'est plutôt comme ici. Comme s'ils avaient tous laissé tomber ce qu'ils étaient en train de faire pour répondre à une alarme ou quelque chose de ce genre. Dans les quartiers de l'équipage, sur le pont inférieur, les hamacs sont toujours suspendus. Vous ne verriez jamais ça sous le commandement d'un capitaine digne de ce nom, encore moins à bord d'un vaisseau impérial – à moins d'un problème sérieux.

— Et ça, c'est quoi ? s'enquit Caldason en désignant le livre.

— Nous l'avons trouvé près de la barre, répondit le marin en le lui tendant. C'est le journal de bord du capitaine.

Sans cérémonie, Caldason déblaya la table d'un revers de main et posa le livre dessus. Il le feuilleta rapidement et s'arrêta à la dernière inscription.

— Elle est datée d'il y a plusieurs mois, déclara-t-il.

— De quoi parle-t-elle ? voulut savoir Serrah.

— De trucs routiniers. Le temps qu'il fait, le niveau des provisions, ce genre de choses. (Caldason se tourna vers le marin.) Savez-vous ce que signifient ces chiffres ?

L'homme se pencha pour regarder.

— Ils indiquent la position du bâtiment le jour de l'inscription. Si je les déchiffre correctement, ce bateau a drôlement dérivé depuis !

— Où était-il ?

— Plus au nord. Beaucoup plus au nord.

Caldason et Serrah échangèrent un regard.

— Tu sais de quel bateau il s'agit, n'est-ce pas, Reeth ? lança la jeune femme. C'est celui que Rintarah a envoyé investiguer les agissements de Zerreiss. Selon la Résistance, Gath Tampoor aussi en a envoyé un.

— Nous pouvons supposer qu'il a connu le même sort.

— Oui, mais lequel au juste ? Que s'est-il passé ici ?

Caldason se tourna vers Kutch.

— Je te trouve bien silencieux. Tu peux nous aider ?

L'apprenti sorcier secoua la tête.

— Ce que je détecte n'a pas de sens. Ou plutôt, ce que je ne détecte pas.

— Je ne comprends pas.

— Moi non plus. Tu te souviens de ce que je t'ai dit tout à l'heure, à propos des particules de magie qui flottent partout autour de nous ? Ici, il n'y en a aucune.

— Et alors ?

— *Aucune*, Reeth. C'est comme si l'atmosphère, la trame même de ce bateau avait été... lessivée. Il ne reste pas la plus petite trace de magie. Sur un navire qui devait transporter tout un contingent de sorciers et utiliser l'Art de tout un tas de façons.

— C'est significatif ?

— Significatif ? Reeth, c'est tout bonnement impossible.

21

Quand les deux empires rivaux luttaient pour la domination absolue, la politique étrangère se réduisait souvent à un euphémisme pour « conflit armé ». À tout moment, des territoires étaient tiraillés entre deux puissances, des rébellions étouffées, des populations insoumises matées. De temps à autre, de vraies guerres éclataient entre deux colonies d'empires différents – même si on leur donnait rarement cette appellation. On préférait les présenter à l'opinion publique comme la lutte d'une minuscule nation s'efforçant de conquérir sa liberté face à l'oppresseur. Quelle que soit la terminologie utilisée pour aseptiser ces affrontements, une constante demeurait : les pertes humaines. Or, si les belligérants avaient élevé la destruction au rang d'art subtil, ils ne se souciaient guère de secourir les innocents qui souffraient à cause d'eux.

L'indignation suscitée par leur dédain avait engendré un mouvement populaire dont les pionnières étaient les mères, les femmes et les sœurs des victimes. L'une des branches de ce mouvement essentiellement pacifique se faisait appeler les « Filles de la Miséricorde ». Également connues sous le surnom de « Réseau étoilé » à cause de l'étoile dorée qui ornait leurs uniformes et leurs véhicules, les Filles étaient une association caritative composée de guérisseurs bénévoles. Mouvement exclusivement féminin au départ, elles avaient fini par ouvrir leurs rangs à des hommes, mais avaient conservé leur nom en l'honneur de leurs origines.

Les Filles de la Miséricorde ne refusaient leur aide à personne : civil ou militaire, vainqueur ou vaincu. Soulager la souffrance d'autrui était leur seule raison d'être. Pendant longtemps, elles avaient dû faire face à l'hostilité et à la méfiance générales ; elles avaient même vu tomber quelques martyrs. Mais, au fil des ans, elles avaient réussi à gagner un respect quasi universel. Aussi était-il courant que leurs membres accompagnent des armées en route pour le combat ou, comme ce jour-là, une flotte d'invasion voguant vers des rivages lointains.

L'armada qui faisait voile depuis divers ports bhealfans comptait plusieurs centaines de navires, et elle ne représentait que la contribution d'une seule nation à une force maritime beaucoup plus vaste. Une demi-douzaine de bâtiments du Réseau étoilé l'accompagnait. L'un de ces vaisseaux-hôpitaux demeurait en retrait, aussi loin que possible des autres. Il ne pouvait pas prendre le risque qu'on l'examine de trop près.

— Nous avons rejoint la flotte sans trop de problèmes, commenta Disgleirio. Jusqu'ici, tout va bien.

— Nous ne sommes pas encore sortis des eaux territoriales bhealfanes, lui rappela Karr. Nous aurons des tas d'autres occasions de nous faire démasquer avant de pouvoir agir.

Les deux hommes portaient de faux uniformes ornés d'une étoile sur la poitrine et dans le dos. Devant eux, ils ne voyaient rien d'autre que des bateaux.

— Vous croyez que ça va marcher ? interrogea Disgleirio.

— Il le faut. Arriver en même temps que la flotte ne servirait à rien. Nous devons la distancer. Par chance, ce navire est conçu pour la vitesse, contrairement aux bâtiments de guerre qui nous entourent. Tout le problème consistera à nous échapper discrètement.

Goyter les rejoignit. Elle portait la version féminine de leur tenue ; les étoiles dorées se détachaient nettement sur le tissu blanc de sa tunique.

— Quinn ! lança-t-elle. Je te cherchais. On a besoin de ton aide pour instaurer les tours de garde. Un peu de supervision ne nous ferait pas de mal, si tu vois ce que je veux dire.

Disgleirio acquiesça.

— Je m'en occupe. Si vous voulez bien m'excuser…

— Vas-y, répondit Karr.

Quand Disgleirio se fut éloigné, le vieil homme demanda à Goyter comment se portait Tanalvah.

— Pour l'instant, elle est en train de se reposer avec les enfants. Bien que le calme et le silence soient des denrées rares sur le pont inférieur, vu le nombre de gens que nous y avons entassés.

— Nous les ferons remonter dès que nous nous serons détachés de la flotte. Dites-moi, que pensez-vous de l'humeur de Tanalvah ?

— Toujours très changeante. Elle est tour à tour extatique ou déprimée, et constamment au bord des larmes dans un cas comme dans l'autre. Mais avec ce qu'elle a traversé, j'imagine que c'est normal. Je lui ai demandé si elle était certaine de vouloir nous accompagner, étant donné que l'île risque de devenir rapidement une zone de guerre et qu'elle aura bientôt trois enfants à protéger.

— Je devine sa réponse.

— Oui. Elle est bien décidée à rejoindre Kinsel. Néanmoins... Je m'inquiète pour elle, Dulian. Peu importe ce qui nous arrivera : nous sommes vieux. Mais avons-nous le droit d'entraîner une femme enceinte et deux jeunes enfants dans ce guêpier ?

— Le choix lui appartient. Je sais juste que si j'avais encore une compagne, j'aimerais être avec elle en un moment pareil. Pas vous ?

— Oh, si !

— Je suis désolé, Goyter. Vous devez penser à Brek.

— Il est rare qu'un jour s'écoule sans que je pense à lui.

— Ça fait combien de temps, maintenant ?

— Qu'ils l'ont tué ? Trois ans, quatre mois et bientôt deux semaines. Et, oui, bien sûr que j'adorerais qu'il soit là. En son absence, je fais la seule chose qui reste à faire : j'y vais en notre nom à tous les deux. Quelque part, ça atténue l'impression qu'il est mort pour rien, je suppose.

— Votre mari n'est pas mort pour rien. Il a donné sa vie en combattant l'oppression. Il n'existe pas beaucoup de meilleures raisons.

— C'est ce que je ne cesse de me répéter. Maintenant, changeons de sujet. Vous allez me rendre triste, et je préfère encore manger du verre que jouer les veuves éplorées. Et puis, vous semblez assez morose pour deux. Qu'est-ce qui vous tracasse ?

— Ça m'ennuie d'utiliser les Filles de la Miséricorde comme couverture.

— Je croyais que la discussion était close. C'est une idée brillante, Dulian. Je ne vois aucun autre moyen qui nous aurait permis de quitter Bhealfa aussi facilement.

— Mais si les choses tournent mal et que ça rejaillisse sur eux ? Ce sont de braves gens, et, dans les empires, certains n'attendent qu'une occasion de les discréditer.

— Parfois, nous sommes forcés de faire des choses qui nous répugnent dans l'intérêt du plus grand nombre. Ruminer ne sert à rien. Il est trop tard maintenant. C'est fait.

— Je suppose que vous avez raison.

— Vous savez bien que oui. Alors, à quoi d'autre pensez-vous ?

— N'est-ce pas évident ? Regardez la taille de cette flotte. Une masse d'armes pour casser une noisette. Ce qui signifie que nous voguons vers une mort presque certaine et que nous entraînons quantité de gens avec nous.

— Comme vous venez de le dire au sujet de Tanalvah, la décision leur appartient. En partant, nous savions tous à quoi nous nous exposions. Et vous êtes mieux placé que quiconque pour savoir une chose.

— Quoi ?

— Tant qu'il y a de la vie, il y a de l'espoir.

L'armada bhealfane se composait de bateaux de nombreuses provenances. Une partie d'entre eux appartenait aux paladins, et la richesse et la puissance des clans étaient telles qu'ils formaient presque une flotte à l'intérieur de la flotte. Le vaisseau amiral de leur contingent, qui naviguait à moins de deux portées de flèches du faux navire-hôpital de la Résistance, était particulièrement impressionnant. Sur son pont, à l'écart du timonier et des autres membres d'équipage, deux silhouettes scrutaient la mer.

— Nous n'avions encore jamais pris le bateau, avoua Aphri Kordenza.

— Vraiment ?

Devlor Bastorran ne fit aucun effort pour masquer son indifférence.

— Quel est le protocole ? Y a-t-il des règles particulières ? Non que nous soyons du genre à les respecter ; c'est juste pour savoir.

— Il n'y en a qu'une qui s'applique à vous, ma petite dame : tenez-vous convenablement.

Les yeux de la fusionnée lancèrent des éclairs.

— Ma petite dame ? Outre le fait que l'expression est insultante, vous oubliez que je ne suis pas seule. Je déteste que les gens ne nous prennent pas au sérieux en tant que couple.

— Durant ce voyage, vous n'êtes pas un couple. Vous n'êtes que vous. Je ne veux voir votre… moitié en aucune circonstance. Je vous remercierais de confiner ses apparitions à votre cabine.

— Aphrim ne va pas aimer ça.

— Tant pis pour lui. Nous allons envahir un territoire ennemi, pas faire une croisière d'agrément. Je n'ai pas besoin des complications que vous et votre ami pourriez provoquer en vous baladant librement à bord. Restez discrets jusqu'à notre arrivée.

— Et ensuite ?

— Ensuite, vous pourrez vous en donner à cœur joie. Vous aurez quantité de cibles à embrocher sur l'île de Diamant.

— Simples hors-d'œuvre. Et la suite du banquet ?

— Caldason est la raison principale pour laquelle je fais le déplacement.

— Vous nous laisserez nous occuper de lui ?

— Nous verrons. Une chose est sûre : vous jouerez un rôle dans sa mort.

— Nous voulons le rôle principal, répliqua Aphri avec humeur.

— Vous aurez ce que les circonstances vous octroieront, trancha Bastorran. Si vous êtes en meilleure position que moi pour le tuer, vous avez ma permission.

— Mais vous espérez vous en charger vous-même, n'est-ce pas ?

— Il a une dette d'honneur envers moi.

— Envers nous aussi, grinça la fusionnée, les dents serrées.

— Certains trouveraient présomptueux, répliqua froidement Bastorran, que vous mettiez l'honneur du Haut Chef des clans au même niveau que celui d'un assassin de métier.

Aphri gonfla son torse frêle.

— Nous aussi, nous avons notre fierté.

— Ravalez-la. Pour cette mission, vous devrez procéder comme je vous l'indiquerai.

— Je ne vois pas pourquoi vous vous êtes donné la peine de nous emmener.

— Parce que j'ai besoin de quelqu'un pour m'aider à me… nous venger de Caldason. Quelqu'un possédant vos capacités très spéciales. Un allié en qui je peux avoir confiance.

— Parce que nous sommes aussi impliqués dans la mort de votre oncle, c'est ça ?

— Pas si fort ! siffla Bastorran en promenant un regard anxieux à la ronde. Vous êtes plus qu'impliqués dans cette affaire ; tâchez de ne pas l'oublier. Et ne ramenez jamais, jamais le sujet sur le tapis. Sans quoi, je vous ferai regretter d'être nés. Tous les deux.

— Autant pour l'égalité entre complices, renifla la fusionnée.

— Vous n'êtes pas ma complice mais mon employée, rectifia Bastorran. Faites ce que je vous dis et vous serez une employée extrêmement bien payée, en plus du cadeau que je vous ai déjà fait. En outre, vous aurez une chance de rendre la monnaie de sa pièce au Qalochien. Est-ce si désavantageux ?

— Je suppose que non.

— Mais faites le moindre faux pas et vous le regretterez. Ne croyez surtout pas que j'hésiterai à arracher cette chose de votre pied. Très lentement.

Aphri bouda un moment avant de lancer :

— Je croyais que votre copain chauve devait nous accompagner.

— Qui ça ?

— Le grand maigre qui dirige une unité d'espionnage.

— Le respect des gens qui vous sont supérieurs n'est décidément pas votre fort, s'agaça Bastorran. J'imagine que vous parlez du commissaire Laffon.

— C'est ça. L'épouvantail ambulant.

— De toute évidence, vous ne connaissez pas l'expression « c'est l'hôpital qui se fout de la charité ».

Aphri fronça les sourcils, perplexe.

— Pardon ?

— Laissez tomber. Le commissaire a été rappelé à Gath Tampoor à la dernière minute – non que ça vous regarde.

— Comme c'est contrariant pour lui…

— En effet. D'autant qu'il avait lui aussi des intérêts personnels sur Batarriss. Du coup, je lui ai promis de m'en occuper pour lui, révéla Bastorran. Et vous pourrez m'aider.

La fusionnée le dévisagea d'un air soupçonneux.

— Vraiment ?

— Je pense que vous êtes parfaitement qualifiée pour ce travail. Laffon souhaite que nous capturions une certaine personne sur l'île.

— Nous sommes spécialisés en assassinat, pas en capture de prisonniers. Pourquoi cette indulgence soudaine ?

— La personne en question est recherchée à Gath Tampoor. Jadis, elle appartenait aux forces de sécurité de l'empire ; donc, il y a une dimension politique dans cette affaire. Il faut l'interroger, et vis-à-vis de l'opinion publique, il serait assez souhaitable qu'elle passe en jugement.

— De qui s'agit-il ?

— En fait, il est possible que vous la connaissiez. Laffon pense qu'elle est associée avec Caldason. Ce qui signifie qu'elle nous conduira peut-être à lui.

— Ça, c'est intéressant. Dites-m'en davantage.

— Je peux faire encore mieux que ça : je peux vous la montrer. Mon aide de camp approche avec tout ce dont nous aurons besoin.

Du pouce, Bastorran indiqua le pont inférieur. Lahon Meakin se dirigeait vers eux, portant quelque chose sous son bras.

— C'est une occasion idéale pour mettre en pratique votre discrétion toute fraîche, ajouta le paladin sur un ton mordant.

Aphri Kordenza le poignarda du regard.

Meakin grimpa les marches et salua respectueusement de la tête.

— De la part du commissaire Laffon, monsieur.

Il tendit un gros portefeuille de cuir fermé par un ruban rouge.

Bastorran s'en empara vivement.

— C'est le dossier du CSI sur la suspecte, expliqua-t-il à la fusionnée en dénouant le ruban.

Meakin recula d'un pas ou deux.

— Là.

Bastorran sortit du portefeuille une petite plaque carrée, grande comme sa paume. Il la remit à Kordenza.

La fusionnée observa la surface laiteuse tourbillonnante jusqu'à ce que celle-ci se stabilise et projette une image : un visage qui effectua lentement un tour complet sur lui-même. Puis un corps miniature apparut en dessous de cette tête, et l'ensemble de la silhouette pivota une nouvelle fois comme si elle se tenait sur un tour de potier.

— Vous la reconnaissez ? s'enquit Bastorran.

— Oh, oui ! acquiesça Aphri Kordenza. Laffon avait raison : elle était avec Caldason. Et nous lui devons une fessée.

— Souvenez-vous : elle doit être capturée et non tuée. Mais il serait acceptable qu'elle parvienne un peu endommagée à Gath Tampoor.

— Comment s'appelle-t-elle ?

Bastorran leva le portefeuille. L'étiquette cousue sur le cuir portait un nom inscrit en lettre cuivrée. « Serrah Ardacris ».

22

— Douze brasses !

Le marin remonta la chaîne, prêt à la lancer de nouveau par-dessus bord au signal du timonier.

— Quand est-ce qu'on commence à s'inquiéter pour la profondeur ? voulut savoir Serrah.

— À une brasse ou moins, répondit Cheross, si on prend en compte les éventuels écueils sous-marins. Et les courants sont particulièrement traîtres dans cette région. C'est pourquoi ces eaux sont très peu fréquentées.

Le brick venait de pénétrer dans un archipel d'îlots, dont beaucoup n'étaient guère que des rochers nus saillant de l'eau glaciale.

— Maintenant que nous y sommes, dit Serrah en se tournant vers Caldason, comment allons-nous nous y prendre exactement pour trouver ce que nous cherchons ?

— Pour être honnête, je ne sais pas vraiment.

— Quelle surprise…

— Dix brasses !

— Mais par élimination, nous devrions pouvoir restreindre le champ de nos investigations, poursuivit Caldason.

— Que veux-tu éliminer ?

— On peut raisonnablement partir du principe que la Clepsydre ne se trouve pas sur l'un de ces îlots minuscules.

— Pourquoi pas ? Nous ignorons quelle forme elle revêt, à plus forte raison quelle taille elle a.

— Il faut bien émettre des suppositions pour définir un point de départ.

— Des suppositions ? répéta Serrah sur un ton acide.

— Huit brasses !

— Des déductions éclairées, si tu préfères. Cet archipel se compose de plusieurs centaines d'îles. Nous ne pouvons pas toutes les fouiller. Donc, nous devons nous concentrer sur celles qui feraient la cachette la plus probable, et la taille est un bon critère de sélection.

— Mais ça implique d'explorer tout l'archipel pour répertorier les îles de la bonne taille. Cela seul pourrait prendre des semaines.

— Pas nécessairement. J'ai remarqué quelque chose sur la carte que Phénix nous a montrée. Et le capitaine peut nous le confirmer. Rad ? appela Caldason en se tournant vers lui.

— Il existe une légende à propos de cet endroit, commença Cheross. Enfin, pas tout à fait une légende : juste une histoire. On raconte que deux dieux se livraient bataille, et que l'un d'eux – je ne me rappelle plus lequel, mais peu importe – a déraciné une montagne pour la jeter sur l'autre. Mais il a raté son coup, et la montagne est retombée ici, dans l'océan. Comme l'eau était peu profonde, elle a éclaté en mille morceaux qui sont devenus les îles de l'archipel.

Serrah fronça les sourcils.

— Je ne vois pas en quoi…

— Quand on regarde la carte, c'est à ça que ça ressemble, expliqua Caldason. On dirait qu'un rocher monstrueux est tombé du ciel et que ses fragments se sont éparpillés dans l'océan. Donc, la plupart des grosses îles sont regroupées au cœur de l'archipel – et plus on s'en éloigne, plus elles deviennent petites. Je pense que la première chose à faire est de nous rendre là-bas. Comme le groupement est assez dense, il ne devrait pas nous falloir trop de temps pour atteindre son centre.

— Mmmh… Alors, c'est quoi ta définition d'une « grosse île », étant donné qu'on ne sait rien de la Clepsydre ? À partir de quelle taille la considères-tu comme assez grande ?

— Sur certaines d'entre elles, il y a de la végétation et de l'eau douce. Ça peut être un début de piste. Mais il faut se fixer un minimum. Disons… De quoi faire tenir un petit village.

— Combien d'îles entrent dans cette catégorie ?

— Deux douzaines, répondit Cheross. Peut-être davantage.

— C'est encore beaucoup trop ! protesta Serrah. Comment faire baisser ce nombre ?

— J'espère que les talents de détecteur de Kutch pourront nous aider, avança Caldason.

— Cinq brasses !

— C'est ça, ton plan ? Chercher les plus gros rochers et espérer que le gamin pourra résoudre l'énigme ? railla la jeune femme.

— Ce sont les seuls éléments dont nous disposons. Avec ça, dit Caldason en se frappant le front.

— Je ne voudrais pas ajouter à vos soucis, intervint Cheross, mais regardez au-dessus de nous. Une tempête se prépare. Nous risquons d'être salement secoués.

La pluie tombait à verse depuis le ciel nocturne. Le bateau tanguait et gîtait, mais il continuait à progresser laborieusement à travers le dédale d'îlots.

Caldason, Serrah et Kutch étaient pelotonnés sous l'auvent de la passerelle. Assis sur des caisses, ils portaient des fourrures pour se protéger du froid et une capuche pour se protéger de la pluie.

Une bouteille d'eau roula bruyamment vers eux sur le pont incliné. Caldason la coinça sous son pied. En plissant les yeux, il scruta la brume qui recouvrait l'océan.

— Au moins, les rochers semblent grossir.

Serrah glissa une mèche de cheveux mouillée sous sa capuche.

— J'espère bien, après une journée entière et la majeure partie d'une nuit !

— Allez vous reposer, tous les deux, pressa Caldason. Vous n'êtes pas obligés de rester là.

— Tu as dit que nous n'étions pas si loin du centre, protesta Kutch.

— Nous ne l'étions pas. Mais à cause de la tempête, nous avançons à peine plus vite qu'un escargot.

— Je vais rester encore un peu, décida Serrah.

— Moi aussi, renchérit le jeune homme.

— Comme vous voudrez.

Un moment de silence dégoulinant s'écoula.

— Reeth…, commença Kutch.

— Oui ?

— Je crois… Je crois que je sens quelque chose.

Caldason et Serrah se redressèrent, toute fatigue oubliée.

— Qu'est-ce que c'est ? s'enquit la jeune femme.

— Rien de précis, et, au début, je n'étais pas sûr. Mais… Je perçois une augmentation des émissions magiques. C'est comme un fourmillement sur ma peau, expliqua Kutch avec une grimace un peu effrayée.

Serrah posa une main sur son bras.

— Tu veux dire, c'est plus fort que les… bruits de fond que tu captes d'habitude ?

— Oui. Beaucoup plus fort.

— Tu ne devrais pas lancer un des sorts de détection de Phénix ? suggéra Caldason.

— Je ne pense pas en avoir besoin. D'un autre côté, ça pourrait nous aider à localiser notre destination.

— Dans le doute, mieux vaut essayer, dit Serrah. On peut faire quelque chose pour t'aider ?

— Non. J'ai juste besoin de calme.

Kutch se leva.

La jeune femme ne lâcha pas son bras.

— Tu es sûr de toi ?

— Assez, oui. De toute façon, il se passe quelque chose. Laisse-moi vérifier.

La tête rentrée dans les épaules, Kutch traversa le pont à la hâte.

L'aube se levait. Le bord du soleil émergeait à l'horizon, le faisant virer au rouge cerise.

— Ça ne prendra peut-être pas aussi longtemps qu'on le pensait, lança Caldason.

— Sois très prudent avec le gamin, Reeth, répliqua sévèrement Serrah. Veille bien sur lui.

Caldason fut piqué au vif.

— Tu crois vraiment que je le laisserais se faire blesser ou tuer si je pouvais l'en empêcher ?

— Pas si tu pouvais l'en empêcher, non. Mais nous n'avons pas la moindre idée de ce à quoi nous allons être confrontés. Qui peut savoir quels genres de défenses entourent la Source ?

— Ce n'était pas mon idée d'emmener Kutch. Ni toi, d'ailleurs. Mais maintenant que vous êtes là tous les deux, je ferai tout ce qui sera en mon pouvoir pour vous protéger.

— Je peux me débrouiller seule, merci.

— Alors, tu voudras bien veiller sur moi aussi ?

Serrah sourit.

— Espèce de bouffon ! (Sa voix se radoucit.) Bien entendu, je sais que jamais tu ne mettrais volontairement Kutch en danger. Désolée.

Caldason passa un bras autour d'elle.

— Ce n'est pas grave. Nous sommes tous sur les nerfs.

— Mais il est si jeune et si vulnérable, se justifia Serrah. Quand je le regarde, je ne peux pas m'empêcher de penser à…

Caldason dut finir à sa place.

— … à Eithne.

La jeune femme acquiesça.

— J'ai failli à mes devoirs envers elle. Je ne ferai pas la même chose avec Kutch.

— Tu n'as failli à rien du tout, contra Caldason. Oublie ta culpabilité ; tu ne pourras pas la ressasser éternellement.

— Drôle de conseil venant de quelqu'un qui en éprouve tant lui-même, fit gentiment remarquer Serrah.

— Nous portons tous les deux le poids de notre passé comme un fardeau, approuva le Qalochien. Mais ce que nous cherchons pourrait nous aider à nous en débarrasser.

— Ne place pas trop d'espoir dans la Source, Reeth. Il y a de fortes probabilités pour que tu sois déçu.

— Dans ce cas, ma situation ne sera pas pire qu'elle l'a toujours été. Elle sera même meilleure, puisque maintenant, je t'ai, toi.

Caldason se pencha pour embrasser Serrah sur la joue. Elle tourna la tête vers lui, et ce furent leurs lèvres qui se rencontrèrent.

Au bout d'un moment, la jeune femme lança :

— Tu penses vraiment que nous avons une chance de trouver la Clepsydre et la Source – quoi qu'elles puissent être ?

— Je ne me serais pas lancé à leur recherche dans le cas contraire. Même si je reconnais que cette chance est mince.

— Tu crois qu'elles seront gardées ?

— Nous devons supposer que oui. Mais nous en avons déjà discuté des dizaines de fois, Serrah. Pourquoi cet interrogatoire ? s'enquit Caldason.

— Crois-le ou non, mais j'aime bien savoir où je mets les pieds. (La jeune femme marqua une pause.) Et j'imagine que j'ai besoin d'être convaincue. Non – persuadée. Persuadée que ce que nous faisons a un sens.

— Je ne suis sans doute pas la personne la mieux placée pour ça, fit remarquer Caldason. Mais je crois vraiment que cette quête n'est pas plus insensée que tout ce que nous avons fait jusque-là.

— Autrement dit : c'est une pure folie, comme le reste, ricana Serrah.

— Euh… Oui, convint Caldason.

Ils éclatèrent de rire.

Le brick continuait à avancer lentement sous la pluie qui se calmait. L'aube était levée à présent, même si elle ne dispensait qu'une maigre lumière. Les îles qu'ils longeaient – masses sombres émergeant des eaux traîtresses – grossissaient peu à peu.

Kutch revint d'un pas vif, son souffle formant un petit nuage devant sa bouche.

— Tu as trouvé quelque chose ? demanda Caldason.

— Je ne me suis pas donné la peine de lancer plus de deux sorts, mais ils ont confirmé que le niveau de magie était très élevé dans ce secteur.

— Tu as pu localiser la source des émissions ?

Kutch se rembrunit.

— Non. L'atmosphère est tellement saturée que c'est impossible.

— Ne semblerait-il pas logique qu'elle soit au centre de l'archipel ?

— La logique n'entre pas nécessairement en ligne de compte. La magie pourrait aussi bien provenir des bords que du centre, d'un simple rocher ou de la plus grande île – voire de plusieurs îles à la fois. La taille et l'emplacement de sa source importent peu ; seule compte sa nature. Cela dit...

— Tu penses aussi que ça vient du centre ? grimaça Caldason.

— Oui. Je le sens. Et toi, sur quoi te bases-tu ? interrogea Kutch.

Le Qalochien haussa les épaules.

— C'est juste une intuition.

Serrah les observait pensivement.

— Donc, on commence au centre et on progresse vers l'extérieur ? suggéra Kutch.

— Ça me paraît un bon plan, acquiesça Caldason.

Chéross passa près des trois amis, l'air aussi trempé et épuisé qu'eux.

— On n'atteindra le centre que dans deux heures environ, annonça-t-il. D'ici là, vous devriez essayer de dormir.

Moins de deux heures plus tard et à peine plus frais, ils se rassemblèrent à la proue du bateau. Si haut dans le Nord, la lumière matinale était blême et l'air désespérément froid ; du moins avait-il cessé de pleuvoir.

Le brick avait jeté l'ancre près d'une île dotée de falaises abruptes et de pics granitiques, non loin d'une plage de galets.

— Elles ont des noms ? s'enquit Serrah.

— Quoi, les îles ? Pas à ma connaissance, répondit Cheross.

— Je me demande si les Fondateurs leur en avaient donné, murmura Kutch.

— Pourquoi ne l'auraient-ils pas fait ? répliqua Caldason.

— Certains érudits pensent qu'ils avaient développé une culture au-delà des mots tels que nous les entendons. Peut-être ne ressentaient-ils pas le besoin d'étiqueter les choses comme nous le faisons.

Cheross secoua la tête.

— Un monde sans noms ? Ce serait le chaos.

— Ils avaient une façon de penser différente de la nôtre.

— Pourtant, « la Clepsydre », c'est bien un nom, fit remarquer Serrah.

— Oui, mais nous ignorons si ce sont les Fondateurs qui le lui ont attribué, expliqua Kutch. Notre langage ne comprend que quelques mots hérités d'eux, et tous prêtent à confusion.

— Qu'essaies-tu de nous dire ? Qu'ils n'utilisaient pas de noms du tout ? Cheross a raison : ç'aurait été le chaos !

— Pas pour les Fondateurs. Et puis, il est possible qu'ils en aient eu quelques-uns, pour désigner les choses particulièrement significatives dans leur culture. Le peu de traces qu'ils ont laissées – les fragments de leur savoir qui sont parvenus jusqu'à nous – semblent corroborer cette théorie.

— Ils ressemblent à quoi, ces fragments ?

— Ils ne sont plus sous leur forme originelle. Ils ont été recopiés maintes fois au fil des siècles. Sur du papier. J'ignore comment ils se présentaient à la base. Quant au langage... Hum, « langage » n'est probablement pas le terme approprié. Les écrits des Fondateurs sont un mélange de symboles, d'allusions mathématiques et de... bidules magiques.

— Phénix serait fier de t'entendre utiliser un terme technique si pointu.

Ils éclatèrent tous d'un rire un peu nerveux.

— Je ne voulais pas vous ennuyer, c'est tout, se justifia Kutch, rouge d'embarras.

— On sait, articula gentiment Serrah.

— Les Fondateurs n'ont peut-être pas laissé de noms à ces îles, mais ils ont pu laisser autre chose, rappela Caldason.

— Par exemple, des pièges, avança Serrah en recouvrant aussitôt son sérieux.

Caldason acquiesça.

— Si l'objet de notre quête est aussi important que beaucoup de gens semblent le penser, il sera bien gardé. La question, c'est : comment ?

— Par de la magie, répondit Kutch comme si c'était une évidence. Souviens-toi : nous parlons des Fondateurs.

— Quelle forme pourrait-elle revêtir ?

— Aucune idée.

— Sera-t-elle toujours active après tout ce temps ? demanda Serrah.

— Je ne peux pas répondre à vos questions, avoua Kutch. Tout ce que je peux faire, c'est tenter de détecter de la magie animée par des intentions nuisibles.

— Malgré toutes les émissions de fond qui saturent l'atmosphère ?

— J'ai été formé à les filtrer. Et puis, elles ne sont pas de la même nature. Elles n'ont pas la même… texture.

— En ce qui concerne l'exploration, intervint Chéross, un équipage minimum restera à bord, et le reste ira avec vous.

— Merci, mais non, répondit Caldason. Nous n'avons besoin que de quelques rameurs pour nous conduire à terre.

— Mais étant donné…

— Je ne veux pas exposer vos hommes à plus de dangers que strictement nécessaire. Et à moins que l'un d'eux s'avère un sorcier confirmé ou possède un talent de détecteur semblable à celui de Kutch, ils ne pourront pas faire grand-chose pour nous aider de toute façon. Quoi qui puisse nous attendre là-bas, Serrah, Kutch et moi l'affronterons seuls.

— Il n'est pas un membre de mon équipage qui ne se porterait volontaire pour vous accompagner.

— Je sais, et je leur en suis très reconnaissant. Si nous avons besoin d'eux, ils pourront nous rejoindre plus tard, quand nous nous serons assurés que la voie est libre. Jusque-là, je refuse de courir le risque.

— Et vous êtes certains qu'il s'agit de la bonne île ?

Du menton, Cheross désigna la masse rocheuse.

— Nous ne pouvons pas en être sûrs, répondit Kutch, mais c'est ici que la magie me semble la plus forte.

— Ne nous emballons pas, recommanda Serrah. La première île sur laquelle nous débarquons ? Et la plus repérable de toutes ? Ça m'étonnerait que ce soit aussi simple.

— Il faut bien commencer quelque part, fit valoir Caldason. Et, moi aussi, mon instinct me pousse vers elle.

Serrah lui jeta un regard intrigué mais ne fit pas de commentaire.

— Je vais prendre mes dispositions pour vous faire emmener à terre immédiatement. Une fois que vous aurez débarqué, le canot vous attendra pendant deux heures. Après ça, si vous avez besoin de nous, nous accourrons à votre signal. Mais sans nouvelles dans les douze heures, nous remettrons le cap vers l'île de Diamant, annonça Chеross.

Caldason acquiesça.

— Ça me paraît bien.

— Alors, allons-y.

Le capitaine se détourna pour donner ses ordres.

— Ça va, vous deux ? s'enquit Caldason à voix basse.

— Très bien, répondit Serrah.

— Je suis tout excité, avoua Kutch.

Les marins commencèrent à s'affairer sur le pont, et le brouhaha monta d'un cran.

— Il serait peut-être bon d'étoffer notre arsenal, suggéra Caldason.

— Avec des contre-sorts ? voulut savoir Serrah.

— La magie n'est pas le seul danger susceptible de nous attendre sur cette île.

— J'emporte un jeu de couteaux de lancer en plus de mes lames habituelles. Si ça ne suffit pas, rien ne suffira.

— Et toi, Kutch ? Puis-je te persuader de prendre une deuxième arme ?

— C'est déjà fait, Reeth. (Le jeune homme glissa une main à l'intérieur de sa tunique de fourrure et en sortit une dague.) Tu la reconnais, Serrah ? C'est celle que tu m'as donnée le jour où on a quitté Bhealfa.

— J'avais complètement oublié. Dieux merci, tu n'as pas eu besoin de t'en servir cette fois-là. Mais prépare-toi à le faire aujourd'hui. (Serrah reporta son attention sur Caldason.) Et les provisions ? Tu comptes en emporter ?

— Une gourde chacun et quelques biscuits de mer. Inutile de nous encombrer davantage.

— Tu penses qu'on n'en aura pas pour longtemps ? demanda Kutch.

— Ou on reviendra très vite, ou on ne reviendra pas du tout. Dans les deux cas, on n'a pas besoin de prendre de quoi tenir un siège.

Cheross les appela. Le canot avait été mis à la mer, et huit rameurs attendaient à bord. Caldason entraîna Serrah et Kutch vers le bastingage, où ils prirent des gourdes. Puis ils descendirent l'échelle de corde pour rejoindre leur embarcation.

La traversée fut courte. Après l'orage, la mer s'était calmée, mais les trois amis étaient tendus, comme s'ils s'attendaient à tomber dans un piège.

Bien qu'étant la plus grande de l'archipel, l'île qui les intéressait était de taille modeste. Serrah, la citadine, l'aurait décrite comme couvrant neuf ou dix pâtés de maisons ; Kutch, qui venait de la campagne, aurait dit que sa superficie était équivalente à celle d'un nombre égal de champs. Aux yeux de Caldason, elle faisait trois bons jets de lance dans sa dimension la plus large.

Des falaises se découpaient à l'une de ses extrémités, et deux modestes pics rocheux se dressaient en son centre. Pour le reste, elle était essentiellement plate et bordée de plages de galets.

Le débarquement se passa sans incident. Caldason, Serrah et Kutch remercièrent les rameurs et les laissèrent derrière eux tandis qu'ils s'éloignaient vers l'intérieur des terres, sentant le regard des marins leur vriller le dos.

Lorsqu'ils furent hors de portée d'ouïe, Kutch lança :

— La magie... Je la sens. Elle est très intense.

Serrah lui jeta un coup d'œil inquiet.

— Tu te sens en état de continuer ?

— Oui. Oui, pas de problèmes.

Ils arrivèrent en haut de la grève. Au-delà de la crête qui la masquait aux yeux des rameurs s'étendait une plaine broussailleuse.

— De quel côté allons-nous ? se demanda Serrah.

Sans la moindre hésitation, Reeth et Kutch montrèrent simultanément la direction du nord – vers l'intérieur de l'île.

— Eh bien, souffla la jeune femme, estomaquée. Au moins, c'est clair.

— C'est de là que vient la magie, se justifia Kutch.

Caldason ne dit rien.

Comme ils avançaient, les broussailles cédèrent la place à de l'herbe. Puis des buissons et des arbres apparurent.

— Jamais je n'aurais cru que de la végétation puisse pousser ici, s'étonna Serrah.

— C'est à cause de la magie, expliqua Kutch. Tout l'archipel est traversé par des canaux d'énergie qui rendent la terre plus fertile, surtout aux endroits où ils se croisent. Tu n'as pas remarqué comme la température est douce ?

— Maintenant que tu en parles...

— Qu'est-ce que c'est ? lança Caldason en désignant des fragments de pierre blanche incrustés dans le sol.

— Ça pourrait être un chemin, décida Serrah.

— Ce sont les vestiges d'une route, confirma Kutch. Et ils ont l'air vraiment très vieux. De quel genre de pierre s'agit-il ?

— Un genre que je n'avais jamais vu avant, répondit Serrah en creusant autour d'un caillou avec le bout de sa botte. Si c'est bien une route, on dirait qu'elle commence ici et qu'elle va dans la même direction que nous.

Ils la suivirent. Autour d'eux, le paysage devint de plus en plus verdoyant et l'air de plus en plus tiède. Curieusement, les arbres étaient couverts de feuilles, et des fleurs sauvages poussaient en abondance parmi l'herbe drue.

Enfin, ils aperçurent le bout de la route. Celle-ci s'achevait au pied d'un haut promontoire dans lequel béait une ouverture : pas une fissure naturelle, mais une entrée découpée à dessein dans la roche, et assez large pour laisser passer un chariot. Si cette porte avait un jour été munie de battants, ils avaient dû pourrir depuis belle lurette.

Des débris jonchaient le sol autour du promontoire. En approchant, les trois amis distinguèrent des piliers renversés, des plinthes fracassées et ce qui aurait pu être les restes d'une arche.

— On dirait l'entrée d'un temple, commenta Serrah.

— Pas vraiment l'endroit idéal pour cacher quelque chose, acquiesça Caldason. Il ne manque qu'une pancarte.

— Ce qu'il y a à l'intérieur n'est peut-être pas caché, hasarda Kutch.

— Que veux-tu dire ?

— Nous avons toujours supposé que la Clepsydre et la Source avaient été délibérément dissimulées. Mais peut-être ont-elles juste été... abandonnées.

Serrah fit une moue sceptique.

— Et personne n'a eu l'idée de venir les chercher avant nous ?

— Et si nous étions les seuls capables de voir tout ça ?

— C'est absurde, Kutch. Reeth et moi ne sommes pas des détecteurs.

— Oublie mon pouvoir. Imagine que si on peut voir cet endroit, c'est parce que la magie des Fondateurs a été programmée pour.

— Je ne comprends pas.

— Peut-être étions-nous destinés à le découvrir.

Serrah fronça les sourcils.

— Comment serait-ce possible ?

— Comme je l'ai dit tout à l'heure, les Fondateurs ne réfléchissaient pas de la même façon que nous.

— Nous sautons aux conclusions, intervint Caldason. Il se peut que Serrah ait raison et que quelqu'un nous ait précédés. Commençons par explorer les lieux.

Debout devant l'entrée, ils scrutèrent l'intérieur du promontoire. Il y faisait noir comme dans un tonneau de poix. Kutch et Serrah sortirent de petits orbes enchantés, et Caldason passa quelques secondes à tâter ses poches avant d'en brandir un à son tour. Puis ils entrèrent.

Une odeur de renfermé les assaillit. La poussière des siècles. Vingt ou trente pas plus loin, ils trouvèrent un large escalier qui s'enfonçait dans des ténèbres plus épaisses encore. La main crispée sur la poignée de leur épée, ils descendirent prudemment.

Cent trente-cinq marches plus bas, ils arrivèrent sur un palier. Devant eux se dressait un mur qui ne montait pas tout à fait jusqu'au plafond, et dans lequel se découpaient deux ouvertures sans porte.

— Laquelle faut-il prendre ? se demanda Caldason à voix haute.

— Fais-moi la courte échelle, ordonna Serrah.

Quand il l'eut soulevée, elle tendit son orbe enchanté à bout de bras et regarda de l'autre côté du mur. Quantité de parois définissaient un réseau de couloirs tortueux.

— C'est un labyrinthe, rapporta-t-elle.

— Il est grand ? voulut savoir Caldason.

— Je n'en vois pas le bout. C'est trop loin et il fait trop sombre. Mais tout au fond…

— Oui ?

— Il y a un genre de lueur. C'est tout ce que je peux distinguer. Attention, je redescends, prévint Serrah.

— Comment on s'y prend ? lança Caldason. Ça pourrait être bourré de pièges ou…

— Excusez-moi, coupa Kutch, mais une fois de plus, vous vous basez sur des préjugés sans fondement. Il semble que cet endroit ait été un lieu public, un mémorial ou quelque chose du genre – pas un secret à défendre à tout prix. Vous savez à quoi servent les labyrinthes ? Ils tracent le chemin de l'illumination, la carte des stades de conscience supérieurs. C'est d'un voyage symbolique qu'il s'agit, pas d'un parcours du combattant semé d'embûches !

— Alors, que suggères-tu ?

— Je ne dis pas qu'on doit totalement baisser notre garde, mais essayons de le parcourir comme les Fondateurs l'auraient fait en leur temps. Comme des pèlerins ou des adeptes.

— Le parcourir, c'est tout ? Il y a un moyen de trouver la sortie à coup sûr ? s'inquiéta Serrah.

— Le principe, c'est de tourner systématiquement à gauche à l'aller et systématiquement à droite au retour.

— Ça semble assez hasardeux comme tactique, non ?

— C'est un plan qui en vaut un autre, décida Caldason. Donc, on entre… par la porte de gauche ?

— De droite, rectifia Kutch. Réfléchis.

— Surtout pas, se récria Serrah. Ça me donne mal à la tête.

Caldason entra le premier, mais la plupart des couloirs étaient assez larges pour qu'ils puissent marcher de front. La lumière de leurs orbes éclairait des murs, un sol et un plafond uniformément gris-blanc, d'une régularité impressionnante.

— C'est si lisse, marmonna Serrah en caressant une paroi du bout des doigts. Qu'est-ce que c'est ?

Caldason secoua la tête.

— Aucune idée. Mais lisse ou pas, ça accroche un minimum. Vous avez remarqué que le sol s'incline et que pourtant, nous ne glissons pas ?

Kutch hocha la tête.

— Oui. Nous descendons. Et il fait de plus en plus chaud.

— Question magie, ça donne quoi ?

— C'est… presque étourdissant. Ça ne cesse de s'amplifier.

Ils tournèrent une nouvelle fois à gauche.

— C'est juste mon imagination, ou il fait de plus en plus clair ? lança Serrah.

Du dos de la main, Kutch essuya son front en sueur.

— Nous sommes tout près.

— Chut ! (Caldason porta un doigt à ses lèvres.) Vous entendez ?

Serrah tendit l'oreille.

— Il y a un bruit, acquiesça-t-elle.

— À ton avis, c'est quoi ? De l'eau qui coule ?

— Non. C'est plus… solide que liquide.

Ils continuèrent à marcher. La clarté et la chaleur augmentèrent tandis qu'ils tournaient à gauche, encore et encore.

Soudain, le labyrinthe prit fin.

Un mur se dressait devant les trois compagnons. Une seule ouverture, identique à celle qu'ils avaient empruntée pour entrer, s'y découpait. Au-delà, il y avait de la lumière, un son impossible à identifier et le poids d'une présence écrasante. Chacun d'eux le sentait.

Caldason s'avança en tirant une de ses épées. Serrah dégaina elle aussi et fit mine de lui emboîter le pas. Mais jetant un coup d'œil à Kutch, elle vit l'expression de son visage et se ravisa. Avec un sourire indulgent, elle rangea son orbe enchanté dans sa poche et offrit sa main au jeune homme. Celui-ci la prit et la serra très fort. Ils rejoignirent Caldason.

L'espace d'une seconde, tous trois hésitèrent sur le seuil.

Puis ils le franchirent.

23

Le temple d'Os de Bout-du-Monde. Le pont de Gazall au-dessus de la vallée des Larmes. Les cinq tours restantes d'Akhom-Behtz. Les statues de Crae et de Fornarr sur le mont Vertèbre-de-Dragon. Si tous ces monuments inspiraient la stupeur, c'était partiellement dû à leur taille colossale : auprès d'eux, un observateur ne pouvait que se sentir insignifiant.

Mais le plus perturbant, c'était leur grand âge. Les siècles dont ils avaient enduré le passage, les innombrables mortels auxquels ils avaient survécu. Comme si, tels des vampires, ils aspiraient l'essence vitale de créatures éphémères pour prolonger leur existence minérale. Comme s'ils se nourrissaient des déchets du temps, assimilant chaque particule de peau humaine, chaque cheveu, chaque goutte de sueur ou de sang que le vent portait jusqu'à eux.

Caldason, Serrah et Kutch éprouvaient cette stupeur – une stupeur inspirée par le gigantisme, par l'antiquité presque inconcevable et par l'altérité intrinsèque de ce qu'ils contemplaient.

Le labyrinthe débouchait sur une caverne immense. Celle-ci était éclairée par une vive lumière magique qui ne provenait pas d'orbes enchantés mais semblait suinter de la roche même. Un mélange d'odeurs planait dans l'air ; la plus forte était incontestablement celle du soufre.

Si vaste que fût la caverne, un unique édifice en dominait l'espace. Gros comme une montagne, il paraissait sculpté dans la pierre locale à laquelle se mêlait tout un éventail d'autres matériaux comme l'acier, le quartz, le zinc, la céramique et même l'or. Sa large façade s'ornait de symboles dont les couleurs vivaces avaient conservé tout leur éclat au fil du temps.

Mais le plus frappant, c'était le pendule fixé à son sommet. Aussi large qu'un arbre adulte et aussi long qu'une rue, il évoquait un balancier stationnaire. Un examen plus minutieux révélait toutefois qu'il devait se déplacer, à une vitesse imperceptible, de la gauche vers la droite. Un symbole vert marquait son point de départ, et un symbole rouge son point d'arrivée, que sa pointe avait presque atteinte. Tout l'artefact était traversé par une pulsation sourde, profonde et rythmique, qui faisait vibrer le sol sous les pieds des trois compagnons.

— Je ne sais pas comment j'imaginais la Clepsydre, chuchota Serrah, mais sûrement pas comme ça.

Vue de près, la relique semblait située sur un îlot. Elle donnait cette impression à cause du ruisseau qui longeait sa base, courant entre deux ouvertures situées de part et d'autre de la caverne. Un ruisseau qui n'avait rien d'ordinaire, puisqu'il était formé de vif-argent. Au lieu de traverser la caverne en ligne droite, il alimentait la Clepsydre comme de l'eau eût alimenté un moulin. Son flux épais et paresseux produisait un bruit de succion en se glissant dans des conduits savamment taillés.

— Pas étonnant qu'elle soit restée debout si longtemps, s'émerveilla Kutch. Elle puise directement au Chariot de la Magie. La quantité de pouvoir qu'elle brasse… À ta place, Reeth, je ne m'en approcherais pas trop. Ce niveau d'énergie est vraiment dangereux.

Caldason ne répondit pas. Il avait l'air absent.

— Reeth ?

Serrah s'approcha du Qalochien et lui saisit le bras.

— Reeth !

Caldason sursauta.

— Hein ?

— Tu étais ailleurs.

Il secoua la tête pour s'éclaircir les idées.

— Il fait très chaud ici, dit-il en guise d'excuse, et la magie…

— C'est assez écrasant, acquiesça Kutch.

— Tout ce que je sens, c'est la chaleur, répliqua Serrah. Tiens.

Elle tendit sa gourde à Caldason. Celui-ci but longuement et parut un peu rasséréné. Il se tourna vers Kutch.

— Alors, ton avis ? À quoi sert cette chose ?

— Je pense que les érudits avaient raison : elle mesure le temps.

— En quoi ? interrogea Serrah. En heures ? En jours ?

— Tu dois réfléchir à une échelle beaucoup plus vaste que ça, la détrompa le jeune homme, le nez en l'air. Regarde les symboles.

— Tu les comprends ?

— Pour la plupart, non. Mais deux ou trois d'entre eux figurent dans les écrits des Fondateurs que nous avons récupérés, et nous pensons connaître leur signification. (Il tendit un doigt.) Tu vois celui-ci, au début de la trajectoire du pendule ?

— Celui qui ressemble à un huit traversé par un croissant ?

— Oui, le vert. Il est synonyme de... De beaucoup de choses, mais plus généralement de naissance ou de commencement. On peut le traduire, selon le contexte, par « graine », « printemps » ou « puits ».

— Donc, il n'est pas trop difficile à interpréter.

— En effet. De toute évidence, il s'agit d'un point de départ. Tous les autres symboles qui ponctuent la trajectoire du pendule doivent désigner des événements importants.

— Des événements de la vie de qui ? s'enquit Serrah, perplexe.

Caldason avait écouté sans rien dire. Il se décida enfin à prendre la parole :

— De nos vies à tous.

— Que veux-tu dire ?

— Kutch commence à comprendre. N'est-ce pas, Kutch ?

Le jeune homme acquiesça. Malgré la chaleur, il était tout pâle.

— Ne me faites pas languir, protesta Serrah. Qu'y a-t-il ?

— Le symbole tout en haut, le noir et orange, expliqua Kutch sur un ton hésitant, en désignant un dessin de la taille d'une roue de chariot. Dans le langage écrit des Fondateurs, il signifie « tout ».

— Mais encore ?

— « Tout ». Le monde entier. Les gens, les animaux, les choses... Tout.

Serrah secoua la tête.

— Je ne...

— Regarde où se trouve le pendule, coupa Caldason. Tu vois l'endroit que pointe la flèche ? Je parierais gros sur la signification de ce symbole-là.

— C'est la fin, confirma Kutch. Pas exactement la mort, parce que ce concept ne semble pas faire partie du vocabulaire des Fondateurs. Mais on peut le traduire à la fois par « achèvement », « interruption » et « expansion ». On le trouve souvent associé à la théorie du Jour de la Destruction.

— Oh, génial ! s'exclama Serrah. On vient chercher de l'aide et on découvre que c'est bientôt la fin du monde. À supposer que les Fondateurs aient su de quoi ils parlaient.

—Ils étaient extrêmement perspicaces, lui rappela Kutch.

—Mais pas nécessairement omniscients. Sans ça, comment se ferait-il qu'ils aient disparu ?

—Je suppose que même eux n'étaient pas infaillibles. Néanmoins, leur civilisation était la plus avancée que ce monde ait jamais connue. Il y a de fortes chances pour qu'ils aient eu raison.

Serrah renifla d'un air dubitatif et étudia le pendule.

—À votre avis, ce petit intervalle restant correspond à quoi ? Il nous reste combien de temps ?

Kutch haussa les épaules.

—Cet instrument a été conçu pour mesurer des âges entiers, alors… Qui sait ? Peut-être des siècles. Peut-être quelques semaines.

—Plutôt quelques semaines que quelques siècles, déclara Caldason.

—Qu'est-ce qui te fait penser ça ? s'enquit Serrah.

—Le fait que nous soyons là maintenant.

—Tu ne nous avais pas habitués à un tel mysticisme, Reeth.

—C'est… comme ça que je le sens.

Kutch hocha la tête.

—Tu veux dire que nous étions destinés à venir ici à ce moment précis ? insista Serrah.

—Je ne sais pas ce que je dis. Ça me paraît juste… dans l'ordre des choses.

—Donc, d'après toi, débarquer sur cette île alors que la fin du monde se prépare, c'est tomber pile au bon moment ?

—Comme tu l'as fait remarquer, il se peut que les Fondateurs se soient trompés.

—Mais tu penses qu'il va se passer quelque chose ?

—J'espère que nous allons découvrir la Source.

—Nous l'espérons tous. C'est pour ça que nous sommes venus, tu t'en souviens ? (Du regard, elle embrassa l'immensité de la caverne.) Alors, où est-elle ? lança-t-elle avec une pointe de dérision dans la voix.

Caldason fit un signe d'ignorance.

—Le pouvoir de détection de Kutch pourrait peut-être…

—Je n'y arriverai pas, admit le jeune homme.

—Je croyais que tu avais appris à filtrer les interférences, lui rappela Serrah.

—Oui. Mais cet endroit est tellement saturé de magie que c'est impossible.

— Alors, nous n'avons pas de plan.

— Si, nous en avons un, contra Caldason. Le plus vieux du monde. Nous allons fouiller.

— Où ça ?

— Cette caverne n'est peut-être pas la seule chose qu'il y ait à voir dans ces souterrains.

Du menton, le Qalochien indiqua le mur du fond – l'endroit où les ombres étaient les plus profondes.

— Soit. Personnellement, ce truc me fout les jetons ; je serai ravie de m'en éloigner.

Ils contournèrent l'artefact palpitant. En approchant du mur, ils réactivèrent leurs orbes. L'entrée de plusieurs tunnels se découpa dans la pénombre – ténèbres plus denses que celles qui les entouraient.

— On prend lequel ? demanda Kutch.

— On pourrait se séparer, suggéra Serrah.

Caldason secoua la tête.

— Ça ne serait pas très prudent.

— Hé ! s'exclama Kutch. Regardez ça ! (Il raclait le sol poussiéreux avec la semelle de sa botte.) Je n'avais pas remarqué avant.

Serrah baissa les yeux.

— Quoi ?

— Une ligne d'énergie marquée.

L'apprenti sorcier avait mis à jour une bande indigo encore vivace.

— En voici une autre, dit Serrah en exposant un tracé jaune.

— Rien de très surprenant, affirma Caldason. Les Fondateurs sont à l'origine de cette tradition, pas vrai, Kutch ?

— Mmmh… C'est ce que nous pensons, oui, répondit distraitement le jeune homme, occupé à déblayer la poussière.

À eux trois, ils mirent à jour plus près d'une dizaine de lignes rouges, vertes, oranges et pourpres qui s'entrecroisaient dans la caverne et traversaient la base de la Clepsydre.

— Au moins trois d'entre elles émanent de ce tunnel, fit remarquer Kutch en le désignant du menton.

Caldason jeta un coup d'œil dans la direction indiquée.

— Alors, prenons-le.

— Comme tactique pour localiser une relique, c'est absolument aberrant, protesta Serrah. Tu en es conscient, Reeth ?

— Tu as une meilleure idée ? répliqua Caldason.

Ce n'était pas le cas.

Ils se dirigèrent vers l'ouverture, orbes brandis et épées au clair. L'entrée qu'ils avaient choisie était de dimensions généreuses, bien assez haute et large pour les laisser passer. Pourtant, ce fut avec une certaine appréhension qu'ils la franchirent.

Ils se retrouvèrent dans un passage qui virait sur la droite et descendait en pente douce. Ainsi furent-ils progressivement mais sûrement entraînés vers les entrailles rocheuses de l'île.

Quelques centaines de pas plus loin, le tunnel redevint plat et déboucha dans une autre caverne de bonne taille – mais nullement comparable avec la précédente.

Ici, la pierre semblait naturelle, contrairement au minéral dans lequel avait été taillé le labyrinthe. Des stalagmites et des stalactites saillaient tels les crocs d'un reptile géant; il y avait même des buttes rocheuses et des arches de granit. D'autres ouvertures se découpaient un peu partout dans les murs. À certains endroits, la pierre décrivait des ondulations, comme si elle avait coulé avant de durcir et de se figer. L'air sentait le renfermé.

— Je me demande jusqu'où ça continue, dit Serrah.

— Ça peut se poursuivre sur des kilomètres, avança Caldason.

— Alors, comment nous y prenons-nous pour chercher?

Le Qalochien se tourna vers Kutch.

— Qu'est-ce que tes perceptions te disent?

— Ici, la magie est moins oppressante, mais elle recouvre quand même tout. Il me semble pourtant…

— Quoi?

— … Qu'elle est un peu plus faible par là, acheva le jeune homme avec un signe du menton.

— D'accord. Allons-y.

Serrah prit le bras de Caldason.

— Attends. Pourquoi veux-tu aller du côté où il y a le moins de magie?

— Je veux aller du côté où il y a une différence, rectifia le Qalochien. Pour l'instant, c'est la seule chose sur laquelle nous pouvons nous baser.

Ils partirent dans la direction que Kutch avait indiquée. Sous leurs pieds, le sol était irrégulier; la moiteur de l'air immobile pesait sur eux.

Soudain, Caldason s'arrêta et leva une main.

— Vous sentez?

Un léger courant d'air émanait d'un tunnel voisin. Il caressa la joue de Serrah.

— Donc, on va par là ? demanda la jeune femme sur un ton aigre.

— Oui. Continuons à suivre notre instinct.

— Tu veux dire « *ton* instinct », Reeth.

Ils pénétrèrent dans le passage. Étroit et tortueux, celui-ci rappela à Serrah pourquoi elle détestait les espaces clos. Il finit néanmoins par déboucher sur une caverne assez semblable à la précédente.

— Encore combien comme ça ? se demanda Kutch à voix haute.

Serrah lui intima le silence.

Un bruissement précipité résonnait dans la caverne. La lumière des orbes enchantés se reflétait sur une rivière souterraine. Au début, les trois amis crurent que c'était du vif-argent, mais le liquide s'avéra être de l'eau glacée, malgré la touffeur ambiante. Serrah s'agenouilla et en recueillit un peu dans sa main en coupe. L'eau avait un goût affreusement saumâtre ; elle la recracha en grimaçant.

— Tu t'attendais à quoi, à du vin sucré ? la taquina Caldason.

La jeune femme se redressa et regarda autour d'elle.

— C'est sans espoir, Reeth. Nous pourrions errer là-dedans jusqu'à la fin des temps.

— Peut-être devrions-nous essayer d'être un peu plus méthodiques, concéda le Qalochien.

— Ça me semble préférable, oui. On pourrait par exemple…

Un bruit interrompit Serrah. Du coin de l'œil, elle aperçut un mouvement. Quelque chose venait de foncer à l'intérieur d'un des tunnels.

Caldason aussi l'avait vu.

— Reste avec Kutch ! hurla-t-il en se lançant à sa poursuite.

— Et puis quoi encore ? Viens !

Serrah attrapa le jeune homme par la manche et courut pour rattraper son compagnon.

Caldason s'engouffra dans le tunnel, Serrah et Kutch sur ses talons. Ils foncèrent tête baissée, négociant les virages et les intersections sans réfléchir. Leurs orbes projetaient des ombres grotesques contre les murs irréguliers.

Derrière elle, Serrah entendait Kutch haleter. Devant elle, le dos de Reeth s'éloignait un peu plus à chaque seconde. Elle ne tarderait pas à le perdre de vue.

Caldason ne savait pas trop ce qu'il pourchassait. La silhouette était fluette et très rapide. À en juger par l'aisance avec laquelle elle se dirigeait, elle connaissait bien ces tunnels. Le Qalochien commença à croire qu'elle allait lui échapper.

Cette idée ne l'avait pas plus tôt effleuré que la silhouette trébucha et tomba. Il accéléra, espérant la rattraper avant qu'elle se relève.

Il y eut une collision. Un enchevêtrement de bras et de jambes. Caldason luttait contre une créature sauvage, une bête féroce qui griffait avec ses ongles pointus, mordait avec ses dents coupantes et l'aveuglait avec sa crinière noire.

Une fille. Il crut d'abord que c'était une enfant, puis réalisa qu'elle avait presque atteint l'âge adulte – mais que sa minceur confinait à l'émaciation. Et qu'elle tenait un couteau dont la lame incurvée étincela brusquement. Il lui saisit le poignet, arrêtant son coup. Bien que frêle, son adversaire était forte, mais pas suffisamment pour résister à un guerrier comme lui.

Un peu plus loin dans le tunnel, Caldason perçut un mouvement. Il cloua la jeune fille à terre et leva la tête. Quelqu'un venait vers eux. Une voix résonna. Il ne comprit pas ce qu'elle disait, mais l'adolescente lâcha son couteau et cessa de se débattre.

Ce fut tout juste si le Qalochien s'en aperçut. Comme la silhouette se rapprochait, ses traits étaient devenus visibles, et son visage l'hypnotisait.

Serrah et Kutch rejoignirent leur ami, à bout de souffle. La jeune femme tenait son épée à la main, tandis que l'apprenti brandissait sa dague.

— Qu'est-ce que c'est ? Qui… ?

Caldason ne les écoutait pas. Il fixait le nouvel arrivant.

Il ne se rappelait pas l'avoir jamais rencontré, mais il le connaissait bien. Il l'avait déjà vu un millier de fois.

C'était le vieil homme qui vivait dans ses rêves.

24

Un observateur aurait pu les prendre pour des mannequins de cire.

Puis Serrah demanda :

— Que diable se passe-t-il, Reeth ? Qui sont ces gens ?

Caldason ne répondit pas.

Le vieil homme fit un pas hésitant vers eux. Il semblait abasourdi.

— Reeth ? Est-ce possible ?

Caldason se releva lentement, ignorant la jeune fille qu'il avait plaquée à terre. Celle-ci ramassa son couteau et détala. Elle alla rejoindre le vieillard et, brandissant son arme, se planta près de lui dans une attitude de défi. Ses yeux couleur de myrtille étincelaient. Ses haillons bruns étaient crottés de boue, tout comme ses cheveux.

Le vieil homme n'était pas mieux fagoté avec sa tunique de tissu grossier et déchiré. Des taches brunes recouvraient sa peau, et sa barbe était blanche.

— Reeth ? répéta-t-il. C'est bien toi ?

— Ne me reconnais-tu pas ? chuchota Caldason, retrouvant enfin l'usage de sa voix.

Le vieil homme repoussa doucement le bras protecteur de la jeune fille et s'avança dans la lumière. Une pellicule laiteuse recouvrait ses yeux. À n'en pas douter, il était aveugle.

— Par les dieux…, lâcha Kutch.

— Ils sont trois, rapporta l'adolescente en foudroyant les intrus du regard.

Elle s'adressait exclusivement au vieillard, comme si les autres ne pouvaient ni la comprendre, ni même l'entendre. Malgré sa dureté, sa voix avait un timbre d'une pureté surprenante.

— Merci, dit le vieil homme. (À l'attention des autres, il ajouta :) Pardonnez Wendah ; ça fait très longtemps que nous n'avons pas eu de visiteurs.

Il fit encore quelques pas jusqu'à ce que la main tendue de Caldason l'arrête.

— Puis-je ? demanda-t-il.

Prenant le silence du Qalochien pour un consentement, il palpa son visage, en suivit doucement les contours du bout des doigts.

— C'est bien toi. Je croyais… Je craignais que tu sois mort.

Il lui jeta les bras autour du cou.

Gêné par ces effusions, Caldason répliqua :

— Et je n'étais pas sûr que tu aies jamais existé.

Le vieil homme recula, ses yeux ravagés pleins de larmes.

— N'avoir que des souvenirs confus, voire ne plus se rappeler le passé, c'est tout à fait normal, vu ce que tu as traversé.

— Une chose dont je me souviens bien, c'est que tu avais exactement la même apparence dans le temps. Tu n'as pas vieilli d'un seul jour depuis notre séparation. Que fais-tu ici ? Et qu'est-il arrivé à tes yeux ?

— Nous avons beaucoup de choses à nous raconter, Reeth. De longues explications sont nécessaires, et ces gens qui t'accompagnent – tes amis –, ils ne doivent rien comprendre du tout.

— En effet, acquiesça Serrah. Cette amie-là, en particulier, aimerait bien savoir de quoi vous parlez tous les deux. Pour commencer, où vous êtes-vous connus ?

— Dans mes rêves, répondit Caldason.

— Dans tes quoi ?

Kutch et la jeune fille ne semblaient pas moins stupéfaits.

— Comme je viens de le dire, il y a beaucoup à expliquer, intervint le vieillard. Et je m'attendais que quelqu'un vienne ici chercher des réponses.

— Vraiment ? s'étonna Serrah. Pourquoi ?

— Ces deux dernières années, j'ai constaté des perturbations dans l'essence qui alimente la Clepsydre et à l'intérieur de l'artefact lui-même, expliqua le vieil homme. Le phénomène s'est amplifié récemment. Il était évident que quelque chose allait se produire.

— Y a-t-il un endroit plus confortable pour discuter de tout ceci ? demanda Serrah. Hors de ces tunnels, peut-être ?

— Bien sûr. (Le vieil homme se tourna vers l'adolescente.) Tout va bien, Wendah. (Sans tâtonner, il trouva le couteau qu'elle brandissait et l'écarta avec douceur.) Nous devons offrir le meilleur de notre hospitalité à nos visiteurs.

Après une seconde d'hésitation, la jeune fille baissa son arme.

— Venez, dit le vieil homme au reste du groupe. Ce n'est pas loin.

Il se mit en route, une main posée sur l'épaule de Wendah. Celle-ci jeta un regard furibond derrière elle, et Kutch eut l'impression qu'elle le visait tout particulièrement.

Ils parcoururent une série de tunnels, avec son assortiment de courbes étranges et de virages en épingle à cheveux, puis pénétrèrent dans une grotte basse de plafond. À l'intérieur de celle-ci, une grosse pierre plate stratégiquement disposée masquait l'entrée d'une cavité. Ils se faufilèrent derrière.

L'alcôve était grande, éclairée par des bougies et des lampes. Il y faisait assez clair pour que Caldason, Serrah et Kutch désactivent leurs orbes enchantés. La lumière révélait un fouillis ordonné : deux lits dépareillés, des caisses en guise de meubles, de la vaisselle ébréchée et des carapaces de crabe utilisées comme assiettes. Un arc malhabilement taillé se dressait contre un mur, près d'un petit tas de flèches grossières. Des rebuts et du bois flotté adaptés aux impératifs de la survie.

— Notre humble demeure, annonça le vieillard. Mettez-vous à l'aise.

— Vous vivez ici ? s'exclama Kutch.

— Si on peut appeler ça vivre.

Le vieil homme semblait essoufflé. Grimaçant, il porta une main à son front.

— Ça ne va pas ? s'inquiéta Serrah. Pouvons-nous faire quelque chose ?

— Non, merci. Je suis constamment… indisposé.

La jeune fille le guida vers un rocher qui ressemblait vaguement à un trône. Il se laissa tomber sur ce siège improvisé avec un soupir de soulagement. Saisissant une tasse fendue, Wendah alla puiser de l'eau à un tonneau et la lui apporta.

— Mettez-vous à l'aise, répéta-t-il.

Les mains légèrement tremblantes, il but sous le regard vigilant de la jeune fille accroupie près de lui.

Kutch et Serrah s'assirent sur des caisses tandis que Caldason se hissait sur un tonneau.

— Je n'aurais jamais cru…, commença le vieillard. (Il s'arrêta et eut un faible sourire.) J'allais dire : je n'aurais jamais cru te revoir, Reeth. Pas en ce monde. Et il semble que j'aie eu raison sur ce point. (Une expression rêveuse passa sur sa figure.) Je fais un bien piètre hôte. Tu dois me trouver très impoli de n'avoir pas encore demandé le nom de tes compagnons.

— Personne n'est vexé, le rassura Caldason. Voici Serrah Ardacris et notre ami Kutch Pirathon.

Le « notre » apprit au vieil homme tout ce qu'il avait besoin de savoir sur la relation de Caldason et de Serrah.

— Wendah, dit-il en serrant le bras de la jeune fille. Amie et compagne fidèle. Elle me sert d'yeux, d'une façon très concrète. Elle est avec moi depuis sa plus tendre enfance.

— Comment cela se fait-il ? interrogea Serrah.

— Wendah est la seule survivante d'un naufrage. La plupart des bateaux évitent ces eaux, et beaucoup de ceux qui les traversent connaissent un sort tragique. Tout ce que vous voyez ici, je l'ai récupéré dans des épaves, ou la mer l'a déposé sur les rivages de cette île. (Puis, sans transition, le vieil homme demanda :) Te souviens-tu de mon nom, Reeth ?

Caldason fut pris au dépourvu. Déconfit, il secoua la tête.

— Praltor Mahaganis, révéla le vieillard. Ça te dit quelque chose ?

— Non. Peut-être. Je n'en sais rien. Désolé.

— Ne t'inquiète pas. Ça finira par te revenir.

— Comment faites-vous pour survivre ici ? voulut savoir Serrah.

— Nous buvons de l'eau de pluie, la plupart de la végétation de surface est comestible, bien qu'un peu fade, et nous pêchons du poisson. De temps en temps, nous faisons un festin de volaille. Wendah est assez douée à l'arc et à la fronde – même si elle ne t'arrive pas à la cheville, Reeth. Et nous trouvons parfois des provisions dans les épaves. Mais parlez-moi plutôt de vous. Pourquoi êtes-vous venus ici ?

— Pour la Source.

— Ah ! (Si la réponse surprit Mahaganis, il n'en manifesta rien.) Pourquoi la cherchez-vous ?

— C'est peut-être notre seul espoir. Que savez-vous au juste de ce qui se passe dans le monde extérieur ?

— Très peu de chose. Nous sommes ici depuis longtemps.

— La Résistance a renoncé à inciter la population à se rebeller contre les empires, récapitula Serrah. Au lieu de ça, elle a tenté d'établir un État dissident. Mais le mouvement a été trahi, et il est au bord de l'effondrement.

— Il y a une résistance organisée ?

— Euh… Depuis combien de temps êtes-vous ici exactement ?

— Depuis que Reeth a atteint l'âge adulte – plus ou moins.

— Comment en es-tu arrivé là ? interrogea Caldason en désignant le misérable logis.

— Tu ignores ce que tu es, n'est-ce pas ? répliqua Mahaganis. Évidemment. Si tu le savais, nous nous en serions tous aperçus.

Caldason était stupéfait.

— De quoi parles-tu ?

D'un geste désinvolte, le vieillard éluda la question.

— De quoi te souviens-tu exactement, à propos de la période que nous avons passée ensemble ?

— Je n'en ai pas tant des souvenirs que des… visions. Des rêves. Tu m'enseignais les arts martiaux et mentaux dont j'aurais besoin plus tard. Tu me formais pour survivre. Je te dois la vie.

— C'était le moins que je pouvais faire.

— Pourquoi ?

— J'ai une immense dette envers toi.

— Tu te trompes. C'est tout le contraire.

— Tu ne penserais pas ça si tu connaissais la vérité.

— Quelle vérité ? interrompit Serrah. Vous insinuez beaucoup de choses, mais…

— Mon peuple a massacré celui de Reeth, déclara brutalement Mahaganis. Je pense que ça entre dans la définition d'une immense dette.

Personne ne dit rien jusqu'à ce que Caldason se ressaisisse.

— Tu es resté coincé ici trop longtemps, dit-il tout bas. Ç'a déformé ta vision de la réalité.

— Je ne divague pas, Reeth, et je ne vois pas de manière plus plaisante de tourner ça. Mon sang a tenté d'exterminer le tien. Je te l'aurais révélé depuis longtemps si les événements ne nous avaient pas séparés.

Toute couleur déserta le visage de Caldason.

— Si tu dis la vérité, ça signifie que tu es…

— … un paladin, acheva Serrah à sa place.

Mahaganis acquiesça.

— Je suis né au sein des clans. Qui plus est, d'une de leurs lignées dirigeantes.

Caldason se leva d'un bond en portant la main à son épée. Wendah s'interposa entre lui et le vieil homme, son couteau à la main. Puis Serrah intervint ; elle prit le poignet du Qalochien et tenta de le calmer.

— Tu fais quoi, là ? demanda-t-elle sévèrement.

Le regard de Caldason lui passa au travers, et elle craignit un instant qu'il s'abandonne à une de ses crises de rage destructrice – auquel cas, pas un seul d'entre eux n'en réchapperait.

Kutch la rejoignit et fit de son mieux pour apaiser leur compagnon. Laborieusement, ils parvinrent à lui faire entendre raison.

— Le Reeth que je connais ne se bat pas avec des infirmes, lui rappela Serrah. Ni avec des gamines.

Elle jeta un coup d'œil à Wendah, qui avait conservé sa position défensive.

— D'accord, lâcha Caldason en se ressaisissant. D'accord.

Ils le ramenèrent vers le tonneau qui lui servait de siège. La jeune fille recula.

— Je ne te blâme pas, Reeth, lança Mahaganis. Je mérite ton courroux au nom de tout mon peuple.

Caldason leva la tête.

— Rien de tout ceci n'a de sens.

— Je sais, acquiesça le vieillard non sans une certaine compassion. Considère plutôt les faits. (Il marqua une pause pour mettre de l'ordre dans ses pensées.) Si difficile à croire que ce soit de nos jours, les paladins étaient jadis des gens honorables, qui se targuaient de défendre les faibles contre la cupidité des forts. Mais comme beaucoup d'autres en ce monde, ils ont fini par succomber à la corruption.

— Et toi non.

— Je me suis dressé contre leur traîtrise et leur cruauté croissantes. Mon propre peuple devenait monstrueux. Mon propre peuple. (L'amertume emplit la voix de Mahaganis comme de la bile et reflua presque aussitôt.) Ce qu'ils ont fait à ta tribu, ce qu'ils voulaient te faire aussi… Ç'a été la goutte d'eau qui a fait déborder le vase. Je me suis senti moralement obligé de t'aider à échapper à ton destin. Pour me punir, ils m'ont envoyé ici.

— Alors, c'est pour ça que tu vis sur cette île… Tu es en exil.

— Pensais-tu que j'y étais venu de mon plein gré ?

— Pourquoi ne se sont-ils pas contentés de vous tuer ? interrogea Kutch, perplexe.

— Pour prolonger ma souffrance. Et parce que mon rang leur inspirait un certain respect. Les paladins vénèrent leurs dirigeants.

— De ce côté-ci également, les choses ont pas mal changé, l'informa sèchement Serrah.

— Aucune dépravation, si extravagante soit-elle, ne peut plus me surprendre de leur part, commenta simplement Mahaganis. Bref. J'ai été destitué. Ma faction a subi une purge. Après que j'eus aidé Reeth, ils m'ont finalement rattrapé et envoyé ici. Voilà comment je me suis retrouvé gardien d'une orpheline et de la Source.

Serrah écarquilla les yeux.

— Donc, elle existe.

— Oh que oui ! répondit le vieillard avec une expression peinée.

— Où est-elle ? demanda Caldason en se relevant. Et à quoi ressemble-t-elle ?

Mahaganis leva une main.

— Tu n'as toujours pas appris la patience, Reeth. C'est une qualité qui t'a toujours fait défaut.

— La Source pourrait jouer un rôle décisif dans les événements actuels, dit Caldason sur un ton pressant. Elle pourrait sauver beaucoup de gens, moi compris.

— Elle pourrait aussi précipiter votre perte.

— À tout le moins, ne nous prive pas de cette alternative.

— Mais elle n'affectera pas que vous, fit valoir Mahaganis. Les répercussions pourraient être énormes. Son pouvoir est... indicible. Sa seule proximité peut s'avérer destructrice.

— Aucun de vous ne semble en avoir trop souffert.

— Vraiment ? Très bien, Reeth. Si tu la veux tant que ça, prends-la.

— Où est-elle ? interrogea Serrah. Comment la trouverons-nous ?

Kutch avait suivi la conversation sans rien dire.

— Moi, je sais, lâcha-t-il soudain.

— Vraiment ? dit Serrah, dubitative.

— Oui. Je la sens. (Du menton, le jeune homme désigna Mahaganis.) C'est lui.

Caldason fixa le vieillard sans comprendre.

— Hein ?

Mahaganis eut un hochement de tête approbateur.

— Ce garçon est très futé.

— Vous comptez recommencer à parler par énigmes ? lança Serrah sur un ton menaçant. Parce que je vous préviens...

— Votre ami Kutch m'a demandé tout à l'heure pourquoi les paladins ne s'étaient pas contentés de me tuer, leur rappela Mahaganis. C'était en partie en raison de mon rang, mais n'allez pas vous imaginer qu'ils étaient encore assez bienveillants pour se contenter de ça. La véritable raison pour laquelle ils m'ont épargné, c'est pour mieux me tourmenter.

— Quel rapport entre tes tourments et la Source ?

— En quoi crois-tu que consiste la Source, Reeth ? C'est un capital de savoir, certes, mais sous quelle forme se présente-t-elle ? Un grimoire, peut-être ? Une bibliothèque entière ? Des montagnes de papyrus ou de tablettes d'argile ? Au fil des âges écoulés depuis sa constitution par les Fondateurs, il se peut qu'elle ait revêtu toutes ces apparences. Mais son essence est bien plus nébuleuse que ça. À la base, la Source est un système occulte, un concept. J'en suis même venu à croire qu'elle était davantage encore.

— C'est-à-dire ?

— Une personnification de la magie. Je crois que c'est... une entité douée de raison.

— Sacrée déduction, fit remarquer Serrah. Sur quelles preuves s'appuie-t-elle ?

— Dis-leur ce qu'ils t'ont fait, lâcha Wendah tout à trac.

Le brusque éclat de la jeune fille, restée si discrète jusque-là, désarçonna tout le monde l'espace d'une seconde. Puis Mahaganis reprit la parole :

— Pour me punir d'avoir tourné le dos aux clans et d'être venu en aide à Reeth, ils ont placé la Source ici. (Il posa un doigt sur sa tempe.) Dans ma tête.

— Et ils lui ont ôté la vue avec du feu pour décupler son supplice, ajouta Wendah, les dents serrées.

— C'était une touche de sadisme remarquable, acquiesça le vieillard sur un ton presque admiratif. Ça ne m'a laissé nul autre endroit où regarder qu'à l'intérieur de moi-même. Ainsi, ce que je contemple en permanence, c'est la quintessence du mal qui habitait les Fondateurs et la force de vie putride dans laquelle il est suspendu. Vous me demandez des preuves. Je n'ai que le témoignage de mon œil intérieur qui ne cille jamais. D'un point de vue strictement matériel, je suis la Source.

Un autre silence accueillit cette déclaration. Cette fois, ce fut Serrah qui le rompit :

— Sur l'île, il y a des gens capables de vous aider. Des magiciens, des érudits...

Mahaganis secoua la tête.

— Malgré toutes leurs ressources et toute leur volonté, les clans n'ont pas réussi à en prendre le contrôle. Sans vouloir manquer de respect à vos sorciers, quelle chance auraient-ils d'y parvenir ?

— Si la Source est si puissante, pourquoi les Fondateurs l'ont-ils abandonnée là où elle pouvait être découverte ? interrogea Kutch. Pourquoi ne l'ont-ils pas détruite, ou tout au moins mieux cachée ?

— Ils n'en ont peut-être pas eu le temps. Mais je soupçonne que la vraie raison, c'est qu'ils en étaient incapables. Après tout, ils n'avaient pas réussi à la maîtriser. Je pense qu'elle ne peut pas être comprise et que, tant que la magie l'alimente, elle ne peut pas non plus être détruite.

— Quelle perspective riante, commenta Serrah sur un ton aigre.

— Il n'y a rien de positif dans toute cette histoire, répliqua Mahaganis. Sauf si vous prenez en compte la longévité exceptionnelle que m'a prêtée la magie enfermée dans ma tête. Mais ça peut être une bénédiction douteuse, n'est-ce pas, Reeth ?

Caldason ignora cette question.

— Tu ne m'as toujours pas dit pourquoi les clans avaient décidé d'exterminer ma tribu.

— Ton peuple n'avait aucune importance à leurs yeux, sinon parce qu'il risquait de te protéger. Ou du moins, il n'avait aucune importance aux yeux du client qui a commandité le massacre. La seule cible véritable, c'était toi.

— Pourquoi ? Et qui… ?

— Il est certaines choses que tu es prêt à entendre, et d'autres non. (Mahaganis se massait le front.) Nous avons suffisamment parlé de tout ceci pour aujourd'hui.

— Vraiment ? Vraiment ? s'emporta Caldason. Je ne suis plus un enfant, Praltor ! Je n'ai plus besoin qu'on me mente et qu'on me protège.

— Pas maintenant, Reeth. Je ne me sens pas très bien.

— Je m'en fous. Réponds-moi.

— Fichez-lui la paix ! glapit Wendah. Vous ne voyez pas qu'il est malade ?

— Ça lui ferait si mal que ça de me répondre ? gronda Caldason.

Serrah lui prit le bras.

— Que vas-tu faire, Reeth : le rosser pour lui arracher une confession ?

Caldason soupira. Il détailla le frêle vieillard et l'adolescente émaciée qui le protégeait.

— Non, répondit-il enfin. Ce que je vais faire, c'est les sortir d'ici tous les deux.

25

Bien que pas spécialement conçu pour la vitesse, le navire-hôpital des Filles de la Miséricorde était compact et profilé, capable de filer à un nombre respectable de nœuds. Et heureusement – car ses passagers avaient à peine aperçu les rivages de Batarriss que des ennuis se profilèrent à l'horizon.

Un soleil blême dans le dos, deux galions pirates foncèrent sur le vaisseau rebelle déguisé. Peu de temps après, deux autres apparurent du côté opposé, formant la seconde mâchoire d'une paire de tenailles.

Le navire-hôpital accéléra. D'autres bateaux pirates affluaient à bâbord et tribord, voiles gonflées, proue fendant les flots glacés. L'ordre fut donné de larguer tout le fret superflu ; une pluie de caisses, de coffres et de tonneaux s'abattit par-dessus le bastingage. Ainsi allégé, le bâtiment du Réseau étoilé parut faire un bond en avant.

S'engagea alors une course folle dont l'issue demeura incertaine jusqu'à la fin. De justesse, le navire-hôpital parvint à échapper au blocus qui se refermait sur lui tel un nœud coulant. La manœuvre d'encerclement des pirates se mua en poursuite acharnée – un vaisseau solitaire luttant pour distancer toute une armada plus déterminée que jamais à l'empêcher d'atteindre la terre.

Puis la vigie du navire-hôpital repéra de nouvelles voiles qui fonçaient vers eux depuis Batarriss. Une flottille aussi nombreuse que celle des pirates venait au secours du navire-hôpital. Bien que composée de bâtiments modestes et hétéroclites, elle parvint à mettre les galions en fuite.

Ainsi Dulian Karr et les survivants de la Résistance arrivèrent-ils sur l'île de Diamant.

Pour Karr, Goyter, Quinn Disgleirio et quelques centaines d'autres, ce fut l'occasion de joyeuses retrouvailles.

Pour Tanalvah Lahn, ce fut une expérience d'un tout autre genre.

Dans l'ombre de leur grande forteresse en terrasses, les insulaires s'autorisèrent de brèves réjouissances, même si leur situation semblait toujours aussi désespérée. Il y eut des célébrations, un soupçon de débauche et de nombreux toasts portés à la mémoire de camarades disparus. Mais Tanalvah n'était pas d'humeur à faire la fête, et elle refusa d'y prendre part. De toute façon, Karr s'était arrangé pour qu'on la conduise sans délai auprès de Kinsel pendant que Goyter s'occuperait des enfants épuisés par la traversée.

La jeune femme fut invitée à monter dans une carriole qui se rendait à la citadelle centrale. Par égard pour son état, on tenta de lui procurer le maximum de confort possible. Elle endura le trajet bref mais chaotique en proie à un mélange d'impatience, de confusion et de terreur. Bien avant d'avoir pu maîtriser ses émotions, elle se retrouva à l'intérieur de la bâtisse austère qui constituait l'ultime bastion de la Résistance.

On lui prépara hâtivement une petite chambre aux murs lambrissés et à l'ameublement modeste. Comme les fenêtres avaient été barricadées pour des raisons défensives, la pièce était éclairée par des bougies et une lanterne, bien qu'il fît jour au dehors. Les guides de Tanalvah l'installèrent sur l'unique siège décent et se retirèrent en souriant.

La jeune femme se réjouit de la pénombre qui baignait la pièce. La semi-obscurité lui fournissait un sanctuaire, un voile sous lequel dissimuler sa honte. Le silence, en revanche, était moins bienvenu, car il lui laissait ses propres pensées pour seule compagnie – une perspective qui n'avait rien d'attrayant.

Pendant la traversée, Tanalvah avait décidé de se soulager de son insupportable fardeau et de se confesser une fois pour toutes, mais à Kinsel uniquement. Elle aspirait au pardon de beaucoup de gens, mais à nul autre autant qu'à celui de son amant. C'est pourquoi son désir de le revoir n'avait d'égal que l'angoisse suscitée par leurs retrouvailles.

Parce qu'elle était seule avec ses idées noires, le temps lui parut s'étirer interminablement. Une minute s'écoula, ou peut-être une heure, avant qu'elle entende quelque chose dans le couloir. Des bruits de pas. Le craquement d'une latte disjointe. Le doux grincement de la poignée.

Tanalvah se leva maladroitement. Elle voulait s'avancer à la rencontre de son bien-aimé, mais elle ne pouvait que fixer la porte qui s'ouvrait et sentir le sang lui battre les tempes.

Puis Kinsel apparut sur le seuil de sa chambre.

Tanalvah fut choquée par son aspect. Il avait perdu beaucoup de poids et semblait hagard, une impression encore accentuée par ses yeux cernés et son teint livide. De son côté, Kinsel eut l'air tout aussi choqué de la voir et de découvrir combien sa grossesse était avancée.

Face à face, ils se détaillèrent sans bouger jusqu'à ce que, comme obéissant à un ordre muet, ils se jettent dans les bras l'un de l'autre.

Ils s'étreignirent, se cajolèrent, sanglotèrent. Quand ils recouvrèrent enfin l'usage de leur voix, un torrent de mots incompréhensibles cascada de leur bouche. Peu à peu, leur agitation se calma, et leurs propos retrouvèrent une certaine cohérence. Ils se couvrirent de mots doux, de tendres promesses et s'avouèrent leurs plus grandes craintes.

Enfin, les yeux encore humides, ils s'écartèrent l'un de l'autre en se tenant les mains.

Souriant, Kinsel désigna du menton le ventre distendu de sa compagne.

— Regarde-toi. Tu es deux fois la femme que j'ai laissée à Bhealfa.

— Tandis que tu n'es plus que la moitié de toi-même, le taquina Tanalvah.

— Oui, mais ce n'est pas un mal, affirma Kinsel.

La jeune femme partit d'un petit rire qui se mua en sanglot.

— J'ai cru ne jamais te revoir.

— Moi aussi, j'ai eu peur de t'avoir perdue.

— Et le bébé ! Notre bébé. Je pensais que…

— Je sais. (De nouveau, Kinsel l'enlaça.) Tout va bien, dit-il sur un ton apaisant. Nous sommes réunis maintenant. Parle-moi de Teg et de Lirrin. Ils vont bien ?

Tanalvah acquiesça en clignant des yeux pour chasser ses larmes.

— Très bien, oui. Ils ont beaucoup grandi depuis la dernière fois que tu les as vus. Et ils n'ont pas arrêté de te réclamer.

— J'ai hâte de les voir.

Kinsel continua à parler. Il était si compatissant, si affectionné ; il lui faisait tellement de bien que toute idée de confession commença à s'estomper dans l'esprit de la jeune femme. Ses aveux pouvaient attendre. Le lendemain, peut-être. Pourquoi gâcher ce moment tant espéré ?

— Et nos amis de Bhealfa ? s'enquit Kinsel. Dulian, Quinn…

— Ils vont bien, répondit brusquement Tanalvah, mécontente qu'il lui rappelle la Résistance. (Puis elle se ressaisit, et ses pensées se tournèrent vers d'autres connaissances communes.) Et Serrah, Reeth et Kutch ? Je n'ai vu aucun d'entre eux quand nous avons débarqué.

— Reeth a finalement obtenu ce qu'il voulait. Il est parti en quête de la Clepsydre. Les deux autres l'ont accompagné.

Tanalvah fut soulagée qu'ils ne soient pas sur l'île. Elle n'était pas fière de ce sentiment, mais celui-ci semblait bien trivial comparé à son crime.

— Tu avais tort à son sujet, dit doucement Kinsel.

— Au sujet de qui ?

— De Reeth. Tu doutais de lui. Mais c'est lui qui m'a délivré.

C'était plus que Tanalvah ne pouvait en supporter. La gratitude et la culpabilité la submergèrent.

— J'ai honte.

— Ne sois pas bête, la réprimanda gentiment Kinsel. S'il y a quelqu'un qui n'a pas grand-chose à se reprocher, c'est bien toi !

— Je l'ai mal jugé.

— Tu t'es fait une opinion parfaitement rationnelle à partir du peu que nous savions sur lui à l'époque. Une erreur de jugement n'est pas un péché capital, Tan. Quoi qu'il en soit, ça n'a plus d'importance. Tout ce qui compte, c'est que nous soyons enfin réunis. Nous pouvons recommencer de zéro, être de nouveau heureux avec les enfants et…

— Et une fois de plus, ça se terminera mal, acheva Tanalvah sur un ton lugubre.

— Inutile d'être aussi pessimiste, mon amour. On nous a donné une seconde chance. Saisissons-la pendant que nous le pouvons.

— Une flotte de guerre gath tampoorienne se dirige vers nous. Et, pour ce que j'en sais, Rintarah aussi en a envoyé une.

Kinsel eut l'air choqué.

— Tu en es certaine ?

— Nous avons eu toutes les peines du monde à arriver avant elle, révéla Tanalvah.

Kinsel se ressaisit.

— Nous avons toujours su que ce serait dangereux. Mais quoi qu'il arrive, au moins, nous serons ensemble.

— Tu ne comprends pas, chuchota la jeune femme. Nous n'aurons peut-être jamais…

La douleur tordit son visage, et elle lâcha un hoquet silencieux. Ses mains se posèrent sur son ventre.

— Qu'y a-t-il ? s'enquit Kinsel, inquiet.

— Rien. Juste... une contraction.

Il l'aida à se rasseoir. Elle se laissa tomber sur la chaise en soupirant.

— Tu veux que j'aille chercher un guérisseur ? demanda-t-il en lui serrant la main très fort.

— Non, je... Je vais bien.

— Que se passe-t-il, Tan ? Il y a un problème ?

La jeune femme réussit à conjurer un faible sourire.

— Rien que de très naturel, mon amour. Ça veut dire que notre bébé ne tardera plus.

Serrah prit une inspiration sifflante. Grimaçant, elle porta ses mains à son ventre.

— Ça va ? s'inquiéta Caldason.

— Oui. C'est juste... Une crampe ou quelque chose comme ça.

— Tu en es sûre ?

— Ce n'est rien, Reeth. (La jeune femme se redressa comme la douleur s'évanouissait.) C'est probablement la faute de ces fichues rations de voyage.

— Tu es toute pâle.

— Toi aussi. Aucun de nous ne pète vraiment la forme après plusieurs semaines dans ce baquet. Je ne comprends pas comment font les marins au long cours.

— Nous serons bientôt de retour sur l'île de Diamant, promit Caldason.

— J'ai hâte d'y être, acquiesça Serrah en tournant son regard vers l'horizon morne.

Les deux amants étaient sur le pont du brick, chaudement emmitouflés. Leur bateau tanguait – pas brutalement, mais assez fort pour faire vaciller des passagers plus habitués à la terre ferme qu'à la mer. Des embruns s'abattaient sur eux sans discontinuer.

Quinze pas plus loin, sous un auvent de toile huilée, Kutch était assis avec Mahaganis et Wendah. L'aveugle arborait une expression stoïque tandis que sa jeune compagne, qui avait enfin retrouvé sa langue, parlait tout bas avec Kutch.

— Ils ont l'air de bien s'entendre, tous les deux, fit remarquer Caldason un peu froidement.

— Depuis qu'ils ont réalisé ce qu'ils avaient en commun, oui.

— C'est-à-dire ?

— Tu n'as pas fait très attention à ce qui se passait autour de toi ces derniers jours, pas vrai ? le taquina Serrah. Apparemment, Kutch et cette fille ont un pouvoir similaire. Mais bon. Comme c'est de la magie, ça ne risque pas de t'intéresser.

— On dirait que tu es beaucoup plus au courant que moi, répliqua aigrement Caldason.

— Peut-être parce que je prends la peine de leur parler ? suggéra Serrah. (Du menton, elle désigna Mahaganis.) Le vieil homme t'agace, je me trompe ?

— Il refuse de me dire ce qu'il sait. À mon sujet.

— Tu devrais lui être reconnaissant.

— Je le suis. Je lui dois la vie, mais je m'interroge sur ses motivations.

— Je pense que tu as tort. S'il te cache quelque chose, c'est uniquement pour te protéger.

— Je n'ai pas besoin qu'on me protège.

— Tu en as eu besoin quand tu étais enfant.

— Cet homme était un paladin, Serrah. Peux-tu imaginer ce que ça me fait ?

— Quoi qu'il ait pu être, ne s'est-il pas racheté en prenant soin de toi ? Ou insinues-tu qu'il est au-delà de toute rédemption ?

Caldason rumina pendant quinze ou vingt secondes, puis s'enquit d'une voix radoucie :

— Comment te sens-tu maintenant ?

— Bien, répondit Serrah avec gratitude. (Personne ne s'était soucié d'elle pendant si longtemps...) Viens, allons les rejoindre.

— Vas-y, toi. Moi, je...

— ... vais me mettre dans un coin et bouder ? La vie est trop courte, Reeth. Et ce n'est pas juste une expression, cette fois. Souviens-toi de la Clepsydre. Si elle indique vraiment une apocalypse imminente, nous n'avons pas de temps à perdre. Je veux dire, pour mettre de l'ordre dans nos affaires.

Caldason accepta la main que la jeune femme lui tendait et, à contrecœur, se laissa entraîner vers leurs compagnons.

Comme ils approchaient du trio, Kutch et Wendah se levèrent et firent mine de s'éloigner.

— J'espère que ce n'est pas nous qui vous chassons, lança Serrah.

Kutch eut l'air embarrassé.

—Euh, non… Bien sûr que non. On veut juste…

—Je comprends, dit Serrah en souriant. Filez.

Kutch la remercia d'un signe de tête, et Wendah se départit brièvement de sa mine maussade. Au passage, l'apprenti sorcier cueillit une fleur qui n'existait pas l'instant d'avant et la poussa vers Serrah. Les pétales du glamour étaient un radieux kaléidoscope de couleurs perpétuellement changeantes, et son cœur exhalait un parfum sensuel. Il demeura suspendu dans les airs, tournant lentement sur lui-même devant Serrah. Puis Wendah gonfla les joues et souffla dessus. Il se fragmenta en un millier de particules dorées qui esquissèrent une petite chorégraphie avant de disparaître.

Serrah était enchantée. Caldason, beaucoup moins.

Kutch et Wendah se dirigèrent vers la poupe en reprenant leur discussion animée.

—Les jeunes ont tant d'audace et de vitalité, commenta Mahaganis comme s'il avait vu ce qui venait de se passer. Tu étais pareil à leur âge, Reeth.

—J'ai eu une adolescence un peu particulière, si tu veux bien t'en souvenir, répliqua Caldason sur un ton acide.

—Exact. Néanmoins, il existe des similitudes. Toi et moi avions un point commun : nous étions tous les deux des parias. Kutch et Wendah partagent eux aussi un lien profond.

—À ce qu'il paraît, oui. Non que quiconque ait pris la peine de me l'expliquer.

—Négliger d'observer ce qui se passe autour de toi, ce n'est pas ton style – ni une bonne idée, le morigéna le vieillard. J'ai cru comprendre que Kutch était un détecteur. Si rare que soit son don, il semble que Wendah en possède un similaire. Ça devrait leur faire du bien de connaître une autre personne dans le même cas qu'eux.

—Wendah aussi peut… sentir la magie ?

—D'une certaine façon. Son pouvoir diffère légèrement de celui de Kutch. Il ne s'agit pas tant de détection que… d'accession.

—Vous pouvez être plus clair ? réclama Serrah.

—Il parle de la Source, devina Caldason. C'est bien ça, Praltor ?

—Oui. Mais inutile de vous exciter. La capacité de Wendah en ce domaine est très limitée.

—Elle arrive à se connecter à la chose qui est dans ta tête ?

—« Se connecter », c'est un terme un peu trop fort, tempéra Mahaganis. Aucun humain ne pourrait supporter un lien direct avec la Source. Je ne suis pas certain que même un bataillon de sorciers confirmés puisse sonder ses profondeurs sans y laisser des plumes.

— Alors, qu'est-ce qu'elle en retire ?

— Rien du tout. Bien au contraire. Ce que m'offre Wendah, c'est une protection.

— Une protection ?

— Un certain apaisement. Un bouclier contre la douleur permanente dans ma tête. Son pouvoir n'est rien comparé à celui de la Source, mais il me préserve de la folie.

— Je ne comprends pas. Wendah te protège contre quoi ?

— Mettons qu'elle peut… bloquer ce que Kutch se contente de voir. Elle a, dans une certaine mesure, la capacité de dévier l'énergie magique, et elle s'en est servie pour m'aider à conserver la raison. Quant à ce contre quoi elle me protège… As-tu la moindre idée de la malveillance des Fondateurs ? (Le vieil homme se ravisa.) Question idiote. Si quelqu'un est bien placé pour l'apprécier, c'est justement toi.

— Et voilà, tu recommences, grommela Caldason. Tu sous-entends des trucs et tu ne vas pas jusqu'au fond de ta pensée.

— Disons juste que chacun de nous subit le joug de sa propre malédiction.

— Non. Disons autre chose. La vérité, par exemple.

— Il est certaines révélations que tu n'es pas encore prêt à entendre.

— Je ne suis plus un enfant, Praltor. Tu n'as pas à veiller sur moi ni à t'inquiéter de me faire du mal.

Le vieillard garda le silence.

— La chose à laquelle tu fais allusion a-t-elle un rapport avec la façon dont nous nous sommes séparés ? insista Caldason. Parce que je ne garde aucun souvenir de ça.

— Comme je te l'ai déjà dit, c'est parfaitement normal.

— Pourquoi ?

— C'était une période agitée. Beaucoup de batailles…

— Mais qu'est-il arrivé pour que nous partions chacun de notre côté ?

— Nous avions atteint un stade où il ne me restait plus grand-chose à t'apprendre.

— Tu mens.

— Reeth ! s'exclama Serrah, choquée. Un peu de respect !

— Non, grimaça Mahaganis. Il a raison. La vérité, Reeth, c'est que je t'ai… abandonné.

— Vous avez fait quoi ?

— Croyez-moi, il était déjà plus que capable de se débrouiller seul. Et les circonstances m'y ont plus ou moins contraint.

— Quelles circonstances ? interrogea Caldason d'une voix basse, chargée de menaces.

— J'en étais venu à te craindre, avoua le vieillard.

— Je te faisais peur ? (Caldason était sincèrement surpris.) Pourquoi ?

— À cause de ce que tu es. Et de ce dont tu es capable.

— Encore des devinettes ! Pour une fois, tu voudrais bien avoir la courtoisie de m'expliquer de quoi tu parles ?

— Reeth, je…

— S'il te plaît.

Mahaganis soupira.

— Très bien. Mais essaie de comprendre ce que je vais te dire, et tâche de te maîtriser, d'accord ?

— Je t'écoute.

— Ce sont tes origines qui m'inquiètent.

— Le fait que je sois un Qalochien ?

— Non.

— Alors, quoi ?

— Ce qui me fait peur, Reeth… C'est ton sang de Fondateur.

26

La fosse était un chaudron qui mijotait à petit feu. Une bouillie argentée, crachotante et sifflante, s'agitait dans ses profondeurs.

— Ça empire, mon frère.

Felderth Jacinth acquiesça.

— Une justification supplémentaire – si besoin était – pour l'action que nous nous apprêtons à entreprendre.

— Une action radicale, sans aucun précédent, rappela Rhylan.

— Mais amplement justifiée par la situation actuelle.

— Nombreux sont les membres du Conseil qui en doutent encore.

— Nombreux, mais pas majoritaires. Et ils n'ont aucune alternative à proposer.

Les deux frères reprirent leur contemplation du liquide épais qui bouillonnait dans la fosse.

— Je ne l'avais jamais vue aussi agitée, dit enfin Rhylan.

— Moi non plus, confessa le Grand Ancien.

— Du coup, je me demande s'il est bien sage de nous concentrer sur la horde rebelle qui occupe l'île de Diamant. Cela ne risque-t-il pas d'être au détriment de notre riposte contre le seigneur de guerre ?

— Dans les faits, ils ne représentent qu'une seule et même menace. Nous ne sous-estimons pas Zerreiss, mais nous avons tout autant besoin d'éliminer les rebelles. Le principal danger étant que les deux forces s'allient, il est aussi important d'éradiquer l'une que l'autre. Et puis, il est un peu tard pour émettre une quelconque objection, fit remarquer Felderth.

— Ce n'est pas une objection, juste une observation.

— À laquelle je réponds ceci : nous n'avons pas d'autre possibilité que de suivre la trajectoire que nous nous sommes fixée.

Il y eut une nouvelle éruption humide dans la fosse. De l'énergie s'engouffra dans les lignes de pouvoir teintées qui s'entrecroisaient sur le sol de l'immense pièce. Sa vigueur coléreuse illumina la table du Conseil, faisant crépiter l'aigle de l'emblème rintarahien. Et, pour ce qu'en savaient les frères Jacinth, elle continua à se répandre dans les canaux qui couraient sous les avenues animées de Jecellam.

— Nous sommes en train d'écrire l'Histoire, Rhylan, fit remarquer Felderth.

— C'est justement ce qui inquiète certaines personnes.

— Mais encore ?

— Tes détracteurs considèrent ça comme une capitulation face à Gath Tampoor. Dans le meilleur des cas, ils le voient comme une tentative de rapprochement absolument inacceptable.

— Il n'y a aucun danger que cela se produise. Combien de fois devrai-je le répéter ? Nous avons simplement décidé d'unir nos forces en cette occasion précise parce que c'était bénéfique pour les deux empires.

— Et tu ne crains pas d'établir un précédent ?

— Aucun danger.

— Tu en es bien sûr ? Parce que si tu te trompes à ce sujet, mon frère, notre statut de dirigeants risque fort d'être remis en cause.

— Veux-tu insinuer qu'il pourrait y avoir une rébellion ? Un coup d'État ? Ce serait bien la première fois de toute notre histoire.

Cette perspective ne semblait guère préoccuper le Grand Ancien.

— Je ne suggère rien d'aussi dramatique. Mais comme tu le sais, certaines factions du Conseil accueilleraient à bras ouverts toute occasion de mettre un terme à ton règne.

— Elles changeront de position à mon égard quand elles nous verront sortir victorieux de cette crise.

— Beaucoup arguent que la fonction la plus importante du Conseil – son devoir suprême – est d'assurer notre survie.

— Crois-tu que je ne sois pas conscient de mes responsabilités, Rhylan ? Si quelqu'un d'autre que toi osait m'accuser d'une telle négligence, il subirait mon juste courroux.

— Je ne t'accuse de rien du tout. Mais tu connais l'argument. Par le simple fait d'avoir l'air d'aider Gath Tampoor, nous affaiblissons potentiellement notre propre sécurité.

— Gath Tampoor a tout autant l'air de nous aider que l'inverse. C'est donnant donnant. Au final, ça ne modifie pas l'équilibre ; ça nous permet juste de nous débarrasser d'une gêne mutuelle.

— Et que se passera-t-il la prochaine fois qu'une menace émergera ? Coopérerons-nous de nouveau avec l'ennemi, au risque d'éroder lentement nos différences ? Car, en vérité, mon frère, certains pensent que tel est ton objectif.

— Qu'ils pensent ce qu'ils veulent, répliqua froidement le Grand Ancien. Note néanmoins que, malgré l'impopularité de la mesure que j'ai soumise au vote, le Conseil l'a adoptée.

— Comme tu l'as fait remarquer, ses autres membres n'avaient pas d'alternative à proposer. Et peut-être…

— Oui ?

— Peut-être te soupçonnent-ils d'avoir une motivation plus profonde.

— Laquelle ?

— Une fois que Gath Tampoor aura cessé de nous être utile, nous serons en meilleure position pour tirer parti de sa naïveté. Un coup a toujours plus d'impact quand il est porté pendant une prétendue trêve. (Les deux frères échangèrent un sourire de conspirateurs.) Même si je réalise qu'un chef ne peut pas toujours exposer clairement ses intentions, ajouta Rhylan.

— Effectivement, acquiesça Felderth. Il est d'ailleurs probable que la souveraine de Gath Tampoor rencontre des problèmes similaires. Et en parlant du loup…

— Oui, bien sûr. Il doit être l'heure.

Rhylan recula de deux pas.

Felderth fit une série de gestes subtils, une conjuration adressée aux profondeurs bouillonnantes de la fosse. La substance argentée résista à son injonction et continua à s'agiter de plus belle.

— Tu as besoin d'aide, mon frère ? s'enquit Rhylan.

Des plis d'intense concentration barrèrent le front du Grand Ancien.

— Je crois que j'y suis.

Le liquide épais s'apaisa jusqu'à ce qu'il ne demeure plus que quelques ondulations à sa surface. Puis celles-ci s'estompèrent à leur tour, et une image se forma – un visage dont les traits se précisèrent rapidement.

Le reflet de l'impératrice Bethmilno rendit son regard au Grand Ancien.

— Salutations, entonna Felderth. Ça faisait longtemps.

— Allons droit au but, voulez-vous ? répliqua froidement son interlocutrice.

— Telle était mon intention.

— Je ne m'attends pas que nous oubliions nos vieilles inimitiés ; elles sont bien trop profondes pour ça. Mais pour le moment, nous devons nous concerter sur des questions de la plus haute importance.

— C'est également mon avis, approuva Felderth.

— Nos flottes se rejoindront très bientôt. Nous sommes arrivés jusqu'à ce point sans définir l'étendue exacte de notre coopération. Cela ne saurait durer plus longtemps.

— En effet, il devient impératif de fixer certains paramètres. Je suggère que nous limitions notre alliance…

— Alliance temporaire, précisa Bethmilno.

— … notre alliance temporaire à son objectif initial. Plus clairement : nous collaborons sans restriction jusqu'à ce que cet objectif ait été atteint. Puis, à un point ultérieur fixé par avance, nous reprenons le cours des hostilités habituelles.

— Ça me paraît acceptable. Évidemment, la tentation de profiter de la période entre la victoire et la fin de la trêve risque de s'avérer assez forte.

Rhylan ne dit rien. Son regard faisait la navette entre l'image de l'impératrice et le visage dur de son frère.

— Ce sera peut-être une tentation pour Gath Tampoor, riposta Felderth sur un ton hautain. Rintarah, en revanche, tient toujours ses promesses.

Bethmilno ricana.

— Je ne prendrai même pas la peine de répondre à ça. Sinon pour dire que, comme notre histoire en atteste, nous sommes aussi farouchement déterminés à survivre l'un que l'autre. Tâchons de ne pas l'oublier lorsque viendra l'heure de respecter nos engagements.

— Je ne suis pas certain de comprendre ce que vous insinuez.

— Dans ce cas, je vais être limpide : toute agression prématurée engendrerait une riposte des forces militaires gath tampooriennes au grand complet. Que cette assurance serve de contrefort à notre accord.

— Et je puis vous en offrir une similaire concernant les forces rintarahiennes.

— Je vois que nous nous comprenons, Ancien.

— J'aime que les choses soient claires, Majesté.

— Il ne restc plus qu'à déterminer quand notre union temporaire prendra fin.

— Disons, quarante-huit heures après l'éradication de nos cibles ? suggéra Felderth.

Bethmilno réfléchit, se demandant si accepter pourrait donner un quelconque avantage à l'empire rival.

— Soit, décida-t-elle enfin. Le message sera transmis aux commandants de notre flotte.

— Et à ceux de la nôtre, dit Felderth en levant une main.

Le lien fut rompu. L'image de Bethmilno s'effaça.

L'impératrice regarda le visage de Felderth Jacinth se fragmenter et disparaître dans le liquide épais.

La salle du trône de son palais de Merakasa était chichement éclairée et quasiment déserte. Plusieurs représentations du dragon gath tampoorien décoraient la pièce ; la plus grande d'entre elles, qui occupait tout un mur de bonne taille, palpitait d'énergie magique.

Bethmilno s'éloigna de la fosse dans laquelle bouillonnait le vif-argent et se tourna vers son compagnon – la seule autre personne présente.

— Pourquoi avons-nous besoin de Rintarah, grand-mère ? s'enquit l'homme.

Un observateur aurait jugé étrange qu'il l'appelle ainsi, car il semblait presque aussi âgé qu'elle.

— Nous n'en avons pas besoin, le détrompa Bethmilno. Mais notre accord l'empêchera de faire cause commune avec Zerreiss ou les rebelles contre nous. C'est une question de stratégie.

— Donc, nous finirons par le trahir ? insista son petit-fils.

— Bien entendu. Dès qu'il aura cessé de nous être utile.

— À ce propos, j'ai constaté une certaine agitation à la cour.

— De l'agitation ?

— Certains se demandent s'il est bien sage de coopérer avec l'ennemi.

— Je viens juste de définir les limites exactes de cette coopération.

— Oui, mais ça n'empêchc pas les gens de s'interroger sur l'ordre de vos priorités.

Bethmilno prit un ton agressif.

— Douterais-tu de moi ?

L'homme secoua la tête.

— Jamais je n'oserais, grand-mère. Mais quelques-uns de nos parents ont exprimé leur inquiétude au sujet de développements autres que les rebelles.

L'impératrice hocha la tête d'un air entendu.

— Tu veux parler de la Clepsydre.

— Oui. Est-il vrai qu'elle a été découverte ?

— Elle n'a jamais réellement été perdue. Nous avons toujours su approximativement où elle se trouvait, mais nous ne nous sommes pas donné la peine de la localiser. Si elle refait surface aujourd'hui, c'est parce que nos agents ont suivi un bateau de l'île de Diamant qui les a conduits jusqu'à elle, expliqua Bethmilno avec un sourire satisfait.

— La Clepsydre indique-t-elle réellement… la fin du monde ? demanda son petit-fils.

— Elle n'en était pas loin la dernière fois que je l'ai vue, et c'était il y a très longtemps.

— Voulez-vous dire que nous n'avons rien à craindre, grand-mère ?

— Je veux dire que je doute de la fiabilité de la Clepsydre. Parce que malgré tout le talent qui présida jadis à sa création, elle n'a pas été entretenue pendant des siècles. Durant cette période, l'écorce terrestre a bougé de nombreuses fois, et nous avons connu des bouleversements climatiques considérables. Autant de facteurs susceptibles de l'avoir déréglée – et il va sans dire qu'il n'existe, de nos jours, plus une seule personne au monde capable de la réparer.

— Et la prétendue Source ? Si les rebelles la trouvaient aussi…

— Là encore, une inquiétude sans fondement.

L'impératrice s'impatientait.

— Mais son pouvoir, insista l'homme. Ne constituerait-elle pas une arme dévastatrice entre des mains ennemies ?

— Encore faudrait-il que ces mains soient capables de la manier. Or, la plèbe ne saurait pas davantage contrôler un artefact issu de ce qu'elle appelle le « Temps des Rêves » qu'un chien ne saurait conduire un attelage. Si nous pensions le contraire, nous aurions retrouvé et détruit la Clepsydre depuis longtemps.

— Je vous répète, grand-mère, que la Source est la plus grande préoccupation de nos parents.

— Et je te répète, répliqua Bethmilno, irritée, que les dissidents n'ont aucun espoir d'y puiser la moindre goutte de pouvoir. De toute façon, il semble que l'inventivité perverse des paladins l'ait placée définitivement hors de leur portée. Cesse donc de t'inquiéter.

— J'essaierai. Alors, comment procédons-nous ?

— D'abord, nous annihilons les rebelles. Ensuite, nous réglons son compte au seigneur de guerre. Rien de compliqué, comme tu peux le voir.

— C'est très simple, répéta patiemment Zerreiss. Tout ce que je réclame, c'est une diversion – et même pas une grosse. (Il indiqua un point sur la carte de peau tannée accrochée devant lui.) D'ici jusque... ici à peu près. Ça ne nous retardera que de quelques jours. Une semaine tout au plus.

— Avec tout le respect que je vous dois, monsieur, nos objections sont d'ordre purement pratique. (Du pouce, Wellem désigna la poupe de leur navire.) Faire changer de cap à tout ça ne sera pas une mince affaire.

Leur vaisseau amiral était à la tête d'une flotte massive, composée d'un assortiment hétéroclite de bateaux capturés, réquisitionnés ou construits à la hâte. La plupart étaient des transporteurs de troupes au pont bondé de guerriers et d'engins de guerre solidement arrimés. Les transporteurs de fret, alourdis par les provisions et l'équipement, s'enfonçaient très bas dans l'eau glaciale.

— Outre notre trajectoire, poursuivit Wellem, il faudrait modifier la distribution des rations. Ça, et une dizaine d'autres choses qui feraient de ce que vous suggérez un cauchemar logistique.

— Je suis conscient de tout ça, affirma Zerreiss, et les difficultés ne sont pas aussi écrasantes que tu les fais paraître, mon vieil ami. Mais j'apprécie tes efforts pour me sauver de moi-même, puisque c'est ainsi que tu le vois.

— Monsieur, jamais je ne...

Le seigneur de guerre leva une main pour faire taire son conseiller et ajouta avec humour :

— Bien sûr que si, et plutôt deux fois qu'une. Mais ce détour aura d'importantes répercussions sur notre lutte.

— À cause d'un rocher perdu dans l'océan et occupé par une poignée de radicaux ? Avons-nous besoin d'alliés à ce point ?

— Il ne s'agit pas de recrutement, n'est-ce pas ? intervint Sephor, le plus jeune des deux aides de camp de Zerreiss. C'est lui que vous voulez rejoindre. L'homme de vos rêves.

— Je n'en ai jamais fait mystère, acquiesça Zerreiss. Tout comme je n'ai jamais pris une décision stratégique en me fiant uniquement à mon intuition. Vous le savez. Pourtant, je suis convaincu que me rendre sur cette île et rencontrer cet homme est un prérequis pour tout ce que nous voulons faire d'autre.

—Je ne prétends pas comprendre, monsieur, mais j'ai confiance en votre instinct, affirma humblement Sephor. Jamais encore vous ne nous avez guidés dans une mauvaise direction.

—Et je n'ai pas l'intention de commencer aujourd'hui, le rassura Zerreiss.

—Vous savez que nous ne serons pas les seuls à faire voile vers cette île, leur rappela Wellem. Selon nos agents de renseignements, au moins une flotte impériale se dirige vers elle.

—C'est une bonne chose, avança Sephor. Pour la première fois, nous nous retrouverons face-à-face avec une force impériale d'une puissance significative.

—Ayez foi en moi, conclut Zerreiss. Nous nous préparons à porter notre message au monde civilisé depuis assez longtemps. Le moment est venu d'affronter ses dirigeants. (Il fixa ses conseillers d'un regard calme qui ne cillait pas.) Donnez l'ordre de changer de cap.

On disait souvent que les dieux avaient de curieuses idées concernant le déploiement de leur progéniture humaine. Si les sceptiques mettaient ça sur le compte du hasard et les croyants sur celui du destin, tous s'accordaient à dire que la disposition des pions dans le grand jeu de la vie témoignait fréquemment d'une ironie féroce.

Ainsi une autre flotte mal assortie voguait-elle sur le même océan, et se dirigeait-elle également vers l'île de Diamant.

—Savourez la vue, lança Devlor Bastorran. Vous assistez à un événement qui restera dans les annales.

—Vraiment? (Du dos de sa main, Aphri Kordenza étouffa un bâillement théâtral.) Moi, je ne vois qu'un gros tas de bateaux.

—De navires, rectifia le paladin.

—Bateaux, navires, c'est la même chose; des trucs ennuyeux qui flottent sur l'eau.

—Vous n'avez vraiment aucun sens de l'histoire.

—Aphrim et moi avons quelque chose de plus important: un instinct de survie.

—Alors, peut-être devriez-vous prêter davantage attention à ce qui se passe autour de vous, suggéra Bastorran avec une grimace de dégoût.

—Nous faisons suffisamment attention pour assurer notre sécurité, répliqua la fusionnée. Tout le reste est superflu.

— Ça ne vous touche vraiment pas d'être témoin de quelque chose qu'aucun mortel n'avait encore jamais contemplé ? Mieux, d'y prendre part ?

— Non. Et nous pensons que ça ne vous touche pas non plus. Vous êtes comme nous : dans le fond, la seule chose qui vous intéresse, c'est de retrouver le Qalochien et de le faire payer.

— Éradiquer les rebelles sera assez jouissif, murmura pensivement Bastorran.

— Certes. Mais ça ne sera pas aussi personnel qu'avec Caldason, pas vrai ?

— Je n'ai jamais prétendu le contraire. Du moins, pas quand je m'adressais à vous.

— Alors pitié, épargnez-nous le couplet sur l'Histoire qui s'écrit sous nos yeux.

Le paladin soutint le regard d'Aphri Kordenza.

— Si vous avez derrière la tête l'idée de me prendre de vitesse et de me priver de ma vengeance, c'est vous qui entrerez dans l'Histoire. À titre posthume.

— Ne vous inquiétez pas pour ça. Nous nous contenterons de trancher des gorges de rebelle et de traquer Serrah Ardacris.

— Qui doit être capturée vivante, ne l'oubliez pas. J'ai promis à Laffon de la lui livrer pour qu'il puisse l'interroger.

— Décidément, vous n'êtes pas drôle du tout.

— J'ai dit qu'elle devait être en état de subir un interrogatoire – pas qu'elle devait être complètement indemne.

— C'est déjà ça.

— Et puis, m'aider à tuer Caldason ne devrait pas vous déplaire non plus. Du moment que vous me laissez lui porter le coup fatal...

Le visage de la fusionnée s'éclaira.

— Ça, ça devrait être assez réjouissant, acquiesça-t-elle. Aphrim sera...

Quelqu'un se racla discrètement la gorge. En pivotant, ils virent approcher l'aide de camp de Bastorran.

— Qu'y a-t-il, Meakin ? aboya le paladin.

— Je vous demande pardon, monsieur, mais le capitaine vous envoie ses compliments et vous informe que notre flotte est sur le point de rejoindre officiellement celle de Rintarah. Droit devant, monsieur. (Le jeune homme tendit un glamour d'observation à son maître.) Cela vous sera peut-être utile.

Bastorran grogna et s'empara du tube.

— Un spectacle étonnant, n'est-ce pas ? sourit Meakin. Ça donne le sentiment que l'Histoire s'écrit sous nos yeux.

— C'est vrai, répliqua le paladin sur un ton sec.

Aphri Kordenza leva les yeux au ciel.

— Le capitaine dit également que nous devrions être en vue de l'île de Diamant dans moins d'une journée, ajouta Meakin.

— Ce n'est pas trop tôt, grommela la fusionnée.

De tous côtés, l'océan était dissimulé par un nombre incalculable de bâtiments de tous les types concevables. Des forêts de mâts oscillant obscurcissaient l'horizon.

Et droit devant, deux flottes prodigieuses fusionnaient dans l'éclat radieux de leur magie.

27

— Parle, paladin, ou prépare-toi à finir le chemin à la nage ! Saisissant Praltor Mahaganis par la peau du cou, Caldason le plaqua contre le bastingage.

Serrah s'interposa entre les deux hommes.

— Reeth ! Calme-toi !

— Dégage ! aboya Caldason.

— Tu ne penses pas ce que tu dis.

— Vraiment ? Regarde-moi en face et répète ça.

— Lâche-le, dit la jeune femme sur un ton de défi, en détachant bien les syllabes.

— Non, protesta Mahaganis. Reeth a raison. Je n'aurais jamais dû lui cacher tout ça.

Caldason et Serrah ignorèrent le vieil homme.

— Au cas où tu ne l'aurais pas remarqué, Reeth, une putain de flotte monstrueuse menace de nous barrer le chemin, siffla la jeune femme.

À tribord, une infinité apparente de navires fonçait vers le brick. Ils étaient encore à bonne distance, mais ceux de tête avaient suffisamment d'avance pour l'intercepter.

— Le moment est mal choisi pour prendre ou donner une leçon d'histoire, ajouta Serrah.

— C'est peut-être le seul qui nous reste, contra Caldason.

— Reeth a raison, répéta Mahaganis sur un ton résigné. Il a le droit de tout savoir.

Kutch et Wendah arrivèrent en courant, précédant de peu le timonier, Rad Cheross et quelques marins.

— Que se passe-t-il ? haleta Kutch.

— Qu'est-ce que vous étiez en train de lui faire ? s'exclama Wendah, rouge de colère et apparemment prête à intervenir.

— Tout va bien, lui assura Mahaganis. Personne ne me veut du mal.

— Si, lui.

Wendah foudroya Caldason du regard.

— Non, contra Kutch. Ce n'est pas du tout le genre de Reeth.

— Vraiment ? C'est un assassin, non ?

Caldason lâcha Mahaganis.

Serrah posa une main sur l'épaule de la jeune fille.

— Kutch te dit la vérité, Wendah. Personne ne va faire du mal à personne. Maintenant, calmons-nous, voulez-vous ?

Chéross s'avança.

— Vous seriez gentils d'aller vous disputer ailleurs, dit-il sévèrement. Vous nous gênez.

Du menton, il désigna la flotte qui approchait.

— Pouvons-nous faire quoi que ce soit ? s'enquit Serrah.

— Pas à moins d'avoir des compétences en navigation que vous m'auriez cachées jusqu'ici. Le meilleur service que vous puissiez nous rendre, c'est de ne pas traîner dans nos pattes. Allez vous installer dans le mess ; personne ne vous dérangera.

— Pouvons-nous les semer ?

— Nous avons d'assez bonnes chances d'y arriver, oui. Mais je ne vous promets rien. Tenez-vous prêts à défendre le navire à mon commandement.

— Contre tous ces bateaux ? bredouilla Kutch.

— Ça n'ira pas jusque-là, promit Serrah. Nous empêchons Rad de faire son travail. Venez.

Elle entraîna ses compagnons à l'écart. Flanquée de Kutch, Wendah prit le bras de Mahaganis pour le guider. Caldason ferma la marche. Le pont éclaboussé par les embruns était humide et glissant ; un vent fort soufflait sans répit. Ils furent ravis de s'entasser dans la plus vaste cabine du brick et de s'installer autour de la longue table de chêne.

— Alors, Reeth, que se passe-t-il ? interrogea Kutch.

— Tu te rappelles quand Praltor a dit que j'avais du sang de Fondateur ? On ne peut pas balancer un truc pareil et refuser de donner plus de détails. J'ai besoin d'entendre le reste – et tout de suite, pendant qu'il en est encore temps.

Wendah écarquilla les yeux.

— Vous voulez dire, avant qu'on se fasse tous tuer ?

— Reeth voulait dire : « avant qu'on atteigne l'île », mentit Serrah en jetant un regard d'avertissement au Qalochien. Pas vrai, Reeth ?

— Absolument, acquiesça Caldason après un temps d'hésitation. Désolé, je me suis mal exprimé. (Il se tourna vers Mahaganis.) Explique-toi. S'il te plaît.

— D'accord. Mmmh, d'abord, je voudrais bien boire quelque chose ; si quelqu'un avait la gentillesse…

Wendah lui servit un verre de vin. Il lui sourit.

— Merci, mon enfant. (Il lui prit la main et la serra, puis il but et reposa son verre d'un geste déterminé.) Ce que je t'ai appris, Reeth, n'était pas un mensonge. Du sang de Fondateur coule bien dans tes veines.

— Comment est-ce possible ? s'étonna Kutch. Les Fondateurs se sont éteints il y a des millénaires.

— C'est là que tu te trompes, mon garçon.

— Tu te moques de nous ? s'écria Caldason. Ou la sénilité t'embrume-t-elle le cerveau ?

— Ni l'un ni l'autre, répliqua Mahaganis. Je n'ai jamais été plus sérieux.

Serrah leva une main apaisante.

— Tout ça est assez embrouillé, Praltor. Pourriez-vous commencer par le commencement ?

— Entendu. (Le vieil homme but une autre gorgée de vin et rassembla ses idées.) Nul ne connaît les raisons ni les circonstances de la chute des Fondateurs. Tout ce que nous savons, c'est qu'ils avaient bâti une civilisation remarquable, dont la plupart des conquêtes dépassent notre entendement. Jadis, ils étaient les maîtres incontestés de ce monde. Puis ils furent renversés ou tombèrent tout seuls, et leur race s'éteignit. Du moins, c'est ce que pensent la plupart des gens.

— Mais vous prétendez le contraire ?

— Oh, oui ! Quel que soit le cataclysme qui précipita les Fondateurs à bas de leur trône, il ne les éradiqua pas totalement. J'ignore combien d'entre eux ont survécu, et si leurs descendants sont éparpillés ou regroupés – bien que je penche plutôt pour la seconde hypothèse. À mon avis, ils perdurent sous la forme d'une société secrète, peut-être dans une contrée lointaine, à l'abri des curieux, et…

— Vous en êtes certain ?

Serrah avait du mal à cacher son scepticisme.

— Je ne peux que deviner qui ils sont et où ils se trouvent, mais je sais qu'ils existent parce que c'est contre eux que je protégeais Reeth. De quelque façon qu'ils soient organisés, ils sont assez puissants pour menacer quiconque se dresse sur leur chemin.

Caldason fixa le vieil homme sans ciller.

— Tu dis que leur sang coule dans mes veines. Alors, pourquoi faudrait-il me protéger contre eux ?

— Parce que préserver la pureté de leur race est une de leurs priorités absolues, révéla Mahaganis. Tu étais le premier de leurs bâtards, ou du moins, le premier qui ait survécu, à ma connaissance. Leur sang coule dans tes veines, mais tu n'es pas l'un d'eux pour autant. Juste une créature obscène qu'ils veulent détruire à tout prix.

Caldason ne répondit pas.

— Comment Reeth a-t-il acquis cet héritage métissé ? s'enquit Serrah.

— Il est le fruit de l'union d'une Qalochienne et d'un Fondateur, expliqua Mahaganis. J'ignore si l'amour joua un rôle dans leur histoire ou s'il s'agissait juste d'une aventure. De même que j'ignore si sa mère connaissait les origines de son amant. Je sais en revanche qu'en procréant avec elle, son père brisa l'un des tabous les plus stricts de la civilisation des Fondateurs. Comme vous le savez déjà, elle mourut en couches, peut-être parce que les deux races n'étaient pas faites pour se reproduire entre elles. Mais sa mort ne suffit pas aux Fondateurs. Ils voulurent également éliminer Reeth, qu'ils considéraient comme une abomination.

— Tu as assisté à ma naissance, se souvint Caldason. Je l'ai vu dans un de mes rêves.

— Oui. Je venais juste de déserter. La corruption commençait à ravager les clans, et j'étais un de ceux qui avaient préféré fuir. Comme une partie de mes camarades, je me suis rangé du côté des Qalochiens pour m'opposer aux persécutions dont ils faisaient l'objet. La plupart des mauvais traitements étant infligés par les paladins – mes frères de sang – il me semblait de mon devoir d'essayer d'y remédier.

— À cette époque, tu savais que des Fondateurs avaient survécu ?

— Je ne l'ai découvert qu'en fréquentant ton peuple. En tant qu'habitants aborigènes de Bhealfa, les Qalochiens avaient eu maintes fois l'occasion de croiser le chemin des Fondateurs. Je soupçonne même que ceux-ci les utilisaient comme réserve. Certains sages des tribus qalochiennes connaissaient la vérité. Mais comme personne ne voulait les croire, ils avaient appris à garder le silence.

—Ils les utilisaient comme réserve? répéta Serrah sans comprendre.

—Je crains que des Qalochiennes aient servi à satisfaire les besoins charnels de Fondateurs mâles. C'était un bon choix. Les Qalochiens ont toujours suscité le racisme des autres peuples, et tout le monde les craignait à cause de leur réputation martiale. Du coup, peu de gens se souciaient de ce qui pouvait bien leur arriver – et ceux qui auraient écouté leurs doléances étaient encore moins nombreux.

—Quelle horrible façon d'exploiter des gens! Ces Fondateurs devaient être des monstres.

—J'imagine combien cet arrangement pouvait leur être profitable, commenta Caldason, réprimant sa fureur à grand-peine. Qu'est-ce qui a fini par tout remettre en cause?

—La grossesse de ta mère, répondit Mahaganis. C'était un cas d'une extrême rareté – voire sans précédent. Comme je l'ai dit tout à l'heure, nos deux races n'étaient sans doute pas destinées à procréer ensemble. C'est à ce moment-là que les clans furent engagés pour exterminer les Qalochiens. Point n'est besoin d'une imagination délirante pour déduire que leurs clients devaient être les descendants des Fondateurs. Mais que la honte soit sur eux! Les paladins ne réalisèrent pas d'où venait l'argent utilisé pour les payer, ou peut-être s'en moquaient-ils totalement.

Caldason, d'ordinaire si impassible, était visiblement ébranlé.

—Les Fondateurs voulaient ma mort au point de massacrer tout un peuple pour ça?

—Oui. Ça te donne une idée de la férocité avec laquelle ils sont prêts à défendre leur lignée. Je sais que c'est dur à admettre, et qu'en ce moment, tu dois te sentir coupable de ce qui est arrivé aux Qalochiens – mais, crois-moi, ce n'est pas ta faute. Enfonce-toi bien ça dans le crâne.

—Mais pourquoi était-ce si important pour eux? interrogea Serrah. Pourquoi fallait-il absolument que Reeth meure? Ça paraît une punition bien radicale pour avoir enfreint un tabou. Il doit y avoir autre chose.

—Toutes les cultures ont leurs interdits, y compris la nôtre, lui rappela Mahaganis. Et les empires ne se montrent pas particulièrement cléments envers les délinquants.

—Peut-être que…, commença Wendah d'une petite voix hésitante.

Puis elle s'interrompit, mal à l'aise.

Tous furent surpris de l'entendre parler.

— Vas-y, petite, l'encouragea Mahaganis. Que voulais-tu dire ?

— Juste que... Le problème, ce n'était pas forcément cette histoire de tabou. (La jeune fille jeta un regard méfiant à Caldason.) Enfin, pas seulement. Peut-être que les Fondateurs le détestent parce qu'ils ont peur de lui.

— J'ai eu la même idée, acquiesça Kutch.

Mahaganis fronça les sourcils.

— Que voulez-vous dire, les enfants ?

— C'est à cause de son sang de Fondateur que Reeth a vécu aussi longtemps, n'est-ce pas ?

— Sans doute. De la même façon que la Source a prolongé ma vie.

— Ou que les fragments de savoir récupérés par le Chapitre ont prolongé celle de Phénix.

— Qui ça ?

— Quelqu'un que nous connaissons, intervint Serrah. Il semble que la magie des Fondateurs lui ait valu une longévité hors du commun. Désolée, Kutch. Continue.

— J'allais dire : qu'est-ce que ça implique, d'avoir du sang de Fondateur ? À part une espérance de vie supérieure, donc.

— Ça pourrait expliquer les visions de Reeth, avança Mahaganis, et son lien apparent avec le seigneur de guerre Zerreiss. Même si je ne vois pas bien comment.

— Toutes ces choses ressemblent à des symptômes, raisonna Kutch. Du coup, je me demande : se peut-il que les pouvoirs des Fondateurs se transmettent par le sang ?

— Les Fondateurs ne sont pas humains. Certains érudits pensent qu'ils l'étaient peut-être au départ, mais qu'ils ont atteint un stade de développement supérieur. Qui peut deviner les conséquences d'une union mixte ?

— Supposez qu'elle confère des talents ou des capacités qu'ils ne veulent pas partager ? Quelque chose qui pourrait être dangereux pour eux.

— Je... vois quelque chose en Reeth, révéla Wendah avant d'ajouter bien inutilement : avec mon pouvoir.

— Quoi ? demanda Caldason sur un ton brusque.

La jeune fille cligna des yeux comme si elle tentait de percer de la brume du regard.

— C'est difficile à expliquer. Quelque chose que je n'avais jamais vu avant.

— D'un autre côté, tu n'as pas fréquenté des masses de gens, fit remarquer Serrah.

— C'est vrai. Mais tout de même, ça me paraît étrange.

— Et toi, Kutch ?

— Souviens-toi : j'ai arrêté ma formation de détecteur parce que je ne supportais pas ce que je captais de Reeth. Je suppose que ça confirme ma théorie...

— Ça ne confirme rien du tout, contra Caldason. Vous faites tout un tas de suppositions à mon sujet, mais vous négligez l'alternative.

— Quelle alternative ? s'enquit Mahaganis.

— Le mal qui m'afflige peut très bien n'avoir aucun rapport avec la magie des Fondateurs.

— Dans ce cas, d'où viendrait-il ?

— Je ne sais pas. D'une malédiction lancée par un de mes ennemis, ou...

— Une malédiction bizarrement unique en son genre ? Allons, Reeth, railla le vieillard. Tu cherches des explications tirées par les cheveux alors que la vérité est juste sous ton nez. Personne ne peut t'en vouloir de rechigner à l'accepter, mais quel que soit le mal qui t'afflige, tu l'as hérité de ton père, qui appartenait à la race des Fondateurs.

— Tu le connais ? Tu l'as rencontré ? demanda avidement Caldason.

— Non, et je n'ai aucune idée de ce qu'il est devenu. Peut-être a-t-il subi le châtiment suprême. Nous ignorons comment les Fondateurs punissent ceux d'entre eux qui enfreignent leurs interdits. Cela dit...

— Quoi ?

— Je n'ai pas de preuve, mais sachant un peu de quelle façon opèrent les descendants des Fondateurs et d'après ce que m'ont dit les Qalochiens rescapés du massacre...

— Ne recommence pas à faire des mystères, vieillard !

— Je pense que c'est lui qui a tenté de te tuer.

Quelqu'un frappa à la porte du mess. Rad Cheross entra.

— Nous avons distancé les flottes ennemies... de justesse, et les pirates ne se sont pas manifestés, rapporta-t-il. Je pense qu'ils doivent se tenir à l'écart pour des raisons évidentes. Sauf nouveau problème, nous aborderons l'île de Diamant dans une heure ou deux, avec très peu d'avance sur l'armada impériale. Tenez-vous prêts à débarquer rapidement.

Sans attendre de commentaires, il ressortit.

Caldason se leva.

— Reeth ? appela Serrah, anxieuse.

— J'ai besoin d'air.

Il se dirigea vers la porte, et elle le suivit. Comprenant qu'il valait mieux les laisser seuls, leurs compagnons restèrent où ils étaient.

Sur le pont, Caldason alla s'accouder au bastingage et fixa la colossale armada qui brillait à l'horizon. Le ciel s'était assombri.

— Comment te sens-tu ? demanda Serrah en passant un bras autour de la taille du Qalochien.

— Je viens d'apprendre que mon père a essayé de me tuer et que mon peuple a pratiquement été exterminé à cause de moi. À ton avis, comment je me sens ?

— D'une humeur mitigée ?

Malgré lui, Caldason sourit.

— Je peux toujours compter sur toi pour la petite touche d'humour cynique.

— Parfois, c'est tout ce qui nous reste. (L'expression de Serrah se durcit.) Tu sais, je suis sceptique à propos de certaines des choses que Praltor vient de nous raconter.

— Lesquelles ?

— Essentiellement sa théorie selon laquelle les Fondateurs perdureraient sous le couvert d'une société secrète. J'ai beaucoup de mal à y croire. Il a dit lui-même que ce n'était qu'une supposition. Je n'ai jamais eu vent de quoi que ce soit quand je travaillais pour le CSI, et pourtant, mon boulot consistait justement à démanteler des réseaux souterrains.

— Le CSI te cachait des tas de choses, lui rappela Caldason.

— Certes. Mais s'il y a une part de la vérité là-dedans, je ne crois pas que Praltor la connaisse dans son intégralité.

— Doutes-tu également que je recèle une sorte de… tumeur maligne héritée des Fondateurs ?

— Je… Je n'en sais rien, Reeth. Mais sur ce point-là, il me semble que le vieil homme pourrait avoir raison.

— Je craignais que tu répondes ça.

Serrah haussa les épaules.

— En fait, tout cela est purement académique. Ne me regarde

pas comme ça. C'est académique dans le sens où ça ne nous sert pas à grand-chose pour le moment, pas vrai ? (Du menton, elle désigna la flotte d'invasion impériale.) Qu'importent tes origines et celles du mal qui t'afflige quand nous sommes, selon toute probabilité, en train de voguer vers notre mort à tous ?

28

Ils atteignirent le port sains et saufs, mais avec à peine quelques encablures d'avance sur l'avant-garde de la double flotte impériale. Les navires ennemis bouchant l'horizon et affluant toujours en plus grand nombre, les retrouvailles furent chaleureuses mais brèves.

Des préparatifs frénétiques allaient bon train. Des guerriers couraient vers les positions défensives. Des distributions d'armes et des attributions de postes étaient en cours. Des centaines d'insulaires se hâtaient vers la forteresse, changeant la terre gelée en boue sous leurs pieds.

— Vous avez entendu ? hurla Serrah comme elle et ses compagnons se frayaient un chemin parmi la foule qui encombrait le quai. Tanalvah est ici !

— J'ai entendu, acquiesça Caldason. Apparemment, elle est arrivée avec Karr, Disgleirio et quelques centaines d'autres rebelles bhealfans.

— Quand on parle du loup…

Du menton, Serrah désigna un chariot qui se dirigeait vers eux. Disgleirio conduisait ; Karr était assis à côté de lui. Ils transportaient un groupe de défenseurs qui sautèrent à bas du véhicule et s'égaillèrent rapidement. Disgleirio aida Karr à descendre, et tous deux rejoignirent les voyageurs.

— Les dieux soient remerciés ! s'exclama le vieil homme. Je commençais à croire que nous ne vous reverrions pas.

— Vous ne vous débarrasserez pas de nous aussi facilement, répliqua Serrah en l'étreignant.

— Même s'il se peut que, comme dit le proverbe bhealfan, vous n'ayez échappé à la poêle à frire que pour vous jeter dans les flammes, fit remarquer Disgleirio en serrant la main de Caldason.

— J'aime bien avoir chaud, ironisa le Qalochien.

— Tu vas être servi. Les choses risquent de devenir brûlantes assez rapidement dans le coin.

— On nous a dit que Tan était sur l'île, intervint Serrah.

— Oui, et c'est Quinn qu'il faut remercier de l'avoir ramenée parmi nous, expliqua Karr.

— Vraiment ? Alors, merci, Quinn !

Disgleirio eut un sourire un peu embarrassé.

— Et comment va Kinsel ?

Le guerrier fut ravi de parler d'autre chose que de lui-même.

— Physiquement, il récupère bien.

— Sous-entendu : moralement, non ? demanda Serrah.

— Les épreuves qu'il a subies ont laissé sur lui des marques invisibles au premier abord. C'est bien compréhensible.

— Où est Darrok ? voulut savoir Caldason.

— Il supervise les défenses de l'autre côté de l'île, répondit Karr. Quant aux autres… Ah, voici Phénix !

Le vieux sorcier fendait la foule, accompagné par deux acolytes que son immense cape dissimulait presque.

— Ravi de vous revoir ! tonna-t-il. Comment s'est passée votre mission ?

— C'était… très intéressant, déclara Caldason.

— Rien n'est jamais simple avec vous, n'est-ce pas, Reeth ? Donc, vous n'avez pas trouvé la Clepsydre ?

— Oh, si !

Les yeux de Phénix s'écarquillèrent.

— Et la Source ?

— Elle était avec.

Le sorcier ressemblait à un enfant auquel on vient de donner un grand sac de bonbons avant de l'enfermer dans un magasin de jouets.

— Par les dieux, Reeth ! Quelle forme revêt-elle ? Comment était-elle défendue ? Avez-vous dû… ? Votre expression ne me plaît pas. Avez-vous ramené quelque chose pour nous aider, oui ou non ?

— Peut-être.

— Mieux vaut ne pas trop le chatouiller, Reeth, prévint Disgleirio.

— Je n'essaie pas de le tenir en haleine. C'est juste que… je n'en sais rien, avoua Caldason.

— Où est-elle ? insista Phénix. Montrez-la moi.

Du pouce, Caldason indiqua la passerelle du brick, que Kutch et Wendah descendaient en guidant Mahaganis.

— C'est eux qui l'ont ? interrogea Phénix, perplexe.

— Kutch vous expliquera tout. Et la fille – elle s'appelle Wendah. Faites attention à elle. Elle est plutôt du genre soupe au lait.

— Je déteste vous interrompre, intervint Disgleirio, mais nous devons repousser une invasion.

Autour d'eux, la frénésie croissait à vue d'œil. Des défenseurs couraient dans tous les sens ; beaucoup se dirigeaient vers la plage, tandis que d'autres arrivaient à cheval ou dans des chariots. Une chaîne s'était formée pour déplacer des tonneaux et des caisses.

— Reeth, Serrah, nous avons besoin de vous, dit Karr. Peu de gens ici possèdent vos compétences et votre expérience. Je veux vous confier une troupe à chacun.

— Entendu, acquiesça Caldason. Mais pendant la phase initiale, nous voulons rester indépendants pour pouvoir foncer là où on aura le plus besoin de nous.

— Si vous voulez. Mais ce que vous appelez « phase initiale » risque de ne pas durer longtemps s'ils lancent toutes leurs forces contre nous d'un coup.

— Raison de plus pour ne pas nous immobiliser. Et s'ils ont deux sous de jugeote, ils testeront nos défenses avant d'engager leurs forces entières. Ils ignorent ce que nous pouvons avoir en réserve.

— Certes, mais ils peuvent le deviner. (Karr se tourna vers le sorcier.) Phénix, faites ce que vous pourrez avec ce que Reeth a ramené. Si vous réussissiez à en tirer une arme quelconque, ce serait…

— Nous ne pouvons rien vous promettre, surtout dans des délais aussi courts. Mais nous ferons de notre mieux.

— Je ne peux rien vous demander de plus.

— Je veux voir Tanalvah, réclama Serrah.

— Elle va bien, lui assura Disgleirio, et les enfants aussi. Inutile de t'inquiéter pour elle.

— Je n'en doute pas. Mais j'ai quand même envie de la voir.

— Elle est à la citadelle centrale avec Kinsel, révéla Karr. Peut-être pourriez-vous vous rendre utile en les ramenant tous les deux à la forteresse ?

— À quoi bon vous être donné la peine de bâtir une citadelle si vous n'avez pas l'intention de l'utiliser ? interrogea Caldason.

— Ç'a été une pomme de discorde pendant votre absence. Personne n'était d'accord sur l'usage à en faire.

— Je vous suggère d'y cantonner tous ceux qui sont incapables de se battre : les vieux, les enfants et les malades. Allouez un minimum de guerriers à sa défense. Ça empêchera l'envahisseur de deviner la taille exacte de la garnison, et si nous nous faisons balayer, l'ennemi épargnera peut-être les non-combattants.

— Du coup, on fait quoi de Tanalvah et Kinsel ? voulut savoir Serrah.

— Leur place est parmi les non-combattants. Mais on devrait peut-être leur laisser le choix.

— Tan ne doit pas être loin de son terme. Plus elle sera en sécurité, mieux ça vaudra.

— La sécurité est un concept qui vient de perdre toute signification sur cette île, rappela Disgleirio.

— Alors, je fonce là-bas. Tu viens, Reeth ?

— Je préférerais rester ici et jeter un coup d'œil aux défenses. Ça ne t'ennuie pas ?

— Pas du tout.

— Je peux te conduire à la citadelle avec le chariot, offrit Disgleirio. De toute façon, il faut que j'y retourne. Et, en cas de besoin, je pourrai tous vous ramener ici.

— Parfait.

— Mais ne traînez pas en route, conseilla Caldason. Nous n'avons aucun moyen de savoir de combien de temps nous disposons avant le début de l'assaut.

Serrah l'embrassa.

— À tout de suite.

Disgleirio et elle coururent vers le chariot et se hissèrent sur le banc du conducteur.

À peine avaient-ils laissé le port derrière eux que la jeune femme sentit de minuscules piqûres froides sur son visage. Levant les yeux, elle vit des flocons tourbillonner dans l'air hivernal.

— Oh, génial ! grommela-t-elle en s'emmitouflant dans son manteau.

— En fait, le mauvais temps pourrait nous avantager, supputa Disgleirio. Pour les envahisseurs, cette île est un terrain inconnu. Devoir s'en emparer dans ces conditions risque de doucher quelque peu leur enthousiasme.

— Essaies-tu toujours de voir quelque chose de positif même dans les pires situations ?

— Pas toujours. Mais plus ça se présente mal, plus je m'efforce de contrebalancer. Ça vaut mieux que le contraire, non ?

— Et cette fois, tu trouves que ça se présente comment ? Tu sais que tu peux me parler franchement, Quinn.

— Presque aussi mal que possible. Pour que ce soit pire, il faudrait qu'on ait déjà tous l'épée sous la gorge, mais ça ne tardera sans doute plus guère. Ils ont tellement de bateaux que nous allons déjà avoir du mal à couvrir tous les points de débarquement possibles. D'un point de vue strictement numérique, c'est probablement du vingt contre un. Donc, à moins d'un miracle, le mieux que nous puissions espérer, c'est une mort honorable.

— Quelle riante perspective…

— C'est toi qui as demandé.

Ils dépassèrent des colonnes d'hommes armés qui se dirigeaient vers la côte, et de longues files d'ânes chargés d'équipement. Des feux de signalisation commençaient à brûler au sommet des collines alentour et des falaises plus éloignées.

Vingt minutes plus tard, ils arrivèrent en vue des tours de la citadelle centrale. Ici aussi, tout n'était qu'agitation frénétique et vrombissante.

— Tu veux que je t'accompagne ? s'enquit Disgleirio. Sinon, je peux m'occuper de quelques trucs urgents et te récupérer ici, disons, dans une heure au plus tard ?

— Va faire tes trucs urgents. Et merci.

— Tu te souviens dans quelle chambre était Kinsel quand vous êtes partis ? Tan et lui sont deux portes plus loin.

Les gardes connaissaient Serrah ; ils lui firent signe de passer.

À l'intérieur aussi, c'était le chaos, mais il y avait beaucoup moins de bruit que dehors. Serrah longea un couloir dont les murs lui renvoyèrent l'écho de ses pas. Elle arriva devant la porte indiquée par Disgleirio. Le battant était entrouvert. Elle toqua doucement et, sans attendre de réponse, entra.

Tanalvah était assise dans un fauteuil rembourré, enveloppée de plusieurs couvertures et les pieds posés sur un tabouret. Elle semblait endormie. Serrah la trouva bien pâle, et un peu trop maigre pour une femme enceinte à l'exception de son ventre distendu.

La pièce était chichement meublée ; on aurait pu la trouver

austère sans le feu qui rugissait dans la grande cheminée, dégageant une bonne odeur de pin et de vanille. Les reliefs d'un repas auquel on avait à peine touché gisaient sur une petite table, et plusieurs jouets en bois étaient éparpillés sur les lattes nues du plancher. Une porte donnait sur une pièce adjacente ; le battant entrebâillé laissait filtrer quelques murmures. Si dépouillée soit-elle, cette scène domestique paraissait bien incongrue en regard de ce qui se préparait dehors, songea Serrah.

Puis Tanalvah ouvrit les yeux.

L'espace d'un instant, elle donna l'impression d'être encore en train de rêver.

— Tan, souffla Serrah.

Les yeux de la Qalochienne s'écarquillèrent. Toute couleur déserta son visage déjà blême, et elle lutta pour se lever.

Serrah se précipita vers elle.

— Non, non, reste où tu es, Tan. C'est moi, Serrah.

— Serrah, répéta son amie sans la moindre trace d'émotion.

La jeune femme s'agenouilla pour l'étreindre. Elle lui embrassa la joue. La peau de Tanalvah était froide ; son corps, tout raide entre ses bras.

— Je suis si contente que tu t'en sois tirée, se réjouit Serrah.

— Je… Moi aussi.

— J'ai dû te faire peur en entrant dans ta chambre pendant que tu dormais. Je te demande pardon. Mais j'avais trop hâte de te voir.

Tanalvah ouvrit la bouche comme pour dire quelque chose, puis elle se ravisa et se contenta de fixer sa visiteuse.

Serrah avait imaginé des retrouvailles plus joyeuses. Mais songeant combien les derniers mois avaient dû être difficiles pour son amie, elle ravala sa déception.

À son grand soulagement, quelqu'un brisa le silence gêné qui planait entre elles. Kinsel entra depuis la chambre voisine, accompagné par Teg et Lirrin.

— J'ai cru entendre… Serrah !

— Bonjour, Kinsel.

La jeune femme se laissa étreindre par le chanteur. Puis, comme les enfants surexcités tiraient sur sa jupe, elle s'accroupit pour les embrasser.

Lorsque Teg et Lirrin furent calmés et que la tranquillité revint, Serrah put enfin demander :

— Comment vas-tu, Tan ?

— Bien, répondit la Qalochienne d'une voix larmoyante. Je... Bien.

Serrah et Kinsel échangèrent un coup d'œil entendu.

— Tu dois être tout près de ton terme, avança Serrah.

Tanalvah acquiesça sans rien dire.

— Elle est fatiguée, déclara bien inutilement Kinsel. Nous faisons notre possible pour la soulager. N'est-ce pas, les enfants ?

Teg et Lirrin hochèrent solennellement la tête.

— Vous avez tous été merveilleux, renifla Tanalvah. Je ne le mérite pas.

Kinsel lui prit la main.

— Ne sois pas sotte, mon amour. Tu mérites ce qu'il y a de mieux.

— Et toi, comment te portes-tu, Kinsel ? interrogea Serrah, s'efforçant de changer de sujet.

— Je suis toujours plus svelte qu'avant, grimaça le chanteur.

— Je vois ça.

— Pardonne-moi, je ne t'ai pas demandé : comment s'est passé votre mission ?

— Bizarrement. Je te raconterai plus tard.

— Comment va Reeth ? Et Kutch ?

— Nous sommes tous sains et saufs. Et Kutch a peut-être trouvé sa première petite amie, sourit la jeune femme.

— Vraiment ? Qui est-ce ?

— Quelqu'un que nous avons rencontré pendant notre voyage. Avec un peu de chance, tu feras bientôt sa connaissance.

— Pauvres gosses ! Se retrouver ici en ce moment... (Kinsel baissa les yeux vers Teg et Lirrin.) Nous ne savons pas trop ce qui se passe depuis ce matin. Tu peux nous faire un petit résumé ?

« Attention à ce que tu vas dire devant les enfants », réclamaient ses yeux.

— Ce que nous craignions depuis un moment a fini par se produire. Les empires s'apprêtent à débarquer en force.

— *Les* empires ? Tous les deux ?

— Ils ont combiné leurs flottes et semblent agir de concert.

— Ils nous jugent si dangereux que ça ?

— Apparemment. C'est pour ça que je suis venue. Enfin, je suis venue avant tout parce que je voulais vous voir, mais aussi pour vous demander si vous vouliez qu'on vous transporte à la forteresse.

— À la forteresse ? répéta Tanalvah, l'air inquiet. Je suis obligée d'y aller ?

— Non, bien sûr. Ce n'est pas un ordre. Mais vous seriez peut-être davantage en sécurité là-bas, fit valoir Serrah.

— Ne sommes-nous pas en sécurité ici ? Je croyais que cet endroit était une citadelle.

— Oui, mais nous pensions que… Tan ?

Une grimace tordit le visage de la Qalochienne, et un spasme parcourut son corps.

— Tan ? Qu'y a-t-il ?

— Que se passe-t-il, mon amour ?

— Ce n'est… rien. Juste une… contraction.

Kinsel prit un mouchoir et tamponna le front en sueur de la jeune femme sous le regard inquiet de leurs enfants adoptifs.

— Tu en as souvent ? s'enquit Serrah.

— Deux ou trois fois… par jour, haleta Tanalvah.

Et celle-ci tombe juste à point, songea Serrah avant de se reprocher cette pensée ignoble.

— Si tu as des contractions, ce n'est peut-être pas une bonne idée de te déplacer.

— Tanalvah va bien, dit Kinsel aux enfants. Ne vous en faites pas. Maintenant, venez. C'est l'heure de faire dodo.

Malgré leurs protestations, il poussa Teg et Lurrin vers la chambre voisine.

— Je reviens tout de suite, articula-t-il à l'attention des deux femmes.

Serrah se tourna vers Tanalvah.

— Tu es sûre que ça va, Tan ? Franchement, ça n'en a pas l'air.

— Si, si. Je t'assure. Mais pour être honnête, je préférerais rester ici.

— J'imagine que tu n'y seras pas moins en sécurité que n'importe où ailleurs sur l'île. Et tu auras des guérisseurs sous la main, même si tu risques de ne pas être la seule à requérir leur attention. Mais je pense vraiment que tu devrais envoyer les enfants à la forteresse. C'est là qu'ils auront la meilleure chance de s'en tirer.

— Nous ne voulons plus être séparés pour quelque raison que ce soit, répliqua Kinsel en revenant. Nous en avons déjà discuté.

— Dans ce cas, je n'insiste pas. Mais n'hésitez pas à me prévenir si vous changez d'avis. Nous pourrons toujours assurer votre transport, à condition que vous ne tardiez pas trop.

—Entendu.

Il y eut un bruit pareil à un grondement de tonnerre.

Tanalvah écarquilla les yeux. Les enfants réapparurent sur le seuil de la chambre, se tenant anxieusement par la main.

—Tout va bien, dit Kinsel. Il n'y a pas de raison de vous inquiéter.

Teg et Lirrin se précipitèrent vers Tanalvah.

Serrah et Kinsel s'écartèrent d'eux. Ils s'approchèrent de la fenêtre. De ce côté-ci, on ne voyait pas grand-chose à part le soleil couchant.

—C'était quoi, ça ? chuchota Kinsel.

—Le début d'une guerre, répondit Serrah.

Le soleil se couchait. La soirée s'annonçait froide et mouvementée.

—Je suis surpris qu'il leur ait fallu si longtemps pour déclencher les hostilités, lança Disgleirio.

—Ce n'est qu'une escarmouche destinée à tester nos forces, répliqua Caldason. De simples préliminaires.

—Pas pour les pauvres diables qui sont en train de donner leur vie là-bas.

Les deux hommes étaient tapis dans une tranchée, sur une butte qui surplombait le port et la baie. Quelques centaines d'autres défenseurs s'alignaient de part et d'autre d'eux, agrippant leur arme et attendant leur heure. Il faisait très froid, et la température aurait été encore plus basse s'il ne s'était pas mis à neiger.

Au large, quelques bateaux de l'île de Diamant venaient d'engager un groupe de bâtiments ennemis. Malgré leur décourageante infériorité numérique, ils arboraient fièrement le pavillon des résistants : un scorpion sur fond vert. Face à eux, des voiles ornées d'aigles et de dragons attestaient de l'alliance contre nature des empires.

À la grande surprise – et au grand regret – de Caldason, Rad Chéross avait décidé d'engager son brick dans la bataille. Déjà, le petit navire payait chèrement sa bravoure. Il gîtait selon un angle inquiétant, les voiles de travers, la coque fumante et le pont léché par les vagues.

Des cascades de glamour s'abattaient sur les insulaires. Des bateaux brûlaient ; certains se percutaient, leur collision projetant des hommes par-dessus bord. D'autres étaient le cadre de mêlées sanglantes, leur équipage luttant désespérément pour repousser un inévitable abordage. Entre le fracas métallique des armes, les cris de douleur, les craquements de bois brisé et les explosions magiques, c'était une véritable cacophonie que le vent apportait aux oreilles des observateurs silencieux.

Des affrontements similaires faisaient rage autour de l'île. Le premier objectif, du point de vue impérial, était de détruire le plus grand nombre d'embarcations possible pour prévenir toute fuite. De leur côté, les défenseurs savaient que leur petite flotte disparate était perdue, puisqu'ils ne pouvaient pas la rapatrier vers le cœur de l'île pour la mettre à l'abri ; aussi avaient-ils décidé de la vendre au prix du sang, même si le coût demeurait modeste pour les envahisseurs.

De temps en temps, ils mettaient le feu à un bateau sans équipage pour l'envoyer percuter et enflammer des bâtiments ennemis. Le ciel crépusculaire commençait à s'embraser le long de la côte.

— Les nôtres n'ont aucune chance, fit remarquer Caldason, l'air sombre.

Disgleirio but à sa flasque et la tendit au Qalochien, qui secoua la tête.

— Ils ne visaient rien d'autre que nous faire gagner du temps.

— J'espère que nous en faisons bon usage.

À cet instant, plusieurs détachements d'insulaires arrivèrent au pas de course pour renforcer la ligne. Beaucoup étaient des membres de la Fraternité de la Juste Lame, la colonne vertébrale de la défense de Batarriss.

— Je le pense, répondit Disgleirio. À ton avis, combien de temps avant qu'ils accostent ?

— Maintenant que la bataille est engagée, je suppose que ça ne tardera pas. Et cette zone va être particulièrement exposée.

— Nous n'y resterons pas plus longtemps que nécessaire. Nous les retarderons au maximum avant de nous replier.

— Tu as une direction précise en tête ?

— Droit vers le cœur de l'île. Nous avons préparé quelques embuscades sur le chemin pour les ralentir encore un peu. Ensuite, nous nous séparerons et nous frapperons par petits groupes. Il y aura des confrontations de masse en des points précis, comme ici sur la plage, mais pour l'essentiel, nous tâcherons de les éviter et nous nous rabattrons sur des méthodes de guérilla.

— Et la forteresse ? Elle est déjà scellée ?

— À l'exception d'un ou deux accès réservé aux lambins. Et merde, ça me rappelle que... Il faut déplacer ces sorciers.

— Qui ça ?

Une explosion particulièrement forte baigna la tranchée d'une lueur écarlate l'espace d'une seconde, tandis qu'une série de déflagrations retentissait au large.

Disgleirio cligna des yeux.

— Phénix et quelques-uns de ses copains du Chapitre. Ils sont à l'*Auberge du Passeur*, au bout du quai, avec Kutch, ainsi que la fille et le vieil homme que vous avez ramenés. Ce sera trop près quand l'ennemi commencera à débarquer.

— Je vais les faire sortir de là. (Caldason se leva.) Si Serrah revient...

— Je ferai en sorte qu'elle t'attende ici, acheva Disgleirio.

Le Qalochien acquiesça et partit en courant.

Il dépassa une petite foule qui, rassemblée près du port, attendait les ordres, et d'autres colonnes de défenseurs en route vers la plage. Les insulaires semblaient pitoyablement peu nombreux. Il accéléra, soufflant de gros nuages de vapeur à chacune de ses expirations.

L'attraction exercée par la Source était telle que l'auberge débordait de sorciers et d'apprentis. Caldason dut se frayer un chemin parmi eux à coups de coude.

Il trouva Phénix dans une arrière-salle dont l'accès était interdit à la plupart des gens. Bien entendu, personne ne manifesta l'envie de barrer le chemin au Qalochien. Praltor Mahaganis était là lui aussi, étendu sur une banquette, apparemment endormi. Kutch et Wendah parlaient à voix basse. Plusieurs membres du Chapitre, occupés à préparer des décoctions aromatiques ou à griffonner des notes, complétaient le groupe.

— Nous n'avons pas encore grand-chose à rapporter, je le crains, lança Phénix comme Caldason faisait irruption dans la pièce. Nous venons à peine de commencer.

— C'est fascinant, Reeth, s'exclama Kutch. Phénix veut essayer de puiser à la Source en utilisant une forme d'hypnose profonde combinée à l'inhalation de certaines herbes et...

— Vous ne pouvez pas rester ici, coupa Caldason sur un ton sans appel. (Le silence se fit instantanément dans la pièce.) Et, Phénix, tous les sorciers qui ne sont pas directement impliqués dans vos travaux doivent aller aider à défendre l'île.

— Nous essayons de faire notre part, Reeth, protesta le vieil homme. Toute interruption ne fera que retarder le moment où nos recherches déboucheront peut-être sur quelque chose d'utile.

— Je sais et souvenez-vous que j'ai personnellement tout intérêt à vous laisser travailler tranquilles. Mais nous ne pouvons pas garantir la sécurité de cet endroit.

— Nous pensions disposer de beaucoup plus de temps avant que…

— Nous aussi, répliqua Caldason. Les événements en ont décidé autrement. Nos pauvres défenses maritimes s'avèrent un bien piètre obstacle ; l'armada impériale est en train de les balayer. Choisissez les gens dont vous aurez besoin et allez vous réfugier avec Praltor dans un de nos bastions intérieurs. Ne traînez pas en route : l'ennemi sera bientôt sur nous.

Les sorciers se mirent à rassembler leurs grimoires et leurs instruments. Caldason se dirigea vers Kutch et Wendah.

— Je veux que vous les accompagniez, ordonna-t-il. Vous serez plus en sécurité avec Phénix, et je tâcherai de vous rejoindre un peu plus tard. Sinon, je vous enverrai quelqu'un. D'accord ?

— Ça se présente vraiment si mal ? s'inquiéta le jeune homme.

— Et ça ne va pas tarder à empirer. J'ai toujours été honnête avec toi, Kutch. Ce qui se prépare s'annonce plus effrayant et plus destructeur que tu ne peux l'imaginer. Je veux que vous restiez à l'écart de ce carnage le plus longtemps possible. (Remarquant que Kutch et Wendah se tenaient par la main, Caldason ajouta doucement :) Veillez l'un sur l'autre. On a moins peur quand on n'est pas seul.

À la grande surprise du Qalochien, Wendah se haussa sur la pointe des pieds et déposa un baiser sur sa joue. Avant qu'il puisse réagir, une sorte d'incantation parvint à ses oreilles. Il mit quelques instants à réaliser que c'était son nom répété par des voix successives qui se rapprochaient. On l'appelait.

Il serra brièvement l'épaule de Kutch, puis rebroussa chemin vers la sortie. Dehors, dans l'air froid de la nuit, des gens lui désignaient quelque chose d'un index tendu. Un disque volant plongeait depuis le ciel, sa surface métallique reflétant les explosions multicolores en provenance de la mer.

Quelques secondes plus tard, il s'immobilisa devant Caldason. Darrok était assis dessus. Pallidea se tenait derrière lui, sa longue chevelure rousse flottant au vent.

— Ravi de te revoir, mon ami, grogna Darrok. Pardonne-moi de couper court aux politesses d'usage, mais nous avons un problème sur les bras, et j'aurais bien besoin de ton aide. Les premiers envahisseurs viennent de débarquer.

29

Un vent âpre et de la neige tourbillonnante. Du sable mouillé qui collait aux semelles. Le fracas de l'acier et les cris des mourants. Ils se battaient sur une plage, dans la pénombre crépusculaire. Deux groupes – l'un venu de la mer, l'autre défendant sa terre –, luttant dans l'eau glacée qui leur arrivait aux chevilles. Au-dessus d'eux, un croissant de lune se dessinait dans le ciel au milieu du semis scintillant des étoiles.

Caldason fendit le crâne d'un adversaire, puis pivota pour transpercer le cœur d'un autre. Le vide ainsi créé fut rapidement comblé par deux autres hommes bien décidés à abattre le Qalochien. Celui-ci les déçut cruellement. Le premier écopa d'une entaille en travers de la gorge ; le second succomba à un poumon perforé. Mais les envahisseurs continuèrent à affluer avec leurs uniformes disparates, jaillissant de la semi-obscurité tels des spectres meurtriers.

Pour ajouter à la confusion, des glamours se mêlaient aux envahisseurs – produits de la bataille parallèle que se livraient les rares sorciers présents. Des éclairs de magie aveuglante fusaient de tous les côtés ; des combattants s'écroulaient avec un trou fumant dans la poitrine.

Le groupe auquel Caldason s'était joint comptait, dans le meilleur des cas, moitié moins de défenseurs que la faction adverse. Parmi eux, très peu étaient entraînés au maniement des armes. Mais outre la férocité née de leur désespoir, ils bénéficiaient du chaos provoqué par Darrok et son disque volant. Ainsi parvinrent-ils à ralentir l'envahisseur, puis à l'arrêter et à le faire battre en retraite.

Darrok piqua pour rejoindre Caldason. Il arriva au moment où le Qalochien ramassait une lance abandonnée et la projetait vers le dos d'un fuyard. Le reste du groupe se lança à la poursuite de ses adversaires en déroute, qui remontaient précipitamment dans leurs canots.

— S'ils avaient été plus nombreux, je ne suis pas certain que nous aurions tenu, commenta Darrok.

— Il y en a d'autres. Des tas d'autres, répliqua Caldason en désignant la flotte ennemie du menton. (Il se pencha pour prendre une poignée de sable humide, avec laquelle il nettoya sa lame ensanglantée.) Ce n'était qu'une escarmouche.

La plage était jonchée de corps. Ceux des envahisseurs arboraient à la fois des tatouages d'aigle *et* de dragon, révélant l'étendue de la collaboration des empires prétendument rivaux.

— Jamais tu n'aurais cru voir ça un jour, hein ? grimaça Darrok.

Caldason tendit un doigt.

— Regarde celui-ci. Et celui-ci.

Les cadavres qu'il désignait n'étaient pas en uniforme, ou du moins, leur uniforme ne ressemblait pas à la majorité des autres.

— Des pirates, confirma Darrok.

— Les hommes de Vance ?

— Bien sûr. Je me demandais combien de temps il mettrait à conclure un pacte avec ces salauds. En échange de sa participation, il a sans doute obtenu le privilège de piller ce qui resterait de nos installations.

— Il n'est qu'un crachat de plus dans l'océan de nos adversaires, fit remarquer Caldason. Notre infériorité numérique serait dramatique même sans lui.

Mais Darrok s'entêtait dans sa rancœur.

— Encore quelque chose que je devrai lui faire payer si jamais je lui mets la main dessus, marmonna-t-il.

Il leva brusquement la tête.

— Qu'est-ce que c'est ? demanda Caldason.

— Rien d'hostile, j'espère.

Un objet volant se dirigeait vers eux depuis l'intérieur des terres.

— C'est bien ce qu'il me semblait, acquiesça Darrok au bout d'un moment.

La chose s'avéra être une chauve-souris, plus grosse que toutes les espèces connues de Caldason. Elle avait une envergure fort peu naturelle, et un poil noir tacheté de jaune orangé comme celui d'un chat sauvage.

— Je reviens dans une minute, promit Darrok.

Il fusa à la rencontre de la créature. La chauve-souris s'immobilisa face à son disque, en suspension dans les airs – continuant à défier la gravité alors qu'elle avait cessé de battre des ailes.

Un combat éclata sur la plage, dernière échauffourée avec les envahisseurs en fuite. Comme il s'éteignait, Darrok rebroussa chemin vers Caldason tandis que les restes scintillants du glamour se volatilisaient derrière lui. Son expression était grave.

— Ils essaient de débarquer un escadron de léviathans terrestres, annonça-t-il.

— Où ça ?

— Pas très loin d'ici. Dans la crique abritée un peu plus à l'ouest. C'est maintenant que l'assaut va vraiment commencer, Reeth.

— Et l'ennemi sort déjà ses engins de siège…

— J'ai quelque chose qui pourrait les arrêter.

— Vraiment ?

— Mais il y a un léger problème.

— Et voilà.

Flottant devant les portes grandes ouvertes de la grange, Darrok désigna le contenu de celle-ci.

C'était une immense structure faite de poutres et de traverses du bois le plus solide, et munie d'un bras unique qui pouvait être ramené en arrière à l'aide d'un contrepoids et d'un jeu de poulies. À l'extrémité de ce bras pendait une bride fixée par d'épaisses lanières de cuir. *Une sorte de fronde géante*, songea Caldason.

Darrok glissa jusqu'au trébuchet et le tapota affectueusement.

— On l'appelle « la Griffe ». La poche est assez grande pour accueillir des rochers gros comme des fauteuils, et le mécanisme assez puissant pour les projeter à une distance considérable.

— D'où tiens-tu cet engin ? interrogea Caldason, se tordant le cou pour en apercevoir le sommet.

— Il y a quelques années, un seigneur de guerre mineur et sa suite ont séjourné sur l'île. Au moment du départ, il s'est avéré qu'il n'avait pas de quoi payer sa note. J'ai demandé à ses gens de me fabriquer ça pour solde de tout compte. Je me disais que ça pourrait être utile pour défendre l'île. Évidemment, à l'époque, je pensais juste à Vance…

— Pourquoi ne l'as-tu pas sorti plus tôt ?

— Le seigneur de guerre était un mauvais meneur d'hommes, mais il employait certains des meilleurs artisans que j'aie jamais rencontrés

– dont des armuriers remarquables. Cet engin est une petite merveille, et il ne faut qu'une poignée de personnes pour le manœuvrer. En revanche, il en faut des dizaines pour le déplacer. Or, tous nos hommes et nos chevaux sont déjà occupés ailleurs.

— Quelle ironie…

— Tu l'as dit. Cette beauté pourrait faire des dégâts considérables dans les rangs ennemis, mais je ne vois pas comment l'emmener là où on a besoin d'elle. Et le plus frustrant, c'est que ce n'est pas si loin. Tu as une idée ?

— Non. À moins que…

— À quoi penses-tu ?

— À ce magicien – comment s'appelle-t-il, déjà ?

— Lequel ?

— Celui que tout le monde prend pour un fou.

— Ça ne restreint pas beaucoup le champ des possibilités, Reeth.

— Frakk.

— Frakk ?

— Ne me dis pas que tu l'as oublié ! Le type à la carriole sans chevaux.

Darrok claqua des doigts.

— Ah, lui ! Nous espérions utiliser son invention pour labourer les champs ou…

— Ou transporter des choses.

— Comment nous y prendrions-nous ? Je veux dire, d'un point de vue pratique.

Caldason regarda autour de lui.

— Il y a des tas de roues de charrette qu'on pourrait fixer sous le trébuchet. Ensuite, je suppose qu'il faudrait mettre une boîte magique sur chaque roue – ou sur chaque essieu, peut-être. À voir en situation.

— C'est une bonne idée.

— Sais-tu où se trouve ce Frakk ?

— Il devrait être dans l'un des refuges assignés aux sorciers. Je vais vérifier.

— Et moi, je vais rejoindre Serrah.

— Reeth… Nous avons besoin de toi pour superviser la manœuvre. J'espérais que tu prendrais le commandement de l'unité qui transportera la machine. Serrah peut se débrouiller sans toi, crois-moi.

— Je préférerais m'en assurer par moi-même.

— Si ça peut te consoler, Pallidea est quelque part là-dehors, elle aussi, et je n'aimerais rien tant qu'être à ses côtés. Mais nous sommes trop peu nombreux. Notre devoir est d'arrêter les envahisseurs.

— D'accord. Mais j'irai retrouver Serrah dès que possible.

— Normal. Maintenant, tâchons de nous organiser, tu veux bien ?

Des coursiers furent envoyés à la recherche de Frakk, et des menuisiers convoqués à la grange. Peu de temps après, le trébuchet était équipé d'une multitude de roues de chariot.

Les travaux touchaient à leur fin lorsque Darrok reçut un nouveau glamour messager. De manière assez incongrue pour la saison, celui-ci se présentait sous la forme d'un essaim d'abeilles dont le bourdonnement noya le bruit des scies et des marteaux.

— Quelqu'un doit vraiment s'ennuyer au quartier général, commenta Darrok.

— Quelles sont les nouvelles ? s'enquit Caldason.

— Nous arrivons à tenir la crique à l'ouest d'ici, de justesse. Mais ça détourne trop de défenseurs des autres fronts.

— Combien y a-t-il d'autres sites de débarquement potentiels ?

— Pas mal. Mais nous devrons laisser à d'autres le soin de s'en charger. Concentrons-nous sur notre bout de terrain. (Darrok fit pivoter son disque vers les portes de la grange.) Que fiche ce maudit sorcier ?

Comme s'il n'avait attendu que ce signal, Frakk fit son apparition, escorté par un petit groupe de guerriers. Il était échevelé et hagard.

— On vous a expliqué de quoi il s'agit ? lança Darrok sans préambule.

— Euh, oui... En gros.

— Nous devons transporter cet engin jusqu'à la crique voisine, dit Caldason en désignant le trébuchet du menton. C'est possible ?

— Je n'ai encore jamais essayé de déplacer quelque chose d'aussi massif, mais en théorie, ça devrait marcher.

— Vous avez assez de, euh... ?

— De cubes d'énergie ? Oui.

— Comment ferons-nous pour contrôler l'engin – pour le diriger ?

— Avec une roue supplémentaire. (Frakk regarda autour de lui.) Comme ça. (Il ramassa une roue de chariot abandonnée contre un mur et la tint devant lui presque à l'horizontale.) On la relie aux essieux et elle oriente les roues de dessous quand on la tourne. Droite... Gauche... Vous voyez ?

— Et pour démarrer ou s'arrêter ?

— Ça, c'est une fonction magique. Comme la régulation du flux d'énergie. Il faut un sorcier pour la contrôler.

— Alors, vous venez avec nous, décida Caldason.

Darrok ne se joignit pas à l'équipe du trébuchet. Tout le monde étant débordé, il fut décidé que Caldason dirigerait seul la manœuvre. Avec lui, le Qalochien emmena seulement dix personnes, dont Frakk.

La Griffe cahotait pesamment sur le chemin. Le sorcier conduisait, les mains crispées sur le volant. Caldason se tenait debout derrière lui, un bras passé autour d'un des montants de l'engin. Le reste de l'équipe suivait à cheval et dans une carriole. La nuit était tombée, mais ils n'avaient allumé ni orbe enchanté ni lanterne.

Les bateaux ennemis ne s'embarrassaient pas de tant de précautions. Ils étaient illuminés par de l'huile, de la cire et de la magie qui leur donnaient l'aspect radieux d'une cité de conte de fées. Tout le long de la côte brûlaient des feux et résonnaient des détonations.

— On ne peut pas aller plus vite ? cria Caldason.

Frakk déglutit et acquiesça. Le trébuchet fit un bond en avant.

Ils luttèrent pour éviter les nids de poule et, à plusieurs reprises, durent faire un détour pour contourner une pente trop abrupte, mais l'énergie qui faisait tourner les roues ne faillit à aucun moment. Encore une demi-heure de cahots et de secousses, et ils arrivèrent à destination.

— Bien joué, Frakk, le félicita Caldason.

Le sorcier rougit modestement.

Une petite foule de défenseurs, qui avaient grand besoin qu'on leur redonne courage, poussèrent des vivats à la vue de la Griffe.

La plupart des défenseurs étaient postés le long d'une suite de crêtes qui surplombaient la baie et dominaient l'unique route des environs. La baie elle-même était illuminée par des lanternes, des brasiers et des orbes enchantés ; il y faisait presque aussi clair qu'en plein jour, ce qui était nécessaire aux envahisseurs pour établir leur tête de pont. Des barges transportaient des hommes et des engins de siège depuis les navires jusqu'au rivage.

Quatre ou cinq léviathans terrestres se dressaient déjà sur la plage. Telles de petites forteresses ambulantes, ils abritaient jusqu'à une cinquantaine d'hommes, ainsi que des chevaux attelés à d'ingénieux mécanismes qui produisaient leur force motrice. Chacun des engins était bardé de fer et probablement doté de protections magiques.

Contrairement au trébuchet, ils se déplaçaient sans l'aide d'aucune sorcellerie ; leur arsenal, en revanche, incluait des armes enchantées d'une férocité destructrice. Ils avançaient lentement mais avaient la réputation d'être presque impossibles à arrêter.

La principale stratégie des insulaires consistait à arroser la plage de flèches. Ils ne pouvaient pas faire grand-chose d'autre avec leurs maigres moyens défensifs, mais leurs projectiles n'occasionnaient qu'une gêne mineure à l'envahisseur.

Caldason avait emmené plusieurs des hommes de Darrok, membres de l'armée personnelle qui faisait jadis la police sur l'île de Diamant. Plusieurs d'entre eux avaient déjà utilisé le trébuchet, mais jamais sur des cibles vivantes. Le Qalochien les chargea de démarrer la machinerie, puis réclama qu'on avance l'engin. Frakk n'eut pas besoin de lever le petit doigt : des dizaines de volontaires soulevèrent le trébuchet pour le mettre en place. Ils armèrent son bras, le verrouillèrent en position et déployèrent sa large poche. Parmi les alentours rocailleux, ils choisirent une pierre si grosse que huit personnes furent nécessaires pour la déplacer.

— Quelle est la cible ? s'enquit l'un des servants.

— Celui-ci. (Caldason désigna un léviathan qui traversait pesamment la plage.) Et tenez-vous prêts à recharger rapidement.

Les hommes de Darrok entreprirent d'ajuster l'alignement de la Griffe en actionnant des leviers et en faisant tourner des roues.

— Feu ! rugit Caldason.

Le bras se détendit plus vite qu'un œil humain n'aurait pu le suivre. Son projectile décrivit en tournoyant un grand arc dans les airs avant de s'abattre sur sa cible. Sur la plage, des gens s'éparpillèrent à la hâte.

La pierre atterrit à quelques mètres du léviathan, écrasant une poignée de guerriers sans causer le moindre dommage à l'engin.

— Rechargez ! tonna Caldason.

Les servants modifièrent frénétiquement leurs réglages. Des flèches fusèrent depuis la plage en contrebas, ainsi que quelques volées de rayons magiques. Les insulaires répliquèrent de la même façon, bien qu'avec une intensité moindre.

— Feu !

Le trébuchet projeta un nouveau boulet. Cette fois, il atteignit sa cible. Il ne la pulvérisa pas, mais d'une certaine façon, ce fut encore mieux. La pierre frappa l'arrière du léviathan alors que celui-ci négociait une pente. Combiné à la force de l'impact, l'angle fortuit fit basculer l'engin comme un vulgaire jouet. Le léviathan se coucha sur le flanc ; des hommes luttèrent pour s'en extraire, plusieurs d'entre eux tiraient des chevaux blessés.

Les insulaires furent prompts à capitaliser sur ce coup de chance. Ils décochèrent une volée de flèches à la pointe enduite de poix et enflammée. Des dizaines de traits se fichèrent dans le ventre exposé et vulnérable du léviathan, qui se mit presque aussitôt à cracher une âcre fumée noire et une nuée d'étincelles.

Les envahisseurs contre-attaquèrent à coups de flèches et de rayons d'énergie. Une fois de plus, les insulaires ripostèrent de leur mieux, et se réjouirent de voir les flammes envelopper plusieurs de leurs adversaires.

— Nouvelle cible ! ordonna Caldason en la désignant.

Les servants parvinrent à tirer deux boulets de plus en succession assez rapide. Le premier s'abattit sur le toit d'un léviathan avec un choc assourdissant. Malgré toutes ses défenses magiques, l'engin n'avait guère de protection contre un coup aussi direct, aussi bien placé. Il se trouva brutalement réduit aux deux tiers de sa taille initiale.

La réussite de ce tir engendra sans doute un excès de confiance du côté des défenseurs. La seconde pierre manqua sa cible d'une bonne longueur. En rebondissant sur le sol, elle écrasa néanmoins un chariot.

Caldason jeta un coup d'œil vers la mer. Une barge approchait. À son bord se trouvaient deux léviathans et plusieurs dizaines de soldats. Il décida de changer de tactique.

— Vous pourriez atteindre ça ? demanda-t-il aux servants.

— C'est à la limite de notre portée. Mais on pourrait y arriver en utilisant des pierres plus petites. Et il faudra peut-être s'y reprendre à deux fois pour la couler.

— Essayez.

Le premier tir fit mouche. La chance voulut qu'il tombe sur l'un des rares espaces dégagés de la barge. Un craquement de planches fut suivi par un geyser. Le temps que les défenseurs rechargent le trébuchet, la barge avait déjà commencé à couler.

Le second tir toucha lui aussi sa cible. Il ne creva pas la coque comme le précédent, mais fit assez de dégâts pour accélérer le naufrage. Les léviathans glissèrent en travers du pont incliné ; les soldats sautèrent par-dessus bord. Les insulaires poussèrent des vivats.

Caldason organisa des équipes pour partir en quête de projectiles convenables et les ramener jusqu'au poste de tir. Sur une suggestion du chef servant, ils essayèrent de charger le trébuchet avec un mélange de pierres plus petites et de débris. S'abattant telle une grêle meurtrière, ceux-ci s'avérèrent très efficaces, non pour détruire les léviathans, mais pour paralyser les troupes ennemies.

Deux heures après leur arrivée à la crique, les défenseurs avaient mis en place un bombardement nourri. Caldason estima qu'il pouvait s'en aller. Il confia la charge du trébuchet au résistant le plus gradé qu'il put trouver, puis emprunta un cheval rapide. En s'éloignant au galop, il jeta un coup d'œil par-dessus son épaule et comprit que les insulaires ne pourraient rien faire d'autre que retarder le débarquement impérial.

Caldason atteignit la citadelle centrale au beau milieu de la nuit. Personne ne l'arrêta en chemin, et les sentinelles le laissèrent entrer dès qu'elles l'eurent identifié. Il n'était pas le seul habitant de l'île qui soit venu chercher refuge là, mais on l'informa que la plupart d'entre eux se trouvaient dans la forteresse côtière. On lui indiqua les appartements de Kinsel et de Tanalvah, et, dans le couloir qui y conduisait, il tomba sur Serrah.

Ils s'étreignirent avec force. Caldason raconta à la jeune femme ce qui s'était passé à la crique, puis demanda :

— Et ici ?

— Il y a beaucoup d'activité mais pas beaucoup d'action pour le moment, si tu vois ce que je veux dire. Tan et Kinsel n'ont pas voulu partir, et c'est peut-être aussi bien, parce qu'on nous a rapporté que les envahisseurs avaient débarqué près de la forteresse de la côte. C'est assez confus pour le moment, mais il se peut qu'elle soit déjà assiégée.

Caldason pensa à tous les gens qu'il avait vus se diriger vers le prétendu sanctuaire, et à Disgleirio qui tentait de protéger celui-ci. Selon toute probabilité, leur sort était déjà scellé.

— Nous avons toujours su qu'ils débarqueraient. Nos défenses ont été modelées autour de tactiques de guérilla, et non de l'hypothèse que nous parviendrions à les maintenir à distance.

— Espérons seulement qu'il restera assez de monde pour se battre, soupira Serrah, l'air sombre. Tu as vu les feux qu'ils ont allumés le long de la côte ?

— N'oublie pas : ils vont faire le maximum pour nous impressionner et nous décourager.

— Comme si nous ne l'étions pas déjà suffisamment…

— Dis-toi que si nous devons nous en sortir, ce sera en utilisant notre tête.

— Mais allons-nous nous en sortir, Reeth ? Un seul d'entre nous en réchappera-t-il ?

— Avec un miracle, peut-être.

— Génial !

— Ne baisse pas les bras tout de suite, dit gentiment Caldason. Les miracles, ça arrive. La preuve : je t'ai rencontrée.

Serrah sourit et lui pressa la main.

— Espèce de vil flatteur.

— C'est la stricte vérité, se défendit Caldason en lui rendant son sourire. Dis-moi, comment va Tanalvah ?

L'expression de Serrah s'assombrit.

— Elle en est au premier stade du travail, ou elle ne tardera plus. Je suis inquiète pour elle. Ce n'est plus la Tan que nous avons connue à Bhealfa.

— Elle a beaucoup souffert. Les épreuves changent les gens.

— C'est ce que tout le monde ne cesse de répéter. Mais il y a autre chose, Reeth, même si j'ignore quoi. Kinsel aussi le sent et en est très affecté, bien qu'il refuse de l'admettre.

— Et les enfants ?

— Perturbés. Effrayés, forcément. Mais, l'un dans l'autre, ils ne vont pas trop mal. Au fait, Praltor est ici.

— Ici ?

— Les gens du Chapitre ont pensé que c'était l'endroit le plus sûr. Après tout, il est précieux, n'est-ce pas ? C'est peut-être de lui que viendra le miracle dont nous avons besoin.

— Ne te moque pas de moi.

— Je ne me moquais pas. Pas vraiment. Kutch et sa copine sont ici aussi.

— C'est un soulagement.

— Et Phénix, bien sûr. Oh, et Goyter – qui dirige les choses avec son efficacité habituelle.

— Et Karr ?

— Il supervise les défenses du port principal, d'après ce que j'ai entendu. Je ne sais pas où se trouve Quinn.

— Il était là-bas lui aussi, la dernière fois que je l'ai vu.

Aucun d'eux ne voulut dire à voix haute ce qu'ils pensaient au sujet de cette zone de combat.

— J'aimerais bien parler à Kutch, décida Caldason, et voir comment ça se passe avec Mahaganis. Où sont-ils ?

— Pas loin. Mais tu ne voudrais pas rendre d'abord visite à Tanalvah ? demanda Serrah. (Comme le Qalochien hésitait, elle ajouta :) Je sais que vous avez eu des différends dans le passé…

— Personnellement, elle ne me dérange pas, déclara Caldason. Mais elle a toujours eu l'air de me désapprouver.

— C'était à cause de vos origines communes, non ?

— Nous n'avons pas la même conception de ce qu'être qalochien signifie, c'est vrai.

— Tu ne crois pas que ce serait un bon moment pour enterrer la hachette de guerre ? suggéra Serrah.

Caldason acquiesça.

— Je n'ai rien contre cette femme. Même si elle vénère les dieux de Rintarah.

— Oui, eh bien, garde ça pour toi. Par ici !

Serrah l'entraîna vers les appartements de Kinsel et de Tanalvah. Elle frappa doucement à la porte. Une voix étouffée l'invita à entrer. À l'intérieur, Kinsel salua ses amis. Il eut l'air particulièrement content de revoir Caldason sain et sauf.

Tanalvah était couchée dans son lit de l'autre côté de la pièce, le plus loin possible de la fenêtre barricadée. Elle était toujours très pâle. À la vue du Qalochien, une expression indéchiffrable se peignit sur son visage.

— Comment vas-tu, Tan ? s'enquit Serrah.

— Bien, répondit la jeune femme sur un ton dénué de conviction.

Elle fixait toujours Caldason.

— C'est bon de te revoir, dit celui-ci.

— Reeth, chuchota-t-elle en levant une main vers lui.

Caldason mit une seconde à réaliser qu'elle voulait qu'il la prenne. Il obéit avec douceur. La peau de Tanalvah était froide. Elle lui serra la main si fort que ses ongles mordirent dans sa chair.

— Je suis désolée, Reeth, souffla-t-elle. Pour tout.

— Il n'y a pas de quoi…

— Oh, si ! (Le regard de Tanalvah était intense.) Pardonne-moi, je t'en prie.

Caldason ne dit rien. Au bout d'un moment, elle le lâcha et parut s'assoupir.

Kinsel s'approcha et chuchota une excuse embarrassée.

— Ne t'inquiète pas pour ça, dit Serrah. Nous savons qu'elle est sous pression. Comme nous tous. Comment vont Teg et Lirrin ?

Kinsel hocha la tête.

— Bien. Ou aussi bien que possible étant donné les circonstances. Et dehors, comment ça se passe ?

— Couci-couça, répondit Caldason. Le mieux que tu puisses faire, c'est rester ici avec ta famille et te tenir prêt à évacuer si on en donne l'ordre.

— Crois-tu que c'en arrivera là ? Je veux dire, où pourrions-nous bien aller ?

— Je suis sûre que non, affirma Serrah. Pour l'instant, prends soin de ta famille et laisse-nous nous occuper du reste.

Elle déposa un baiser sur la joue du chanteur. Puis Caldason et elle lui souhaitèrent une bonne nuit et sortirent discrètement. Lorsqu'ils furent assez loin dans le couloir, elle demanda :

— Alors, tu en penses quoi ?

— Elle ne ressemble guère à une future mère radieuse, pas vrai ?

— Non. Quelque chose cloche, j'en suis certaine, mais les guérisseurs n'ont rien trouvé de spécial. Il me semble évident que c'est dans sa tête.

— Mais encore ?

— Eh bien… Comme tu le disais tout à l'heure, elle a été marquée par les épreuves qu'elle vient de traverser. Ça l'a rendue… mélancolique. D'un autre côté, elle a essayé de se réconcilier avec toi.

— Vraiment ?

— Tu l'as entendue : elle s'est excusée de t'avoir cherché querelle par le passé.

— Tu crois qu'il s'agissait de ça ?

— De quoi d'autre, sinon ?

— Allons voir Kutch, tu veux bien ?

Les sorciers du Chapitre s'étaient vu attribuer une aile de la citadelle centrale. En chemin, Serrah et Caldason croisèrent Goyter, qui les cherchait. Après s'être réjouie du retour du Qalochien, l'administratrice annonça :

— Phénix veut vous parler. Apparemment, ses collègues et lui ont fait une découverte.

Caldason et Serrah pressèrent le pas.

Ils accédèrent sans difficulté aux quartiers des sorciers. Phénix les accueillit dans une vaste salle bondée de tables couvertes d'instruments, de chaises éparpillées et de lits de camp rangés contre les murs. Kutch émergea à son tour du capharnaüm et rejoignit ses amis avec un sourire rayonnant. Wendah, qui le suivait comme son ombre depuis quelques jours, n'était pas loin derrière.

—Alors, quoi de neuf? interrogea Caldason.

—L'hypnose, les infusions et… les autres techniques que nous avons essayées sur Praltor ont produit un petit dividende, répondit le sorcier. Mais, comme c'est lui qui porte ce fardeau depuis si longtemps, je pense que c'est à lui de vous expliquer de quoi il retourne.

—Un petit dividende, répéta Serrah. Rien de significatif, donc?

—Une infime partie du capital de savoir que doit contenir la Source, clarifia Phénix, mais une révélation très importante pour nous. Venez écouter ça.

Intrigués, tous les quatre le suivirent. Il les entraîna vers une des chambres à coucher qui bordaient un couloir.

Praltor Mahaganis semblait minuscule dans l'immensité de son lit à baldaquin, mais grâce à la nourriture et à certaines herbes revigorantes qu'on lui avait administrées, il avait repris quelques couleurs. Son regard aveugle avait une intensité presque dérangeante.

Wendah s'assit sur le lit près de lui, et leurs mains se rejoignirent instinctivement.

—Vous devez comprendre que pour le moment, nous n'avons réussi à extraire du cerveau de Praltor aucune information d'ordre pratique, commença Phénix. Et vu les contraintes de temps sous lesquelles nous sommes forcés d'opérer, je ne suis pas du tout certain que nous y parviendrons. Toutefois, nous avons réussi – peut-être par le plus grand des hasards – à déverrouiller un segment de la Source ; autrement dit, son esprit conscient peut désormais accéder à certaines des données emprisonnées dans sa tête. Praltor ?

—C'est comme si une foule de souvenirs m'étaient revenus tout à coup, expliqua le vieil homme sur un ton stupéfait. Ce qui est absurde, car je ne peux pas avoir été présent lors des événements qu'ils dépeignent. Pourtant, je… vois ce que je vois, dans ma tête. C'est à la fois merveilleux et terrible, et je crains qu'aucun mortel ne soit fait pour contempler de telles choses.

—Continue, le pressa gentiment Wendah.

—J'avais tort, avoua Mahaganis. Je pensais que les descendants des Fondateurs avaient survécu sous la forme d'une société secrète, à l'écart du monde. À présent, je regrette que la vérité ne soit pas aussi rassurante.

Il marqua une pause, se massant le haut du nez entre pouce et index.

— Jadis, les Fondateurs étaient comme nous, reprit-il. C'était il y a si longtemps que les étoiles ne dessinaient pas les mêmes motifs qu'aujourd'hui dans le ciel. Comme la nôtre, leur civilisation était basée sur la magie, mais contrairement à nous, ils ne cessaient de renouveler et de raffiner leur énergie au lieu de la consumer. Au fil du temps – des âges d'une durée inimaginable –, ils développèrent leur expertise dans le noble Art. Et l'usage de celui-ci les fit évoluer vers... un autre stade. Ils finirent par vaincre les contraintes matérielles de leur existence, ou plutôt par les transcender.

» Abandonnant leur enveloppe de chair et de sang, ils accédèrent à un état non corporel. Ils créèrent un royaume infiniment malléable où les désirs de leur cœur pouvaient être façonnés à volonté. C'est ce que nous appelons « le Temps des Rêves », une époque et un monde sans aucun repère commun avec ceux de l'humanité actuelle. C'est cet endroit que tu visites dans tes visions, Reeth : un des héritages de ton sang de Fondateur.

— Moi aussi, je l'ai vu, rappela Kutch. J'ai partagé les visions de Reeth.

— C'est vrai, concéda Mahaganis. Brièvement, à cause de ton talent inné de détecteur et de la formation que tu suivais pour apprendre à l'utiliser. La magie appelle la magie, comme on dit, et ce que Reeth porte en lui a interagi avec tes dons, Kutch. Je pense qu'il arriverait la même chose à Wendah si elle côtoyait Reeth pendant une durée significative – bien que vos pouvoirs soient assez différents.

— Tu as l'intention de nous révéler quelque chose qu'on ne sait pas déjà, ou qu'on n'avait pas déjà deviné ? s'impatienta Caldason.

— Laisse-moi continuer et décides-en par toi-même. Les Fondateurs avaient modelé l'existence selon leur volonté. Ils avaient même vaincu la mort en accédant à l'immortalité, ou à quelque chose de très proche. Phénix, toi et moi avons fait une expérience semblable pour avoir juste touché l'ourlet de leur robe, si tu me passes l'expression.

» On pourrait dire qu'ils avaient créé un paradis terrestre. En tout cas, ils semblaient le croire. Mais il restait encore un peu de la bête en eux, une trace de sauvagerie résiduelle datant de l'époque où ils étaient comme nous. Et tels des sauvages, ils finirent par se quereller. Ils développèrent deux philosophies basiques, deux façons antagonistes de voir la vie, et un schisme se produisit. La guerre éclata au paradis. Contrairement à ce qu'on pourrait penser, l'issue ne fut pas l'extermination totale de leur race, mais sa chute.

— Je ne comprends pas, avoua Serrah.

— Les Fondateurs dégringolèrent des hauteurs qu'ils avaient conquises – c'est aussi simple que ça. Leurs exploits vertigineux leur filèrent entre les doigts. Ils furent de nouveau relégués dans cette enveloppe de chair et de sang si répugnante à leurs yeux. Mais comme ils avaient conservé un certain pouvoir, ils survécurent et continuèrent à se disputer.

» Depuis des millénaires, les deux factions antagonistes se livrent une lutte fratricide dont elles ne peuvent se désengager. Tels des scorpions, elles se livrent un duel à mort. Elles se combattent par l'intermédiaire de pions humains, perpétuant leur guerre ancestrale à travers les âges. Mais aujourd'hui, face à une menace tangible, elles se sont enfin unies pour se préserver.

— Êtes-vous en train de dire que… ?

— Les Fondateurs n'ont pas disparu. Ni survécu en se cachant, avec du sang dilué dans les veines. Aidés par les vestiges de leur magie, ils ont fondé les empires. Et à présent, ils viennent nous éradiquer.

30

Il faisait un temps épouvantable sur la majeure partie de Bhealfa, et tout particulièrement le long de sa côte est : vents violents, tourbillons de neige, averses de grêle… Personne n'aurait dû voyager, et les gens sensés s'en abstenaient, surtout la nuit. Mais la cour du prince Melyobar ne s'arrêtait jamais – en aucune circonstance. Et elle était mieux protégée qu'aucun moyen de transport, plus à même de supporter les intempéries… Du moins, en théorie.

Rien de tout cela n'empêchait Andar Talgorian de maudire le prince. Accéder au palais était déjà assez difficile lorsque les meilleures conditions se trouvaient réunies. Monter à bord en pleine nuit, alors qu'une tempête de neige faisait rage dehors, était un pur cauchemar.

L'ambassadeur était accompagné par un détachement de soldats impériaux choisis avec soin. Il s'était longuement interrogé sur leur nombre, mais avait fini par décider que l'arrestation de Melyobar devait être conduite par une vingtaine d'hommes expérimentés – auxquels il avait, bien entendu, adjoint un sorcier. Une force plus importante aurait éveillé les soupçons et peut-être suscité l'hostilité. Avec sa taille relativement modeste, celle-ci pouvait passer pour une escorte normale en des temps troublés.

Quoi qu'il en soit, Talgorian avait l'intention de procéder de manière rapide et efficace. Il osait même espérer que de nombreux membres de la cour seraient soulagés par la destitution de Melyobar et soutiendraient l'édit impérial. Mais bien qu'il ait envoyé, au préalable, un message requérant une audience pour des affaires d'État de la plus haute importance, on le faisait attendre depuis une éternité.

Talgorian se réprimanda pour avoir pensé que Melyobar réagirait rationnellement. Il aurait dû insister pour que le prince le reçoive immédiatement, ou demander à ses hommes de forcer sa porte. Mais non : il s'accrochait encore à son instinct diplomatique, à l'idée qu'il pouvait conclure sa mission de façon civile – que Melyobar s'inclinerait sans faire d'histoires devant l'autorité supérieure qu'il représentait.

À présent, il était coincé dans une antichambre attenante aux quartiers royaux, où il faisait les cent pas en fulminant tandis que ses hommes patientaient dans une humble salle de garde voisine. Il était sur le point de passer à l'action quand quelque chose attira son regard.

Dans un coin de la luxueuse antichambre, une porte précédemment dissimulée était en train de s'ouvrir. Craignant quelque perfidie, Talgorian se figea.

Un homme entra furtivement. Il portait une robe de sorcier – plus spécifiquement, un modèle qui indiquait qu'il était au service de Melyobar. Il semblait bien jeune pour son rang, et, contrairement à la plupart de ses collègues, il était rasé de près.

— Tout va bien, chuchota-t-il, en levant les mains en un geste apaisant. Je ne suis pas là pour vous nuire.

— Qui êtes-vous ? Que voulez-vous ?

— Je m'appelle Okrael. Je suis l'un des sorciers du palais. En fait, nous nous sommes déjà rencontrés. Je crois même que nous avons échangé quelques mots.

— Votre tête me dit quelque chose, concéda Talgorian. Mais pourquoi entrez-vous comme un voleur ?

— J'ai besoin de vous parler, ambassadeur.

— Il existe des canaux officiels. Si vous voulez bien adresser une demande à...

— J'ai besoin de vous parler *maintenant.*

— Le moment est mal choisi. Le prince va me recevoir d'une minute à l'autre.

— C'est exactement pour ça qu'il faut que je vous parle tout de suite, avant que vous voyiez Son Altesse Royale. J'ai quelque chose à vous dire.

— Quoi donc ?

Le jeune sorcier hésita.

— Je prends un énorme risque... Puis-je vous faire confiance ? Êtes-vous à même d'agir ?

— D'agir pour quoi ? interrogea Talgorian.

Okrael promena un regard nerveux à la ronde.

— Pour arrêter le prince.

Talgorian se demanda s'il devait lui révéler la raison de sa présence. Mais il préféra jouer la prudence.

— Pour quelle raison ? s'enquit-il avant d'ajouter : Tout ce que vous me direz restera entre nous, je vous en donne ma parole.

— Je suppose que je n'ai pas le choix. Et que je n'ai pas grand-chose à perdre, puisque s'il met son plan à exécution, nous mourrons tous de toute façon.

Okrael était blême, comme au bord de la nausée.

— Je sais que les méthodes de Sa Majesté sont parfois un peu brutales, mais...

— Non, non, non. Je ne parle pas de ses petites cruautés quotidiennes, mais de quelque chose de beaucoup plus grave.

Talgorian leva les yeux vers les globes suspendus dans les airs, sous le plafond.

— Je doute que ce soit l'endroit le plus approprié pour une telle discussion.

— Ne vous inquiétez pas, j'ai temporairement neutralisé les mouchards, révéla Okrael. Nous pouvons parler librement – mais pas longtemps.

L'idée effleura Talgorian que toute cette mise en scène était un piège élaboré, destiné à lui faire dire quelque chose de compromettant. Comme s'il avait lu dans son esprit, Okrael lança :

— Et au cas où vous me prendriez pour un espion... Depuis quand Melyobar se soucie-t-il de rassembler des preuves avant de condamner quelqu'un ?

— Insinuez-vous que Sa Majesté oserait recourir à une justice expéditive dans mon cas ? Je suis tout de même un ambassadeur impérial.

Talgorian avait toujours du mal à le dire sans gonfler légèrement la poitrine.

— Croyez-vous qu'un détail de ce genre l'arrêterait une seule seconde s'il voulait vous faire trancher la gorge ? répliqua Okrael.

Les épaules de Talgorian s'affaissèrent.

— Très bien, je vais écouter ce que vous avez à me dire. Mais j'espère que vous n'allez pas me faire perdre mon temps.

— Dans ce cas, je serai bref. Depuis plusieurs mois maintenant, le prince nous fait travailler sur un projet spécial. Un projet dont l'unique objectif est le meurtre de masse, révéla Okrael.

— Il n'a pas de légions sous son commandement, pas d'armée avec laquelle semer la destruction, objecta Talgorian. La seule force militaire dont il dispose, c'est la garde du palais. Je ne vois pas bien comment elle pourrait perpétuer un massacre d'envergure…

— Vous réfléchissez de manière trop conventionnelle. Melyobar n'a aucune intention d'utiliser la force des armes.

— Quoi, alors ? La magie ?

— La magie jouera un rôle. Mais en réalité, ce qu'il compte employer, c'est tout simplement la nature.

— Expliquez-vous.

— Des efforts considérables ont été déployés pour rendre ce palais encore plus indépendant du monde extérieur qu'il ne l'était déjà. Nous avons embarqué, non seulement assez de vivres pour nourrir une cité entière, mais tout un tas de choses que le prince souhaite préserver.

— Préserver ?

— Des animaux, par exemple. Un mâle et une femelle de chaque espèce. Les niveaux inférieurs sont bourrés d'enclos et de cages. C'est un véritable zoo.

— J'imagine qu'ils sont là à titre de divertissement pour Son Altesse.

— Non. Ils sont là parce que le prince veut qu'ils survivent afin de peupler un nouveau monde.

— Un nouveau monde ? Comment pourrait-il… ?

— Tout est parti de son obsession de la mort. Il a l'intention de porter un coup fatal à sa vieille adversaire. De son point de vue, pour trouver quelqu'un caché dans une forêt, le meilleur moyen consiste à brûler tous les arbres.

— Donc, selon vous, il envisage une destruction de masse. Mais par quel moyen ?

— Il nous a fait collecter des cadavres, de la chair putréfiée, toutes sortes de charognes et de choses corrompues. Le but était d'identifier les humeurs qui provoquent maladies et putréfaction, et de les isoler afin de produire un distillat de pestilence. Melyobar a l'intention de déclencher une épidémie qui purgera le monde. Il affirme que c'est son défunt père qui lui en a donné l'idée.

— Et ça pourrait marcher ?

— Oh, oui ! Nous avons réussi à produire un concentré particulièrement virulent – une essence de mort. Et nous savons qu'elle fonctionne, parce que nous l'avons testée sur des sujets vivants.

— Et comment Melyobar compte-t-il répandre cette… essence ?

— À l'aide des catapultes que vous avez vues alignées sur les remparts. Mais en vérité, il pourrait se contenter de la verser dans des puits ou des rivières. Voire de forcer des gens à la boire avant de les jeter dehors. Le mal est affreusement contagieux.

— Et que se passerait-il ?

— Faute d'antidote ou de remède connu, les victimes seraient extrêmement nombreuses. Il se pourrait même que l'humanité entière succombe, comme l'espère Melyobar. L'humanité entière à l'exception de lui, de ses serviteurs et de ses courtisans, bien entendu.

— Tout ça pour mieux voir la Mort.

— Oui. Enfin il ne resterait plus de cachette pour son ennemie.

— Pourquoi me racontez-vous tout ceci ?

— Je ne suis pas devenu sorcier pour prendre part au massacre de mon propre peuple. Il faut arrêter Melyobar. Peu de gens de l'extérieur viennent ici ; ces derniers temps, vous êtes le seul de nos visiteurs qui détienne un pouvoir réel et qui ne soit pas à sa solde. Du moins, je l'espère.

La tête de Talgorian lui tournait. L'histoire d'Okrael semblait affreusement plausible.

— Il se trouve justement que l'empire poursuit un objectif similaire. Je suis venu ici pour provoquer des changements.

— Vous m'en voyez plus soulagé que des mots ne pourraient l'exprimer. Mais vous devez vous dépêcher : l'essence est presque prête.

— Vous dites que la magie jouera un rôle dans tout cela. Je ne vois pas bien lequel.

— L'essence est instable. Des températures extrêmes peuvent neutraliser sa virulence. La magie la protège contre les influences extérieures.

— Vous êtes sorcier. Ne pouvez-vous pas interférer avec cette protection ?

— Je suis loin d'être le seul à travailler sur ce projet, et certainement pas celui qui a le plus d'ancienneté. Un ou deux membres de mon ordre partagent mes réticences, mais la plupart sont trop effrayés pour exprimer la moindre opinion. Je ne sais pas à qui me fier. Je ne peux rien faire de plus, ambassadeur. À présent, c'est à vous de jouer.

— Très bien. Avant la fin de la journée, la situation aura considérablement évolué, Okrael, je peux vous l'assurer.

Ils se saluèrent après s'être promis de se reparler plus tard, sous un nouveau régime. Puis le sorcier s'en alla comme il était arrivé, laissant Talgorian ruminer ses révélations.

Ce dernier eut l'impression qu'un long moment s'écoulait avant qu'on vienne le chercher – même si en réalité, il ne se passa guère plus de dix minutes.

Deux serviteurs en livrée lui demandèrent de les suivre sur un ton hautain. Talgorian fut surpris de constater qu'ils ne l'emmenaient pas à la salle du trône, où avaient habituellement lieu les audiences, mais vers les étages supérieurs du palais. Il leur demanda ce qui se passait et n'obtint qu'une réponse évasive. Son angoisse commença à grandir ; il se surprit à tripoter nerveusement le parchemin rangé dans sa poche.

Enfin, ils atteignirent ce que Talgorian considérait comme la timonerie : la pièce depuis laquelle étaient contrôlés les déplacements du palais. Spacieuse, elle était dominée par une large baie vitrée qui remplaçait trois de ses murs et ne montrait qu'un tourbillon de flocons sur fond gris orageux. Les orbes enchantés qui éclairaient l'espace avaient été réglés au minimum pour améliorer la visibilité.

Un certain nombre de personnes se trouvaient là : les magiciens responsables de la propulsion du palais, ainsi que des gardes et divers serviteurs. Tout était exactement comme la seule autre fois où Talgorian était venu dans cette pièce.

Melyobar était assis dans un fauteuil aux allures de trône situé plus haut que tous les autres sièges, non loin du gouvernail qui contrôlait les mouvements de la forteresse volante. Il discutait avec un individu que Talgorian identifia comme le capitaine. L'ambassadeur n'entendit que la fin de la conversation, mais apparemment, le capitaine protestait contre la route que le palais s'apprêtait à prendre.

—Assez ! s'exclama le prince. Je n'ai que faire de vos réserves et de vos jérémiades ! Nous allons traverser la région des Grands Lacs, un point c'est tout. À moins que vous ne vouliez voir votre loyauté remise en question.

Frémissant, le capitaine se répandit en excuses et se retira, anéanti. Personne ne semblait le moins du monde touché ou amusé par son humiliation, ce qui attestait de la fréquence de ce genre d'incidents.

Alors seulement, le prince remarqua Talgorian.

—Ah, l'ambassadeur est arrivé ! annonça-t-il d'une voix forte. Allons, approchez. Ne retardons pas la progression des affaires de l'État.

Talgorian obtempéra en songeant que Melyobar semblait un peu plus lucide que d'habitude.

—Salutations, Votre Altesse. J'espère vous trouver en bonne santé.

Le prince ignora la politesse.

— Et qu'est-ce qui vous amène à la cour dans une telle urgence ?

— Les temps sont difficiles, Majesté. Comme vous devez le savoir, votre nation et la mienne sont engagées dans une mission militaire d'importance.

— Vraiment ?

Une expression confuse passa sur le visage bouffi de Melyobar. Il avait souvent ce genre de réaction quand Talgorian lui parlait du monde extérieur, et cette familiarité réconforta l'ambassadeur.

— Oui. Une flotte gath tampoorienne, parmi laquelle se trouvent des représentants de nos alliés bhealfans, s'occupe d'une enclave de rebelles en ce moment même.

— Et que voulez-vous que j'y fasse ?

— Rien du tout, Votre Altesse. Je me contente d'attirer votre attention sur cet événement pour donner un contexte approprié à la déclaration qui va suivre.

— Nous sommes à nouveau en guerre. Quelle différence avec les fois précédentes ?

L'attitude du prince était-elle un tantinet plus agressive que d'habitude – voire incisive ?

— Ce n'est pas une question de différence, Votre Altesse. Je ne mentionne ce conflit que pour illustrer la charge écrasante qui pèse sur les épaules de notre impératrice en ce moment et pour souligner la difficulté de la décision qu'elle a dû se résoudre à prendre.

— Quelle décision ?

Talgorian sortit le parchemin de sa poche et le déroula.

— Mieux vaudrait sans doute, Altesse, que je vous lise l'édit promulgué par les conseillers de Sa Majesté Impériale. (Jetant un coup d'œil à la ronde, l'ambassadeur vit que des regards furtifs étaient braqués sur eux.) Étant donné qu'il s'agit d'une affaire constitutionnelle d'une nature assez délicate, Votre Altesse préférera peut-être que je l'informe de son contenu en privé ?

— Non, répondit brutalement Melyobar.

— Très bien. (Talgorian se racla la gorge.) « En accord avec les pouvoirs qui m'ont été conférés par les autorités compétentes, moi, Andar Talgorian, ambassadeur impérial à la cour royale bhealfane, délivre par la présente la proclamation officielle qui relève le prince Melyobar de ses fonctions de… »

— C'est bien ce que je soupçonnais ! rugit le prince. Trahison !

— Allons, dit Talgorian sur un ton apaisant, je suis sûr que nous pouvons discuter comme des gens raisonnables…

— Gardes ! s'époumona Melyobar. Gardes !

Des hommes se précipitèrent, l'épée au clair, et se saisirent de Talgorian.

— Lâchez-moi ! protesta l'ambassadeur. Ignorez-vous donc qui je suis ?

— Leur loyauté est mienne, aboya Melyobar. J'aimerais pouvoir en dire autant de tous mes sujets.

Levant un bras, il claqua des doigts.

À son signal, un autre groupe de gardes entra, poussant un prisonnier ligoté. Le cœur de Talgorian se serra.

Okrael pouvait à peine marcher. Son visage était ensanglanté et couvert d'ecchymoses.

— Votre coconspirateur, clama Melyobar.

— Non. Il n'y a pas de complot, juste le décret d'une autorité supérieure, contra Talgorian. Je ne fais qu'obéir aux ordres de l'impératrice, Votre Majesté. Je suis le messager, non le décisionnaire.

— Vous devez me prendre pour un imbécile, ricana le prince.

— Je ne suis pas venu seul. Mon escorte…

— … n'est pas en position de vous aider. Pensiez-vous vraiment que je laisserais une bande d'assassins se promener en liberté dans mon palais ?

— D'assassins ? Votre Altesse, s'il est arrivé quoi que ce soit à ces soldats, Sa Majesté Impériale sera extrêmement fâchée. Il en va de même pour cet homme. (Talgorian désigna Okrael, qui cligna de ses yeux vitreux.) Il détient peut-être des informations ayant trait à ma mission ; en tant que tel, il bénéficie de la protection de l'empire.

— Donc, vous admettez que vous êtes de mèche, triompha Melyobar.

Un poing glacé serra les entrailles de Talgorian. Il comprit qu'il n'arriverait à rien de cette manière.

— N'oubliez pas, Altesse, que j'ai le soutien de l'impératrice en personne, dit-il, abattant sa dernière carte.

— Vous voulez dire, le soutien de mon ennemie ! Agent de la Mort !

— C'est absurde, sire ! Vous commettez une terrible erreur !

Le prince le fixa d'un regard mauvais.

— Nous verrons bien si je me trompe ou pas quand mes bourreaux vous arracheront la vérité. Gardes, emmenez-les au donjon !

Sur l'île de Diamant aussi, il neigeait toujours – bien que moins férocement.

Des explosions multicolores et le crépitement des rayons magiques illuminaient la nuit. Sur le chemin de ronde de la citadelle, Caldason et Serrah observaient la mer. Ils arrivaient tout juste à distinguer une multitude de mâts drapés de toile blanche comme d'un linceul.

—Je me fiche de tes origines, Reeth, dit la jeune femme. C'est toi que j'aime. Tout le reste est secondaire.

—Regarde la situation de mon point de vue, répliqua son compagnon avec un geste de résignation. Je suis fier d'être qalochien mais j'ai honte de mon sang de Fondateur. Il m'affecte de toutes sortes de façons perturbantes. Il est sans aucun doute la source de mes crises de rage. Les deux moitiés de ma nature sont en guerre, je m'en rends compte à présent. Et il y a peut-être d'autres choses dont je n'ai pas encore conscience.

—Mais sans la longévité que te confère ce sang, tu serais un vieillard aujourd'hui. Ou plus probablement, déjà mort. Nous ne nous serions jamais rencontrés.

—Crois-moi, j'ai beaucoup réfléchi à l'ironie de la situation. Et je m'inquiète au sujet de notre différence d'âge.

—Oh pitié, Reeth, ne recommence pas avec ça ! Ce n'est pas un problème pour moi ; ça ne devrait pas non plus en être un pour toi. Soyons juste reconnaissants au destin de nous avoir unis.

—Tu as raison. Mais ça aussi, c'est ironique, tu ne trouves pas ? Tomber amoureux au moment où l'avenir n'a jamais été aussi sombre. À supposer que nous en ayons un.

Serrah fixa Caldason d'un air entendu.

—Nous avons notre amour, et nous avons ce moment. C'est plus que ce à quoi peuvent prétendre beaucoup de gens. Écoute, oublions-nous un instant et tâchons de regarder la situation dans son ensemble. Que penses-tu des révélations de Praltor au sujet des Fondateurs survivants ?

—J'avoue que je me suis demandé s'il ne se trompait pas, ou s'il n'avait pas tout imaginé.

—Reeth ! Je sais que c'est dur à admettre, mais ne tombe pas dans le déni. Cette fois, ce n'est pas l'opinion de Praltor mais une information en provenance de la Source elle-même. Il ne pourrait pas la falsifier.

—Je sais. Comme tu l'as dit une fois, ce n'est pas facile d'apprendre des choses sur soi-même.

— Vois le bon côté des choses. Ce n'est pas tous les jours qu'on se découvre une si illustre filiation.

Caldason fut forcé de sourire.

Ils s'embrassèrent.

Puis un chœur de cris s'éleva. Les sentinelles postées sur les remparts donnaient l'alarme.

— Qu'est-ce que c'est ? demanda Serrah.

— Regarde.

Caldason tendit un doigt.

Un chariot se dirigeait vers la forteresse, flanqué par une poignée de cavaliers qui galopaient à bride abattue.

Serrah braqua son glamour d'observation sur eux.

— Reeth ! Ce sont Dulian et Quinn !

Leurs amis étaient poursuivis. Plusieurs dizaines de soldats à cheval leur donnaient la chasse, leurs montures soufflant des nuages de vapeur blanche dans l'air glacial.

Une ou deux des sentinelles leur décochèrent des flèches. Caldason et Serrah se précipitèrent vers l'escalier, qu'ils descendirent quatre à quatre au risque de se rompre le cou.

En arrivant au rez-de-chaussée, ils découvrirent que les portes avaient déjà été ouvertes. Les défenseurs rugissaient des encouragements au chariot et ajoutaient à la pluie de flèches qui s'abattait sur ses poursuivants. Ces derniers avaient déjà ralenti, jugeant sans doute peu opportun de trop s'approcher de la citadelle.

Comme le chariot et son escorte fonçaient vers le salut, une autre complication surgit. Un groupe de soldats émergea de la lisière des arbres, leurs uniformes dessinant des taches grises contre l'obscurité ambiante.

— Combien, à ton avis ? demanda Caldason.

— Quarante ou cinquante. Peut-être plus, répondit Serrah d'une voix blanche. Merde, Reeth, ils sont déjà sur nous. Ils ont dû s'emparer de toute l'île.

— Pas nécessairement, la détrompa Caldason. C'est une tactique de base : envoyer une avant-garde de troupes de choc. Ce sont sans doute des éclaireurs. Peu nombreux, mais uniquement des vétérans.

Le chariot et son escorte s'engouffrèrent dans la citadelle sous les vivats des défenseurs. Ceux-ci s'arc-boutèrent contre les portes et les refermèrent rapidement.

Karr et Disgleirio semblaient secoués mais indemnes. Plusieurs de leurs compagnons arboraient des blessures mineures.

—Nous avons eu de la chance, expliqua Karr comme on l'aidait à descendre du chariot. On ne peut pas en dire autant de certains de nos camarades, je le crains.

—Que s'est-il passé ? interrogea Caldason.

—Nous avons tout simplement été submergés, répondit Disgleirio. Nous n'avons rien pu faire d'autre que nous enfuir.

—Et la forteresse ?

—Elle tient le coup. Et plutôt bien. Mais évidemment, ses occupants n'ont qu'à attendre que ça se passe, si on peut dire.

—Dehors, c'est le chaos, ajouta Karr. Certaines parties de l'île sont déjà tombées aux mains de l'envahisseur, tandis que d'autres sont encore sous notre contrôle, si bien que les nôtres se retrouvent coupés les uns des autres. C'est l'anarchie.

—Une idée de l'endroit où se trouve Darrok ?

—Non.

—Avez-vous une seule bonne nouvelle à nous annoncer ? s'enquit Serrah.

Avant que quiconque puisse répondre, les sentinelles rugirent un nouvel avertissement.

—Ça m'étonnerait que ça en soit une, commenta Caldason en se dirigeant vers le mur.

Serrah et Disgleirio l'imitèrent. Par les meurtrières, ils virent un cavalier solitaire qui fonçait vers eux, une foule d'envahisseurs à ses trousses.

—Probablement un lambin, lâcha Disgleirio.

Serrah ressortit son glamour d'observation.

—Par les dieux, c'est Pallidea !

—Tu en es sûre ?

—Je reconnaîtrais cette crinière rousse entre mille. Regarde toi-même.

Elle lui tendit le tube.

Le cheval au pelage d'un blanc immaculé fit une embardée pour éviter une ligne de soldats qui lui barrait la route, puis fila en direction de l'ancien champ de foire.

Serrah agrippa le bras de Caldason.

—Il faut l'aider, Reeth.

—Viens.

Ils rebroussèrent chemin à travers la cour, et trouvèrent Karr en compagnie de Phénix et de Goyter. Très vite, ils lui expliquèrent ce qu'ils venaient de voir.

— Nous ne pouvons pas envoyer un détachement à son secours, répondit Karr d'un air peiné. En fait, nous ne pouvons nous passer d'aucun d'entre nous – pour quelque raison que ce soit. Je suis navré, mais la défense de cet endroit passe avant tout.

— Bien entendu, acquiesça Serrah. Mais vous ne voyez pas d'objection à ce que nous y allions ?

— Euh, si... Je ne veux pas vous perdre tous les deux. Je sais néanmoins que mon avis importe peu. Promettez-moi seulement que si les choses se présentent vraiment mal, vous renoncerez et reviendrez ici.

— Marché conclu.

Goyter fit signe à un palefrenier qui tenait deux chevaux par la bride. Un plastron et un casque étaient posés sur la selle de chacun d'eux.

— Je refuse de porter ces trucs, décréta Caldason.

— Vous aurez besoin de toute l'aide possible, insista Goyter. Tous les deux. Et ces armures sont étonnamment légères. Maintenant, dépêchez-vous de les enfiler.

Caldason capitula et saisit son plastron. Serrah avait déjà mis le sien. Plusieurs personnes se pressèrent autour d'eux pour les aider à serrer les boucles.

— J'ai quelque chose d'autre qui pourrait vous être utile, dit Phénix en tendant un petit cube noir dans sa paume ouverte.

— Qu'est-ce que c'est ? s'enquit Caldason.

— Un bouclier déflecteur personnel. Sa portée est suffisante pour vous couvrir tous les deux, à condition que vous restiez ensemble. Il vous protégera contre la plupart des projectiles et des armes tranchantes. L'un de vous a-t-il déjà utilisé ce genre de joujou ?

— Jamais.

— Quelquefois, acquiesça Serrah en ajustant la lanière de son casque.

— Alors, c'est à vous que je le confie, dit Phénix en lui remettant le cube. Mais n'oubliez pas que sa durée de vie est limitée.

— À combien ?

— Environ dix minutes.

— On peut y aller maintenant ? implora Caldason.

Ils enfourchèrent leurs montures, et les portes de la citadelle s'ouvrirent devant eux.

— Bonne chance ! cria Karr.

Caldason et Serrah s'éloignèrent au galop. Derrière eux, les portes se refermèrent avec un bruit sourd.

Les fantassins ennemis gardèrent leurs distances, se contentant de leur adresser des quolibets et des gestes menaçants.

— Pour le moment, on dirait qu'il n'y a pas des masses de cavaliers dans les parages, commenta Serrah.

— Les seuls que nous avons vus semblaient n'avoir qu'une idée en tête : mettre la main sur Pallidea. Viens, elle est partie par là.

Caldason talonna son cheval.

Ils s'enfoncèrent vers le cœur de l'île et ne tardèrent pas à atteindre un ensemble de maisons de divertissement abandonnées, vestiges du temps où Batarriss était encore un lieu de villégiature pour les riches hédonistes. D'abord, ils ne virent que des bâtiments à moitié effondrés, envahis par les ronces et les mauvaises herbes. Puis ils aperçurent un mouvement parmi les ruines. Des cavaliers. Qui découpaient la végétation à grands coups d'épée comme s'ils cherchaient quelque chose ou quelqu'un. Pour le moment, ils ne les avaient pas repérés.

— Qu'est-ce qu'on fait ? chuchota Serrah.

Avant que Caldason puisse répondre, la décision s'imposa d'elle-même. Il y eut un grand fracas devant eux. Une silhouette jaillit des ruines et fonça vers eux, sa crinière rousse flottant derrière elle tel un étendard.

— Accroche-toi, Reeth ! hurla Serrah.

Elle écrasa le cube noir sur sa cuisse, le brisant comme un œuf cru et libérant l'enchantement qu'il recelait. Alors que le glamour quasi invisible se déployait pour les envelopper, un picotement parcourut le corps des deux amants.

— N'oublie pas : tu dois rester près de moi !

En se portant à la rencontre de Pallidea, ils essuyèrent un déluge de flèches. Les projectiles ricochèrent sur leur bouclier ; certains se brisèrent même en deux sous la force de l'impact tandis que Caldason et Serrah galopaient vers leur amie.

Le cheval de Pallidea avait été abattu. La jeune femme avait dû se faire mal en tombant, car elle boitait. Pourtant, elle se mouvait toujours avec la grâce d'une athlète. Derrière elle, une meute de cavaliers gagnait rapidement du terrain.

Caldason et Serrah la rejoignirent. Le Qalochien se pencha sur le côté en tendant un bras. Pallidea s'en saisit et, d'un geste puissant, il la hissa sur sa monture. Simultanément, les deux chevaux décrivirent un arc de cercle, de sorte qu'à la fin de la manœuvre, ils se retrouvèrent face à la direction dont ils étaient arrivés.

L'ennemi en avait profité pour réduire l'écart. Il prit le trio en chasse. Tandis que des flèches continuaient à rebondir sur leur bouclier magique, Caldason et Serrah talonnèrent leurs montures et parvinrent à reprendre un peu d'avance.

Puis le glamour cessa de fonctionner.

Ils ne s'en aperçurent que parce qu'un trait se planta dans le jarret du cheval de Serrah. L'animal hennit, trébucha et s'écroula. Sa cavalière fut projetée en avant et atterrit lourdement sur le sol gelé.

Caldason tira sur les rênes de sa monture pour l'arrêter et se laissa glisser à terre en faisant signe à Pallidea de ne pas bouger. Un coup d'œil à Serrah, à son cheval blessé et aux poursuivants qui chargeaient lui suffit pour prendre sa décision.

— Va-t'en ! glapit-il.

Pallidea fut choquée.

— Non, Reeth ! Je ne peux pas...

— File à la citadelle ! Ne t'en fais pas pour nous ! Dépêche-toi !

Caldason donna une forte tape sur le cul de son cheval, qui s'élança.

À quatre pattes, Serrah secouait la tête comme pour s'éclaircir les idées.

— Tu es entière, mon amour ?

— Je... Oui.

Caldason la releva.

— Alors, prépare-toi à bouger.

Les premiers soldats impériaux arrivaient sur eux. Caldason sortit un couteau de sa ceinture et le lança. La lame atteignit le cavalier de tête en pleine poitrine, et sa chute provoqua un désordre momentané dans les rangs des poursuivants. L'un d'eux vida les étriers. Plusieurs autres durent faire un écart précipité.

Caldason jeta un coup d'œil vers la citadelle. Pallidea fonçait vers ses portes, et quelques défenseurs étaient sortis à cheval pour couvrir sa retraite.

Mais la jeune femme avait eu de la chance. Des soldats ennemis traversaient la plaine, barrant la route de la citadelle à Caldason et à Serrah.

— Par ici ! rugit le Qalochien en prenant le bras de sa compagne.

Courant en zigzag, ils se dirigèrent vers un autre amas de ruines dominé par un beffroi décrépit. Derrière eux, les cavaliers se rapprochaient dans un grondement de tonnerre, en leur lançant des flèches, des lances et même une hachette. Un projectile toucha le côté du plastron de Serrah, qui ressentit l'impact comme un coup de poing. Caldason lui tira sur le bras pour l'empêcher de s'arrêter.

De tous les bâtiments environnants, la tour semblait être le seul qui tenait encore à moitié debout. Ils se ruèrent vers elle en priant pour que son accès ne soit pas barré. De longues secondes plus tard, ils atteignirent la base de l'édifice et furent indiciblement soulagés de trouver sa porte entrouverte. Haletants, ils la claquèrent au nez de leurs poursuivants – ou presque – et la bloquèrent avec une épaisse barre de fer.

La tour était moitié en pierre, moitié en bois. Mais elle n'avait pas été construite pour servir de position défensive, ni même dans un quelconque autre but pratique. Comme beaucoup de structures sur l'île, elle était purement ornementale : un accessoire destiné à enjoliver les vacances de riches touristes. En tant que telle, elle ne résisterait pas longtemps à un assaut déterminé. Déjà, la porte tremblait sous les coups des cavaliers.

Caldason et Serrah regardèrent autour d'eux. Il n'y avait rien d'autre qu'un escalier de bois branlant qui montait. Les deux compagnons s'élancèrent. Les marches craquèrent et menacèrent de céder sous leur poids tandis qu'en bas, les coups redoublaient de violence.

Au sommet du beffroi, une cloche métallique assez large pour qu'un buffle puisse se vautrer dedans était suspendue au-dessus d'une trappe ouverte. Un muret de pierre montant à hauteur de taille entourait le beffroi, et une couronne de bois le surplombait. Ceci mis à part, il était ouvert aux éléments. Un vent glacial s'y engouffrait, apportant quelques flocons avec lui.

— Ils vont défoncer la porte d'ici quelques secondes, prédit Serrah.

— J'ai déjà été dans des positions défensives pires que ça.

— Vraiment ?

— D'accord, pas de beaucoup.

Il y eut un craquement de planches. Jetant un coup d'œil vers le bas, les deux compagnons virent des pointes de lance passer par un trou, et des mains chercher à soulever la barre.

— Qu'est-ce qu'on fait ?

— Recule, ordonna Caldason.

S'agrippant d'une main au châssis de la cloche, il escalada la balustrade branlante. Puis il dégaina son épée. En s'étirant au maximum, il frappa la corde épaisse à laquelle était suspendue la cloche. La lame mordit dans le chanvre sans le sectionner. Il frappa à nouveau. Les fibres encore intactes se tendirent, et certaines commencèrent à lâcher.

Au rez-de-chaussée, le vacarme augmenta brusquement d'un cran comme les soldats achevaient de défoncer la porte à coups de pied.

Caldason s'apprêta à porter un troisième coup, mais ce ne fut pas nécessaire. La corde se rompit brusquement, et la gravité aspira la cloche par la trappe ouverte. Après ça, la trajectoire de sa chute dévia quelque peu. Elle heurta une balustrade qui se brisa sous l'impact, puis un mur qui cracha des débris de pierre en émettant une note discordante.

La cloche atterrit dans un fracas assourdissant mais presque mélodieux. Des nuages de poussière s'élevèrent autour d'elle tandis qu'elle s'immobilisait, un côté planté dans le sol et le dôme calé contre l'entrée de la tour.

L'escalier trembla violemment. Caldason eut beaucoup de mal à conserver son équilibre. Il sauta à terre et se figea. Immobiles, Serrah et lui écoutèrent le glas de la cloche et attendirent que l'escalier s'effondre. Après ce qui leur parut une éternité, la jeune femme chuchota :

— Je crois qu'il va tenir bon pour le moment.

Caldason s'approcha prudemment du bord et regarda en bas. Il n'en aurait pas mis sa main à couper, mais il lui semblait voir des membres dépasser de dessous la cloche.

Serrah le rejoignit.

— Ç'a l'air bien calme.

— Ne t'y fie pas. Nous ne sommes pas débarrassés d'eux.

— Voyons voir.

Pliée en deux, la jeune femme entraîna son compagnon vers le muret.

Pour la première fois, elle remarqua qu'une gargouille tournée vers l'extérieur se dressait à chaque coin du beffroi. Caldason et elle se recroquevillèrent à l'abri de la plus proche d'eux et passèrent la tête dehors. Un rugissement monta vers eux ; des flèches suivirent presque aussitôt. L'une d'elles atteignit la tête de la gargouille, faisant sauter une de ses oreilles difformes. Caldason et Serrah se rencognèrent précipitamment.

— À mon avis, il y en avait plus d'une vingtaine, déclara la jeune femme.

— Je pense aussi. Ajoute ceux que nous n'avons pas pu voir et…

— … et j'obtiens un gros paquet d'enfoirés en rogne qui veulent notre peau.

— Évidemment, nous ne sommes que deux rebelles parmi tant d'autres. Ils doivent avoir des choses plus importantes à faire. Ils finiront peut-être par se lasser.

—Tu le penses vraiment ?

—Non.

Caldason ôta son casque et entreprit de délacer son plastron.

—Je déteste porter ces trucs.

—Moi, je suis bien contente qu'on les ait eus.

Pourtant, Serrah enleva les siens elle aussi, révélant une ecchymose violacée à l'endroit où la flèche l'avait touchée. Au centre, la peau avait éclaté.

—Tu vas avoir un beau bleu par-dessus le marché, commenta Caldason. Mais ne t'en fais pas, j'aime les beautés exotiques.

—Ha ! Ha !

Serrah tamponna l'hématome avec un chiffon et frémit.

—Donne-moi ça, ordonna Caldason.

Sortant une flasque de sa tunique, il versa quelque chose sur le tissu.

—C'est quoi ? voulut savoir Serrah.

—Du brandy. Et du bon, en plus. C'est Darrok qui me l'a donné.

—Tu peux lui faire confiance pour ne boire que le meilleur. Aïe !

—Ça devrait stopper l'infection, dit Caldason en appuyant le chiffon sur la plaie.

—Ce qui n'est peut-être pas le plus gros de nos soucis en ce moment, fit valoir Serrah. Les infections mettent du temps à s'installer. Et du temps, on risque de ne pas en avoir des masses.

Pendant un moment, aucun d'eux ne dit rien. Puis la jeune femme ajouta :

—Tu crois que Pallidea s'en est tirée ?

—Elle semblait bien partie. À propos de ça, je voulais te dire…

—Quoi ?

—Est-ce que j'ai bien fait ? J'ai plus ou moins décidé pour toi, pas vrai ? C'est peut-être à toi que j'aurais dû laisser mon cheval.

—On n'avait pas vraiment le temps d'en débattre, Reeth. Et oui, tu as bien fait. Comme d'habitude. C'est l'une des choses que j'aime chez toi.

—Encore un truc ironique. Pendant des dizaines d'années, je n'ai aspiré qu'à mourir. Maintenant que je t'ai trouvée, je veux vivre, et c'est juste à ce moment que…

Serrah posa un doigt sur les lèvres de Caldason pour le faire taire.

—Qui a dit que les dieux n'avaient pas le sens de l'humour ?

—Cette fois, ils rient à nos dépens.

— Non, Reeth. Tant que nous respirons et que nous sommes ensemble, il y a de l'espoir.

— Et plus longtemps nous resterons ici, plus nombreux seront nos ennemis.

L'aube approchait. La neige avait presque cessé de tomber, mais il faisait plus froid que jamais. Comme des bruits montaient vers eux, Caldason et Serrah jetèrent un autre coup d'œil par-dessus le muret. Cette fois, il n'y eut pas d'exclamations ni de volées de flèches : les envahisseurs étaient trop occupés à transporter des seaux, des pelles et des fagots de bois vers la tour.

— Tu paries que ces seaux sont pleins d'huile et de saindoux ? lança Caldason. Ils vont saper les murs en y mettant le feu.

Serrah frissonna.

— Je n'aime guère l'idée de me retrouver au sommet d'un brasier funéraire.

— Ne t'en fais pas. La tour s'écroulera bien avant que les flammes nous atteignent.

— Génial ! Qu'allons-nous faire, Reeth ?

Caldason hésita. Il la dévisagea longuement, puis glissa une main dans sa poche et en sortit une petite bourse de tissu gris.

— C'est quoi ? interrogea la jeune femme. Un glamour ? Un charme qui va nous aider à forcer leur barrage, ou... ?

— Non. C'est autre chose. (L'expression du Qalochien était mortellement grave.) C'est Darrok qui me l'a donné.

Après avoir ouvert la bourse, il lui montra son contenu.

— Par l'enfer, chuchota Serrah.

Toute couleur déserta son visage. Elle fit un pas en arrière.

— Écoute-moi, plaida Caldason.

— Si c'est une plaisanterie, je ne la trouve pas drôle.

— C'est notre seule chance de sortir d'ici en un seul morceau.

— Tu veux que je prenne cette saloperie ? Alors que tu sais très bien ce qui est arrivé à Eithne ?

— Je ne fais pas cette suggestion à la légère.

— Tu ne devrais pas la faire du tout, siffla Serrah.

— Je la fais parce que je ne vois aucun autre moyen de nous tirer de ce piège à rat, répliqua calmement Caldason.

— Comme si prendre une drogue dangereuse allait arranger nos affaires !

— Réfléchis. Quand tu appartenais au CSI, il t'est arrivé

d'affronter des gangs qui en utilisaient. Tu te souviens de l'endurance qu'elle leur prêtait ? De leur agressivité accrue ?

— C'était des bandits. De la vermine.

— La question n'est pas là. La raje peut te donner un avantage susceptible de faire la différence.

— Cette maudite drogue m'a pris ma fille !

— Alors, laisse-lui te rendre quelque chose.

— Je remarque que tu parles seulement de moi. Et toi, tu n'as pas l'intention d'en prendre ?

— Lequel de nous deux est quasi immortel ? Lequel de nous deux entre dans des fureurs meurtrières ? Par conséquent, lequel de nous deux a besoin de raje pour sortir d'ici ?

Les yeux de Serrah s'embuèrent.

— J'ai peur, avoua-t-elle.

Caldason l'étreignit.

— Bien sûr. C'est normal. Mais crois-tu que je te demanderais de faire une chose pareille s'il y avait une autre solution ?

— C'est dangereux.

— Pas plus que d'affronter en l'état ce qui nous attend dehors.

La jeune femme se dégagea.

— D'accord, je vais la prendre. Mais tout de suite. Et n'ajoute rien, Reeth. Je ne veux aucune raison de changer d'avis.

— Donne-moi ta main.

Caldason versa une petite quantité de cristaux dans la paume tendue de sa compagne. Celle-ci tremblait légèrement.

— Je suis avec toi, lui assura-t-il.

Serrah fixa la raje sans réagir.

— Tiens, fais-la descendre avec ça, dit Caldason en lui passant sa flasque. Tu sais comment ça fonctionne, n'est-ce pas ? Tu rugiras pendant à peu près deux heures avant que les effets s'estompent. Après ça, tu te sentiras vidée, mais tu ne devrais pas garder de séquelles.

— Je ne te le pardonnerai peut-être jamais, Reeth.

Serrah porta sa main à sa bouche et lécha les cristaux. En grimaçant, elle but une gorgée de brandy qui lui donna une brève quinte de toux.

— Et maintenant ? demanda-t-elle d'une voix rauque.

— On attend. Ça ne devrait pas tarder à faire effet.

— Comment saurai-je que ç'a commencé ?

— Crois-moi, tu le sauras.

31

— Oh!

— Qu'y a-t-il?

— Mon cœur, dit Serrah en portant une main à sa poitrine. Il vient de faire un bond.

— Respire à fond, conseilla Caldason.

La jeune femme obtempéra.

— Ça va?

— Ça va, répondit-elle.

Mais son regard était étrange.

— On devrait remettre nos armures.

— Non, pas la peine.

— Je crois que la raje fait effet, Serrah.

Elle se massa le front quelques secondes.

— Tu as sans doute raison.

— Comment te sens-tu?

— J'ai la tête légère, légère... L'impression que je vais vomir. Et puis envie de danser, de me battre, de courir, de pleurer, de rire... Je ne sais pas trop.

— Oui, ça fait effet.

— Que va-t-il se passer maintenant?

— Tu ne vas pas tarder à sentir une brusque poussée d'énergie et de bien-être. Tes réflexes vont devenir plus rapides – beaucoup plus rapides. Tu auras l'impression d'être invulnérable, et ça risque de te rendre imprudente. Fais très attention à ça. Dans notre situation, nous ne pouvons pas nous permettre la moindre erreur.

— Hein? Désolée, j'étais distraite. Tu disais?

Caldason parla en détachant bien les syllabes.

— La raje change ta façon de penser. Elle peut affecter ton jugement. Tu comprends ?

— Par les dieux, je meurs d'envie de me battre !

— Tu viens juste de répondre à ma question. (Il la prit fermement par les épaules.) La raje te prête une endurance hors du commun, et elle te donnera la force de te battre sauvagement s'il faut en arriver là. Mais étant donné le nombre de nos adversaires, je suggère que tu utilises toute cette belle énergie pour courir.

— Tu n'es pas drôle.

— Nous devons agir vite, Serrah. Il nous faut un plan.

— Pour courir ? Pas besoin d'une stratégie très élaborée, non ? Il suffit de… Aïe !

Le visage de la jeune femme se crispa.

— Que se passe-t-il ?

— Ça vient encore de monter d'un cran.

— Et ça continuera jusqu'à ce que tu atteignes un pic. (Caldason jeta un coup d'œil vers l'horizon qui s'éclaircissait.) Nous devons profiter du couvert de l'obscurité, ou de ce qu'il en reste. Ça te convient ?

— Ça me convient, acquiesça Serrah. Que proposes-tu ?

— Quelque chose de simple. On fait une diversion pour nous donner le temps de sortir et, idéalement, de nous emparer de deux de leurs chevaux.

— Quel genre de diversion ?

— Je pensais qu'on pourrait utiliser ça.

Caldason se remit à fouiller dans sa poche et en sortit un petit paquet enveloppé de tissu.

— Décidément, tu es une vraie corne d'abondance, railla Serrah. Encore un cadeau de Darrok ?

— Non. En fait, celui-ci me vient de toi.

Il ouvrit le paquet et lui montra son contenu.

— Du sang de dragon ? Il faut de l'eau salée pour le faire exploser. Tu en as sous la main ?

— Non. Mais faut-il vraiment que ce soit de l'eau salée ?

— Je n'en sais rien. On n'a jamais essayé avec autre chose.

— Peut-être que ça fonctionne avec n'importe quel liquide. Du brandy, par exemple.

— Et pour le sel ? Ça aussi, tu en as sur toi ?

— Non, mais toi oui.

— Euh, non, pas à ma connaissance.

— Si. La raje augmente ta température corporelle. À moins que tu fonctionnes différemment de tous les gens qui en ont consommé jusqu'à présent, tu vas bientôt te mettre à transpirer… et pas qu'un peu.

Serrah eut un sourire grimaçant – presque un rictus de psychopathe.

— De la sueur et du brandy. Miam ! Mais ça peut marcher, admit-elle.

— Ça va toujours ? interrogea Caldason en l'étudiant attentivement.

— Que les dieux me viennent en aide, Reeth, mais c'est drôlement bon ! reconnut la jeune femme. Alors, dépêche-toi, parce que j'ai du mal à tenir en place.

— Continue à respirer à fond pendant que je m'occupe du sang de dragon.

Caldason versa un peu de poudre sur deux morceaux de tissu, qu'il lesta ensuite avec deux morceaux de la pierre effritée de la tour. Puis il referma et noua les coins du tissu.

— Donc, on jette ça sur les types d'en bas pour créer une diversion, résuma Serrah. Et ensuite ? Au cas où tu aurais oublié, une putain de cloche énorme bloque la porte de cette tour. Comment allons-nous sortir ?

— En passant par l'extérieur, répondit Caldason. (Du menton, il montra le châssis désormais vide.) Il y a toute la corde nécessaire pour descendre en rappel. (Il se mit à la dérouler.) Tu veux bien consacrer un peu de ta belle énergie à me filer un coup de main ?

Quand ils eurent fixé deux longueurs de corde au châssis, Serrah lança :

— Alors, qu'est-ce qu'on attend ?

— Tiens-toi tranquille.

Caldason lui toucha le front avec l'un des paquets de sang de dragon. Quand il le retira, le tissu était humide. Il répéta la manœuvre avec le second paquet, qu'il remit ensuite à sa compagne.

— Prête ?

Serrah acquiesça.

Caldason sortit sa flasque de brandy et arrosa les deux paquets.

— Tu jettes ici et moi là. (Du pouce, il désigna le côté opposé du muret.) Et on descend par en face. D'accord ?

L'expression de Serrah s'était durcie.

— Assez bavardé ! On y va !

Dans leurs mains, les paquets commençaient déjà à fumer.

— Et merde, jura Caldason. On a oublié de remettre nos plastrons. Trop tard, maintenant.

— Ils ne feraient que nous ralentir, remarqua Serrah sur un ton désinvolte.

Le Qalochien l'embrassa.

— C'est bon ? Maintenant !

Ils projetèrent leurs bombes improvisées par-dessus le muret et empoignèrent leurs cordes. Il y eut une forte détonation, accompagnée d'un éclair éblouissant. Et une autre dans la foulée.

— Allez ! hurla Caldason.

Avant de descendre, ils jetèrent un coup d'œil en contrebas. Comme ils l'avaient espéré, la plupart de leurs poursuivants s'étaient précipités de l'autre côté de la tour attirés par les explosions. Il ne restait qu'une poignée d'hommes en dessous d'eux, et toute une file de chevaux pas très loin. Le temps pressait. Caldason et Serrah bondirent par-dessus le muret et descendirent en rappel.

Jusqu'au dernier moment ou presque, le Qalochien crut qu'ils allaient atteindre le sol sans avoir été fait repérés. Puis un homme cria. D'autres voix propagèrent l'alarme. Pendant que Caldason et Serrah défaisaient hâtivement les nœuds de leur corde, une dizaine de soldats impériaux se précipitèrent vers eux, et tout espoir de s'enfuir discrètement se volatilisa. Dégainant leur épée, ils s'avancèrent à la rencontre de l'ennemi.

Le moment n'était pas à la finesse. Caldason affronta son premier adversaire avec une brutalité directe, l'abattant d'un coup violent en pleine tête. Sans marquer de pause, il se tourna vers les deux hommes suivants, auquel il infligea des blessures graves sinon fatales. Il se battait comme un automate ne possédant pas d'autre fonction que massacrer son prochain. Face à lui, les soldats impériaux s'écroulaient dans une mare de sang, membres tranchés et artères sectionnées.

Serrah se montrait tout aussi impitoyable. Elle bougeait si vite que ceux qui tentaient de l'arrêter avaient du mal à la suivre du regard. Elle parait toutes leurs attaques avec aisance, comme si elle les avait anticipées, et bloquer les siennes s'avérait une tâche trop ardue pour la plupart des hommes qui s'y essayaient.

De son point de vue déformé par la raje, la jeune femme avait l'impression de se mouvoir parmi des statues de cire. Les mannequins autour desquels elle dansait étaient des créatures balourdes, trop stupides pour la contrer et trop lentes à s'écrouler. S'acharner sur des épouvantails eût été plus excitant.

Curieusement, une partie de son esprit restait détachée du combat. Tel un oiseau dans une cage dorée, ce fragment de sa conscience observait les événements en simple spectateur. Et malgré toutes les horreurs qui l'entouraient – la plupart, perpétrées par sa lame écarlate – elle trouvait le monde d'une beauté fascinante. Surtout le scintillement vert et mauve à la lisière de sa vision.

Un visage apparut au milieu du rêve de Serrah. La jeune femme voulut le frapper avec son fléau d'acier et le faire disparaître comme les autres, mais il avait quelque chose d'étrangement familier qui arrêta son geste.

— Serrah ! Serrah ! (Caldason la secouait avec force.) Ressaisis-toi, Serrah !

Elle regarda autour d'elle. Le sol était jonché de cadavres et de blessés gémissants.

— Les autres arrivent, dit Caldason. Il faut dégager !

Il lui saisit le bras et l'entraîna à l'écart de la tour, vers les chevaux qu'ils avaient repérés depuis le beffroi. Derrière eux résonnèrent des cris, aussitôt suivis par un bruit de poursuite. Quelqu'un jaillit devant eux en brandissant une hache. Deux ou trois moulinets d'épée eurent raison de l'obstacle et peignirent une nouvelle tache rouge sur la blancheur de la neige.

Plusieurs dizaines de soldats étaient à leurs trousses. Caldason avait eu l'intention de prendre un cheval pour chacun d'eux, mais il n'était pas certain que Serrah puisse en diriger un dans son état. Aussi n'en détacha-t-il qu'un seul. Il propulsa la jeune femme sur le dos de l'animal avant de monter en selle. Une volée de flèches s'abattit sur eux. Caldason se pencha en avant pour éviter d'être touché et talonna vicieusement leur monture.

Ils s'éloignèrent au galop dans l'aube grise et froide d'un nouveau jour.

Une vingtaine de cavaliers leur donnèrent la chasse. Mais à mi-chemin de la citadelle, ils tournèrent bride, songeant sans doute que deux personnes ne valaient pas un tel déploiement d'efforts. Peut-être se disaient-ils que, de toute façon, leurs proies partageraient bientôt l'inéluctable destin de tous les rebelles.

Durant la cavalcade du retour, Caldason et Serrah virent de grandes colonnes de fumée noire s'élever depuis divers points le long de la côte. Apparemment, les insulaires résistaient avec vigueur. Les forces ennemies se massaient dans la plaine qui faisait face à la citadelle centrale : pas la totalité des armées impériales, qui devaient déjà être en route ; juste une avant-garde qui comprenait néanmoins plusieurs centaines de soldats.

La zone démilitarisée était encore assez large pour permettre à Caldason et à Serrah de passer, mais de justesse. À partir de maintenant, plus personne ne pourrait accéder à la citadelle sinon l'envahisseur.

À l'intérieur, l'agitation était générale. Des gens couraient dans tous les sens ; des hommes et des femmes renforçaient les points faibles des défenses à l'aide de sacs de sable ; des sorciers scellaient les entrées avec des charmes et préparaient leurs munitions magiques.

Il n'y avait plus de non-combattants. Même les vieillards et les infirmes avaient reçu des armes, et des enfants s'étaient positionnés sur les remparts avec des lances deux fois plus hautes qu'eux.

Pallidea jaillit de la foule. Elle étreignit ses amis et leur fit les remerciements qu'elle n'avait pas eu le temps de leur adresser plus tôt.

— Des nouvelles de Darrok ? interrogea Caldason.

— Oui, il est arrivé il y a peu de temps, les dieux en soient remerciés. J'allais justement le chercher.

— Voilà Karr, dit Serrah.

Caldason et elle prirent congé de Pallidea et se frayèrent un chemin jusqu'au vieil homme. Celui-ci était accompagné par Goyter, Disgleirio et quatre autres frères de la Juste Lame. À la vue du Qalochien et de sa compagne, un soulagement palpable se peignit sur ses traits. Il ne manquait pourtant pas d'autres préoccupations, comme en témoignaient sa pâleur et les plis soucieux qui barraient son front.

— Quand je pense que nous parlions jadis de construire un réseau de routes et de frapper notre propre monnaie, murmura-t-il tristement. À présent, notre seul souci est d'avoir une mort rapide et digne.

— Ça suffit, dit sévèrement Goyter. Ça ne vous ressemble pas de céder au pessimisme, Dulian. Ne commencez pas maintenant.

Reconnaissant, le vieillard lui sourit. Et Caldason remarqua que même si elle le rudoyait, Goyter lui tenait la main.

— Tu as l'air un peu agitée, ma petite, dit-elle à Serrah sur un ton non dénué de gentillesse. Tu te sens bien ?

— Je ne me suis jamais sentie mieux. (Serrah remarqua que la vieille femme portait une épée.) Ça vous va bien, Goyter. Des nouvelles de Tan ?

L'expression de Goyter s'assombrit.

— Nous sommes tous inquiets pour elle. Quelque chose ne tourne pas rond dans sa tête. Je regrette qu'on ne puisse pas envoyer quelqu'un s'occuper d'elle et soulager Kinsel. D'un autre côté, il refuserait sûrement.

— Je vais aller les voir.

— Essaie de les convaincre de venir vers le cœur de la citadelle. Ils y seront probablement plus en sécurité.

Caldason prit Serrah à part.

— Ne sois pas trop longue.

— Promis. Je veux juste m'assurer que tout va bien pour eux.

— Comment te sens-tu ?

— Encore capable de tuer un lion avec les dents.

— Ça passera bientôt. Tu n'en auras pas envie, mais tâche de manger quelque chose. Ça t'aidera à éponger le résidu de raje.

Serrah hocha la tête.

— Je reviens tout de suite.

Elle n'était pas plus tôt partie que Kutch et Wendah apparurent.

— Vous ne devriez pas être là, tous les deux, les tança Caldason. Allez vous planquer quelque part.

— Nous avons notre magie, protesta Wendah.

— Et nous pouvons aider, ajouta Kutch. Phénix nous a assignés à l'un des groupes de défense.

— C'est dangereux, insista Caldason.

Wendah tendit un doigt.

— Il y a des enfants bien plus jeunes que nous sur les remparts.

À cela, le Qalochien ne put rien répliquer.

— D'accord, mais soyez prudents et ne…

Un rugissement se propagea sur le chemin de ronde, et des cloches d'alarme se mirent à sonner.

— Tous à vos postes ! ordonna Karr d'une voix à la portée démultipliée par un glamour amplificateur.

Disgleirio et ses hommes firent mine de s'éloigner.

— Où êtes-vous affectés ? s'enquit Caldason.

— Nous restons mobiles. Nous comblerons les brèches là où le besoin s'en fera le plus sentir.

— Moi aussi. Bonne chance.

La citadelle disposait de quelques catapultes qui commencèrent à bombarder l'ennemi. Des sorts d'hésitation et de terreur furent lancés depuis les remparts tandis que les archers décochaient des volées de flèches meurtrières. Lorsque les premiers assiégeants atteignirent le mur d'enceinte, de l'huile bouillante et du sable brûlant les accueillirent.

Caldason était sur tous les fronts, aidant à repousser de multiples incursions. Comme tous les défenseurs, il se battait infatigablement et regardait ses camarades succomber, la poitrine transpercée par une flèche ou le corps irradié par les sorts ennemis.

Mais aucun de leurs efforts ne faisait la moindre différence. L'ennemi atteignit les portes de la citadelle avec une rapidité décourageante. Sa supériorité numérique, martiale et magique ne pouvait que prévaloir. Déjà, les lourds battants menaçaient de céder.

Malgré leurs protestations, Disgleirio força Karr et Goyter à se replier. Tandis qu'une vague humaine assaillait les portes et les murs de la citadelle, les résistants entamèrent une retraite planifiée. Certains se dirigèrent vers les dépendances fortifiées tandis que d'autres se réfugiaient dans le corps de bâtiment principal avec son labyrinthe de couloirs, de tourelles et de souterrains. À tout le moins, ils feraient payer chèrement leur peau à l'ennemi.

Quand il vit que plus personne ne pouvait rien faire pour défendre le mur d'enceinte, Caldason imita le mouvement général. Derrière lui, les portes cédèrent. Un chaos organisé envahit la cour de la citadelle comme les premiers envahisseurs entraient et commençaient à escalader les fortifications.

Kutch et Wendah n'étaient pas allés bien loin.

— Venez avec moi, ordonna Caldason.

— Nous sommes censés rejoindre les autres sorciers, protesta la jeune fille.

— Oubliez ça ! Il faut nous replier. Venez !

Il les entraîna vers l'une des écuries de la citadelle, dans l'idée qu'il combattrait mieux à cheval ou qu'il pourrait lâcher les bêtes affolées sur l'ennemi pour semer le désordre dans ses rangs. Par ailleurs, il espérait trouver une cachette pour les deux jeunes gens. Mais sa pensée prédominante, c'était qu'il ne voulait pas mourir loin de Serrah.

Au premier abord, l'écurie semblait vide. Tous les chevaux avaient dû être répartis parmi les différentes positions défensives de l'île – à moins que, comme la plupart des autres ressources de Batarriss, leur nombre se soit avéré insuffisant.

Caldason allait dire à Kutch et à Wendah de se chercher une autre planque lorsqu'une porte claqua derrière eux. Le Qalochien pivota en portant la main à son épée.

Devlor Bastorran entra, le torse bombé et la démarche arrogante. Il était accompagné par la fusionnée au physique si étrange et par un jeune homme en uniforme.

—Comme c'est bon de te revoir, Caldason, lança le paladin. J'espère que tu as quelques minutes à m'accorder.

Kutch était pétrifié, mais pas à cause du paladin ni de la fusionnée. Son regard était rivé sur le jeune officier, qui le fixait avec une égale stupéfaction.

Caldason tenta de dissimuler sa propre surprise.

—Avec tout le chemin que tu as fait pour me voir, je serais bien grossier de refuser, répliqua-t-il sur un ton désinvolte. Espérons que tu ne seras pas déçu par ta visite.

Bastorran dégaina en grimaçant.

—J'en doute fort.

Alors qu'elle enfilait l'un des nombreux couloirs de la citadelle, Serrah passa devant une porte ouverte et remarqua que quelqu'un avait laissé un plateau de nourriture à l'intérieur. Elle n'avait pas faim, mais se souvenant du conseil de Reeth, elle entra.

Le plateau devait se trouver là depuis deux ou trois jours; la viande et les fruits qu'il contenait avaient l'air douteux. Serrah se contenta d'un morceau de pain dur qu'elle fit descendre avec de l'eau. Les effets de la raje commençaient à se dissiper et elle se sentait affaiblie, mais ce n'était pas le moment de se laisser aller. Elle se força à avaler encore quelques bouchées.

Le brouhaha extérieur s'intensifiait. Bien qu'il soit étouffé par la distance et par l'épaisseur des murs, aucun doute n'était permis : l'assaut final venait de s'engager. Renonçant à manger la croûte desséchée, Serrah se remit en chemin d'un pas plus vif.

Tous les gens qu'elle croisa semblaient pressés, ce qui était bien compréhensible; aucun d'eux ne lui accorda la moindre attention. Elle trouva Kinsel devant la porte des appartements qu'il partageait avec Tanalvah et les enfants.

—Serrah, je suis si content que tu sois là!

Le chanteur était visiblement soulagé de la voir.

—Que se passe-t-il?

—On a promis de nous envoyer un guérisseur, mais personne n'est venu.

—À ta place, je ne compterais pas trop là-dessus, vu ce qui se passe dehors.

—Je sais, et je me sens égoïste de réclamer alors que tout le monde est si occupé à nous défendre. Mais je m'inquiète pour Tan.

—Son état est préoccupant? interrogea Serrah.

—Je n'en sais rien, soupira Kinsel. J'espérais justement qu'un guérisseur pourrait nous le dire. (Il se rapprocha de la jeune femme et baissa la voix.) Même si je commence à croire qu'elle a davantage besoin d'un prêtre que d'un docteur.

—C'est si grave que ça? s'alarma Serrah.

—Non, non, tu ne m'as pas bien compris. C'est juste que le mal qui l'afflige semble plus... spirituel que physique. Autrement dit, je crains pour sa stabilité mentale.

—Je ne l'ai pas beaucoup vue depuis son arrivée, mais c'est vrai qu'elle paraît... très différente. Que s'est-il passé, Kinsel?

—Elle a vécu une période mouvementée à Bhealfa avant de réussir à s'enfuir. Ça, j'en suis certain. Mais elle n'a jamais voulu me donner de détails. En fait, je n'en sais pas plus que toi.

—C'est peut-être à cause du bébé. Souviens-toi que c'est son premier. Certaines mères le vivent mal. Après la naissance, peut-être que...

—Oui, bien sûr. (Kinsel dévisagea la jeune femme comme s'il venait de faire abstraction de ses soucis et la voyait réellement pour la première fois.) Je suis désolée, Serrah, tu dois me trouver terriblement égocentrique. Je ne t'ai même pas demandé comment tu allais.

—Je vais bien.

—Tu en es sûre? Tu as l'air vidée, si je peux me permettre. Qu'est-ce que tu as fabriqué?

—C'est une longue histoire, que je pourrai te raconter à un autre moment. Écoute, la situation est en train de prendre un tour critique là-dehors. C'est pour ça que je suis venue.

—Je sais que nous ne sommes pas très bien placés, mais...

—Ça va empirer. Je suis navrée d'insister, mais je voudrais vraiment que tu me laisses organiser votre transfert.

L'inquiétude palpable du chanteur s'accrut encore.

—Tu avais dit que nous serions en sécurité ici.

—Oui, et vous l'êtes. Mais vous le seriez encore plus au cœur de la citadelle. Ici, vous êtes trop près de l'extérieur.

—À quoi cela servira-t-il? Nous sommes fichus, n'est-ce pas?

—Cette attitude ne risque pas de beaucoup aider Tan. Ni les enfants. Tu proposes quoi comme alternative: abandonner et nous trancher la gorge nous-mêmes ? Tant qu'il y a de la vie, il y a de l'espoir. Accroche-toi à ça.

— C'est tout à fait le genre de choses que j'aurais pu dire autrefois.

— Alors, redeviens le Kinsel d'avant ; ça t'allait beaucoup mieux. (Serrah pressa affectueusement le bras du chanteur, notant au passage combien il était devenu osseux.) Quelque chose viendra à notre secours.

— La Source ? suggéra Kinsel.

— Notre arme secrète ? (Serrah dut ravaler son cynisme pour ne pas annuler les effets de sa petite tirade.) Jusqu'ici, elle ne s'est pas avérée d'une utilité fantastique. Mais elle nous a révélé quelques faits intéressants. (Inutile, estima-t-elle, de perturber Kinsel avec toutes ces histoires de Fondateurs.) Ça aussi, je te le raconterai plus tard.

À condition qu'il y ait un « plus tard », ajouta-t-elle en son for intérieur.

— Quelque chose d'autre me préoccupe, avoua Kinsel.

— Tu trouves que tu n'as pas déjà assez de soucis ? plaisanta Serrah.

— Sérieusement. Je me demande ce que je ferai s'il ne reste plus que moi pour me dresser entre ma famille et les envahisseurs. À quoi me servira mon pacifisme dans une situation pareille ? Comment me permettra-t-il de protéger Tan et les enfants ? Et quand je pense que je laisse les autres se battre à ma place… Je me dis que dans le fond, je ne suis peut-être qu'un lâche.

Le chanteur baissa la tête.

Serrah lui prit doucement le menton et le força à la regarder dans les yeux.

— C'est entre toi et ta conscience, Kinsel. Je sais ce que je ferais à ta place, mais, toi et moi, on ne voit pas précisément le monde de la même façon. Et tu n'es pas un lâche. Jamais je ne pourrai faire ce que tu fais. Tendre l'autre joue, ça réclame beaucoup plus de discipline que je n'en possède. L'un de nous deux doit-il se considérer comme lâche pour autant ?

Kinsel esquissa un sourire reconnaissant.

— Espérons juste que l'ennemi se comportera de manière honorable et fera preuve de miséricorde envers les femmes et les enfants.

— Si on en arrive là, je suis certaine que ce sera le cas, mentit Serrah. Kinsel, le temps presse. Puis-je voir Tan ?

— Bien sûr que oui.

Le chanteur s'écarta pour la laisser passer.

Tanalvah était toujours couchée dans son lit. Son apparence ne s'était guère améliorée depuis la dernière visite de Serrah. Elle avait toujours le teint blême et cireux, et sa respiration était plus faible que jamais. Avec ses yeux clos, elle aurait pu passer pour un cadavre dans la maigre lumière de la chambre.

Il n'y avait aucun signe des enfants. Serrah espéra qu'ils dormaient dans la pièce voisine, derrière la porte fermée.

Sentant la présence de Kinsel et de Serrah avant qu'ils aient fait le moindre bruit, Tanalvah ouvrit les yeux. Malgré les braises de douleur qui couvaient dans ses prunelles, elle sourit à son amant.

— J'ai l'impression de passer ma vie à poser la même question, mais comment vas-tu, Tan ? s'enquit Serrah.

— Je vais bientôt aller mieux, répondit son amie avec une fermeté dont elle n'avait pas fait preuve depuis longtemps.

— Ah, je préfère ça ! se réjouit Kinsel.

— Dès que je me serai confessée et que j'aurai imploré le pardon, acheva Tanalvah.

— Iparrater n'a pas besoin que tu implores, répliqua Serrah. Tu m'as souvent dit que c'était une déesse bienveillante.

— J'ai fait la paix avec elle. J'accepterai tout châtiment qu'elle jugera bon de m'infliger. Non, je pensais à un pardon d'une nature plus terrestre.

— Tu n'as rien fait qui doive être pardonné. Si tu fais allusion à ton ancienne profession, on ne t'a pas tellement laissé le choix, pas vrai ? Allons, Tan. La naissance d'un enfant devrait toujours être un moment joyeux, quoi qu'il puisse se passer d'autre en ce monde tragique.

— Ce sera un moment joyeux pour moi si mon enfant ne naît pas souillé par mon péché. C'est pourquoi je dois tout avouer et…

— Tan ? appela Serrah, alarmée. Tan !

Une grimace tordit le visage de la Qalochienne tandis qu'un spasme parcourait son corps.

Kinsel la fixa anxieusement.

— Qu'y a-t-il, mon amour ?

— C'est… le moment, répondit Tanalvah, les dents serrées.

Une autre convulsion la parcourut.

— Elle a raison, acquiesça Serrah. Ce sont des contractions.

— Il nous faut un guérisseur, paniqua Kinsel.

— Ils sont tous occupés.

— Dans ce cas, il va falloir qu'on s'en charge nous-mêmes. Serrah, tu…

— Parce que je suis une femme, je suis forcément qualifiée pour en accoucher une autre, c'est ça ?

— Elle n'a personne d'autre que nous.

— Et merde !

Serrah se sentait à la fois effrayée et honteuse. Elle voulait vraiment rejoindre Caldason. Et, pour être honnête, retourner là où il y avait de l'action. Comme quoi, les effets de la raje ne devaient pas s'être totalement dissipés.

— Apporte des serviettes et de l'eau chaude, ordonna-t-elle. (Tandis que Kinsel s'éloignait, elle cria :) Et débrouille-toi pour que les enfants ne nous dérangent pas !

— Ça ne me paraît pas très équilibré comme combat, dit Caldason, son regard passant du paladin à la fusionnée et au jeune officier.

— Ils ont reçu l'ordre de me laisser faire, annonça Bastorran.

— Alors, c'est encore plus déséquilibré pour toi, grimaça Caldason.

— Je vais adorer réduire ta grande gueule au silence.

— Pour ça, il faudrait peut-être que tu commences par fermer la tienne et par te mettre au boulot.

Kutch fixait toujours le jeune officier, bouche bée, tandis que Wendah observait Kutch d'un air perplexe.

Mordant à l'hameçon, Bastorran leva son épée et se jeta sur Caldason. Leurs lames s'entrechoquèrent avec un tintement qui résonna dans l'écurie vide.

L'échange initial de coups et de parades aurait dû déterminer lequel des adversaires dominerait le duel. Il se borna à révéler qu'ils étaient aussi bons l'un que l'autre. Mais il rappela à Caldason une remarque qu'il s'était faite durant leur affrontement précédent. Si Bastorran et lui se valaient en termes de prouesses martiales, leur style différait grandement. Comme tous les paladins, Bastorran avait été formé dans la tradition classique. Caldason, en revanche, ne suivait aucune méthode précise. Il s'en remettait davantage à son instinct qu'aux combinaisons standard et aux enchaînements préconisés par les manuels.

Cependant, « classique » ne signifiait pas nécessairement « courtoise ». L'escrime telle que la pratiquait le paladin était aussi dangereuse que les actions du plus infâme mécréant de basse extraction. Bastorran maniait son épée avec grâce, voire une certaine élégance, mais son but restait de la plonger dans le ventre de son adversaire.

— Ce n'est pas si facile cette fois, hein, Caldason ? railla-t-il. Pas de chariot lancé à toute allure duquel me jeter. Pas de gang de traîtres pour venir à ton secours.

— Et tu as eu la bonté de n'emmener que deux personnes en renfort. Ou devrais-je dire trois, en comptant ta grotesque associée ?

Du menton, Caldason désigna Aphri Kordenza, qui montait la garde sur le seuil de l'écurie. La fusionnée le foudroya du regard.

Bastorran repassa à l'attaque. Ils échangèrent une nouvelle série de bottes, chacun d'eux testant les défenses de l'autre et cherchant une brèche dans sa garde. Mais la force de leurs coups croissait de manière inversement proportionnelle à la rapidité de leurs mouvements. La plupart des duels étaient affaires brèves et intenses, rapidement résolues dans une flambée de passion. Quand deux adversaires de talent égal croisaient le fer, l'endurance était souvent le facteur décisif.

Souhaitant éviter que l'affrontement traîne en longueur, Caldason déploya un regain de vigueur dans l'espoir d'en terminer au plus vite. Bastorran tenta de l'imiter et, pour la première fois, il n'y parvint pas tout à fait.

Tandis qu'ils continuaient à se battre, Caldason jeta un coup d'œil au jeune officier qui demeurait à l'écart, les bras ballants comme un simple observateur. Il était sans doute là pour empêcher Kutch et Wendah d'intervenir – même s'il n'avait pas tiré son épée. En fait, Caldason crut le voir adresser un clin d'œil à Kutch. Mais non, c'était absurde, se raisonna-t-il.

Le duel bascula à nouveau dans la frénésie. Attaques, parades, coups portés et contrés s'enchaînaient à une vitesse étourdissante. Aucun des deux hommes ne voulait céder, mais Bastorran ne pouvait plus dissimuler sa fatigue grandissante. Il luttait de plus en plus pour placer ses bottes et bloquer les ripostes du Qalochien.

Il s'était vanté de pouvoir vaincre Caldason seul ; dans la réalité, cet exploit s'avérait hors de sa portée. Son regard parla pour lui, envoyant un signal au jeune officier et à Aphri Kordenza.

Ce fut un signal subtil, mais qui n'échappa pas à Kutch. Le jeune officier demeura immobile, comme s'il n'avait pas capté l'appel de son supérieur. De toute façon, Kutch ne s'intéressait plus à lui. Son attention était entièrement concentrée sur Aphri Kordenza, qui s'apprêtait à bondir.

Quand elle se dandina d'un pied sur l'autre pour s'échauffer, Kutch remarqua quelque chose d'étrange : une lueur sous son talon gauche chaque fois que celui-ci décollait du sol. De couleur violette, cette lueur semblait avoir une consistance visqueuse. Des filaments incandescents, pareils à des éclairs miniatures, couraient entre le pied de la fusionnée et le sol.

Kutch était capable de reconnaître de la magie quand on la lui mettait sous le nez. Et grâce à son talent de détecteur, il pouvait même en sonder les profondeurs. Wendah suivit la direction de son regard et sursauta. Elle aussi, elle avait vu.

Glissant une main à l'intérieur de son manteau, Kutch tripota le manche de la dague que Serrah lui avait donnée juste avant leur départ de Bhealfa. La jeune femme avait semblé ne plus s'en souvenir, mais il l'avait toujours gardée sur lui depuis lors. Comme la plupart des armes, elle l'effrayait – mais ce qu'il décelait chez la fusionnée l'effrayait plus encore.

Caldason et Bastorran s'affrontaient toujours. Le paladin luttait avec l'énergie du désespoir ; ses coups devenaient de plus en plus désordonnés, de moins en moins précis. Pourtant, il avait encore des éclairs de génie. Il réussit à enchaîner une série de bottes et de feintes qui prirent Caldason à contre-pied. L'espace d'une seconde, tout fut possible.

Ce fut le moment que Kordenza choisit pour intervenir. Elle bougea si vite qu'elle prit Kutch au dépourvu – mais pas Wendah. La jeune fille saisit une poignée de minuscules billes vertes dans sa poche et les jeta aux pieds de la fusionnée, où elles explosèrent bruyamment. Les pétards enchantés étaient des glamours mineurs, à peine plus dangereux que des jouets, mais ils faisaient un raffut impressionnant.

Caldason et Bastorran furent sans doute aussi surpris que les autres, mais, en combattants aguerris, ils ne se laissèrent pas distraire de leur duel. Kordenza, en revanche, recula précipitamment, l'air ébahie.

Wendah avait réagi instinctivement. Son geste avait empêché Kordenza de venir en aide à Bastorran, mais il avait également provoqué le courroux de la fusionnée. Le visage tordu par un rictus haineux, celle-ci marcha sur la jeune fille et lui assena un revers brutal, assez violent pour la renverser. Puis elle tira son épée.

Kutch s'interposa, brandissant sa dague d'une main tremblante.

— Fichez-lui la paix.

Kordenza ricana.

— Tu crois pouvoir me tenir tête, petit morveux ? C'est ce que nous allons voir.

Elle fit mine de lever son épée, mais une autre lame bloqua la sienne. C'était celle du jeune officier silencieux.

— Comment oses-tu retenir mon bras ? s'emporta Kordenza. De quel côté es-tu ?

— Certainement pas du vôtre, répondit le jeune homme, prenant la parole pour la première fois. Si vous voulez Kutch, il faudra d'abord me passer sur le corps.

— Très volontiers.

Leurs épées s'entrechoquèrent, et un autre duel s'engagea.

— Qu'est-ce que tu fiches, Meakin ? glapit Bastorran.

— Apparemment, tu n'inspires pas autant de loyauté que tu le pensais, commenta Caldason sur un ton moqueur.

Ils continuèrent à se battre.

Agrippant toujours sa dague, Kutch s'écarta des quatre belligérants et aida Wendah à se relever. La jeune fille avait la lèvre fendue, et elle semblait secouée, mais pas gravement blessée. Il la serra contre lui en un geste protecteur.

Meakin s'était choisi une adversaire bien supérieure à lui. Mais pour quelqu'un qui se savait face à un assassin professionnel, il affronta Kordenza avec bravoure. La fusionnée décida de pousser son avantage. Reculant de quelques pas, elle entama le répugnant processus qui lui permettait de libérer son jumeau.

— Ne la laisse pas faire ! cria Kutch, qui avait vu ce qu'était cette femme et ce qu'elle pouvait devenir.

Meakin s'élança, esquiva l'épée de Kordenza et l'enveloppa d'une étreinte d'ours. Luttant l'un contre l'autre, ils s'écroulèrent sur le sol.

Cette distraction survint à un très mauvais moment pour Caldason. Le Qalochien dévia une attaque de manière un peu brouillonne, puis une seconde selon un angle malcommode. L'impact fit sauter son épée de sa main. L'arme retomba un peu plus loin et se planta, frémissante, dans la terre battue de l'écurie. Il plongea vers elle, s'étalant de tout son long et la manquant de quelques centimètres.

Bastorran était plus près. D'un coup de pied méprisant, il envoya l'épée au loin. L'arme rebondit plusieurs fois avant de s'immobiliser hors de portée de Caldason. Et ce jour-là, le Qalochien n'en avait pas pris d'autre.

Il était à la merci du paladin. Bastorran le toisa en levant sa propre épée pour lui porter le coup fatal.

— Tu ne peux pas savoir combien j'ai attendu cet instant, ricana-t-il, marquant une pause pour savourer son triomphe.

Le sang de Caldason lui martelait les tempes. Kutch cria quelque chose – peut-être : « Ton épée, Reeth ! ». Le Qalochien jeta un coup d'œil à son arme. Si proche, et néanmoins trop loin pour lui être d'un quelconque secours.

Bastorran brandit sa lame.

Wendah poussa un petit cri horrifié.

Le regard de Caldason revint vers son épée. Un désir indescriptiblement fort le submergea.

L'épée bougea. Quelques tressaillements l'agitèrent comme si une main invisible s'efforçait maladroitement de la saisir. Puis elle fusa dans les airs, aussi droit qu'une flèche, et atterrit poignée la première dans la main tendue de Caldason.

Bastorran avait observé la scène sans bouger, comme pétrifié par la stupéfaction.

Caldason profita de cette ouverture pour porter une attaque vers le haut. Sa lame plongea dans l'abdomen du paladin, et il la sentit s'enfoncer profondément. Il la dégagea et s'apprêta à frapper une seconde fois tandis qu'un flot écarlate jaillissait de la plaie.

Le paladin affichait une expression mi-incrédule, mi-abasourdie. Une expression peu flatteuse pour la Destinée qui, au dernier moment, le privait d'une douce victoire pour lui infliger une défaite absolue. Son épée lui échappa. Son sang se déversa à plus gros bouillons. Il s'écroula.

Caldason était hébété. À la façon dont il la fixait, l'arme dans sa main aurait aussi bien pu être une vipère.

Il y eut un bruit de course derrière lui. Kordenza s'était élancée vers la porte, sa cape flottant dans son dos. Meakin se releva d'un bond comme pour lui donner la chasse.

— Laisse-la partir ! aboya Caldason.

De son point de vue, le jeune homme avait déjà eu de la chance de survivre à une rencontre avec la fusionnée. Une seconde pourrait bien s'avérer fatale.

Le jeune officier obéit. Il reporta son attention sur Kutch. Tous deux s'approchèrent l'un de l'autre et s'étreignirent avec chaleur.

Le monde devenait de plus en plus fou, songea Caldason. En se redressant, il demanda :

— Kutch, qui est-ce ?

L'apprenti sorcier se tourna vers son ami. Des larmes brillaient dans ses yeux.

— C'est Varee, Reeth. Mon frère.

— Ton quoi ?

— C'est vrai, acquiesça le jeune officier en souriant. Kutch est mon cadet, et nous ne nous étions pas vus depuis longtemps. Si longtemps, en fait, que je le croyais mort.

— Et moi, je craignais que tu le sois, dit Kutch d'une voix brisée par l'émotion.

— Varee Pirathon ? Bastorran t'a appelé autrement, objecta Caldason.

— Meakin. Lahon Meakin. C'est sous ce nom que je le servais comme aide de camp depuis six mois.

— Il va falloir que tu nous expliques ça, mon garçon. (Les bruits de combat à l'extérieur rappelèrent au Qalochien qu'ils avaient des préoccupations plus urgentes.) Mais pas maintenant. Plus tard, si nous sommes toujours en vie.

— Tu n'as pas à te méfier de lui, Reeth, protesta Kutch. C'est mon frère. Tu as bien vu de quelle façon il a attaqué la fusionnée.

— Pour cela au moins, je te dois des remerciements, Varee, concéda Caldason. (Il reporta son attention sur Kutch et sur Wendah.) Et à vous deux aussi.

— Oublie ça, répliqua Kutch, tout excité. Comment as-tu conjuré cette magie ? C'était fabuleux, Reeth !

— Non. Non, je n'ai rien fait, se défendit Caldason. C'était un accident, un… En fait, c'était toi, pas vrai, Kutch ? Ou toi, Wendah ?

Les deux jeunes gens secouèrent la tête avec un bel ensemble.

— Aucun de nous n'en aurait été capable, l'informa Wendah.

— C'était toi, Reeth, ajouta Kutch. Tu as ça dans le sang. Ton sang de Fondateur.

Caldason était horrifié. Il se remit à examiner son épée.

Varee semblait totalement perdu.

— Ne t'inquiète pas, je t'expliquerai, promit Kutch avec une compassion toute fraternelle. Même si ça risque d'être très long.

— Je connais une partie de l'histoire. J'ai tenté d'aider votre cause à ma façon. Et je veux continuer.

— Alors, débarrasse-toi de cet uniforme, conseilla Caldason en se ressaisissant. Là-dehors, il y a plusieurs centaines de résistants qui n'attendent qu'une occasion de le cribler de flèches.

— Bien volontiers.

L'aîné des Pirathon ôta sa tunique, révélant la chemise ordinaire qu'il portait en dessous. Kutch le regarda faire avec adoration. Wendah semblait contente pour lui.

—La bataille est loin d'être terminée, leur rappela sobrement Caldason. Sans parler de la fusionnée qui doit toujours rôder dans les parages. Sortons d'ici en ordre, et gardez vos armes à portée de main. Kutch, Wendah, restez l'un près de l'autre.

Ils contournèrent le cadavre de Bastorran et se dirigèrent vers la porte. En chemin, Varee ramassa un plaid abandonné et le drapa autour de ses épaules pour se protéger du froid.

Dehors, l'agitation s'était beaucoup calmée. L'envahisseur avait été repoussé, de justesse et au prix d'un important nombre de morts. Les défenseurs s'occupaient des derniers groupes de soldats impériaux, qu'ils forçaient à s'enfuir par les portes défoncées ou en escaladant le mur d'enceinte. Kordenza n'était en vue nulle part.

Caldason ne cessait de penser à ce qui venait d'arriver avec son épée et à ce que Kutch avait dit à ce propos. Il pressa le pas, laissant derrière lui Wendah et les deux frères fort occupés à discuter entre eux.

Darrok piqua vers lui avec son disque volant.

—C'est bon de te revoir, Reeth.

Caldason lui rendit son salut distraitement.

—Merci d'avoir sauvé celle que j'aime, ajouta Darrok avec chaleur. (Avant que le Qalochien puisse répondre, il tendit un doigt.) Regarde ça.

Il désignait un cadavre à demi immergé dans un abreuvoir. L'homme portait une tenue de pirate.

—Encore des hommes de Vance qui se sont rangés du côté des empires.

De toute évidence, cela le turlupinait.

—Il faut absolument faire quelque chose pour y remédier, railla Caldason.

Mais Darrok était d'humeur à prendre son sarcasme au pied de la lettre.

—Tu l'as dit! Et vu la dette que j'ai envers ce porc, c'est moi qui vais m'en charger.

Caldason continua à marcher, laissant Darrok contempler son dos quelques secondes avant de s'éloigner sur son disque. Il se dirigea vers l'un des murs, près duquel il ne restait plus un seul envahisseur, et regarda par une meurtrière. Les soldats que les défenseurs venaient de chasser se dirigeaient au pas de course vers l'armée qui se massait dans la plaine : une force plus importante que la population entière de l'île de Diamant, et qui ne cessait de grossir. Caldason réalisa que tout ce qui s'était passé jusque-là n'avait été qu'un avant-goût de la véritable bataille.

Wendah le rejoignit.

—Ils veulent être ensemble, expliqua-t-elle sans la moindre rancœur. Ils n'ont pas besoin de moi. (Elle balaya la plaine du regard.) Ça se présente mal, hein ?

Caldason acquiesça. Il pensait à Serrah. Il ne voulait plus qu'une chose : être avec elle. Et il n'allait pas se priver de ce plaisir.

—Vous avez le pouvoir, lui rappela Wendah. Utilisez-le pour nous aider.

Caldason allait nier quand il s'entendit répliquer :

—Je ne sais pas comment faire.

32

Ç'avait été bouleversant, à la fois effrayant et merveilleux, et ce n'était pas encore fini. La raje refluait lentement de l'organisme de Serrah – trop lentement au goût de cette dernière, qui se serait bien passée des effets de la drogue pendant qu'elle jouait les sages-femmes. Mais le bébé de Tanalvah était né. C'était un garçon, apparemment en parfaite santé.

On ne pouvait pas en dire autant de sa mère.

L'accouchement avait été long et difficile. Tanalvah manquait d'endurance et, semblait-il, de la volonté nécessaire pour mener le travail à bien. Kinsel et Serrah avaient dû lui rappeler que la santé de son enfant était en jeu ; alors seulement, les choses s'étaient un peu améliorées. Mais cette épreuve avait terriblement affaibli la Qalochienne. Elle avait dû la traverser sans autre calmant que quelques gorgées de brandy, et elle avait perdu beaucoup de sang. Même si Serrah et Kinsel l'avaient soulagée de leur mieux en l'absence d'une personne compétente, elle était loin d'aller bien.

Par chance, le spectacle de ses souffrances avait été épargné à Teg et à Lirrin, Kinsel ayant réussi à persuader une vieille femme de les garder dans ses appartements tout proches.

L'expérience avait été d'autant plus surréaliste que les envahisseurs pouvaient faire irruption à tout moment. Le fracas des combats et de la destruction avait servi de toile de fond sonore au travail de Tanalvah. Mais à présent, la déesse en soit remerciée, les choses s'étaient considérablement calmées, même si chacun savait que ce n'était que le calme avant la tempête.

Dès que l'enfant était venu au monde, Serrah l'avait emmené dans le petit lavoir attenant à l'appartement pour vérifier qu'il était en bonne santé. Dans le cas contraire, elle ne voulait pas le constater devant Tanalvah, qui était déjà bien assez affectée. À présent, elle baignait le nourrisson. Cela lui rappelait de doux souvenirs d'Eithne quand elle était bébé – et d'autres souvenirs moins plaisants.

Kinsel entra depuis la chambre dans laquelle Tanalvah se reposait. Des émotions mélangées se lisaient sur son visage, mais dès l'instant où son regard se posa sur le petit garçon, ses yeux s'embuèrent.

— Il va bien ?

— Il en a tout l'air.

— Je ne sais pas comment te remercier, Serrah. Sans toi…

— Oublie ça. (La jeune femme désigna le poupon langé de frais qu'elle tenait contre elle.) Ça en valait la peine.

— Tan veut le voir.

— Tant mieux. Le contraire m'inquiéterait. De toute façon, j'avais terminé. Pas vrai, mon cœur ? roucoula-t-elle en souriant au bébé. Tiens, va voir papa.

— Oh !

Kinsel prit l'enfant comme s'il était en porcelaine et le fixa d'un air ravi.

— Toi, tu es bien un homme, le taquina Serrah. Ne crains rien, il ne va pas se casser.

Le sourire du chanteur s'évanouit.

— Je ne suis pas certain qu'on puisse en dire autant de Tan.

— Son état ne s'améliore pas ?

— Je crois même qu'il empire. Son état mental, je veux dire.

— Son état physique n'est pas terrible non plus. Quand j'ai pu l'examiner de près, j'ai été choquée de voir à quel point elle s'était négligée. J'espère que nous parviendrons à trouver un guérisseur ce matin, et…

— Non, coupa Kinsel, visiblement troublé. Je veux dire, si, son état physique m'inquiète – évidemment. Mais pour l'instant, je suis plus préoccupé par certains de ses propos.

— C'est vrai qu'elle a raconté pas mal de choses dénuées de sens ces derniers temps. Mais il est fort probable qu'elle soit fiévreuse après ce qu'elle vient de subir.

— Je ne pense pas que ce soit seulement ça. Il s'agit d'un problème plus spécifique.

— Tu parles de son obsession de se confesser ?

— Oui. Je commence à croire qu'elle a vraiment un aveu à faire, et que ça la ronge de l'intérieur.

— Nous savons déjà que Tan a tué un client violent à Rintarah. Mais elle n'a aucune raison de culpabiliser pour ça : c'était de la légitime défense.

— Ce n'est pas à ça qu'elle fait allusion.

— Alors, à quoi ?

Le bébé se mit à pleurer.

— Il a les poumons de son papa, commenta Serrah. Tout va bien, il a juste besoin de téter. Mais je ne crois pas que Tan soit en état de lui donner le sein. J'ai du lait ici. On n'a qu'à le lui réchauffer.

— Je m'en occupe et je te l'apporte.

— Tu es sûr ?

— Je suis papa maintenant. Il faut que j'apprenne ces choses-là. Tiens. (Kinsel lui rendit l'enfant.) Je crois que tu ferais mieux d'y retourner.

Dans les bras de Serrah, le bébé se calma presque immédiatement.

Tanalvah était aussi blanche que les draps propres avec lesquels Kinsel avait refait son lit. Mais à la vue du nourrisson, son visage s'éclaira.

— Le voici, annonça Serrah sur un ton guilleret pour tenter de détendre l'atmosphère.

— Il va bien ?

— C'est un beau petit garçon en parfaite santé, Tan. Tu veux le prendre ?

Avec mille précautions, elle le déposa dans les bras de son amie.

Tanalvah scruta le visage de son fils avec toute l'adoration d'une jeune maman, mais une tristesse évidente se mêlait à son expression. Elle embrassa le bébé et lui murmura des mots doux.

Kinsel arriva avec le lait tiède. Il l'avait versé dans un flacon en poterie avec une tétine faite d'un écheveau de laine spongieuse.

— Voyons voir ça. (Serrah secoua le flacon et fit tomber quelques gouttes de lait sur le dos de son autre main. La tétine improvisée fonctionnait assez bien.) Parfait. Et ce n'est pas trop chaud. Je sens que tu vas être doué pour tout ça.

Afin de laisser un peu d'intimité aux nouveaux parents, Serrah se retira dans le lavoir. Là, elle saisit un broc d'eau à température ambiante et en versa le contenu dans une cuvette pour se laver la figure. Elle était épuisée. Le manque de sommeil, le contrecoup de la raje et une énorme dépense d'énergie émotionnelle auraient mis n'importe qui à plat. Mais elle osait espérer que l'état de

Tan s'améliorerait maintenant que son amie avait son bébé auquel se raccrocher.

Elle était en train de se sécher quand Kinsel la rejoignit.

— Tu peux venir, s'il te plaît ? J'ai besoin de toi.

Sa voix et son expression n'admettaient aucune réplique. Serrah laissa tomber sa serviette et le suivit.

Tanalvah tenait toujours le bébé, mais elle tentait de l'écarter d'elle. Physiquement, elle semblait beaucoup plus mal en point que dix minutes auparavant.

— Que se passe-t-il ? interrogea Serrah. Tu es fatiguée ?

Question idiote. Tanalvah était de toute évidence à bout de forces. Mais le problème ne se situait pas là, comprit-elle intuitivement.

— Je ne le mérite pas, chuchota son amie. Je suis indigne de lui.

— Tu… quoi ?

— Tu penseras la même chose quand tu sauras.

Serrah voyait que Tan se fatiguait à tenir le bébé à bout de bras, sans compter que toute cette agitation était très mauvaise pour elle. Aussi lui prit-elle l'enfant pour le tendre à Kinsel, qui alla le déposer dans le berceau que quelqu'un leur avait trouvé.

Pendant ce temps, Serrah se percha sur le lit de son amie.

— C'est quoi, cette histoire ? Pourquoi serais-tu indigne de ton fils, pour l'amour des dieux ?

— C'est comme ça. Je ne veux pas le souiller plus que je ne l'ai déjà fait.

— Écoute, Tan, je sais que certaines mères se sentent déprimées après leur accouchement, mais ça finit toujours par passer. Tu ne vas pas souiller ton fils ; tu vas juste l'aimer.

Tanalvah éclata d'un rire qui n'avait rien de joyeux ni d'amusé. C'était un rire faible, cynique, désespéré.

— Tu ne me chercherais pas d'excuses si tu savais…

— Si je savais quoi, à la fin ? (Serrah était assez fatiguée pour devenir irritable et, malgré toute la compassion qu'elle éprouvait pour son amie, ça commençait à se sentir.) Tu ne cesses d'insinuer des choses, mais tu ne nous expliques rien. Qu'as-tu fait de si terrible ? Dis-le-nous, et laisse-nous décider par nous-mêmes si c'est vraiment affreux ou pas.

— C'est à propos de la Grande Trahison, dit Tanalvah d'une voix très basse, presque un murmure.

— T'est-il arrivé quelque chose durant cette période, ma chérie ? s'enquit gentiment Kinsel. Quelque chose de tragique ?

— On peut dire ça comme ça. (Le regard de Tan se posa sur Serrah.) Tu as juré de tuer le traître, pas vrai ?

— Et comment !

— Alors, vas-y !

— Je ne comprends pas.

— Je te donne une occasion de tenir ta promesse.

— Karr m'a dit qu'ils avaient soupçonné un certain Mijar Kayne, intervint Kinsel.

— Un frère de la Juste Lame, acquiesça Tan. Il est censé être mort.

— Mais si tu as des informations sur lui, dit Serrah sur un ton pressant, si tu l'as croisé quelque part ou…

— Écoutez-moi, réclama Tanalvah. Tous les deux. Le traître, c'est moi.

Il y eut un instant de silence, puis Kinsel lâcha :

— Si c'est une plaisanterie, elle est d'assez mauvais goût, ma chérie.

— Le traître, c'est moi, répéta obstinément Tan.

Serrah et Kinsel échangèrent un regard inquiet.

— Pourquoi aurais-tu fait une chose pareille ? interrogea le chanteur.

— Pour toi, mon amour, et pour les enfants. Pour notre famille. Je pensais sauver des vies, pas provoquer des morts.

Une quinte de toux saisit Tanalvah. Kinsel porta un verre d'eau à ses lèvres et, d'une main posée dans sa nuque, lui souleva la tête pour la faire boire.

— Comment as-tu fait ? voulut savoir Serrah.

— Je suis allée voir les clans. On a fini par me conduire à Devlor Bastorran. Je lui ai donné quelques bribes d'informations, juste pour lui prouver que j'avais réellement des liens avec la Résistance. Il n'en a pas fallu beaucoup pour le persuader.

— Qu'espérais-tu obtenir en échange ?

— Kinsel. Je voulais qu'on le ramène des galères, et Bastorran disait que c'était en son pouvoir. Il m'a promis qu'il ne serait fait de mal à personne si je lui indiquais les cachettes de la Résistance. Alors, je lui ai révélé tout ce que je savais. Mais il mentait.

— Tu ne pensais quand même pas qu'il allait tenir parole ?

— Une minute, Serrah, interrompit Kinsel. Ne me dis pas que tu prends ça au sérieux !

La jeune femme garda le silence. Son instinct lui commandait de répondre : « Bien sûr que non. Tan ne ferait jamais une chose pareille. » Pourtant, elle commençait à penser l'impensable.

— Allons, implora Kinsel. C'est juste une crise d'hystérie… ou quelque chose comme ça.

— C'était une terrible, terrible erreur, souffla Tanalvah. Et je brûlerai en enfer pour ça.

L'ombre d'une immense lassitude s'étendait sur son visage.

— Tu nous demandes de croire quelque chose d'incroyable, fit remarquer Serrah.

— Ne serait-ce pas encore plus incroyable que j'invente une histoire pareille ? répliqua Tan.

Serrah était à deux doigts de se laisser convaincre, mais il restait encore une possibilité.

— Tu as été malade, et soumise à une énorme pression. Comment savoir si ce n'est pas du pur délire ?

— Ce n'est pas du délire, mais la confession d'une mourante, répondit calmement Tanalvah.

— Sornettes ! protesta Kinsel sans grande conviction. Tu es très fatiguée pour le moment, mais tu vas te rétablir. Pas vrai, Serrah ?

Impulsivement, Serrah tendit la main vers le drap qui recouvrait Tanalvah. Celle-ci ne fit pas mine de l'arrêter. Leurs regards se croisèrent, et dans les yeux de la Qalochienne, Serrah retrouva un peu de son ancienne amie. D'un geste vif, elle rabattit le drap.

— Par les dieux, non ! hoqueta Kinsel.

Involontairement, il détourna la tête.

Le matelas était imbibé de sang, tout comme la chemise de nuit de Tanalvah. Serrah écarquilla des yeux horrifiés. Elle ne savait pas quoi faire, par où commencer.

— Maintenant, vous me croyez ? chuchota Tanalvah d'une voix rauque.

— Tu ne nous as rien dit. Si tu nous avais prévenus que tu avais recommencé à saigner, nous aurions pu t'aider. Misère, Tan, nous étions en train de te parler, et pendant tout ce temps, tu…

— Plus personne ne peut m'aider en ce monde.

Les forces de la jeune femme l'abandonnaient.

— Il faut aller chercher un guérisseur, dit Kinsel.

— Kinsel…

— Ne me regarde pas comme ça, Serrah. Qu'est-ce que tu y connais ? Tu n'es pas médecin.

— Non, mais je suis une guerrière. Je sais combien de sang peut se permettre de perdre un corps humain.

— Nous ne pouvons pas la laisser…

— Kinsel, souffla Tanalvah.

Le chanteur s'agenouilla près d'elle, prit sa main et la porta à ses lèvres.

— Mon amour.

— Je suis désolée.

— En ce qui me concerne, tu n'as pas de raison de l'être.

— Tu es l'homme le plus merveilleux dont une femme puisse rêver. Je chéris chaque moment que nous avons passé ensemble. Transmets mon amour à Lirrin et au petit Teg. Fais en sorte qu'ils ne me détestent pas trop en grandissant.

— Ça, je peux te le promettre.

— Pardonne-moi, Kin.

— Je te pardonne. Je te pardonne et je t'aime. Je t'aime… tant.

Kinsel laissa libre cours à ses larmes.

Le regard de Tanalvah se fit vague, comme si elle contemplait une scène que les deux autres ne pouvaient voir. Puis elle articula très distinctement :

— Pardonne-moi, Serrah. Pardonne-moi au moins d'avoir été stupide.

Serrah ne réagit pas. Kinsel leva les yeux vers elle.

— Elle n'a plus beaucoup de temps, dit-il sur un ton suppliant.

— Je sais.

— Fais cette dernière chose pour elle, Serrah. S'il te plaît.

— Mon amie, ta compagne, est responsable de la mort d'innombrables personnes que nous connaissions, et tu voudrais que je lui pardonne ?

— Essaie d'imaginer ce que je ressens. Elle l'a fait pour moi. (Le chanteur suffoquait presque.) Les souffrances de tous ces gens ne peuvent pas être effacées. Rendre la mort de Tan encore plus pénible ne les ramènera pas. (De grosses larmes ruisselaient sur ses joues.) Nous n'avons que bien peu de pouvoir en ce monde. La seule chose dont nous disposions réellement, c'est notre pardon.

— C'est dur. Je hais ce traître depuis si longtemps. Je m'étais promis qu'il mourrait si je lui mettais la main dessus. Alors, découvrir que c'était…

Serrah enfouit son visage dans ses mains et se mit à pleurer elle aussi.

— Je sais, dit Kinsel. Mais au risque de me répéter : nous n'avons qu'une seule chose significative à lui donner.

Serrah acquiesça en reniflant. Puis elle s'agenouilla à côté de lui.

— Tan ? Tan ?

Les yeux de la Qalochienne s'étaient fermés. Elle les rouvrit avec difficulté. Reconnaissant son amie, elle sourit faiblement.

— Ne pleure pas. Assez de larmes ont déjà coulé par ma faute. (Avec quelque appréhension, elle demanda :) M'accordes-tu ton pardon ?

— Je ne peux pas te donner l'absolution. C'est réservé à une autorité supérieure. Mais je... Oui, je te pardonne.

Tanalvah reporta son attention sur Kinsel, et son sourire s'élargit. Aucun d'eux ne dit rien.

La lumière s'estompa des yeux de la jeune femme. Kinsel se pencha en avant et l'embrassa sur les lèvres. Quand il se redressa, elle était morte.

Serrah et lui restèrent à genoux près du lit pendant ce qui leur parut une éternité. Jusqu'à ce que le bébé se mette à pleurer.

Le chagrin avait cédé la place à une forme d'engourdissement hébété, et Serrah faisait de son mieux pour aider Kinsel à s'organiser. Le chanteur était effondré ; un instant, elle fut saisie par la peur irrationnelle qu'il se suicide afin de rejoindre sa bien-aimée. Mais la seule mention des enfants suffit à raffermir sa volonté.

Serrah songea combien ça allait être difficile pour Teg et Lirrin. Ils avaient déjà perdu leur mère naturelle – et maintenant, leur mère adoptive. Pour la seconde fois de leur courte existence, on allait leur annoncer une nouvelle qui leur briserait le cœur. Serrah n'enviait vraiment pas Kinsel.

Elle le réconforta en lui disant qu'à tout le moins, ses enfants avaient un père adorable qui les aimait tendrement. Tous deux passèrent sous silence le fait que cela aussi serait probablement remis en cause quand les armées impériales s'empareraient de l'île.

Serrah dénicha, pour Kinsel et pour sa petite famille, de nouveaux quartiers d'habitation dans les profondeurs de la citadelle. Les pièces n'étaient pas aussi grandes que celles de leur appartement précédent, mais l'organisation était plus communautaire, et ils seraient entourés de gens qui pourraient les aider. Sans compter qu'ils seraient beaucoup plus en sécurité.

Serrah prit ses dispositions pour qu'on conduise Teg et Lirrin sur place. Puis elle y accompagna le chanteur – lui portant deux sacoches d'effets personnels, elle se chargeant du bébé. Elle le laissa avec les enfants tout excités par l'arrivée de leur petit frère, avant que leur joie se change en larmes quand ils apprendraient le prix de sa naissance.

Elle avait promis à Kinsel de retourner auprès de Tanalvah pour disposer son corps correctement, puis d'essayer de trouver un prêtre et d'organiser des funérailles – même si cela ne s'annonçait pas facile au beau milieu d'une guerre. Ceci mis à part, il restait encore quelques affaires que le chanteur voulait récupérer et qu'il n'avait pas le courage d'aller chercher lui-même.

Serrah pensait à tout cela en enfilant les interminables couloirs de la citadelle. Et à Reeth, bien sûr. Il lui semblait qu'elle ne l'avait pas vu depuis une éternité. Elle savait qu'il était capable de prendre soin de lui et ne craignait donc pas vraiment pour sa vie, mais elle brûlait de le revoir.

Ce fut sa dernière pensée cohérente pendant un bon moment.

Comme elle atteignait le secteur dans lequel se trouvait l'ancien appartement de Tan et de Kinsel, près d'un des murs extérieurs de la citadelle mais encore à une bonne distance de marche, elle franchit le coin fatal.

Elle ne s'était pas plus tôt engagée dans un nouveau couloir que celui-ci fut irradié, d'un bout à l'autre, par un éclair de lumière aveuglante, suivi presque immédiatement par une déflagration à crever les tympans.

Le plancher se cabra telle une créature vivante. Des portes explosèrent ; des fenêtres se brisèrent ; des lustres tombèrent. Des briques et du bois volèrent dans toutes les directions. Un nuage de fumée étouffante envahit l'atmosphère. Puis le plafond s'effondra.

Quelque chose – une pluie de « quelque chose » – s'abattit sur Serrah. La jeune femme finit sur le dos, incapable de bouger, clouée à terre par un poids presque insupportable. En l'espace d'un clin d'œil, toutes ses craintes de se retrouver prisonnière d'un endroit exigu se changèrent en une atroce réalité. Mais l'esprit est une chose étrange et merveilleuse, et il ne l'est jamais autant qu'en des situations extrêmes. Au lieu de laisser la panique l'envahir, celui de Serrah se focalisa sur une question : *Selon toi, à qui la Résistance a-t-elle bien pu emprunter l'idée du sang de dragon ?*

La supposition de Serrah était correcte. Dans la plaine et au sommet de quelques collines basses des alentours, les envahisseurs avaient disposé des catapultes géantes et d'énormes canons à glamours. Ils bombardaient les défenseurs avec un mélange de pierres grosses comme des maisons et de munitions magiques. C'était l'une de ces dernières qui avait frappé la partie de la citadelle dans laquelle se trouvait Serrah.

Caldason s'élança vers le corps de bâtiment principal sans prêter aucune attention à ceux qui se dressaient sur son chemin. Loin derrière lui, Kutch et Wendah s'efforçaient de le suivre, main dans la main. Autour d'eux, d'énormes projectiles défonçaient des toits ou écrasaient des insulaires en fuite. Les boulets enchantés pleuvaient comme de la grêle, répandant leur fléau de feu, de vitriol et de gaz toxiques.

À l'intérieur, des gens s'agitaient frénétiquement pour déblayer les décombres et en extraire les blessés. Plusieurs cadavres gisaient en évidence. Caldason repéra Kinsel parmi le chaos ambiant. N'ayant aucun moyen de savoir que le chanteur venait de perdre sa compagne, il mit son apparence hébétée sur le compte du carnage en cours.

— Tu as vu Serrah ? demanda-t-il en le prenant par la manche.

— Reeth ! Oui. Enfin, je suis parti à sa recherche quand j'ai entendu les…

— Tu sais où elle peut être ?

Kutch et Wendah les rejoignirent, haletants.

— Elle retournait à notre appartement, répondit Kinsel. Mais il paraît que c'est là qu'il y a eu le plus de dégâts.

— Reste avec tes enfants, ordonna Caldason.

Il fonça, bousculant des sauveteurs et ouvrant un chemin pour les deux jeunes gens essoufflés.

Il n'y avait pas grand monde dans le secteur du plus gros effondrement de toiture. Les sauveteurs n'étaient pas encore arrivés jusque-là, et toute personne présente sur les lieux au moment de l'impact devait avoir bien assez de ses propres soucis.

Du regard, Caldason balaya les murs en ruine et les monticules de gravats. La poussière n'était pas encore tout à fait retombée. Il aurait pu hurler le nom de Serrah, mais cela n'aurait servi à rien : l'écho du vacarme ambiant était beaucoup trop fort.

— Où faut-il chercher ?

— On peut t'aider, déclara Kutch. Ou du moins, Wendah peut.

— C'est vrai, Wendah ?

— Mon pouvoir est similaire à celui de Kutch, mais pas tout à fait identique, expliqua la jeune fille. J'arrivais à trouver des choses pour Praltor.

— Tu crois que tu pourrais trouver Serrah ?

— Je vais essayer.

Elle se mit à déambuler dans le couloir ravagé.

— Sois prudente, lança Caldason.

Deux minutes plus tard, Wendah s'arrêta près d'un tas de gravats que rien ne distinguait des autres.

— Ici, dit-elle en la désignant.

— Tu en es sûre ?

Elle acquiesça.

Caldason mit ses mains en porte-voix.

— Serrah ! appela-t-il. Serrah !

Une réponse étouffée s'éleva à trois ou quatre pas de lui. Caldason commença à fouiller parmi les décombres, et Kutch vint lui prêter main-forte. En continuant d'appeler, ils purent localiser la jeune femme plus précisément. Au bout de quelques minutes d'efforts, ils mirent à jour une porte enfouie sous les gravats. Ils l'empoignèrent et bandèrent leurs muscles. Wendah ajouta sa modeste force à la leur. Grognant et ahanant, ils parvinrent à soulever la porte, juste assez pour révéler une cavité. Et à l'intérieur de celle-ci, une tache blanche qui était le visage de Serrah.

— Dieux merci ! haleta la jeune femme.

Caldason se mit à quatre pattes et enfonça son bras dans le trou. Il toucha la joue de Serrah, qui lui embrassa la main.

— Je crains de ne pouvoir te rendre la pareille. Impossible de remuer le petit doigt. Vous pouvez me sortir d'ici ?

— Bien sûr qu'on peut, mon amour. Tu vas bien ? Tu as quelque chose de cassé ?

— Difficile à dire vu que je ne peux pas bouger, mais je ne pense pas.

Un tremblement agita tout leur côté du bâtiment. Du plâtre et des petits morceaux de maçonnerie s'écrasèrent sur le sol.

— Tous ces débris sur moi… Ils ne sont pas très stables, dit Serrah. Je les sens bouger. Et s'ils bougent dans le mauvais sens…

— On va te sortir de là, promit Caldason. Reste calme. On est juste à côté de toi et on s'occupe de tout.

Puis il promena un regard à la ronde et réalisa l'ampleur de la tâche. Certains des gravats étaient si monstrueux qu'une douzaine d'hommes auraient eu du mal à les déplacer.

Les murs et le plancher tremblèrent à nouveau. Serrah cria. Caldason revint précipitamment vers le trou.

—Je suis de plus en plus à l'étroit là-dedans, se plaignit la jeune femme. Si tu as l'intention de trouver une solution, le plus tôt sera le mieux.

Caldason la rassura de son mieux, mais sa frustration commençait à chercher une porte de sortie. Comme pendant un combat, il sentait monter en lui les prémisses d'une crise de rage. Ne voyant pas à quoi sa fureur homicide pourrait lui être utile dans une situation pareille, il tenta de se calmer. Il se tourna vers Kutch et Wendah.

—Comment? Comment allons-nous nous y prendre pour la dégager? Il faudrait une petite armée pour déblayer tous ces décombres. Qui risquent de glisser et de l'écraser d'un instant à l'autre.

—Toi, tu nous couves une crise, dit Kutch. Je reconnais les signes avant-coureurs.

—J'essaie de me contenir, d'accord? répliqua hargneusement Caldason. Quel rapport avec le problème qui nous préoccupe?

—Non, non. Je crois que c'est une bonne chose. Enfin, dans les circonstances présentes.

—Je ne te suis pas, Kutch.

—Nous en avons beaucoup discuté, Wendah et moi. Tes crises de rage sont dues à ta moitié Fondateur; donc, elles sont peut-être le meilleur moyen de te connecter à cette partie de toi.

—Pour faire quoi?

—Le même genre de choses que dans l'écurie, tout à l'heure, suggéra Wendah. Utiliser vos pouvoirs pour tirer Serrah de là.

—Comment?

—Nous n'en savons rien, admit Kutch. Mais nous savons que les Fondateurs disposaient d'une magie extrêmement puissante. Qui peut dire de quoi elle était capable? Ça vaut le coup d'essayer, non?

—Je n'arrive pas à croire ce que je vais dire, mais… La réponse est oui. Que dois-je faire?

—Ah! Ça, nous n'en sommes pas trop sûrs.

—Génial.

—Non, attends une minute. Tu es déjà à mi-chemin d'une crise, donc, dans le bon état d'esprit. Maintenant, ce qu'il nous faut, c'est un catalyseur.

—Quel genre de catalyseur? s'impatienta Caldason.

Kutch haussa les épaules.

—Et merde! jura le Qalochien. Ce n'est pas du tout mon domaine, tu le sais. S'il s'agissait d'un combat à l'épée, là, je saurais quoi faire, mais...

—C'est ça!

—Hein? Tu veux que j'attaque ces décombres avec ma lame?

—Un jour, tu m'as parlé de la technique de non-esprit que tu utilises parfois quand tu te bats – tu t'en souviens? C'est un état de conscience particulier, comme tes crises. Si tu pouvais combiner les deux...

—Je vois où tu veux en venir, mais je doute qu'il soit facile d'atteindre un état méditatif en laissant monter une rage meurtrière. Ce serait un peu comme essayer de stabiliser une barque sur un océan en furie.

—Essayez, le pressa Wendah.

—Tu pourrais peut-être traiter ça comme un exercice martial et sortir ton épée, suggéra Kutch.

—Qu'est-ce que vous fabriquez? voulut savoir Serrah.

—On, euh... on règle quelques détails, répondit Caldason. Tiens bon.

Il s'écarta de l'ouverture et se releva en dégainant son épée.

—Wendah, Kutch, essayez de l'occuper. Il faut que je puisse me concentrer.

Il s'éloigna de quelques pas, adopta une posture qu'il savait propice et s'ouvrit au non-esprit. Dans sa main, il tenait l'épée qui, un peu plus tôt, lui avait sauvé la vie. Il ne savait pas vraiment ce qu'il était censé faire, ce qui était un plus pour sa démarche.

À quatre pattes près des gravats, Wendah et Kutch réconfortaient Serrah et lui racontaient ce qui se passait.

Un grondement résonna, bientôt suivi par un craquement de bois et un bris de verre. Serrah hurla. D'un même mouvement, Wendah et Kutch pivotèrent vers Caldason.

Ils hoquetèrent.

Le Qalochien revenait vers eux. Rien dans son apparence n'avait changé, à l'exception de ses yeux – et les jeunes gens auraient eu bien du mal à dire en quoi ils étaient différents. C'était à travers le filtre de leur don qu'ils percevaient la véritable transformation survenue en Caldason. Ils voyaient quelque chose d'aussi merveilleux que terrifiant, et comme leur ami approchait, ils réalisèrent que leur talent ne leur conférait aucun privilège. N'importe qui se serait rendu compte du pouvoir qu'incarnait désormais le Qalochien.

Sans un mot, Caldason leur fit signe de s'écarter. Quand ils eurent obtempéré, il saisit la porte et l'arracha comme s'il cueillait une simple fleur. D'un geste désinvolte, il la projeta plus loin dans le couloir. Puis, sans effort apparent, il s'attaqua à la masse de gravats qui emprisonnait Serrah.

Rien ne l'arrêtait : ni la pierre, ni le bois, ni le carrelage, ni le verre. Il cassait des barres de fer en deux et écartait comme de vulgaires cailloux des morceaux de maçonnerie deux fois plus gros que lui. En un temps record, il put extraire Serrah de son trou et la prendre dans ses bras.

La jeune femme aussi vit tout de suite. Nulle magie n'était nécessaire pour lui révéler l'évidence.

— Tu as réussi, Reeth, souffla-t-elle, fascinée.

— Je me sens... omnipotent, avoua Caldason.

Regardant dans ses yeux désormais si atypiques, Serrah découvrit une histoire : celle du conflit entre le bien et le mal, de l'héritage métissé dont les deux moitiés luttaient pour prendre le contrôle du tout.

— Tu es plein de contradictions, commenta-t-elle.

— Oui. Je dois maintenir l'équilibre. Si je glisse dans les ténèbres...

Ils n'avaient pas remarqué que le brouhaha augmentait à l'extérieur. À présent, ils ne pouvaient plus se méprendre à propos des bruits de combat, et ils entendaient de nouveaux projectiles s'écraser sur la citadelle. Serrah, Wendah et Kutch ne doutaient d'ailleurs pas que Caldason entende bien plus que ça.

— Tu ne comprends pas ? s'exclama Kutch. C'est ça qu'ils essayaient de dissimuler ! Ce qui est à l'intérieur de toi ! Les Fondateurs ne voulaient pas que tu obtiennes le pouvoir que tu détiens maintenant. Ton héritage métissé te rend différent d'eux. Peut-être plus redoutable, parce que ton humanité tempère leur remarquable magie.

— Tu peux faire la différence, Reeth, l'exhorta Serrah. Tu peux te dresser contre cette horde avant qu'elle nous massacre tous et qu'elle piétine notre rêve.

— Comment ?

— Tu le sauras quand tu y seras.

Le Qalochien leva les yeux vers le toit défoncé et les nuages noirs que l'ouverture encadrait. Puis il les baissa pour s'examiner et comprit.

Reeth Caldason était un éclair vivant. Il filait dans le ciel. Comme dans ses visions, il se sentait très excité, hyperréel, débordant de potentiel. Et il devinait que le Temps des Rêves avait dû ressembler à cela pour les Fondateurs.

Il flottait très haut au-dessus de la terre et des affaires insignifiantes des hommes. Majestueux et éthéré, il n'éprouvait que mépris pour eux. Puis sa raison humaine s'imposa, et il perçut des distinctions: une frontière dorée entre la noblesse et la cruauté. Il scruta la scène qui se déployait en contrebas et choisit rapidement ses cibles.

Il ne lui restait qu'à devenir un spectre vengeur, un ange exterminateur, une force de la nature.

Il se laissa tomber comme une pierre, piqua comme un oiseau, glissa d'une particule d'air à l'autre comme tout autre chose qu'un être humain.

Les grands engins de siège de l'ennemi – ses catapultes et ses canons à glamours – n'étaient que du petit bois pour lui. Il les balaya de la plaine et des collines environnantes, les souleva de terre et les lâcha à l'aplomb des armées qui marchaient sur la citadelle. Il fit pleuvoir du feu sur les envahisseurs, et des centaines de milliers de pointes de glace aux bords tranchants. Il changea leurs nuées de flèches en foulards de soie. Il harcela leurs lignes de ravitaillement et sema une paranoïa contagieuse dans leurs rangs.

Puis il fila vers l'océan pour attaquer leur flotte. Il incendia et coula des bateaux au hasard, bombarda les plages noires de soldats avec des éclats de quartz et de diamant pur, déclencha des averses de sang et de serpents venimeux à l'aplomb des marins.

Quelque chose au large attira son attention. Ayant pris de l'altitude, il avisa une seconde flotte immense et hétéroclite, qui n'arborait pas les couleurs des empires mais se dirigeait également vers l'île. Et à peine l'avait-il aperçue qu'un violent désir s'empara de lui. Il voulait la rejoindre.

Mais quelque chose changea. Son pouvoir commença à décroître. La possibilité de son existence corporelle redevint tangible. Il se sentit moins invincible qu'auparavant.

Il regagna la terre ferme en se vidant de son énergie magique. L'île se précipita à la rencontre de l'horizon depuis toutes les directions, devint une carte grossière, puis révéla le détail de ses reliefs. Il distingua la citadelle, pareille à une boîte cernée par des armées qu'il avait tout juste commencé à décimer. Bientôt, il put voir la cour intérieure et les gens qui s'y pressaient.

Pratiquement redevenu lui-même, Reeth Caldason descendit à la verticale et se posa au milieu du cercle que les insulaires venaient de dégager en reculant.

Il y eut des vivats et des applaudissements, mais surtout un silence abasourdi, et même un peu de crainte.

Une petite délégation fendit la foule. Karr était à sa tête, flanqué de Disgleirio et de Phénix. Kutch et Wendah les accompagnaient, et mieux encore, Serrah aussi. Elle se jeta dans les bras de Caldason.

— C'était… fantastique, Reeth, déclara Karr, visiblement ébahi. Vous avez porté un coup très sérieux à l'ennemi et semé le désordre dans ses rangs.

— Tu as été génial, renchérit Kutch.

— Mais que s'est-il passé ? voulut savoir Phénix. Pourquoi vous êtes-vous arrêté ?

— Je n'ai pas eu le choix. Une minute j'avais tout le pouvoir du monde, et la minute d'après il m'était retiré. Juste après que j'eus découvert la deuxième flotte.

— La deuxième flotte ? répéta Disgleirio, alarmé.

— Il en arrive une autre. Mais elle ne vient pas des empires. J'ignore qui nous l'envoie.

— Une nouvelle force qui va nous attaquer, et ton pouvoir qui nous abandonne. Qu'est-ce qui va nous protéger, maintenant ?

— C'est peut-être juste parce que je manque d'entraînement, avança Caldason. Je pourrai réessayer…

— Non, contra Phénix. Je ne crois pas. Il se passe quelque chose d'autre. Je le sens à travers les fragments de magie des Fondateurs qui sont en moi. Et vous devriez le sentir aussi.

Caldason se souvint de l'étrange impression qu'il avait eue en découvrant la flotte inconnue, et de l'attraction que celle-ci avait exercée sur lui.

— Vous avez peut-être raison.

— Nous aussi, nous sentons quelque chose, intervint Wendah. Enfin, moi davantage que Kutch, parce que je suis plus sensible.

— Mais j'en capte aussi un peu, ajouta Kutch.

— Vous pouvez nous décrire ça ? réclama Karr.

— Ça ne me plaît pas du tout, répondit Wendah. Je n'avais encore jamais rien senti de pareil. Ce n'est pas naturel.

— Précisément, acquiesça Phénix.

Après ça, ils se turent comme si chacun d'eux percevait un phénomène étrange et imminent.

Puis quelqu'un demanda :

— Vous entendez ?

Ils tendirent l'oreille. Ce n'était pas tant un bruit qu'une sensation.

Le premier symptôme qui se manifesta à Rintarah fut une vibration sourde venue des profondeurs, comme une secousse sismique.

Sur beaucoup de points, une secousse sismique eût été préférable. Elle aurait fait moins de dégâts.

Cela commença dans la grille d'énergie. Les lignes se mirent à briller, à palpiter, à se fendiller. À certains endroits, elles libérèrent des geysers de magie pure – si nombreux que les sorciers patentés et les brigades d'urgence d'extinction de glamours furent vite débordés. Faute de contraintes ésotériques ou d'experts pour la diriger, la magie se manifesta sous la forme de hordes de glamours. Des créatures cauchemardesques – tantôt exotiques, tantôt grotesques, le plus souvent très dangereuses – envahirent les rues des cités et les ruelles pavées des hameaux, tandis que leurs cousines volantes assombrissaient le ciel.

Tout ce qui dépendait de la magie tomba en panne ou se mit à fonctionner de travers. Les lumières s'éteignirent ; des courtisanes d'une beauté irréelle se volatilisèrent dans un nuage de fumée parfumé à la lavande. Sur la voie publique, des statues s'enfuirent ou attaquèrent les passants. Des fontaines crachèrent de la lave en fusion. Des robes de haute couture au tissu scintillant se changèrent en tristes hardes. Partout, la population était assaillie par des créatures qui couraient, rampaient, ou volaient, par des glamours qui explosaient, fondaient, brûlaient ou gelaient.

Alors que l'hémorragie se poursuivait, l'absence de magie commença à se faire sentir dans la trame même de l'environnement. Les hautes tours furent les premières à s'écrouler, faute de sorts pour assurer l'intégrité de leur structure. Des bâtiments s'effondrèrent ; des ponts oscillèrent. Des failles s'ouvrirent dans des allées en pleine campagne et au milieu de grands boulevards, certaines assez larges pour engloutir un chariot et son attelage.

Pour ceux qui eurent le loisir l'observer le phénomène, il devint assez vite apparent que la magie était annihilée. Elle ne se contentait pas de s'échapper : elle cessait d'être. Et elle emmenait avec elle tout ce qu'elle soutenait dans tous les sens du terme. Ainsi l'anarchie et le désordre civil vinrent-ils s'ajouter au chaos qui se propageait dans les rues normalement si policées de Rintarah.

Dans la capitale, derrière le haut mur d'enceinte du palais, les choses ne se présentaient guère mieux. Jacinth Felderth, l'individu le plus puissant de l'empire, se trouvait dans sa roseraie bien-aimée lorsque le désastre frappa. Il fut d'autant moins ravi par le spectacle de ses élégantes fleurs tombant en poussière qu'il savait qu'il ne tarderait pas à les imiter.

Partout à travers Rintarah, mais plus particulièrement à Jecellam, les familles de l'élite dirigeante – autrement dit, les Fondateurs survivants – apparurent soudain tels qu'ils étaient réellement. L'accélération rapide de leur vieillissement, qui leur fit rattraper les innombrables siècles durant lesquels ils avaient échappé aux ravages du temps, informa la population outrée de leur véritable nature.

La tyrannie était une chose que les citoyens de l'empire pouvaient tolérer. Être dirigés par des créatures plus tout à fait humaines, c'était un autre problème. Les yeux enfin dessillés, ils se soulevèrent en masse, aiguillonnés par les vestiges de la Résistance. Leur tâche fut grandement facilitée par la disparition des défenses magiques qui avaient protégé les autorités jusque-là.

Les Gath Tampooriens furent d'abord avertis des événements à venir par un grondement sourd, semblable à celui que produit un séisme.

Dans l'ensemble, leur expérience fut assez semblable à celle des Rintarahiens. Les villes comme les campagnes assistèrent à la disparition de la magie. Elles furent elles aussi ravagées par des geysers et par des nuées de glamours. Leurs fiers bâtiments et leurs bicoques décrépites s'écroulèrent de la même façon. Des digues se rompirent, des forêts brûlèrent, des rues furent éventrées d'un bout à l'autre.

Comme les citoyens de l'empire rival, les Gath Tampooriens découvrirent enfin le véritable visage de leurs dirigeants. Ils en massacrèrent certains de leurs propres mains, sans même attendre que le processus de vieillissement accéléré les emporte. Comme les Rintarahiens, ils se lamentèrent sur la perte de la magie et succombèrent à l'insurrection. S'en suivit une période d'incertitude et de confusion dont nul ne pouvait deviner combien de temps elle durerait, ni de quelle façon elle s'achèverait.

Dans la salle du trône, l'impératrice Bethmilno s'efforçait de joindre son homologue rintarahien Jacinth Felderth lorsque la fosse de vif-argent lui explosa à la figure. La découverte subséquente de ses restes n'apporta aucun nouvel éclairage sur l'affaire. Les membres de sa famille connurent une fin similaire ou tombèrent en poussière durant les heures qui suivirent.

Le commissaire Laffon, chef du tristement célèbre CSI, se trouvait à Merakasa pour une audience avec l'impératrice. Il fut identifié par une foule vengeresse et pourchassé dans les rues de la capitale. Malheureusement pour lui, la trajectoire de sa fuite l'amena à croiser celle d'une colonne ornementale de quarante tonnes en train de s'écrouler.

Une colonne qui appartenait au département de la Justice gath tampoorien.

33

Dans le palais volant du prince Melyobar, nul n'avait perçu le moindre séisme potentiel. La cour se déplaçait au-dessus d'un paysage d'un blanc presque immaculé, sur lequel la neige continuait à tomber dru. Des montagnes abruptes encadraient la procession aérienne qui survolait un réseau de lacs de bonne taille, gelés et recouverts de poudreuse. Melyobar avait personnellement insisté pour prendre cette route, pour des raisons impérieuses qu'il était, comme d'habitude, le seul à connaître. Les conditions climatiques forçaient les sorciers chargés de la manœuvre à voler très bas. Des suivants qui se déplaçaient à l'aide de moyens de transport non magiques, plusieurs milliers avaient choisi de traverser les lacs, mais presque autant d'autres avaient préféré faire un long détour pour les éviter.

Talgorian avait été jeté dans une cellule, vaguement tabassé et privé de nourriture, même si ses geôliers lui avaient donné un peu d'eau. Il ignorait ce qu'il était advenu de son escorte et ne savait rien du sort échu à Okrael, le jeune sorcier qui avait tenté de lui révéler le plan démentiel du prince. Pour l'instant, il n'avait pas encore subi les tortures qui lui avaient été promises lors de son arrestation.

On vint le chercher sans avertissement et sans explications. À sa grande surprise, on lui donna un manteau de fourrure à revêtir, ainsi que des gants épais. Il comprit pourquoi quand on le conduisit, non à la salle du trône ou à une salle d'audience, mais dehors, sur les remparts supérieurs du palais. C'était là que le prince avait fait installer une batterie de puissantes catapultes, celles-là mêmes dont Okrael avait révélé l'usage à Talgorian. Outre les catapultes, et bien à l'écart d'elles, se dressait une structure qui ressemblait fâcheusement à une potence.

Le froid était mordant. Talgorian se demanda pourquoi quiconque voudrait s'y exposer, pour quelque raison que ce soit. Puis il se souvint que « quiconque », c'était le prince Melyobar.

Le monarque en personne trônait, de manière fort incongrue, sur une estrade surplombée par un dais. Étaient également présents divers nobles, fonctionnaires et militaires, dont les plus gradés avaient apporté une sorte d'ombrelle de toile imperméabilisée. Bien entendu, personne d'autre que Melyobar n'avait eu droit au moindre petit auvent. Ni même à un siège.

Talgorian fut traîné devant le prince comme un vulgaire criminel. Afin de montrer son mécontentement d'être traité de la sorte, il avait l'intention de se dispenser des politesses habituelles, telles que s'incliner devant Melyobar. Malheureusement pour lui, une des grosses brutes qui l'avaient conduit jusque-là lui donna une taloche à l'arrière du crâne pour le forcer à respecter le protocole.

Il fut également privé de la seconde manière de protester à laquelle il envisageait de recourir : ne pas saluer le prince. Melyobar lui-même lui coupa l'herbe sous le pied en ignorant l'étiquette et en lui adressant la parole le premier.

— J'espère qu'une nuit en prison vous a aidé à reprendre vos esprits, lança-t-il.

— À propos de quoi exactement, Votre Altesse Royale ? s'enquit Talgorian, manquant du courage nécessaire pour omettre le titre de son interlocuteur.

— De votre sédition. Du complot que vous avez fomenté avec les opposants à mon règne.

— Ces accusations, si c'est bien de cela qu'il s'agit, sont manifestement absurdes, Votre Majesté. Je n'ai jamais mené d'actions séditieuses, pas plus que je ne me suis associé à des ennemis d'une autorité légitime.

— Dans votre position, il ne serait guère étonnant que vous mentiez, non ?

— De telles insinuations m'offensent grandement, Votre Majesté. Et si je puis me permettre, je trouve très inconvenante cette façon de traiter un envoyé impérial. J'ai l'intention de m'en plaindre à l'impératrice en des termes extrêmement vigoureux.

— Vous voulez plutôt dire, de vous en plaindre à ma Némésis. De vous en plaindre à… (Comme chaque fois qu'il parlait de la Mort, Melyobar baissa la voix.)… Elle. Le niez-vous ?

—Oui ! Enfin, que suis-je censé nier exactement, sire ?

—Vos tentatives pour semer le trouble dans cette audience sont typiques des méthodes employées par votre engeance.

—Cette audience ? Pouvez-vous m'expliquer en quoi ceci constitue un tribunal conforme à la loi ?

—Il est conforme à la loi en vigueur à ma cour.

Autrement dit, le prince invente au fur et à mesure, songea Talgorian.

—S'il s'agit d'une forme de procès, je réclame respectueusement qu'on m'assigne un avocat.

—Inutile. Je peux vous offrir beaucoup mieux que ça.

—Sire ?

—Je vous autorise à vous défendre vous-même. Qui est plus qualifié pour plaider votre cause ?

—Quelle cause ? Comment pourrais-je me défendre quand j'ignore la nature exacte des offenses que l'on m'accuse d'avoir perpétrées ?

—Donc, vous admettez que vous n'avez aucune défense. Ça se présente mal pour vous.

Talgorian avait envie de hurler. Au lieu de ça, il choisit de s'adresser à Melyobar comme à un enfant – une tactique qui avait parfois porté ses fruits par le passé.

—J'ignore quel crime je suis censé avoir commis, Votre Altesse. Si vous aviez la bonté de m'en informer, peut-être pourrais-je vous aider.

Le prince saisit un parchemin posé sur ses genoux et passa un temps excessif à l'étudier. Enfin, il déclara sommairement :

—Il s'agit de trahison.

—Mais je ne suis même pas sujet bhealfan !

—Elle non plus. Donc, vous admettez un point commun supplémentaire avec mon ennemie. Ça commence à faire beaucoup de faits à charge pour un seul homme, ne trouvez-vous pas ?

Talgorian prit une profonde inspiration pour se calmer.

—Vous avez parlé de complot, Votre Majesté. Pourriez-vous préciser la raison de cette charge ?

—Vous êtes accusé d'avoir conspiré contre moi et, par extension, contre le peuple de Bhealfa auquel vous n'appartenez pas, comme vous venez de l'avouer.

—Dans ce cas, sire, je me vois forcé d'attirer votre attention sur le complot dont vous êtes vous-même l'instigateur et qui vise à exterminer une grande partie de vos sujets. Ne s'agit-il pas également d'une conspiration contre le peuple de Bhealfa ?

— Vous appelez ça une conspiration et moi un projet. Je crains que votre propre terminologie vous trahisse. Car qui qualifierait un projet de conspiration à moins de se considérer comme l'une de ses victimes potentielles ? Et pour vous considérer comme tel, vous devez être un ennemi de cette administration. Le seul fait que vous ayez connaissance de ce projet indique que vous avez recouru à l'espionnage et constitue une charge supplémentaire contre vous. Estimez-vous heureux que cela ne soit pas parvenu plus tôt à mes oreilles. (Melyobar s'affala dans son trône, visiblement ravi par la démonstration de logique supérieure qu'il venait de faire.) Avez-vous quelque chose à ajouter avant que le jugement soit rendu ? ajouta-t-il.

— Je…

— Comme vous voudrez. Après avoir minutieusement examiné les preuves, je ne puis prononcer qu'un seul verdict concernant tous ces chefs d'accusation : coupable. Et des offenses d'une telle gravité ne peuvent valoir à leur auteur qu'un seul châtiment : la pendaison jusqu'à ce que mort s'ensuive. En outre, votre cadavre contribuera à la fabrication de l'essence que je compte employer pour purifier ce royaume.

Si choqué soit-il, le fait qui marqua le plus Talgorian fut qu'on lui avait donné un manteau et des gants afin qu'il n'ait pas froid pendant son exécution.

— Le condamné souhaite-t-il implorer ma clémence ? s'enquit le prince. Est-il prêt à confesser ses fautes, à nous divulguer tous les détails de la conspiration et à s'en remettre à notre miséricorde ?

— Ceci est un outrage ! hurla Talgorian, recourant au joker des diplomates – l'indignation. L'impératrice elle-même en sera informée !

— Je ne vois aucune raison de retarder l'exécution de la sentence, décida Melyobar. Mais c'est vraiment dommage. Vous allez rater le lancement du projet, qui débutera dès que le ciel se sera un peu éclairci. Gardes !

Vociférant ses objections, Talgorian fut entraîné vers l'échafaud.

Le prince fit signe à un fonctionnaire qui se tenait près d'une porte donnant sur l'intérieur du palais.

— J'ai le plaisir de vous annoncer qu'en cette occasion, nous aurons l'honneur de compter parmi nous celui qui est notre source d'inspiration à tous, notre exemple de rectitude morale, le Grand-Père de la Nation et l'auteur du projet que nous nous apprêtons à lancer. Veuillez accueillir mon père bien-aimé, le roi Narbetton.

Quelques applaudissements clairsemés, étouffés par des gants de fourrure, saluèrent la sortie d'une petite procession. Au premier abord, on aurait dit un cortège funèbre – une analogie qui fit frissonner Talgorian. En réalité, les six hommes en uniforme ne portaient pas un cercueil, mais une vitrine contenant le corps comateux du monarque pas si défunt, vêtu de ses plus beaux atours et serrant une magnifique épée large contre lui. La vitrine fut dressée à la verticale et calée de façon à ce que Narbetton semble se tenir debout, bien qu'un peu en dessous de son fils.

Talgorian fut poussé en direction de sa propre scène, pour une représentation qu'il aurait préféré ne pas donner. Pour lui attacher les poignets, on dut lui ôter ses gants, et ses mains bleuirent presque immédiatement. On le positionna sous le gibet, sur la trappe qui, en s'ouvrant, lui briserait le cou. Elle était aussi large qu'une porte de grange, ce qui indiquait que l'échafaud devait servir à des pendaisons de masse.

Quelqu'un passa le nœud coulant au-dessus de la tête de Talgorian, laissant la corde pendre légèrement autour de son cou. Du moins la neige s'était-elle un peu calmée.

Il ne manquait plus que le Grand Exécuteur, qui tardait à faire son apparition. Amusés, les gardes qui encadraient Talgorian chuchotèrent que Melyobar l'avait probablement fait pendre. Une plaisanterie que l'ambassadeur trouva de fort mauvais goût, même s'il ne voyait aucune objection à l'absence du bourreau.

Depuis sa position surélevée, il pouvait regarder le paysage enneigé par-dessus les remparts. Et il n'avait qu'à tourner légèrement la tête pour voir les autres forteresses volantes qui formaient la cour de Melyobar. Elles suivaient la résidence royale dans un ordre bien établi ; comme elles se déplaçaient sur une seule file et qu'elles étaient saupoudrées de neige, elles ressemblaient à un collier de perles géantes.

Le prince et ses courtisans commençaient à s'agiter. Talgorian craignit que Melyobar perde patience et ordonne à un vulgaire soldat de faire le travail. S'il devait être pendu, son statut d'ambassadeur exigeait l'intervention du Grand Exécuteur en personne. Il ne voulait pas perdre la face sur ce point.

Planté sur son perchoir venteux, scrutant un panorama que les autres occupants de la terrasse ne pouvaient pas voir aussi facilement, Talgorian remarqua quelque chose d'étrange. Droit devant, à l'entrée de la vallée suivante, se pelotonnait une petite ville que seules ses lumières permettaient de déceler dans la grisaille. Sous le regard de l'ambassadeur, ces lumières clignotèrent à l'unisson. Pas individuellement ou par groupes, ce qui aurait pu s'expliquer, mais toutes en même temps. Il était incompréhensible que le réseau d'éclairage magique de toute une ville subisse une défaillance générale. Pourtant, cela se reproduisit deux fois en succession rapide. La quatrième fois, les lumières s'éteignirent et ne se rallumèrent pas.

Les gardes qui flanquaient Talgorian n'avaient rien remarqué. Ils tapaient des pieds et soufflaient dans leurs mains pour lutter contre le froid. À en juger par leurs regards pleins de ressentiment, ils étaient beaucoup plus pressés que lui de voir arriver le Grand Exécuteur.

Les fonctionnaires qui entouraient le trône de Melyobar conférèrent par petits groupes. Des messagers furent dépêchés.

Talgorian reporta son attention sur la ville. Des lumières y brillaient à nouveau, mais ce n'était pas les mêmes que précédemment. Multicolores, elles étincelaient, palpitaient ou scintillaient. Certaines prenaient la forme d'explosions brèves et intenses. Peut-êtrc s'agissait-il d'une célébration – d'un feu d'artifice. Une pensée bien amère pour un homme sur le point d'être pendu.

Puis Talgorian crut apercevoir un mouvement sur le flanc des montagnes qui encadraient la ville. Difficile d'en être sûr à cette distance et par ce temps, mais on aurait dit qu'une énorme masse de neige glissait vers la vallée. Une avalanche ?

Une autre porte s'ouvrit sur la terrasse. Un homme se dirigea précipitamment vers le prince. Sa robe le désignait comme l'un des maîtres sorciers responsables des déplacements du palais. Il s'inclina très bas devant Melyobar, puis se lança dans un discours animé.

Toutes les lumières du palais clignotèrent. Celles des autres forteresses aériennes firent de même, et simultanément, comme celles de la ville.

Un bruit étrange salua cet événement sans précédent. Il ressemblait au bourdonnement d'un monstrueux essaim d'abeilles. En fait, c'était un murmure de masse : les exclamations stupéfaites des occupants du palais et des innombrables suivants de la procession. Parce que les bâtiments volants se mouvaient sans le moindre bruit et que la neige étouffait le son des déplacements terrestres, il était tout à fait possible d'entendre de telles choses. Il n'était pas rare que des gens se hèlent d'un château à l'autre, utilisant la seule force de leurs poumons, même si certains trouvaient ça hautement vulgaire.

La défaillance des lumières provoqua une agitation anxieuse dans l'entourage de Melyobar. De nombreuses allées et venues s'en suivirent, et le sorcier qui venait de faire son rapport à Melyobar s'en alla encore plus vite qu'il n'était arrivé. Talgorian, qui observait toute la scène, craignit qu'on l'ait oublié. Cette pensée n'avait pas plus tôt traversé son esprit qu'il se corrigea. En fait, il craignait davantage qu'on ne l'ait pas oublié.

Quand les lumières clignotèrent à nouveau, les gardes du corps de Melyobar se rapprochèrent de lui, tandis que l'instinct du prince le poussait à se rapprocher de son père. Chauffée par un glamour, la vitrine de Narbetton était plaisante au toucher par un jour de grand froid. Melyobar l'entoura de ses bras et entama un dialogue à voix basse avec le vieux roi.

Certains courtisans se dirigèrent vers les remparts pour examiner l'armée des suivants en contrebas. Là aussi, quelque chose clochait. Il y avait beaucoup plus de lumières que d'habitude, et la plupart d'entre elles s'agitaient follement. Une clameur enfla, indistincte mais entrecoupée de notes aiguës, angoissantes. Les courtisans échangèrent des regards inquiets.

— Père dit que tout va bien ! rapporta le prince. C'est juste un petit incident dû, euh... au mauvais temps.

Puis le palais tressaillit violemment et tomba comme une pierre.

Sa chute ne dura pas plus d'une seconde, mais elle parut considérablement plus longue à tous les occupants de la forteresse. Des estomacs se retournèrent. Des bris de verre se firent entendre, aussitôt ponctués de jurons bien sentis. Des gens hurlèrent.

— Père juge préférable de voler le plus près possible du sol, annonça le prince. Non qu'il y ait le moindre danger, bien entendu. Je fais envoyer mes ordres à la salle de pilotage.

Un messager s'élança.

Une bonne demi-minute s'écoula avant l'incident suivant. Une nouvelle secousse parcourut le palais. Cette fois, l'effet fut plus violent : non seulement la forteresse descendit brutalement, mais elle s'écarta de sa trajectoire d'une manière assez inquiétante, se rapprochant de la falaise abrupte qui se dressait sur sa droite.

Les autres châteaux connaissaient des problèmes similaires. Plusieurs d'entre eux avaient perdu beaucoup d'altitude. Un manoir tournoyait sur lui-même comme s'il avait échappé au contrôle de son timonier. De petites explosions fleurirent à la surface des bâtiments, délogeant des débris de maçonnerie et, dans un cas, une terrasse entière.

À bord du palais royal, l'ambiance était à la panique mal contenue. Un des hauts gradés qui entouraient le prince fit remarquer :

— L'Exécuteur choisit bien son moment pour arriver.

Melyobar l'entendit et suivit la direction de son regard. Des balcons de pierre bordaient la façade du palais au-dessus des remparts. Sur le plus bas d'entre eux se tenait une silhouette. Grande et mince, elle était entièrement vêtue de noir. Sa cape l'enveloppait du cou jusqu'aux pieds, et sa capuche relevée dissimulait son visage. D'elle, on ne pouvait voir que ses mains. Avec leurs doigts longs et maigres, d'une pâleur extrême, certains les auraient qualifiées de squelettiques.

La silhouette ne bougeait pas. Plantée là, elle se contentait de fixer le prince en contrebas. De beaucoup de façons, son attitude était conforme à l'image d'un bourreau – anonyme et silencieux. Mais pour Melyobar, il existait une autre possibilité, et cette possibilité le remplissait de terreur. Il se pressa contre la vitrine de son père, le visage à quelques centimètres de celui de Narbetton.

— Son moment pour faire Son office ou pour saboter notre plan ? demanda-t-il, embuant le verre de son souffle.

Le palais oscilla de manière alarmante. Puis il se mit à tourner sur son axe comme une toupie géante ou un manège fou. Des colonnes, des statues et des frises se détachèrent de sa façade et dégringolèrent vers le sol. Une des catapultes brisa ses entraves et roula en travers de la terrasse, éparpillant tout le monde sur son chemin et s'écrasant sur les remparts avant d'entamer le trajet retour alors que le palais s'inclinait dans la direction opposée.

La panique prit le dessus. Les gens s'enfuirent en hurlant, courant dans tous les sens sans but précis. Ceux, rares, qui tentèrent de maintenir l'ordre furent submergés par la majorité hystérique. Des fissures apparurent dans les planchers et les murs.

Il se passait la même chose à bord des autres constructions volantes. Des tours s'écroulaient ; des passerelles tombaient en miettes. Des incendies se déclenchèrent. Plusieurs manoirs se heurtèrent, le choc brisant un millier de fenêtres et fracturant les façades de marbre. Deux d'entre eux se percutèrent de plein fouet, et l'impact produisit un son pareil à un grondement de tonnerre.

La terreur s'abattit sur la procession aérienne. Cédant à l'irrationalité ou au simple désespoir, la plupart des occupants de la terrasse désertèrent les remparts pour se réfugier à l'intérieur. Personne, pas même la garde personnelle du prince, ne resta dehors pour le protéger.

— Père ? chuchota Melyobar en continuant à étreindre la vitrine. Père, que dois-je faire ? (Il écouta attentivement, puis acquiesça.) Oh, oui !

Il leva les yeux vers le balcon sur lequel se tenait la silhouette. Celle-ci n'avait pas bougé.

Melyobar reporta son attention sur la vitrine et sur le visage sévère de Narbetton.

— Regarde, papa, regarde ! Regarde-moi. (Il sourit.) Tu es prêt ? Maintenant. On… tombe.

La magie les abandonna.

La distance qui les séparait du sol n'était pas très grande : l'équivalent d'une falaise moyenne, ou même de certains grands arbres que l'on trouve dans les régions tropicales. Mais la hauteur est sans importance quand l'objet qui tombe pèse des milliers de tonnes.

Le palais royal et son cortège de châteaux, de citadelles et de manoirs volants churent comme une poignée de cailloux lâchés par un dieu qui s'ennuie. Ils s'abattirent sur une région dominée par d'immenses lacs, encore plus profonds que larges.

Certains bâtiments échouèrent dans des marécages, dans des champs et, dans un cas isolé, sur une route. Mais la majeure partie d'entre eux, palais royal compris, s'écrasa sur de la glace, éclatant sous l'impact ou plongeant tout entiers dans les lacs que celle-ci recouvrait. Tandis qu'ils coulaient, la pression accrue fit éclater leurs fenêtres et leurs portes. Des torrents noirs s'engouffrèrent dans leurs dédales de couloirs, dans leurs salles d'audience et leurs somptueux appartements.

Les lacs étaient gourmands. Ils engloutirent tout, ou presque. Melyobar revint à lui dans l'eau d'un froid meurtrier. Un objet le heurta doucement. C'était le cercueil de verre du roi Narbetton, qui flottait sereinement près de lui. L'expression indéchiffrable de son père fut la dernière chose que Melyobar vit en ce monde.

Une tête creva la surface.

Les poumons en feu, Andar Talgorian hoqueta et prit de grandes inspirations frénétiques. Il était tellement engourdi par le froid qu'il ne sentait plus son corps que comme une immense douleur.

Dans le chaos de la chute et de l'immersion, ses liens s'étaient défaits, ce qui lui avait permis de regagner la surface. Mais il n'estimait pas pouvoir survivre plus de quelques minutes dans une eau à cette température. L'ironie d'échapper à la mort deux fois en si peu de temps pour finir par succomber à une épreuve moindre ne lui échappait pas. Les dieux devaient réellement vouloir sa peau.

Il avait de plus en plus de mal à se maintenir à flot, ou même à réfléchir de manière cohérente. Son endurance s'évaporait et ses membres faiblissaient. Le froid intense l'imprégnait jusqu'à la moelle. Le plus étonnant, songea-t-il, c'est que l'équivalent d'une ville de bonne taille venait de s'abîmer dans ces lacs et qu'il n'y paraissait déjà plus. Autour de lui, il ne voyait absolument rien ni personne.

Puis il entendit un son. Ou il crut l'entendre – pour ce qu'il sentait encore ses oreilles, elles auraient aussi bien pu être tombées. Le son résonna à nouveau. Une voix. Correction : des voix. Qui criaient. Comme il n'y avait rien dans la direction à laquelle il faisait face, Talgorian pivota laborieusement dans l'eau glacée.

Quelque chose venait vers lui. Il n'arrivait pas à voir quoi. Alors que la masse se rapprochait, il distingua deux silhouettes qui semblaient marcher sur l'eau. Ou glisser à croupetons, rectifia-t-il au bout de quelques instants. Elles lui faisaient de grands signes et l'appelaient. Quand elles arrivèrent près de lui, elles le tirèrent hors de l'eau.

Talgorian se retrouva allongé sur le dos au milieu d'un radeau improvisé, haletant et la corde toujours autour du cou. Un de ses sauveteurs porta une flasque à ses lèvres. En descendant jusqu'à son estomac, le feu de l'alcool dégela quelque peu ses chairs engourdies et lui restitua une partie de ses sensations. Alors, l'ambassadeur réalisa que les vêtements trempés que portaient les deux hommes étaient des uniformes.

— Nechen et Welst, gardes auxiliaires du palais, lança l'un d'eux. Comment allez-vous, monsieur ?

— M-merci, balbutia Talgorian.

— Ravis de partager notre bonne fortune avec vous, monsieur, affirma l'autre. Sans ce bout de bois, nous ne serions pas là nous-mêmes.

Talgorian reporta son attention sur le radeau qui les maintenait tous les trois hors de l'eau glacée. C'était la trappe du gibet.

Beaucoup d'histoires furent racontées au sujet du jour où la destruction balaya les empires et leurs nombreux protectorats. Au fil du temps, certaines deviendraient des légendes.

L'une d'elles concernait un célèbre chef pirate qui s'était allié avec Gath Tampoor et Rintarah contre l'État rebelle naissant.

On raconte qu'en ce jour funeste, un homme vint le trouver pour régler ses comptes avec lui, un homme auquel le pirate avait jadis causé un tort terrible. Il n'arriva pas par la mer mais par les airs, sur un merveilleux disque volant. À lui seul, il neutralisa l'équipage de son vieil ennemi, faisant pleuvoir sur lui de la magie qui explosait et brûlait, jusqu'à ce que seul le capitaine pirate se dresse encore devant lui.

La disparition de la magie entraîna de monstrueux bouleversements dans bien des domaines, et notamment dans l'équilibre de la nature. De multiples désastres, dont quelques séismes spectaculaires, se produisirent tandis que le monde s'ajustait à cette perte. Ceux qui survinrent en mer engendrèrent des tsunamis.

Pendant que le pirate et son adversaire se livraient un combat à mort, des vagues aussi hautes que des montagnes se dressèrent à l'horizon et foncèrent vers eux. Elles pulvérisèrent l'armada du pirate, coulant chacun des galions à l'exception du sien. Celui-ci fut emporté par la plus puissante de toutes les lames de fond et projeté au milieu d'un des hameaux côtiers de Batarriss. Ainsi le pirate obtint-il l'île qu'il convoitait, mais pas de la façon escomptée.

Beaucoup pensent que son adversaire périt avec lui, payant le prix ultime pour avoir mis un terme aux déprédations de son ennemi.

Et puis, il y eut la façon dont les événements se conclurent sur Batarriss elle-même.

L'île ne fut pas épargnée, mais sa citadelle centrale en réchappa, à peu près indemne. Pour une fois, ne pas avoir eu les moyens de s'offrir beaucoup de magie s'avéra extrêmement positif.

Au début, les insulaires eurent du mal à réaliser ce qui se passait à un niveau global – chose bien compréhensible de la part de gens que l'on était en train d'assiéger. D'autant qu'ils avaient plus que leur compte de phénomènes remarquables pour les occuper sur place.

Comme les perturbations s'estompaient, il y eut un répit tendu durant lequel ils se préparèrent pour l'assaut final. Serrah et Caldason se portèrent volontaires pour jouer les sentinelles et se retrouvèrent stationnés sur l'un des chemins de ronde de la citadelle. C'était la première fois depuis de nombreuses heures qu'ils se retrouvaient seuls. Dans la plaine en contrebas, les armées ennemies s'étaient rassemblées, plus importantes que jamais.

— S'ils le voulaient, ils pourraient prendre cette place forte à n'importe quel moment, commenta Caldason. Et nous ne pourrions pas les en empêcher – seulement la leur faire payer au prix du sang. Alors, qu'attendent-ils ?

— C'est à cause de toi, Reeth. Tu leur as infligé de sérieux dégâts.

— Juste de quoi les ralentir. La chose qui m'a arrêté l'a fait avant que je puisse terminer le travail.

— Terminer ? Tu ne penses pas sérieusement que tu aurais pu vaincre une horde de cette taille à toi tout seul, pas vrai ?

— J'ignore de quoi j'étais capable à ce moment-là. Mais je sais comment je me sentais. C'est difficile à expliquer, Serrah. J'avais l'impression d'être omnipotent. La puissance, le pouvoir… C'est pour ça que les Fondateurs voulaient ma mort depuis si longtemps.

— Mais tu n'as pas pu réitérer ton exploit.

— Je n'ai essayé qu'une seule fois. Mais c'est vrai : j'ai eu l'impression qu'il n'y avait plus rien en moi.

— Peut-être as-tu besoin de récupérer, de reprendre des forces ou… Je ne sais pas. Il s'est passé tellement de choses, Reeth. Au bout d'un moment, on finit par perdre pied.

— Tu trouves aussi ? Et ce que tu m'as raconté à propos de Tanalvah… C'est si incroyable !

— J'ai eu la même réaction que toi au début, mais…

— Finalement, tu penses qu'elle vous a dit la vérité ?

— Je n'ai pas de raison d'en douter. C'était une confession sur son lit de mort. Oui, je l'ai crue. Et tu l'aurais crue aussi si tu avais été là.

— Qu'est-ce qui a bien pu la pousser à faire une chose pareille ?

— L'amour. Elle voulait sauver Kinsel.

— Parfois, je pense que nous commettons autant de mal au nom de l'amour que de la haine.

— C'est une opinion bien cynique.

— Non, juste une constatation.

— Eh bien, tâchons de faire en sorte que notre amour n'engendre jamais le mal.

— Ça ne risque pas d'arriver.

Caldason enlaça Serrah, et ils s'embrassèrent.

— Quoi qu'il en soit, reprit la jeune femme, je n'arrive pas à considérer Tan comme mauvaise. Je sais que c'est fou après ce qu'elle a fait, mais c'est comme ça.

— C'est encore une question de potentiel, pas vrai ?

— Je ne comprends pas ce que tu veux dire.

— Nous sommes tous capables du meilleur comme du pire.

Parfois simultanément. Les graines du bien et du mal sont en nous ; elles n'attendent qu'un terrain favorable pour germer.

— Tu penses que nous sommes tous capables de meurtres ?

— C'est une drôle de question venant de toi et s'adressant à moi, tu ne trouves pas ? Tuer, c'était ta profession, et je l'ai fait plus souvent qu'à mon tour.

— Ce n'était pas des meurtres, pas plus que prendre la vie d'un ennemi durant ce siège n'en serait un. Les gens que nous avons tués étaient mauvais.

— Un pacifiste comme Kinsel te dirait que tu te cherches des justifications.

— Parfois, il faut protéger les plus faibles ou se défendre soi-même et…

— Tu prêches un convaincu. N'oublie pas que je suis qalochien – ou du moins, à moitié qalochien. Peu de peuples ont un esprit plus martial que le mien. Mais nous nous sentirions insultés si on nous traitait d'assassins. Je dis juste que dans certaines circonstances, poussé dans ses derniers retranchements, n'importe qui peut commettre un meurtre et devenir un tueur au mauvais sens du terme. Selon Praltor, même les paladins étaient des gens nobles autrefois.

— Ça t'ennuie que Tan ait été qalochienne ?

— Comment ça, ça m'ennuie ? Tu veux dire, est-ce que j'ai honte qu'elle ait été issue du même peuple que moi ?

— Je suppose, oui.

— Être qalochiens ne nous rend pas meilleurs que les autres. Ça ne constitue pas un gage de vertu, et ça ne nous prémunit pas non plus contre les fautes du reste de l'humanité.

— Tu ne t'es jamais vraiment entendu avec elle.

— Et tu penses que ce qu'elle a fait me conforte dans mon opinion ? En fait, je n'avais rien contre elle ; c'est plutôt elle qui m'avait pris en grippe. Même si je pense que ça n'avait rien de personnel. Je lui rappelais notre héritage commun ; ça devait la mettre mal à l'aise.

— Cet héritage lui avait été enlevé. Tu devrais comprendre ça mieux que quiconque. Elle avait grandi à Rintarah ; c'est normal qu'elle ait adopté leurs coutumes.

— Je me demande à quoi vont ressembler ses funérailles.

— Tu veux dire, quel genre de service ce sera ? C'est un prêtre d'Iparrater qui officiera. Kinsel y tient beaucoup.

— Ce sont les dieux qalochiens qui devraient être invoqués.

— Tu es drôlement gonflé de dire ça ! Je croyais que tu doutais de l'existence des dieux dans leur ensemble.

— Oui, mais c'est bizarre comme la perspective d'une mort quasi certaine redonne du sens à ce qu'on t'a enseigné quand tu étais enfant. Bref ! Comment va Kinsel ?

— Comme tu peux l'imaginer. Devoir s'occuper des enfants, et particulièrement du bébé, est la seule chose qui lui permet de tenir le coup. Il se sent coupable, vois-tu. De ce que Tan a fait. Il considère que ça rejaillit sur lui.

— Il ne devrait pas. Il n'est pas responsable de ses actions.

— Tu as raison. Oh, attends ! Ne bouge pas.

Serrah se dressa sur la pointe des pieds et arracha quelque chose de la tête de Caldason.

— Qu'est-ce que c'est ?

— Un cheveu gris. Que je sois damnée si je sais quoi faire pour aider Kinsel. Comment soutenir quelqu'un qui traverse une épreuve pareille ?

— En étant là pour lui. Ce qui, malheureusement, risque de ne pas être possible, répondit Caldason en désignant du menton les forces ennemies massées dans la plaine. Et n'oublie pas la dernière complication en date : la seconde flotte qui n'appartient à aucun des deux empires. Qui peut dire de quelle façon elle influera sur la suite des événements ?

— À ton avis, à qui appartient-elle ?

— Ce n'est pas bien difficile à deviner.

Disgleirio apparut, montant l'escalier du même pas bondissant que d'habitude. Il se dirigea vers eux.

— Quoi de neuf, Quinn ? interrogea Serrah.

— Phénix m'a demandé de vous relever.

— Pourquoi ?

— Je l'ignore. Il va venir vous l'expliquer lui-même. (Disgleirio jeta un coup d'œil à l'armée ennemie.) C'est calme, hein ?

— Tu peux le dire, acquiesça Caldason.

— Tout de même, je ne comprends pas ce qu'ils attendent.

— C'est justement ce qu'on se demandait aussi.

Un seau à la main, quelqu'un longeait la ligne des défenseurs postés sur le chemin de ronde, tout en distribuant de l'eau. Il s'avéra que c'était le frère fraîchement retrouvé de Kutch.

— C'est bon de voir que tu ne considères pas les corvées comme indignes de toi, commenta Serrah.

— Je serais ravi de faire n'importe quoi d'utile, répondit Varee en posant son fardeau. Mais quand la bataille s'engagera, j'espère bien y prendre une part beaucoup plus active.

Il tapota le fourreau qui contenait son épée.

—Nous aurons besoin de toutes les bonnes volontés. Oh, je ne crois pas que vous ayez été présentés! Voici...

—Je sais, coupa le jeune homme. Quinn Disgleirio. Très honoré de vous rencontrer.

Il tendit la main au guerrier, qui la serra.

—Et tu es le frère de Kutch. Enchanté. Mais comment se fait-il que tu me connaisses?

—Je vous ai vu plus d'une fois à Bhealfa. En fait, je me suis trouvé tout près de vous en une occasion au moins.

—Vraiment? Je ne m'en souviens pas.

—Vous n'étiez pas censé vous en apercevoir. C'était pendant une émeute. J'ai réussi à glisser un petit mot dans votre poche.

—Ah, c'était toi! Depuis lors, je n'ai cessé de me demander qui était assez bien placé pour nous mettre en garde. Étant donné le poste qui tu occupais auprès de Bastorran, tout s'explique. Je te suis très reconnaissant.

—Je ne sais toujours pas d'où tu sors, Varee, avoua Caldason. Quelle est ton histoire?

—Tout le monde semble curieux de la connaître, dit le jeune homme en grimaçant.

—Tu n'as qu'à nous la raconter, le pressa Serrah. Nous sommes de vraies pipelettes.

Varee sourit.

—Alors, je vais faire vite. Il y a encore trente personnes assoiffées qui m'attendent.

—Comment en es-tu arrivé à te retourner contre les paladins? interrogea Caldason.

—Je ne me suis pas retourné contre eux pour la bonne raison que je n'ai jamais été avec eux. Je me suis infiltré dans leur organisation parce que je les haïssais. Bien entendu, le sang des clans ne coulait pas dans mes veines, mais ils acceptent un certain pourcentage de gens extérieurs pour remplir des fonctions administratives. C'est ainsi que j'ai gravi les échelons jusqu'à devenir l'aide de camp de Bastorran.

—Pourquoi?

—Toi et moi avons quelque chose en commun, Reeth. Nous voulions tous les deux nous venger des paladins. En ce qui me concernait, je ne voyais qu'un seul moyen : monter aussi haut que possible dans leur hiérarchie, en faisant passer des informations anonymes à la Résistance au fur et à mesure.

— Dans quel but ?

— Devenir proche de l'officier le plus gradé possible et le tuer. Mais tu t'en es gentiment chargé pour moi tout à l'heure.

— Navré de t'avoir privé de ce plaisir.

— Ne t'excuse pas. Je n'aurais jamais pu vaincre Bastorran en combat à la loyale. Tu sais qu'il a tué son oncle, pour prendre sa place à la tête des clans ?

— Ce n'était pas bien dur à deviner.

— En fait, c'est la fusionnée qui s'est chargée du boulot. Ce qui a permis à Bastorran de faire d'une pierre deux coups : obtenir le poste qu'il briguait et faire retomber le crime sur toi.

— Mais pourquoi tenais-tu autant à te venger ? voulut savoir Serrah.

— Avec tout le respect que je dois à Reeth, les Qalochiens ne sont pas les seuls qui ont souffert aux mains des paladins. Les Pirathon étaient fermiers depuis des générations. Puis un seigneur local a décidé qu'il voulait nos terres, et aussi celles de tous nos voisins. Les paladins ont été engagés pour s'en emparer, et inutile de vous dire qu'ils l'ont fait avec la pire brutalité. Nous n'étions que de pauvres paysans dans un coin de campagne isolé ; personne hors de notre communauté ne se souciait de nous.

— C'était avant ta naissance et celle de Kutch ?

— Avant celle de Kutch. Moi, j'avais deux ans à l'époque. Mais ce n'est pas tout. Notre père n'a jamais pu accepter ce qui était arrivé. Il a passé des années à essayer d'obtenir justice : il a écrit à l'administration, réclamé des audiences avec plusieurs gouverneurs, essayé de trouver un fonctionnaire haut placé qui l'écouterait. Je suis à peu près certain que c'est ce qui a causé sa perte. Il était devenu une gêne pour un certain nombre de gens, et il a fini par disparaître. D'après ce que j'ai pu voir des archives des clans depuis, il me semble évident que les paladins se sont débarrassés de lui.

— Kutch ne nous en a jamais parlé.

— Il ne le sait pas. Notre mère le lui a caché quand il était petit – et de toute évidence, elle a continué à le faire après mon départ. Elle a cru que je m'étais engagé dans l'armée, alors qu'en fait, je venais de rejoindre les clans.

— Tu ne l'as jamais revue ?

— Je ne voulais pas courir le risque que mes nouveaux employeurs découvrent son existence et celle de Kutch. Alors, je me suis contenté de leur envoyer de l'argent quand je pouvais et de prendre mon mal en patience. Je vais tout raconter à Kutch, mais pas maintenant. D'abord, je veux lui laisser le temps de s'habituer à mon retour.

— Donc, venir nous rejoindre sur l'île faisait partie de ton plan ?

— Non, pas vraiment. Bastorran m'a ordonné de l'accompagner. Mais, à ce moment-là, je savais déjà que Kutch était avec la Résistance, donc, ça me convenait parfaitement. Il va sans dire que Bastorran avait l'intention de tuer Reeth. Il avait emmené la fusionnée en renfort. Ou peut-être pour lui faire porter le chapeau, le connaissant.

— Où est ton frère ? s'enquit Caldason.

— Je ne sais pas. mais voici venir quelqu'un qui pourra sûrement te renseigner.

Phénix les rejoignit, l'air grave. Il ne perdit pas de temps en vains préambules.

— Serrah, Reeth, venez avec moi.

— Maintenant ?

— J'ai quelque chose à vous montrer.

Il les conduisit à un groupe de bâtiments en bois situés sur un côté de la cour intérieure. L'un d'eux était un silo à grains qui ne payait pas de mine et n'avait aucune fenêtre – juste une petite porte. À l'intérieur, dans le fond, derrière une pile de caisses, une poignée de rebelles faisait cercle autour de quelque chose. Ils s'écartèrent pour laisser passer Phénix et ses compagnons.

— Maintenant, nous savons ce qui est arrivé à Kordenza, commenta Serrah.

Caldason haussa un sourcil.

— Vraiment ?

La fusionnée gisait sur le sol, le visage déformé par une hideuse grimace – morte. Sur son flanc gauche béait une énorme plaie par laquelle ses entrailles s'étaient partiellement répandues. Une trace de sang et de mucus scintillante la reliait à une grosse tache de brûlé dans un coin de la pièce.

Phénix la désigna.

— Et ça, ce devait être son jumeau.

— Aphrim, acquiesça Caldason. À votre avis, que s'est-il passé ?

— Il me semble évident que le glamour a tué son hôte en tentant de s'échapper de son corps. Ou bien, quelque chose a mal tourné alors qu'elle tentait de le réassimiler de la manière habituelle. Regardez ça.

Ils s'approchèrent du corps d'Aphri. Pour la première fois, ils remarquèrent qu'un de ses pieds était nu.

— Elle a ôté sa botte elle-même, expliqua Phénix. Si vous examinez son talon, vous verrez qu'un objet y a été implanté, juste sous la peau.

— Je vous crois sur parole, affirma Serrah.

— Il s'agit d'un artefact qui, malgré sa rareté, est connu du Chapitre. Il a pour fonction de puiser l'énergie de la grille – probablement dans le but de rendre permanent le statut de symbiote de Kordenza. Mais visiblement, il l'a lâchée en cours de route.

— Ça n'a pas dû être une mort plaisante, fit remarquer Caldason.

— Non, probablement pas, acquiesça Phénix. Ce n'est pas tout. Venez.

Tandis qu'ils le suivaient vers la sortie, Serrah se rapprocha de Caldason et lui dit tout bas :

— Tu n'as pas l'air en forme, mon amour.

— C'est vrai que je me sens un peu vidé. Mais ça va.

— Comme je te le disais tout à l'heure, tu as peut-être besoin de récupérer.

— Peut-être.

Cette fois, le sorcier les emmena dans le bâtiment principal. Les dégâts de l'attaque restaient évidents, même si le plus gros des décombres avait été déblayé. Phénix se dirigea vers la chambre dans laquelle était logé Praltor Mahaganis.

Kutch et Wendah étaient au chevet du vieil homme. Celui-ci semblait très mal en point. On aurait dit qu'il avait vieilli de dix ans en quelques heures ; sa peau avait l'aspect d'un parchemin jauni. Pourtant, son expression était paisible, plus sereine que jamais, malgré ses yeux clos, et son souffle était régulier.

— Il dit qu'elle est partie, rapporta Kutch.

— Qui est parti ? s'enquit Caldason.

— La Source. Praltor dit qu'elle n'est plus à l'intérieur de lui.

— Elle n'y est plus, confirma Wendah, visiblement secouée.

Le vieillard ouvrit les paupières. Ses yeux présentaient toujours l'apparence indubitable de la cécité, mais son regard lui aussi était plus serein qu'auparavant.

— C'est vrai, dit-il. Mon fardeau m'a quitté. Je ne puis vous décrire le soulagement que c'est pour moi.

Serrah se pencha vers lui.

— Comment est-ce arrivé, Praltor ?

— Pas de mon fait, ni de celui des sorciers. Elle m'a été arrachée par une force extérieure. Et ça m'a fait mal, mais ce n'était rien comparé à la douleur dont ça m'a délivré.

— Ta vie est en train de s'en aller avec elle, murmura Wendah sur un ton plein de rancœur.

Mahaganis lui tapota la main.

— Ma chère petite, dit-il tendrement, j'ai eu plus que ma part d'années. Plus que je n'en méritais.

— Non, ce n'est pas vrai !

— Chuuut... Ma vie a été très longue, Wendah, et après tout ce temps passé à porter ce terrible fardeau, je n'aspire plus qu'à me reposer.

— Mais que vais-je devenir sans toi ?

— Tout ira bien. Tu ne seras pas seule ; tu as Kutch maintenant, et tu ne pourrais rêver meilleur compagnon.

Wendah prit la main de Kutch, et une larme coula sur sa joue.

Phénix fit signe à Caldason et à Serrah de le suivre dehors. Ils prirent congé discrètement. Dans le couloir, le sorcier les attira à l'écart et dit :

— Je suis désolé, Reeth. Je sais que vous êtes proche de lui et que ça doit vous perturber. Les dieux savent que nous avons déjà perdu bien assez d'amis ces derniers jours.

— C'est la période que nous traversons qui est perturbante, Phénix. Et, oui, Praltor compte beaucoup pour moi. Sans lui, je ne serais pas là.

— Il va mourir bientôt, annonça brutalement le sorcier.

— J'avais compris.

— Allons, Reeth, vous devez bien vous douter de ce que cela implique pour vous.

— Où voulez-vous en venir ? intervint Serrah.

— Il s'est produit une perturbation sans précédent dans la grille d'énergie. La magie est en train de refluer, je le sens. Kutch et Wendah le sentent aussi. C'est à cause de ça que la Source a disparu et que Praltor va s'éteindre. C'est également ce qui a tué la fusionnée.

— Continuez, le pressa Caldason.

— Praltor, vous et moi sommes dans le même bateau, Reeth, – ou du moins, dans un bateau similaire. La magie des Fondateurs a prolongé notre existence bien au-delà des limites imparties aux simples humains. Nous vivons sur du temps emprunté, et aujourd'hui, le moment est venu de rembourser notre dette. Avez-vous déjà constaté un changement en vous ?

— Je... Je ne sais pas.

— Tu as dit que tu te sentais crevé, lui rappela Serrah.

— Je suis un peu à plat, c'est vrai.

— Regardez le dos de vos mains, suggéra Phénix.

Caldason obtempéra et vit des taches brunes qu'il n'avait encore jamais remarquées. Des taches de vieillesse.

— Comme Praltor, j'accepte ma fin imminente, poursuivit Phénix. J'ai accompli beaucoup de choses, et j'ai mes certitudes quant à ce qui m'attend dans l'au-delà. Et vous, mon ami ?

Caldason le fixa sans répondre.

Puis une clameur monta depuis l'extérieur. Des cloches d'alarme se mirent à sonner.

— Les voilà, chuchota Serrah.

Tournant le dos à Phénix, les deux guerriers s'élancèrent.

Ils rejoignirent les centaines d'autres défenseurs qui montaient sur les remparts. Là, ils trouvèrent Karr et Goyter en train d'observer l'avancée des troupes ennemies. La plaine était noire de soldats impériaux.

— Ainsi, le dernier chapitre est en train de s'écrire, commenta Karr.

Mais la grande armée ralentit et s'arrêta. Seuls deux hommes continuèrent à marcher vers la citadelle, l'un d'eux agitant un drapeau blanc.

— Devons-nous parlementer avec eux ? demanda Goyter.

— C'est le signal de la trêve, lui rappela Karr. Nous devons le respecter. Je sors.

— Est-ce bien sage, Dulian ?

— C'est à moi de le faire. Reeth, voulez-vous bien m'accompagner et porter notre drapeau ?

— J'en serai très honoré.

Quelqu'un fit don d'une chemise blanche, et on confectionna rapidement un drapeau de fortune. Puis les portes de la citadelle furent entrouvertes pour livrer passage à Karr et à Caldason.

Tandis que les deux hommes se dirigeaient vers la petite délégation ennemie et vers les innombrables soldats qui attendaient en silence derrière elle, Karr demanda :

— Et si les conditions qu'ils proposent sont trop draconiennes ? Devons-nous refuser et continuer à nous battre ?

— C'est à vous d'en juger. Pour ma part, je n'accepterai aucune reddition qui impliquerait le moindre châtiment à l'encontre des nôtres.

— Moi non plus.

Ils atteignirent leurs homologues. Tous deux étaient en uniforme, rintarahien pour l'un, gath tampoorien pour l'autre. Ce fut ce dernier qui demanda à Karr :

— Vous êtes le chef des rebelles ?

— Si tant est qu'il y ait un chef parmi nous, oui.

— Nous sommes les deux officiers les plus gradés parmi les survivants de nos forces respectives, expliqua le Rintarahien. Nous sommes venus discuter des termes de la reddition.

— Qu'une chose soit claire : nous refuserons toute capitulation qui s'accompagnerait d'exécutions punitives ou d'autres mesures de rétorsion trop lourdes.

— Ravis de l'apprendre. Nous craignions que vous vouliez nous faire payer notre invasion encore plus cher que vous ne l'avez déjà fait.

— Comment le pourrions-nous, puisque nous serons vos prisonniers ?

— Nos prisonniers ? Je crois qu'il y a méprise. Nous sommes venus procéder à la reddition.

— Vous l'avez déjà dit.

— *Notre* reddition, précisa le Gath Tampoorien.

Karr fut trop stupéfait pour répondre.

— Entendons-nous bien, intervint Caldason. Vous vous rendez ?

— Bien sûr. Vous devez savoir que c'est le chaos total chez nous. Et certains de nos dirigeants nous accompagnaient. Quand nous avons vu ce qui leur est arrivé… Disons juste que la plupart d'entre nous n'ont pas le cœur de continuer à se battre.

— Dites-moi, comment avez-vous fait ? interrogea le Rintarahien. Comment avez-vous tué la magie ?

— Ce n'est pas nous qui l'avons fait, avoua Caldason. Mais je crois connaître le responsable.

Il n'était sans doute jamais arrivé qu'une armée vaincue, bénéficiant d'une grande supériorité numérique sur ses vainqueurs, offre d'organiser sa propre captivité. Toutefois, comme les insulaires n'avaient ni les infrastructures nécessaires pour accueillir un tel nombre de prisonniers, ni la main-d'œuvre indispensable pour veiller sur eux, ce fut exactement ce qui se produisit.

Ce soir-là, la flotte que Caldason avait aperçue au loin atteignit l'île de Diamant, dont les abords se retrouvèrent soudain engorgés par le plus grand rassemblement naval de toute l'histoire. À ce stade, nul n'avait plus le moindre doute sur l'identité des nouveaux arrivants.

Zerreiss n'exigea pas que quiconque vienne lui rendre hommage. Il se porta lui-même à la rencontre des résistants. Pas accompagné par une procession victorieuse de soldats marchant au son des tambours, mais modestement, dans une simple voiture découverte, en compagnie de deux aides de camp dont l'un faisait également office de cocher.

Chacun fut frappé par l'extraordinaire banalité de son apparence, qu'accentuait la simplicité absolue de sa mise. Et chacun fut au moins aussi impressionné par l'indéfinissable charisme qui émanait de lui.

Quand il pénétra dans la cour intérieure de la citadelle, il fut accueilli par une délégation à la tête de laquelle se trouvait Karr. Mais ce fut Quinn Disgleirio qui prit la parole le premier.

— Faut-il que nous nous inclinions ? demanda-t-il avec une pointe de défi dans la voix.

— Non, répondit Zerreiss. Plus de courbettes ni de soumission. Je ne suis pas venu en conquérant. (Il jeta un coup d'œil autour de lui, et son regard se posa sur Caldason.) Je croyais que vous étiez comme moi.

— Je le suis, répliqua le Qalochien en le détaillant froidement.

— Je veux dire, en termes de pouvoir.

— Et moi, je veux dire en termes d'antipathie envers la magie.

— Pourtant, c'est elle qui nous a liés dans nos rêves.

— À mon avis, c'est parce que nos relations avec elle, bien que de nature différente, sont tout aussi fortes.

— C'est possible, convint Zerreiss.

— Donc, c'est vous qui avez fait tout cela ? demanda Caldason avec un large geste.

— Oui, et plus encore.

— Vous êtes un dieu ? intervint Wendah.

Zerreiss éclata de rire et, derrière lui, ses aides de camp sourirent.

— Tant de gens le supposent… Non, jeune fille, je ne suis pas un dieu.

— Alors, qu'est-ce que vous êtes ?

— Un homme.

— Comment faites-vous ce que vous faites ? interrogea Serrah.

— C'est une question à laquelle je ne puis répondre de manière catégorique. Je ne puis qu'émettre des suppositions. Je suis né avec un talent très simple. Pourtant, je ne me considère pas comme une aberration de la nature : juste comme une personne un peu en avance sur son temps.

Phénix s'avança.

— Vous pouvez m'expliquer ça ?

Le seigneur de guerre remarqua les robes du vieillard.

— Ah, un sorcier ! J'ai eu l'occasion de me colleter avec vos collègues par le passé. Aujourd'hui, je ne puis que vous présenter mes condoléances pour la disparition de votre profession.

— Et moi qui commençais juste à maîtriser la magie, se plaignit Kutch.

— C'est la magie qui commençait juste à te maîtriser, jeune homme, répliqua Zerreiss. J'espère que tu finiras par t'en rendre compte. (Il reporta son attention sur Phénix.) Pour répondre à votre question : je suis un exemple des générations à venir. Observez le monde. La nature sélectionne les formes de vie les plus aptes à survivre et à prospérer. Elle favorise les plus adaptables, et ce dont la race humaine a besoin en ce moment, c'est de l'adaptabilité nécessaire pour rejeter le joug étouffant de la magie. Nous avons besoin de respirer de l'air frais, de penser librement et de laisser la raison guider nos vies.

— Et vous dites que vous avez toujours eu ce pouvoir ? insista Phénix.

— Depuis ma naissance, et ce, bien que mes parents aient été des gens tout à fait ordinaires. J'ai découvert très tôt que je pouvais affecter la magie, mais mon talent était encore assez faible durant mon enfance. Il a grandi en même temps que moi. J'ai appris à le contrôler partiellement et à étendre son influence de plus en plus loin. Aujourd'hui, si je le désire, ma seule présence suffit à annuler toute magie.

» Je n'ai jamais choisi cette voie. Quelqu'un de religieux pourrait dire que mon destin était de servir de catalyseur. Comme vous vous en doutez, mon point de vue est plus rationnel, mais la vérité, c'est que je n'ai aucune certitude à ce sujet. Je sais juste que je ne suis pas le seul de mon espèce. Le premier, peut-être. Mais d'autres apparaîtront, et d'autres encore, jusqu'à ce que nous représentions une majorité. Chaque chose en son temps.

— C'est triste que la magie disparaisse, lâcha Kutch.

— C'est ce qu'il doit te sembler. Et certes, elle engendrait beaucoup de choses merveilleuses, voire bénéfiques. Mais c'était une illusion. Elle nous hypnotisait comme une flamme hypnotise les papillons. L'avenir sans elle sera une aventure bien plus excitante. Mais avant ça, certains événements doivent se produire. (Zerreiss se tourna vers Karr.) Vous êtes le dénommé Dulian Karr ?

— En effet.

— Vous êtes le responsable de cette communauté ?

— Je le crois.

— Dans ce cas, vous avez beaucoup de choses à organiser, et à une très grande échelle. Ne paniquez pas, vous recevrez toute l'aide nécessaire. Le fait est que les empires sont finis. S'ils ne le savent pas encore, ils le réaliseront une fois que j'aurai nettoyé les dernières poches de magie. Un nouvel ordre doit être instauré, mais je ne le dirigerai pas. Je n'ai jamais désiré le pouvoir ; juste accomplir ma mission. Il me semble qu'actuellement, la Résistance est la seule force structurée et non corrompue. Je sais que vous avez subi de terribles revers et perdu beaucoup de gens, mais vous avez encore des tas de sympathisants hors de cette île. C'est à vous que va échoir la tâche de ramasser les morceaux et de tout reconstruire. Désormais, l'île de Diamant sera le noyau d'une nouvelle civilisation.

— Quand vous assignez une tâche, vous n'y allez pas de main morte, seigneur.

— Juste Zerreiss, je vous en prie. Je crois qu'aucun homme ne devrait être considéré comme supérieur aux autres, et j'espère qu'il en sera ainsi dans le monde que vous bâtirez. Mais ça ne dépendra pas de moi. Je ne peux que créer les conditions favorables.

— Des conditions de chaos.

— Toute création est née du chaos ; n'est-ce pas ce que nous enseignent les prêtres ? Vous réussirez. Je vous accorde que ça ne sera pas facile et que ça prendra du temps, mais avez-vous vraiment le choix ? demanda Zerreiss en les dévisageant tour à tour.

— Jouerez-vous un quelconque rôle dans ce nouvel ordre, même si vous refusez de le diriger ? voulut savoir Caldason.

— Si possible. Mais pour l'essentiel, je me contenterai d'admirer le résultat de mon travail. Et vous ? Vous vous retrouvez dans une position difficile.

— Ah bon ?

— Vous différez déjà de l'homme de mes rêves. Votre vigueur

se flétrit. La disparition de la magie fait revenir les années qu'elle avait tenues à distance. Restez là où je suis passé, et vous mourrez.

— Ne pouvez-vous faire en sorte que Reeth soit épargné par les effets de votre pouvoir ? supplia Serrah.

— Je suis désolé. J'aimerais bien, mais je ne peux que prendre, pas donner. Toutefois, j'ai besoin de consolider ce qui a été acquis et de guider mes gens pendant qu'ils aideront les vôtres. Il reste encore des endroits dans le monde où je ne suis pas allé, et où je ne me rendrai peut-être pas avant un long moment. Réfléchissez-y. (Zerreiss se détourna.) Je suis ravi de vous avoir rencontré, Reeth Caldason.

Très tôt le lendemain matin, Zerreiss partit avec le gros de son entourage. Une partie de ses gens restèrent sur l'île de Diamant pour aider les résistants à surveiller les prisonniers impériaux et à se mettre au travail.

Vers midi, un chariot pénétra dans la cour intérieure de la forteresse. Il transportait Zahgadiah Darrok, sans son disque volant.

— J'ai raté quelque chose ? demanda l'ex-pirate lorsque Pallidea eut fini de le couvrir de baisers.

Il raconta à ses amis ce qu'il était advenu de Kingdom Vance, et leur expliqua comment il avait réussi à s'enfuir grâce à la magie résiduelle de son disque avant que celle-ci s'éteigne pour de bon. Il s'était posé juste à temps et quelque peu en catastrophe. Plus tard, il avait été découvert par des insulaires, sonné mais pas grièvement blessé.

— Ton disque, se lamenta Pallidea. Comment vas-tu faire pour te déplacer sans lui ?

— Je me débrouillerai comme autrefois, à l'époque où je n'avais pas encore eu les moyens de me l'offrir. Je trouverai bien quelque chose. À condition que tu sois là pour m'aider. Tu n'es toujours pas rebutée par l'idée de t'occuper d'un infirme ?

— Et je ne le serai jamais.

Darrok était arrivé juste à temps pour une cérémonie organisée à la hâte, et ce, pour plusieurs raisons. La première d'entre elles était le baptême du bébé de Tanalvah et de Kinsel.

— J'ai décidé de l'appeler Dulian, annonça le chanteur sous les yeux écarquillés de Teg et de Lirrin.

C'était un bon choix, qui fut approuvé par des salves d'applaudissements.

— Je ne m'y attendais pas du tout, avoua Karr. Je suis très honoré. Dulian Rukanis – ça sonne bien, n'est-ce pas ?

— Rukanis-Lahn, corrigea Kinsel. À moins que vous ou quelqu'un d'autre y voie une objection ?

Personne ne dit rien, et ce fut le premier pas de Kinsel sur la voie de la guérison.

— Dulian Rukanis-Lahn, premier citoyen du nouvel ordre, déclara Karr.

La seconde raison du rassemblement, c'est que Karr souhaitait, pour des raisons d'âge et de santé, annoncer qu'il cédait sa place à la tête du Conseil révolutionnaire uni. Bien qu'elle ne surprît personne, la nouvelle fut accueillie par des cris de mécontentement et par des démonstrations de sincère affection.

Goyter deviendrait la compagne de Karr dans sa retraite, et leur relation serait scellée par un échange public de vœux. Karr nomina Quinn Disgleirio pour lui succéder, et il ne faisait guère de doute que le Conseil approuverait. Cela non plus n'étonna pas grand monde.

L'ultime raison du rassemblement était de dire adieu à Caldason et à Serrah.

Un bateau leur avait été fourni. Il était petit mais rapide, et les volontaires qui composaient son équipage faisaient partie des meilleurs marins disponibles sur Batarriss. Comme Zerreiss venait du Grand Nord, ils mettraient le cap vers le sud – vers des archipels lointains et le continent qui, selon la rumeur, s'étendait au-delà.

Phénix et Praltor Mahaganis se virent offrir des places à bord. Ni l'un ni l'autre n'envisagèrent sérieusement de les accepter. Tous deux avaient déjà beaucoup décliné, Praltor en particulier, et ils se déclaraient satisfaits de leur sort.

Le plus dur fut de ne pas proposer à Kutch de les accompagner. Serrah déclara que ce ne serait pas juste pour le jeune homme. Ça pourrait ruiner sa relation naissante avec Wendah si celle-ci refusait de partir avec lui. Sans parler de Varee : n'avait-il retrouvé son frère que pour le perdre à nouveau ? Mais par-dessus tout, s'ils ne trouvaient aucun refuge, Kutch serait forcé de regarder mourir Caldason et de réconforter son amante éplorée. Alors que l'île de Diamant lui offrait une certaine stabilité et des perspectives d'avenir. Au final, Caldason s'inclina devant ces arguments.

Ni le Qalochien ni sa compagne n'étaient portés sur les effusions. Ils firent leurs adieux en privé et sans tralala. Peu de temps après, ils se retrouvèrent sur le pont de leur bateau, attendant la marée pour sortir du port.

— Tu es sûre de toi ? demanda Caldason.

— Évidemment. Sans toi, ma vie n'aurait pas de sens.

Le Qalochien avait l'air un peu plus fatigué qu'avant. De légères rides étaient apparues sur son visage et dans son cou. Serrah lui avait encore arraché plusieurs cheveux gris.

— En y repensant… Le moment où j'ai réalisé que j'étais amoureux de toi, c'est quand tu as tenté de te suicider, à Bhealfa. C'est alors que j'ai compris que je ne voulais pas te perdre.

— Et tu ne m'as pas perdue. Nous resterons ensemble jusqu'à la fin, sous quelque forme qu'elle puisse survenir, promit Serrah.

— C'est ironique, n'est-ce pas ? Après avoir rejeté la magie toute ma vie, je me vois contraint de la rechercher.

— Comme je te l'ai dit, les dieux aiment plaisanter à nos dépens.

— Bande de salauds !

Caldason grimaça, tout son visage irradiant l'amour qu'il ressentait pour sa compagne.

— Ah, les voici !

Kutch, Wendah et Varee apparurent sur la jetée. Serrah leur fit signe de monter à bord.

Les trois jeunes gens étaient venus leur dire un dernier au revoir. Wendah et Varee ne s'attardèrent pas. Sentant que Kutch et ses amis avaient besoin d'intimité, ils s'éloignèrent rapidement. Ce fut alors que Serrah développa une intense fascination pour la vue que l'on avait depuis l'autre bout du pont. Elle étreignit Kutch et l'embrassa, puis le laissa seul avec Caldason.

— À ton avis, quelles sont tes chances ? interrogea Kutch.

— Il me semble que tu es plus qualifié que moi pour répondre à cette question, non ? répliqua Caldason. De nous deux, l'expert en magie, c'est toi.

— Oui, et ça ne me sert plus à rien puisque la magie a disparu, répliqua tristement Kutch. Mais tu sais, Zerreiss la chasse devant lui au fur et à mesure qu'il avance, un peu comme il viderait une outre de vin en appuyant dessus. Donc, il est possible que tu trouves un endroit où elle subsiste encore. En tout cas, je te le souhaite. (À voix basse, le jeune homme ajouta :) Moi, je ne la reverrai jamais.

— Tu verras un autre genre de magie. La vie que tu as devant toi avec Wendah et avec ton frère, et ce que tu décideras d'en faire. Crois-moi, tout ira bien mieux sans la magie.

— Tout n'ira pas mieux sans toi.

— Merci, Kutch. Je suis vraiment content de t'avoir connu.

Le jeune homme se jeta dans les bras de Caldason et l'étreignit avec force.

— Ne t'en va pas, supplia-t-il, des larmes coulant sur ses joues.

— Je dois partir. Tu le sais. (Caldason le repoussa gentiment et lui posa les mains sur les épaules.) Tu as été le meilleur ami et compagnon qu'un homme puisse avoir. Maintenant, tu dois faire ta vie.

Kutch parut sur le point de dire quelque chose. Mais il se ravisa et se détourna. Il fit trois pas, regarda par-dessus son épaule et lança :

— Je ne t'oublierai jamais.

Puis il descendit la passerelle en courant.

Quand le bateau largua les amarres peu de temps après, il était toujours planté sur le quai. Il cria quelque chose, mais ses amis n'entendirent pas ce qu'il disait.

Bientôt, la brume engloutit l'île de Diamant.

Ensemble, Reeth et Serrah partirent vers un nouveau monde.

Achevé d'imprimer sur rotative
par l'imprimerie Darantiere
à Dijon-Quetigny
en juillet 2007

Dépôt légal : août 2007
Numéro d'impression : 27-0791
94079-1

Imprimé en France